Satans Trucker

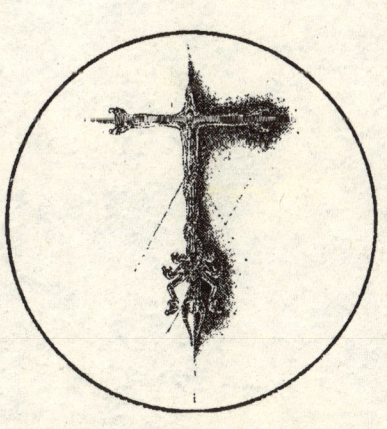

Als ihm das blonde Mädchen mit einem honigsüßen Lächeln die Tasse Kaffee zuschob, fielen Chuck Everett die drei Typen zum ersten Mal auf. Sie lungerten neben den Automaten herum, und in der rauchgeschwängerten Luft wirkten ihre Gesichter wie zerfließende graue Schatten.

Chuck hatte sie nicht weiter angeschaut, denn er wusste, dass solche Kerle nur darauf warteten, einen Streit vom Zaun brechen zu können. Er hatte die heiße Brühe getrunken, sich noch einen Cheeseburger zwischen die Zähne geschoben und dabei auf seinem Rücken die brennenden Blicke der drei Typen gespürt.

Er mochte die Raststätten nicht. Sie bildeten stets eine Quelle des Lärms und ungezügelter Gewalt. Für ihn als Trucker zählte allein die Weite des Landes.

Er leerte seine Tasse, zahlte bar und drehte sich um. Bevor er losfuhr, wollte er noch die Toiletten aufsuchen. Und wieder trafen ihn die Blicke. Diesmal von vorn. Die drei hatten ihren Standort nicht gewechselt. Sie spielten an den Automaten, ohne überhaupt auf die sich drehenden bunten Scheiben zu schauen. Nur für den Trucker hatten sie Blicke.

Zum ersten Mal bekam Chuck eine Gänsehaut. Er war kein Angsthase und hatte so manche Keilerei hinter sich. Gegen die drei würde er es jedoch schwer haben, deshalb ging er ihnen lieber aus dem Weg.

Die Treppe zu den im Keller liegenden Toiletten- und Duschräumen lag an der entgegengesetzten Seite der Automatenwand, dort, wo der Kiosk ein großes Halbrund bildete. Da konnten sich die Trucker mit allem eindecken, was ihnen fehlte, auch mit Mädchen. Zwei Bordsteinschwalben standen gerade vor einer Säule, rauchten und strichen hin und wieder mit den flachen Händen über das weiche Leder ihrer kurzen Röcke. Unter den offenen, billigen Pelzjacken trugen sie nur dünne Pullover, die mehr zeigten, als sie verbargen.

Chuck ging an ihnen vorbei, erreichte die stets sauberen Toilettenräume, stieß die Tür zu »Gents« auf, ließ Wasser einlaufen und wusch sich anschließend Gesicht und Hände.

Jetzt war er wieder reisefertig. In die Schale der Toilettenfrau ließ er einen Nickel fallen und stieg wieder die Treppe hoch. Je weiter er kam, umso schlechter wurde sein Gefühl.

Die beiden Mädchen lehnten noch immer an der Säule, aber die drei Typen, die Chuck so kalt beobachtet hatten, waren verschwunden. Sie schienen die Raststätte inzwischen verlassen zu haben.

Everett war es nur recht. Für einen Moment sah er sich in einem der Spiegel. Er war ein kräftiger Typ. Sein Gesicht konnte man als kantig oder hölzern bezeichnen. Die Augen lagen schmal unter der breiten Stirn. Sein Großvater mütterlicherseits war Chinese gewesen.

Wie immer trug Chuck seinen Jeansanzug. Im Winter hatte er das Futter eingeknöpft. Das dunkelblonde Haar wuchs strähnig auf seinem Kopf. Und seine »Frisur« war platt gedrückt von der Schirmmütze, die er jetzt wieder aufsetzte.

Früher hatte Chuck gern Girls mitgenommen, jetzt aber fuhr er seinen eigenen Truck, da war jede Minute kostbar. Außerdem musste er den Wagen noch bezahlen, denn seine zahlreichen Räder liefen nicht nur auf dem Profil der Reifen, sondern auch auf Wechseln, wie Chuck immer sagte.

Die Glastür schob sich automatisch zur Seite, und Chuck verließ die Raststätte.

Es war ein großes Areal, bekannt und häufig besucht. Die großen Bogenlampen brannten. Ihr unnatürlich bläuliches Licht schimmerte in der Dunkelheit und Kälte.

Dunstschwaden trieben durch die Lichtinseln. Es waren Wolken, die von den Hängen der nahen Berge nach unten glitten und sich in dem weiten Tal mit den Abgasen vermischten.

Chuck hatte sich vorgenommen, die Nacht durchzufahren, denn der Kunde in Chicago wollte auf die Computer nicht lange warten. Everett gehörte zu den Fahrern, die auch Risiko-Transporte übernahmen. Das heißt, er fuhr Waren, die man als teuer und dementsprechend begehrt einstufen konnte. Die Diebstahlquote war bei diesen Dingen sehr hoch, dementsprechend gut fiel auch Chucks Honorar aus, von dem er einige Dollars abzweigen konnte, um wieder eine Rate für den Truck zu bezahlen.

Leider stand sein Wagen in der dunkelsten Ecke des Parkplatzes. Er hatte bei seiner Ankunft einfach keinen anderen Platz mehr gefunden.

Während er zu seinem Truck ging, zog er seine Handschuhe über. Er schaute dabei nicht nur nach vorn, auch nach links und rechts, denn er hatte die drei Typen aus der Raststätte nicht vergessen.

Das waren Blicke gewesen, die in Erinnerung blieben, und er konnte sich gut vorstellen, dass diese Kerle zu den Highway-Piraten gehörten. Vielleicht hatten sie es auf seine Ladung abgesehen.

Die Handschuhe ließen sich an den Gelenken verschließen. Chuck drückte die Knöpfe zu und warf noch einen Blick zurück, bevor er in den schmalen Weg zwischen zwei geparkten Wagenschlangen einbog. Hier war es finster. Es roch nach Öl, Benzin, Abgasen und dem Staub der Straße. Ein Männergeruch, wie Chuck fand, ein Geruch, den er liebte.

Mit der flachen Hand berührte er die Außenwand der Ladeflächen, ging weiter, vernahm das Brummen der schweren Motoren, wenn Wagen gestartet wurden, und sah hin und wieder einen schmalen Lichtteppich, den Scheinwerfer durch irgendwelche Lücken warfen.

Von den Kerlen entdeckte er nichts. Er hörte auch keine Schritte, und er kam allmählich zu der Überzeugung, dass er sich getäuscht hatte.

Die drei hatten sicherlich etwas anderes im Sinn gehabt, als ihn zu überfallen.

Einigermaßen beruhigt setzte er seinen Weg fort, verließ die lange Reihe, musste eine Parkplatzstraße überqueren und geriet dabei in den Lichtschein eines anfahrenden Trucks.

Der Mann hinter dem Steuer hatte Chuck erkannt, hupte und sah das Winken des Fußgängers.

Ja, man kannte und grüßte sich. Auf den langen Strecken standen die Männer oft genug per Sprechfunk miteinander in Verbindung, erzählten sich die neuesten Witze oder redeten über Gott und die Welt.

Bisher hatte das Licht der hohen Lampen seinen Weg hin und wieder begleitet, das änderte sich nun, denn wo er seinen Truck geparkt hatte, war es stockfinster. Der Fahrer tauchte in diese Gegend wie in eine Schatteninsel. Noch mehr Fahrer hatten nach seiner Ankunft ihre Wagen hier abgestellt, und diese motorisierten Gebirge sorgten für eine zusätzliche Dunkelheit.

Wieder kamen Chuck die drei Typen in den Sinn. Hier hätten sie die Chance gehabt, ihn zu erwischen. Er wurde noch vorsichtiger, aber es passierte nichts.

Endlich erreichte er seinen Wagen.

Es war ein stählernes Ungetüm mit einer relativ flachen Schnauze. Dusty hatte Chuck ihn genannt, und so staubig sah er auch aus. Seine Silberhaut war kaum zu erkennen. Die Wischer hatten auf der Frontscheibe Halbkreise hinterlassen; die Reifen wirkten fast so groß wie die eines Flugzeugs, und die zahlreichen Scheinwerfer auf der Leiste erinnerten an stumpfe, glasige Glotzaugen.

Zum Fahrerhaus hoch führte eine mehrstufige Treppe. Auf dem Wagen befand sich sehr viel Platz, und auch jetzt war jeder Winkel ausgefüllt.

Sicherheitshalber ging Chuck um den Truck herum, kontrollierte die Verplombung und war zufrieden. Niemand hatte sich an seinem Dusty zu schaffen gemacht.

Er holte den Schlüssel hervor, schloss die Tür auf und ging die Stufen hoch.

Als er auf der dritten war, hörte er das Geräusch in seinem Rücken. Es war ein Schritt, gleichzeitig ein Schleifen. Sofort fielen ihm die drei Typen ein, die er in der Raststätte gesehen hatte.

Chuck wollte schnell einsteigen, denn seine Waffen lagen im Führerhaus. Unter anderem ein Totschläger aus Hartgummi, der ihm schon einige Male gute Dienste erwiesen hatte.

Die anderen waren zu schnell und auch zu kräftig. Eisenhart griffen sie zu und krallten ihre Hände in den hinteren Teil des Hosengürtels, den Chuck trug.

Er konnte nichts machen. Nur seine Arme warf er noch in die Höhe, weil er sich an den Haltegriffen festklammern wollte, rutschte aber ab, und die Hände rissen ihn brutal nach hinten.

Niemand war da, der ihn auffing. In der Gasse zwischen zwei Wagen stürzte Chuck rücklings auf das harte, kalte Pflaster. Er spürte den widerlichen Schmerz, der in seinem Hinterkopf regelrechte Explosionen auslöste, und er sah die beiden Schatten von zwei verschiedenen Seiten auf sich zukommen. Ein Schatten wurde besonders groß. Er senkte sich auf den Trucker nieder. Erst im letzten Augenblick erkannte Chuck, dass es sich dabei um einen Schuh handelte.

Auf seiner Brust fand er das Ziel, und aus dem Hintergrund meldete sich eine heisere Stimme.

»Jetzt haben wir dich!«

Ja, verdammt, jetzt hatten sie ihn!

Chuck hätte sich selbst in den Hintern beißen können, dass es dazu gekommen war. Aber er hatte zu menschlich reagiert, außerdem die alte Truckerregel missachtet:

Entspanne dich erst, wenn die Türen geschlossen sind und du angefahren bist. Dann kann dich nur noch ein Panzer aufhalten. Doch die anderen waren schneller gewesen, sie schienen ihn die ganze Zeit über nicht aus den Augen gelassen zu haben.

Zudem war es ihnen ein Leichtes gewesen, sich lautlos zu bewegen, da sie Turnschuhe trugen, und eine dieser weichen Riffelsohlen spürte Chuck Everett auch auf seiner Brust.

Der Schmerz war abgeklungen. Chuck war auch nicht bewusstlos geworden. Er hielt die Augen weit offen und schaute in die Höhe. Drei Gesichter starrten auf ihn nieder.

Es waren gnadenlose, kantige Fratzen mit verdammt harten, gefühllosen Augen. Die Typen waren unterschiedlich angezogen. Dicke Pullover, Lederjacken, Wollmützen. Einer trug eine weiche Lederkappe aus von innen gepolstertem Leder.

Zwei Schwarze befanden sich unter ihnen. Der Weiße schien der Anführer zu sein. Er spuckte dem Trucker genau zwischen die ausgebreiteten Beine.

Das war zugleich das Startzeichen. »Ja, Junge«, sagte der Weiße, »du hast Pech gehabt.«

Seine Kumpane nickten bestätigend.

Chuck fiel das Atmen schwer, weil der Druck auf seiner Brust zu stark war. »Was wollt ihr, verdammt?«

»Kannst du dir das nicht denken?«

»Nein.«

Der Druck verstärkte sich. Everett verzog das Gesicht, aber der Weiße lachte nur: »Deine Ladung, Baby. Wir wollen deine Ladung, das ist alles.«

Diesmal lachte auch Chuck und versuchte es mit einer Notlüge. »Damit könnt ihr sowieso nichts anfangen. Es sind nur Rinderhälften. Lohnt sich nicht.«

Einer der Schwarzen trat ihm gegen die Hüfte. »Willst du uns einmachen, Baby? Von wegen Rinder. Ich erkenne doch einen Kühlwagen. Das hier ist keiner, nein, der gehört zu einer besonderen Sorte von Trucks. Du verstehst, nicht?«

Und ob Chuck verstand. Die Typen wussten genau, was sie wollten. *Und ich Idiot bin unterversichert,* dachte er, denn er hätte für diese Fracht eine viel höhere Prämie zahlen müssen.

Wenn sie ihm die Ladung stahlen, musste er die Differenz zahlen. Das konnte den Ruin bedeuten.

»Nun?«, fragte der Weiße.

»Ach, geht doch zum Teufel.«

Der Weiße lachte. Er ballte die linke Hand zur Faust, sagte ein Wort, betonte es stark und hob bei jeder Silbe, die er sprach, einen Finger aus der Faust.

»Com-pu-ter!«

Everett schwieg.

»Kannst du nicht mehr reden?«, fragte der Kerl, der ihn getreten hatte. »Dir ist wohl die Luft weggeblieben, wie?« Der Typ begann zu lachen. »Ja, wir sind gut, wir sind immer besser als andere. Darauf können wir stolz sein. Nicht wahr, Nicky?«

»Keine Namen!«, zischte der Weiße, nahm aber den Fuß weg, und Chuck atmete zunächst einmal tief durch. Er wollte schreien, aber hätte man ihn gehört?

Wohl kaum. Immer wieder fuhren in der Nähe die schweren Wagen an. Ihr Motorgeräusch würde auch seine verzweifelten Hilferufe übertönen. Deshalb blieb er ruhig.

»Steh auf!«

Nicky hatte gesprochen. Chuck starrte ihn überrascht an. Erst als man ihn abermals trat, stemmte er sich in die Höhe. Er drückte sich an der Treppe seines Führerhauses ab. Es befand sich in seinem Rücken. Die drei Mugger hatten sich so vor ihm aufgebaut, dass sie in einem angedeuteten Halbkreis vor ihm standen.

Nicky übernahm das Wort. »Wir werden deine Karre jetzt plündern. Das geht sehr schnell. Im Umladen sind wir Meister. Und du wirst nichts, aber auch gar nichts tun. Okay?«

Chuck nickte.

Das schien dem Weißen nicht zu gefallen. Er streckte den rechten Arm und den Zeigefinger aus. »He, das war nicht überzeugend.« Noch während er redete, ballte er eine Hand zur Faust und schlug zu.

Chuck Everett musste den Treffer voll nehmen. Er hatte das Gefühl, in seinem Gesicht wäre ein Blitz explodiert, der weiter nach unten wanderte und sich mit einer zweiten Explosion auch in seinem Magen ausbreitete, denn dort erwischte ihn der nächste Schlag.

Er sackte zusammen. Wie durch einen Watteschleier gefiltert, vernahm er die Stimmen der drei Schläger, und seltsamerweise konnte er ihre Worte verstehen.

»Der ist hart.«

»Wir müssen ihm noch was geben.«

»Ja, die volle Fuhre.«

Sie lachten noch einmal, bevor sie ihr wildes Spiel begannen. Sie hatten in der Enge zwischen den geparkten Trucks eine Art Kreis gebildet und warfen sich den Mann gegenseitig zu.

Die verdammten Kerle wussten genau, wie sie zu schlagen

hatten. Die Treffer waren nie so hart, dass der Mann hätte bewusstlos werden können, und er hielt sich auch noch immer auf den Beinen, wenn er von einem zum anderen geschleudert wurde.

Die drei Highway-Piraten glichen reißenden Straßenwölfen, die mit ihrem Opfer spielten.

Everett war nur noch ein haltloses Bündel, das zwischen den jungen Männern hin und her taumelte. Er hatte seine Arme als Deckung mühsam hochnehmen können, dennoch blutete er aus Nase und Mund. Die Lippen waren ihm aufgeschlagen worden, und noch immer hörte er ihre lachenden Stimmen und das dumpfe Klatschen der Treffer.

»Aufhören!«

Es war die Stimme des Weißen, und dessen Befehl wurde augenblicklich befolgt.

Aber sie hatten Chuck Everett so fertig gemacht, dass er sich nicht mehr auf den Beinen halten konnte und in die Knie sackte. Nicky fing ihn auf. »Los, in den Wagen mit ihm!«

Everett ließ alles über sich ergehen. Er fühlte, wie man ihn anhob. Sechs Hände schoben ihn hoch. Wie ein Brett drückten sie ihn durch die offene Tür des Führerhauses in das Wageninnere.

Auf der Sitzbank blieb er liegen, wälzte sich mühsam auf die Seite und spürte noch, wie jemand seine Beine einknickte und in den Taschen nach Schlüsseln suchte.

»Okay, ich habe sie.«

»Dann nehmen wir uns mal die Ladung vor!«, sagte der Weiße. Dann warf er mit einem harten Schlag die Tür zu und ließ den Fahrer mit dessen Schmerzen allein.

Minutenlang blieb der Trucker unbeweglich liegen und konzentrierte sich auf das, was durch seinen Körper rann. Es waren regelrechte Lavaströme. Er spürte nur noch dumpf seine Arme, Beine und das Gesicht. Alles schien zu brennen, und auch im Innern stimmte einiges nicht, denn die Schläge hatten seinen Magen so hart getroffen, dass er sich übergeben musste. Auch danach ging es ihm nicht besser! Er stöhnte. Hin und wieder kamen die Wellen. Sie waren wie rote

16

Schleier, die ihn überfielen und mitreißen wollten in ein fremdes, anderes Land. Aber Chuck hielt sich in diesem Zustand zwischen Wachsein und Bewusstlosigkeit.

Er war ein wirklich harter Brocken. Mit so etwas hätte er rechnen müssen, und in seinem Innern schwelte der Hass. Diese Hundesöhne hatten seine Existenz zerstört oder waren noch dabei, sie zu vernichten. Dieses Wissen gab ihm eine Kraft, von der die anderen nichts ahnten. Er wusste, dass es eine Zeit dauern würde, bis die Kerle die Ladung gelöscht hatten.

In dieser Spanne konnte er versuchen, Hilfe bei den Kollegen zu bekommen. Wenn sie diese Highway-Piraten erwischten, machten sie kurzen Prozess. Schon manch einer dieser Hundesöhne war in den Weiten einer Wüste verloren gegangen.

So sollte es auch den drei Gaunern ergehen!

Für gewisse Situationen hatte Chuck Everett immer ein altes Hausmittel zur Hand: Whisky. Die Flasche Whisky befand sich in der Konsole an der Beifahrerseite, wo auch der kleine Fernseher stand.

Der Kerl hatte Chuck so hingeschoben, dass er mit dem Kopf fast in einer Höhe zur Konsole lag. Er brauchte nur den Arm auszustrecken, um die Konsole öffnen zu können.

Es fiel Chuck trotzdem schwer, seinen Arm nach vorn zu bewegen. In seiner Schulter schien etwas zu reißen, so hart flutete der Schmerz durch das malträtierte Gelenk.

Schließlich erreichte er den Hebel, legte ihn mühsam um und schaute zu, wie die Klappe nach vorn fiel. Noch um ein winziges Stück musste er sich bewegen, dann bekam er die Flasche zu fassen. Er hustete dabei, spie Speichel und Blut von den Lippen, legte sich ächzend auf den Rücken und drehte die Flasche auf.

Bis zur Hälfte war sie gefüllt. Der Whisky schimmerte goldbraun. Everett kippte sie, setzte die Öffnung an den Mund, schluckte zweimal und hätte die Flasche fast wieder aus der Hand geschleudert, weil der scharfe Alkohol so sehr in seiner Kehle brannte. Er stellte sie noch soeben zur Seite und musste heftig husten. Dieser Schluck war wohl doch nichts für seinen geschundenen Magen gewesen, und Chuck dachte über einen anderen Plan nach. Wenn er seinen Körper mit Whisky einrieb, konnte ihm das schon für eine gewisse Weile helfen. Er hatte davon gelesen, es aber noch nicht ausprobiert.

Chuck biss wieder einmal die Zähne zusammen, als er sich mühsam in die Höhe stemmte und sich aufsetzte. Er vernahm die Geräusche von der Ladefläche her und hörte das Poltern. Diese Gauner waren sehr fix und schon dabei, die Ladung umzuladen. Wenn er noch etwas retten wollte, musste er sich beeilen.

Everett rutschte hinüber auf die Fahrerseite und konnte im Innenspiegel einen Blick auf sein Gesicht erhaschen. Der Trucker erschrak über sich selbst.

Es war furchtbar. Keine Stelle entdeckte er, die nicht getroffen worden war. Die Augenbrauen konnte er ebenso wenig erkennen wie die Lippen. Beide hatten unter den schweren Schlägen zu leiden gehabt. Die Wangen waren verquollen, und das Kinn hatte ebenfalls die doppelte Größe angenommen. Er fluchte. Dass er dies konnte, bewies, wie relativ gut es ihm schon wieder ging.

Und dann spürte er den Hauch. Es war eine Eiseskälte, wie er sie noch nie erlebt hatte. Sie streifte über seinen gesamten Körper, aber sie war nicht von draußen hereingekommen, denn die Türen waren fest verschlossen.

Woher kam sie dann?«

»Überrascht?«

Ja, das war er wirklich, denn die Stimme hatte er noch nie gehört, und sie war neben ihm aufgeklungen, als säße dort jemand auf der Beifahrerseite.

Chuck drehte den Kopf.

So weit es ging, riss er die Augen auf, denn auf dem Sitz hockte tatsächlich ein Mann. Sein Gesicht war bleich und hatte eine dreieckige Form angenommen. Die verzogenen Lippen wirkten wie ein in die Länge gedrücktes Rechteck, in dem Zähne schimmerten, die an Stahlstifte erinnerten.

Der Mann war ganz in Schwarz gekleidet und trug einen hohen Schalkragen. Unter seinen Augen lagen tiefe Schatten. Der Blick war von einer erschreckenden Gnadenlosigkeit und gleichzeitig mit einem beißenden Spott erfüllt.

»Verdammt!«, ächzte Chuck. »Wer bist du?«

»Weißt du das nicht?«, fragte der andere.

»Nein!«

»Ich bin der Teufel!«

Chuck Everett wusste nicht, ob er lachen oder weinen sollte, denn er fühlte sich in diesem Augenblick regelrecht auf den Arm genommen. Vorhin die Falle, danach die brutalen Schläge, und jetzt saß eine Gestalt in seinem Wagen, die von sich behauptete, der Teufel zu sein. Das konnte Everett einfach nicht glauben.

Andererseits musste dieser Mensch schon Fähigkeiten besitzen, die man als Zauberei bezeichnen konnte. Wie wäre es ihm sonst gelungen, bei verschlossenen Türen das Fahrerhaus zu betreten?

Vor den drei Schlägern hatte Chuck zwar auch Angst gehabt, aber jetzt war ihm unheimlich zumute. Er strahlte eine so große Kälte aus, dass Chuck es nicht begreifen konnte.

Und er grinste weiter.

Everett rutschte zurück. Er wollte so nahe wie möglich an die Tür gelangen, sie aufstoßen, sich aus dem Wagen fallen lassen und auf allen vieren wegkriechen. Das war vielleicht das Beste, was er in seiner Lage noch machen konnte.

»Was ist denn?«, fragte der Fremde zischend. »Hast du Angst, mein Lieber?«

Chuck gab keine Antwort. Er rutschte nur weiter zurück und sah plötzlich, wie sich der Satan vorbeugte, einen Arm ausstreckte und mit einer fellbedeckten Klaue zugriff.

Sehr genau hatte er gezielt. Das rechte Handgelenk des Truckers bekam er zu fassen und hielt eisern fest, sodass der andere sich nicht aus dieser Klemme befreien konnte.

Everett merkte auch die seltsame Kälte, die von der Hand seines unheimlichen Besuchers ausging. Sie blieb nicht nur auf seine Haut beschränkt, sondern strahlte direkt in den Körper ab, wo sie langsam weiterwanderte und sich immer mehr Platz verschaffte.

»Wenn sie dein Herz erreicht, bist du tot!«, drohte der Fremde. »Willst du das?«

Automatisch schüttelte der Trucker den Kopf. Denn wer gibt schon zu, dass er gerne tot wäre? Auch der so geschlagene Chuck nicht, und sein neuer Begleiter ließ die Hand sofort los. Das kalte Gefühl verschwand, Wärme breitete sich aus, sodass sich Chuck Everett wieder wohler fühlte. Noch etwas anderes stellte er fest. Die Schmerzen waren längst nicht mehr so schlimm wie noch vor einigen Minuten. Sie waren sogar fast verschwunden.

Wieder ein Rätsel …

»Na, spürst du etwas?«, fragte der andere.

»Was sollte ich …?«

»Die Schmerzen, mein Lieber. Sind sie noch da?«, erkundigte sich der Teufel mit seichter Stimme.

»Nein!«, gab der Trucker unsicher zur Antwort.

»Wunderbar. Das alles kannst du mir verdanken. Du stehst jetzt schon in meiner Schuld.«

Chuck nickte, obwohl er eine Frage stellte: »Wer bist du?«

»Der Teufel, ich sagte es dir schon.«

»Nein, Unsinn!« Heftig widersprach der Mann. »Den Teufel, den gibt es nicht!«

»Bist du dir da völlig sicher?«

»Ja, das bin ich.«

Der andere nickte. Er hatte die Hand des Menschen längst losgelassen, sich zurückgelehnt und gegen die Tür gedrückt. »Wenn das so ist«, meinte er lässig und schaute nur zu.

Plötzlich schrie Everett auf. Mit elementarer Wucht waren seine Schmerzen wieder zurückgekehrt, diesmal noch stärker als zuvor. Er sah sich bluten, krümmte sich auf dem Sitz und schlug mit seinen Händen gegen das Lenkrad. Tränen schossen aus den Augen, rannen an der Wange entlang und vermischten sich mit dem Blut in seinem Gesicht, sodass sie rosafarbene Spuren hinterließen.

Der Besucher aber lachte. Er genoss die Qualen des Truckers und sah auch dessen Zittern. Mit seinen Händen krallte sich der Mann am Lenkrad fest. Es sah aus, als wollte er sich daran hochziehen, aber ihm fehlte die Kraft für diese Aktion.

»Willst du noch mehr leiden?«, vernahm er die Stimme seines unheimlichen Besuchers.

Das ächzende »Nein« war kaum zu verstehen, aber der Teufel hatte es trotzdem vernommen.

Schlagartig verschwand der Schmerz bei Chuck Everett. Er atmete tief und auch frei durch, ohne irgendeinen Druck in oder auf seiner Brust zu spüren.

Dieser Besucher musste wirklich über Kräfte verfügen, von denen Chuck noch nie etwas gehört hatte. Er schaute ihn an und sah wieder das kalte Grinsen auf den Lippen. Auch der funkelnde Blick seiner Augen hatte sich nicht verändert. Der andere wusste haargenau, was er tat und wozu er überhaupt fähig war.

»Weißt du nun, wer ich bin?«

Chuck nickte.

»Und du glaubst jetzt an den Teufel?«

»Das auch.«

»Dann kann ich dir …« Der andere lachte schon jetzt über seine folgenden Worte, »… den Himmel auf Erden bereiten.«

»Aber, aber …« Chuck schüttelte den Kopf. »Ich verstehe dich nicht. Was kann ich für dich tun? Was willst du überhaupt von einem, der gerade zusammengeschlagen wurde?«

Der Teufel schaute den Trucker schief an. »Was ich von dir will, fragst du? Das werde ich dir jetzt erklären. Höre genau zu, und sag erst danach etwas …«

Wir wussten genau, welch ein gewaltiges Risiko wir eingegangen waren und hofften, dass alles klappte. Hin und her hatten wir überlegt, bis wir uns entschlossen hatten, es doch zu wagen.

Jane Collins sollte ein anderes Herz bekommen!

Seit einigen Monaten lebte sie in einem Zustand, der mehr einer Lethargie glich. Und sie war völlig von einer Waffe abhängig, die sich Würfel des Unheils nannte. Solange er in direktem Kontakt mit ihrem Körper stand, war alles okay, aber wehe, jemand entriss ihr den Würfel. Jane würde elendig sterben.

Und der Würfel war eine gewaltige Waffe. Er steckte voll magischer Kraft. Man konnte ihn manipulieren. Das heißt, er reagierte beim Bösen ebenso wie beim Guten, wenn ich das mal so simpel ausdrücken darf. Ich konnte ihn für meine Zwecke manipulieren, ebenso wie der Teufel für seine. Deswegen waren der Höllenfürst sowie der Spuk hinter dem Würfel so stark her. Jeder wollte ihn unbedingt in seinen Besitz bringen, denn mit dieser Waffe konnten sie Welten einstürzen lassen oder verändern.

Ich hätte ihn längst an mich nehmen können. Dann aber wäre Jane Collins, die ehemalige Hexe, gestorben. Dies konnte ich einfach nicht übers Herz bringen, obwohl Jane sich als Hexe sehr stark für die Seite der schwarzen Magie eingesetzt hatte.

Ich brachte es trotzdem nicht fertig.

Und dann hatte uns die Medizin geholfen. In den Vereinigten Staaten war es gelungen, einem Patienten ein Herz aus Aluminium einzupflanzen. Diese Meldung war um die Welt gegangen und hatte uns auf die folgenschwere Idee gebracht.

Wenn es dem Ärzteteam gelang, Jane Collins ebenfalls ein Aluherz einzupflanzen, lebte Jane weiter, und ich konnte den Würfel an mich nehmen. Eine fantastische Sache, die mich, wenn ich darüber nachdachte, atemlos werden ließ.

Meine Freunde und ich hatten lange darüber diskutiert. Eine bessere Lösung war uns nicht eingefallen, und so hatte Bill Conolly, der Mann mit den besten Verbindungen, seine Beziehungen spielen lassen. Es war ihm tatsächlich gelungen, für Jane ein Bett zu beschaffen. Die Ärzte zeigten sich bereit, die Operation durchzuführen. Sie sollte allerdings geheim bleiben und in einer versteckt liegenden Klinik durchgeführt werden, da wir mit großen Schwierigkeiten rechneten.

Wenn unsere Gegner erfuhren, wo sich Jane Collins aufhielt, würden sie alles daransetzen, sie zu töten. Hatte ich aber erst den Würfel, setzten sie sich auf meine Spur, und so konnte ich sie von Jane Collins ablenken.

So sah unser Plan aus.

Vor den Erfolg haben die Götter den Schweiß gesetzt. So lautete ein altes Sprichwort, und auch wir würden noch verdammt stark ins Schwitzen kommen, denn wir mussten Jane Collins in das Sanatorium schaffen.

Im Zeitalter des Jets war dies kein Problem, wäre alles normal gewesen, und das war es nicht.

Bisher hatte Jane Collins im Kloster St. Patrick in einer fast absoluten Isolation gelegen. Das Kloster bildete gewissermaßen ein Bollwerk gegen die Mächte des Bösen, obwohl auch hier der Spuk versucht hatte, an Jane heranzukommen. Es war ihm zum Glück nicht gelungen.

Jane hätte also aus dem Kloster nach London transportiert und dann zum Flughafen gebracht werden müssen, um in die Staaten fliegen zu können. Das war uns zu riskant. Auf dem Weg in die USA würden unsere Gegner tausend Möglichkeiten finden, um sich an der Detektivin schadlos zu halten, und wir konnten für ihre Sicherheit nicht garantieren.

Was also tun?

Wir hatten Freunde, mächtige Freunde sogar, für die Magie kein Fremdwort war.

Kara und Myxin, die beiden Gestalten aus dem längst versunkenen Kontinent Atlantis mussten uns einfach helfen, wollten wir alles sicher über die Bühne bringen.

Bill hatte seine Aufgabe gut erledigt, für Suko und mich gab es noch Schwierigkeiten, denn uns war in letzter Sekunde noch ein Fall dazwischengekommen. Die Sache mit dem kopflosen Reiter.

Dann hatte es doch geklappt.

Myxin und Kara zeigten sich bereit, uns zu helfen. Sie lebten normalerweise bei den flaming stones, den Flammenden Steinen, und gingen immer gern ihren eigenen Weg. Uns war es trotzdem gelungen, Kontakt mit ihnen aufzunehmen, und beide zeigten sich kooperativ.

Aus dem Kloster hatten sie Jane Collins weggeholt. Dank ihrer Kräfte konnte Kara, die Schöne aus dem Totenreich, Raum und Zeit überwinden, und sie hatte Jane in das Haus der Conollys geschafft, wo sie in einem Gästezimmer untergebracht war.

Nadine, die Wölfin, war unruhig geworden. Sie spürte die ungewöhnliche Magie, die von Jane Collins ausging, und wir hatten das Tier mit der menschlichen Seele nur sehr schwer beruhigen können.

Jedenfalls war die erste Hürde überstanden.

Auch Suko ging es wieder besser. Er hatte bei unserem letzten Fall einiges abbekommen. Der Huftritt eines Pferdes hatte seinen Kopf gestreift. Eine Gehirnerschütterung hatte er glücklicherweise nicht erlitten, und Suko fühlte sich wieder fit.

Er wollte ebenso mit in die Staaten wie auch Bill, denn der Reporter musste sich noch persönlich mit den zuständigen Stellen in Verbindung setzen, um letzte Dinge zu klären.

Es fielen zudem hohe Kosten an, die wollten die Conollys gern übernehmen.

Auch von unserem Chef, Sir James, hatten wir das Okay erhalten, und eigentlich hätten wir in die Staaten reisen müssen. Nicht per Jet, wie es normal gewesen wäre. Wieder hatten sich Kara und Myxin bereit erklärt, uns auf eine unkonventionelle Art und Weise zu helfen. Wir würden innerhalb einer kaum fassbaren Zeitspanne in den USA sein, und zwar an einem magischen Ort, der nicht weit von dem bewussten Sanatorium entfernt lag.

Gerüstet waren wir. Ich hatte alle Waffen mitgenommen, die mir zur Verfügung standen, auch den Bumerang. Allerdings lag die Eichenbolzen verschießende Druckluftpistole im Koffer. Gegen Vampire würden wir wohl nicht zu kämpfen haben.

Es war ein kalter Wintertag im Januar. Dieser Monat hatte es wirklich in sich. Der Schnee lag dick auf den Straßen. Er taute kaum weg und war auf seiner Oberfläche gefroren. Wir hatten bei der Jagd auf den Kopflosen dieses böse Wetter zu spüren bekommen, und auch in den Staaten sah es nicht viel besser aus.

Kara und Myxin wollten nicht in den USA bleiben, sondern sofort wieder zurück. Ihr Platz war bei den Flammenden Steinen, durch deren magische Kraft sie herausfinden wollten, welche Rätsel das alte Atlantis mit in die Gegenwart hineingebracht hatte.

Das waren ihre Probleme, unsere sahen ganz anders aus, wobei es hin und wieder vorkam, dass sich beide überschnitten.

Und noch einen Gast hatten die Conollys. Es war ein vierzehnjähriger Junge mit dem Namen Ali. Ich hatte ihn aus Marokko mitgebracht, wo er durch Zufall an meine Seite geraten war und wir gemeinsam die unheimlichsten Abenteuer bestanden hatten.

Ali war Vollwaise, hatte nicht gewusst, wohin er gehen sollte, und so war er mit nach England gekommen, bei den Conollys geblieben, wo er sich wohl fühlte, wie er mir versicherte.

Ausgerechnet an dem für uns und Jane Collins so bedeutsamen Tag nahm er mich zur Seite. »Kann ich dich mal sprechen, John?«, erkundigte er sich leise.

Ich wollte ihn schon abwehren, als ich seine dunklen, großen, bittenden Augen sah und nickte. »Ja, wenn es nicht zu lange dauert.«

»Ganz bestimmt nicht.« Ali zupfte mich am Arm und zog mich in eine Ecke. »Ich habe meinen Koffer schon gepackt.«

»Wie?«

»Ja, John, mein Koffer ist fertig.«

Noch immer verstand ich nicht so richtig. »Willst du vielleicht verreisen, Ali?«

»So ist es.«

»Und wohin?«

»Ich gehe mit euch.«

Erst wollte ich lachen, dann wurde nur mehr ein Grinsen daraus. »Mit uns in die Staaten reisen?«

»So ist es.«

»Aber wie kommst du denn darauf? Weißt du nicht, was wir dort alles zu tun haben?«

»Das ist mir bekannt, John, ich würde euch nicht stören.«

Ich fuhr mit der Hand durch sein dunkles Lockenhaar. »Das ist nett von dir, aber du kannst dir nicht vorstellen, in welche Gefahren wir hineingeraten können.«

»Ich nicht!«, behauptete er.

Diese Sicherheit ließ mich stutzig werden, deshalb fragte ich nach. »Wieso nicht?«

»Weil ich nicht bei euch bleiben werde.«

»Du willst also allein losziehen?«

»Ja.«

»Und wohin?«

Er zögerte mit der Antwort. Aus dem Wohnraum vernahm ich die Stimmen der anderen Freunde. Auch Sheilas hastige Schritte hörte ich, als sie in die Küche ging. Dann hörte ich wieder die Stimme des jungen Ali. »Bill hat mir da etwas erzählt, das mich nicht loslässt und mich regelrecht angemacht hat.«

»Was ist es denn?«

Er rückte nicht direkt mit der Sprache heraus, sondern kam auf Umwegen zum Ziel. »Ihr habt doch da einen Freund in den Staaten. In der Nähe von San Francisco …«

»Du meinst Yakup Yalcinkaya?«

Auf Alis Gesicht ging die Sonne auf. So sehr strahlte er plötzlich. »Das ist er.«

»Er ist unser Freund, stimmt. Aber er kennt dich nicht. Was willst du von ihm?«

»Bei ihm bleiben!«

Ich ging vor Überraschung einen Schritt zurück. »Was hast du da gesagt? Du willst bei ihm bleiben?«

»Ja, John. Bill hat mir so viel von ihm erzählt. Hier ist es zwar toll, aber ich will etwas anderes tun. Und Yakup wäre genau der richtige Freund und Lehrmeister für mich. Bestimmt würde er mir viele Dinge beibringen. Und wenn nicht …«, Ali hob die Schultern. »Dann komme ich wieder zurück. Aber ich muss es wenigstens versucht haben.«

Tja, das war eine Überraschung. Wie ein Denkmal stand ich da und rieb mir mein Kinn. Ich hatte Ali zwar aus Marokko mitgebracht, aber ich musste ehrlich zugeben, dass mir mein Job kaum Zeit gelassen hatte, mich um den Jungen zu kümmern. Aus seiner Sicht war seine Reaktion verständlich. Außerdem war er kein Kleinkind mehr, steckte schon in der Pubertät, und da wollen junge Leute etwas erleben und versuchen, auf ihren eigenen Füßen zu stehen, auch wenn sie hin und wieder mal ausrutschen.

»Das kommt natürlich etwas überraschend«, gab ich zu.

»Ich weiß, John, und ich habe mich auch gequält. Leicht ist es mir nicht gefallen. Dann hörte ich, dass ihr in die Staaten wollt. Als Gast bei den Conollys kann ich ja nicht immer bleiben, und ich habe von Bill erfahren, dass Yakup dabei ist, ein Kloster aufzubauen. Er sucht bestimmt Unterstützung.«

»Möglich.«

»Dann sagst du ja?«, fragte er mich hoffnungsvoll.

Ich lächelte. »Ich bin nicht dein Vater.«

»Der ist tot.«

»Richtig, mein Junge. Trotzdem fühle ich mich irgendwie für dich verantwortlich, außerdem liegt die Entscheidung nicht bei mir. Du musst dich schon an Kara und Myxin wenden, ob sie bereit sind, dich mit auf die Reise zu nehmen.«

»Dann bist du einverstanden?«, erkundigte er sich listig.

»Sagen wir es so. Ich kann dich verstehen.«

Er reichte mir die Hand. »Danke, John, ich bin froh, einen Freund wie dich zu haben.«

»Noch bist du nicht in den Staaten«, dämpfte ich seinen Optimismus.

»Das klappt schon. Ich verspreche auch, dass ich euch nicht stören werde. Ich begebe mich so schnell wie möglich auf die Reise nach Frisco. Bill hat mir auch Geld geliehen, sodass ich …«

»Dann weiß er schon Bescheid?«

»Ja, ich habe mit ihm darüber gesprochen.«

Ich schlug mit der Faust in meine linke Handfläche. »Und er hat mir davon nichts gesagt!«

»Vielleicht hatte er noch keine Zeit gefunden. Kann ja sein. Du warst immer beschäftigt.«

Das war ich in der Tat. Wir blieben nicht mehr allein, denn die Person, von der wir gesprochen hatten, erschien. Bill kam und nickte mir zu. »Wolltest du nicht noch einmal mit Jane sprechen?«, fragte er.

»Das auch.«

»Dann komm jetzt.«

Bill wollte sich abwenden, ich hielt ihn fest. »Moment noch, Alter. Ich habe soeben mit Ali geredet und erfahren, dass er ebenfalls in die Staaten will. Du wusstest davon?«

»Ja.«

»Und hast mir nichts gesagt.«

Bill hob die Schultern. »Meine Güte, John, du weißt selbst, dass es hier drunter und drüber gegangen ist. Da kann einem schon mal etwas durchrutschen.«

»Sicher, ich verstehe dich.«

»Bist du denn dagegen?«

»Nein, das bin ich nicht. Ali kann meinetwegen in die Staaten zu Yakup reisen. Wie der reagieren wird, weiß ich allerdings nicht.«

»Bestimmt positiv.«

Ich hatte mich entschlossen. »Gut, dann soll sich Ali an Kara und Myxin wenden. Ich gehe zu Jane.«

»Danke, John!«, rief der Junge mir noch nach.

Ich drehte mich zu ihm um. Sah er traurig aus? Auf gewisse Art und Weise ja, aber in den Augen lag der Wille, etwas zu erleben, und festbinden konnten wir ihn nicht. Vielleicht war es sogar gut, wenn er zu Yakup kam.

Immerhin brauchten auch wir Nachwuchs im Kampf gegen Dämonen und Geister …

Chuck Everett hatte seine Schmerzen nicht nur vergessen, sie waren einfach nicht mehr da. Und er dachte auch nicht mehr an die drei Typen, die auf der Ladefläche seines Trucks herumturnten und sie leer räumten. So stark hatten ihn die Worte seines unheimlichen Besuchers fasziniert. Als der Teufel hatte sich der Mann vorgestellt. Mittlerweile war Chuck davon überzeugt, es tatsächlich mit dem Höllenherrscher zu tun zu haben.

»Und deshalb habe ich dich ausgesucht, mein Junge«, flüsterte der Höllenherrscher. »Du bist derjenige, der mir helfen kann. Du wirst den Schrecken und das Chaos verbreiten, denn ich bezeichne dich nicht nur als meinen Freund, sondern als Satans Rammbock!«

Das waren starke Worte gewesen. Everett geriet dabei sogar ins Schwitzen, wenn er über die Folgen nachdachte. Der Teufel würde auf seiner Seite stehen und ihn mit Kräften ausstatten, von denen er bisher nicht mal geträumt hatte.

»Und das stimmt wirklich?«, fragte er.

»Weshalb sollte ich lügen?«

»Weil ich so etwas noch nie gehört habe.«

»Aber du wusstest, dass es den Teufel gibt?«

»Ja, das wusste ich, ich konnte es aber nicht fassen.« Er hob die Schultern. »Das war alles so weit weg.«

»Jetzt ist es nah«, erklärte der Bleiche mit dem dreieckigen Gesicht. »Ich herrsche über die Hölle.«

»Was soll ich tun? Wirklich nur fahren?«

»Nur fahren und dich durch nichts aufhalten lassen. Dein Wagen wird ebenfalls Kräfte bekommen, die über alles Normale hinausgehen. Du wirst dich wundern.«

Chuck Everett senkte den Kopf. Er wusste nicht, was er noch sagen sollte, starrte auf seine Finger und bewegte sie auf und nieder.

Die nächste Frage stellte der Teufel lauernd. »Hast du eigentlich noch Schmerzen?«

»Nein.«

»Kannst du dich bewegen?«

»Ich habe es noch nicht versucht.«

»Dann probier es aus«, forderte Asmodis und begann, breit und lauernd zu grinsen.«

»Wie denn?«

»Stell dich hin.«

Chuck Everett zögerte noch einen Moment, hob schließlich die Schultern und stemmte sich in die Höhe. Er hielt sich am Lenkrad fest, drückte die Arme durch, winkelte sie an, bewegte die Schultern, ging in die Knie, und da gab es nichts, was bei ihm spannte oder Schmerzen verursachte.

Alles war normal …

Erstaunt schaute er den Teufel an. Dieser lachte jetzt laut. »Da siehst du wieder, welch eine Macht die Hölle besitzt.«

»Das habe ich tatsächlich gemerkt.« Chuck drückte sich wieder auf den Sitz.

Der Teufel war noch nicht fertig. Er deutete mit seiner Pranke in Richtung Ladefläche. »Hörst du sie?«

»Natürlich.«

»Sie haben dich verprügelt, nicht?«

»Und wie!«, knirschte der Trucker. »Das sind Bastarde, das sind Hundesöhne, die …«

»Willst du es Ihnen heimzahlen?«

Everett war so überrascht, dass er zunächst keine Antwort geben konnte. Mit dem Zeigefinger deutete er auf sich selbst. »Ich soll es ihnen zurückzahlen? Irre gern. Nur bin ich allein, sie sind zu dritt. Schon einmal haben sie mir bewiesen, was sie können.«

»Da hast du mich noch nicht gekannt«, erklärte Asmodis.

»Was macht das für einen Unterschied?«

Satan begann zu lachen. »Einen sehr großen. Wenn nicht den größten überhaupt.«

»Ich verstehe nicht so recht …«

»Dann will ich es dir erklären. Verlasse den Wagen hier und klettere zu ihnen auf die Ladefläche. Du wirst sehen, was geschieht. Greife sie an, sie werden überrascht sein.«

Everett ballte die Hände. Ein Zeichen seiner wilden Vorfreude. Er dachte daran, dass der Teufel es geschafft hatte, ihn von seinen Schmerzen zu befreien. Für diese Person gab es das Wort unmöglich wohl nicht. Plötzlich vertraute Chuck dem Höllenherrscher. Über sein Gesicht zuckte ein kaltes Grinsen. Die Haut spannte sich dabei noch stärker auf den Knochen. »Ja«, sagte er, »ich werde zu ihnen hingehen. Ich mache den Versuch und bin gespannt, ob das alles eintrifft, was du mir gesagt hast.«

»Bestimmt.«

Mit einer heftigen Bewegung stand der Trucker auf. Er schaute den Teufel noch einmal an, drehte sich und öffnete die Tür. Kalte Luft strömte ihm entgegen, zusammen mit einem halblauten Ruf, den der Weiße ausgestoßen hatte.

In einem dichten Blau lag die Dunkelheit über diesem Teil des Parkplatzes. Nur weiter entfernt huschten Scheinwerfer über die Betonfläche und dröhnten Motoren.

In diese Ecke verirrte sich kaum jemand. Der Dunst war dichter geworden. Die Wolken krochen über den Boden und unter den abgestellten Trucks her. Everett hatte das Gefühl, genau in eine Wolke hineinzuspringen, als er sich von der Trittleiter löste.

Sachte drückte er die schwere Tür zu und schritt mit fast unhörbaren Schritten an der langen Ladefläche des Trucks entlang. Er verschmolz mit dem Schatten des Trucks, kam sich selbst vor wie ein Phantom oder ein lautloser Rächer.

Die drei hatten nichts bemerkt. Sie glaubten sich weiterhin ungestört und gingen ihrer »Arbeit« nach.

Sie würden sich wundern.

Schritt für Schritt näherte sich Chuck dem Heck des Trucks. Die drei Highway-Piraten waren dabei, die wertvollste Ware umzuladen. Sie schafften sie von Chucks Truck in einen anderen großen Lastwagen, der so geparkt war, dass sich die offenen Heckseiten direkt gegenüberstanden.

Im Augenblick sah Chuck auf der Fläche des zweiten Wagens keinen. Die drei hielten sich auf seinem Laster auf, und dort wollte er sie auch überraschen. Aus der offenen Heckklappe der Ladefläche fiel ein schwacher Lichtschein. Die Typen hatten eine Lampe eingeschaltet, um sich besser orientieren zu können.

Everett grinste, als er daran dachte. Dann konnte er wenigstens ihre dummen Gesichter sehen, wenn er sich plötzlich und unerwartet in den Truck schwang.

Noch weiter musste er vor, erreichte das Ende des Wagens und hörte einen der Farbigen reden. »Verdammt, das ist eine schwere Maloche. Hätte nicht gedacht, dass Arbeit so schweißtreibend sein kann.«

»Dafür kriegst du auch viel Geld«, hielt man ihm entgegen.

»Schon, aber …«

»Mach weiter und fass mit an.«

Sie waren durch ihre Arbeit abgelenkt. Dies kam Chuck sehr entgegen. Umso größer würde die Überraschung für sie werden, wenn er plötzlich auftauchte.

Aus ihrer Unterhaltung hatte er entnehmen können, dass sie beschäftigt waren, deshalb nutzte er die Gunst der Minute, huschte um den Wagen herum, sah die offene Ladefläche am Heck direkt vor sich, fand mit traumhafter Sicherheit die schmale Sprosse der kleinen Trittleiter und überwand sie mit einem Satz.

Er schaute in den Wagen hinein. Sie hatten an der linken Seite einen runden Standscheinwerfer aufgestellt, der sein Licht in die Finsternis hineinwarf, Chuck Everett aber noch im Dunkeln ließ.

Eine Sekunde verstrich. Die drei hoben schwere Kisten an, wandten ihm den Rücken zu und hörten Chucks lässig klingende Stimme.

»Kann ich euch helfen, Freunde?«

Ich hatte schon ein weiches Gefühl in den Knien, als ich die Tür zum Gästezimmer öffnete, in dem Jane Collins untergebracht war. Sheila hatte das Rollo so weit nach unten fahren lassen, dass nur mehr schmale Streifen an Helligkeit in den Raum fielen und ihn gerade so ausleuchteten, dass ich etwas erkennen konnte.

Das Zimmer war normal eingerichtet, und auf dem Bett lag eine schmale, blasse Gestalt.

Jane Collins!

Sie hatte das Öffnen der Tür vernommen und wandte, als ich über die Schwelle trat, den Kopf zu mir hin.

Unsere Blicke trafen sich. Janes Gesicht wirkte blass, und auch das Lächeln, das sie produzierte, zeigte nichts von einer Fröhlichkeit. Im Gegenteil, es wirkte irgendwie verloren.

»John …«, flüsterte sie.

Ich nickte ihr zu, ging an das Bett und ließ mich auf dessen Kante nieder.

Jane musste den Würfel immer bei sich tragen. Er stand dort auf ihrem Körper, wo einmal das Herz gesessen hatte, und Janes schmale Hände lagen auf den seitlichen Flächen des Quaders. Über den Würfel hinweg blickte sie mich an, und sie bewegte sehr langsam die Lippen. »Du, du bist da, John?«

»Ja.«

»Willst du dich verabschieden?«

Ich schaute nicht sie an, sondern den Würfel. Er sah so harmlos aus. Ein Quader mit rotvioletten Seiten, aus einem Material bestehend, das an dickes Glas erinnerte, es aber nicht war.

Die genaue Analyse kannte ich nicht. Vielleicht würde ich sie erfahren, wenn er sich einmal in meinen Händen befand.

»Ich möchte mich nicht verabschieden, denn ich fahre natürlich mit in die Staaten.«

»Das ist gut.« Sie löste eine Hand von dem lebenswichtigen Gegenstand und legte ihre Finger auf die meinen. Die Anstrengung der letzten Wochen war ihr anzusehen. Unter ihren Augen lagen Schatten, die sich in die Haut eingegraben zu haben schienen. Ihre Augen zeigten einen traurigen, beinahe deprimierenden Ausdruck. Hin und wieder zuckten die Lippen, ohne dass sie lächelte.

»Wie geht es dir?«, fragte ich.

»Ach John«, erwiderte sie leise. »Ich weiß selbst nicht, was mit mir geschehen ist, und ich hatte Zeit genug, um über mein Schicksal nachzudenken. Weißt du was?«

»Nein.«

»Ich bin inzwischen zu der Überzeugung gelangt, dass ich alles, was hinter mir liegt, verdient habe.«

Ich schüttelte den Kopf. »Jane, das kannst du nicht sagen.«

»Doch, John, doch. Denke daran, dass ich gemordet habe.«

»Du warst eine Hexe!«

»Sicher, doch nun habe ich ein Gewissen. Es quält mich.« Ihr Gesicht verzog sich, als würde sie Schmerzen leiden. »Es ist eine furchtbare Strafe. Ich muss immer an die Vergangenheit denken, ich fühle mich wie unter einer schweren Last, und manchmal habe ich gedacht, dass es wirklich besser ist, wenn ich sterbe.«

»So darfst du aber nicht reden!«, wehrte ich ab. »Nicht jetzt, wo wir dabei sind, alles wieder ins Lot zu bringen.«

»John, mein Lieber. Das ist eine Täuschung, glaube es mir. Auch wenn alles wider Erwarten klappen sollte, es wird nie mehr so werden, wie es früher einmal gewesen war. Ich meine zwischen uns beiden.«

Ich schwieg. Bei Janes Worten hatte sich eine Gänsehaut auf meinem Rücken gebildet. Mein Blick glitt zum Fenster. Ich sah die Lichtstreifen durch das nicht völlig geschlossene Rollo fallen und entdeckte auch das Muster auf der Bettdecke. Die Stille lastete in dem Zimmer, und ich dachte über Janes Worte nach.

Würde es wirklich nicht mehr so werden?

Ihre Stimme unterbrach mich. »Niemand, John Sinclair, kann die Vergangenheit wieder zurückholen. Auch du und deine Freunde nicht. Was gewesen ist, das ist gewesen, vorbei, aus. Ich möchte dir trotzdem für das danken, was du alles für mich tun willst. Ob es jedoch einen Sinn hat, kann ich dir nicht sagen.«

»Gemeinsam werden wir es schon schaffen«, erwiderte ich. »Glaube es mir, Jane.«

»Ihr gebt euch dort Mühe, wo es sich nicht lohnt. Ich kenne mich da besser aus.«

»Das wollen wir einmal dahingestellt sein lassen. Ich verstehe dich auch, Jane. Du hast mehr mitgemacht, als man normalerweise verkraften kann. Und du hast überlebt. Sollte dir diese Tatsache nicht Hoffnung geben? Schüttel deine trüben Gedanken einfach ab. Versuche es wenigstens. Es wird dir helfen. Wir haben gemeinsam so viel geschafft, dass es kaum zu fassen ist. Und wir werden alles andere auch noch hinter uns bringen. Außerdem stehen wir beide nicht allein. Wir haben Freunde, die zu dir halten, obwohl du einmal auf der anderen Seite gestanden hast. Kannst du das alles fassen und begreifen?«

»Schon, aber …« Sie schwieg, weil ihr die passenden Worte nicht einfielen. Dafür sah ich in ihren Augen das helle Glitzern. Die Erinnerung musste sie so stark überwältigt haben, dass sie anfing zu weinen.

Jane tat mir Leid. Mochte geschehen sein, was wollte, ich hatte mit dieser Frau Mitleid. Natürlich hatte sie schwere Schuld auf sich geladen und sogar versucht, mich zu töten, aber da war sie nur äußerlich die Jane Collins gewesen, nicht mehr als eine Hülle. In ihrem Innern hatte es anders ausgesehen.

Ich machte ihr einen Vorschlag. »Versuche doch einmal, all das, was dich beschäftigt, zu ignorieren. Denk an die Zukunft. Du wirst den Würfel aus der Hand geben können und völlig normal leben, wenn alles klappt.«

»Ja, John, wenn alles klappt.«

Ich zeigte ihr ein optimistisches Lächeln. »Dafür sorgen wir schon. Du kennst Myxin, Kara, und auch Bill. Wir können dich beschützen. Die andere Seite hat keine Chance.«

»Weshalb machst du dir etwas vor?«, fragte Jane. »Es ist nicht so einfach. Ich bin fest davon überzeugt, dass die andere Seite längst Bescheid weiß und Gegenmaßnahmen getroffen hat. Denk an den Spuk und an den Teufel. Beide wollen den Würfel unter allen Umständen in ihren Besitz bringen, und sie kennen kein Erbarmen. Ich weiß das, ich fühle es, dass Asmodis bereits ein unsichtbares Netz ausgeworfen hat, in dessen Schlingen wir alle uns fangen sollen.«

»Wir sind auch nicht von gestern«, gab ich zurück. »Wirklich nicht, meine Liebe.«

»Wäre ich nicht dabei, würde ich euch schon eine Chance geben. So aber bin ich für euch mehr als ein Klotz am Bein. Da kannst du sagen, was du willst. Ich weiß es besser.«

»Du kommst mir so sicher vor, Jane, dass ich dich fragen möchte, ob du konkrete Hinweise auf eine Aktivität des Teufels oder des Spuks hast.«

»Die habe ich nicht.«

»Was soll dann dein Pessimismus?«

»Mein Gefühl sagt mir, dass es nicht klappt.«

Obwohl ich auch ein Mensch war, der sehr sensibel auf Gefühle reagierte, winkte ich hier ab. »Gefühle, Jane, sind keine Beweise. Daran solltest du denken. Wir jedenfalls ziehen es so durch.« Ich beugte mich vor, dass unsere Gesichter einander auf Handbreite gegenüberstanden. »Einverstanden?«

Sie schaute mich an. Noch immer schwammen ihre Augen in Tränen. Jane schluckte. Der Kloß saß in ihrer Kehle fest. »Ich, ich muss es ja wohl sein.«

»Das meine ich auch.«

»John …« Sie hauchte meinen Namen.

»Was ist?«

»Bitte, küss mich! Vielleicht ist es das letzte Mal. Ich möchte es noch einmal spüren. Es gibt mir die Erinnerung an frühere Zeiten zurück. Vergiss die Hexe Jane und denke nur an die Detektivin. Wirst du mich küssen, John?«

»Gern.« Ich legte meine Handflächen neben ihren Kopf und berührte ihre Wange. Dann drückte ich mein Gesicht noch weiter vor und hauchte ihr einen Kuss auf die Lippen.

Sie waren warm und kalt zugleich, ein Zeichen, dass wieder Leben in ihr steckte. Jane hielt die Augen geschlossen, und ich hörte ihr leises Stöhnen.

»Es war fast so wie früher«, sagte sie leise. »Fast …«

Ich streichelte ihre Hände und nickte ihr lächelnd zu. In der Tat waren wir früher oft zusammen gewesen, Jane Collins und ich. Ein Ehepaar waren wir zwar nicht gewesen, aber wir hatten uns doch sehr aneinander gewöhnt, bis es zu diesem schrecklichen Vorfall kam, als der Geist des Rippers in ihren Körper drang und die Oberhexe Wikka die Chance sah, die Kontrolle über Jane zu bekommen.

Das hatten sie getan. Mit allen Konsequenzen. Wikka hatte dem Satan gedient und Jane beeinflusst.

Ich hörte vor der Tür Schritte. »Das werden die anderen sein«, sagte ich.

»Geht es jetzt los?«

»Wahrscheinlich.«

Es klopfte. Ich setzte mich aufrecht hin und drehte den Kopf in Richtung Tür. »Come in.«

Bill erschien. Er lächelte Jane an und nickte mir zu. »Ich glaube, John, wir können.«

»Okay.« Ich stand auf und half auch Jane Collins hoch. Ihr war vom langen Liegen ein wenig schwindlig.

»Wir brauchen das Zimmer nicht zu verlassen. Kara und Myxin kommen her«, berichtete Bill.

Nicht nur sie trafen ein. Suko und Ali befanden sich ebenfalls bei ihnen. Er lächelte, für mich ein Beweis, dass er es geschafft hatte, die beiden Atlanter zu überreden.

Auch Sheila traf ein. Sie würde mit Johnny und Nadine zurückbleiben. Von jedem verabschiedete sie sich, am längsten von Jane Collins. Bill hatte sie bereits *Goodbye!* gesagt.

Wir sprachen kaum. Unsere Gesichter waren angespannt. Ein jeder wusste, um was es ging. Wir standen hier möglicherweise vor einer entscheidenden Wende in unserem Leben und im Kampf gegen die schwarze Magie. So etwas musste sich einfach auf die Psyche niederschlagen.

Auch zu mir kam Sheila. Wir umarmten uns. Ich spürte ihre Lippen an meinem Ohr. »Gebt auf Jane und Bill Acht! Ich möchte beide gesund wiedersehen.«

»Das verspreche ich dir.«

»Danke.«

Von Suko verabschiedete sie sich als Letztem. »Shao weiß Bescheid«, sagte sie. »Sie wird wohl wieder zu mir kommen und mir Gesellschaft leisten.«

»Das hoffe ich.«

Dann ging Sheila, strich noch einmal mit den Fingerspitzen

37

über die Wange ihres Mannes Bill, verließ den Raum und schloss die Tür leise hinter sich.

Wir, die »Reisenden«, blieben zurück. Jane Collins stand neben mir. Den Würfel hielt sie fest, und ich hatte einen Arm um ihre Schulter gelegt. »Es klappt alles!«, flüsterte ich. »Du brauchst dir keine Sorgen mehr zu machen.«

Myxin und Kara traten vor. Der kleine Magier trug wie immer seinen langen, grünen Mantel, während Kara schon das Schwert mit der goldenen Klinge gezogen hatte und auf ihrem Gesicht bereits die starke Konzentration lag, die sie für eine solche »Reise« aufbringen musste.

Ich wurde von ihm angesprochen. »Du weiß selbst, John, dass wir nur in die Nähe springen können. Von dort aus müsst ihr euch allein durchschlagen.«

»Das ist mir bekannt.«

»Ich wollte dich und die anderen nur noch einmal darauf hingewiesen haben.«

Danach bildeten wir den Kreis. Wir alle mussten miteinander Kontakt haben, damit sich Karas Magie auf jeden von uns übertragen konnte und wir die Chance bekamen, von ihrer Magie erfasst zu werden.

Sie hatte beide Hände auf den Griff ihres Schwertes gelegt. Es war eine besondere Waffe, und sie hatte uns bei so mancher Auseinandersetzung sehr geholfen.

Kara verengte die Augen zu Schlitzen. Ihre Konzentration steigerte sich, auch ich spürte schon das berühmte Flimmern, das sich vor meinen Augen ausbreitete.

Eigentlich hätte ich die Tür sehen müssen, sie war plötzlich nicht mehr da, und um uns herum verschwanden Zeit und Raum.

Zuletzt vernahm ich noch Alis erstaunten Ausruf. Er erlebte eine solche »Reise« zum ersten Mal in seinem Leben.

Die beiden Schwarzen standen gebückt da und hielten gemeinsam eine Kiste fest. Als sie die Stimme des Truckers hörten, wurden sie so überrascht, dass sie gleichzeitig die Kiste losließen, sodass diese auf die Ladefläche polterte.

Nicky reagierte anders. Er hatte in diesen Augenblicken nur die Verantwortung getragen, wirbelte herum, starrte Chuck Everett an wie einen Geist und fing sich erst Sekunden später.

»Verdammt!«, flüsterte er. »Du bist es. Ja, du bist es wirklich, du verkommener Landstraßenpirat.«

Erst jetzt wandten sich auch die Farbigen dem Trucker zu. Sie waren sprachlos, blieben gebückt, aber in ihre Augen trat ein lauernder Ausdruck.

»Ja, ich bin es«, erwiderte Chuck.

Nicky streckte den Arm aus und krümmte den rechten Zeigefinger. »Komm doch mal näher!«

»Gern.« Chuck tat ihm den Gefallen. Er hatte Platz genug, da der Truck bereits zur Hälfte leer geräumt worden war. Er geriet dabei in den Lichtschein, sodass Nicky ihn genau anschauen konnte.

»Ich glaube, wir waren zu human!«, flüsterte er rau. »He, Freunde, seht euch mal diesen Bastard an. Der hat gar nichts abbekommen. Sein Gesicht sieht aus wie …« Ihm fehlte der Vergleich, deshalb hob er nur die Schultern und kam zu einem anderen Thema. »Ich glaube, der will noch mehr. Aber diesmal richtig.«

»Das glauben wir auch.«

»Stimmt es?« Nicky wandte sich wieder an Everett.

»Vielleicht.«

»Weshalb bist du hier, Trucker? Du weißt doch, dass du gegen uns nicht ankommst. Oder hast du Hilfe geholt?«

»Nein, ich bin allein.«

»Vielleicht hat er eine Kanone«, hetzte der Hellhäutigere der beiden Schwarzen.

»Auch nicht.«

»Wie großzügig von dir. Du bist ohne Kanone gekommen. Und was hast du dir dabei gedacht?«

»Ich werde euch einiges zurückzahlen«, erklärte der Trucker. »Zwischen uns steht noch eine Rechnung offen.«

Da lachte Nicky. Er riss weit den Mund auf und ließ ein schrilles Geräusch hören. »Bisher habe ich nur gewusst, dass Trucker stur sind. Dass sie auch noch lebensmüde sind, ist mir neu.«

»Ich weiß, was ich tue.«

»Nicky!«, drängte einer der Typen. »Wir haben nicht viel Zeit. Wir sollten es ihm jetzt geben.«

»Ja, dafür bin ich auch. Zeigt ihm die Argumente.«

Sie kapierten und griffen nach hinten, wo sie ihre Waffen stecken hatten. Es waren unterarmlange Stahlrohre mit nur einer dünnen Schicht aus Metall, dafür im Innern mit einem harten Gummi gefüllt.

»Verschwinden kannst du nicht mehr«, sagte Nicky. »Dein Pech, Freund.« Dann drosch er zu.

Nicky hatte hart geschlagen. Er wollte dem anderen die Waffe quer durch das Gesicht ziehen, um von Beginn an klarzustellen, wer hier das Sagen hatte.

Und er schaffte es. Schräg fuhr die harte Waffe gegen den Kopf des Truckers, aber dessen Schädel war noch härter.

Im nächsten Augenblick glaubte Nicky, in einem Horror-Kabinett zu sein. Der Trucker stand vor ihm, ohne etwas zu tun. Er blieb nur stehen, aber der Schläger bekam die volle Wucht seines Angriffs zurück. Er hatte plötzlich das Gefühl, als würde sein Arm in Flammen stehen, und er irrte sich nicht.

Aus der Waffe zuckte Feuer in seinen Arm hinein und erreichte die Schulter, wo sich der Strahl explosionsartig ausbreitete.

Das wilde Höllenfeuer hatte im Nu die gesamte Gestalt des Mannes erfasst, einen Flammenkranz um sie geschlagen, der keinerlei Wärme abstrahlte.

Das war das Höllenfeuer!

Selbst Chuck Everett, der den Teufel inzwischen kennen gelernt hatte, war von dieser Reaktion überrascht worden. Er sah den Weißen zusammenbrechen und hörte das laute Zischen der Flammen, die dafür sorgten, dass die Gestalt sofort verbrannte.

Innerhalb weniger Sekunden war nur noch ein Aschehäufchen zurückgeblieben, und das bläulich zuckende Feuer war so rasch verschwunden, wie es aufgeflammt war.

Der Satan hatte bewiesen, welche Macht er über die Menschen besaß, und selbst Chuck Everett fürchtete sich ein wenig. Er konnte sich diesen unheimlichen Vorgang nicht erklären, stand auf dem Fleck und starrte auf die Asche.

Wie auch die beiden Farbigen.

Sie waren knochenharte Brocken, abgebrühte Typen, die genau wussten, wo es langging. Totschläger, Erpresser, sogar eiskalte Mörder, wenn es um den Vorteil ging.

Was sie jedoch erlebt hatten, versetzte ihnen einen gewaltigen Schock, und sie schafften es auch nicht, sich aus dem Bann des eben Erlebten zu befreien.

Das Licht des Scheinwerfers war schräg nach oben gerichtet und fiel genau auf ihre Gesichter. Sie sahen noch bleicher aus, als sie es tatsächlich waren. Wie die Masken von Pantomimen, die dicht vor ihrem Auftritt standen und nur auf das Startzeichen warteten.

Chuck Everett fing sich als Erster. Zunächst zuckten in seinem Gesicht einige Muskeln, dann begann er plötzlich zu lächeln und verzog die Lippen so breit wie möglich. In seinen Augen glitzerte es, eine wilde Freude durchtoste ihn.

Kein Bedauern, wie es für einen Menschen eigentlich normal gewesen wäre. Dies wiederum zeigte, wie sehr er schon unter dem Einfluss des Höllenherrschers stand.

Für ihn zählte ein Menschenleben nicht mehr. Nur mit drei Dingen beschäftigte er sich noch.

Mit der Hölle, seiner Rache und seinem Auftrag, den er von dem Teufel erhalten hatte.

Zu einem Drittel hatte er die Abrechnung hinter sich gebracht. Zwei Drittel lagen noch vor ihm.

Und diese beiden Drittel waren personifiziert. Er zählte die Farbigen dazu.

Langsam drehte er den Kopf. Sein Lächeln behielt er, und es verstärkte sich noch, als er in die Gesichter der Typen schaute. Noch nie zuvor hatte er Menschen gesehen, bei denen sich die Angst und das Grauen so deutlich abmalte wie bei ihnen.

Das war schon phänomenal und eigentlich unbeschreiblich. Die Männer schienen auf ihrer dunklen Haut eine zweite zu haben.

Da zitterten Lippen, da bebten Hände, und es war, als hätten sie sich abgesprochen. Wie von selbst und auch noch synchron öffneten sich ihre Fäuste, sodass die beiden Waffen, die sie vorhin gezogen hatten, aus den Händen rutschen konnten.

Sie polterten zu Boden.

Neben ihren Füßen blieben sie liegen. Sie interessierten die beiden nicht mehr. Der Hellhäutigere schaffte es schließlich, sich ein wenig von dem Bann zu lösen.

Er streckte seinen rechten Arm aus, machte den Zeigefinger lang, wobei dieser noch immer zitterte, als er auf den Aschenhaufen deutete. »Hast du – das gesehen?«, fragte er flüsternd.

Chuck hob die Schultern, holte eine Zigarette hervor und zündete sich das Stäbchen lässig an.

»Ja, das habe ich gesehen!«

Der Frager breitete die Arme aus. Seine Augen wurden sehr groß. »Und?«, krächzte er, um im folgenden Augenblick zu schreien. »Und? Was sagst du dazu?«

»Nichts.«

Der Schwarze kicherte, während sein Kumpan allmählich grau vor Angst wurde.

»Warum sagst du nichts?«, fuhr er Chuck an. »Verdammt, warum denn nicht?«

»Weil ich und er es so wollten.«

Der Schwarze schüttelte den Kopf. »Wieso er? Er ist doch tot. Liegt da als Asche.«

»Ihn meine ich nicht, sondern meinen Partner.« Jetzt lachte Everett, als er das überraschte Gesicht des anderen sah. »Ich habe einen Partner. Du kennst ihn, obwohl du ihn noch nie gesehen hast. Er wartet auf ihn!« Chuck deutete auf die Asche. »Er wartet auch auf dich und deinen miesen

Kumpan.« Der Finger des Truckers zuckte zwischen den beiden Typen hin und her.

»Verdammt, wer ist es?«, brüllte der Farbige.

»Der Teufel!«

Schlagartig hatte er die Antwort bekommen, konnte sie nicht fassen und trat einen Schritt zurück. Sein Blick veränderte sich wieder. Er wurde starr.

»Hast du gehört?« Everett ging auf ihn zu. »Ich habe vom Teufel gesprochen. Er hat mich unterstützt. Er ist sogar mein Freund geworden, und das werde ich dir beweisen. Er hat mich angeleitet, mich zu rächen. Ihr sollt sehen, dass ihr einen Freund des Höllenherrschers nicht so ohne weiteres zusammenschlagen könnt. Wer den Satan als Schutz bei sich weiß, der kann auch zurückschlagen.«

Der Farbige wich zurück. Er brauchte nur in das Gesicht des anderen zu schauen, um erkennen zu können, wie ernst es der Trucker meinte.

»Nein!«, flüsterten sie. »Nein, tu es nicht. Wir verschwinden, wir sagen nichts. Du kannst nicht …«

Chuck lachte nur. Bevor die anderen etwas unternehmen konnten, hatte er sich schon gebückt und die beiden Schlagstöcke an sich genommen. Diese Situation wollten die Schwarzen ausnützen. Gemeinsam sprangen sie in dem Augenblick auf Chuck Everett zu, als dieser in die Höhe kam.

Wieder sah er die Sohlen der Turnschuhe auf sich zukommen. Diesmal verspürte er keine Angst.

Die Treffer hätten einen normalen Menschen nicht nur durchgeschüttelt, sondern auch weit nach hinten und damit aus dem Wagen katapultiert. Bei Everett war es nicht der Fall.

Er stand trotz seiner gebückten Haltung wie eine Eins, und die beiden Kerle hatten das Gefühl, gegen eine Betonsäule getreten zu haben. Sie schrien, zuckten zurück, behinderten sich wieder, und auf einmal waren die Flammen da.

Die Berührung mit dem Trucker hatte dieses Phänomen **ausgelöst**. Bevor die Männer überhaupt wussten, wie ihnen **geschah,** wurden sie bereits vom Höllenfeuer umtanzt.

Die kalten, lodernden Zungen gaben einen grünlich blauen Schein ab, der sich in Windeseile weiterfraß und es auch schaffte, die beiden Körper zur gleichen Zeit zu zerstören.

Ja, sie wurden restlos vernichtet.

Da nutzte kein Schlagen, kein Wehren, die Farbigen hatten einfach nicht die Chance, dem vom Teufel entfachten Höllenfeuer zu entkommen. Sie vergingen.

Während der Widerschein des allmählich zusammenfallenden Feuers noch über Chucks Gesicht zuckte, schaute er fasziniert zu, wie seine Gegner zu Asche wurden. Er spürte die gleiche innere Zufriedenheit wie bei dem ersten Mord, und er gestand sich ein, dass er ein echter Diener des Höllenfürsten war.

Auf Kräfte, wie sie ihm jetzt zur Verfügung standen, hatte er immer wieder gewartet. So etwas war sein Traum gewesen, wenn er ehrlich gegen sich selbst war. Dass dieser Traum einmal in Erfüllung gehen könnte, damit hätte er niemals gerechnet.

Was hatte ihm Asmodis noch gesagt?

Du bist unbesiegbar. Du bist, zusammen mit deinem Wagen, Statans Rammbock!

Und genau das wollte er sein. Ein Stoßkeil der Hölle, der alles zur Seite räumte, was sich vor ihm in den Weg stellte. Sein Ziel war vorgegeben, er würde es erreichen.

Auch die letzten Flammenreste sanken zusammen. Sie legten sich noch einmal waagerecht und tanzten nahezu verzückt über die Asche der beiden Toten.

Everett war zufrieden. Sogar sehr zufrieden, wie er durch das Reiben seiner Hände andeutete. Der Satan hatte ihn, den Menschen, wie mit einem schützenden Mantel bedeckt, und er würde ihm auch weiterhin den Schutz gewähren, den er verlangte. Dabei musste er nur der Linie des Teufels treu bleiben.

Das hatte er vor.

Chuck interessierte nicht mehr, was mit seiner Ladung geschah. Vor zwei Stunden noch war er auf sie stolz gewesen, jetzt kümmerte er sich nicht mehr darum. Und auch nicht um

die Aschereste, die an drei verschiedenen Stellen der Ladefläche verteilt lagen.

Er sprang nach draußen.

Noch einen schnellen Blick warf er in den anderen Wagen.
Dort stand die Hälfte der Kisten, die die drei Typen in der
letzten halben Stunde ihres Lebens bereits umgeräumt
hatten.

Everett reagierte völlig normal. Er wuchtete die Klappe
hoch, zurrte die starken Halteleinen fest, überprüfte noch
einmal deren Sitz und ging zurück zum Führerhaus.

Dabei fühlte er sich nicht einmal nervös oder eingeengt. Er
war innerlich sehr gelassen, denn er vertraute auf die Kraft
des Teufels, die auf ihn übergegangen war.

An der linken Seite des Wagens ging er entlang, warf noch
einen Blick nach vorn, schaute in die Dunkelheit und nahm
auch den Geruch der Abgaswolken wahr. Das Zeug trieb
quer über den Parkplatz, wo die Männer ihre Trucks abgestellt hatten.

Chuck öffnete die Tür. Gelassen nahm er die kleine Treppe
und enterte das Führerhaus. Er hatte sich die Worte schon
zurechtgelegt, denn er musste sich schließlich bei seinem
Meister bedanken, als ihm die Sätze quasi im Hals stecken
blieben, denn der Platz neben dem Fahrer war leer.

Es gab keinen Teufel mehr!

Bevor Everett endgültig einstieg, schüttelte er noch den
Kopf und wischte über seine Augen.

Die Leere blieb.

Es gab keinen Teufel mehr.

»Dann eben nicht«, murmelte er, stieg endgültig ein und
hämmerte die Tür zu.

Ein selten erlebtes Gefühl der Zufriedenheit durchströmte
ihn, als er hinter dem Steuer seinen Platz gefunden hatte. Auf
einmal fühlte er sich unbesiegbar. Im Führerhaus saß er
höher als andere Verkehrsteilnehmer.

Es war das Absolute, das Allergrößte, was er hier erlebte.
Ihm konnte keiner etwas. Und er glaubte gleichzeitig daran,
dass noch eine weitere Kraft hinzugekommen war, eine, die

nicht vom Teufel direkt ausging und die auch nicht in seinem Körper steckte.

Es war einfach der Truck!

Genau er gab ihm das Gefühl einer dreifachen Sicherheit. Dieser Koloss aus Stahl, Rädern und Metall. Da war ein Zittern und Vibrieren in ihm, das Chuck in dieser Dunkelheit noch nie gespürt hatte. Sogar jede Schraube seines Trucks war von diesem ungewöhnlichen »Leben« erfüllt, das sich ausbreitete und auch den Fahrer nicht verschont hatte.

Es war ein gutes Gefühl, wie Chuck zugeben musste, und er störte sich auch nicht daran, dass er zu einem Menschenverächter geworden war. Was bedeutete ihm schon ein Leben?

Nichts, überhaupt nichts …

Und er war auch bereit, Leben zu vernichten. Wie viele es sein würden, konnte er jetzt nicht sagen, aber jeder, der versuchen wollte, ihn aufzuhalten, würde dies nicht schaffen.

Den Schlüssel hatte er wieder an sich genommen. Mit einer routinierten Bewegung schob er ihn in das Zündschloss, drehte ihn herum, und augenblicklich lief durch den Wagen ein Zittern.

Die Technik des Motors begann zu arbeiten. Die einzelnen Dinge waren gut aufeinander abgestimmt. Chuck gehörte zu den Leuten, die ihre Wagen selbst warteten und pflegten.

Wie immer warf er vor dem Start einen Blick in den Außenspiegel.

Als er in den Innenspiegel schaute, erschrak er bis ins Mark. Eigentlich hätte er schreien müssen, das tat er nicht. Wahrscheinlich war er schon zu abgebrüht.

Er sah ein Gesicht.

Aber das war nicht sein eigenes, sondern ein gelblich schimmernder und matt glänzender Totenschädel …

Dass der Motor bereits lief, nahm er nicht wahr. Chuck Everett saß hinter dem Lenkrad wie eine Säule, schaute auf den Schädel und konnte nicht fassen, dass er es war, dem

46

dieser hässliche Knochenkopf gehörte. Das musste ein anderer sein.

Aber trug der den gleichen Hals oder das karierte Hemd unter der Jeansjacke?

Ja, dieser Totenkopf gehörte zu ihm, und Chuck stellte fest, dass ihn der Teufel noch stärker unter Kontrolle hatte, als er bisher geglaubt hatte. Der Satan konnte mit ihm machen, was er wollte, wobei es Chuck nicht gelang, sich ihm entgegenzustellen.

Der Anblick faszinierte und stieß den Mann gleichzeitig ab.

Er hob die Hände und presste sie mit den Innenflächen gegen seine Wangen.

Es waren Wangen!

Chuck lachte. Wangen mit seiner Haut, sogar ein wenig warm, keine blanken Knochen. Aber im Spiegel sah er den Schädel. Leise begann er zu lachen, denn er begriff es nicht.

Und er begriff noch weniger, dass der Schädel, der sich im Innenspiegel abzeichnete, auf einmal verschwand, als wäre er zuvor nie da gewesen. Beinahe lässig zog er sich zurück, aber er schuf durch diesen Rückzug einem anderen Bild den Platz.

Es war der Schädel des Teufels!

Und den kannte der Mann. Nur hatte sich das Gesicht des Höllenfürsten jetzt verändert. Der Satan verfügte über die Gabe, sich in zahlreichen Verkleidungen und Gestalten zu zeigen. Die dreieckige Form hatte das Gesicht behalten, nur die Haut war eine andere geworden. Sie strahlte in einem dunklen, glühenden Rot, das die Farbe von eingetrocknetem und lackiertem Blut angenommen hatte.

Ein furchtbares Bild, noch schlimmer als der Totenschädel, den Chuck zuvor gesehen hatte.

Nun konnte er zufrieden sein, dass es doch nicht sein Kopf war, der so aussah.

Er schaltete den Motor ab und beugte sich ein wenig nach vorn, weil er noch in den Innenspiegel blicken wollte, wo sich der Mund des Satans bewegte und die ersten Worte formulierte, die er dem Trucker entgegenschleuderte.

»Wie fühlst du dich, Chuck?«

»Gut, sehr gut …«

Asmodis kicherte, bevor er fragte: »Leben die drei noch?«

»Nein, sie sind vernichtet.« Chuck ballte die Hände. »Das Feuer hat sie verbrannt.«

»Ja, es war mein Feuer. Flammen, die in der Hölle geboren wurden und übergriffen, sodass ich sie für dich dienstbar machen konnte, mein Lieber.«

»Danke.«

»Du brauchst dich nicht bei mir zu bedanken. Nicht mit Worten, allein durch Taten, denn die zählen. Starte jetzt, denn bis zum Ziel sind es noch zweihundert Meilen, die musst du hinter dich bringen. Hast du verstanden?«

»Ja, ich weiß. Und wenn mich jemand aufhält?«

Der Teufel begann krächzend zu lachen. »Aufhalten, sagst du? Dich kann keiner aufhalten. Nie würde es jemand wagen, diesen Truck, in dem mein Geist steckt, zu stoppen. Das ist unmöglich. Er schafft es nicht. Keine Polizei, kein Panzer, nicht mal eine Rakete wird in der Lage sein, dich zu halten, wenn du es nicht willst.«

Chuck hörte staunend zu, und er glaubte fest daran, dass der Teufel nicht übertrieben hatte. Wer unter dem Schutz der Hölle stand, der konnte von einem Menschen nicht gestoppt werden.

»Du musst alles verstanden haben«, sagte der Teufel zum Schluss. »Was wünscht ihr Trucker euch noch?«

»Heiße Reifen!«

Asmodis lachte. »Ja, einen heißen Reifen wünsche ich dir ebenfalls. Einen sehr heißen sogar. Und jetzt ab!« Im nächsten Moment verschwand seine Fratze aus dem Spiegel. Chuck folgte der Aufforderung. Er startete, und der Motor lief sofort rund.

Langsam rollte der schwere Truck aus der Parktasche. Angespannt hockte sein Fahrer hinter dem Lenkrad, und das harte Grinsen lag wie eingegraben um seinen Mund.

Satans Rammbock war unterwegs!

Von der Kälte in die Wärme!

So jedenfalls kam es mir im ersten Augenblick vor, denn die Temperaturen im Süden der Staaten lagen viel höher als auf der Insel.

Die Rede ist von Texas!

Ein Staat mit Geschichte. Ein Land, in dem der Western praktisch seine Wiege gehabt hatte. Und heute blühte in Texas der Kapitalismus.

Da braucht man nur an die Serie »Dallas« zu denken, deren Akteure manchmal sogar untertrieben reagierten, da die Wirklichkeit oft noch härter war.

Das Sanatorium lag auf halber Strecke zwischen zwei großen Städten. Einmal Dallas im Norden und San Antonio im Süden. Man konnte diese Gegend als Parklandschaft bezeichnen.

Wir standen also in einem Park. Und es gehörte zu dem Grundstück, auf dem das Sanatorium lag. Myxin und Kara hatten es durch ihre Magie tatsächlich geschafft, uns näher an das Ziel heranzubringen, als eigentlich vorgesehen war.

Deshalb lobte ich die beiden auch.

Sie nahmen es lächelnd zur Kenntnis, blieben ansonsten ernst und wollten sich wieder zurückziehen.

»Aber was ist mit mir?«, fragte Ali.

»Dich nehmen wir mit«, erwiderte Kara.

Ali staunte. »Und wohin?«

»Wolltest du nicht nach Frisco?«

»Ja, das schon.« Er war so überrascht, dass er nicht mehr weitersprechen konnte, sich von mir verabschiedete und Tränen in seinen dunklen Augen schimmerten. »Wirst du mich besuchen kommen, John?«, erkundigte er sich mit gepresst klingender Stimme.

»Ganz bestimmt«, erwiderte ich, »da es jemanden gibt, mit dem auch wir noch eine Rechnung zu begleichen haben.«

»Wie heißt er denn?«

»Shimada. Von ihm wird dir Yakup sicherlich berichten. Grüß ihn von uns.«

»Das werde ich.«

Ali verabschiedete sich auch von Bill und Suko. Und wir wünschten Kara und Myxin noch viel Glück. Die Schöne aus dem Totenreich wandte sich an Jane Collins.

»Ich glaube fest daran, dass du es schaffen wirst, Jane. Wirklich.«

»Man wird sehen.«

Es waren die letzten Worte, die Kara gesprochen hatte. Wenig später sahen wir die Umrisse der beiden Atlanter und die des Jungen Ali verschwinden, dann waren sie weg.

Wir blieben zurück.

»So«, sagte Bill Conolly und rieb sich die Hände. »Einen großen Teil haben wir geschafft. Wie geht es weiter?«

Ich deutete nach vorn. Das Haus sahen wir. Eine blasse Sonne stand in einem ebenfalls blassblauen Himmel und schickte ihre Strahlen gegen einen weißen, im Haziendastil erbauten Bungalow, der sehr breit die lange Hügelkuppe bedeckte. Zahlreiche Wege führten dorthin.

Die Stille fiel auf. Hier konnten sich Menschen tatsächlich nach einer schweren Krankheit erholen.

Plötzlich lachte Bill.

»Was hast du?«, fragte Suko.

»Was meinst du, mein Lieber, wie die sich im Land der Autos wundern werden, wenn wir zu Fuß ankommen.«

»Was wollen wir ihnen sagen?«

»Nichts«, erwiderte Bill. »In Texas ist man eben Verrücktheiten gewöhnt. Da passiert immer etwas.«

»Dann bin ich ja zufrieden.«

»Kannst du auch.«

Nach diesem Gespräch machten wir uns auf den Weg. Wir schritten durch einen Palmenwald. Überall verteilt sahen wir Teiche. Von den Bergen wehte ein kühler, für uns angenehmer Wind, und wir brauchten endlich mal nicht über Schnee oder Glatteis zu laufen.

Es war einfach wunderbar.

Rekonvaleszenten kamen uns entgegen. Die Männer und Frauen gingen über gepflegte Wege. Sie schritten langsam, grüßten freundlich, und ich entdeckte bei ihnen so teure

Pelzmäntel, wie ich sie noch nie zuvor im Leben gesehen hatte.

Nach einer Weile erreichten wir den Hauptzufahrtsweg, der direkt zum Haus führte. Hier war Lärm verboten. Es durfte auch nicht gehupt werden, und das Personal saß in kleinen Elektroautos, die auf mich wie übergroße Spielzeuge für Erwachsene wirkten.

Wer den Hügel nicht hinaufgehen wollte, konnte sich von einem schräg am Hang laufenden gläsernen Lift fahren lassen. Das war wirklich ein sagenhafter Service.

Jane ging neben mir. Sie hielt mit einer Hand den Würfel, die andere hatte sie in meine gelegt. Klar, dass in ihr die Angst wuchs. Ich hätte dieses Gefühl ebenfalls gehabt.

Ihre Finger zitterten. Obwohl Jane einen Wollmantel trug, der fest geschlossen war und im unteren Drittel noch enger zulief, fror sie doch.

»John, ich habe Angst!«, hauchte sie.

»Es wird trotzdem nichts schief gehen.«

»Das sagst du so, aber ich kann nicht daran glauben. Was passiert denn, wenn man mir den Würfel nimmt, um das andere Herz einzusetzen? In diesem Augenblick bin ich wehrlos, da kann alles zu Ende sein.«

»Die Ärzte sind bereits informiert. Auch sie werden sich ihre Gedanken gemacht haben.«

»Sicher, aber das ist nicht so wie bei einem normalen Patienten. Ich dürfte ja gar nicht mehr lange leben«, sagte sie gequält.

»Lass es bitte darauf ankommen.«

»Bleibt mir ja nichts anderes übrig.«

Wir hatten mittlerweile den Eingang erreicht. Es war gewaltig. Von beiden Seiten liefen breite Auffahrten genau an diesem Ort vor der großen Glastür zusammen.

Bill Conolly nickte uns zu. Wir verstanden das Zeichen, blieben für einen Moment zurück und ließen den Reporter als Ersten gehen. Als sein Fuß einen Kontakt berührte, bewegte sich die Scheibe. Beinahe lautlos rollte ein Teil von ihr zur Seite, und wir konnten in eine mit weichen Teppichboden und Sitzinseln ausstaffierte Halle gehen, die der eines Luxushotels zur Ehre gereicht hätte.

Es war tatsächlich imposant. Wir wurden von dieser Pracht zwar nicht erschlagen, aber das Gefühl, sich in einem Krankenhaus oder Sanatorium zu befinden, kam erst gar nicht auf.

»Gefällt es dir hier?«, fragte ich Jane.

»Wir werden später weitersehen.«

Suko schaute sich ebenfalls um. Er hatte seine Lippen leicht nach unten gezogen, ich fragte nach dem Grund.

»Wenn ich daran denke, wie viele Menschen in veralteten Krankenhäusern liegen, könnte ich hier auf den Teppich spucken. Amerika ist eben was für Reiche.«

Da hatte er Recht. Auch ich hätte es lieber gesehen, wenn wir Jane in einem normalen Krankenhaus hätten behandeln lassen können, so etwas war leider nicht möglich.

Bill hatte sich inzwischen mit einer Schwester oder Portiersfrau unterhalten, die an der Anmeldung stand und in einem Buch nachschaute, dessen Ledereinband mir auffiel.

»Ja, natürlich«, hörten wir ihre Stimme. »Sie kommen aus London wegen einer Operation.«

»Ja.«

Hatten Sie einen guten Flug?«

Bill nickte. »Kann man wohl sagen. Sogar sehr kurz war er.«

Die Schwester begriff nichts und schaute daher ein wenig irritiert aus der Wäsche, sodass ich mir ein Grinsen nicht verkneifen konnte. Dann griff sie zum Telefon, sprach mit irgendjemandem und bedeutete uns, noch einen Moment Platz zu nehmen.

»Wenn Sie eine Erfrischung wollen, ich lasse gern servieren.«

»Kaffee könnte nicht schaden.«

Wir waren einverstanden, bis auf Jane. »Für mich bitte nichts.«

Wir fanden unsere Plätze in einer der Ruheinseln, bekamen sehr schnell den Kaffee und schenkten ihn aus den silbernen Kannen in Tassen aus hauchdünnem Porzellan.

»Wie lange werdet ihr bleiben?«, fragte Jane.

»Bis du es hinter dir hast.«

Sie schaute mich erstaunt an. »Willst du Wochen oder Monate hier verbringen?«

»Nein, das hatte ich nicht vor.«

Ich ließ meine Tasse sinken. »Jane, vergiss alles, was mit einem normalen Kranken zusammenhängt, denn du bist anders. Bei dir muss es auch anders laufen.«

»Wie?«

»Wir haben keine Zeit, dich lange untersuchen zu lassen. Die Operation kann meinetwegen heute schon starten. Vergiss nie, wer den Würfel alles in seine Klauen bekommen will.«

»Heute?«, fragte Jane.

»Ja, je früher, desto besser. Die andere Seite soll erst keine Chance haben, sich formieren zu können. Wir müssen uns beeilen, Jane. Das sage ich dir nicht nur so.«

Sie beugte sich vor. Den Würfel hielt sie mit beiden Händen fest. »Du bist doch kein Arzt.«

»Nein!«, mischte sich Bill ein. »Aber der weiß Bescheid.«

Jane war erstaunt. »Und wie hat er als Wissenschaftler reagiert?«

Der Reporter lachte leise. »So gut wie überhaupt nicht. Ich habe ihn nur gebeten, keine Fragen zu stellen. Diese Operation, Jane«, Bills Stimme wurde drängend, »läuft unter dem Siegel einer großen Geheimhaltung ab. Hast du verstanden?«

»Natürlich.« Sie senkte den Kopf. Ihre Lippen zuckten. Ich merkte ihr an, dass sie noch etwas auf dem Herzen hatte und bat sie, es sofort auszusprechen.

»Ja, John, da ist noch etwas. Was passiert, wenn ich während der Operation angegriffen werde?«

»Das kommt auf den Angriff an, auf die Art, wie sie versuchen wollen, zuzuschlagen.«

»Und dann?« Jane ließ nicht locker.

Meine nächste Antwort hatte ich mir sehr genau überlegt. »Wäre vielleicht die Möglichkeit gegeben, den Würfel einzusetzen.«

»Du würdest das machen?«

»Unter Umständen, ja.«

Jane sah Bill an, anschließend Suko, danach wieder mich. Sie erkannte auch den Ernst in den Gesichtern der Freunde und hob die Schultern. »Dann muss ich wohl alles auf mich zukommen lassen«, sagte sie leise.

Das musste sie tatsächlich, doch zunächst kam ein Mann im blütenweißen Kittel quer durch die Halle.

»Das ist Professor Brian Prescott«, flüsterte Bill. »Er will die Leitung der Operation übernehmen.«

Der Mann, der mit forschen Schritten unseren Tisch ansteuerte, gehörte nicht zu den Typen, die in einen Arztroman gepasst hätten, wo der Herr Professor immer so seriös und vertrauenerweckend wirkte. Dabei musste er natürlich noch gut aussehen.

Professor Prescott konnte man als schmal und mager bezeichnen. Das rötlich blonde Haar trug er gescheitelt. Man sah ihm an, dass es früher einmal dichter gewesen war. Kluge Augen schauten uns durch eine schmale Brille an, und als sich der Professor bei uns jeweils mit einem Händedruck vorstellte, spürten wir förmlich die Energie, die in ihm steckte.

»Und mit Ihnen habe ich also gesprochen?«, fragte er Bill, der nickte.

»Okay. Wir werden später noch über alles reden.« Vor Jane Collins blieb er länger stehen. »So hübsch hätte ich mir meine Patientin gar nicht vorgestellt«, sagte er zur Begrüßung und lächelte. »Sie also sollen der nächste Mensch auf der Welt sein, der ein künstliches Herz bekommt. Ich werde mein Bestes tun.«

»Danke, Sir.«

Der Professor ließ Janes Hand los und drehte sich um. »Dann darf ich Ihnen vielleicht die Patientin entführen?«

»Was haben Sie mit ihr vor?«

Er blickte mich erstaunt an. »Untersuchungen, das werden Sie verstehen. Wir können nicht sofort mit der Operation anfangen.«

»Hatten Sie denn überhaupt eine Zeit festgesetzt?«, wollte Bill Conolly wissen.

»Das hatte ich in der Tat. Die Beobachtung dauert einige Tage, dann die Voruntersuchungen, die Reaktionstests ...«

Bill schüttelte den Kopf, ich winkte gleichzeitig ab, und auch Suko lächelte wissend.

Professor Prescott zeigte sich durch unsere Reaktion irritiert. »Was haben Sie?«

Ich übernahm das Wort. »Professor, Sie haben hier zwar einen normal aussehenden Menschen vor sich, aber dieser Mensch ist kein normaler Mensch. Sie verstehen?«

»Nein, nicht.«

»Dann will ich es Ihnen sagen. Vorweg einmal, wir haben nur sehr wenig Zeit. Es geht hier wirklich um unglaubliche Dinge, die Sie als Mediziner möglicherweise irritieren werden, aber lassen Sie sich gesagt sein, dass es so etwas gibt ...«

»Mr. Conolly, mit dem ich am Telefon sprach, deutete so etwas bereits an ...«

»Und ich möchte noch einmal mit aller Deutlichkeit darauf hinweisen.«

»Hm!«, machte Prescott. Er nahm seine Brille ab und schaute auf die Gläser. »Es ist besser, wenn wir uns in meinem Büro unterhalten. Kommen Sie bitte mit.«

Bill ging neben ihm, während ich bei Jane blieb.

»Ob der Arzt Schwierigkeiten machen wird?«, fragte sie leise.

»Ich hoffe nicht.« Meine Stimme klang nicht mehr so optimistisch wie noch vor einer halben Stunde. Nicht, dass ich dem Professor nicht traute, aber irgendetwas braute sich über unseren Köpfen zusammen. Unsere Gegner schliefen bestimmt nicht ...

Nein, die schliefen nicht.

Sie waren unterwegs. Zwar nur einer, aber mit der Kraft der Hölle versehen. Ein manipuliertes Gebilde der modernen Technik, ausgerüstet mit dem Atem der Hölle.

55

Satans Rammbock!

Trucker on the road! Dieser Ausspruch war auch für den Fahrer namens Chuck Everett das Höchste überhaupt gewesen. Doch das war eine Weile her, jetzt dachte er an seinen neuen Job.

Er fuhr zwar noch immer seinen Laster, aber seine Gedanken beschäftigten sich mit einem anderen Thema.

Dem Teufel!

Sehr oft hatte er in den Innenspiegel geschaut, wo er förmlich hoffte, das Gesicht seines großen Meisters noch einmal erscheinen zu sehen, aber der Satan hatte sich ihm nicht gezeigt. Er blieb weiterhin im Hintergrund und überließ seinem Diener die Initiative.

Das Ziel war klar.

Es lag in Texas, diesem gewaltigen Staat, über den so viel geschrieben wurde und der auch jetzt noch seine eigenen Gesetze besaß, die zumeist durch das Öl geprägt waren. In keinem anderen Staat waren so viele Tankwagen unterwegs.

Die endlos erscheinende Weite des Landes hatte den Trucker längst verschluckt. Er sah vor sich die Straße. Ein breites Band, das ihm wie eine Rolle vorkam, von der immer mehr aus der Dunkelheit gerissen wurde, da das Licht der Scheinwerfer nur bis zu einer bestimmten Grenze reichte. Er war die Nacht durchgefahren, denn der Kampf auf dem Rastplatz hatte ihn sehr viel Zeit gekostet.

Irgendwann in den Morgenstunden, die Sonne war noch nicht zu sehen, erreichte er den großen Highway-Kreisel bei San Antonio. Dort musste er sich einordnen, denn nun führte der Weg in Richtung Norden. Es gab eine direkte Verbindung nach Dallas, die wollte er nicht nehmen, sondern auf Nebenstraßen ausweichen, die ebenfalls gut ausgebaut waren. Sein Ziel lag in der Nähe von Cameron, deshalb musste er noch vor Austin den Highway verlassen.

Jetzt sah er die Sonne.

Bisher hatte sie sich versteckt gehalten, doch sie tauchte schüchtern aus dem Meer der Dunkelheit auf.

Ein Blick auf den Tankanzeiger bewies dem Trucker, dass

er dringend Sprit benötigte. Der nächste Rasthof, dem auch eine große Tankstelle angeschlossen war, lag nur zehn Meilen entfernt.

Den fuhr er an.

Um San Antonio herum hatte der Betrieb zugenommen. Hier waren besonders viele Trucks unterwegs, die auf der langen Fahrbahn wie rollende Kästen wirkten und aufstrahlten, wenn ihre schimmernde Blechhaut von den Sonnenstrahlen getroffen wurden.

Die Raststätte erschien. Noch war sie ein Meer von bunten Lichtern. Umgeben vom Dröhnen der Motoren, eingebettet in Abgaswolken.

Hier übernachteten zahlreiche Trucker auf dem Weg zur Küste oder in den Norden. Die Raststätte bot allen Komfort, und auch Chuck Everett wollte ein wenig essen. Er verspürte zwar keinen großen Hunger, der konnte aber schlagartig kommen, das wusste er.

Der Tankwart ließ seinen Blick über den schweren Wagen gleiten und schaute auf Chuck, der ausgestiegen war.

»Ist was?«

»Nein, nein«, sagte der Mann mit dem Schlauch. »Alles okay, Mann. Warst lange unterwegs, wie?«

»Ja, sehr lange.«

»Und wohin?«

»Nach Norden.« Everett hatte keine Lust, noch weitere Fragen zu beantworten. Er ging in das Kassenhaus, zahlte die Rechnung und rollte zum Parkplatz, über den soeben die ersten Sonnenstrahlen huschten.

Über dem Eingang der Raststätte war der Kopf eines Cowboys abgebildet. Natürlich aus Leuchtstoffröhren. Der Cowboy grinste breit, während er Kaffee trank.

Darauf freute sich Chuck auch.

Er betrat das lange Restaurant, das im Westernstil eingerichtet war. Die Mädchen trugen ebenfalls Westernkleidung und Cowboyhüte. Ihre Blusen waren ziemlich weit ausgeschnitten, sodass mancher Trucker einen guten Einblick erhielt, wenn ihm die Bedienung das Essen servierte.

Chuck ging nicht an die Bar. Er nahm an einem Fenstertisch Platz, bestellte Kaffee und ein Spezialfrühstück. Viel Schinken und Orangensaft.

»Sehr wohl, Sir.«

Das Mädchen verschwand. Man war hier auf eilige Gäste eingestellt, deshalb kam die Kleine auch schnell wieder. Chuck beachtete sie überhaupt nicht. Er hatte eine Zeitung gefunden und blätterte sie durch. Etwas Interessantes fand er nicht. Er aß, trank und schaute hin und wieder nach draußen. Er hatte sich so hingesetzt, dass er seinen Wagen im Blickfeld hatte, auch die beiden Uniformierten der Highway Police, die so lässig über den Parkplatz schlenderten.

Wer zu dieser Truppe gehörte, benahm sich wie ein kleiner Gott. Allein die Sonnenbrillen, die Coltgürtel, die großen Hüte, sie verliehen diesen Typen ein immenses Selbstbewusstsein. Aber noch schlimmer waren die Sheriffs in den kleinen Städten oder Dörfern. Die genossen in ihrem Revier eine fast unumschränkte Macht.

Weshalb sich die beiden Polizisten besonders Chucks Wagen anschauten, wusste er nicht. Er war sich keiner Schuld bewusst, das heißt, er hatte einige Male die Geschwindigkeitsbeschränkung nicht eingehalten, und das konnte Ärger geben.

Chuck blieb ruhig. Er wusste ja, wer ihn schützte. Die Polizisten wussten es nicht.

Kalt war sein Grinsen, als er das Glas zum letzten Mal geleert hatte, etwas Kleingeld für die Bedienung liegen ließ, aufstand und zur Kasse ging, um dort zu zahlen.

Eine Zeitung nahm er sich noch mit und verließ die Raststätte. Inzwischen war die Sonne voll zu sehen. Sie stand zwar nicht so hoch wie im Sommer, dennoch schienen die Raststätte und der sie umgebende Parkplatz im Licht des Himmelskörpers regelrecht zu explodieren, so grell waren die Strahlen der Texas-Sonne.

Einige Trucker hielten sich deshalb länger im Freien auf und tranken dort ihren Kaffee.

Die beiden Polizisten waren noch da. Und sie hielten sich

verdammt nah an Chucks Wagen auf. Sie taten so unbeteiligt, dass es schon verdächtig wirkte.

Die anderen Trucker beobachteten die beiden aus kalten Augen. Bullen waren bei ihnen verhasst.

Chuck hatte keine Zeit. Er musste weiter, denn der Teufel hatte ihm eine Frist gesetzt. Aus diesem Grunde konnte er nicht warten, bis die Typen verschwunden waren.

Er schlenderte auf seinen Wagen zu und geriet in das direkte Sichtfeld der Polizisten. Deren Augen waren hinter den dunklen Gläsern verborgen. Die Männer taten nichts. Einer spielte mit seinen Handschuhen, der andere grinste nur.

Als Chuck die Fahrertür aufgeschlossen und aufgezogen hatte, setzten sich die Polizisten in Bewegung. Sie gingen nebeneinander. Ihre Arme schwangen dabei, und die rechten Hände blieben stets in Nähe ihrer Waffen.

Chuck wusste Bescheid. Wenn Highway-Polizisten so auf einen zukamen, hatte das nichts Gutes zu bedeuten. Er wollte trotzdem einsteigen, doch die Stimme hielt ihn zurück.

»Hi, Trucker!«

Everett drehte den Kopf und setzte einen fragenden Blick auf.

»Ja, dich meinen wir.«

Chuck stieg wieder auf den Asphalt, ließ die Tür aber offen und fragte: »Meint ihr mich?«

»Wen sonst?« Gesprochen hatte der etwas dickere Typ, der seinen Bauch nicht verbergen konnte. Sein Kollege war schlanker. Sein Kinn wirkte wie eine Felskante, so scharf sprang es aus dem Gesicht hervor.

»Was ist denn?«

»Du hast einen tollen Wagen, wirklich.« Der Sprecher strich mit der Hand über die offene Außenseite der Tür. »Gehört er dir?«

»Ja.«

»Noch nicht bezahlt, wie?«

»Genau.«

»Kenne ich. Ja, da muss man sich sputen, um die Jobs ausführen zu können, sonst gibt es Ärger. Manche Trucker sputen sich einfach zu sehr. Du gehörst auch dazu. Kennst du eigentlich die Meilen-Grenze?«

»Sicher.«

»Dann hast du sie bewusst überschritten.« Der Sprecher grinste breit und sicher.

Sein Kollege ebenfalls. Die beiden schienen frustriert zu sein. Unter den Blicken anderer Trucker wollten sie am frühen Morgen ein Exempel statuieren.

Chuck hob die Schultern. Er war innerlich sehr ruhig. Es kam oft auf die Laune der Leute an, ob sie einen mitnahmen oder weiterfahren ließen. Hier würden sie ihn sicherlich mitnehmen, allein, um sich nicht zu blamieren. Und dann wollten sie den anderen Angst einjagen.

»Gib mir mal die Papiere.«

»Die sind drin.«

»Dann hol sie.«

»Okay.« Chuck drehte sich um. Keiner sah das Grinsen auf seinem Gesicht, und niemand erriet seine Gedanken. Jetzt würde es sich zeigen, ob der Teufel nicht zu viel versprochen hatte. Fahrer und Wagen waren so etwas wie eine uneinnehmbare Festung, wenn man den Worten des Höllenherrschers Glauben schenken sollte. Eben Satans Rammbock. Und er stand bestimmt vor seiner ersten Bewährungsprobe, wenn das alles so weiterlief.

Die beiden Polizisten blieben neben dem Truck stehen. Sie waren sich ihrer Sache sicher. Einer schaute sogar in die Runde und blickte zu den anderen Fahrern hin.

Inzwischen hatte Chuck seinen Sitz erreicht. Blitzschnell schob er den Schlüssel in das Schloss und drehte ihn im nächsten Moment.

Sofort sprang der Motor an.

Er gab ein lautes, hämmerndes Geräusch von sich. Chuck erinnerte es an das Brüllen aus der Hölle.

Aus dem linken Augenwinkel nahm Chuck noch die überraschten Gesichter der beiden Polizisten wahr und hämmerte die Tür zu.

Dann startete er.

Selbst durch das Brüllen des Motors vernahm er die Schreie der wütenden Männer. So etwas war ihnen noch nie passiert. Da jagte einer mit dem Laster davon. Das war nicht möglich, das konnte einfach nicht sein, und der Sprecher der beiden Highway-Polizisten wurde plötzlich sehr aktiv.

Bevor der Wagen noch richtig in Fahrt war, startete er schon und stellte sich dem gewaltigen Ungeheuer in den Weg. Seine Waffe hatte er auch gezogen, und wenn der andere nicht stoppen wollte, würde er schießen.

Chuck lachte.

Er hatte es überhaupt nicht gewollt, es drang einfach aus ihm hervor, denn ein anderer, der Teufel, diktierte seine Handlungen. Er lachte laut, verzog das Gesicht und sah den Polizisten breitbeinig in einer leeren Parktasche stehen.

In der rechten Hand hielt der Mann seinen Revolver. Die Sonnenbrille war ein wenig verrutscht, sodass der Kerl lächerlich wirkte. Mit der linken Hand wedelte er. Ein Zeichen, dass Chuck stoppen sollte.

Das tat er nicht.

Voll hielt er drauf!

Und er sah plötzlich das Erschrecken auf dem Gesicht des Polizisten. Es war eine Mimik, die nicht allein dadurch entstanden war, dass der Wagen auf ihn zurollte, nein, dieses Entsetzen musste noch einen anderen Grund haben.

Und den sah Chuck für den Bruchteil eines Augenblicks, als er sein Gesicht im Innenspiegel entdeckte.

Es hatte sich verändert.

Wieder wuchs ein gelblicher Totenschädel auf seinem Hals, und den musste auch der Mann gesehen haben, wenn nicht noch mehr.

Nur noch wenige Yards trennten den Truck von dem Highway-Polizisten. Der hatte sein Entsetzen noch nicht überwunden, schrie etwas, das wohl nur er verstand, und schoss.

Er drückte mehrmals hintereinander ab. Chuck sah vor der Mündung die kleinen Flämmchen tanzen und bekam auch den Einschlag der Kugeln mit. Der Polizist zielte auf die breite Frontscheibe und damit auch auf den Fahrer.

Wie hatte man ihm gesagt?

Weder Kugeln, Panzer noch eine Rakete können dich stoppen. Und erst recht keine Geschosse aus einem Revolver. Chuck musste lachen, denn er bekam genau mit, wie die Kugeln gegen die Scheibe schlugen, sie aber nicht zerstörten, sondern abprallten und als deformierte Querschläger aus Blei durch die Gegend sirrten, um irgendwo anders einzuschlagen.

Das Letzte, was Chuck noch von dem schießenden Polizisten sah, war dessen verzerrtes Gesicht, dann verschwand der Mann unter den breiten Reifen des Trucks, und Everett spürte das Hindernis nicht mal. Er raste weiter, hielt das Lenkrad umklammert, lachte, lachte und lachte. Sein gellendes Gelächter erfüllte das Führerhaus, und der schwere Wagen wurde von seinem Fahrer direkt in die große Scheibe der Sonne gesteuert. So jedenfalls sah es aus.

Er fuhr, und er warf auch einen Blick in den Rückspiegel, um zu sehen, was hinter ihm los war.

Dort herrschte das Chaos. Von dem überfahrenen Polizisten sah er nichts mehr. Die ihn umstehenden Personen nahmen dem Trucker jegliche Sicht auf den Toten. Der zweite Polizist rannte wie ein aufgescheuchtes Huhn zu seinem Wagen.

Everett wusste genau, was er tun würde. Der Kerl gab Alarm, würde die Nummer durchgeben, und in halb Texas würden die Kollegen Bescheid wissen, wen sie zu jagen hatten.

»Sollen sie ruhig!«, knirschte der Trucker. »Satans Rammbock schafft sie alle. Ja, alle!«

Dann gab er Gas …

Ich hatte selten bei einem Menschen ein so besorgtes und auch verständnisloses Gesicht gesehen wie bei Professor Prescott nach unserem Gespräch.

Er konnte es einfach nicht fassen, als er uns drei zur Seite genommen hatte. Jane Collins wurde bereits zur Operation vorbereitet. Nie würde ich ihren letzten Blick vergessen, den sie mir beim Abschied und auf der fahrbaren Trage liegend zugeworfen hatte.

Auch in meinem Hals hatte ein Kloß gesessen. Ich brachte keinen Ton heraus.

Es hatte uns große Überzeugungskraft gekostet, um den Professor für eine schnelle Operation zu gewinnen. Zudem mussten wir dann ein Schreiben unterzeichnen, das den Mann von jeglicher Verantwortung unterband, falls es schief gehen sollte.

Er hatte nicht begreifen können, dass eine Person ohne Herz und nur durch magische Kräfte am Leben geblieben war, und er hatte auch gefragt, weshalb sie nicht so weiterleben wolle, von uns aber nur ausweichende Antworten erhalten, denn wir sahen darin keinen Sinn, ihn in den gesamten Komplex einzuweihen.

Er wusste auch, welchen Beruf wir hatten. Dies hatte ihn ein wenig positiv gestimmt.

Auch er musste sich vorbereiten, und nach dem Gespräch mit ihm trennten wir uns.

Suko und ich verließen das Sanatorium, um in den Park zu gehen. Bill wollte mit London telefonieren, um seiner Frau Sheila zu erklären, dass alles in Ordnung sei.

Wir genossen die frische Luft.

Man konnte diesen Winter im mittleren Texas als herrlich bezeichnen. Ich umschrieb diese Temperaturen mit dem Wort Frühling. Zudem hielten wir uns nicht als einzige Personen in dem Park auf. Zahlreiche Spaziergänger bevölkerten die Wege oder hatten sogar auf den weißen Bänken Platz genommen, eingewickelt in Decken, betreut von lächelnden Krankenschwestern.

Hier fühlte ich mich wie auf einer Insel. Lärm oder Geräusche drangen nicht bis in den Park. Die Kranken waren hervorragend abgeschirmt, sodass sie sich wirklich tief und anhaltend erholen konnten. Auch Jogger sahen wir. Man ließ sie jedoch nicht allein laufen. Ein Pfleger begleitete sie ständig. Er war ausgerüstet mit einem Messapparat, sodass wir davon ausgehen konnten, dass dieses Joggen zur Therapie gehörte.

Auf einer schmalen Bank nahmen wir Platz. Vor uns stand ein runder Tisch. Seine Platte war schon gereinigt worden. Jemand kam und fragte, ob wir etwas trinken wollten.

Wir winkten ab.

Der junge Mann ging wieder. Unser Blick fiel über einen weiten Rasen. Wenn wir selbst nicht sprachen, hörten wir aus einem anderen Teil des riesigen Parks Ballgeräusche. Dort spielten einige Patienten Tennis.

»Das wäre mir hier zu ruhig«, sagte ich.

»Du brauchst Action, wie?«

»Ja.«

Suko hob die Schultern. »Sei doch froh, dass du mal deine Ruhe hast. Theater haben wir sonst genug.«

»Sicher.« Ich hatte den Kopf gesenkt und blickte auf meine Kniescheiben, die dicht nebeneinander lagen.

Suko wollte mich nicht Trübsal blasen lassen und hielt deshalb die Unterhaltung aufrecht. »Sag mal, John, liebst du sie eigentlich noch immer? Ganz ehrlich.«

Ich schaute hoch und Suko schräg dabei an. »Wie meinst du das?«

»So wie ich es gesagt habe.«

»Weißt du«, erwiderte ich leise und dabei die Schultern hebend. »Ich glaube, es ist nicht mehr so wie früher. Es kann einfach nicht so sein. Ich bin keine Maschine. Es hat sich zu viel geändert. Von Liebe kann man nicht mehr reden. Dazu gehört auch Vertrauen. Und kann ich Jane das noch entgegenbringen?«

»Als sie eine Hexe war, nicht. Mittlerweile hat sich einiges geändert. Und wenn die Operation gut verläuft und sie tatsächlich mit einem Herz aus Aluminium existieren kann, würde sie dann ihren Job wieder aufnehmen und als Detektivin arbeiten?«

»Darüber habe ich auch schon nachgedacht«, gab ich ehrlich zu. »Aber ich kann es mir nicht vorstellen.«

»Wieso nicht?«

»Weil sie dann einfach eine andere Konstitution hat. Oder glaubst du, sie würde mit einem künstlichen Herzen noch ebenso leben können wie vor ihrer Zeit als Hexe?«

»Nein.«

»Sie muss sich schonen, sie wird liegen müssen, Nachbehandlungen bekommen, was weiß ich.«

»Das wird ihr kaum passen«, meinte Suko.

»Kann ich mir vorstellen. Ihr wird nur nichts anderes übrig bleiben. Jane muss sich umstellen.«

»Was wird sie zu Glenda und dir sagen?«

»Gar nichts. Jane hat dazu kein Recht. Wir sind erwachsene Menschen. Nein, Suko, das ist nicht das Problem. Jane muss mit sich selbst fertig werden. Es wird schwer genug sein. Da hat sie keine Zeit, sich um andere Dinge zu kümmern, mögen diese früher auch noch so interessant gewesen sein, wie du ja weißt.«

Bill kam quer über den Rasen. Er ging locker, und wir sahen das Lächeln auf seinem Gesicht. Unterwegs holte er sich einen schmalen Stuhl, da die Bank für eine dritte Person nicht breit genug war. Er ließ sich uns gegenüber nieder.

»Alles klar?«, fragte ich.

»Jawohl. Ich habe Sheila gesagt, dass sie Shao und Sir James informieren möchte.«

»Das ist gut.«

»Und Jane?«, fragte Bill.

»Wir haben von ihr nichts mehr gehört. Ich gehe davon aus, dass sie am Nachmittag operiert wird.«

Bill wandte sich an Suko. »Stimmt das?«

»Glaube ich auch.«

»Dann können wir ihr nur die Daumen drücken.« Bill drehte sich auf dem Stuhl und warf einen Blick in die Runde.

»Was hast du?«

»John, die Ruhe ist herrlich.«

»Finde ich auch«, meinte Suko.

»Aber«, fuhr der Reporter fort. »Sie will mir überhaupt nicht gefallen. Die kommt mir vor wie die Ruhe vor dem

Sturm. Ich habe das Gefühl, als würden die anderen nur darauf lauern, um zuschlagen zu können, wenn ihr versteht.«

»Natürlich.«

»Einen konkreten Verdacht hast du nicht?«, nahm ich den Faden wieder auf und streckte die Beine aus.

»Nein.«

»Könnte der Teufel überhaupt Bescheid wissen?«, mischte sich Suko ein.

Ich lachte. »Bestimmt. So geheim kann gar nichts bleiben. Und auch der Spuk wird sich möglicherweise einmischen, wenn er Wind von der Sache bekommt. Du weißt, wie scharf beide auf den Würfel sind.«

»Wie du!«

»Das gebe ich auch zu«, erwiderte ich.

»Mensch, John«, sagte Bill. »Es muss doch ein sagenhaftes Gefühl für dich sein, zu wissen, dass du bald den Würfel des Unheils behalten kannst. Wenn ich daran denke, was es um ihn schon für einen Ärger gegeben hat, wird mir ganz anders.«

»Ja, das stimmt. Aber noch ist nicht aller Tage Abend. Wir sollten jedenfalls wachsam sein.«

Damit waren auch meine Freunde einverstanden.

Unser Gespräch versiegte für einen Moment, denn ein Patient näherte sich uns. Er trug einen Pelzmantel und hatte ihn sich nur locker über die Schulter gehängt. Der Mann war noch jünger. Unter dem Arm trug er ein Radio.

Da es still war, konnten wir mithören, als er uns passierte. In den Staaten gab es viele Rundfunksender. Neben den großen, überregionalen auch eine Unmenge kleinerer Sender mit geringer Reichweite. Die Kleinen brachten mehr Lokales, das die Zuhörer in dem Sendebereich interessierte.

So war es auch bei dem Sender, den der Mann eingeschaltet hatte. Am Dialekt war der Sprecher als Texaner zu erkennen. Er redete zudem ziemlich schnell, und wir mussten schon genau hinhören, um ihn zu verstehen.

Es ging um einen Mord. Gleichzeitig auch um eine Fahndung. Gesucht wurde ein Truckfahrer, der mit seinem Wagen einen Polizisten überfahren hatte. Wie wir hörten, war eine

Ringfahndung eingeleitet worden, und man wartete darauf, dass sich der Mann in den Netzen der Polizei verfing.

Der Patient war stehen geblieben. »Haben Sie mitgehört?«, fragte er uns.

Wir nickten.

»Diese Raser werden immer schlimmer. Man sollte ihnen eins auf den Hut geben.«

»Gehe ich recht in der Annahme, dass Sie kein Trucker sind?«, fragte Bill Conolly.

»Ja, und ich werde auch nie einer werden. Schönen Tag noch, die Gents.« Er drehte sich um und ging weiter.

Wir grinsten hinter ihm her. »Das ist der Nachteil«, meinte Bill. »In dieser Klinik erholen sich nur Reiche, und die sind zumeist noch furchtbar eingebildet. Dass so etwas nicht aufhören kann. Die sollten doch daran denken, dass sie ohne die arbeitende Bevölkerung nicht so reich geworden wären. Außerdem, reiche Leute sind arme Leute mit Geld.«

»Deshalb fühle ich mich auch unwohl«, meinte Suko. »Am liebsten würde ich verschwinden.«

»Und wohin?«, fragte ich.

»Nach Westen, wie die alten Pioniere. Immer nach Westen. Irgendwann käme ich nach Kalifornien …«

»Wo deine Vettern wohnen.« Bill lachte.

»Richtig. Und Yakup Yalcinkaya.«

»Der wird sich inzwischen mit Ali angefreundet haben«, sagte ich.

»Wenn alles vorbei ist, John, könnten wir ihm doch guten Tag sagen.«

»Ja, dann müssten wir Urlaub nehmen.«

»Ich kann ja bleiben«, meinte Bill.

»Sheila wird dir etwas anderes erzählen«, sagte ich und stand auf.

Die Freunde blickten mich an. »Wo willst du hin?«

Mit beiden Armen deutete ich in die Runde. »Spazieren gehen. Was soll man sonst hier machen?«

Nach einer Weile meinte Suko. »Wie ich dich kenne, macht dich dieses Gelände hier nervös.«

»Nicht nur das Gelände. Es ist die verdammte Ungewissheit, die mich nicht zur Ruhe kommen lässt. Ich weiß nicht, ob ihr das versteht. Ihr kennt Jane nicht so gut wie ich.«

»Prescott ist ein hervorragender Mann«, warf Bill ein.

Ich schaute in den Ball der Sonne und hatte die Augen verengt. »Das glaube ich dir, Bill. Nicht Prescott macht mich nervös, sondern andere Dinge, die noch nicht passiert sind.«

»Dann vermisst du Asmodis!«, stellte Suko fest.

»So ungefähr.«

»Wenn der wirklich etwas vorhat, wird er sich kaum zeigen, das kannst du mir glauben.«

»Genau das ist es, was mich daran so stört. Er will sich nicht zeigen. Er oder der Spuk lauern im Hintergrund und ziehen dort die Fäden. Die sitzen wie Spinnen in ihren Netzen.«

»Noch haben wir keine Beweise für deine Annahme«, gab Bill Conolly zu bedenken.

Da hatte er auch wieder Recht. Beweise gab es nicht, aber die brauchte ich nicht. Die Erfahrung hatte mich gelehrt, dass unsere Gegner nie stillhielten, auch wenn sie sich nicht sehen ließen. Die lauerten im Verborgenen und beobachteten. Dabei wusste ich nicht einmal genau, vor wem ich mich mehr fürchtete. Vor dem Spuk oder Asmodis. Beide waren mächtig, beide wollten den Würfel; beide waren Schwarzblüter, standen auf einer Seite und waren doch Gegner. Hätten sie uns gemeinsam attackiert, hätten wir wohl kaum eine Chance gehabt.

Ein uns bekanntes Wimmern zerstörte die Ruhe und schreckte uns hoch. Wir wussten sofort Bescheid, obwohl die Sirenen der Londoner Polizeiwagen anders klangen.

Noch konnten wir nichts erkennen, da uns hohe Bäume die Sicht auf die Zufahrt nahmen. Wir mussten einen Moment warten, dann erschien der Streifenwagen mit seinem breiten Dachaufbau aus zahlreichen Lampen und Sirenen in unserem Sichtfeld. Er fuhr direkt bis vor den Eingang, wurde dort gestoppt, die Türen flogen auf, und vier Polizisten verließen den Streifenwagen.

Die Uniformierten teilten sich auf. Zwei blieben am Wagen, die anderen betraten das Sanatorium.

Wir schauten uns an.

»Ob das mit Jane zusammenhängt?«, fragte Bill leise.

»Wir werden es gleich erfahren. Kommt mit!«

Schneller als die übrigen Spaziergänger eilten wir auf den Eingang zu. Natürlich wollten auch die anderen wissen, was geschehen war. Die Ankunft des Streifenwagens hatte ein wenig Abwechslung in die Eintönigkeit ihrer Kur gebracht.

Vor uns fuhr die Scheibe zurück. Wir betraten wieder die prächtige Halle und hörten erregte Stimmen. Zwei Ärzte fuhren die Uniformierten scharf an. »Sind Sie eigentlich verrückt geworden, hier mit heulenden Sirenen vorzufahren? Unsere Patienten brauchen Ruhe. Sie sollen sich erholen, sie sind schwer …«

»Hören Sie auf, Doc! Das hier ist ein Notfall. Wir wollen auch mal Ruhe haben, doch wir kriegen keine.«

Meine Freunde und ich blieben im Hintergrund. Die Männer redeten laut genug. Auch die anderen Patienten, die sich in der Halle aufhielten, konnten den Gesprächen lauschen.

»Wir wollen nur von Ihnen wissen, Doc, ob Sie hier bereit sind, Verletzte aufzunehmen.«

»Natürlich. Aber wieso?«

Der Polizist hob die Schultern. »Haben Sie schon von diesem Amokfahrer gehört?«

»Nein.«

»Es wurde im Radio durchgegeben.«

»Aber wir haben es gehört.« Einige Patienten hatten sich zu Wort gemeldet, wir hielten uns zurück.

»Okay, dann wissen Sie Bescheid.« Einer der beiden Polizisten hatte sich umgedreht. Er sprach jetzt in die Halle hinein. »Da ist ein verrückter Trucker unterwegs. Der fährt wie ein Irrer und ist nicht zu stoppen.«

Einer der Ärzte lachte. »Schießen Sie doch!«

Der Mann wurde von oben bis unten angeschaut. »Was meinen Sie denn, was wir getan haben. Den halten auch keine Kugeln auf, und es sieht so aus, als würde er sich in diese Gegend verirren. Wenn Sie also Hubschrauber hören, wissen Sie, dass dieser Typ immer noch unterwegs ist. Wir werden versuchen, ihn aufzuhalten, dabei kann es Tote und Verletzte geben. Deshalb möchte ich Sie bitten, etwaige Opfer hier aufzunehmen.«

Die Ärzte erklärten sich dazu bereit.

»Auweia«, hörte ich Bill sagen und sah die Gänsehaut auf seinem Gesicht. »Denkt ihr das Gleiche wie ich?«

»Ich weiß ja nicht, was du denkst«, gab ich flüsternd zurück.

»Es kann doch sein, dass der Trucker ein ganz bestimmtes Ziel hat, meine ich nur mal so.«

»Und welches?«, fragte Suko.

»Uns, zum Beispiel!«

Obwohl nichts für Bills Theorie sprach, wurden wir doch ein wenig blass um die Nase …

Satans Rammbock hatte es geschafft!

Und sein Fahrer auch. Chuck Everett war den Polizisten entkommen und raste mit hoher Geschwindigkeit in Richtung Norden. Er hockte sogar entspannt hinter dem Lenkrad, denn er wusste genau, dass der Teufel seine schützende Hand über ihn hielt.

»Nichts kann mir passieren, nichts.« Er flüsterte es, lauschte dem Motor und lachte dann. Aber er wollte auf Nummer sicher gehen und wissen, ob sie ihn jagten. Wenn Straßen abgesperrt wurden, musste das per Rundfunk oder TV verbreitet werden, damit sich die Bevölkerung darauf einstellen konnte.

Um sich darüber näher zu informieren, stellte Chuck Everett das Radio an.

Was konnte man in Texas schon hören? Zwei Dinge. Countrymusic und Nachrichten über das Ölgeschäft. Die Nachrichten waren vorbei, die Countrymusic blieb, aber der Fahrer lauschte ihr nur mit einem Ohr.

Vor ihm lag das lange Band der Straße.

Weit war das Land. In der Ferne grüßten die Berge. Auf ihren Zacken lag eine weiße Haube. Dort war Schnee gefallen, in den Tälern nicht, und auch der Regen hatte sich in den letzten Tagen zurückgehalten. Trocken lag das Asphaltband vor ihm.

Für Neulinge war die Weite erschreckend. Chuck hatte sich daran gewöhnt. Seine Blicke waren nach vorn gerichtet. Das Band lief nicht nur in einer Höhe. Da das Gelände eine gewisse Hügelform aufwies, zeigte die Straße ein ständiges Auf und Ab. Lange Steigungsstrecken wechselten sich mit Gefällstrecken ab.

Es war wenig los. Wer in Texas schnell von einem Ort zum anderen wollte und nicht das Flugzeug nahm, der fuhr die breiten Highways und nicht die Nebenstrecken.

Hin und wieder begegnete dem Trucker ein Farmer mit einem Station Car oder ein anderer Truck. Während sich die beiden schweren Wagen einander näherten, grüßten sich die Fahrer per Handzeichen. Es gab da eine gewisse Kameradschaft auf der Landstraße.

Chuck war auch schon des Öfteren von anderen Kollegen angerufen worden, hatte sich aber nie gemeldet. Sicher hatte seine Tat bereits die Runde gemacht, sodass sich die anderen Kollegen informieren wollten, wie Chuck persönlich dazu stand.

Es war ihm egal, was die Fahrer dachten. Er hatte seine Aufgabe zugeteilt bekommen, und die würde er erfüllen.

Die Musik verstummte. Sofort danach klang ein anderer Ton auf. Ein hohes Piepen, gewissermaßen ein Warnsignal, das den Fahrer auf folgende Verkehrshinweise aufmerksam machte.

Und schon hörte er die Stimme des Sprechers. Ruhig klang sie nicht, eher ein wenig hektisch.

Der Mann sprach davon, dass ein Amokfahrer unterwegs sei, der bereits den Mord an einem Polizisten auf dem Gewissen habe. Es wurde davor gewarnt, den Truck zu stoppen, das wollten die Polizisten übernehmen. Die Highway Police jedenfalls stehe unter Alarmbereitschaft. Anschließend wurden die Nummer des Trucks und die Beschreibung des Wagens und des Fahrers durchgegeben.

Everett lachte nur. Er freute sich wie ein kleines Kind, das ein Geschenk erhalten hatte. Da konnten sie tun, was sie wollten, ihn würden sie nicht stoppen.

Und wenn sie hundert Sperren errichteten!

So raste er weiter. Hinein in den Morgen, und die Reifen fraßen den glatten Belag. Meile um Meile legte er zurück, kein Polizeiwagen ließ sich blicken.

Mit überhöhter Geschwindigkeit rollte der Truck über die Straße. Immer dann, wenn er Steigungen nahm, fiel das Tempo ab, auch jetzt wieder.

Fliegen konnte der Wagen leider nicht, und Chuck musste zwangsläufig zurückschalten.

Endlich hatte er den höchsten Punkt erreicht, überwand ihn, hatte einen herrlichen Blick in ein weites Tal und konnte bis hin zum lichterfüllten fernen Horizont schauen.

Dieses Licht gehörte der Sonne und war natürlich.

Unnatürlich dagegen war das Leuchten der sich drehenden Rotlichter, die auf einem rot-weißen Gitter angebracht waren, das die Straße abriegelte. Hinter dem Gitter standen zwei Streifenwagen der Highway Police.

Und Chuck sah auch die Polizisten.

Es waren fünf oder sechs, so genau hatte er nicht hingeschaut. Zwei von ihnen knieten rechts und links der Fahrbahn. Sie hielten Maschinenpistolen in den Händen und schauten, wie auch ihre anderen Kollegen, dem Truck entgegen.

So wollten sie ihn stoppen!

Ihn! Ausgerechnet ihn, der unter dem Schutz des mächtigen Höllenherrschers Asmodis stand.

Everett lachte kichernd, als er daran dachte. Durch seinen Körper schoss es wie ein heißer Strom. Die verdammten Bullen würden sich wundern, die würden in Fetzen gefahren werden, wenn sie sich nicht verzogen.

Er hatte den höchsten Punkt erreicht und raste immer schneller dem eigentlichen Ziel entgegen.

Die Polizisten waren harte und abgeklärte Burschen. Sie

blieben in ihren Stellungen stehen oder hocken. Jeder Beamte war bewaffnet. Chuck glotzte in die Mündung der Maschinenpistolen und der auf ihn zielenden Revolver.

Die Sonne stand schräg hinter den Beamten und der rotweißen Sperre, sodass die Männer nicht geblendet wurden. Chuck dagegen, schaute in den rötlichen Glutball, der ihn seltsamerweise nicht störte, denn er konnte trotzdem sehen.

Auch hier schien der Teufel seine Hand im Spiel zu haben.

Everett öffnete den Mund zu einem bösen Lachen, bevor er flüsterte: »Ihr werdet euch wundern, ihr Hundesöhne. Und wie ihr euch wundern werdet, das kann ich euch flüstern!« Nach dem letzten Wort drückte er das Gaspedal noch tiefer, und der Wagen nahm auf der abschüssigen Straße noch mehr Geschwindigkeit auf. Gleichzeitig spürte Chuck wieder den heißen Strom durch seinen Körper schießen. Ohne dass er in den Spiegel zu schauen brauchte, wusste er, was mit ihm geschehen war.

Er hatte sich verwandelt.

Nicht sein Kopf saß mehr auf den Schultern, sondern der gelblich schimmernde Totenschädel.

Ein grinsender, unheimlicher Gruß aus der tiefsten Hölle, den er den Polizisten entgegenschickte.

Direkt raste er auf das Ziel los.

Sehr schnell fuhr er dabei, trotzdem hatte er das Gefühl, alles in einer gewissen Verlangsamung zu erleben, denn er nahm während seiner rasenden Fahrt jedes Detail wahr.

Die mit Maschinenpistolen bewaffneten Beamten hatten bisher gekniet und die Mündung auf den heranrasenden Koloss gerichtet. Plötzlich bekamen sie es mit der Angst zu tun und sprangen zur Seite.

Ihr Einsatzleiter hielt eine Flüstertüte gegen seinen Mund gepresst. Aus diesem trompetenartigen Rohr drang sein Schrei wie der krächzende Ruf eines wütenden Geiers.

»Feuer!«

Durch alle Polizisten ging ein Ruck. Darauf hatten sie gewartet. Endlich würden sie den Fahrer des Wagens stoppen können.

Die MPi-Leute schossen zuerst. Sie hatten sich standsicher aufgebaut, die Waffe mit den Kolben gegen die Hüften gepresst und ließen die Finger nicht vom Abzug, sodass jede MPi ihre Garben aus dem Rohr speien konnte.

Die hämmernden Geräusche der Abschüsse wurden vom Dröhnen des Truckmotors verschluckt. Die Kugeln jagten gegen die breite Front, wanderten höher und trafen als kompakte Garben auch die breite Frontscheibe des heranjagenden Rammbocks.

Jetzt musste sie doch zersplittern und dem Fahrer die Scherben um die Ohren schleudern.

Das tat sie nicht. Der Wagen fuhr weiter. Die Kugeln taten ihm nichts. Das Glas und die Außenhaut hielten alle Geschosse ab und schleuderten sie als Querschläger irgendwohin.

Das begriffen die Männer nicht. Schrecken malte sich auf ihren Gesichtern ab. Dieser Ausdruck steigerte sich zu einem namenlosen Entsetzten, als sie erkannten, wer tatsächlich hinter dem Lenkrad saß.

Es war ein Mensch.

Doch er hatte an Stelle eines Kopfes oder eines Gesichts nur einen gelblichen schimmernden Totenschädel. Und das war nicht alles. Auch der Truck hatte sich verändert. Er zeigte das Bild derjenigen Person, die in ihm und seinem Fahrer steckte und beide zu dem gemacht hatte, was sie jetzt waren.

Zu Dienern des Satans.

Auf der relativ flachen Vorderfront des Trucks, gewissermaßen in der Mitte des Kühlergrills, erkannten die Polizisten das Gesicht des Satans. Eine widerliche, hässliche, dreieckige Fratze mit Hörnern, die aus der Stirn wuchsen. Das Gesicht leuchtete an den Rändern in einem fahlen Gelb, während die Mitte mehr rötlich schimmerte.

Die MPi-Träger waren so entsetzt, dass sie zu schießen vergaßen. Nur noch vereinzelte Revolerschüsse krachten.

»Weg da …!«

Es war das megafonverstärkte Organ des Einsatzleiters. Der Mann versuchte, das Dröhnen des Motors zu übertönen und seine Leute zu warnen. Wenn sie noch zwei Sekunden länger blieben, konnte es aus und vorbei sein.

Der Truck wuchs vor ihnen auf. Sie hatten beide das Gefühl, ein Inferno zu erleben. Zu einem himmelschreienden, dröhnenden Ungeheuer wurde der Wagen. Die großen, breiten Reifen kamen ihnen vor wie Mühlsteine, die alles zermalmten.

Dann erst reagierten sie.

Nach rechts und links spritzten sie weg, erreichten den Straßengraben neben der Fahrbahn und fielen hinein, während der Lastzug an ihnen vorbeiraste, sie noch von seinem Luftzug gestreift und sogar in die Höhe gewirbelt wurden.

Auch die anderen Beamten hatten die Gefahr erkannt und rechtzeitig reagiert. Sie hatten sich zur Seite geworfen, denn keiner von ihnen war lebensmüde.

Der Truck raste weiter. Ob Sperre oder nicht. Ihn konnte keiner aufhalten.

Zuerst erwischte es die Gitter. Sie wurden von der Rammstange erfasst, in die Höhe geschleudert und knickten dabei weg wie Streichhölzer. Von der Wucht flogen sie noch hoch und drehten sich in der Luft, während gleichzeitig Satans Rammbock die beiden Polizeiwagen erwischte.

Und das voll!

Bisher hatte das Dröhnen des schweren Motors alles andere übertönt. In dieses harte Geräusch mischte sich einen Sekundenbruchteil später noch ein anderes.

Es war kaum zu beschreiben, weil da vieles zusammenkam. Ein Krachen, Bersten, Splittern, Kreischen und Schreien.

Das Blech der Wagen verbog sich, als der Truck beide Streifenwagen gleichzeitig auf die Hörner nahm und durch die Luft schleuderte, als wären sie Spielzeugautos. Ihre gesamte Technik und Konstruktion wurde zu einem Opfer des gewaltigen Rammbocks, der einfach nicht zu stoppen war.

Auch diese Wagen flogen seitlich weg. Sie überschlugen sich in der Luft, krachten auf dem Gelände neben der Straße zu Boden und wurden so leicht zusammengepresst wie Pappschachteln.

Glaskrümel flogen wie große, durchsichtige Schneeflocken umher. Sie blitzten im Sonnenschein, der einen Augenblick später eine andere Farbe annahm und blutrot wurde, denn einer der Wagen explodierte vor den Augen der schreckensstarren Polizisten.

Eine gewaltige Feuerlohe, eingehüllt in schwarzen, beißenden Qualm, stieg himmelan. Verfolgt von brennenden, glühenden Blechteilen, als hätten sie die Hand eines Riesen verlassen.

Schreiend suchten die Polizisten Deckung. Sie fanden auf dem flachen Gelände jedoch keine und warfen sich einfach so zu Boden.

Einen der MPi-Träger erwischte es trotzdem. Ein Kotflügel flog schräg herbei. Der Mann sah es zu spät, und das glühende Teil traf ihn voll.

Er schrie verzweifelt, stemmte sich mit beiden Armen in eine Liegestützhaltung und starrte aus tränenden Augen dem Truck nach, von dem er nur noch die Rücklichter sah, die urplötzlich aufglühten und von den Männern als teuflischer Gruß empfunden wurden.

Und das sagte auch einer der schreckensbleichen Highway-Polizisten. »Verdammt, das war er. Das muss er gewesen sein. Das war der Teufel, Freunde …«

Professor Prescott hatte nach uns suchen lassen, wir waren zu ihm gekommen und saßen ihm nun in seinem komfortabel eingerichteten Büro gegenüber. Prescott hatte ein ernstes Gesicht aufgesetzt, und mir schwante bereits Böses.

»Ich habe die ersten Untersuchungen abschließen können«, erklärte er.

»Und?«, unterbrach ich ihn.

Tief holte er Luft und schaute bei seiner Antwort aus dem breiten Fenster nach draußen, wo der Park in Sportanlagen überging. So konnte er die vier Tennisplätze, die Pools und auch den Anfang des Golffeldes sehen. »Vom medizinischen Standpunkt aus gesehen, dürfte die Frau überhaupt nicht mehr am Leben sein. Ohne Herz kann man nicht existieren. Was sie dort bei sich trägt und sie am Leben erhält, das ist für mich ein Rätsel, um nicht zu sagen ein Wunder.«

»Magie«, sagte Suko, »reine Magie.«

»Fast fange ich an, daran zu glauben.«

»Ist denn sonst alles klar?«, wollte ich wissen.

»Die übrigen Organe funktionieren normal«, erwiderte er nickend und hob gleichzeitig die Schultern. »Was ich mir auch nicht erklären kann. Ich komme mir wirklich vor wie ein Student, der anfängt, Medizin zu studieren.«

»Besteht Aussicht auf Erfolg?«, fragte Bill.

»Ich will es hoffen. Ich will es wirklich hoffen.«

»Wann beginnen Sie?«

Der Professor sah auf mich und dann auf seine Uhr. »Ich würde sagen, in einer Stunde.«

»Gut.«

»Ich habe Sie nur hergebeten, damit Sie Bescheid wissen, und sich auf die Wartezeit einstellen können.«

»Kann man zuschauen?«, fragte ich.

Fast hätte diese Frage den Professor vom Stuhl gerissen. »Ja, sind Sie denn des Wahnsinns? Sie können doch nicht bei einer so schweren Operation zuschauen, Mr. Sinclair.«

»Ich muss es aber.«

»Nein, mein …«

»Doch, Professor.«

Der Arzt wurde nachdenklich. »Wenn Sie so entschieden reden, müssen Sie einen Grund haben.«

»Den habe ich auch.«

»Ich bin von Ihnen viel gewohnt, Gentlemen. Bitte, ich höre zu.«

Er hatte zwar in der Mehrzahl gesprochen, aber ich war es, der die Antwort übernahm. »Also gut, Professor. Es geht mir primär um die Frau, aber ich habe da noch ein großes Problem, und das ist eben dieser Würfel, durch dessen Kraft Jane Collins am Leben erhalten wird. Professor!« Meine Stimme nahm einen eindringlichen Tonfall an. »Um diesen Würfel geht es. Er ist eine Zeitbombe, das muss ich Ihnen verraten.

Dieser Würfel ist in der Lage, eine Welt zu zerstören oder aufzubauen, je nachdem. Und wenn er den Kontakt mit Jane Collins verliert, wird sie sterben! Der Würfel muss also immer bei ihr bleiben, auch während der Operation. Um das überwachen zu können, möchte ich gern mit dabei sein. Ist das zu viel verlangt?«

Professor Prescott war bei meinen Worten immer blasser geworden. Ich stellte auch fest, dass er schwitzte, denn er fuhr sich mit zwei Fingern zwischen Kragen und Hals. Seine Brille hatte er abgenommen. Er wischte über seine Augen, räusperte sich und konnte erst dann einige Worte von sich geben.

»Und das stimmt alles?«, fragte er.

»Erkundigen Sie sich bei meinen Freunden!«

Das war nicht nötig. Prescott brauchte nur mehr in die Gesichter von Suko und Bill zu sehen, um erkennen zu können, dass ich nicht gelogen hatte. Es war wichtig.

Noch hatte er sich nicht entschieden, ich wollte ihn drängen und sagte deshalb: »Bitte, Professor, springen Sie einmal über Ihren eigenen Schatten. Ich muss dabei sein!«

Er hatte noch Einwände. »Aber Sie sind kein Mediziner. Sie können nicht eingreifen …«

»Das will ich auch nicht. Ich möchte nur zuschauen und darauf achten, dass der Würfel in der Nähe bleibt. Sie müssen mir dieses Zugeständnis machen!«

Er verzog den Mund und schob dabei seine Unterlippe in die Höhe. »Wenn Sie das so sehen, kann ich Ihnen Ihren Wunsch wohl nicht abschlagen. Zudem habe ich unterschrieben, dass ich die Verantwortung für diese Operation nicht voll übernehme!« Er hatte mehr zu sich selbst gesprochen. Die nächsten Worte waren wieder für uns bestimmt. »Nun ja, Sie haben mich tatsächlich fast überzeugen können.«

Meine Augen glänzten plötzlich. »Dann stimmen Sie zu?«

»Ja.« Er breitete die Arme aus und wollte weitersprechen, deshalb schluckte ich mein Danke hinunter. »Es ist ein schrecklicher Tag. Vorhin die Polizisten, die uns baten, Verletzte aufzunehmen, jetzt Ihr Wunsch, das habe ich seit

Jahren nicht mehr erlebt.« Er schlug mit der flachen Hand auf den Tisch. »Egal, packen wir's.«

Ich war froh, dass dieser Mann so reagierte. Auch wir erhoben uns, und Suko hatte noch eine Frage. »Sagen Sie mal, Professor. Ist es gelungen, diesen Amokfahrer zu stoppen, oder hat es noch mehr Verletzte gegeben?«

»Keine Ahnung. Aber gestoppt haben sie ihn nicht. Das hätte ich bestimmt erfahren.«

»Sie wissen auch nicht mehr?«, erkundigte sich Bill.

»Nein.« Damit war für Professor Prescott das Thema beendet. Er bat mich, bei ihm zu bleiben, und ich verabschiedete mich von meinen beiden Freunden.

»John, tu dein Bestes«, sagte Bill.

Suko schlug mir auf die Schulter. »Ich weiß, dass wir uns auf dich verlassen können.«

Ich lächelte schmal. »Hoffentlich.«

Gemeinsam verließen wir das Büro, trennten uns vor der Tür und gingen in verschiedene Richtungen davon.

Suko und Bill schauten mir nach, bis ich mit dem Professor verschwunden war.

Bill schüttelte den Kopf. »Ich begreife es nicht so recht«, murmelte er.

»Was?«

»Na alles.« Er stieß Suko einen Finger gegen die Brust. »Weißt du, was mich auch hat stutzig werden lassen?«

»Nein.«

»Die Worte des Professors, dass nie etwas Aufregendes passiert ist. Und an diesem Tag drängt sich alles.«

»Du meinst den Amokfahrer?«

»Sehr richtig.«

Suko sagte nichts mehr, auch Bill schwieg. Jeder hing seinen Gedanken nach, und die beiden verließen das Gebäude, um sich wieder in den Park zu begeben.

Sie atmeten frische Luft ein, die durch nichts verpestet wurde. Der Himmel zeigte ein seidiges Blau. Es war nur dünn bewölkt. Die einzelnen Wolken wirkten wie lange, hauchdünne Federn.

»Kaum zu glauben, dass diese Stille hier von jemandem gestört werden kann«, meinte Bill.

»Sogar durch Hubschrauber.«

»Wo?«

Suko deutete schräg in die Höhe. Bill legte seine Hand gegen die Stirn, weil er ein wenig geblendet wurde. Er entdeckte den Punkt nicht sofort, denn Suko hatte die schärferen Augen von beiden und gab einige Korrekturen an.

»Ach ja, jetzt habe ich ihn«, erklärte Bill.

»Was meinst du?«

Der Reporter schaute der Maschine zu, wie sie ihre Runden und Schleifen flog. »Was soll ich sagen? Das ist ein normaler Flug, oder vermutest du etwas dahinter?«

»Eigentlich nicht.«

»Aber …« Bill schaute den Chinesen an. »Komm, Suko, ich kenne dich doch.«

»Hubschrauber, Polizeiwagen, ein Amokfahrer. Da kommt einiges zusammen, meine ich.«

»Und du bringst die Dinge miteinander in Verbindung.«

»Ja.«

»Dann hast du eines noch vergessen.«

»Was?«

»Jane Collins!«, sagte Bill hart.

Suko runzelte die Stirn. »Jane«, murmelte er. »Ja, möglicherweise. Vielleicht hat sich einer unserer Gegner einen ganz besonderen Trick einfallen lassen und schlägt uns diesmal mit anderen Waffen als sonst.«

»Wie meinst du das?«

»Ich kann es dir nicht sagen, Bill. Wenn ich es wüsste, wäre mir wohler.« Suko schaute wieder in den Himmel. »Jetzt ist die Maschine weg«, kommentierte er.

»War vielleicht doch nur harmlos.«

»Dein Wort in des Teufels Gehörgang«, meinte Suko und nickte dazu …

Er hatte beide Arme erhoben, sich nach hinten gegen die Lehne gedrückt, den Mund aufgerissen und lachte aus vollem Herzen. Verdammt, er hatte es geschafft. Und wie er es geschafft hatte. Mit Maschinenpistolen waren sie angetreten. Hinzu kamen die beiden Sperren. Weder Kugeln noch Widerstände hatten seinen Truck aufhalten können. Der Teufel hatte wirklich nicht zu viel versprochen.

Der Wagen war Satans Rammbock!

Frei lag die Fahrbahn vor ihm. Leer und blasshell vom Licht der Sonne angestrahlt. Der unterbrochene Mittelstreifen leuchtete wie ein endloses Band, das in den Horizont hineinstoßen wollte, um für immer zu verschwinden.

Nur langsam fielen seine Arme wieder nach unten, und Chuck legte seine Hände wieder um das Lenkrad. Er hatte die erste große Hürde so bravourös geschafft, dass er vor Freude hätte wegfliegen können. Stattdessen blickte er in den Innenspiegel.

Das Gesicht kannte er. Es gehörte ihm. Kein Totenschädel wuchs mehr auf seinen Schultern. Chuck hatte sich inzwischen an den Rhythmus gewöhnt, der Schädel erschien nur, wenn es gefährlich für ihn wurde. Aber das konnte es gar nicht mehr. Er war gespannt, was sich die Bullen jetzt einfallen lassen würden. Sie hatten bestimmt noch mehr Sperren eingerichtet, denn es fuhr ihm kein Wagen mehr entgegen.

Aber er kam seinem Ziel immer näher!

Wieder sah er in den Spiegel und erschrak für einen Moment, denn sein großer Herr und Meister zeigte sich in der rechteckigen Fläche mit all seiner Scheußlichkeit, die sein Gesicht abstrahlte.

Everett hatte sich mittlerweile auf den Teufel eingestellt. Diesmal gefiel ihm dessen Blick überhaupt nicht. Da lag ein Ausdruck in den Augen des Satans, der ihn störte.

»Trotzdem fragte er. »War ich nicht gut?«

»Nein«, erwiderte Asmodis hart. »Du warst schlecht!«

Über diese Antwort erschrak der andere. Cuck ging unwillkürlich mit der Geschwindigkeit herunter. »Wieso?«, hauchte er. »Ich habe alles gut hinter mich bringen können.«

»Ja, das ist es ja!«, drang ihm die Antwort zischend entgegen. »Die beiden Bullen waren der große Fehler. Einer ist tot. Jetzt jagen sie dich, wie du gesehen hast.«

»Klar, aber sie können mir nichts!«

»Trotzdem. Du bist früher bekannt geworden, als ich es wollte. Man soll sich wirklich nicht mit Menschen einlassen. Sie machen zu viele Fehler.«

»Keine Sorge, ich erreiche mein Ziel schon.«

»Und dann?«

»Werde ich es vernichten!«

»Wunderschön, so habe ich es mir vorgestellt. Nur wird man dir Hindernisse in den Weg legen, die dich zwar nicht kümmern sollen, aber du hast schon Aufmerksamkeit erregt. Und so einsam liegt das Ziel auch nicht. Da gibt es ebenfalls Radio oder Fernseher. Man wird auch dort von einem Amokfahrer gehört haben.«

»Was macht das schon? Wer sollte denn wissen, was ich eigentlich in deinem Auftrag tue?«

»Keiner. Nur sind die Personen, auf die es mir dabei ankommt, verdammt gerissen.«

»Schlauer als du?«

»Nein, das nicht«, erklärte der Teufel hochnäsig. »Aber sie sind das Misstrauen in Person.«

Chuck Everett schaute nicht nach vorn, sondern in den Spiegel. »Dann verrate mir, was ich tun soll.«

»Weiterfahren.«

»Und dann?«

»Sie werden versuchen, dich aufzuhalten und immer neue Tricks anwenden, die du aber durchschauen kannst. Lass dich auf nichts ein, gib es ihnen! Satans Rammbock ist unüberwindbar.«

»Ja!«, flüsterte der Trucker. »Ja, verdammt, das habe ich schon bemerkt. Wirklich. Es war sogar einmalig.«

Das Gesicht des Teufels verzog sich zu einem breiten Lächeln. »Sagte ich doch schon. Du kommst deinem Ziel immer näher. Irgendwann bist du da, Chuck Everett.«

»Und dann?«

»Jage durch. Nimm auf nichts Rücksicht! Fahr wie der Teufel. Rase hinein. Es wird keine Hindernisse für dich geben … geben … geben …«

Die letzten Worte verklangen allmählich.

Everett befand sich wieder allein in der Kabine. Und er fühlte sich wohl. Zunächst hatten ihn die Worte des Teufels geschockt, doch jetzt konnte ihn nichts mehr erschüttern. Er war sich seiner Stärke voll bewusst. Obwohl er Fehler gemacht hatte, wie er jetzt einsah, stand der Satan voll und ganz hinter ihm. Er war wie ein unsichtbarer Schutzengel. Nichts, aber auch gar nichts, entging seinem scharfen Blick, und er hielt seine sicheren Hände über Chuck.

Mit diesem Bewusstsein gab er noch mehr Gas und steigerte seine Geschwindigkeit. Im Moment brauchte er keine Berg- und Talstrecken zu überwinden. Der Motor war leiser geworden. Er bewegte sich im idealen Drehzahlbereich, sodass Everett sogar das Singen der Reifen vernahm. Für ihn war es die Truckermusik. Danach lebte er auf seinen weiten Reisen durch das Land.

Wieder schaltete er das Radio ein. Im Rückspiegel sah er nur das lange Band der Straße. Verfolger waren nicht in Sicht.

Vielleicht hatten die Bullen nach dieser Demonstration der Stärke die Nase endgültig voll. Zu gönnen wäre es ihnen gewesen. Denen musste endlich einmal das Maul gestopft werden. Zu sehr hatten sie ihn früher geärgert und durch ihre verdammten Kontrollen nervös gemacht.

Der Sprecher im Radio unterbrach wieder seine Musik. Mit hektischen Worten gab er die neusten Meldungen des Amokfahrers durch und auch bekannt, dass der Mann keine Chance habe. Er wandte sich sogar persönlich an ihn und forderte den Trucker mit einer bestimmten Autonummer auf, sofort zu stoppen und sich zu ergeben.

»Du hirnloser Idiot!«, schimpfte Everett. »Du bist ein kleiner, mieser Scheißer. Mich aufhalten zu wollen, das ist doch ein Unding, du blöder Typ, du.« Und er schaltete höher, um noch schneller fahren zu können.

Aber die anderen schliefen auch nicht. Verfolgerwagen hatte

er noch nicht entdecken können, dafür sah er, als er nach links schaute, einen dunklen Punkt am Himmel, der geradewegs unter dem watteartigen Wolkenstreifen zu kleben schien.

Ein Hubschrauber!

Natürlich wusste Chuck Bescheid. Ihm war bekannt, dass die Highway Police auch über Hubschrauber verfügte.

Der Hubschrauber war die Fortsetzung, und wenn er nichts brachte, würden sie vielleicht die Armee einsetzen. Bis dahin allerdings wollte Chuck sein Ziel längst erreicht haben, und das würde er auch schaffen, da war er sich sicher.

Das Geräusch des fliegenden Hubschraubers vernahm er nicht. Dafür ein anderes.

Das Jaulen von Polizeisirenen. Er schaute in den Rückspiegel und sah die Fahrzeuge hinter sich.

Sie gehörten nicht zu den normalen Streifenwagen, wie sie die Polizei benutzte. Diesmal hatte sie sich etwas Besseres einfallen lassen. Es waren kastenförmige Gebilde, zumeist durch Stahlstreben verstärkt und auch stärker bewaffnet. Man konnte diese Fahrzeuge in die Reihe der Panzerspähwagen einordnen.

Jetzt wurde es spannend.

Chuck grinste breit. Normal wäre es gewesen, wenn er die Geschwindigkeit erhöht hätte. Er jedoch tat genau das Gegenteil davon und fuhr langsamer, um den anderen die Chance zu geben, aufholen zu können. Wenn sie ihn erst einmal hatten, würde er zurückschlagen und ihnen zeigen, wozu Satans Rammbock fähig war.

Und so ließ er sich Zeit, entspannte sich sogar, denn auf die Straße brauchte er nicht zu achten. Wie ein schnurgerades Band führte sie in die endlos erscheinende Weite hinein. Öfter als gewöhnlich warf er einen Blick in den Rückspiegel.

Nach einer Weile spürte er wieder den warmen Strom, der durch seinen Körper rieselte. Er kam sich dabei vor, als stecke in seinem Innern das heiße Herz eines Vulkans, das immer dann besonders stark seine Hitze verteilte, wenn Gefahr im Anmarsch war.

So wie jetzt.

Er entdeckte sie nicht allein im Rückspiegel, auch am Himmel hielt sie sich. Der Hubschrauber verfolgte ihn weiter.

Es war noch ein kleiner flirrender Punkt nahe der Sonne, als hätte dieser Glutball ihn ausgestoßen. Es kam darauf an, welchen Weg er nahm, dann blitzte er hin und wieder auf, wenn er von den Sonnenstrahlen an besonders reflektierenden Stellen getroffen wurde.

Mit einer Sperre aus Polizeiwagen hatten sie es nicht geschafft. Jetzt versuchten sie es also mit einem Hubschrauber. Wahrscheinlich war die Maschine schwer bewaffnet. Es gab sogar welche, die der Army gehörten und mit Raketen bestückt waren, um schwere Panzer zu zerstören. Chuck Everett ging davon aus, dass sie ihn, wenn alle Stricke rissen, auch mit solchen Dingern jagen würden.

Darauf war er gespannt. Angst spürte er nicht. Chuck verließ sich voll und ganz auf die Worte des Teufels. Der Höllenherrscher würde schon gewusst haben, was richtig für ihn war.

Das warme Gefühl in seinem Innern war nicht nur geblieben, es hatte sich sogar gesteigert. Chuck warf noch einen Blick in den Innenspiegel. Er bekam den Rest der Verwandlung noch mit, wie sein normales Gesicht verschwand und dem Totenschädel Platz schuf.

Es war fast so, als hätte ihm jemand diesen Kopf über den eigenen gestülpt.

Lächerlich, aber wirksam.

Chuck war froh, dass er so darüber denken konnte. Der Teufel hatte an alles gedacht. Sogar als zusätzlichen Schreck oder makabren Gruß für die anderen, indem er ihm einen Schädel auf den menschlichen Körper setzte, der andere Menschen fast zur Verzweiflung brachte.

In den letzten Sekunden hatte er sich nicht auf die anderen Verfolger konzentrieren können. Das änderte sich. Weit hinter ihm lagen sie noch, aber sie waren dabei, aufzuholen. Und Streifenwagen der Highway Police waren das nicht. Sie fuhren nicht die großen viereckigen Kästen, die schon an kleine Trucks erinnerten.

Everett überlegte, mit welchen Fahrzeugen sie ihn stoppen wollten, bis er darauf kam, dass es eigentlich nur gepanzerte Einsatzwagen sein konnten, wie sie auch bei Straßensperren verwendet wurden, wenn Demonstranten zurückgehalten werden sollten.

Ob sie das schafften?

»Nein«, flüsterte er heiser lachend. »Auch ihr packt es nicht. Und wenn ihr zehn Wagen aus dem Stall holt, ich bin stärker.« Er krampfte die Hände um das Lenkrad. Am liebsten hätte er in einem Anflug von Zorn Gas gegeben, doch er hielt sich zurück, da er es in Wirklichkeit auf eine Auseinandersetzung ankommen lassen wollte.

Auch den Hubschrauber sah er wieder. Diesmal nicht so weit entfernt. Der dunkle Helikopter hatte gehörig aufgeholt, und der kam immer näher. Wesentlich größer war er geworden. Chuck sah noch immer die blitzenden Reflexe, wenn das Sonnenlicht auf die Scheiben fiel und von ihnen zurückgeworfen wurde.

Die Maschine kam von links. Chuck selbst hielt seinen Kurs und schaltete zunächst einmal das Radio ein. Vielleicht erhielt er von dort bessere Informationen und hörte auch schon ein Gespräch zwischen dem Moderator und einem Polizeioffizier mit.

Der Polizist hatte eine kratzige Stimme. Er wollte überzeugend klingen, das schaffte er allerdings nicht. »Also, er hat überhaupt keine Chance«, erklärte er. »Wir haben ihn so eingekesselt, dass er nicht wegkommt. Die Straße ist frei. Wir ließen sie sperren. Er befindet sich allein auf der Fahrbahn …«

»Wie weit haben Sie denn abgesperrt, Sir?«

»Fast bis Cameron.«

Der Reporter staunte. »Das ist allerhand.«

»Natürlich ist es allerhand. Wir mussten es tun, denn wir wollen diesen Wahnsinnigen stoppen.«

»Der über Leichen geht, Sir?«

»Jawohl, mein Lieber, der geht über Leichen. Das ist ein abgebrühter Hund!«

»Wie Recht du doch hast«, lachte Chuck. Die Worte verließen flüsternd den breiten Mund in seinem Schädel. »Wie Recht du doch hast. Ich gehe über Leichen, auch über deine.«

»Sir, eine letzte Frage, bevor Sie sich wieder in den Einsatz stürzen. Wollen Sie ihn jetzt noch einmal warnen? Sie haben jetzt die Chance. Vielleicht hat er sein Radio eingeschaltet. Trucker fahren ja fast nie ohne Musik. Bitte …«

Man hörte kratzende Geräusche, dann hatte der Polizeioffizier das Mikro bekommen. »Okay, Trucker! Wenn du mich hörst, stoppe deinen Wagen, bevor wir es tun und du dein Leben verlierst. Ich verspreche dir, dass du eine faire Verhandlung bekommst. Wenn nicht, wir schaffen es, Trucker. Ja, wir schaffen es!«

»Nie!«, schrie der Totenkopfträger. »Nie werdet ihr es schaffen! Das kann ich euch sagen. Ich bin stärker, ich bin stärker, ich muss es einfach sein, verdammt!«

»Und noch eine letzte Warnung, Trucker!«, hörte Chuck die Stimme des Polizisten. »Wir wissen, wer du bist. Wir kennen jetzt deinen Namen. Du bist Chuck Everett. Bisher hast du dir nichts zuschulden kommen lassen und nur deinen Job getan. Sei also vernünftig. Stoppe deinen Wagen. Du wirst …«

»Verdammter Idiot!«, brüllte Chuck und stellte einfach das Radio aus. Er wollte nicht mehr zuhören. Was wusste dieser Bulle denn schon von ihm und dem Teufel? Nichts! Vielleicht wollte er auch nichts wissen, denn er hatte mit keinem Wort erwähnt, dass ein Fahrer mit einem Totenschädel hinter dem Lenkrad des Trucks saß. Dabei hatten ihm die Bullen dies sicherlich zugetragen, aber so etwas wollte er einfach nicht wissen. Das passte ja nicht in seinen Kram hinein.

Der Fahrer lachte und schüttelte den Kopf. Sie alle würden sich wundern, auch die Typen im Hubschrauber, die schon ziemlich nahe herangekommen waren und sich mit ihm parallel bewegten.

Sie hielten die Geschwindigkeit bei, fuhren an der linken Seite, und Chuck erkannte, dass drei Personen in der Maschine hockten.

Der Pilot kümmerte sich um die Fliegerei. Die anderen

beiden gaben Chuck durch Handzeichen zu verstehen, dass er stoppen sollte.

Er dachte nicht daran.

In den nächsten Sekunden kümmerte er sich nicht mehr um den Hubschrauber, sondern schaute in den Rückspiegel. Er stellte fest, dass die beiden Wagen stark aufgeholt hatten.

Sie würden in der nächsten Minute auf seiner Höhe sein. Hinzu kam der Hubschrauber, das war natürlich die perfekte Falle. Normalerweise wäre es wohl kaum einem Trucker gelungen, aus ihr herauszukommen, aber Chuck war kein normaler Mensch.

Die Besatzung des Helikopters musste wohl mit den Männern im Wagen in Verbindung stehen, denn der Hubschrauber tat genau das Richtige, um die Falle zuschnappen zu lassen.

Er steigerte sein Tempo und flog jetzt direkt vor dem Truck her. Dabei sehr dicht über der Straße, als wollte er jeden Augenblick zur Landung ansetzen.

Die Fahrer der beiden Verfolgerwagen gingen nun aufs Ganze. Der Hubschrauber hatte es ihnen vorgemacht und die Falle vorn geschlossen. Sie kamen von den Seiten.

Wie hungrige Tiere schoben sie sich näher an den Truck mit der glänzenden Silberhaut heran. Sie nahmen jetzt die gesamte Fläche der beiden großen Außenspiegel ein.

Chuck hatte richtig getippt. Seine Verfolgerwagen waren tatsächlich gepanzerte Kolosse, die als Straßensperren bei Demos verwendet wurden. Die stoppten auch einen Truck.

Aber keinen, der vom Teufel beeinflusst worden war und in dem sich der Odem des Satans ausgebreitet hatte.

»Wir werden sehen!«, flüsterte Chuck. Er konnte jetzt hinter die schräge Frontscheibe schauen und sah dort die Gesichter zweier Männer unter dunklen Helmen.

Sie hatten vorgesorgt und sich die stählernen Kopfschützer auf die Schädel gedrückt.

Auch das würde ihnen nichts nutzen.

Sie hatten den Truck in die Mitte genommen, regelrecht eingekeilt, während vor ihm der Hubschrauber mit gleichbleibender Geschwindigkeit dicht über der Fahrbahn flog.

Bisher hatten sich die Männer in den Wagen nicht gerührt. Jedes Fahrzeug war mit zwei Leuten besetzt. Durch Panzerplatten waren die rollenden Stopper verstärkt worden, und Chuck erhielt das erste Zeichen von den beiden Fahrern, anzuhalten.

Das geschah in dem Augenblick, als sich die Führerhäuser auf gleicher Höhe befanden und die Polizisten in Chucks Wagen hineinblickten. Sie mussten ihn sehen, und sie entdeckten seinen gelblichen Totenschädel, der wie angegossen auf den Schultern saß.

Auf diesen Moment hatte Everett gewartet und auch auf die Reaktion der Polizisten.

Zuerst taten sie nichts. Auf einmal zeichneten sich Überraschung und Schrecken in ihren Gesichtern ab. Chuck lachte hohl. Er schaute nach links und rechts, wobei er die Gesichter sah, die käsig geworden waren. Die Beifahrer sprachen mit ihren Kollegen am Steuer. Sie konnten es nicht begreifen und meldeten den anderen wohl, was da vorgefallen war.

Auch diese Männer schauten an ihren Kollegen vorbei und mussten den blanken Schädel sehen.

»So, das reicht!«, flüsterte Everett. Er hatte sich entschlossen, die Initiative zu ergreifen, denn er wollte sehen, ob sein Wagen tatsächlich stärker als die gepanzerten der Polizei war.

Um den Hubschrauber kümmerte er sich nicht. Den wollte er sich später vornehmen, erst war der Wagen an seiner linken Seite an der Reihe.

Er fuhr sehr dicht an das Fahrzeug heran. Dabei hatte er das Lenkrad nur um eine Idee zu drehen brauchen, so schmal war der Spalt zwischen den feindlichen Wagen.

Und er bekam Kontakt.

Es war die erste Erschütterung, als beide zusammenstießen. Sie lief auch durch Everetts Truck, sodass der Mann zunächst einen gelinden Schreck bekam, aber auch die anderen schauten verdutzt. Damit hatten sie nicht gerechnet.

Der Beifahrer reagierte als Erster. Er kurbelte die Seitenscheibe nach unten. Sein Gesicht verzerrte sich, als der Fahrtwind in den Wagen schlug und er beide Arme hob.

In den Händen hielt er eine schwere Waffe. Ein Sturmgewehr, dessen Mündung er auf das Führerhaus des Trucks einvisierte. Er wollte zum letzten Mittel greifen. Ein wenig drückte er seinen Körper zurück, dann schoss er.

Fast handnah schaute Everett in das blasse Mündungsfeuer. Jede andere Scheibe wäre zertrümmert worden, und auch der dahinter sitzende Mensch hätte nicht überlebt.

Chuck konnte über die Aktion nur grinsen. Das schwere Geschoss prallte gegen die Scheibe, als bestünde sie aus Panzerplatten und nicht aus Glas. Was weiter damit geschah, sah Chuck nicht. Ihn interessierte nur das Gesicht des Mannes, der geschossen hatte, denn es zeigte eine so große Überraschung, wie er sie noch nie bei einem Menschen gesehen hatte. Zusätzlich malte sich noch der Schrecken darin ab.

Der Fahrer hielt den Kurs. Er sprach dabei in ein Mikrofon, wahrscheinlich redete er mit seinen Kollegen im rechten Wagen. Und die taten etwas.

Chucks Truck bekam einen heftigen Schlag mit, der seinen Lkw sogar im ersten Moment erschütterte und seinen Besitzer richtig wütend werden ließ. Die anderen hatten vor, ihn in die Klemme zu nehmen und zu zerquetschen.

Sie sollten sich geirrt haben!

Chuck wurde zum Tiger. Er vertraute voll auf die Kraft des Teufels und gab seinerseits Stoff. Hart riss er das Lenkrad nach links, sodass die Reifen scharf eingeschlagen wurden.

Im nächsten Moment krachte es.

Es war ein berstender, donnernder Schlag, der den gepanzerten Polizeiwagen erwischte. Chuck hatte sich voll und ganz auf die Aktion konzentriert. Er rechnete eigentlich damit, dass auch Teile von seinem Wagen wegfliegen würden, das geschah nicht, dafür geriet der Wagen aus der Bahn, begann zu schlingern, und Chuck setzte noch einmal voll nach.

Wieder erwischte er den anderen mit einem gewaltigen

Rammstoß. Er wunderte sich selbst darüber, dass es sein eigener Wagen schaffte, den gepanzerten zur Seite zu schieben, als wäre dieser nicht mehr als ein kleines Spielzeug.

Plötzlich verschwand der andere. Auch Chuck reagierte nicht rechtzeitig genug. Er hatte plötzlich die Straße verlassen, holperte über den Graben und befand sich auf freiem Gelände.

An dem ersten gepanzerten Fahrzeug war er vorbei. Er sah ihn im Rückspiegel.

Und da musste er lachen, denn das Fahrzeug stand nicht mehr im Gelände, es lag auf der Seite. Wie zum letzten Gruß drehten sich noch seine vier Räder.

Zwei Rammstöße seines Wagen hatten ausgereicht, um den Koloss zu Boden zu drücken.

Einfach sagenhaft.

Chuck war seinem Herrn und Meister so dankbar, dass er ihm ein Instrument in die Hand gegeben hatte, das selbst von einem Panzerwagen nicht gestoppt werden konnte. Und Chuck hätte jede Wette darauf angenommen, dass seinem Wagen nichts geschehen war.

In der Tat konnte er normal weiterfahren. Da gab es kein Knacken, kein Schlagen, weder ein Bersten noch Brechen oder Stöhnen von irgendwelchen Stoßdämpfern.

Er kam gut voran.

Und auch das Gelände störte ihn nicht. Buschwerk, Falten und Querrinnen im Boden, sie wurden kurzerhand von den schweren Rädern überrollt. Staubwolken stiegen in die Höhe, und Chuck erkannte, dass der zweite Wagen noch vorhanden war und dessen Fahrer auch nicht aufgegeben hatte, ihn zu verfolgen.

»Dich kriege ich auch noch!«, flüsterte der Trucker mit dem Totenschädel. Aber er wollte nicht darauf warten, bis der andere ihn eingeholt hatte, nein, er hatte sich etwas Besseres ausgedacht. Eine wahrlich herrliche Überraschung.

In wilder Vorfreude begann er zu grinsen, als er am Lenkrad kurbelte und eine weit geschwungene Linkskurve fuhr. Sicherlich würde sich der Verfolgerwagen wundern und ihn unter Umständen für lebensmüde halten, aber das war er nicht.

Sein Plan war teuflisch gut!

Er sah auch den Hubschrauber. Gelandet war die Maschine nicht. Sie kreiste an der Stelle dicht über dem Boden, wo der erste schwere Wagen umgekippt und auf der rechten Seite lag.

Der andere fuhr noch!

Er hatte jetzt sogar die Chance, dem Trucker Chuck Everett den Weg abzuschneiden.

Das tat er auch.

Aber Everett ging ihm nicht aus dem Weg, wie die beiden Polizisten vielleicht angenommen hatten. Im Gegenteil, er raste weiter.

Und dies mit Vollgas!

Es war der direkte und gerade Weg, der ihn zu seinem Ziel führte, und die beiden anderen Männer mussten schon jetzt die Absicht des Trucks ahnen.

Er wollte rammen!

Der vom Teufel beherrschte Wagen glich einem gewaltigen Ungeheuer, das sich durch nichts stoppen ließ. Vom Sonnenlicht wurde es umflutet. Gleichzeitig war es eingehüllt in eine Wolke aus Staub, die von den Rädern in die Höhe gewirbelt wurde, und so sah es für die anderen Männer aus sie ein mordgieriges Monster, das alles, was sich ihm in den Weg stellte, zu Boden stampfte.

Es kam darauf an, wer die besseren Nerven hatte. Chuck zählte sich dazu, denn sein Fahrzeug wurde von der urwüchsigen Kraft der Hölle gelenkt und war nicht zu besiegen.

Manchmal heulte der Motor, als wollte er ein triumphierendes Gebrüll entlassen.

Die Distanz verringerte sich. Immer schneller näherten sich die beiden Wagen. Die Polizisten mussten sich jetzt entscheiden, ob sie ausweichen wollten.

Der Beifahrer hatte das Fenster nach unten gekurbelt und sich mit seinem Gewehr in Anschlag aus der offenen Luke gebeugt. Dabei zog er laufend den Abzug durch.

Er feuerte, was seine Waffe hergab, traf auch und setzte die Kugeln ebenfalls in das hässliche Gesicht des Teufels, dessen Fratze sich innerhalb des schimmernden Kühlergrills zeigte.

Die Geschosse taten dem Wagen nichts. Sie prallten ab, als hätte der Mann mit Murmeln geworfen.

Und das merkte er auch.

Es war zu erkennen, wie sich sein Mund zu einem regelrechten Schrei verzog, er wieder in den Wagen tauchte, auf seinen Kollegen einsprach, der heftig nickte und das Lenkrad mit verzweifelten Bewegungen herumriss.

Es war eine verdammt heiße Sache, und sie wurde fast im letzten Augenblick durchgeführt.

Aber nur fast.

Eine Kollision war nicht mehr zu vermeiden. Zwar kam der Polizeiwagen noch halb herum, sodass es kein Volltreffer mehr würde, mehr schaffte er allerdings nicht.

Beide Wagen stießen mit den Seiten zusammen, und durch beide Fahrzeuge peitschten die Erschütterungen.

Den Panzerwagen erwischte es hart. Innerhalb der wirbelnden Staubwolken erkannte Chuck Everett, wie das schwere Fahrzeug in die Höhe gewuchtet wurde, plötzlich auf zwei Rädern stand und so aussah, als würde es nach hinten kippen.

Ob der gepanzerte Wagen tatsächlich fiel, war nicht festzustellen, denn Chuck raste schon weiter. Im ersten Augenblick durchströmte eine selten gekannte Freude sein Inneres, dann wunderte er sich plötzlich, dass er noch so normal fahren konnte.

Auch sein Truck musste einiges abbekommen haben, da musste eigentlich Metall verbogen sein, vielleicht standen auch Räder schief oder waren Achsen angebrochen.

Nichts davon traf zu.

Völlig normal rollte der Wagen weiter, und wieder fiel Chuck Everett Satans Versprechen ein.

Jawohl, das war Satans Rammbock. Ein unüberwindliches Hindernis. Nicht nur auf der normalen Straße, auch im Gelände gab es nichts, was diesen Wagen stoppen konnte.

Und wieder steigerte sich das Glücksgefühl. Jetzt endlich war der Durchbruch erreicht. Chuck Everett würde es ihnen zeigen. Er würde es allen zeigen, dem Staat, der Nation, der gesamten Welt. Er und sein Truck waren unüberwindlich. Wer sollte sie jetzt noch aufhalten? Niemand auf der Welt – niemand …

Auch kein Hubschrauber!

Chuck fiel ein, dass der noch existierte. Er hörte ihn auch. Sein Motor und das Knattern der Rotorblätter übertönten das Brummen des eigenen Trucks.

Wie er die Bullen einschätzte, würden sie nicht aufgeben, ihn zu jagen. Und mit einem Hubschrauber schätzten sie ihre Chancen bestimmt besser ein als im gepanzerten Truck. Da konnten sie wie ein Raubvogel aus der Höhe herabstoßen.

Er wollte sich dem Hubschrauber stellen, auch wenn der andere beweglicher war.

Chuck vertraute voll und ganz auf seinen Wagen.

Mit beiden Händen streichelte er über das Lenkrad wie über den Körper einer Frau. »Ja, du bist es!«, hauchte er. »Du bist mein Schutzpatron, mein Schutzengel aus Stahl und Eisen …«

Durch das Selbstgespräch hatte er nicht so sehr darauf geachtet, wo er hingefahren war. Deshalb überraschte es ihn, dass er den Rand der Straße schon vor sich auftauchen sah.

Dort wollte er nicht hin. Wenn er sich den anderen schon stellte, dann im freien Gelände. Waren da auch Hindernisse, sie kümmerten ihn nicht.

Satans Rammbock schaffte alles!

Wieder drehte er das Lenkrad nach links, um den schweren Wagen in eine Kurve zu lenken. Die Staubwolken waren so hoch wie ein Haus, und aus ihnen schob sich der Wagen hervor, um in die Richtung zu fahren, aus der er Sekunden zuvor gekommen war.

Er warf einen Blick nach vorn und sah die Folgen seiner Amokfahrt.

Die beiden Panzerwagen waren umgekippt. Vier Männer Besatzung hatten sie gehabt. Alle vier hatten sich retten können. Der Letzte kletterte soeben aus dem Wagen. Ein Kollege half ihm dabei.

Die anderen Polizisten hatten sich hinter ihrem Fahrzeug mit schussbereiten Waffen verschanzt. Die Mündungen ihrer Gewehre zeichneten den Weg des Trucks genau nach.

Darum kümmerte sich der Mann mit dem Totenschädel nicht. Zwar blitzte es vor den Gewehren auf, die Kugeln trafen auch seinen Wagen, aber sie taten ihm nichts, und so konnte er sich auf den Hubschrauber konzentrieren, der wie ein böses, lauerndes Rieseninsekt in der Luft stand und bereit zum Angriff war.

Chuck schaute sich die Maschine genauer an. Es war ein für den Krisenfall bestimmter Hubschrauber, der mit Maschinengewehren und Raketenwerfern ausgerüstet war.

Sie griffen also zum letzten Mittel.

»Okay, Freunde, okay!«, flüsterte Chuck. »Jetzt lassen wir es darauf ankommen!«

Er warf einen höheren Gang rein und fuhr direkt auf den Hubschrauber zu.

Der Kampf zwischen den beiden unterschiedlichen Gegnern begann!

9

Professor Prescott hatte mich bis zum Beginn der Operation in einen Warteraum verfrachtet. Natürlich war ich nervös. Zwar luden mehrere Sessel zum Sitzen ein, zudem gab es auch Getränke, aber ich wollte nichts. Mich nicht mal hinsetzen. Ich blieb in Bewegung und ging im Raum auf und ab.

Mehrmals musste ich mir die Kehle freiräuspern, und neben der kleinen offenen Bar stand ein Aschenbecher. Ich zündete mir eine Zigarette an, blies den ersten Rauch aus und schaute dabei aus dem Fenster. Mein Blick fiel auf den Golfplatz. Drei Spieler sah ich. Hier konnte man auch im Winter spielen.

Wieder dachte ich an Jane. Sie stand möglicherweise vor der alles entscheidenden Situation ihres Lebens. Wenn die

Operation klappte, gab es für sie vielleicht einen neuen Anfang.

Wieder drehte ich meine Runden. Schaute öfter als gewöhnlich auf die Uhr und stellte fest, dass die Zeit überhaupt nicht vorbeiging. Ich wünschte mir so sehr, dass schon alles hinter mir läge, aber so weit war es leider nicht.

Noch musste ich warten …

Von einer Zeit hatte der Professor nicht gesprochen. Ich war auch kein Mediziner und wusste deshalb nicht, wie lange ich noch warten musste.

Ich hoffte nur, dass sie bald vorbei war.

Mit stampfenden Bewegungen drückte ich die Zigarette aus und schielte auf eine Bourbonflasche. Sollte ich einen Schluck nehmen? Ja, verdammt, den brauchte ich jetzt.

Fingerbreit goss ich Whisky in ein bereitstehendes Glas und leerte es mit einem Zug. Das Glas hatte ich noch nicht abgesetzt, als sich die Tür öffnete und jemand erschien.

Es war nicht der Professor.

Er hatte eine seiner Mitarbeiterinnen geschickt, eine dunkelhäutige Krankenschwester, die mich breit und mit blitzenden Zähnen anlächelte. Sie trug bereits die grüne OP-Kleidung. Ihr dunkles Haar war unter einer Haube verborgen.

»Darf ich Sie bitten, mitzukommen, Sir?«, fragte sie mich sehr höflich.

»Natürlich gern.«

Während ich auf sie zuging, schaute sie mich an. »Sie müssen sich natürlich umziehen«, erklärte sie. »In der normalen Kleidung dürfen Sie nicht in den OP.«

»Das ist mir bekannt.«

»Ich werde Sie in die Kleiderkammer begleiten.«

»Danke, sehr nett.«

Wir schritten durch den Flur und erreichten schon nach wenigen Schritten den OP-Bereich. Eine Tür mit undurchsichtigen Milchglasscheiben trennte ihn von den übrigen Bereichen.

Die Schwester hielt mir die Tür auf. Ich ging dankbar

nickend an ihr vorbei, wurde in einen kleinen Raum geschafft, in dem die Kleidung schon für mich bereitlag.

Als ich mich darüber wunderte, dass die Schwester mit mir den Raum betrat, lachte sie leicht. »Es ist Vorschrift, Sir. Ich muss mich davon überzeugen, dass Sie die Kleidung korrekt anlegen, Sir.«

»Ja, meinetwegen.«

»Außerdem schaue ich Ihnen schon nichts weg!«, fügte sie noch lächelnd und unbefangen hinzu.

Bill hätte gesagt, da wäre auch nichts wegzuschauen, aber lassen wir das.

In Unterhosen kam ich mir schon ziemlich deplatziert vor, aber die Schwester hatte überhaupt keinen Blick für mich, sie starrte die Waffen an, die ich abgelegt hatte. Ich stieg in die Hose und sprach die Schwester erst dann an.

»Wie heißen sie eigentlich?«

»Mara, Sir. Ich bin hier die erste OP-Schwester.« Sie antwortete automatisch und deutete dabei auf die Beretta und die silberne Banane, auch Bumerang genannt. »Was wollen Sie denn damit?«

»Ich nehme sie mit.«

»In den OP?«

»Ja, wohin sonst?«

Ihr erstaunter Blick traf mich, sie hatte herrliche, große Augen. »Aber das geht doch nicht, Sir. Sie können doch nicht bewaffnet einen Operationsraum betreten.«

»Das muss ich aber, liebe Mara. Es gibt für mich leider keine andere Möglichkeit.«

Sie hob die Schultern. »So etwas habe ich noch nicht erlebt. Nein, das ist …«

»Seien Sie versichert, dass ich die Waffen nur im äußersten Notfall einsetzen werde. Vielleicht hat es sich schon bis zu Ihnen herumgesprochen, dies hier kann man nicht als eine normale Operation bezeichnen. Es steht viel mehr auf dem Spiel.«

»Das weiß ich. Aber die Waffen …«

»Nehme ich mit«, erwiderte ich entschieden.

Die Hose hatte ich angezogen. Jetzt griff ich nach der grünen OP-Jacke und streifte sie über. Sie wurde im Rücken zugeknöpft. Schwester Mara übernahm die Aufgabe, damit ich mir nicht meine Arme verrenken brauchte.

»Trotzdem, Sir, muss ich den Professor informieren!«

»Worüber?«

»Dass Sie Ihre Waffen mitgenommen haben. Es gibt Vorschriften, wenn Sie verstehen.«

»Ja, tun Sie das.«

Mara war fertig. Sie setzte mir noch die Haube auf. Fast alle Haare verschwanden darunter. Handschuhe zog sie mir ebenfalls an, und so konnte ich den Umkleideraum verlassen und endlich dorthin gehen, wo sich in naher Zukunft alles entscheiden sollte.

Sehr weit hatten wir nicht zu laufen. Die Umgebung veränderte sich. Nichts mehr erinnerte an den Luxus der normalen Einrichtung und der Zimmer. Hier sah es aus wie in jedem anderen Krankenhaus. Grüne Kacheln an den Wänden, auch der Boden war gefliest. Kaltes Leuchtstoffröhrenlicht strahlte nach unten, und unsere Schritte erzeugten hohle Echos.

Vor einer großen Tür blieben wir stehen.

»Moment«, sagte Mara, »ich schaue mal nach.« Sie öffnete die Tür und streckte den Kopf nach drinnen. Ich hörte sie nach dem Professor rufen, und der kam auch bald. Den Mundschutz hatte er noch nicht umgelegt. Sein Gesicht zeigte einen unwilligen Ausdruck.

»Was ist denn noch, Mara?«

Ich übernahm die Antwort und erklärte, dass es um meine Waffen gehe, die ich mitgenommen hätte.

Auch Prescott schluckte. »Das kann ich nicht zulassen.«

»Ich muss sie bei mir wissen!«

»Sie können keine Schießerei in einem OP-Raum anfangen, Mr. Sinclair. Wo denken Sie hin?«

»Ich habe so etwas auch nicht vor. Nur will ich für den Notfall gerüstet sein, wenn Sie verstehen.«

»Notfall?« Er lächelte schief und auch ein wenig überheblich. »Da werde ich wohl am besten wissen, was da gut für den Patienten ist oder nicht.«

»Das mag sein, Professor, aber einen solchen Notfall habe ich nicht gemeint. Mir geht es um etwas anderes. Ich kann es Ihnen jetzt nicht erklären, aber vertrauen Sie mir.«

Er schaute mich prüfend und nachdenklich an. Dann atmete er seufzend. »Ich hätte nie gedacht, dass mir so etwas je widerfahren wird. Seit ich Sie kennen gelernt habe, ist alles anders geworden. Sie, Ihre Freunde und diese Patientin scheinen tatsächlich etwas Besonderes zu sein. Also stimme ich zu. Sie können Ihre Waffen behalten.«

»Danke, Professor.«

Er nickte und drehte sich um. »So, Schwester Mara, geben Sie Mr. Sinclair den Mundschutz.«

»Sehr wohl, Sir.«

Wir betraten den Vorraum. Er hatte kein Fenster. Auch hier strahlte das kalte Licht. Ich sah die Fliesen und auch die drei weiteren Ärzte, die wie Vermummte wirkten und aus einer anderen Welt zu stammen schienen.

Für mich lag das Mundtuch bereit. Zuvor musste ich neue Handschuhe überstreifen.

Mara band das Tuch in meinem Nacken zusammen. Ich schaute derweil auf die große Tür, die zum eigentlichen Operationsraum führte und noch geschlossen war.

In meinem Magen hatte sich ein beklemmender Druck ausgebreitet. Ich hatte fast das Gefühl, selbst auf dem Tisch zu liegen. Ein paarmal schluckte ich. Auch der Hals war trocken geworden.

Automatisch öffnete ich die Tür zum OP-Saal. Ich ließ den Ärzten den Vortritt, auch Mara ging an mir vorbei. Über den Rand des Mundtuchs hinweg warf sie mir einen beruhigenden Blick zu. Anscheinend hatte sie etwas von meiner inneren Nervosität gespürt.

Als Letzter betrat ich den großen und durch helle Lampen ausgeleuchteten OP mit den grünen Kacheln. Hinter mir fiel die Tür zu. Ich hatte plötzlich das Gefühl, in einem modernen Folterlabor zu stehen, wenn ich all die blitzenden und gefährlich aussehenden Instrumente sah, die auf den kleinen fahrbaren Wagen lagen.

Und Jane sah ich.

Sie lag wie tot auf dem OP-Tisch, bedeckt mit einem Tuch und war durch Schläuche und Kabel mit allerlei Geräten verbunden. Man hatte ihr bereits eine Narkose verabreicht. Der dafür verantwortliche Anästhesist stand neben dem OP-Tisch und beobachtete die Instrumente.

Professor Prescott übernahm das Kommando. Gesprochen wurde nicht. Dieses Team verstand sich blind. Jeder hatte seinen Platz eingenommen. Mir gab er durch Zeichen zu verstehen, dass ich mich so weit wie möglich entfernt von ihnen aufbauen sollte.

Das tat ich auch.

Mein Blickwinkel war relativ günstig. Es kam darauf an, wie sich die anderen bewegten. Wenn sie hin und wieder zur Seite gingen, konnte ich einen freien Blick auf Janes Gesicht erhaschen.

Schwester Mara rollte den Wagen mit den keimfreien und blitzenden Instrumenten heran.

Prescott nickte.

Es war ein Zeichen, dass die Operation begann, und mein Blick fiel dabei auf ein Glasgefäß, in dem, durch Schläuche und Apparate verbunden, das lag, was Jane ein weiteres Leben garantieren sollte.

Ein Herz aus Aluminium!

Ich hatte es gesehen, schaute weg, dann wieder hin und konnte es kaum glauben, dass dieses künstliche Ding das wichtigste Organ des Menschen überhaupt ersetzen sollte.

Doch Jane war nicht die Erste, der ein solcher Apparat eingepflanzt werden sollte.

Kaum hatte ich daran gedacht, als die ersten behandschuhten Hände nach den Instrumenten griffen, die von Schwester Mara gereicht wurden.

Die Operation begann. Und das Schicksal der Jane Collins lag in den Händen weniger Ärzte …

Bill und Suko hatten einen Aufenthaltsraum gefunden, den man auch als Wintergarten bezeichnen konnte. Dort saßen sie zwischen hohen Palmen an einem runden Tisch, hatten Gläser mit Longdrinks vor sich stehen und schauten immer wieder auf ihre Uhren.

Bill häufiger als Suko, und der Chinese sprach den Reporter auch darauf an. »Du bist verflixt nervös, Junge!«

»Ist das ein Wunder?«

»Natürlich nicht, aber ändern kannst du daran nichts. Tut mir Leid.«

Bill winkte ab. »Ach, hör auf!« Wieder blickte er auf seine Uhr. »Jetzt haben sie bestimmt schon begonnen.«

»Möglich.«

Bill beugte sich vor. »Ich wäre am liebsten dabei.«

»John reicht aus«, erwiderte Suko.

»Und wenn was schief geht?«

»Ist es nicht unsere Schuld, Bill. Wir haben getan, was wir konnten. Mehr war einfach nicht drin.« Der Inspektor lächelte. »Du kommst mir so vor wie bei der Geburt deines Sohnes.«

»Das ist fast noch schlimmer hier.«

»Take it easy, alter Junge, auch das geht vorbei.«

Der Reporter nahm einen Schluck. »Wenn ich nur wüsste, was alles schief gehen kann«, murmelte er. »Leider habe ich zu wenig Ahnung von medizinischen Dingen …«

»Zum Glück«, unterbrach Suko den Freund. »Außerdem ist die medizinische Seite nicht so wichtig, die magische ist viel wichtiger. Meines Erachtens ist die Magie hier stärker vertreten als die reine Wissenschaft. Verlass dich darauf.«

»Und unsere Gegner?«

»Haben sich bisher nicht blicken lassen.«

»Ob das so bleibt?« Bill war sehr skeptisch und verdrehte die Augen, weil er den Mann ankommen sah, dem sie schon einmal im Park begegnet waren. Noch immer trug er sein Radio bei sich und hatte den Apparat auch eingeschaltet.

Als er die beiden Männer entdeckte, änderte er seine Gangrichtung und kam auf sie zu.

»Darf ich mich setzen?«

»Bitte«, sagte Suko, weil er nicht unhöflich sein wollte.

Der Mann nahm Platz und stellte sein Radio auf den Tisch zwischen die Gläser. Er war ein Mensch, der seine besten Jahre schon hinter sich hatte. Sein Gesicht zeigte eine Bräune, die von einem Solarium stammen konnte, die grauen Augen blickten kalt. Diesem Typ schien überhaupt nichts Freude zu bereiten.

»Sie haben ihn noch immer nicht«, sagte er.

»Wen?«, fragte Bill.

»Diesen verdammten Amokfahrer. Er rast weiterhin durch die Gegend. Schlimm ist das. Ich sah auch den Hubschrauber kreisen.«

»Der wird ihn schon stoppen«, meinte Suko.

»Weiß ich nicht.« Der Mann hob die Schultern. »Die letzten Nachrichten hörten sich nicht so an.«

Bill verengte die Augen. »Wie meinen Sie das?«

»Die Polizei tut alles, um ihn aufzuhalten. Doch es scheint, als wäre der Kerl mit dem Teufel im Bunde.«

Bill Conolly gab es einen Stich, als er die letzten Worte hörte. Mit dem Teufel im Bunde! Sollte das ein böses Omen sein?

»Ach so«, sagte der Besucher, »ich möchte mich noch vorstellen. Ich heiße Al Trunk.«

Auch Bill und Suko nannten ihre Namen, wobei Trunk fragte, woher sie kämen.

»Aus England.«

»Das ist gut. Ich habe öfter in London zu tun gehabt. Mir gefällt die Stadt nicht. Ist alles so eng. Hier in Texas haben wir die Weite, wenn Sie verstehen.«

»Natürlich.«

»Und welche Beschwerden haben Sie?«

Suko gab die Antwort. »Ach, wissen Sie, eigentlich gar keine. Wir wollten nur ausspannen, die letzten Monate waren doch sehr anstrengend gewesen, und wir haben uns hart abstrampeln müssen.«

Al Trunk nickte. »Da sagen Sie was. Aber wer hat das

nicht? Mir geht es ebenso. Ich sage Ihnen«, er beugte sich vor, »während der Carter-Ära habe ich ein Vermögen eingebüßt. Dieser Mann war ja …«

Trunk kam zum Glück nicht mehr dazu, seine Meinung kundzutun, denn die Stimme des Radiosprechers ließ ihn verstummen. Auch Bill und Suko hörten gespannt zu.

Es begann mit einem Hammer. »Die Polizei hat es nicht geschafft. Im Gegenteil, liebe Hörer, der Amokfahrer ist bisher stärker gewesen und hat die normale Straße verlassen. Bei uns laufen die Telefone heiß, man rotiert, aber man kann ihn nicht stoppen. Warten Sie, liebe Zuhörer, soeben trifft die neuste Meldung über den Wahnsinnigen ein.«

Al Trunk deutete auf das Radio. Sein Finger zuckte dabei von einem Lautsprecher zum anderen. »Da, jetzt werden Sie hören. Spitzen Sie die Ohren. Sie werden sich wundern. Sie werden …«

»Schon gut«, unterbrach Bill den Mann mit ärgerlicher Stimme. »Es ist schon gut.«

Sie lauschten. Aus den Lautsprechern drangen Geräusche. Im Hintergrund hörten sie die Stimme des Reporters, aber sie verstanden nicht, was er sagte und mit wem er sprach.

Wahrscheinlich redete er mit irgendwelchen Mitarbeitern oder Leuten von der Polizei.

Trunk hockte steif vor den beiden Freunden. Hin und wieder nickte er, als wollte er seine eigenen Gedanken bestätigen.

Und schon war der Sprecher wieder da. Seine Stimme klang aufgeregt. So etwas hatte er, der Moderator dieser kleinen Station, nicht mitgemacht.

»Es ist nicht zu fassen, liebe Zuhörer. Der Amokfahrer kann nicht gestoppt werden. Soeben habe ich die Nachricht erhalten, dass er zwei Panzerwagen ausgeschaltet hat. Jawohl, zwei Panzerwagen der Polizei. Das war noch nie da. Auch wenn es ein Truck ist, aber Panzerwagen sind einfach stärker. Bleiben Sie dran, ich melde mich gleich wieder. Unser Mann draußen in der Polizeistation wird mir die neusten Dinge berichten. Warten Sie. Warten Sie unbedingt!«

Musik erklang. Und zwar das Lied vom Tod. Es passte so richtig in diese Reportage.

Trunk war blass geworden. »Das ist ein Ding!«, hauchte er. »Das ist ja schon Wahnsinn. Ich selbst habe eine Spedition. Für mich fahren fünfzig Trucker. Ich kenne die Fahrzeuge. Die schaffen es niemals, einen Panzerwagen umzuwerfen. Oder was meinen Sie?«

Bill und Suko gaben ihm durch ihr Nicken Recht. Auch für sie war es unbegreiflich. Ohne dass sie beide darüber gesprochen hatten, spürten sie ein ungutes Gefühl. Noch hatten sie keinen Beweis, aber dieser Amokfahrer konnte für sie zu einer Gefahr heranwachsen, auch für Jane Collins …

Die Musik verstummte. Sofort danach meldete sich der Sprecher wieder. Seine Stimme klang jetzt ruhiger, als würde er sich von einer Beerdigung melden. »Sie werden es nicht glauben, liebe Zuhörer, aber es ist etwas geschehen, das uns Rätsel aufgibt. Dieser Truck und sein Fahrer müssen mit dem Leibhaftigen im Bunde stehen. Zeugen haben berichtet, und das waren Polizisten aus den gepanzerten Wagen, die sich mit ihrer Dienststelle in Verbindung gesetzt haben, dass sie auf dem Kühlergrill des Trucks das Abbild des Teufels gesehen haben. Jawohl, die Fratze des Satans!«

»Oahhh…« Diesen Laut hatte Al Trunk ausgestoßen. Er hob die Hände und presste sie gegen die Wangen. Dabei wollte er noch Suko und Bill ansprechen, doch die beiden hielt nichts mehr auf ihren Stühlen. Synchron eilten sie mit langen Schritten aus dem Wintergarten. Erst als sie sich außer Hörweite befanden, blieben sie stehen, um zu beraten.

Suko war bleich geworden. Auf Bills Gesicht lag eine Gänsehaut, und seine Stimme zitterte, als er hauchte: »Also doch, ich habe es geahnt. Asmodis, er gibt nicht auf. Verdammt, Suko, was sagst du dazu?«

Durch die Nasenlöcher holte der Inspektor Luft. »Nichts, vorerst«, gab er zu. »Aber wenn keiner diesen teuflischen Amokfahrer stoppen kann, sollten wir es versuchen.«

»Jaja«, gab auch Bill Conolly zu. »Und wie willst du das anstellen?«

»Das, mein lieber Bill, weiß ich nicht …«

Obwohl die Strahler in der runden, über dem OP-Tisch stehenden Lampe brannten, war es nicht warm. Dennoch schwitzte ich. Es war die innere Erregung, die mich so handeln ließ. Ich stand nahe der Wand, rührte mich nicht und merkte nur, wie der Schweiß auf meiner Stirn immer mehr wurde und auch die Haut an den Wangen nicht verschonte, sodass mein Mundtuch schon bald festklebte.

Es war furchtbar, hier zu stehen, sich nicht zu rühren, um andere nicht zu stören.

Aber ich wollte durchhalten, ja, ich musste durchhalten.

Von Jane sah ich nichts. Die anderen Ärzte verdeckten mir die Sicht. Hin und wieder traf mich ein kurzer Blick der Schwester. Ob es gut oder schlecht um Jane stand, konnte ich ihrem Augenausdruck leider nicht entnehmen.

Ich hoffte auf das Positive.

Es wurde nur wenig gesprochen. Und wenn, dann waren es knappe Anordnungen, die der Professor gab und die unter dem Mundtuch unnatürlich dumpf klangen.

»Ja, John Sinclair, so ist das!«

Ich hatte das Gefühl, einen Tritt erhalten zu haben, denn die Stimme, die zu mir gesprochen hatte, gehörte keinem aus dem OP-Team, obwohl ich sie kannte.

Ein alter Bekannter hatte mich angesprochen. Aus dem Unsichtbaren her, und ich hauchte seinen Namen.

»Asmodis!«

»Genau, Sinclair, genau. Ich bin es, und ich freue mich, dass wir wieder aufeinander treffen. Hast du damit gerechnet?«

»Ja.«

»Das ist gut. Ich wollte dir nur sagen, dass ich nicht aus dem Rennen bin. Noch längst nicht. Ihr habt versucht, die Reise geschickt zu verbergen, aber mir kann man so leicht nichts vormachen, das kann ich euch versprechen. Ich bin da, und ich werde eingreifen. Du weißt ja, der Würfel des Unheils gehört mir. Mir allein, Sinclair …«

Das waren seine letzten Worte, danach vernahm ich nur mehr die Stimmen der Ärzte.

Hatte ich in der vorherigen Zeit nur mehr eine gewisse Beklemmung gespürt, so änderte sich dies nun. Aus der Beklemmung wurde eine fast würgende Angst.

Der Teufel hatte es also geschafft. Er war da, und er würde angreifen.

Aber wie?

Ich wusste es nicht, und dieses Nichtwissen machte mich fast wahnsinnig. In diesem Augenblick sanken Janes Chancen dem Nullpunkt entgegen …

ENDE

Der
Zombie-Apache

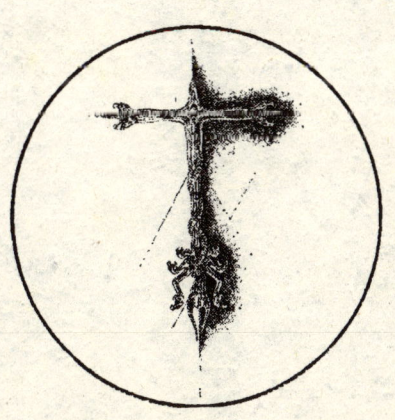

Zwei Welten standen sich gegenüber!

Auf der einen Seite die modernste Technik, vertreten durch einen mit Raketen und Maschinengewehren bestückten Hubschrauber, auf der anderen der Truck!

Ein gewaltiges Fahrzeug, ein Koloss aus Stahl und Reifen, aber von einem Wesen geschützt, das auf den Namen Teufel hörte.

Und hinter dem Lenkrad hockte ein Diener des Satans. Er hieß Chuck Everett, war noch vor Stunden ein normaler Mensch gewesen und hatte sich innerhalb kürzester Frist in ein wahres Monstrum verwandelt, denn auf seinen Schultern saß kein normaler Kopf mehr, sondern ein blanker, gelblich schimmernder Totenschädel mit leeren Augenhöhlen, in denen trotzdem Leben vorhanden war, denn tief in den Schächten lauerte die Glut des Teufels.

Amokfahrer hatten sie ihn genannt.

Das stimmte nur bedingt. Der Trucker war kein normaler Amokfahrer, er war etwas Besonderes, ein Günstling der Hölle, und er hatte einen Auftrag zu erfüllen, von dem ihn keiner abbringen konnte.

Er würde mit seinem Wagen fahren, bis er das Ziel erreichte.

Radikal würde er es dann vernichten.

Sie hatten versucht, ihn aufzuhalten, sie hatten alles getan. Sperren waren errichtet worden, der Truck hatte sie durchbrochen und die hinter der Sperre stehenden Polizeiwagen zu Schrott gefahren.

Sie hatten auf ihn geschossen. MPi- und Revolverkugeln waren gegen seine Außenhaut geklatscht und hatten dennoch nichts erreichen können, denn der Truck hielt alles aus.

Dann waren sie mit zwei Panzerwagen gekommen. Der Höllentruck hatte sie abgedrängt und kurzerhand umgeworfen. Nun stand ihm noch ein Feind gegenüber.

Der Kampfhubschrauber!

Etwa zwanzig Yards über dem Erdboden befand er sich. Besetzt war die Maschine mit drei Männern. Zwei bedienten die Waffen, einer flog den Hubschrauber.

Ihm gegenüber stand der Truck. Er hatte bisher alle Hindernisse überwunden, und sein Fahrer war sicher, auch mit dem Kampfhubschrauber fertig zu werden.

Sie belauerten sich wie zwei echte Gegner. Keiner wollte den Anfang machen. Starr schaute Chuck Everett durch die Scheibe. In seinem Gesicht bewegte sich nichts. Die gelben Knochen des Totenschädels blieben starr, als bestünden sie aus Eis.

Er hatte sich daran gewöhnt, in Stresssituationen wie dieser hier mit einem Totenschädel herumzulaufen. Das machte ihm nichts mehr aus. Er verließ sich voll und ganz auf seinen Freund, den Höllenherrscher.

Auch die drei Männer im Hubschrauber freuten sich nicht so recht. Gern hätte Chuck durch das Glas der Kanzel in das Innere der Maschine geschaut. Das war ihm leider verwehrt, denn die Sonne stand ungünstig. Ihre Strahlen wurden reflektiert, sie blendeten den Trucker, deshalb nahm er nur die Schatten der Männer wahr.

Und sie bewegten sich.

Einer hatte sich zur Seite gebeugt. Er nickte mit seinem gesamten Körper, und der andere stand jetzt auf und näherte sich dem Ausstieg, um die Tür zu öffnen.

Sie schwang nach außen. Am Rand blieb der Mann stehen und klammerte sich mit einer Hand am Haltegriff fest, damit er nicht in Gefahr geriet, aus der Maschine zu stürzen.

Er gab mit der freien Hand den Männern Zeichen, die in dem Panzerwagen gesessen und zum Glück überlebt hatten, während ihre Wagen umgekippt am Boden lagen.

Die Polizisten unten erwiderten die Zeichen. Sie hoben die Arme und deuteten in Richtung Truck.

Chuck verstand das Zeichen. Wahrscheinlich wollten die Polizisten, dass der Pilot endlich angriff und das zu Ende brachte, was sie nicht geschafft hatten.

»Na denn«, sagte der Trucker und startete.

Er fuhr sehr langsam, nur im Schritttempo, aber sein Start wurde genau registriert.

Der Mann im Cockpit verschwand und sprach mit dem Piloten.

Der nickte und startete.

Beinahe träge gewann der Hubschrauber an Höhe. Es schien, als wollte er im spitzen Winkel in den blassblauen Himmel hineinfahren. Aber der war nicht sein Ziel, er hatte sich ein anderes ausgesucht.

Den Truck!

Noch immer langsam und irgendwie tastend schob sich der Wagen vor. Ein von teuflischer Magie beherrschtes Monstrum der Technik, das unbeirrbar seinen Weg ging, weil es von fremden Kräften geführt und geleitet wurde.

Fast sah es so aus, als bewegte sich ein Raubtier auf dem Boden. So lauernd und abwartend reagierte der Truck. Nur befand sich sein Opfer nicht vor ihm, sondern schräg über dem Wagen.

An der rechten Seite flog der Hubschrauber. Everett konnte ihn leider nicht genau erkennen. Er sah nur den Schatten, den die sich drehenden Rotorblätter auf die Kühlerschnauze und den Weg davor warfen, sodass dort ein Kreisel entstand.

Staub wirbelte hoch und über den Truck hinweg. In den Wolken lauerte der Kampfhubschrauber. Er wollte es schaffen.

In der dichten Staubhülle blitzte es ununterbrochen auf, ein Beweis, dass die Maschinenwaffen ihre mörderische Ladung aus den Rohren hämmerten. Sie feuerten, was die Läufe hergaben, und die heißen Kugelgarben schlugen schräg gegen den fahrenden Truck, ohne ihn allerdings stoppen zu können.

Der Fahrer mit dem Totenschädel hockte hinter dem Lenkrad. Aus dem Maul drang ein krächzendes Lachen, denn Everett bemerkte sehr genau, wie die schwerkalibrigen Geschosse gegen die breite Frontscheibe hämmerten, ohne sie zu zerstören.

Noch vor einem Tag wäre sie regelrecht zerblasen worden, und auch von ihm wäre kaum etwas übrig geblieben, jetzt aber hielt die Scheibe stand. Sie schleuderte die Garben nur als gefährliche Querschläger zurück.

Nach diesen ersten Detonationen drehte der Kampfhubschrauber ab, um es von der anderen Seite noch einmal zu versuchen. Er wollte, ja, er musste es einfach schaffen. Und er war sehr schnell um den Truck herumgeflogen, um abermals zu schießen.

Gelassen drückte Chuck Everett das Bremspedal, sodass der Truck in Sekundenschnelle stillstand.

Er genoss es, unverwundbar zu sein. Jeder Treffer, der ihm und dem Wagen nichts anhaben konnte, steigerte die Genugtuung in seinem Innern. Er brauchte sich nicht mal zu wehren. Sie würden von selbst verzweifeln und irgendwann aufhören.

Die Schüsse verstummten. Gelassen beugte sich Chuck Everett nach links und blickte aus dem Fenster. Soeben huschte der Kampfhubschrauber wie ein großer Schatten über ihn hinweg, um wieder an Höhe zu gewinnen. Die vier Polizisten, die seiner Attacke zugeschaut hatten, standen herum und sahen ihm kopfschüttelnd nach. Damit hatten sie wohl nicht gerechnet. Einer winkte. Diese Bewegung wirkte deprimiert, und Chuck hatte wieder allen Grund, sich die Hände zu reiben.

Dennoch war er unzufrieden. Es machte ihm keinen Spaß, einfach herumzustehen und unbesiegbar zu sein.

Er wollte mehr Action.

Höllische Action wie auf dem Rastplatz, als er die drei Halunken getötet hatte. Deren Asche lag noch auf der Ladefläche. Auch der Pilot sollte etwas zu tun bekommen.

Die Fahrtrichtung war ihm bekannt. Wenn er auf der Straße geblieben wäre, hätte er irgendwann die Stadt Cameron erreicht. Von dort waren es nur noch wenige Meilen bis zu seinem eigentlichen Ziel, diesem Sanatorium.

Aber musste er wirklich über die Straße fahren? Er traute seinem Truck alles zu. Wer diesen Kugelgarben und auch den Panzerwagen widerstand, der kam auch im Gelände zurecht.

Das war es.

Im Gelände!

Er würde weder einen Highway noch eine normale Straße benutzen, sondern querfeldein rasen. Hindernisse gab es keine. Wenigstens keine, die für ihn unüberwindlich gewesen wären. Und die Ortschaften, die er auf seiner Reise berühren würde, da wollte er sehen, wie die Leute reagierten, wenn er mit dem Höllentruck hineinrauschte.

Ein teuflischer Spaß sollte es werden.

Noch lief der Motor im Leerlauf. Chuck Everett würgte den ersten Gang in das Getriebe, schaute noch einmal in den Spiegel und sah plötzlich einen der Polizisten auf den Wagen zulaufen. Fast hätte der Mann den toten Winkel erwischt, denn der Fahrer mit dem Skelettschädel entdeckte ihn erst im letzten Augenblick.

Der Bulle hielt etwas in der Hand. Was es genau war, konnte Chuck nicht erkennen, aber der Kerl hatte Mut, wenn er den Truck angreifen wollte. Es gab vielleicht eine Schwachstelle. Wenn es dem anderen gelang, trotz aller Widrigkeiten die Ladetür zu öffnen und auf die Fläche zu klettern, hatte Chuck ihn im Nacken.

Das gefiel ihm nicht.

»Verfluchter Bastard!«, flüsterte er, drehte das Lenkrad, gab Gas, und der Truck wurde schneller.

Der Polizist rannte noch immer. Vielleicht hatte er den Wagen wirklich nicht gesehen oder war so von seinem Vorhaben besessen, dass er an gar nichts anderes mehr denken konnte und nur auf eigene Faust versuchen wollte, den Koloss zu stoppen.

Mit einer Handgranate!

Als der Polizist den Arm hob und die Finger der Faust dabei ein wenig öffnete, sah Everett das Schimmern von brüniertem Metall.

In der rechten Hand hielt der Polizist das Höllenei, mit der linken zog er den Stift ab, schaute noch mal auf den Truck, musste den schrecklichen Schädel des Fahrers sehen und erstarrte fast vor Schreck.

Der Trucker schrie plötzlich los und begann gleichzeitig zu lachen. Er war nur noch wenige Schritte von dem »Bullen« entfernt, als dieser das Höllenei warf.

Das klappte im allerletzten Augenblick, und er hatte es

auch so geschleudert, dass es dicht vor ihm über den Boden rollte, wobei es unweigerlich unter den Truck geraten musste.

Das geschah.

In den folgenden Sekunden passierten zwei Dinge.

Das Höllenei explodierte, und der mutige Polizist hechtete mit einem halben Salto zurück, sodass er aus dem Bereich des gefährlichen Kotflügels geriet, der ihn sonst von den Beinen gerissen hätte.

Chuck Everett sah nicht mehr, wie sich der Mutige überschlug, er konzentrierte sich auf die Detonation. Unter dem fahrenden Wagen wummerte es auf. Der Polizist hatte trotz der Zeitenge gut gezielt. Als sich die volle Sprengkraft der Granate entfaltete, war der Wagen noch nicht darüber hinweggerollt.

Chuck merkte kaum etwas. Sein Truck wurde nur ganz leicht erschüttert. Nicht mal angehoben wurde er. Er schüttelte sich nur, als wollte er ein lästiges Insekt abstreifen, und fuhr weiter. Vorbei an dem Mann, der die Handgranate geworfen hatte und einen Blick in das Führerhaus warf, wobei sein Gesicht weiterhin einen schreckensstarren Ausdruck behielt, der den Trucker zu einem Grinsen verleitete.

Dabei verzog sich das Maul in seinem Totenschädel wie ein breiter Gummirand.

Er hatte den verdammten Bullen gezeigt, wo es langging. Und er würde es auch den anderen zeigen.

Zum Beispiel der Hubschrauberbesatzung.

Die Männer in dem stählernen Rieseninsekt hatten abgewartet. Erst als sie erkannten, dass auch eine Handgranate gegen diesen Truck nichts ausrichtete, zogen sie ihre Konsequenzen und sorgten dafür, dass sich der Kampfhubschrauber aus der Lauerstellung löste.

Es sah so aus, als wollte er sich auf den Wagen stürzen, wurde jedoch dicht vor der Kühlerschnauze in die Höhe gezogen, sodass er mit seinen Kufen beinahe noch das Dach des Führerhauses gestreift hätte und dann darüber hinwegglitt.

Chuck Everett war zwar kein Soldat, er konnte sich jedoch vorstellen, dass sein Gegner nun zum Angriff übergehen würde. Mit dem MG hatte er keinen Erfolg gehabt, jetzt waren die Raketen an der Reihe.

Der Kampfhubschrauber gewann an Höhe. Für einen Moment hatte es den Anschein, als wollte er wegfliegen. Das tat er nicht. Er beschrieb einen Kreis, damit er in die entsprechende Schussposition gelangte.

Everett fuhr weiter. Er traf keinerlei Anstalten, durch einen Zickzackkurs den Raketen das Treffen zu erschweren. Er wusste, dass er vor einer großen Bewährungsprobe stand – und vertraute voll und ganz auf die Kraft des Höllenherrschers.

Im nächsten Moment überstürzten sich die Ereignisse. Die Männer im Hubschrauber wollten dabei auf Nummer sicher gehen. Sie sorgten dafür, dass sich zwei Raketen gleichzeitig aus den Führungen lösten. Durch den dabei entstehenden Rückstoß wurde der Kampfhubschrauber noch ein wenig in die Höhe gedrückt, bevor die Raketen mit vernichtender Präzision ihrem Ziel entgegenrasten.

Chuck schaute sie an.

Nur für einen winzigen Moment, dann hatten sie den Truck erreicht, bohrten sich in die fahrende Masse aus Metall und hätten genau in dem Moment das Chaos verbreiten müssen.

Das geschah nicht. Zwar hatten die Raketen ihr Ziel nicht verfehlt, aber sie prallten an der Außenhaut des Wagens ab, wurden wie Spielzeugkegel zurückgeschleudert und nahmen einen neuen Kurs auf.

»Und jetzt gib Acht!«

Es war die Stimme des Teufels, die auf einmal die Fahrerkabine erfüllte und Chuck Everett auf eine gewisse Art und Weise glücklich machte. Er hatte nichts zu befürchten, für ihn war nur das Zuschauen interessant geworden.

Er merkte kaum, dass sich sein Schädel wieder in einen normalen Kopf zurückverwandelte, so sehr war er von der Reaktion des Satans angetan.

115

Aus fiebernden Augen verfolgte er den Weg der beiden Raketen. Er sah, dass sie nicht den gleichen Weg nahmen, sondern sich geteilt hatten, um den Hubschrauber in die Zange zu nehmen.

Genau er war ihr Ziel!

Schrill klang Everetts Lachen. Er konnte sich vorstellen, wie es jetzt in der Kanzel aussah. Die Männer mussten einen nie gekannten Horror erleben.

Eine kam von rechts, die andere von links. Und der schwere Kampfhubschrauber befand sich genau in der Mitte. Verzweifelt versuchte der Pilot, den beiden Raketen auszuweichen. Waren seine Manöver auch noch so geschickt, die tödlichen Zigarren ließen sich einfach nicht abschütteln.

Auch als der Mann seinen Hubschrauber in die Höhe zog und halsbrecherisch manövrierte, gelang es ihm nicht, den beiden Geschossen auszuweichen.

Sie trafen.

Von beiden Seiten gleichzeitig erwischten sie den Hubschrauber. Was sie beim Aufprall gegen den Truck nicht geschafft hatten, erreichten sie bei diesem fliegenden Rieseninsekt aus Metall.

Binnen eines Augenblicks war der Hubschrauber nicht mehr vorhanden. Es gab ihn einfach nicht mehr. Stattdessen stand eine dunkelrote und von schwarzem Qualm durchzogene Feuerwolke am Himmel, aus der raketenartig die glühenden und brennenden Metallteile spritzten und sich in alle vier Himmelsrichtungen verteilten.

An den Außenrändern der in der Luft stehenden Feuerwolke strahlte und blitzte es, als hätte jemand tausend Wunderkerzen zur selben Zeit angezündet.

Auch die Druckwelle hatte freie Bahn gehabt, sich nach allen Seiten auszubreiten, sodass ihre Kraft nichts zerstören konnte. Weder die entsetzten Polizisten noch Chuck Everett merkten etwas davon.

Sie sahen nur den Teilen nach, die sich aus der allmählich kleiner werdenden Feuerwolke lösten und zu Boden fielen, wo sie als verschmorte Reste liegen blieben.

Auch von den drei Männern war nichts zurückgeblieben. Sie würden niemals mehr identifiziert werden können.

Die Raketen leisteten ganze Arbeit.

Und Chuck Everett freute sich. Hatte er noch einen Rest an Zweifeln gehabt, so war dieser nun getilgt worden. Der Satan hatte ihm mit diesem Wagen praktisch eine Waffe in die Hand gegeben, die als unüberwindlich galt. Wer sollte ihn noch stoppen?

Dass die Polizisten jetzt rotieren würden, lag auf der Hand. Zu kümmern brauchte er sich darum nicht. Und er hatte auch keine Furcht vor der Army oder der Nationalgarde. Sollten sie ruhig kommen, er würde es ihnen schon zeigen. Zudem würde es noch eine Weile dauern, bis die Leute einsatzbereit waren.

Bis dahin hatte er sein Ziel längst erreicht, und er sah auch nicht ein, seinen Plan zu ändern. Weg von den Straßen und querfeldein. Mit dieser Gewissheit im Hinterkopf schaltete er noch einen Gang höher und gab Gas.

Zurück ließ er das Grauen …

Bill Conolly und Suko, der Yard-Inspektor, waren Menschen, die schon einiges erlebt hatten. Es gab kaum Wesen aus dem Schattenreich, gegen die sie noch nicht angetreten waren, doch was sie in der letzten Viertelstunde erlebt hatten, machte auch sie ratlos.

Sie befanden sich, genau wie ihr Freund John Sinclair, in einem Sanatorium, das gleichzeitig ein Krankenhaus war.

Hier sollte durch eine waghalsige Operation versucht werden, der bis dato herzlosen Jane Collins ein neues Herz einzupflanzen. Und zwar eins aus Aluminium. Dass sie allein dem Würfel des Unheils ihr Leben verdankte, war auf die Dauer gesehen einfach kein Zustand. Deshalb musste zu dieser ungewöhnlichen und risikoreichen Lösung gegriffen werden.

Die ersten Schwierigkeiten waren überwunden worden. Dank Myxin und Kara, den beiden Atlantern, hatten sie es geschafft, die »Reise« innerhalb einer kaum erfassbaren Zeitspanne und ohne Schwierigkeiten hinter sich zu bringen. Angemeldet waren sie, und so hatte es auch keinen weiteren Ärger gegeben, obwohl Professor Prescott, der ausführende Arzt, sich doch sehr über die rasche Operation gewundert hatte. Es blieb einfach nicht mehr die Zeit für weitere Untersuchungen. Er musste sofort operieren.

Das hatte seinen Grund. Man konnte ihn als den Würfel des Unheils bezeichnen. Hinter ihm waren nicht nur John Sinclair und seine Freunde her, auch die schwarzmagischen Herrscher wie der Teufel und der Spuk, der letzte der Großen Alten. Sie wollten den Würfel ebenfalls unter allen Umständen in Besitz bringen, denn er verlieh ihnen eine gewaltige Macht.

Es war nicht nur ein Kampf gegen bisher unsichtbar gebliebene Feinde, auch ein Rennen gegen die Zeit.

Obwohl sie keine konkreten Beweise dafür besaßen, glaubten Suko und Bill fest daran, dass ihre Gegner nicht tatenlos zusehen würden, wie sie den Würfel an sich nahmen. Die würden irgendetwas unternehmen. Was dies sein konnte, davon hatten beide keine Ahnung gehabt, aber dann war etwas geschehen, das sie nicht nur hatte misstrauisch werden lassen, sondern auch in höchste Alarmbereitschaft versetzte.

Es hatte mit einer Radiomeldung begonnen. Dort war die Rede von einem Amokfahrer gewesen. Er fuhr einen Truck, der einfach nicht zu stoppen war.

Dabei hatte die Polizei alles versucht. Doch dieser Wagen widerstand allen Angriffen.

Unbeirrt setzte er seinen Weg fort. Und wenn er die Richtung beibehielt, würde er irgendwann das Sanatorium erreichen.

Daran wollten die beiden Freunde nicht glauben. Wie der Radiosprecher durch Zeugenaussagen erfahren hatte, war auf dem Kühlergrill des Trucks die Fratze des Teufels abgebildet, und sein Fahrer hatte anstelle eines normalen Kopfes einen gelblich schimmernden Totenschädel.

Mehr Beweise brauchten sie nicht. Den beiden war klar,

dass der Teufel sie nicht nur entdeckt, sondern schon die Initiative ergriffen hatte.

»Tja«, sagte der Reporter. »Was machen wir?«

»Warten.«

»Auf den Truck?«

Suko nickte. »Oder siehst du eine andere Möglichkeit? Hast du eine bessere Idee?«

Bill schüttelte den Kopf. »Nein, die habe ich leider nicht.« Er schaute dorthin, wo sich der OP-Trakt befand, in dem die Ärzte um Jane Collins' Leben rangen. »Eigentlich müssten wir John Bescheid geben. Der ahnt überhaupt nichts.«

»Davon rate ich ab«, sagte Suko. »Oder traust du dich, die Operation zu stören?«

»Das stimmt auch wieder.«

Der Inspektor ergriff die Initiative. »Ich würde Folgendes vorschlagen: Solange keine akute Gefahr besteht, sollten wir John und Jane mit diesen Dingen nicht belasten. Wir werden beide versuchen, diesen Raser zu stoppen. Falls er uns als Ziel ansieht.«

»Das steht für mich so gut wie fest«, behauptete Bill.

»Wir werden sehen. Es könnte zudem nicht schaden, noch mehr Informationen zu sammeln.« Suko schaute sich um. »Ich habe hier alles schon gesehen, jeglichen Luxus, aber des Amerikaners wichtigstes Möbelstück fehlt.«

»Der Fernseher.«

»Genau.«

Bill machte Nägel mit Köpfen. Im Sturmschritt betrat er die Halle, die der eines Luxushotels zur Ehre gereicht hatte. Zahlreiche Patienten hatten es sich in den Sesseln bequem gemacht, unterhielten sich, und auch um den nicht zu stoppenden Amokfahrer drehten sich die Themen.

An der Auskunft erkundigte sich der Reporter nach einem TV-Apparat.

»Natürlich gibt er hier welche«, erwiderte die Schwester. »Aber die Rekonvaleszenten sollen unter keinen Umständen vor der Mattscheibe sitzen. Viele würde das zu sehr aufregen, deshalb haben wir die Apparate aus den Zimmern entfernt.«

»Das ist im Prinzip lobenswert, Schwester, aber wie Sie sicherlich wissen, gehören mein Freund und ich nicht zu den Kranken.«

»Schon …« Die Schwester verzog ein wenig das Gesicht und trat einen Schritt zurück.

»Wir brauchen den Apparat jetzt!«

»Ich weiß nicht …«

Bill deutete an ihr vorbei in den Hintergrund. »Sie haben doch einen dort stehen, Schwester.«

»Wenn die anderen sehen, dass Sie …«

»Es ist nur für einen Moment. Außerdem informieren sich Ihre Patienten auch über das Radio.«

Ergeben hob die Schwester die runden Schultern. »Wir können leider nicht alle überwachen lassen. Meinetwegen, kommen Sie.«

Bill und Suko betraten den großen Glaskasten der Anmeldung, und der Reporter erkundigte sich, ob der lokale Sendekanal eingestellt sei.

»Natürlich.« Die Haubentante bückte sich und stellte den Apparat an. Sie hatte auch direkt den richtigen Sender gewählt.

Die Schwester blieb neben den Männern stehen. Sie schaute zu, wie das graue Rechteck des Schirmes zu flimmern anfing und wenig später ein buntes Bild erschien.

Es wackelte ein wenig, weil es von einer tragbaren Kamera aufgenommen wurde und sich der Träger in Bewegung befand. Sie sahen einen Straßenausschnitt. Eingenommen wurde er praktisch von seinem Background, der eine Hausfront darstellte. Menschen hatten sich vor dem Gebäude versammelt. Auch Wagen parkten dort. Die meisten Fahrzeuge hatten eine breite Lichtleiste. Es waren Polizeiautos.

»Das ist das Polizeigebäude von Cameron«, erklärte die Schwester den Freunden.

»Ja, das dachten wir uns«, murmelte Bill. Er hatte sich auf einen schmalen Stuhl niedergesetzt. Sein Blick war gespannt.

Suko stand da und hielt die Arme vor der Brust verschränkt. Er sagte kein Wort und beobachtete nur.

Jetzt kam der Reporter ins Bild. Er war ein Mann um die dreißig, trug eine Lederjacke und einen Schal zweimal um den Hals gewickelt. Durch das Haar fuhr der Wind. Die Wangen zeigten hektische rote Flecken. Die Aufregung hielt ihn gepackt. Sogar das Mikrofon, das er in der rechten Hand hielt, zitterte.

»Liebe Zuschauer, liebe Zuhörer«, sagte er.

Bill und Suko kannten die Stimme bereits aus dem Radio.

»Also, ich will Sie nicht lange auf die Folter spannen, aber was ich gehört habe, muss auch ich erst verdauen. Ich komme soeben aus dem Polizeigebäude, und dort ist man in heller Aufregung. Die Neuigkeiten überstürzen sich.« Seine Stimme nahm nun einen fast hektischen Klang an. »Man hat es mit Sperren, mit Maschinenpistolen und Maschinengewehren versucht. Auch Panzerwagen wurden eingesetzt, und wie Sie wissen, hat dies alles nichts gebracht. Er war einfach stärker. Man setzte nun Raketen ein.« Der Mann legte eine Pause ein. »Überlegen Sie mal, Raketen, um einen Truck zu stoppen. Das ist wie im Kino, aber das alles hat sich nicht auf der Leinwand abgespielt, sondern in unserem Staat, nahe unserer Stadt Cameron …«

Suko und Bill warfen sich einen bedeutsamen Blick zu. Einen Kommentar gaben sie nicht ab, aber in den Augen stand die Lösung des Falles bereits zu lesen.

Die Krankenschwester hockte auf der Stuhlkante und war bleich geworden. Sie hatte einen Arm halb erhoben und ihren Handballen gegen die Lippen gepresst.

»Raketen.« Noch einmal sprach der Reporter das Wort aus. »Von einem Hubschrauber wurden sie gegen den Truck abgefeuert. Sie haben auch getroffen. Nur …« Wieder steigerte sich seine Stimme. »Nur haben die beiden Geschosse nichts gebracht. Sie konnten den Wagen nicht zerstören. Er war stärker. Ja, stärker als die Raketen, und die Folgen waren grauenhaft. Die Raketen machten sich selbstständig. Wissen Sie, was die Folge davon war? Sie flogen zurück. Sie suchten sich selbst ein neues Ziel, als hätte sie der Teufel persönlich programmiert. Und dieses Ziel war der Hubschrauber. Zwei

Volltreffer landeten sie. Da blieb nichts mehr übrig, nur noch eine Feuerwolke, eine Flammensäule, aus der die glühenden Metallteile in alle Himmelsrichtungen schossen. Auch von den drei Besatzungsmitgliedern wird man wohl nie mehr etwas finden …«

Bill stand auf. Mit langsamen Bewegungen drückte er sich in die Höhe. Sein Gesicht sah aus wie eine frisch gestrichene weiße Wand. »O Gott«, sagte er nur.

Suko enthielt sich eines Kommentars. Dafür mischte sich die Krankenschwester ein. »Ist das wirklich wahr?«, hauchte sie. »Können Menschen zu so etwas fähig sein?«

Bill lachte auf. »Menschen?«

Die Schwester begriff die Bemerkung in diesem Zusammenhang nicht, Bill gab auch keine Erklärung ab, sondern schaute wieder auf den Schirm, wo der Reporter eine kleine Sprechpause eingelegt hatte. Die Überraschung seiner Zuhörer und Zuschauer musste sich erst legen.

Die Kamera schwenkte. Sie zeigte die Gesichter der vor dem Polizeigebäude stehenden Zuschauer. Auch sie wirkten blass.

»Was können wir tun?«, meldete sich der Mann wieder. »Nichts können wir tun. Vielleicht in den Häusern bleiben und warten, bis dieser mörderische Spuk vorbei ist. Das können Sie tun, Ladies and Gents. Ich aber bleibe am Ball. Es ist mein Job, Ihnen hautnah zu berichten, was sich ereignet hat. Darüber vergesse ich die Gefahr. Bleiben Sie auf dem Sender. Bleiben Sie auf *Texas TV!*«

Nach dem letzten Wort verschwand der Reporter. Dafür flimmerte ein Werbefilm über den Schirm. Es wurde für eine Windelsorte geworben.

»Und jetzt?«, fragte die Schwester.

»Wir wissen es auch nicht«, erwiderte Suko.

»Aber dieser Wagen ist nicht zu stoppen. Wenn ich die Meldungen richtig verfolgt habe, befindet er sich auf dem Weg nach Cameron. Und da muss er praktisch bei uns vorbei. Es wird also unser Sanatorium hier …«

»Das ist nicht sicher«, schwächte Bill ab.

»Ich glaube aber daran!«

»Das bleibt Ihnen frei«, sagte der Reporter. »Tun Sie sich nur einen Gefallen und auch allen anderen. Sagen Sie bitte nichts. Behalten Sie alles für sich!«

»Sicher. Ich weiß, welche Verantwortung ich hier zu tragen habe.«

»Fein.«

Bill und Suko bedankten sich noch einmal für die Hilfe und verließen die Anmeldung. Auch in der Halle stehende Patienten hatten mitbekommen, dass der Apparat gelaufen war. Die Leute bestürmten die Freunde mit Fragen. Durch Radiomeldungen wussten sie auch, dass der Amokfahrer unterwegs war, und Bill konnte einfach nicht anders, als Antworten zu geben.

Er beruhigte die Männer und Frauen. »Bitte, es besteht kein Grund zur Besorgnis. Sie werden sich in keinerlei Gefahr befinden. Bleiben Sie ruhig, der Polizei wird es gelingen, den Wagen zu stoppen.«

»Aber Raketen haben es nicht geschafft«, meldete sich Al Trunk, der Mann mit dem Radio, aus dem Hintergrund.

»Das ist vielleicht eine Übertreibung des Sprechers gewesen«, erwiderte Bill und bat um etwas Platz, da er und Suko das Gebäude verlassen wollten.

Sie gingen auch nach draußen, wo sie ihre Ruhe hatten und erst mal nicht belästigt wurden.

Bill Conolly rauchte eine Zigarette. Er schaute dem grauen Qualm nach und schüttelte den Kopf. »Eigentlich müssten wir John Bescheid geben.«

»Willst du in den OP?«

»Ja …«

»Ich bin dagegen!«

»Und weshalb?«

»Weil wir unter keinen Umständen stören dürfen. Die Ärzte, Jane und auch John befinden sich in einer anderen Welt. Da müssen Sie auch bleiben, wirklich. Keine Störung, kein Theater, kein …«

»Ja, ich habe begriffen. Und was machen wir, Suko?«

»Stoppen.«

Bill lachte kehlig. »Toll. Dafür bin ich auch. Fragt sich nur, wie du einen Amokfahrer stoppen willst, bei dem selbst Raketen versagen.«

»Ja, das ist die Frage.« Suko schaute zu Boden. »Da haben doch Zeugen von einem Teufelskopf gesprochen, der auf der Kühlerhaube abgebildet war. Oder nicht?«

»Das haben sie.«

»Also steckt Asmodis dahinter.«

»Richtig.« Bill wurde nervös. »Komm, Suko, lass dir nicht jedes Wort aus der Nase ziehen. Was meinst du wirklich?«

»Ganz einfach. Wenn man es schon nicht schafft, ihn auf konventionelle Art und Weise auszuschalten, sollten wir es anders versuchen. Wir persönlich stoppen ihn auf magischem Wege, falls er in unsere Nähe gelangt.«

Bill hatte widersprechen wollen, verschluckte seine Worte und schaute Suko lauernd an. »Ja, das wäre nicht schlecht, wie ich meine. Auf magische Art und Weise wäre das schon zu machen. Aber wie?«

»Keine Ahnung.«

»Wir müssen Johns Kreuz nehmen.«

»Wäre auch eine Möglichkeit, aber die vergiss mal. Zumindest kann ich ihn für fünf Sekunden stoppen, wenn ich ein bestimmtes Wort rufe.«

»Die Zeit ist schnell vorbei.«

»Weiß ich.«

»Und dann?«

Suko hob die Schultern. »Wird mir schon etwas eingefallen sein, mein lieber Bill.«

Der Reporter ließ ein seufzendes Brummen hören. »Ja, Suko, irgendwie muss ich dich bewundern. Wie du als Chancenloser einen solchen Optimismus aufbringen kannst, das ist schon phänomenal. Das ist einmalig. Wobei ich hoffe, dass die Ereignisse uns nicht überrollen und wir …«

Suko schlug dem Freund auf die Schulter. »Zwei Dinge müssen wir tun. Erstens, du besorgst ein Radio, damit wir den Weg des Trucks verfolgen können, und zweitens werden wir, falls er tatsächlich herkommt, ihn entsprechend erwarten.«

»Auf dem Gelände?«, fragte Bill.

»Ja.«

Der Reporter schaute den Inspektor an. »Mein Gott, Suko, deinen Optimismus möchte ich haben, wirklich.«

»Wieso?«

»Vergessen wir es.« Bill drehte sich. Sie standen etwas erhöht, sodass sie den Trakt sehen konnten, in dem die Operation ablief. »Hoffentlich geht dort alles gut«, flüsterte der Reporter …

Noch lag das Herz aus Aluminium in einer Flüssigkeit. Ich konnte meinen Blick nicht davon abwenden und musste immer daran denken, dass Jane Collins bald mit einem solchen Ding in der Brust herumlaufen sollte. Das war der reine Wahnsinn, das war verrückt, aber es war zu machen, wie die Medizin schon bewiesen hatte.

Professor Prescott und sein Team operierten.

Ich stand an der Wand, ziemlich abseits, da ich keinem anderen im Wege stehen durfte.

Mein Gott, hatte ich gezittert und gefiebert. Obwohl es im OP ziemlich kühl war, lief mir der Schweiß in Strömen über den Körper. Es war ein innerliches Fieber, das mich umfangen hielt. Wenn ich mit dem Handrücken über meine Stirn wischte und auf die Haut schaute, sah ich das Glänzen des Schweißes darauf. In meiner Kehle hing der Kloß, den ich auch durch heftiges Schlucken einfach nicht wegbekam. Und dies lag nicht allein an der Operation, ein anderes Ereignis war eingetreten und hatte mich völlig aus der Bahn geworfen.

Plötzlich war die Stimme da gewesen.

Ein alter »Freund« hatte sich gemeldet.

Der Teufel!

Noch immer hatte ich sein Flüstern im Ohr, seine scharfe, zischende Stimme, die mir eine Warnung zugehaucht hatte oder den Beweis dafür, dass er Bescheid wusste.

Der Satan war mit im Spiel. Er kontrollierte alles. Er hatte die Situation fest im Griff. Sogar so fest, dass er es sich leisten konnte, sich bei mir zu melden, und das empfand ich als grausam. Er hatte uns reingelegt. Auf der magischen Reise nach Texas war er im Verborgenen geblieben, nun, da die Entscheidung dicht bevorstand, hatte er sich zwar nicht gezeigt, dafür bemerkbar gemacht, und das war ebenso schlimm.

Was sollte ich tun?

Nichts, gar nichts konnte ich unternehmen. Ich musste stehen bleiben und abwarten, bis er die Initiative ergriff. Und wie viele Möglichkeiten der Teufel hatte, das war auch mir bekannt, denn er verstand es immer wieder, zu neuen Tricks zu greifen, sich neue, böse Scherze auszudenken, die in tödlichen Überraschungen endeten.

Natürlich ging es ihm um den Würfel. Er wollte ihn ebenso in seinen Besitz bringen wie ich und der Spuk.

Von Letzterem hatte ich noch nichts gehört, ging allerdings davon aus, dass auch er sich nicht zurückhalten wollte und irgendwann einmal in den Kampf eingriff. Ich konnte mir nicht vorstellen, dass der Letzte der Großen Alten dem Teufel so ohne weiteres den Würfel überließ. Nein, das war nicht drin. Der Namenlose, wie er auch genannt wurde, verfolgte eiskalt seine Pläne.

Und zwischen den Fronten standen Jane Collins, das Ärzteteam sowie ich. Zudem wussten Suko und Bill noch nicht Bescheid. Sie waren völlig ahnungslos, hockten vielleicht in einer der Bars und genossen kühle Drinks.

Ich musste sie warnen.

Konnte ich überhaupt den Saal verlassen? Nein, das Risiko war einfach zu groß, da ich mittlerweile wusste, um was es hier ging. Wenn ich den OP-Raum verließ, hatte Asmodis freie Bahn.

Das konnte ich nicht riskieren. Ich musste einfach bleiben und abwarten.

Hätte es ein Telefon gegeben, wäre alles okay gewesen, aber das war auch nicht vorhanden. Ich fühlte mich von der

Außenwelt abgeschnitten. Ich traute mich auch nicht, den Professor oder einen der anderen vier Ärzte zu stören und ihnen eine Mitteilung zu machen. Zudem hätte man mir wohl kaum geglaubt.

Also blieb ich hier.

Die Ärzte zeigten an mir kein Interesse. Sie arbeiteten sehr konzentriert. Hin und wieder blickten sie auf die Instrumente, an die Jane angeschlossen war. Auf den Skalen lasen sie die Funktionen ihrer inneren Organe ab. Ob die Männer zufrieden waren, konnte ich nicht erkennen, da die OP-Masken den größten Teil ihrer Gesichter verdeckten.

Nur eine schaute öfter zu mir herüber.

Es war Mara, die OP-Schwester. Hin und wieder nickte sie mir auch zu, ansonsten hielt sie sich zurück. Kein geflüstertes Wort drang unter dem Mundtuch hervor.

Hatte ich mich zu Beginn sehr auf die Operation konzentriert, so verlor sich diese Aufmerksamkeit ein wenig. Ich dachte immer wieder an den Teufel und an die geflüsterte Stimme. Die Worte hatten sich tief in meinem Inneren eingefressen, sodass ich jeden Augenblick damit rechnete, dass der Satan abermals erschien.

Aber er zeigte sich nicht …

Langsam bekam ich Herzklopfen. Ich spürte den Druck wie eine unsichtbare Würgezange, die sich um meine Kehle gelegt hatte. Es fiel mir schwer, auf dem Fleck stehen zu bleiben und mich zu konzentrieren. Über meine Kleidung hatte ich einen OP-Kittel angezogen, und der war auf dem Rücken geknöpft. Eine Tatsache, die mir überhaupt nicht passte, wenn ich daran dachte, dass ich dadurch daran gehindert wurde, an meine Waffen zu gelangen.

Fast unmöglich, wenn es schnell gehen sollte. Noch hatte ich Zeit und drehte meinen Arm so, dass ich mit der Hand über den Rücken fahren konnte.

Mit den Fingern tastete ich die ersten Knöpfe ab. Zum Glück waren die Löcher weit geschnitten, allzu große Mühe bereitete es nicht, den Kittel zu öffnen.

Die ersten drei schaffte ich bequem, den vierten auch, dann

begannen die Schwierigkeiten, zudem durften die operierenden Ärzte nichts von meinen Bemühungen merken, da sie mich sonst aus dem Raum gewiesen hätten. Ich beließ es bei den vier Knöpfen.

Noch mehr in Schweiß gebadet, blieb ich stehen und drückte den Rücken wieder gegen die mit grünen Fliesen gekachelte Wand. Wie viel Zeit inzwischen vergangen war, wusste ich nicht. Es gelang mir aber, einen Blick auf Jane zu werfen.

Wie eine Tote lag sie auf dem Tisch. Auf ihrem Körper lag und schimmerte etwas Rotes, Kantiges.

Es war der Würfel des Unheils. Genau der Gegenstand, der harmlos aussah, aber sehr mächtig war und um den sich gewissermaßen alles drehte. Dieser Würfel konnte eine Welt aus den Angeln heben. Wer ihn in die Hand bekommen wollte, ging über Leichen. Dem waren Menschenleben einfach nichts mehr wert.

Noch hielt er Jane am Leben …

Von Professor Prescott fing ich einen scharfen Blick auf. Es war das erste Mal, dass er mich seit Beginn der Operation überhaupt anschaute, und ich erwiderte seinen Blick.

Der Arzt nickte und deutete auf das Aluherz.

Ich verstand.

Es war so weit. Er wollte jetzt mit dem wichtigsten Teil der Operation beginnen. Jane Collins' Brust hatte er bereits geöffnet, nun musste er das Herz einpflanzen, damit es die gleichen Funktionen übernahm wie ein normales Herz.

Der Druck in meinem Magen nahm ständig zu. Es war die Angst, die diese Reaktion hervorrief. Und auch die Hilflosigkeit, denn ich war gewissermaßen out. Viel unternehmen konnte ich nicht. Bei der Operation war ich nur Zuschauer.

Aber ich rechnete damit, dass der Teufel uns unter Kontrolle hatte. Welche Gelegenheit war für ihn die günstigste, um eingreifen zu können? Der Augenblick, in dem der Austausch stattfand? Ich hatte den Professor sehr genau darauf hingewiesen, dass Jane Collins unter allen Umständen den

Kontakt mit dem Würfel nicht verlieren durfte. Wenn das geschah, war ihr Leben verwirkt. Sie musste also in der Anfangsphase durch das künstliche Herz und den Würfel existieren.

Ob sie das schaffte?

Meine Spannung wuchs.

Sie steigerte sich ins Unermessliche. Mir fiel selbst das Atmen schwer, unsichtbare Hände schienen meinen Magen umkrallen zu wollen. Mein Puls raste, als ich zusah, wie sich der Professor abwandte und die beiden kleinen Schritte zur Seite trat.

Auch die anderen Ärzte waren gespannt. Mal schauten sie auf die Patientin, mal sahen sie dem Professor zu, der das Kunstwerk der Technik mit einer Vorrichtung aus der Flüssigkeit hob, wo es völlig keimfrei gehalten wurde.

Langsam und behutsam geschah dies.

Ich zitterte. Meine Blicke waren auf das Herz gerichtet.

Plötzlich erschienen zwei Greifarme, die das Herz an sich nahmen. Sie schwenkten auf den Körper der ehemaligen Hexe zu.

Auch dies geschah sehr vorsichtig. Nur keine ruckartige Bewegung. Kein falsches Zögern, nicht zu schnell, alles musste präzise über die Bühne laufen.

In der Theorie war alles klar, wie jedoch die Praxis aussah, musste sich erst noch zeigen.

Professor Prescott gab mit leiser Stimme seine knappen Anweisungen. Jeder war gespannt, ein jeder spürte, dass hier etwas Entscheidendes geschah.

Ging wirklich alles glatt?

Himmel, war ich nervös. Noch nie war es mir so schwer gefallen, auf einer Stelle zu verharren. Die innere Unruhe steigerte sich von Sekunde zu Sekunde. Ich spürte und hörte mein Herz. Es schlug irgendwie dumpf und fast anklagend.

Das Blut rauschte in meinem Kopf. Die Hände hatte ich zu Fäusten geschlossen; zwischen den Fingern spürte ich den Schweiß, der dort eine glatte Schicht bildete.

Angst und Hoffen trafen hier zusammen. Asmodis hatte

mich gewarnt. Er wollte den Würfel. Sicherlich lauerte er irgendwo im Hintergrund, um zuschlagen zu können.

»Klar?«

Professor Prescott hatte gesprochen. Er erwartete von seinen Mitarbeitern eine Antwort.

Die Männer nickten. Auch Mara, die OP-Schwester, beteiligte sich daran.

»Dann das Herz!«

Wieder setzte sich der Schwenkarm in Bewegung. Er war genau auf den Körper der Patientin ausgerichtet.

Ich muss noch einmal betonen, dass ich hier keine normale Operation erlebte. Das war etwas völlig anderes, da man Jane zwar als einen Menschen bezeichnen konnte, sie im Prinzip jedoch keiner war, denn wer konnte schon ohne Herz existieren?

Das alles sollte sich ändern. Sie würde ein Herz aus Aluminium bekommen und damit leben, wir hofften es jedenfalls. Wir hatten die Operation ohne Untersuchung und Vorbereitung starten müssen. Eine absolute Novität in der Medizin.

Der Schwenkarm mit dem kostbaren Kunstherz senkte sich auf den Körper zu.

Gebannt verfolgten zahlreiche Augenpaare diesen Weg. Unter anderem auch ich, und meine Spannung hatte sich um keinen Deut vermindert. Im Gegenteil, es war sogar eine Steigerung festzustellen. Mein Herz schlug noch schneller.

Der Schweiß rann an meiner Stirn nach unten und wurde von dem Gesichtsschutz aufgenommen.

Wenn doch schon alles vorbei wäre!, dachte ich in diesen Sekunden.

Die Ärzte rückten wieder so dicht zusammen, dass sie mir den direkten Blick auf Jane Collins nahmen. Ich konnte nicht eingreifen. Ihr Leben, ihre Existenz, lag jetzt in den Händen der Ärzte und in denen eines Höheren. Für mich hatte niemand mehr einen Blick. Ich schaute auf die gekrümmten Rücken, hörte die knappen Anweisungen des Professors.

Schwester Mara und ein weiterer Arzt sorgten dafür, dass

der Professor das richtige Gerät zwischen die Finger bekam. Er war nun dabei, das Herz anzuschließen.

Jede Sekunde wurde für mich zu einer Qual.

»Tupfer, schnell!«

Wieder vernahm ich die Stimme des Professors. Sie hatte etwas nervöser geklungen als zu Beginn.

Oder bildete ich mir das alles ein?

Er erhielt die Tupfer, in die schmalen Backen einer Pinzette eingeklemmt. Zielstrebig arbeitete er. Ich sah das Zucken seines rechten Armes. »Gut«, sagte er, »das ist gut …«

Zum ersten Mal erlebte ich auch bei ihm eine menschliche Regung. Alle Versammelten standen unter Stress. Da ging es ihnen nicht besser als mir.

Nur waren sie durch ihre Arbeit abgelenkt. Noch immer beugten sie sich über die Patientin. Ich sah die grünen Rücken. Über ihnen stand die breite Fläche des Scheinwerfers mit seinen zahlreichen Lampen, die wie helle Augen wirkten.

Jedes Detail konnten die Mediziner erkennen. Starkes, blendfreies Licht fiel auf den Körper.

Und der Teufel?

Für mich war es ein kleines Wunder, dass er sich noch nicht hatte blicken lassen.

Wollte er nicht mehr?

Daran konnte ich nicht glauben. Asmodis gab nicht auf. Jetzt hätte er eigentlich die Chance gehabt, etwas zu unternehmen, doch er hielt sich zurück.

Nichts sah ich von ihm, gar nichts …

Und so blieb mir nichts anders übrig, als weiterhin abzuwarten und darauf zu warten, dass alles glatt und sicher über die Bühne lief.

Ich entspannte mich ein wenig. Scharf atmete ich aus, sodass sich vor meinen Lippen das Mundtuch wölbte und wie ein kleines Segel wirkte.

»Skalpell!«

Fast so scharf wie das Operationsmesser selbst waren die Worte ausgestoßen worden. Jemand reichte Professor Prescott das Gewünschte.

Kein Zittern seiner Hand zeigte an, dass auch er nervös war. Dieser Mann behielt die Übersicht.

Das verminderte auch meine Spannung.

Ich rechnete allmählich damit, dass es tatsächlich klappte und zwei Träume gewissermaßen in Erfüllung gehen würden.

Zum einen konnte Jane weiterhin am Leben bleiben, zum anderen gelang es mir endlich nach langen Jahren, den Würfel des Unheils zu bekommen.

Wenn das kein Grund zur Freude war …

Die Ärzte arbeiteten verbissen, ungemein konzentriert. Ihre Umwelt hatten sie vergessen, sie achteten allein auf ihre Patientin.

Die Spannung in meinem Inneren hatte zwar nachgelassen, die Aufmerksamkeit aber war geblieben. Da ich Jane sowieso nicht sehen oder ihr direkt helfen konnte, schaute ich in die Runde. Jede Kachel tastete ich mit meinen Blicken ab. Der Teufel steckte oft genug im Detail, das konnte ich in diesem Fall wörtlich nehmen. Möglicherweise zeigte er sich in der Wand oder kam durch den Fußboden, denn für Asmodis gab es keine Hindernisse wie für einen normalen Menschen.

Vielleicht war es Zufall. Möglicherweise auch Intuition, dass ich gerade in diesem Augenblick mit meinen Blicken den OP-Raum gewissermaßen sezierte, jedenfalls fiel mir eine Bewegung auf.

Weder an den Wänden noch am Fußboden war es zu sehen, sondern unter der Decke und rechts neben der großen, kreisförmigen Lampe. Dort sah ich ein Schimmern, einen rötlich gelben Fleck, aus dem ein Herzschlag später ein Gesicht wurde.

Ein menschliches Gesicht, eine lange Fratze mit einem Stirnband und dicken Haaren, die mich an Schlangen erinnerten. Sie rahmten das schmale Gesicht ein, dessen Mund weit geöffnet war, als wollte dieser Geist schreien.

In seinen Pupillen sah ich blitzende Flecken, die wie strahlende Sterne wirkten, wahrscheinlich spiegelte sich dort das Licht wider, und auch das mit Steinen verzierte Stirnband schimmerte.

Ich war entsetzt und gebannt.

All meine Hoffnungen brachen schlagartig zusammen. Mein Gegner hatte reagiert.

Aber wer war diese Gestalt? Zu wem gehörte das Gesicht? Zu Asmodis nicht, der sah anders aus, und ich glaubte auch nicht daran, dass er sich in einer Verkleidung zeigen würde.

Der Spuk war es auch nicht. Wenn er kam, erschien er als dunkle, gefährliche und düstere Wolke, die ein unbeschreibliches Grauen abstrahlte und alles schlucken wollte, was sich ihr in den Weg stellte.

Auf jeden Fall war dieser Geist oder diese Person ein Dämon, der nicht wollte, dass Jane Collins wieder ein halbwegs normales Leben führte.

Die anderen hatte ihn noch nicht bemerkt.

Jetzt gratulierte ich mir dazu, meinen Kittel schon teilweise aufgeknöpft zu haben. So war es leichter, an die Beretta zu gelangen.

Noch immer schwebte das Gesicht fratzenhaft verzerrt in der Luft. Ich griff schon nach meiner Waffe, als es geschah.

Jemand schrie gellend auf.

Es war Jane Collins!

Chuck Everett war wieder unterwegs!

Und es ging ihm blendend als Diener des Teufels. Noch nie zuvor hatte er sich so gut gefühlt. Er war in seinem Element, konnte hinter dem Steuer sitzen und wurde von den Kräften des Teufels geleitet, die dafür sorgten, dass sich seine Reise dem Ziel näherte und er nicht aufgehalten wurde.

Vergessen waren die gepanzerten Polizeiwagen, vergessen auch die Kugelgarben und ebenfalls der mit Raketen bestückte Hubschrauber. Wenn er in die Spiegel schaute, sah er weit hinten noch eine dunkle Rauchwolke in den Himmel steigen.

Die Richtung war Nordost!

Daran musste er sich halten, dann würde er irgendwann an

das Sanatorium gelangen. Wenn er durch das Gelände fuhr, vielleicht noch eine gute Stunde.

Mittlerweile war die Sonne höher gestiegen. Selbst im Winter hatte sie ihre Kraft. Die Strahlen wärmten das Führerhaus allmählich auf. Aber das machte dem Mann nichts.

Der Totenschädel war verschwunden. Ein normaler Chuck Everett hockte hinter dem Lenkrad und war gespannt darauf, was sich seine Gegner wieder einfallen lassen würden, um ihn aufzuhalten.

Mit Raketen hatten sie es versucht, das war gewissermaßen das schwerste Geschütz. Was konnten sie noch nehmen?

Flammenwerfer, Raupenschlepper, Walzen, Kräne, gewaltige Bagger, das alles war möglich. Und vielleicht hätten sie es irgendwann auch geschafft, aber es kam noch etwas hinzu.

Diese Geräte herbeizuschaffen kostete Zeit, und die hatten sie nicht. In einer Stunde würde Chuck sein Ziel erreicht und seine Aufgabe erledigt haben.

Was danach folgte, das musste er zunächst einmal in Ruhe abwarten. Er ging davon aus, dass ihn der Teufel nicht im Stich ließ.

Dann fiel ihm noch etwas ein. Wenn Kräne, Walzen oder Abraumbagger nicht schnell genug waren, gab es noch ein Mittel.

Panzer!

Ja, die Kriegspanzer hielten mit der Geschwindigkeit des Trucks Schritt, und sicherlich würden sie zu dieser Lösung greifen.

Chuck wollte es früh genug erfahren und schaltete deshalb wieder sein Radio ein. Bisher war er mit guten Meldungen versorgt worden. Keine Information hatte sich als Bluff herausgestellt. Dieser Reporter war wirklich auf Draht.

Musik vernahm er, unterbrochen durch die aktive Stimme eines tollen Werbesprechers, der seine Haare mit einem ganz bestimmten Shampoo wusch und deshalb angeblich größere Chancen bei Frauen hatte.

Nach diesem Werbespot folgte noch einer, und dann hörte er wieder die aufgeregt klingende Stimme des Reporters.

Auch dieser Mann hatte von der Vernichtung des Hubschraubers erfahren. Obwohl er den Vorgang selbst nicht mitbekommen hatte, war er doch sehr aufgeregt. Das hörte man seiner Stimme an.

Während Chuck durch das hügelige, baumlose Gelände fuhr und eine Staubfahne hinter sich herzog, achtete er auf die Worte des Reporters. Der Trucker erfuhr von der Vernichtung und musste grinsen, da er von dem Vorgang aus zweiter Hand erfuhr. Das wollte er nicht. Dieser Kerl sollte berichten, was die Bullen vorhatten.

Darüber sprach der Mann, aber er konnte nichts Genaues sagen. »Es tut mir Leid, liebe Zuhörer, wenn Sie umsonst auf weitere Informationen warten. Selbst für mich war es unmöglich, über die weiteren Pläne der zuständigen Stellen etwas zu erfahren. Das verstehe ich, denn der Amokfahrer soll nicht gewarnt werden. Ich kann Ihnen nur mitteilen, dass die Behörden nicht aufgeben. Sie haben noch einige Möglichkeiten in der Rückhand, und man wird alles ausschöpfen. Dieser Mörder muss angehalten werden. Waren es im vorigen Jahrhundert blutrünstige Apachen oder wilde Banditen gewesen, so ist es heute dieser Trucker. Amerika und Texas können sich so etwas nicht bieten lassen.

Wir werden ihm beweisen, dass in uns noch so etwas wie Pioniergeist steckt. Das lassen wir uns auf keinen Fall bieten. Wir …«

Wütend schaltete Everett das Radio ab. Er konnte den Kerl nicht mehr hören. Der brachte es fertig und machte aus seiner Rede noch eine Wahlveranstaltung.

Mist auch …

Voller Wut erhöhte Chuck die Geschwindigkeit. Der schwere Truck schaukelte über die Unebenheiten des Geländes. Er nahm Hügel, fuhr in Täler hinein, rollte kurzerhand durch dichtes Buschwerk und walzte es so platt, dass es sich nicht mehr aufrichten konnte.

Natürlich war Chuck klar, dass sie ihn verfolgen würden. Wohl nicht mit Wagen, sondern mit anderen Fahr- oder Flugzeugen. Einen Hubschrauber hatte er zerstören können.

Als er zum Himmel schaute, entdeckte er in ziemlich großer Höhe einen zweiten und einen dritten.

Einer kam von rechts, der andere von links. Sie behielten ihn also unter Kontrolle.

Sollten sie ruhig …

Durch so genannte Rolling Hills fuhr der Mann. Sie erinnerten ihn in ihrer Geländeform an die Hügel in Virginia. Nur waren diese hier nicht grün, sondern von der Sonne gebleicht.

Wege kreuzten hin und wieder die Strecke. Schmale Asphaltbänder. Er sah auch Straßenschilder, auf einem las er den Namen Droghol.

Das war ein kleiner Ort in der Nähe des Sanatoriums.

Sein Ziel!

Eine schmale Rinne hatte er gefunden, durch die er seinen Truck lenkte. Es war keine bequeme Strecke, denn in der Rinne lagen zahlreiche Steine, die wie ein Bett aus Schotter wirkten, über das der Wagen rumpelte und heftig gestoßen wurde.

Manchmal sprang er regelrecht in die Höhe, und Chuck war froh, als er eine kleine Anhöhe erreichte, eine Straße fand, die in ein weites Tal führte, das von einem Fluss gewissermaßen in zwei Hälften geteilt wurde.

Jenseits des Flusses sah der Trucker eine Ansammlung von Häusern. Das war der kleine Ort Droghol.

Ein scharfes Grinsen glitt über seine Lippen. Bestimmt hatten die Menschen dort von ihm bereits gehört. Da er unter Beobachtung stand, würden sie auch wissen, was sich da ihrem Nest näherte. Bestimmt gaben die zuständigen Behörden jetzt Alarm. Wenn dort Bullen anwesend waren, würden sie entsprechend reagieren.

Darauf freute sich Everett.

Ihm war klar, dass er auf keinen Fall seinen Truck stoppen, sondern durchfahren würde. Er wollte die Gesichter der Menschen sehen, wollte sich an ihrer Angst und ihrem Entsetzen weiden, wenn sie erfuhren, dass sich ein Amokfahrer ihr Dorf ausgesucht hatte.

Die würden vor Angst vergehen.

Ein hartes Lachen drang aus seinem Mund. Der Blick war starr nach vorn gerichtet. Erst als er die Straße erreichte, die auf den Fluss zuführte, suchte er wieder die Luft ab.

Die Hubschrauber waren noch da. Sie hatten sich auch näher herangetraut und verfolgten seinen Weg. Nach wie vor hatten sie ihn in die Zange genommen. Sogar die schattenhaften Gesichter der Piloten konnte Chuck erkennen.

Zwar existierte der Fluss, aber er sah keine Brücke in der Nähe. Erst weit im Westen schimmerte das Metall eines Übergangs. Bei diesem Umweg würde er zu viel Zeit verlieren.

Dennoch kamen die Bewohner über den Fluss, denn es existierte dort eine alte Fähre. Ob sie in Betrieb war, konnte er nicht sagen, jedenfalls tastete er sich näher heran, sah auch zwei Wagen dort stehen und die Männer, die ausgestiegen waren.

Der Trucker hatte keine Lust, die Fähre zu nehmen. Satan hatte ihm schließlich gesagt, dass es für ihn und seinen Wagen kein Hindernis gab, das ihn aufhalten konnte.

Demnach durfte der Fluss auch keines sein.

Und das genau wollte Chuck Everett ausprobieren.

Er beschleunigte noch einmal, und das Dröhnen des Motors wurde so stark, dass er von den Leuten an der Fähre bereits gehört wurde. Hastig drehten sie sich um.

Sie sahen den Wagen kommen. Anscheinend hatten sie schon von ihm gehört, denn ihre Bewegungen gaben darüber Auskunft. Ein Mann zeigte auf den heranrollenden Wagen, ein anderer holte sein Gewehr aus dem Auto und begab sich hinter einem steinernen Fährhaus in Deckung.

Der Trucker hatte für diese Reaktion nur ein Lachen übrig. Er wollte nichts von ihnen. Sollten sie am Leben bleiben. Für ihn waren andere Dinge wichtiger.

Die Stadt, das Sanatorium, der Fluss.

Er hatte die Straße bereits verlassen, rollte durch das mit kräftiger Vegetation bewachsene Gelände und befand sich schon im nahen Uferbereich. Die Räder drückten das hohe

Gras platt. Buschwerk bildete überhaupt kein Hindernis. Er überrollte die Fahrbahnkante, stand für einen kurzen Augenblick auf der Kippe, sodass es aussah, als würde der Wagen fallen.

Der Truck kippte nach vorn. Die sich noch drehenden Räder bekamen durch ihr breites Profil sicheren Halt in dem weichen, ufernahen Boden, und so konnte er weiterfahren.

Die Zuschauer blickten ihm ungläubig nach. Sie konnten es kaum fassen, dass dieser Fahrer so mir nichts dir nichts das Hindernis überwunden hatte und nun auf den Fluss zurollte.

Chuck tat genau das Gegenteil von dem, was er eigentlich hätte tun sollen.

Er gab Gas!

Schlick, Schlamm, Gras und feuchte Erde wurden in die Höhe geschleudert, bevor die Vorderreifen den ersten Kontakt mit dem Wasser bekamen.

Sie jagten hinein.

Ließ der Teufel ihn im Stich?, fragte sich Everett und überlegte, wie tief der Fluss war.

Sein Truck fuhr.

Er kämpfte sich voran, auch die Strömung beirrte ihn nicht. Gurgelnd und schmatzend rollten die Wellen über die Motorhaube und spritzten gegen die Frontscheibe.

Der Motor schluckte das Wasser, als wäre es Treibstoff. Kein Stottern, kein Stromausfall. Chuck konnte den Fluss durchqueren und bekam sogar noch eine Wäsche gratis. Die Reifen fanden auf dem Grund Halt, und wenn sie Widerstand spürten, zerbrachen sie ihn mit ihrer bulligen Kraft.

Everett freute sich. Er schaute wieder in den Spiegel und sah die Leute am Ufer stehen. Die Gaffer kriegten ihre Mäuler nicht mehr zu.

Wahrscheinlich würde in Droghol jetzt der Alarm durch die beiden Hubschrauberbesatzungen ausgelöst.

Schwerfällig setzte sich der Truck gegen die letzten Widerstände durch, da nahe am Ufer aus dem Wasser sperrige Bäume wuchsen, die erst noch überwunden werden mussten.

Auch das gelang, und wenig später rollte der Wagen auf dem Trockenen weiter.

Die hier hochwachsende Böschung überwand der Truck glatt und sicher wie ein Panzer. Zwar neigte er sich nach hinten, doch die Kraft des Motors, übertragen auf die Räder, schaufelte ihn hoch.

Auf relativ ebenem Gelände konnte Chuck Everett weiterfahren. Er war ein wenig vom Weg abgekommen und musste sich nach rechts halten, um die Straße zu erreichen, die auf den Ort zuführte.

Schon bald hinterließen die Räder nasse Spuren auf dem Asphalt. Erste Gebäude erschienen. Plakatwände mit bunter Werbung. Übergroße Lippen lächelten, Kinderaugen verlangten nach einem gewissen Spielzeug. Auch die Zigarettenreklame fehlte nicht, die dem Käufer den Geruch von Freiheit und Abenteuer suggerierte.

Das alles interessierte Chuck nicht. Auch nicht die Tankstelle auf der rechten Seite, die einer Scheune gegenüberstand. Beide Gebäude wirkten menschenleer.

Das Dorf erschien. Kleine Häuser. Manche aus Holz gebaut, andere wiederum aus Stein. Stolz reckte sich der Turm einer Kirche in die Höhe.

Leer gefegt war sie. Kein Mensch ließ sich auf der Straße blicken. Selbst Hunde oder Katzen hatten sich verkrochen. Die Tiere schienen genau zu wissen, dass sich das Unheil näherte. Eine Tötungsmaschine auf vier Rädern.

Rechts und links der Main Street standen die leeren Wagen. Chuck fuhr bewusst langsamer. Und er konnte erkennen, dass die über Funk durchgegebene Warnung gefruchtet hatte, denn niemand ließ sich auf der Straße blicken. Keiner traute sich aus dem Haus, während der Wagen durch den Ort rollte und sich der Dorfmitte näherte.

Plötzlich sah Chuck ein Hindernis.

Eine Eisenbahnschranke. Ob sie heruntergelassen worden war, weil ein Zug kam, blieb ungewiss. Es brauchte ihn auch nicht sonderlich zu interessieren, denn dieses Hindernis konnte ihn nicht stoppen.

Die Gleise waren schlecht einsehbar. Bäume versperrten die Sicht.

Der Trucker gab Stoff.

Im nächsten Augenblick wurde das erste Hindernis zerfetzt. Chuck überquerte die Gleise und sah plötzlich rechts und links die Schatten.

Die Dörfler waren schlauer, als er angenommen hatte. Sie mussten auch genau den Zeitpunkt abgepasst haben, denn die beiden Güterwagen rollten von zwei verschiedenen Seiten auf ihn zu, um den Truck mit ihren Puffern aufzuspießen …

Der Schrei war grell, spitz und voller Angst. Nicht nur ich wurde davon überrascht, auch die Ärzte, denn sie zuckten zurück, als hätte jeder von ihnen einen Stoß erhalten. Bisher war es dem Professor gelungen, die Übersicht zu bewahren, doch dieser schreckliche Schrei hatte ihn aus seiner Ruhe gerissen. Er stand da, hatte die Arme erhoben, in seiner Hand blitzte noch ein Instrument, und er schaute mich an, als würde ich für den Vorgang die Verantwortung tragen.

Natürlich wollte ich zu Jane, aber ich musste zuvor nach diesem Geist schauen, den nur ich unter der Decke und dicht an der Lampe entdeckt hatte. Noch sah ich das Gesicht, aber es war dabei, sich aufzulösen. Der Mund bildete eine ovale Öffnung, Schlangen zuckten auf dem Kopf, doch die Umrisse wurden nicht schwächer, sondern auch zerrissen. Nach verschiedenen Seiten huschten sie weg.

Im nächsten Moment startete ich, war mit zwei Sätzen bei Jane und stieß noch einen Arzt aus dem Weg.

Sie schaute mich an.

Es war ein Blick voller Angst und Verzweiflung. Ich löste mich nur mühsam davon, zudem hatte Jane den Schlauch der Narkoseapparatur abgerissen, und ich konnte jetzt ihre freiliegende Brust sehen.

Die linke Seite war offen.

So gut wie kein Blut rann daraus hervor, das Herz aus Alu

lag bereits in der Brusthöhle, aber Jane hielt auch den Würfel fest. Noch garantierte er das Leben.

Sie bewegte den Mund, ein Zeichen für mich, dass sie sprechen wollte. Zudem war ich froh, dass die Ärzte nicht eingriffen und mich mit Jane in Ruhe ließen.

»Was ist, Jane?«

»Gefahr!«

»Wer? Der Teufel?«

»Nein, nicht …«

»Der Spuk?«

»Auch nicht«, ächzte sie. »Auch nicht. Ein ganz anderer, ein gefährlicherer …«

»Wer?«

»Apache, John, der Zombie-Apache …«

Ich stand steif neben dem OP-Tisch. Ein neuer Begriff war gefallen. Der Zombie-Apache …

Über meinen Rücken lief ein kalter Hauch. Sie hatte von einem Wesen gesprochen, von dem ich noch nie etwas gehört hatte. Wer war dieser Zombie-Apache?

»Du hast dich nicht versprochen, Jane?«

»Nein«, hauchte sie. »Er ist es gewesen. Er ist der Zombie-Apache. Er will den Würfel. John, bitte …«

Ich strich über ihre Wange. Es war vielleicht verkehrt, aber hier war sowieso nichts normal. »Okay, Darling, sei ruhig, sei ganz ruhig, hast du verstanden?«

»Ja.«

»Die Ärzte werden jetzt weitermachen. Du bekommst dein Herz, ein neues Herz. Du wirst leben, und ich beschütze dich, Jane, klar?«

»Ja, John.«

Erst jetzt reagierten auch die Ärzte. Es war Professor Prescott, der die Initiative ergriff. Er schaute mich an. Selten habe ich eine solche Unsicherheit in den Augen eines Menschen gesehen. »Was war das?«, fragte er. »Was hat sie gesagt?«

»Haben Sie die Worte nicht verstanden?«

Prescott antwortete nicht. Erst nach einer Weile fragte er: »Ja, und?«

»Haben Sie noch nie etwas darüber gehört?«

»Nein.«

»Dann weiß ich auch keine Lösung.« Ich berichtete nichts von der geisterhaften Gestalt, die ich kurz zuvor unter der Decke hatte schweben sehen.

»Sie können operieren, Professor.«

»Weitermachen?«

»Ja.«

Er wollte den Kopf schütteln, schaute in meine Augen und nickte stattdessen. »All right, Mr. Sinclair. Sie haben die Verantwortung. Ich werde mein Bestes tun, aber keinen Vorwurf, falls es schief geht.«

»Nein!«

Auch die anderen Ärzte sowie die OP-Schwester traten wieder an den Tisch, da ich einige Schritte zurückgegangen war. Sofort nahmen sie die Arbeit wieder auf.

Prescott hatte noch etwas zu sagen, und er richtete seine nächsten Worte an mich. »Sie haben es ja gesehen, Mr. Sinclair, das Herz liegt bereits in Miss Collins' Brust. Wir schließen es jetzt an und werden die Hautlappen wieder zusammennähen. Normalerweise dauert eine Operation wie diese hier Stunden. Sie haben uns andere Grenzen gesetzt, danach werden wir uns auch weiterhin richten können.«

»Bitte, machen Sie weiter!«

Als die Mediziner sich wieder an die Arbeit begaben, wischte ich mir den Schweiß von der Stirn.

Meine Güte, die letzten Minuten hatten es tatsächlich in sich gehabt. Auch mein Herz hatte sich in eine schnell schlagende Pumpe verwandelt, und ich konnte gegen den Schwindel nichts unternehmen.

Mit wackligen Knien war ich zurückgegangen, hatte mich wieder gegen die Wand gelehnt und schaute auf die Rücken der Ärzte.

Es gab also noch eine zweite Gefahr. Nicht allein der Teufel lauerte auf eine Chance, sondern ein Zombie-Apache. Woher er kam, wo sein Geist gesteckt hatte, das wusste ich nicht, doch ich würde es erfahren, dessen war ich mir sicher.

Zudem hatte er sich plötzlich aufgelöst und war wie ein verteilter Schatten über die hier anwesenden Menschen gekommen.

Sehr mysteriös fand ich dies ...

Ich konnte mir einfach nicht vorstellen, dass dieser Zombie-Apache oder dessen Geist grundlos erschienen war. Bestimmt hatte er mich oder Jane nicht warnen wollen.

Da steckte mehr dahinter!

In den folgenden Minuten nahm meine Aufmerksamkeit noch stärker zu. Ich beobachtete die Bewegungen der Ärzte, ohne allerdings von diesem Fach etwas zu verstehen, aber die Furcht in meinem Inneren wurde immer drückender.

Präzise und knapp gab der Professor seine Anweisungen, die anstandslos befolgt wurden. Niemand tanzte aus der Reihe, das Team arbeitete Hand in Hand. Die Operation wurde völlig normal weitergeführt.

Trotzdem blieb bei mir das Misstrauen kleben. Mir schien die Atmosphäre nicht mehr so wie vor dem Zwischenfall zu sein. Hier hatte sich etwas verändert, nur konnte ich nichts feststellen.

Zwar war mir befohlen worden, stehen zu bleiben, danach richtete ich mich jetzt nicht mehr, denn ich wollte einen besseren Blickwinkel haben, und setzte mich deshalb in Bewegung, um den OP-Tisch zu umkreisen.

Wenn eine Gefahr drohte und etwas Überraschendes geschehen sollte, dann nur mit Jane Collins.

Sie lag nach wie vor unbeweglich. Die Augen hielt sie diesmal geschlossen, wie ich durch eine Lücke sehen konnte. Und ich erkannte auch, dass der Professor die Wunde zuklappte, um sie anschließend zu nähen.

Es lief normal ...

Ich ging weiter.

Als ich Mara anschaute, hatte ich das Gefühl, in die Pupillen einer Fremden zu sehen. So sehr hatte sich der Ausdruck verändert. Er war hart geworden und hatte auch einen anderen Glanz. Einen metallischen ...

Vorsicht war geboten.

Ich spürte die Kälte, die über meinen Rücken rieselte, und Mara, die eigentlich hätte am OP-Tisch bleiben müssen, kümmerte sich nicht mehr darum. Sie trat einen Schritt zur Seite und kam schnell auf mich zu. Einen Grund hatte ich ihr meines Wissens nicht gegeben, also musste sie ein anderes Motiv haben.

Wollte sie mich vielleicht wieder wegscheuchen, weil ich den Anordnungen des Chefs nicht gefolgt war?

»Was wollen Sie?«, fragte ich leise.

Ich erhielt keine Antwort. Sie ging nur weiter. Aus ihrer leicht gekrümmten rechten Hand schauten die beiden Schenkel einer Schere hervor. Ein für eine Operation zu verwendendes normales Instrument, in diesem Augenblick kam es mir gefährlich vor.

Ich bekam eine Antwort.

Aber nicht von der Schwester.

Eine andere sprach. Jane Collins. Und sie stieß die Worte ächzend und voller Angst hervor. »Nein, nicht. Nicht den Würfel!«

Suko und Bill hatten sich ein kleines Radio besorgt und damit das Sanatorium verlassen. Sie hielten sich jetzt im Park auf, und zwar an seinem Südende.

Das hatte einen Grund.

Wenn sie den bisher eingeschlagenen Weg des Trucks richtig verfolgt hatten und dieser Wagen sich tatsächlich den Park und das Sanatorium als Ziel ausgesucht hatte, musste er an der Südgrenze des Geländes eintreffen. Genau hier wollten Bill und Suko ihn abfangen und versuchen, ihn zu stoppen.

Noch immer hatten sie ihrem Freund John Sinclair keinen Bescheid geben können. Es waren auch keine Nachrichten aus dem OP-Raum nach draußen gedrungen, ob die Operation gut verlaufen war oder nicht. Man hüllte sich in Schweigen.

Das empfanden Suko und Bill als positiv. Wäre etwas

schief gelaufen, hätten sie sicherlich schon etwas davon erfahren.

Die Ruhe in der Klinik war hin. Zu sehr hatte das Erscheinen des Amokfahrers die Menschen aufgeschreckt. In der Ferne waren wieder Hubschrauber zu sehen, die ihre Kreise flogen. Wahrscheinlich nur zur Beobachtung, denn wohl keiner der Piloten war so lebensmüde, den Truck anzugreifen.

Die letzten Golfspieler verließen das Gelände. Es waren zwei ältere Männer, die sich noch angeregt über das Spiel unterhielten, ansonsten für die beiden Männer keinen Blick hatten, als sie in Richtung Klinik schritten.

Suko verschwand als Erster hinter einer Buschgruppe. Dort stand eine kleine Bank, und der Chinese schaltete das Radio ein. Man brachte einen Wetterbericht.

Der Wetterbericht interessierte die beiden auf der Bank sitzenden Männer weniger, sie wollten mehr über den Wagen erfahren. Wieder mussten sie Werbung über sich ergehen lassen, bis sich der Reporter wieder meldete.

»Ich stehe noch immer in Cameron vor der City Hall, wo die Polizei residiert, und es haben sich keine Neuigkeiten mehr ergeben. Zum Glück, möchte ich inzwischen sagen, denn dadurch hat sich die Zahl der Toten nicht erhöht. Ist das nicht eine gute Nachricht, Freunde? Sie haben ihn unter Kontrolle, das heißt, von Hubschraubern aus wird der Weg des Amokfahrers genau verfolgt. Und der Wagen hat die normalen Straßen verlassen. Er fährt querfeldein, wie man so schön sagt. Sein Ziel scheint auch festzustehen. Es ist der kleine Ort Droghol, ein Fleckchen in der Wüste. Einwohner ungefähr zweitausend. Liebe Leute in Droghol. *Texas TV* will nicht, dass Ihnen etwas passiert. *Texas TV* will Sie warnen. Sie sollen am Leben bleiben, deshalb hören Sie mir genau zu …«

Suko und Bill hörten nicht mehr. Das Radio wurde leiser gestellt. »Kennst du den Ort?«, fragte der Inspektor.

»Nein.«

»Und eine Karte hast du auch nicht?«

»Woher denn?«

Suko stand auf. »Die brauchen wir aber jetzt.«

»Was hast du vor?«

Der Chinese lachte. »Glaubst du, ich bleibe hier sitzen? Nein, wir beide fahren diesem Koloss entgegen. Wann, das hängt davon ab, wie weit Droghol von hier entfernt ist.«

»Und der Wagen?«

»Den leihen wir uns aus.«

»Wie du willst.«

Die beiden hatten es plötzlich eilig, zurückzukehren. Durch die Kursänderung des Amokfahrers hatten sie umdenken müssen, und sie wollten sich diesem Satan stellen.

Als sie durch die Halle eilten, wurden sie wieder angesprochen, gaben jedoch keine Antworten. Natürlich waren die Menschen über die neusten Ereignisse informiert worden. Die beiden Männer begaben sich zu dem Mann, der praktisch die technische Leitung der Klinik unter sich hatte. Er saß in seinem Büro und schaute auf die Mattscheibe.

Er hieß Craig Russel, das stand auf seinem Schild. Es war am linken Revers seines blaugrauen Kittels befestigt. Der Mann begriff, um was es ging, und dass schnell gehandelt werden musste.

»Ja, ja«, sagte er und strich mit fünf Fingern durch sein rotblondes Haar, »ich verstehe Sie, Gents. Nur frage ich mich, wie Sie diesen Amokfahrer stoppen wollen.«

»Das werden wir noch sehen.«

Russel saugte an seiner schwarzen Zigarre und blies den Qualm in Richtung Fernsehapparat. »Wenn ich Ihnen einen Wagen gebe, fühle ich mich an Ihrem Tod schuldig.«

»Das brauchen Sie aber nicht.«

»Doch, Mr. Conolly.«

Bill wusste nicht, wie er es dem anderen noch begreiflich machen konnte. »Wissen Sie eigentlich, dass wir Polizisten sind?« Er war es zwar nicht, aber Suko hatte den Sinn der Bemerkung erfasst und schon seinen Ausweis hervorgeholt.

»Aber Engländer …« Russel hob die Schultern.

»Spielt das für Sie eine Rolle?«, fragte der Chinese. »In der Gefahr muss man zusammenhalten.«

Craig Russel kratzte sich am Kopf. »Ich bin ja inzwischen einiges gewohnt. Okay, Sie können meinen Wagen nehmen. Es ist ein Chevy Station Car. Damit kommen Sie auch im Gelände zurecht.«

Bill lächelte. »Das ist mehr, als wir zu hoffen wagten.«

Russell holte aus seiner Schreibtischlade den Autoschlüssel.

»Haben Sie zufällig auch eine Karte von der Umgebung?«, erkundigte sich Suko.

»Ja.« Russels Hand glitt wieder in die Lade. Mit einer Autokarte zwischen den Fingern kam sie wieder hervor. Er klappte sie auf und hatte das Gebiet um Droghol und das Sanatorium sofort gefunden.

Links und rechts von ihm schauten Bill und sein Freund auf die Karte.

»Verdammt«, flüsterte der Reporter, »das sind ja nur ein paar Meilen, wenn ich mir das so ansehe.«

»Sehr richtig. Genau kann ich es nicht sagen. So zwischen fünf und sechs müssten es sein.«

Bill wiederholte die Entfernung murmelnd, bevor er fragte: »Wie lange würden wir dafür brauchen?«

»Kann ich nicht sagen, Mr. Conolly. Kommt darauf an, wie Sie mit dem Wagen umgehen können.«

»Da bin ich ein Meister.«

Russel fuhr den hochrädrigen Wagen heraus und ließ die Freunde einsteigen. Die Karte hatten sie mitgenommen. Bevor der technische Leiter die Tür zuschlug, wünschte er noch viel Glück.

»Wird schon schief gehen«, sagte Bill, der den Motor gestartet und das Radio bereits eingestellt hatte.

So fuhren sie los. Ohne allerdings eine Ahnung davon zu haben, in welch einer Lage sich ihr Freund John Sinclair befand …

Und der Teufel half wieder einmal!

Ausweichen hätte Chuck Everett nicht mehr können. Von

147

zwei Seiten wären die schweren Puffer der Güterwagen gegen den Truck gerammt und vielleicht durchgekommen.

Aber da waren plötzlich gewaltige und unsichtbare Hände, die die Waggons aufhielten.

Jedenfalls hatte Chuck keine andere Erklärung für das Phänomen, denn die Wagen standen still.

Und er fuhr weiter, sah die andere Schranke vor der Kühlerschnauze erscheinen, durchbrach sie und rollte von den Bohlen. Dabei schaute er zurück. Die Güterwagen setzten sich wieder in Bewegung und krachten zusammen.

Es war ein Höllenlärm. Die schweren Waggons verkeilten sich ineinander, und es hatte den Anschein, als würden sie in die Höhe springen, bis beide von den Gleisen gedrängt wurden und dabei auf die Seiten kippten und liegen blieben.

Chuck konnte nicht anders. Er musste wieder lachen und stellte auch fest, dass ihn allmählich wieder die unnatürliche Wärme durchtoste, sodass er dicht davorstand, sich wieder zu verändern.

Im Innenspiegel bekam er es mit. Aus dem normalen Kopf wurde ein gelblich glänzender Totenschädel.

Der Teufel hatte sich ihm wieder offenbart.

Und seine Fahrt ging weiter. Er streichelte das Lenkrad, lobte sich, den Wagen und seinen Herrn, den Teufel. »Ja, auf dich kann ich mich verlassen, Satan.«

Die Main Street führte vor ihm in eine weit geschwungene Rechtskurve. Andere, schmale Straßen zweigten ab. Wenn Chuck diese Einmündungen passierte, warf er stets einen Blick in die Straßen, wo er dann Menschen sah, die sich in der Nähe ihrer Häuser aufhielten, bewaffnet waren und den fahrenden Truck mit ängstlichen Blicken verfolgten. Vom Kind bis zum Greis gab es wohl keinen im Ort, der von dem Amokfahrer noch nichts gehört hatte.

Näher traute sich niemand heran. Sie alle fürchteten den Wagen, der sich wieder verändert hatte, denn nicht allein der Totenkopf des Fahrers zeigte ein makabres Bild, auch die Kühlerschnauze, denn dort war das Bild des Teufels abgemalt.

Dreieckig, hässlich, mit einem bösartigen Ausdruck in den Augen und von den Umrissen her gelbrot leuchtend. Er gab dem Wagen die Stärke und die Kraft, alles zu überstehen.

Wo lauerte die nächste Falle? Die Bullen waren sonst nicht so langsam. Sie hatten von ihren Kollegen aus den Hubschraubern Bescheid bekommen und mussten einfach etwas getan haben.

Nichts geschah …

Ausgestorben war der Ort. Nur einmal sah Chuck einen fahrenden Wagen. Es war ein Patrol Car, es lauerte in einer Nebenstraße und stoppte, als der Truck in den Sichtkreis des Fahrers geriet.

Der Beifahrer sprach in sein Mikro. Das erkannte Everett noch, dann war er vorbei.

Die Leute mussten auch seinen Schädel entdeckt haben, aber sie erschraken nicht mehr so schnell. Es hatte sich wohl herumgesprochen, dass er so aussah.

Ein Knattern und Brummen ließ ihn aufhorchen. Chuck drehte sich nach links, konnte aber nichts erkennen. Um etwas zu sehen, musste er sich weit aus dem Fenster beugen.

Er kurbelte die Seitenscheibe nach unten. Das Geräusch war lauter geworden, und es stammte von einem der Hubschrauber, der in geringer Höhe über die Häuser flog. Zwar war der Pilot nicht lebensmüde, aber er ging ein Risiko ein, denn er näherte sich dem Truck so weit, als wollte er auf dem Dach der aus Leichtmetall bestehenden Ladefläche aufsetzen.

Er landete nicht, sondern lenkte Chuck Everett ab. Das war Sinn der Sache.

Links des Trucks befand sich ein Haus. Eine breite Veranda war nach vorn zur Straße hin gebaut worden. Die Rückwand wies vier Fenster auf.

Eines davon wurde vorsichtig geöffnet, damit es keine verräterischen Geräusche gab.

Durch den Spalt schob sich ein Gewehrlauf. Ein kleines, tödliches, gefährliches Loch, dessen Zielrichtung noch ein wenig verändert wurde und dann genau auf den Schädel zeigte.

Der Mann hinter der Gewehrmündung war so gut wie nicht zu erkennen. Nur ein blasser Schatten, der mit dem Material der Gardine fast verschmolz.

Doch ein Scharfschütze.

Und der feuerte.

Die Kugel hatte den gelblichen Schädel bereits erreicht, als das Echo des Abschussknalls über die Straße rollte. Eigentlich hätte der Knochenkopf in zahlreiche Fetzen fliegen müssen, das geschah nicht. Der Mann mit dem Skelettschädel wurde in das Führerhaus hineingedrückt, fiel von der Aufprallwucht der Kugel noch auf den Sitz, aber er kam wieder hoch.

Genau in dem Augenblick, als der Schütze die Gardine zur Seite schob, um sich zu überzeugen, ob er auch genau auf den Punkt getroffen hatte.

Seine Augen wurden groß.

Da saß dieser Kerl ebenso wie vor dem Treffer und schaute ihn an. Der Mann in Uniform hatte nicht mehr die Nerven, noch ein zweites Mal zu schießen. Er drehte sich um, und sein wildes Fluchen schallte bis hinaus auf die Straße.

Dann war er weg.

Everett aber kurbelte in aller Ruhe die Scheiben hoch und kümmerte sich auch nicht um den Hubschrauber, der jetzt vor ihm schwebte und sich dabei so dicht über der Fahrbahn hielt, als wollte er jeden Augenblick dort aufsetzen.

Chuck startete. »Ihr Idioten!«, flüsterte er. »Ihr verdammten Idioten. Mich macht ihr nicht fertig!« Mit stetig zunehmender Geschwindigkeit fuhr er in eine weite Kurve hinein, erreichte deren Scheitelpunkt, konnte sie auch überblicken und sah plötzlich die beiden schweren Panzer, die nebeneinander auf der Fahrbahn standen.

Da gab es kein Durchkommen mehr.

Hatten sie ihn jetzt?

Auch hinter sich vernahm er das schwere Rollen der Stahlketten. Die Fahrzeuge hatten sich bisher versteckt gehalten. Jetzt kamen sie aus den Nebenstraßen und schlossen die Falle hinter dem Trucker. Weder vor noch zurück konnte er.

Die Lippen in dem Totenschädel verzogen sich zu einem breiten Grinsen, als der Mann in die Mündung der schweren Kanonenrohre schaute, mit denen die Panzer bestückt waren. Ein gewaltiges Kaliber. Wenn sie schossen, würde der Truck explodieren, es sei denn, der gleiche Effekt wie bei den Raketen trat ein.

Das musste Chuck riskieren. Er hatte keine andere Wahl.

Er schaltete höher und drückte das Gaspedal tiefer dem Bodenblech entgegen.

Nichts sollte ihn aufhalten. Auch kein Panzer. Er würde es ihnen zeigen, und zwar allen.

Und so rollte er auf die Hindernisse zu, die sich ihm in den Weg gestellt hatten.

Wer von den Panzern zuerst feuern würde, wusste der Trucker nicht. Er behielt deshalb die Mündungen der Kanonen genau im Auge und lauerte darauf, dass sie ihre vernichtenden Grüße ausspeien würden, um den Truck zu vernichten.

Menschen waren nicht zu sehen. Sie hockten in den Kampfwagen und beobachteten ihn aus den Sehschlitzen.

Die Entfernung schmolz immer mehr zusammen.

Chuck Everett spürte die Kälte, die seinen Körper durchströmte. Er vertraute auf den Satan und war sich sicher, dass keiner den Wagen aufhalten konnte.

Auch nicht die Geschosse.

Ein Ruck lief durch den rechten der beiden Panzer, und im nächsten Augenblick geschah es.

Etwas raste aus dem Rohr auf den Truck zu. Eine gewaltige Kugel, die auf die Fratze des Teufels zujagte.

Dort traf sie auch.

Chuck spürte den hämmernden Aufschlag. Er vernahm das Krachen, mehr nicht, denn dieses Geschoss schaffte es nicht, die vom Teufel beeinflusste Kühlerfront zu zerstören.

Dafür prallte es ab.

Schräg und nach rechts weg stieg es in die Höhe. Es gehorchte zwar noch den Gesetzen der Physik, dennoch hatte der Satan seine Hand im Spiel. Er leitete es mit einer nahezu perversen Lust an der Zerstörung, und sein Diener schaute ihm zu. Chuck bekam alles mit, obwohl sich in den Augenschächten kein Leben befand.

Das Geschoss war nicht zu stoppen. Über die Straße hinweg jagte es genau auf eine Hauswand zu. Zunächst sah es so aus, als würde die schwere Ladung direkt in die Tür hineinfliegen. Es drehte noch ab und jagte dicht neben dem Eingang in die Hauswand.

Erst dann kam es zu einer Explosion.

Es war der reine Horror. Die Sprengkraft dieses Geschosses reichte aus, um das Haus zu vernichten. Als würde es von innen zerblasen, so wurde das Gebäude in zahlreiche Stücke zerhämmert. Sie flogen nach allen Seiten weg. Mauern, Holz, Glas, Möbelstücke, Steine und Staub. Dichter Qualm quoll aus den Trümmern, aber kein menschlicher Körper wurde durch die Luft geschleudert. Ein unwahrscheinlicher Zufall hatte dafür gesorgt, dass sich niemand im Gebäude aufhielt.

Dennoch war es für Chuck Everett, der menschliche Regungen nicht mehr kannte, faszinierend, auf das Werk der Zerstörung zu schauen. Ja, so etwas hatte er sich immer gewünscht. Vor seinen Augen spielte sich nun ein Traum ab. Er konnte zuschauen, er konnte das Werk seiner Zerstörung beobachten, und es kümmerte ihn auch nicht, dass die noch immer durch die Luft wirbelnden Trümmer und Reste auch seinen Wagen trafen, ihn aber nicht vernichteten. Vielleicht hinterließen die schweren Teile einige Beulen und Einbuchtungen, das würde das Fahrverhalten des Trucks aber kaum beeinträchtigen.

Und die beiden Panzer?

Natürlich hatte auch die Besatzung mitbekommen, was mit dem Panzergeschoss geschehen war. Es waren Menschen, die hatten Gefühle, auch Mitleid, und sie würden sich bestimmt schuldig fühlen. Deshalb konnte Chuck Everett davon ausgehen, dass sie nicht mehr schossen. Vielleicht versuchten sie es auf eine andere Art und Weise, indem sie ihre schweren Panzer in Bewegung setzten und ihn von zwei Seiten gleichzeitig zerdrücken wollten.

Weiterhin schwebte der dichte Qualm über dem zerstörten Haus. Ein paar Mauern standen noch. Die Rückseite, zum Beispiel. Da sahen die Löcher der Fenster aus wie tote Augen.

Selbst durch die geschlossenen Scheiben des Führerhauses drang der Lärm an Chucks Ohren, als sich die beiden vorderen Panzer allmählich in Bewegung setzten und auf ihn zurollten.

Das Gleiche geschah an der Rückseite. Im Spiegel konnte Everett erkennen, wie die schweren Kettenfahrzeuge Kurs auf seinen Wagen nahmen. Wenn sie von zwei Seiten gleichzeitig kamen, würde von ihm kaum etwas übrig bleiben. Davon konnte er ausgehen.

Was sollte er tun?

Die drohenden Mündungen der beiden Kanonenrohre näherten sich ihm unaufhörlich. Wie Lanzen würden sie wahrscheinlich in das Führerhaus stoßen und es abreißen.

Also weg.

Rechts befanden sich die Haustrümmer, links sah er das Gebäude mit der breiten Veranda.

Dieses Haus bestand aus Holz. Im Laufe der Zeit war es blass geworden, möglicherweise auch nicht mehr so stabil.

Seine Chance!

Everett begann wieder zu lachen, als er seinen Truck startete. Er fuhr noch geradeaus, sodass es für einen Moment so aussah, als wollte er auf die Panzer zuhalten, dann drehte er das Lenkrad scharf nach links, kam sofort von der Straße, rumpelte über die beiden Kanten des Gehsteigs und befand sich einen Herzschlag später dicht vor der Hauswand.

Chuck gab Gas.

Plötzlich war alles anders. Der Truck raste direkt in das Haus hinein.

Er knickte die Wand, als bestünde sie nur aus Pappe und Papier. Eingehüllt in einen wahren Regen aus Scherben, rollte der Wagen weiter, überstand das Zusammenkrachen der ersten Decke, rammte gegen einen Träger, knickte ihn um und stob inmitten einer Staubwolke und über Möbelstücke hinwegrollend weiter.

Chuck hatte die Scheinwerfer eingeschaltet. In ihren breiten Lichtbalken wühlten die Staubwolken wie dicke Kreise, und der Mann, der plötzlich im Licht der Scheinwerfer erschien, wirkte im ersten Augenblick wie ein bleiches Gespenst.

Noch immer hielt er sein Gewehr in der Hand, denn es war der Scharfschütze gewesen, der von der Veranda gefeuert hatte. Der Truck musste auf ihn wie ein Ungeheuer wirken, es war sowieso schon ein kleines Wunder, dass der Mann überlebt hatte.

Obwohl er vom Licht der hellen Balken getroffen wurde, hatte er die Nerven zu feuern.

Sein Schnellfeuergewehr entließ die Kugeln in einer rasenden Geschwindigkeit. Der Mann hatte es hochgerissen. Zu zielen brauchte er eigentlich nicht, nur die Waffe zu schwenken, und das tat er auch.

Gegen die Scheibe hämmerten die Kugeln. Sie trafen auch die Karosserie, wurden zu gefährlichen Querschlägern, sodass der Schütze von Glück reden konnte, nicht getroffen zu werden.

Chuck lachte wie ein Wahnsinniger. Der Schütze hörte die Kugeln gegen die Scheiben schlagen, zog den Kopf ein und sprang zurück.

Er tauchte nach hinten in die Wolke aus Staub. Dort lagen bereits Trümmer, und genau die wurden ihm zum Verhängnis, denn er stolperte und kippte.

Sehr deutlich bekam Chuck es nicht mit. Er sah nur die hochgerissenen Arme des Mannes, aus dessen rechter Hand sich ein Gegenstand löste, den er als das Gewehr identifizierte.

Everett fuhr weiter.

Noch einmal entdeckte er ihn, als sich der Kerl aus den Trümmern befreite, wegrannte, aber nicht schneller war als der Truck, denn Chuck gab bewusst noch einmal Gas.

Dicht vor der Rückwand erwischte er den Schützen. Zusammen mit Steinen und Holzteilen wurde der Mann ins Freie katapultiert, fiel zu Boden, die Trümmer regneten auf

154

ihn nieder, und plötzlich waren die breiten Vorderreifen nur noch eine Armlänge von ihm entfernt.

Weg konnte er nicht mehr.

Er starb, ohne einen Schrei ausgestoßen zu haben. Das Entsetzen hatte ihm in der letzten Sekunde seines Lebens die Kehle zugeschnürt. Wieder hatte der Truck ein Opfer gefunden, und Chuck bekam immer mehr Spaß an dieser Sache.

Er hatte richtig gehandelt, als er das Haus durchfuhr. So etwas beeindruckte, weil es so spektakulär war. Kein Filmemacher hätte es besser hinkriegen können.

Hinter dem Haus, dessen Dach teilweise zusammenkrachte, lag ein Garten. Über Beete und durch Sträucher rollten die hohen Räder. Sie rissen Zäune um, fuhren auf das Nachbargrundstück, und dort wandte sich Chuck Everett nach rechts, da er wieder die Fahrbahn erreichen wollte.

Hindernisse hielten ihn nicht auf. Durch Häuser zu rasen, darauf verzichtete er, dafür fuhr er über Grundstücke, Gehsteige und ließ auch keine Zäune stehen.

Nur noch zwei Ställe raste er um. Aus einem flohen gackernd und mit den Flügeln um sich schlagend zahlreiche Hühner. Zwei wurden noch von den Reifen erwischt und getötet.

Ein kleiner Park tauchte vor ihm auf. Er war von einer Straße umgeben, die fast einen Kreis bildete.

Die Straße nahm er nicht. Quer durch den Park schoss der Truck und hinterließ auch dort Zerstörungen.

Von den vier Panzern sah er nichts mehr. Sie waren viel zu schwerfällig in der engen Stadt, obwohl er davon ausging, dass sie die Verfolgung nicht aufgegeben hatten.

Das würde man sehen.

Der Teufel stand tatsächlich mit ihm im Bunde. Ohne die Ortschaft zu kennen, erreichte der Trucker nach einer Weile genau das Ende, das er sich zum Ziel gesetzt hatte. Er konnte mit dem Tempo wieder höher gehen, warf einen Blick nach rechts und sah dort ein Schild, dessen Schrift auf das Sanatorium hinwies.

Ideal für ihn, denn er fuhr bereits in diese Richtung. Die

Ausfallstraße fand er wieder, und zum ersten Mal seit einiger Zeit lehnte er sich entspannt zurück.

Geschafft!

Er schaute in den Spiegel. Die kleine Ortschaft musste aussehen, als hätte eine Bombe eingeschlagen. Den Beweis sah Chuck Everett nicht, nur die Rauchwolke, die träge über den Trümmern schwebte und allmählich zerfaserte.

Satan sorgte jetzt nicht mehr für eine Rückverwandlung, also blieb der hässliche Totenschädel auf den Schultern des Fahrers.

Nach der nächsten Kurve lag das Dorf bereits hinter ihm. Rechts sah er eine Tankstelle. Hier befand sich der Besitzer in dem Glashaus und telefonierte. Als er den Truck vorbeikommen sah, schaute er hoch und redete dabei sehr schnell. Wahrscheinlich meldete er den weiteren Weg des Fahrzeugs.

Auch die Hubschrauber waren wieder da. Chuck sah sie hinter einem Schuppen aufsteigen. Sie wirkten ein wenig schwerfällig und blieben in einem gewissen Abstand.

»Dich möchte ich noch aus der Luft holen!«, knirschte der Mann. »Verdammt noch mal, das wäre für mich ein Vergnügen!« Dann schüttelte er den Kopf und ballte die Hand, bevor er das neue Fahrziel anvisierte, diesmal aber auf der Straße blieb.

Sein Sichtfeld wurde besser, da keine Häuser mehr im Weg waren.

Jetzt entdeckte er auch die Panzer wieder.

Wie vier gefährliche Kästen schoben sie sich aus den Deckungen hervor, um die Verfolgung des Wagens aufzunehmen. Auf der Straße blieben sie nicht, sie fuhren quer durch das Gelände und blieben auch nicht zusammen, sondern teilten sich auf, um sternförmig den anderen in die Zange zu nehmen.

Da der Truck allein auf dieser Straße blieb, kannten sie auch dessen Ziel. Die vier Fahrer mussten genau wissen, wohin er wollte. Auch wenn sie langsamer waren, konnte es sehr gut sein, dass sie das Gelände des Sanatoriums vor ihm erreicht hatten, da sie den Weg abschnitten.

Das wusste Chuck, er regte sich darüber auch nicht auf, denn vor den Panzern hatte er keine Angst. Die konnten ihn nicht stoppen. Plötzlich freute er sich.

Es war eine wilde, völlig unnatürliche Freude, die ihm allein der Teufel eingeben konnte. In den Augenhöhlen des gelblich schimmernden Totenschädels begann es zu glänzen, als hätte dort jemand Glas hineingesteckt und lackiert.

Auf die Uhr blickte er.

Weit war es nicht mehr bis zu seinem Ziel.

Und da würde er dem Teufel beweisen, welch ein getreuer Diener er ihm war.

Die Frau, die Asmodis so hasste, musste vernichtet werden. Einfach überrollt …

Ich hatte Janes Worte vernommen und die Verzweiflung aus ihrer Stimme gehört.

Da wollte jemand den Würfel. Aber wer? Einer der Ärzte vielleicht? Ob das möglich war oder nicht, musste ich zunächst dahingestellt sein lassen. Für mich kam es darauf an, die Tat zu verhindern.

Das passte jemand überhaupt nicht.

Es war Schwester Mara, dieses nette, glutäugige Wesen, das vor mir stand und mir den Weg versperrte. In ihren Augen lag ein anderer Ausdruck, einer der mich warnte. Zudem befand sich in der rechten Hand eine Schere, die zu einer gefährlichen Waffe werden konnte, falls sie mir den Weg versperrte.

Und sie stach zu.

Meine Gedanken, mein Handeln hatten sich auf eine oder zwei Sekunden reduziert. In dieser Zeit war es Schwester Mara gelungen, den rechten Arm in die Höhe zu heben. Aus ihrer Faust schauten die beiden Seiten der geschlossenen Schere, und sie wollte mir mit dieser Waffe ins Gesicht stechen.

Ich sprang ihr entgegen.

Gleichzeitig raste der Arm nach unten.

Meine Handkante war schneller. Sie fegte in die Höhe, war leicht gekrümmt, und ich traf das andere Gelenk, bevor mich die Waffe auch nur ritzen konnte.

Es war ein wuchtiger Treffer, ein hämmernder Schlag, der nicht allein den Arm der Schwester nach hinten drosch, sie selbst mit, sodass sie ins Taumeln geriet und einen wütenden Schrei ausstieß.

Der nächste Hieb schleuderte sie vollends aus dem Weg. Sie krachte gegen einen Instrumentenwagen, fiel nach hinten und kippte mit dem Rücken darüber, sodass der Wagen nicht mal umschlug.

Dann war ich am OP-Tisch.

Wenn Schwester Mara schon zu einer Gegnerin geworden war, was sollte die Ärzte davon abhalten, ebenfalls zu meinen Feinden zu werden? Gar nichts, und so rechnete ich mit noch fünf weiteren Gegnern.

»Nicht den Würfel!« Janes Stimme kippte fast über, als sie die Worte schrie, und ich musste drei Männer zur Seite räumen. Mit beiden Armen schaufelte ich.

Zwei blieben noch.

Sie standen mir gegenüber.

Im Bruchteil einer Sekunde trafen sich unsere Blicke, und ich entdeckte in den Augen der Personen die für mich erschreckende Bösartigkeit. Die anderen Teile des Gesichts wurden von dem Mundschutz verborgen gehalten, doch die Blicke reichten aus, um mich erkennen zu lassen, dass ich es hier mit Feinden zu tun hatte.

Vielleicht sogar Todfeinden.

Auch Jane Collins war wichtig. Sie lag auf dem Rücken. Das OP-Tuch war verrutscht. Ich erkannte die Brustwunde, die schon genäht worden war, und ich sah den Würfel, den sie mit beiden Händen festhielt und dabei gegen eine Kraft anging, die zwar vorhanden war, von uns jedoch nicht erkannt wurde.

Sie lauerte im Unsichtbaren, und auch daher griff sie an. Hart sprangen die Fingerknöchel der Detektivin hervor. Ihr Gesicht war verzerrt, die Lippen zitterten, der Mund stand offen, die Augen wirkten wie Kugeln, und ich wollte das Kreuz hervorholen, um es Jane Collins zu geben oder die andere, von mir nicht sichtbare Kraft damit zu vertreiben.

Dazu kam es nicht mehr.

Zwar waren die beiden vor mir stehenden Ärzte zurückgesprungen, aber die drei anderen folgten einem Befehl, den ihnen ein Fremder eingegeben hatte. Sie befanden sich völlig in seiner Gewalt und taten genau, was er verlangte.

Es waren sechs Hände, die sich in meine Kleidung schlugen.

Von hinten hatten mich die Kerle angesprungen. Ich vernahm ihr Keuchen und merkte rasch, dass sie verdammt viel Kraft eingesetzt hatten, denn es gelang ihnen fast spielend, mich nach hinten zu reißen und zu Boden zu schleudern, sodass ich zwischen sie fiel.

Hart schlug ich mit dem Rücken auf. Ich spürte den Schmerz, der durch meinen Körper schoss, schaute hoch, blickte in die zum größten Teil verdeckten Gesichter und erkannte eigentlich nur die gefährlichen Augen über den Rändern der Mundtücher.

Böse und hasserfüllt starrten sie zu mir nieder. In ihrer grünen Kleidung kamen sie mir so völlig fremd vor, wie in Leichentücher eingewickelte Tote, die man als Zombies wieder aus dem Boden geholt hatte, damit sie mich vernichteten.

Für die Länge einer Blitzidee hatten ihre Gestalten einen Kreis über mir gebildet. Als ich hochfuhr, reagierten sie, denn sie ließen sich fallen.

Vielleicht hätte ich es trotzdem geschafft, sie zur Seite zu schleudern. Sie waren bestimmt keine ausgebildeten Kämpfer, während mir doch einige Tricks bekannt waren, aber da gab es eine Tatsache, die mich wahnsinnig störte.

Es waren die Waffen in ihren Händen.

Der Professor trug noch sein Skalpell, die anderen hatten sich ebenfalls mit Dingen bewaffnet, deren genauen Namen ich nicht kannte, aber sie sahen mir verdammt gefährlich aus.

Ich riss die Arme hoch, deckte wenigstens mein Gesicht

und spürte dann den hämmernden Schlag ihrer Körper, als sie mich zu Boden drückten.

Plötzlich drang etwas durch die Kleidung, erwischte mich am Oberschenkel.

Dort war das Fleisch dicker. Der schräge Schnitt erzeugte sofort eine stark blutende Wunde, und der Schmerz, der mein Bein malträtierte, war beißend.

Ich presste die Zähne zusammen, um das Gefühl der Angst nach unten zu würgen, gleichzeitig jedoch durchtoste mich ein ungeheurer Wutschwall!

Ich hatte verdammt viele gefährliche Situationen überstanden. Sehr oft war es dabei um mein Leben gegangen, und ich wollte es nicht in diesem verfluchten OP-Raum verlieren.

Bevor mich ein zweiter Schnitt womöglich noch schlimmer erwischen konnte, hatte ich meine Kräfte gesammelt und schoss in die Höhe. Dabei schrie ich auf wie ein wilder Karate-Kämpfer, und aus meinen Armen wurden regelrechte Dreschflegel.

Eine Bombe hatte zwar nicht zwischen den Leuten eingeschlagen, die Wirkung aber war fast gleich.

Mir gelang es durch die wilden Bewegungen, mehrere Körper gleichzeitig zur Seite zu wuchten, sodass die Sache jetzt andersherum lief. Die Gegner verloren den Halt, rutschten aus und landeten diesmal auf den Fliesen, sodass ich für einen Moment freie Bahn hatte.

Ich schwang mich hoch.

Am linken Oberschenkel hatte mich das verdammte OP-Messer erwischt. Dort befand sich auch die breite Wunde, und genau da spürte ich die Schmerzen.

Sie blieben leider nicht auf diese Stelle beschränkt, sondern tosten weiter, sodass ich das Gefühl hatte, ein Teil des Beines würde von innen her in Flammen stehen.

Noch hielt ich mich, konnte laufen. Der Stress der Lage zwang mich dazu, den Schmerz zu missachten.

Mir war es egal, dass ich mein Bein nachzog. Hauptsache, ich erreichte die Wand, die mir wenigstens den Rücken deckte.

Dagegen fiel ich, wäre noch mit der Stirn davor gestoßen und drehte mich keuchend um.

Meine Gegner kamen langsam auf die Beine. Natürlich würden sie nicht aufgeben, denn sie waren von einem Dämon beeinflusst worden und jetzt Besessene.

Ich nahm mir die Zeit, um Jane Collins einen Blick zuzuwerfen. Sie besaß den Würfel noch immer, hielt ihn eisern fest und sprach mit einer Person, die weder ich noch sie oder die anderen sahen.

Wer es genau war, wusste ich nicht, konnte mir jedoch vorstellen, dass es sich um die Gestalt handelte, die ich als Zombie-Apache kennen gelernt hatte.

Ich zog die Pistole.

Mit dem Rücken stemmte ich mich gegen die grüne Kachelwand. Dieser Halt war relativ sicher. So konnte ich auch den rechten Arm vorstrecken und die Waffe im Halbkreis bewegen. Jeder meiner Gegner hatte das Vergnügen, für einen kurzen Moment vor der Mündung zu stehen.

»Okay«, sagte ich. »Okay, und jetzt weg mit euren verdammten Dingern!«

Erst als ich diesen Befehl ausgesprochen hatte, kam auch die OP-Schwester wieder auf die Füße. Ihr ging es am schlechtesten, denn sie presste beide Hände gegen die Stelle ihres Körpers, die mein zweiter Schlag erwischt hatte.

Dabei ging sie gekrümmt. Das Mundtuch hatte sie weggeschleudert. Mara atmete schwer und keuchend.

»Auch du, wirf die Schere weg!«, fuhr ich sie an.

Die kleine Faust der Frau öffnete sich. Das Instrument rutschte ihr aus den Fingern und fiel klirrend zu Boden.

Nur Mara hatte mir gehorcht, die anderen nicht.

Sie standen vor mir und starrten mich kalt an.

Es würde für mich verdammt schwer werden, dieser Lage zu entkommen, da ich mir nicht vorstellen konnte, dass sie aufgaben.

Sie standen unter einem gefährlichen Bann, höchstwahrscheinlich hatte dieser Zombie-Apache seine Magie voll ausgespielt.

Die Gestalt erschien.

Sie musste unsichtbar in dem Raum gelauert haben, jetzt materialisierte sie.

Es war ein unheimlicher Vorgang der selbst mir eine Gänsehaut über den Rücken trieb.

In der Luft sah ich ihn erscheinen. Waagerecht stand er da und hatte seine Arme nach unten ausgestreckt. Seine langen Finger umklammerten den Würfel an den Seiten, die von Janes Händen nicht bedeckt waren.

Jane musste ungewöhnliche Kräfte aufbringen, um dem Druck des anderen zu widerstehen.

Wie ein Geist schwebte er in der Luft, obwohl er einen Körper hatte. Ich wurde an die Kunststücke der Illusionisten im Zirkus erinnert, wenn diese eine Frau in Hypnose versetzten, sie schweben ließen und als Beweis für ihre Kunst mit einem Reifen unter ihrem Körper herfuhren.

Das Gesicht war uns zugedreht. In Erstaunen versetzte mich die Länge des Kopfes. Er hatte auch einen merkwürdigen roten Schein angenommen.

Weit stand der Mund offen. In den Augen spiegelten sich abermals die Lichter wie helle, kalt glänzende Sterne. Bekleidet war der Zombie-Apache nur mit einem braunen Lendenschurz, den er sich mehrmals um die Hüften gewickelt hatte.

Weshalb wollte er den Würfel haben?

Bisher waren von den schwarzmagischen Gestalten nur der Teufel und der Spuk hinter diesem Quader her gewesen. Dass es nun ein anderer versuchte, wunderte mich.

Natürlich konnte es sein, dass jeder Dämon über den Würfel Bescheid wusste und es Zufall war, dass dieser Zombie-Apache die Aufgabe übernommen hatte. Schließlich befanden wir uns in einem Land, das im vorigen Jahrhundert mal der Wilde Westen gewesen war.

Mit dem Auftauchen des Zombie-Apachen waren auch die fünf Ärzte ruhiger geworden. Sie brauchten nicht einzugreifen, denn sie überließen dem anderen das Feld.

Ich blieb nicht länger stehen, ging einen Schritt vor und

spürte in meinem linken Oberschenkel den Schmerz, als ich das Bein ein wenig unvorsichtig belastete.

»Wer bist du?«, fragte ich.

Bisher hatte er noch kein Wort gesagt. Ich starrte ihn an, und nichts wies darauf hin, ob er mich überhaupt verstanden hatte. Aber ich hörte seine Stimme.

»Kannst du dir das nicht denken?«

Die Antwort klang mir dumpf entgegen. Ich erschrak nicht über die Worte, sondern über den Klang der Stimme, und ich wusste, dass nur einer so redete.

Der Spuk!

In diesen Augenblicken war mir alles klar geworden. Ich erkannte die Heimtücke dieses Dämons. Er selbst hielt sich zurück oder im Körper dieses Zombie-Apachen verborgen. Er hatte genau gewusst, was wir vorhatten, ebenso der Teufel, sodass beide angreifen und den Würfel an sich nehmen konnten.

Asmodis hielt sich zurück. Dass er allerdings lauerte, hatte er mir deutlich genug zu verstehen gegeben. Ich verbannte ihn aus meinem Sinn und konzentrierte mich auf diesen gefährlichen Zombie-Apachen, der von seinen menschlichen Dienern in den grünen OP-Kitteln umgeben war, die wie eine Mauer standen und mich kalt anblickten. Die Augen über den Rändern der Mundschutztücher wirkten wie kalte Steine.

»Ich grüße dich, Spuk«, sagte ich.

Der Zombie-Apache lachte. »Du hast mich erkannt?«

»Wie hätte ich deine Stimme je vergessen können?«

»Und ich vergaß euch auch nicht«, vernahm ich wieder die dumpfe Antwort, die besser zu der schwarzen, wolkenartigen Gestalt des Spuks gepasst hätte, als zu dem Zombie-Apachen.

»Weshalb zeigst du dich nicht selbst?«, wollte ich wissen.

»Weil du vielleicht im Kloster St. Patrick eine Niederlage einstecken musstest?«

»Ich habe keine Angst, aber ich wollte einen anderen Weg gehen. Er ist bequemer. Du hättest die Möglichkeit auch ausgeschöpft, wenn sie dir geboten worden wäre.«

»Welche?«

»Nun, der Zombie-Apache.«

»Ich habe nie von ihm gehört!«

Aus dem Mund der Gestalt drang ein raues Lachen. »Das kann ich mir vorstellen. Schließlich weißt du nicht über jeden magischen Flecken auf dem Erdball Bescheid, das ist auch gut so. Aus diesem Grunde musst du immer mit Überraschungen wie diesen hier rechnen.«

»Werde endlich konkret! Was hat der Zombie-Apache mit mir zu tun, verflixt?«

Ich wollte ihn bewusst provozieren und eine Antwort forcieren, da ich wusste, dass auch noch der Teufel im Hintergrund lauerte. Zwei Gegner wären für mich ein wenig viel gewesen. Hinzu kamen noch die fünf Ärzte und die Krankenschwester. Suko und Bill ahnten natürlich nichts von dem, was sich hier abspielte. Zudem hatte ich nicht die Möglichkeit, ihnen Bescheid zu geben oder sie zu warnen.

Ich musste mich allein durchkämpfen.

Gespannt war ich natürlich auf die Erklärung des Spuks, dessen Geist innerhalb des Zombie-Körpers steckte. Wieso bestand eine Verbindung zwischen ihm und dem untoten Apachen?

Die Erklärung wurde mir schnell geliefert. Wie alle Dämonen war auch der Spuk eine Gestalt, die sich gern artikulieren wollte, um mir Überlegenheit zu demonstrieren.

»Es gibt die alte Legende vom Apachen, der nicht sterben kann. An diese Sage habe ich mich wieder erinnert. Vor langer Zeit, als noch keine Weißen dieses Land durchstreiften, gehörte Nachoo, der Apache, zu den Wesen, die verehrt wurden, da die Wilden über seine Kraft und Ausdauer genau Bescheid wussten. Er lebte allein zwischen den Felsen, und man ging zu ihm, wenn man Probleme hatte. Zu Manitu gehörte er nicht, seine Kräfte schöpfte er aus einem anderen Reich, mehr aus der Tiefe des Bodens, denn die dort wohnenden Erdgeister gaben ihm die Kraft und das Wissen, das zu vollenden, um das ihn andere baten. Er holte den Regen, wenn es zu trocken war. Er beschwor die Sonne, wenn Dürre herrschte, und er heilte die Wunden der Krieger, die sich diese im Kampf gegen die anderen Stämme zugezogen hatten. Nachoo war ein geachteter Medizinmann, und er verbrachte sein gesamtes Leben zwischen den Felsen. Aber auch er merkte, dass er nicht unsterblich war. Irgendwann würde ihn der Tod erreichen und mit in das endlose Reich der Schwärze nehmen. Dem wollte er entgehen, schaufelte eines Tages ein tiefes Grab und begrub sich selbst. Er lag unter der Erde, aus der er die Kräfte geholt hatte, um anderen auf magische Weise zu helfen. Nun sollten die Kräfte für ihn da sein und mithelfen, den Tod zu überwinden. Aber sie verlangten etwas. Er selbst musste ihnen immer dienen, das war der Preis für das ewige Leben. Die Erdgeister hielten ihn fest. Er verfaulte nicht, obwohl sein Herz aufhörte zu schlagen. Nur hin und wieder, wenn der Mond sein kaltes Licht auf die Erde warf, konnte er sein Grab verlassen. Dann warf er einen sehr langen Schatten, der bis in die Dörfer der Menschen fiel, und man erinnerte sich wieder an den Zombie-Apachen, der ein Dämon aus dem finsteren Reich war.«

»Und was hast du mit ihm zu tun, Spuk?«, fragte ich.

Aus dem aufgerissenen Maul des Zombie-Apachen dröhnte ein Lachen. »Als ich davon erfuhr, wo ihr Jane Collins operieren lassen wolltet, erinnerte ich mich wieder an diese alte Legende, und ich bin stärker als die Geister der Erde. Ich bin der Letzte der Großen Alten, ich habe ihre Macht übernommen, in mir steckt die Kraft eines längst versunkenen Kontinents, die ich nun ausspielen konnte. Zwar wollten die anderen ihn mir nicht geben, aber ich konnte sie davon überzeugen, dass es einfach keine Lösung für sie gab, wenn sie von mir nicht vernichtet werden wollten. Also blieb ihnen nichts anderes übrig, als mir den Zombie-Apachen an die Seite zu stellen. Er sah noch so aus wie früher. Die Erdgeister hatten tatsächlich auf seiner Seite gestanden, da er keine Anzeichen von Verfall oder Verwesung zeigte. Nur etwas war anders. Auf seinem Kopf wuchs das, was du als Schlangen erkannt hast. Es sind keine Schlangen, sondern lange Würmer, die in der Erde lauern und sich in den Haaren des Apachen festgesetzt haben. Sie stehen ihm zur Seite, denn das Gift, das sie verspritzen, ist gefährlich. Zudem trägt er das Stirnband mit den hellen Steinen. Auch sie gehören zu den Erdgeistern, denn die von ihnen hergestellten Steine gehorchen ihren Befehlen. Es sind die Lebenssteine. Mir gelang es, ihre Kraft zu übernehmen, und so gehorcht Nachoo jetzt allein mir. Ich wollte den Würfel haben, er wird ihn für mich nehmen, und es ist das Gleiche, als würde ich den Würfel an mich reißen.«

Ich war zufrieden. Der Spuk hatte mir also erklärt, wie der Zombie-Apache zu diesem Monstrum geworden war.

Dennoch kam ich nicht umhin, dem Spuk eins auszuwischen. Je länger ich die Unterhaltung in Gang hielt, umso mehr Zeit gewann ich. Vielleicht lenkte ich ihn ein wenig ab, denn so weit war die Entfernung nicht zwischen mir und dem Würfel.

Zwei schnelle Sprünge, die Ärzte würden sicherlich nicht so rasch reagieren können, und ich hatte ihn.

So hoffte ich wenigstens …

An meinem linken Bein rann es warm nach unten und in den Socken hinein. Es war der Blutstreifen, denn das Skalpell hatte eine verflucht unangenehme Fleischwunde gerissen.

»Ich sehe ein, dass du einen guten Plan gefasst hast, Spuk. Gratuliere. Aber du bist nicht der Einzige, der den Würfel haben will. Den Trank des Vergessens besitzt du, aber beim Würfel wirst du Schwierigkeiten bekommen, das glaube mir.«

»Denkst du an Asmodis, diesen Wicht?«

»An ihn genau denke ich!«

»Was ist er schon im Gegensatz zu mir?«

Es war eine sehr überhebliche Frage, wie sie nur ein mächtiger Dämon stellen konnte. Ich wiegelte ab. »Du solltest den Teufel nicht unterschätzen. Auch er weiß Bescheid.«

»Das ist mir bekannt.«

»Du unternimmst nichts?«

»Nein, ich unternehme nichts. Das brauche ich nicht. Auch der Teufel weiß über dich Bescheid, und er hat sich ebenfalls einen Plan ausgedacht, aber meiner ist besser.«

Wenn der Spuk so redete, musste er genau wissen, was Asmodis ausbaldowert hatte. Deshalb fragte ich ihn auch. »Mit mir hat er geredet, und sein Plan …«

»Taugt nichts«, zischte der Spuk, »denn er ist immer wieder in den gleichen Fehler verfallen. Er bedient sich ebenfalls eines Helfers. Nur ist dieser Helfer ein Mensch und kein Untoter wie der Zombie-Apache. Aus diesem Grunde kann der Teufel nicht gewinnen, denn Menschen sind, das weißt du selbst, Sinclair, unzulänglich, was ich von meinem Helfer nun nicht behaupten kann.«

Was sollte ich dazu sagen? Am besten war es, wenn ich ihn bei seinem Glauben ließ.

»Und demnach«, beendete der Spuck seine Rede, »gehört der Würfel mir! Deine Jane Collins wird ihn nicht halten können. Sie …«

Ich ließ den Spuk nicht ausreden, denn ich hatte gesehen, wie sich die Ärzte strafften. Wahrscheinlich hatten sie den Befehl des mächtigen Dämons vernommen, mich anzugreifen, aber dem wollte ich zuvorkommen. Außerdem brauchte ich den Würfel.

So startete ich!

Erst als Bill Conolly und Suko in dem hochrädrigen Geländewagen saßen und losfuhren, da erkannten sie, wie groß das eigentliche Gelände war, das zu dem Sanatorium gehörte. Manche Stadt hatte nicht diese Ausmaße.

Man hätte sich verirren können, denn zu dieser weiten Parklandschaft hier in Texas gehörten noch ausgedehnte Waldgebiete. Sie blieben auch im Sommer grün, denn Bill und Suko entdeckten hin und wieder die Rohre einer künstlichen Bewässerungsanlage.

»Was das alles ein Geld kostet«, bemerkte der Inspektor.

»Es kommt ja auch rein«, erwiderte Bill und lenkte den Wagen in eine Kurve.

Sie durchfuhren einen Wald. Hinter der Kurve öffnete er sich, und sie sahen das Schild, das in Richtung Ausgang deutete. Die Golfplätze hatten sie hinter sich gelassen. Momentan rollten sie durch ein flaches Gelände, das fast nur aus Wiesengrund bestand. Im Frühling und Sommer würden sicherlich herrliche Blumen blühen.

Schließlich hatten sie das südliche Ende des Grundstücks erreicht. Bevor sie das Tor ansteuerten, fielen ihnen die beiden Hubschrauber abermals auf, die in der Luft umherschwirrten.

Sie waren mittlerweile wesentlich näher gekommen, sodass beide davon ausgehen konnten, dass sich auch ihr Ziel, der Truck, nicht mehr weit entfernt befand. Leider konnten sie ihn noch nicht sehen, denn in der entsprechenden Richtung blieb das Gelände nicht so flach und auch nicht ohne Bewuchs, sodass ihnen diese natürlichen Hindernisse die eigentliche Sicht auf das Ziel nahmen.

Bill stoppte. Mit dieser Tat überraschte er seinen Freund, der den Kopf drehte und ihn erstaunt fragte: »Hast du keine Lust mehr?«

»Doch.«

»Und weshalb hast du gehalten?«

Bill deutete nach vorn und dann in die Höhe. »Schau dir mal an, wo die Straße herführt, und vergleiche den Weg, den die beiden Hubschrauber fliegen. Da läuft nichts parallel, aber ich kann mir vorstellen, dass die Piloten mehr sehen als wir.«

»Du meinst, sie turnen dort herum, wo sich auch der Truck befinden kann?«

»Nicht nur befinden kann, sondern befinden muss.«

»Okay, wie du meinst, Bill. Fahr weiter!«

»Das werde ich auch.« Der Reporter gab wieder Gas. Diesmal blieb er nur mehr für einige Meter auf der Straße, bevor er das Lenkrad nach links drehte.

So rumpelten sie in das offene Gelände hinein und hatten

die nicht abgesteckten Grenzen des Areals hinter sich gelassen.

Craig Russel hatte nicht zu viel versprochen. Der Wagen war ausgezeichnet in Schuss. Eine hervorragende Federung schluckte die Stöße, ausgelöst durch Wellen, Querrillen und unangenehme breite Buckel. Auch hatte sich die Geländeform ein wenig verändert. Der Weg stieg jetzt an, als würde er auf einen Hügel führen, und tatsächlich erreichten Bill und Suko eine Art flache Kuppe.

Der Reporter bremste so abrupt, dass Suko nach vorn und in den Gurt geschleudert wurde.

»He, was ist?«

»Schau mal da!« Zur Unterstreichung seiner Worte hatte Bill den Zeigefinger ausgestreckt.

Sukos Augen wurden groß. Er sah nicht allein die Hubschrauber, die über einen weiten Talkessel flogen, sondern auch die Fahrzeuge, die sich innerhalb des Geländes befanden.

Vier schwere Panzer und ein Truck!

»Das ist er!«, hauchte Bill. »Das ist er genau!«

Noch waren die Freunde zu weit entfernt, als dass sie etwas Genaueres hätten erkennen können, aber sie sahen trotzdem den helleren Fleck auf dem Kühlergrill.

Gegenseitig machten sie sich darauf aufmerksam.

Suko nickte. »Sag mal, hat nicht der Reporter von Zeugen erzählt, die einen Abdruck des Teufels auf dem Kühlergrill erkannt haben?«

»Klar.«

»Das ist er!«

»Mist, dass ich kein Fernglas habe«, ärgerte sich Bill Conolly. »Das hätte ich jetzt gut gebrauchen können.«

»Unsinn«, sagte Suko. »Völliger Unsinn. Verlass dich darauf, es ist die Fratze des Teufels.«

Bill wollte schon weiterfahren, als er Sukos Hand auf der seinen spürte, die bereits den Schaltknüppel umfasst hielt. »Nein, Bill, lass mal. Wir stehen hier noch gut.«

»Wieso?«

»Wollen erst mal sehen, ob es die Panzer schaffen.«

»Die sind nur langsamer, wie mir scheint.«

»Und? Dafür sind sie zu viert und haben eine Besatzung, die militärisch ausgebildet ist. Die werden den Wagen schon in die Zange bekommen. Dann möchte ich mal sehen, wie sich der Truck gegen diese vier Kolosse zur Wehr setzen will.«

»All right, warten wir also.«

Bill hatte die Seitenscheibe nach unten gekurbelt, sodass frische Luft in den Wagen strömte. Die Geräusche der rollenden Panzer vernahmen sie nicht, weil das Knattern der über ihren Köpfen fliegenden Hubschrauber einfach alles übertönte.

Es wirkte ein wenig schwerfällig, wie sich die Panzer mit ihren drehenden Geschütztürmen durch die Landschaft bewegten. Die breiten Raupenketten wühlten sich durch den weichen Boden. Sie rissen ihn auf und schleuderten die braune Grasnarbe des Winters in die Höhe. Wo sie entlanggefahren waren, blieben lange Spuren zurück, die wie breite Bänder wirkten. Panzerspuren, Furchen, und es konnte leicht geschehen, dass andere Wagen stecken blieben.

Ein Panzer hatte es besonders eilig. Von Bill und Suko aus gesehen befand er sich an der linken Seite, und er hatte einen großen Bogen geschlagen, um dem heranrollenden Truck den Weg abschneiden zu können. Er würde sich vor ihm aufbauen.

Die anderen Panzer deckten die Flanken, und einer hielt sich hinter dem Truck auf.

Bill rechnete nach. »Wenn sie so weitermachen«, sagte er, »können sie ihn in einer Minute erreicht haben.«

»Das glaube ich auch.«

»Und wann greifen wir ein?«

»Wenn alle Panzer reißen.«

Der Reporter musste lachen. »Wenn das John sehen könnte«, sagte er. »Na ja, vielleicht ist es besser, dass er sich bei Jane befindet. Der hätte sonst keine Ruhe gehabt.«

»Klar.«

Danach schwiegen die Männer. Sie schauten weiterhin zu, wie sich die Sache vor ihnen entwickelte.

Für die Panzerwagen lief alles nach Plan. Sie hatten mittlerweile sogar aufholen können und zogen den Kreis immer enger.

Bill schüttelte den Kopf. »Verdammt, weshalb haut er denn nicht ab? Der ist doch viel schneller!«

»Vielleicht will er gar nicht.«

»Wie meinst du das?«

Suko hob die Schultern. »Der Truck hat Raketengeschossen widerstanden. Da wird er auch gegen das Feuer aus einer Panzerkanone resistent sein. So sehe ich das.«

»Wahrscheinlich hast du Recht.« Bill beobachtete genau. Er nickte, bevor er sprach. »Komisch, auch ich habe das Gefühl, als wäre der Truck bewusst langsamer geworden. Der Fahrer muss Nerven haben.«

»Falls er überhaupt welche hat.«

Bill grinste schief und beugte sich noch weiter vor. Seine angewinkelten Arme legte er dabei auf das Lenkrad. »Dafür hat er ein gelbes Gesicht, wie mir scheint.«

»Glaube ich nicht.«

»Wieso?«

»Das ist kein Gesicht. Denk daran, was die Zeugen gesehen haben.«

Der Reporter schlug gegen seine Stirn. »Klar, ein Totenschädel!«

»Sehr richtig.«

Allmählich spitzte sich die Lage in dem weiten Talkessel zu. An seinem anderen Ende sahen Bill und Suko die Dächer einiger Häuser. Das musste die Ortschaft Droghol sein.

Weder Bill noch Suko waren Soldaten, sie wollten von einer Kriegstechnik beide nichts wissen, aber sie kamen zu der Überzeugung, dass die Panzer allmählich die richtige Schussentfernung hatten. Sie würden bestimmt treffen.

»Na los doch!«, flüsterte Bill.

Er konnte den Soldaten in den Panzern zwar keine Anordnungen geben, doch es schien ihm so, als hätten sie die Worte verstanden, denn gleich darauf schwenkten die Türme in verschiedene Richtungen herum, da sie ein Ziel besaßen und das auch anvisierten.

Es war der Truck!

»Jetzt werden sie sich verständigen. Das Gelände ist frei. Was wollen sie mehr?«

Suko gab keine Antwort. Hätte er geantwortet, wäre die Erwiderung im Lärm der beiden Hubschrauber untergegangen, denn die Maschinen hatten sich der Hügelkuppe genähert und flogen dabei so tief, dass die Piloten in den Geländewagen hineinschauen konnten und auch von den beiden Freunden gesehen wurden.

»Was haben die denn?«, fragte Bill laut. Er meinte die Handzeichen der Besatzung.

»Die wollen, dass wir verschwinden.«

»Ach, die sollen uns doch mal …«

»Sie wissen nicht Bescheid. Kannst ihnen auch keinen Vorwurf machen.«

Bill Conolly winkte dagegen und schüttelte gleichzeitig den Kopf. »So, ich hoffe, die Kameraden haben es verstanden.«

»Mal sehen.«

In der Folgezeit kümmerten sich Bill und Suko nicht mehr um die Maschinen, viel wichtiger waren ihnen die vier Panzer und der Truck mit dem Schädel des Teufels auf dem Kühlergrill.

Da ging es jetzt rund.

»Pass auf!«, zischte Bill durch die Zähne. »Gleich funkt es!« Er war richtig zittrig geworden, während Suko ruhig wie ein Denkmal den Platz neben ihm besetzte.

Die vier Panzerkanonen waren auf das Ziel eingerichtet, und sie feuerten zugleich.

Die Zuschauer erlebten die Szene wie auf einer Leinwand. Nur saßen sie nicht im Kinosessel, und die Munition, die da verschossen wurde, war verdammt echt.

Fehlen konnten die Panzer nicht.

Vier Volltreffer erwischten den Truck!

»Das übersteht der Wagen nicht!«, rief Bill. »Und der Fahrer überlebt das niemals!«

Vor ihnen schien die Hölle im Tal ihre Pforten geöffnet zu haben. Es war gewaltig. Der Truck wurde durchgeschüttelt, als hätten ihn Riesenhände umfasst. Eigentlich hätten seine Fetzen in die Höhe fliegen müssen, das geschah jedoch nicht. Zwar wurden Dreck, Schlamm und Gras himmelan geschleudert, doch dem Truck geschah nichts, obwohl ihn die vier Ladungen ins Mark erwischt haben mussten.

Stattdessen reagierten die Kugeln.

Sie prallten von dem Wagen ab wie Gummibälle. Plötzlich sprangen sie in die Höhe, jagten dem graublauen Himmel zu und kamen den Beobachtern vor wie dunkle Billardbälle.

Ihnen wurde auch klar, weshalb die Hubschrauberpiloten gewollt hatten, dass sie verschwanden, denn ein raketenartiges Geschoss heulte in ihre Richtung.

Sie sahen es vor dem Wagen immer größer werden und wussten nicht, ob sie getroffen wurden.

»Raus!«

Diesmal hatte Suko geschrien, gleichzeitig die Tür aufgestoßen und mit einem Hechtsprung den Wagen verlassen.

Bill folgte ihm einen Lidschlag später, allerdings auf der anderen Seite.

Das Glück war ihnen insofern hold, als dass sie auf dem leicht schrägen Abhang gelandet waren. So brauchten sie sich selbst kaum noch Schwung zu geben. Die eigene Wucht reichte aus, um die Männer den Hang hinunterrollen zu lassen.

Auf halber Strecke erreichte sie der Explosionsknall. Sie hatten ihre Arme sowieso schon schützend um die Köpfe gelegt und sich mehr zusammengerollt.

So jagten sie den langen Abhang hinab, während hinter ihnen der Geländewagen mit einem berstenden Krach in die Luft flog und zu einem lodernden Wrack wurde.

Dunkelrotes Feuer, vermischt mit schwarzem Qualm, bildete ein zuckendes, stinkendes Inferno, aus dessen Kern glühende Teile in die Höhe flogen und brennendes Benzin als kleine Flammeninseln durch die Luft waberten.

Auch auf Suko und Bill regnete es herab, aber die beiden hatten wieder Glück. Verletzt wurden sie nicht, und der Reporter schaffte es sehr schnell, das kleine Feuer auf seiner Kleidung mit den Händen zu ersticken, als er auf die Flammen schlug.

Suko kam als Erster hoch. Auf Händen und Knie gestützt schaute er dorthin, wo der Wagen allmählich ausbrannte.

»Alles klar, Partner?«, rief er fragend zu Bill hinüber.

Der stemmte sich ächzend in die Hocke und ließ sich auf seinem Hinterteil nieder. »So ungefähr.«

»Du jubelst nicht gerade.«

»Habe ich einen Grund?« Bill deutete den Hang hoch. »Da steht der verdammte Karren und brennt!« Bill hustete, weil ihm Rauch in den Hals gedrungen war. »Craig Russel wird uns in Grund und Boden stampfen, wenn er das hört.«

»Ach, das können die verschmerzen.«

»Aber ich nicht!«, stöhnte Bill. »Ich habe damit geprahlt, wie gut ich fahren kann.«

»Jetzt musst du laufen.« Der Inspektor hatte sich bereits hingestellt, und auch Bill war wieder in die Senkrechte gekommen und klopfte sich den Dreck von der Kleidung.

Wenn man den Boden oder den Untergrund als Ziel bezeichnen konnte, so hatten die übrigen drei Geschosse es gefunden. Gewaltige Krater waren entstanden, aus denen träger Rauch quoll, der sich über den großen Öffnungen wie ein Tuch ausbreitete.

Die Hubschrauber kreisten weiter. Einer flog wieder tiefer und jagte über die Köpfe der beiden Männer hinweg. Der Pilot winkte verzweifelt in die Richtung, aus der Suko und Bill gekommen waren, doch sie wollten nicht dorthin.

Ihr Ziel lag genau entgegengesetzt! Und das war nun mal der Truck.

»Packen wir ihn?«, fragte Bill voller Optimismus. Schräg wurde er von Suko dabei angesehen.

»Du nicht.«

»Aber du, wie?«

»Genau!«

»Und wie?«

Der Inspektor hob die Schultern. »Da bin ich, ehrlich gesagt, noch überfragt.«

»Aber ich habe eine Idee«, erklärte der Reporter.

»Dann raus damit.«

»Es muss uns nicht nur gelingen, den Truck zu stoppen, sondern auch den Fahrer dazu zu bewegen, seinen Wagen zu verlassen. Wenn das geschieht, haben wir freie Bahn.«

Suko krauste die Stirn. »Nicht schlecht, Herr Specht.«

»Sag ich doch.«

»Und ich kann ihn stoppen. Auf das Wort *Topar* wird auch er reagieren.«

»So habe ich es mir gedacht.«

Sie mussten bei ihrem Plan natürlich Acht geben, dass sie den Panzern nicht in die Quere kamen. Wer von denen überrollt wurde, brauchte mindestens drei Särge, so platt war er danach.

Die Fahrer der Panzer schienen das Interesse an dem Wagen verloren zu haben. Sie verfolgten ihn zwar noch, doch drei von ihnen blieben auf gleicher Höhe und rahmten ihn ein, während ein vierter das Tempo erhöht hatte und auf die Freunde zurollte.

Sie gingen ihm entgegen. Den Hang hatten sie hinter sich gelassen. Auf ebenem Gelände konnten sie sich weiterbewegen. Der Wind trug ihnen das Rasseln der schweren Ketten zu, und die Luke auf dem Panzerturm wurde plötzlich geöffnet.

Ein Uniformierter erschien. Bis zum Gürtel zeigte er sich und winkte mit beiden Armen.

»Der meint uns!«, sagte Bill.

Sie stoppten trotzdem nicht und gingen dem schweren Gefährt entgegen. Bill hatte ein Grinsen aufgesetzt. Dem Mann an der Luke war nicht danach zumute. Der schwere Panzer stoppte direkt neben ihnen. Er dampfte noch. Sie rochen das Öl, auch Pulverschmauch, das waren Gerüche der Gewalt.

»Sind sie völlig verrückt!«, brüllte der Soldat sie an. »Sie können doch nicht hier im Gelände herumkutschieren. Haben Sie die Warnung nicht gehört?«

»Haben wir!«, schrie Bill zurück.

»Und?«

»Wir gehen trotzdem weiter!«

»Wir werden ihn stoppen!«

Der Soldat wusste nicht, ob er lachen oder weinen sollte. Als er sich endlich zu einer Reaktion entschlossen hatte, waren die beiden schon weitergegangen und hatten den Panzer kurzerhand hinter sich gelassen.

Direkt liefen sie auf den Truck zu.

Keiner von ihnen wollte es zugeben, doch zumindest an Bills Gesicht war abzulesen, wie mulmig ihm war. Die Entfernung zwischen ihnen und dem Truck zu schätzen war gar nicht einfach, aber sie konzentrierten sich auf das Gesicht der dreieckigen, widerlichen Teufelsfratze, die sich auf dem Kühlergrill abmalte.

Und sie sahen den hässlichen Totenschädel hinter dem Lenkrad. Wer diesen Wagen fuhr, konnte nur eine Ausgeburt der Hölle sein. Zwar vernahmen sie das Rollen der schweren Panzerketten und auch das Knattern der Hubschrauber, doch diese Geräusche kümmerten sie nicht. Die Männer ließen sich auch nicht durch sie ablenken. Für sie zählte allein der mit einem Teufelsdiener besetzte Truck.

Bisher hatte er allen Versuchen, ihn zu stoppen, widerstanden.

Konnten Suko und Bill da mehr Erfolg haben?

Der Inspektor ließ seine Hand in der Innentasche verschwinden. Bill Conolly wusste genau, was folgte. Suko würde seine stärkste Waffe ziehen, einen schmalen Stab. Der Legende nach sollte ihn der große weise Buddha hergestellt haben. Dieser Stab barg eine große magische Kraft. Wenn sein Träger ein bestimmtes Wort rief, war er in der Lage, die Zeit für Sekunden anzuhalten. Alle in Rufweite stehenden Personen wurden ebenfalls von dieser Magie getroffen, und es war ihnen nicht mehr möglich, sich für die Zeitspanne von fünf Sekunden zu bewegen. Sie erstarrten gewissermaßen.

»Und wie willst du es machen?«, fragte Bill.

»Ich reiße die Tür auf.«

Der Reporter erschrak. Bevor er noch etwas hinzufügen konnte, war Suko schon vorgelaufen. Er musste den Kampf allein angehen. Bill konnte ihm später helfen.

Auch Chuck Everett hatte bemerkt, dass man ihm an den Kragen wollte. Die Raketen hatten ihm nichts getan, ebenso wenig die Panzergeschosse, auch keine Kugeln, und nun versuchte es dieser Wahnsinnige tatsächlich, ihn allein aufzuhalten.

Der war lebensmüde …

Der Mann mit dem Totenschädel freute sich bereits, wenn die Reifen seines Wagens den anderen überrollen würden. Ja, das würde ein Spaß sein. Nichts sollte mehr von diesem lebensmüden Chinesen zurückbleiben. In den Boden sollten seine Reste gestampft werden.

Er gab Gas.

Auch Suko lief.

Der Inspektor wusste genau, welch ein hohes Risiko er einging, aber er konnte nicht anders handeln, musste es voll nehmen, sonst war das Gefährt nicht zu stoppen.

Zwar hörte er noch hinter sich einen Warnschrei und vernahm dabei Bills Stimme, doch das interessierte ihn nicht. Suko hatte nur Augen für den verfluchten Truck.

Everett dachte in keiner Sekunde daran, die Geschwindigkeit zu verringern. Er wollte den Mann direkt auf die Hörner nehmen. Nur wunderte er sich, dass der andere keine Furcht und kein Erschrecken zeigte, denn er musste die Teufelsfratze längst gesehen haben.

Suko hörte das Röhren des Motors. Er sah auch die Reifen wachsen, und er wusste, dass es sich in der nächsten Sekunde entscheiden musste.

Er sah das lange Auspuffrohr, das an der linken Kühlerseite, nicht weit vom Fahrerhaus entfernt, in die Höhe stach und durch die Öffnung blaugraue Wolken entließ.

Noch zehn Yards, acht, sieben, vier …

Da hechtete Suko zur Seite. Er gehörte zu den gestählten

Karatekämpfern, war durch und durch geschmeidig und hatte es sich deshalb leisten können, bis zum letzten Augenblick mit seiner Reaktion zu warten. Wie eine Kugel jagte der Chinese durch die Luft, prallte zu Boden und rollte sich zur Seite.

Er war schnell, sehr schnell und kam mit einem artistischen Sprung wieder auf die Beine.

Sein Ziel war der Truck. In der Drehung erkannte Suko, dass der Wagen schon fast an ihm vorbeigefahren war. Okay, er war schnell, aber nicht schnell genug für den Inspektor.

Wie ein Sprinter startete Suko, rutschte nicht mal weg und geriet tatsächlich in die Nähe des Führerhauses. Ob der andere ihn gesehen hatte oder nicht, war Suko nicht bekannt. Jedenfalls stieß sich der Chinese im vollen Lauf ab und federte haargenau auf die Wagentür des Trucks zu.

Wenn er den Griff jetzt verfehlte, war es vorbei. Er verfehlte ihn nicht. Für eine winzige Zeitspanne hing Suko über dem Boden. Den Stab hatte er sich zwischen die Zähne geklemmt, bewegte die Beine wie beim Wassertreten und fand tatsächlich Halt auf einem der Trittbretter. Mit der Linken hielt er sich an einer der Haltestangen fest, mit der Rechten umklammerte er den Türgriff und zog ihn zu sich hin, wobei er sich gleichzeitig bückte, um nicht von der sich öffnenden Tür zu Boden geschleudert zu werden.

Erst jetzt bemerkte ihn der Mann mit dem Totenschädel. Er drehte seinen gelblichen Knochenkopf, erkannte den Chinesen und wollte etwas unternehmen.

In diesem Augenblick enterte Suko mit einem waghalsigen Manöver das Fahrerhaus. Bevor der andere reagieren konnte, war Suko über ihm. Beide Fäuste rammte er vor und spürte die knochige Härte des Totenschädels. Die Wucht trieb den Teufelsdiener zur Seite. Jetzt war Sukos große Chance da.

Noch steckte der Stab in seinem Mund. Er klappte die Kiefer auseinander, der Stab fiel nach unten und wurde von der geöffneten Hand aufgefangen.

Nun musste er das Wort schreien.

Da flogen die beiden Hubschrauber herbei. Die Piloten hatten erkannt, dass es Suko gelungen war, den Wagen zu entern. Sie hofften, ebenfalls eingreifen zu können.

Dass sie damit alles zerstörten, ahnten sie wohl nicht, denn in dem infernalischen Lärm, den die beiden Maschinen veranstalteten, ging Sukos Schrei völlig unter.

Zwar konnte er das Wort *Topar* noch rufen, aber sein Hieb hatte den Fahrer so weit auf den Beifahrersitz katapultiert, dass dieser das Wort nicht gehört hatte.

Und zweimal hintereinander konnte Suko eine Reaktion des Stabes nicht erzwingen.

Der Chinese bemerkte seinen Misserfolg in dem Augenblick, als sich der Schädelträger in die Höhe stemmte. Er zog dabei die gummiartigen Lippen des Totenschädels in die Länge, sodass auf dem Knochenkopf ein grässliches Grinsen erschien.

In der letzten halben Minute war der Wagen führerlos weitergefahren, sanft bergab. Dabei schlug das Lenkrad aus, es drehte sich mal nach rechts, dann wieder nach links, und schließlich musste auch dieser vom Satan beeinflusste Truck den Gesetzten der Physik gehorchen.

Er blieb einfach stehen.

Und Suko wurde getroffen.

Der andere hatte nicht geschlagen, sondern nur den harten Knochenschädel in die Höhe gewuchtet. Vielleicht war es Zufall, jedenfalls wurde Suko derart erwischt, dass er im wahrsten Sinne des Wortes Sterne sah.

Der Inspektor konnte einiges vertragen, an diesem Treffer allerdings hatte er zu knacken. Er verlor die Übersicht, zudem war es innerhalb der Fahrerkabine zu eng, als dass er hätte seine Dämonenpeitsche oder die Beretta ziehen können.

Und Chuck Everett entwickelte gewaltige Kräfte. Er wuchtete sich vor, Suko sah die Gefahr zwar im Ansatz, konnte ihr aber nicht entgehen. Der Fußtritt erwischte zwar nur seine Schulter, er schleuderte ihn trotzdem so weit zurück, dass er schon halb aus der offenen Tür des Führerhauses hing.

»Fertig mach ich dich!«, hörte er die wilde Stimme des Truckers und spürte Hände an seiner Kleidung. Sie waren wie Eisenklauen, rissen ihn erst hoch, und Suko hatte Mühe, sich gegen den Druck zu stemmen, da ihm nur eine Hand zur Verfügung stand.

Die rechte nämlich tastete nach der Beretta.

Er sollte nicht mehr dazu kommen, die Waffe zu ziehen. Chuck Everett war in diesen Augenblicken stärker. Ihm gelang es nicht nur, den Chinesen ein Stück in die Höhe zu wuchten, er stieß ihn gleichzeitig so weit nach vorn, dass Suko das Gleichgewicht verlor und aus dem stehenden Wagen nach draußen kippte.

Für die Länge einer Sekunde sah er die Welt nur von oben. In diesen Ausschnitt schob sich das widerliche Knochengesicht des Fahrers, dann krachte der Inspektor zu Boden.

Da das Wintergras ziemlich hoch wuchs, dämpfte es seinen Aufprall, sodass ihm nichts geschah.

Trotzdem dauerte es zu lange, bis Suko sich wieder zurechtfand. Da hatte der Trucker die Tür bereits zugeknallt und den Motor gestartet. Er war ein Profi, kannte sich mit seinem fahrbaren Untersatz aus.

Starten, kuppeln, Gang einlegen, das waren Bewegungen, die er im Schlaf konnte.

Und der Truck rollte an.

Suko richtete sich auf.

Er schaute nach vorn, weil er dem enteilenden Truck nachblicken wollte. Dabei sah er die beiden Hubschrauber wieder. Einer von ihnen hatte soeben zur Landung angesetzt, aber die Cockpittüren flogen nicht auf, weil die beiden Insassen der Maschine erkannt hatten, welch eine Gefahr ihnen drohte.

Der Truck fuhr direkt auf sie zu.

Und sie dachten wohl daran, dass er bisher jede Sperre durchbrochen hatte. Aus diesem Grunde starteten sie wieder.

Das alles nahm Suko wahr, als er sich bemühte, auf die Beine zu gelangen. Es war gar nicht so einfach, der Treffer gegen seinen Kopf machte ihm zu schaffen, doch ein harter

Bursche wie Suko ließ sich nicht so leicht aus dem Konzept bringen.

Vor allen Dingen sollte ihm der Truck nicht entkommen.

Noch befand er sich in wortwörtlich greifbarer Nähe, denn Suko sah die Rückseite des Wagens.

Und damit die Trittleiter und den Haltegriff. Plötzlich war er nicht mehr zu halten. Wie ein Schatten stürmte er auf den Truck zu, erreichte ihn, und als der Wagen schneller wurde, gelang es Suko, den Haltegriff zu packen und sich dort festzuklammern. Einen Fuß konnte er auf die Trittleiter setzten.

Ob der andere etwas bemerkt hatte, wusste er nicht. Auf jeden Fall war er am Ball geblieben. So leicht wurde man einen Mann wie Suko nicht los …

Die Überraschung gelang mir!

Bevor die menschlichen Helfer des Spuks eingreifen konnten, hatte ich mich abgestoßen und benötigte tatsächlich nur zwei Sprünge, um den OP-Tisch zu erreichen.

Die beiden Gestalten, die um den Würfel kämpften, wuchsen vor meinen Augen auf. Sie wurden so groß, dass sie mein gesamtes Blickfeld einnahmen, und meine Hände umklammerten den Würfel des Unheils wie ein Schiffbrüchiger den Rettungsring.

Jetzt umklammerten sechs Hände den Würfel, da konnte eigentlich nichts mehr schief gehen.

»Loslassen, Jane!« Hart fuhr ich die Detektivin an, und das hatte seinen Grund.

Jetzt genau ging ich das Risiko voll ein. Jane hatte ein Kunstherz erhalten, und es arbeitete völlig einwandfrei in ihrer Brust, aber sie hielt noch den Würfel fest, sodass er ihr auch weiterhin die Kraft gab, um am Leben zu bleiben.

Rechts befand sich der Zombie-Apache, links von mir Jane Collins. Ich stand zu beiden im rechten Winkel, und die Lage schien für einen Moment eingefroren zu sein. Deshalb sah ich auch alles so überdeutlich. Ich erkannte auf Janes Gesicht den Schweiß, las ebenfalls die Furcht in ihren Zügen, und von der anderen Seite her schaute mich das böse Gesicht des Zombie-Apachen an.

Wer war stärker?

Ich hielt den Würfel, so fest es ging. Mein Gesicht hatte sich verzogen, es wurde von der Anstrengung gezeichnet, wobei ich hoffte, dass Jane mir den Gefallen tat.

Zuckten ihre Finger?

Ja, im nächsten Augenblick ließ sie den Würfel los.

Freiwillig!

Nie werde ich ihren Blick vergessen. In den Staaten, fern von London, entschied sich praktisch ihr Schicksal, und die ehemalige Hexe hatte wieder ein so großes Vertrauen in mich gesetzt, dass sie ihren Lebensborn aus den Händen geben wollte.

Die Arme fielen nach unten!

Jetzt musste sie sterben oder leben!

Ich wartete auf das Stöhnen, auf den Seufzer der Angst, den letzten Laut in ihrem Leben und auf das Brechen des Blicks.

Es geschah nichts von dem.

Jane Collins blieb so, wie sie war. Sie hatte den Mund geöffnet, und ich hörte sie atmen.

Ein gewaltiger Steinbrocken, der sich in den letzten Jahren bei mir im Innern gebildet hatte, fiel mir vom Herzen. Ich hätte am liebsten sofort ein Fest organisiert, aber ich konnte daran nur einen flüchtigen Gedanken verschwenden, denn nach wie vor war ich umgeben von Feinden.

Einer davon war der Zombie-Apache!

Ein Untoter, ein Uralter, in dessen Gestalt sich der Geist eines noch mächtigeren Dämons manifestiert hatte, und der Spuk wollte den Würfel des Unheils ebenso wie ich.

Das merkte ich sehr schnell. Mein Feind gab um keinen Deut nach. Ich spürte den heftigen Ruck, mit dem er mir den Würfel aus den Händen reißen wollte, und drehte mich dabei nach rechts, um ihn direkt anschauen zu können.

Sein Stirnband glühte auf.

Obwohl es nur die Steine waren, die so unnatürlich strahlten, hatte ich den Eindruck, das gesamte Band würde in Flammen stehen. Und darüber bewegten sich schlangengleich die langen Würmer, die aus seinen Haaren wuchsen.

»Nein, nie!«, vernahm ich seine Stimme, die eigentlich dem Spuk gehörte.

Mir blieb die Antwort im Hals stecken, denn jetzt hatten auch die Ärzte ihre Überraschung überwunden.

Sie fielen mich an.

Über den OP-Tisch hinweg warfen sie sich. Ich hörte Jane ängstlich schreien, ein Wagen mit Instrumenten kippte um, die ersten Hiebe trafen mich, ich spürte die Kerle auch in meinem Rücken.

Dort hingen sie plötzlich wie Kletten fest.

Ihre Hände packten meine Schultern, sie rissen mich herum, wollten mich zu Boden zwingen. Ich kämpfte voller Verzweiflung gegen diesen Druck an und bekam mit, wie sich der Zombie-Apache darüber freute, dass sich meine Hände von dem Würfel des Unheils gelöst hatten.

Der Apache aber hielt ihn fest.

Während ich nach hinten kippte, hob er die Arme und hielt den Würfel zwischen den Händen festgeklemmt.

Es war eine Geste des Triumphes, sein Stirnband glühte noch stärker, die obere Hälfte des Kopfes schien in Flammen zu stehen, als stünde sie dicht vor der Explosion. Dann sah ich nichts mehr, denn meinen Gegnern war es gelungen, mich zu Boden zu reißen.

Wieder fiel ich auf den Rücken und hörte ein hemmungsloses Schluchzen. Von Jane Collins war es ausgestoßen worden. Sie hatte alles gegeben und ebenso verloren wie ich.

Verdammt hilflos fühlte ich mich, so niedergemacht, so fertig. Nur in die Höhe konnte ich schauen. Über mir sah ich die Gesichter der Feinde.

Die Ärzte waren von den Kräften des Spuks beeinflusst worden. Äußerlich noch Menschen, aber innerlich reagierte ein anderer.

Gemeinsam rissen sie ihre Mundtücher ab, sodass ich in ihre Gesichter blicken konnte.

Es waren kalte Gesichter mit gnadenlosen Augen, die mich mit ihren Blicken sezieren wollten. Mitleid oder Verständnis las ich nicht in ihnen. So wie die mich anschauten, versprachen sie mir nur eines.

Den Tod!

Da es still geworden war, konnte ich auch die Schritte hören. Weder Mara, die Krankenschwester, noch einer der Ärzte hatten sich bewegt. Auch Jane Collins nicht.

So blieb nur einer übrig: der Zombie-Apache. Und er näherte sich dem Ausgang des OP-Saales, wie ich am »Klang« der Schritte hörte. Weg wollte er.

Mit ihm verschwand auch der Würfel. Und das Fazit? Alles war umsonst gewesen.

»Ja, es ist vorbei! Du hast verloren!« Zischend wurden mir die Worte entgegengeschleudert. Derjenige, der sie gesprochen hatte, war einmal dafür bekannt gewesen, dass er Leben retten wollte.

Nun musste der Professor eines vernichten.

Auch er hatte sich bewaffnet. Wie man das Messer nannte, das er festhielt, wusste ich nicht. Es war kein Skalpell, sondern irgendein anderes Ding, aber ebenso gefährlich und sehr scharf.

Prescott beugte sich als Erster nieder. Auch Schwester Mara machte mit. Sie hielt wieder ihre Schere in der Hand. Die anderen Ärzte waren ebenso bewaffnet. Mit gefährlichen Instrumenten, mit Spritzen sogar, deren Nadeln auf mein Gesicht zielten.

»Das ist ein mehrfacher Tod für dich!«, hörte ich Prescott reden und danach lachen.

Eine Tür klappte. Für mich ein Beweis, dass der Zombie-Apache den OP-Saal verlassen hatte. Wo er hingehen würde, wusste ich nicht. Jedenfalls wollte ich nicht, dass er mir entkam. Wenn es noch eine Chance gab, an den Würfel zu gelangen, musste ich handeln.

Das tat ich auch.

Ich schnellte nicht hoch, darauf warteten die anderen nur. Dann hätte ich mich ihren Waffen entgegengestemmt und es ihnen sehr leicht gemacht. Stattdessen griff ich zur Beretta. Eine simple Pistole war in diesem Augenblick das einzig Richtige.

Ziehen, schießen, feuern!

Eine fließende Bewegung, so schnell und flüssig führte ich sie durch. Und ich hatte dabei auf die Schulter des Professors gehalten.

Von dem Abschussknall der Waffe erschraken nicht nur die unter einem Bann stehenden Ärzte, auch ich zuckte zusammen, aber nur, um im nächsten Moment in die Höhe zu springen.

Der Treffer hatte einiges geändert.

Genau an der Schulter war Professor Prescott erwischt worden. Auf seinem grünen Kittel entdeckte ich den roten Blutfleck. Ich hörte ihn ächzen, und sein Blick nahm einen Ausdruck an, den man als unbegreiflich bezeichnen konnte.

Er ging einen Schritt zurück, den Mund hielt er offen, und mit einer Hand suchte er an dem neben ihm stehenden Kollegen Halt.

Das bekam ich noch mit, als ich mich auf die Beine wuchtete. Kaum stand ich, als aus meinen Armen schon Dreschflegel wurden. Es gelang mir, die anderen zur Seite zu schaufeln, sodass ich freie Bahn hatte. Sie dachten nicht mehr an eine weitere Attacke. Meine Reaktion hatte sie doch zu sehr überrascht.

Zudem waren sie darüber verwundert, dass es ausgerechnet ihren Chef, Professor Prescott, erwischt hatte.

Diesen Umstand nutzte ich aus. Mit der Waffe in der Hand bahnte ich mir den Weg und kam natürlich auch am OP-Tisch vorbei, auf dem noch immer Jane Collins lag.

Sie hatte ihren Kopf so zur Seite gedreht, dass sie mich anschauen konnte.

»John …«

Ich stoppte im Lauf.

»John, ich lebe!«, flüsterte sie. »Ich merke, wie es schlägt. Es hat geklappt. Wir haben die Magie überwunden!«

»Ja, Jane, ja! Aber nicht jetzt. Ich muss den Würfel haben.«

»Der Apache ist gegangen. Ich sah ihn durch die Tür verschwinden. Und danach noch nach links.«

»Weißt du denn, wo er hinwollte?«

»Nein!«

»Bleib stehen, verdammt!«

Ich fuhr herum. Zwei Ärzte wollten mich festhalten. Auch wenn ihre verzerrten Gesichter mir noch immer zeigten, dass sie unter dem Bann des Spuks standen, so besaßen sie doch nicht die Kampfroutine, wie ich sie im Laufe der Zeit erhalten hatte.

Ich schlug sie beide bewusstlos.

Noch bevor ihre Körper den Kachelboden berührten, war ich schon an der Tür. Zum Glück hatte der Zombie-Apache sie nicht abgeschlossen. Ich konnte sie aufziehen und schaute in den Vorraum.

Nach links war er weggegangen.

Ja, da gab es einen Ausgang, der nicht verschlossen war, sondern spaltbreit offen stand.

Mein Herz hämmerte in diesen Augenblicken noch stärker. Wenn ich daran dachte, was man mit dem Würfel des Unheils alles anstellen konnte, wurde mir ganz anders. Er konnte manipuliert werden, reagierte auf das Böse ebenso wie auf das Gute.

Was hätte ich mit dieser Waffe alles anfangen können! An die Produktion des Todesnebels dachte ich dabei nicht. Wenn mir der Würfel gehörte, wollte ich damit anderen helfen.

Deshalb war es mir so wichtig. Und deshalb durfte mir dieser verdammte Zombie-Apache auch nicht entwischen. Ich hoffte zudem stark, dass die Helfer des Spuks ihre Wut oder Rache nicht an Jane Collins ausließen. Natürlich wäre ich gern bei ihr geblieben, aber in diesen Augenblicken hatte der Würfel für mich den absoluten Vorrang.

Ich dachte gleichzeitig an meine beiden Freunde. Wenn Suko und Bill sich in der Nähe aufhielten, musste es möglich gewesen sein, dass sie den Schuss vernommen hatten und dementsprechend reagierten.

Das alles schoss mir durch den Kopf, während ich auf die Tür zuhetzte und mir dabei den Kittel vom Körper schleuderte. Dieses grüne Stück Stoff behinderte mich einfach zu sehr.

Mit dem Fuß stieß ich die Tür auf. In der rechten Hand hielt ich die Beretta, auch das Kreuz hatte ich griffbereit, und da mich der Kittel nicht mehr störte, würde ich auch schnell genug an meine dritte Waffe, den Bumerang, herankommen.

In einem Gang fand ich mich wieder. Gesehen hatte ich ihn noch nie zuvor. Er führte nach links weg, und ich landete später in einem Lager, wo zahlreiche Instrumente, in Kartons verpackt, aufeinander gestapelt waren.

Als ich diesen Raum durchquert und von dem Zombie-Apachen nichts gesehen hatte, erreichte ich eine Tür, die nach draußen führte. Auch sie war nicht verschlossen. Der Zombie-Apache musste den gleichen Weg genommen haben.

Ich erreichte das freie Gelände.

Frische Luft drang in meine Lungen. Nicht weit entfernt entdeckte ich einen Teil des Golfplatzes. Dieses Areal hatte ich bisher noch nicht kennen gelernt. Von Norden waren wir gekommen, dies hier musste also die Südseite sein.

Mein Blick war relativ frei. Ungehindert konnte ich über Wiesenflächen schauen. Die Baumgruppen wuchsen so, dass genügend Lücken vorhanden waren.

Wo steckte Nachoo?

Mit jeder Sekunde, die verging, vergrößerte sich sein Vorsprung. Die Zeit arbeitete für ihn und den Spuk. Diesem mächtigen Dämon konnte es ohne weiteres gelingen, den Würfel für seine Zwecke einzuspannen.

Ich blieb nicht stehen. Meine Blicke tasteten über den Boden. Als wäre ich selbst ein Apache, so suchte ich nach Spuren, fand auch welche und konnte anhand des eingedrückten Grases einigermaßen nachvollziehen, welchen Weg mein Gegner genommen hatte.

Er war auf den Golfplatz zugelaufen und würde sich sehr bald dem Ende des Grundstücks nähern.

Erst jetzt fiel mir der knatternde Lärm auf. Ich hob den

Blick und erkannte die beiden Hubschrauber, die ihre Kreise zogen. Sie flogen bereits über das Sanatoriumsgelände.

Was hatte das zu bedeuten?

Eine Antwort erhielt ich jetzt noch nicht. Zudem interessierten mich die Hubschrauber nicht besonders, für mich zählte allein dieser Zombie-Apache, der mit dem Würfel geflohen war.

Fiebernd und mit klopfendem Herzen nahm ich die Verfolgung auf und konnte nur hoffen, dass die Spuren auch weiterhin zu sehen waren …

Suko hatte es mit seinem letzten Einsatz geschafft. Jetzt klammerte er sich verzweifelt am Heck des Trucks fest und hatte mit beiden Füßen Halt auf der Steigleiter gefunden.

Und er wollte nicht loslassen. Es war buchstäblich seine letzte Chance, wenn er den Fahrer stoppen wollte.

Raketen und Kugelsalven hatten es nicht geschafft, also musste der Mensch ran, wenn die Waffentechnik versagte.

Bill Conolly hatte sich dem fahrenden Wagen aus dem Weg gerollt. Längst war Suko an ihm vorbeigefahren. Zuletzt hatte er von Bill noch das Heben der Schultern gesehen und die verzweifelte Geste, mit dem der Reporter dem davoneilenden Truck nachgeschaut hatte.

Dann war Bill immer kleiner geworden und verschwunden. Der Truck wühlte sich den Hügelhang hoch. Seine schweren Reifen drückten gegen den weichen Boden, rissen ihn auf, ließen Spuren zurück, und es dauerte nicht lange, da hatte Suko, am Heck des Trucks hängend, die Stelle passiert, wo ihr Geländewagen getroffen worden und ausgebrannt war. Nur rauchende Trümmer waren von ihm zurückgeblieben. Das Geschoss hatte ganze Arbeit geleistet.

Es war für Suko natürlich ein Ding der Unmöglichkeit, sich weiterhin nur festzuklammern und die Fahrt einfach mitzumachen, um vielleicht am Ziel etwas unternehmen zu können.

Wenn er was erreichen wollte, musste er etwas tun. Das hieß, auf die Ladefläche klettern.

188

Damit begann der Inspektor.

Auch am Heck existierte eine Verschnürung, die erst einmal von ihm gelöst werden musste. Die Klappe konnte er nicht nach unten fallen lassen, er hätte sich sonst selbst vom Wagen geschleudert, also blieb nur die Verspannung.

Die Ladefläche war zwar mit einem Leichtmetallblock überdeckt worden, doch es gab an der Rückseite keine verschlossenen Türen. Diesen Vorteil wollte Suko für sich ausnutzen.

Es war eine Schufterei.

Besonders deshalb, weil der Truck nie normal fuhr oder glatt rollte. Jede Bodenwelle nahm er mit, und jede Unebenheit übertrug sich auf den Chinesen.

Immer häufiger rutschte er von den Sprossen ab.

An Aufgabe dachte er dennoch nicht. Als er den ersten Knoten der Verschnürung gelockert hatte, ging es ihm schon wieder besser. Diese Tatsache gab ihm frischen Mut. Mit doppeltem Eifer machte er sich an die Arbeit, verfolgt von den beiden tief fliegenden Hubschraubern, deren Besatzungen ihn sicherlich im Auge behielt.

Nach dem Lösen des zweiten Knotens fiel Suko ein Stein vom Herzen, denn nun konnte er die Plane nach innen schieben und einen so großen Spalt schaffen, in den er sich hineinwälzen musste, um die verdammte Ladefläche zu erreichen.

Das bedeutete noch einmal eine große Anstrengung, aber der Inspektor gehörte zu den zähen Menschen, die selten aufgaben.

Verbissen machte er weiter. Es gelang ihm sogar, den Spalt so weit zu vergrößern, dass er sich auf die Ladefläche rollen konnte, sich dort mit den Händen abstützte und dabei die Beine nachzog.

Geschafft!

Nicht nur die Fahrgeräusche drangen an seine Ohren, auch andere Laute. Ein dumpfes Rumpeln und Poltern das ihn erschreckte. In der Hocke blieb der Chinese breitbeinig sitzen und holte seine kleine Bleistiftleuchte aus der Tasche.

Er schaltete sie ein.

Im dünnen Lichtfinger war nicht sehr viel zu erkennen. Was er allerdings sah, verwunderte ihn, denn auf dem Boden lag Asche, die sich über die gesamte Breite der hier leeren Ladefläche verteilt hatte.

Das war nicht überall so, denn die zweite Hälfte der Fläche war durch Kisten voll gestellt. Zum Glück bewegten sie sich nur und kippten nicht durcheinander, weil man sie mit Metalldraht befestigt hatte, und auch ein freier Gang blieb, durch den Suko bis an die Rückseite des Führerhauses gelangen konnte.

Das alles sah ziemlich günstig aus.

Er stemmte sich in die Höhe.

Es war gar nicht so einfach, auf der sich schüttelnden und schwankenden Ladefläche das Gleichgewicht zu halten, denn der Truck wurde sehr schnell gefahren, und jede Boden-unebenheit übertrug sich auf die Ladefläche und damit auch auf den Inspektor.

Er musste die Arme ausbreiten, überwand die freie Fläche und stützte sich schließlich mit seinen Händen an der fest-gezurrten Ladung ab.

Endlich erreichte er das Ende der Fläche. Nun bestand das Problem, von der Rückseite her in das Führerhaus zu gelan-gen. Keine einfache Sache, denn Suko sah nirgendwo ein Fenster, das er hätte einschlagen können. An Aufgabe dachte er trotzdem nicht. Sich mit der linken Schulter an der Ladung abstemmend, leuchtete er mit seiner kleinen Lampe die Rückseite des Fahrerhauses ab.

Ihm fiel auf, dass dort etwas blitzte.

Was es war, konnte er im ersten Moment nicht erkennen, bis ihm einfiel, dass es sich um Schrauben handelte, die einen Teil der Rückfront des Führerhauses festhielten.

Einen Schraubenzieher trug Suko zwar nicht bei sich, dafür ein Taschenmesser.

Das musste reichen.

Sekunden später hatte er sich bereits an die Arbeit ge-macht. In der linken Hand hielt er die kleine Bleistiftleuchte und zielte mit dem Lichtpunkt immer auf die Schraube, die er gerade löste.

Es waren insgesamt acht.

Sie saßen zwar fest, ließen sich jedoch mit einiger Kraftanstrengung bewegen.

Noch nie zuvor in seinem Leben hatte Suko so rasch Schrauben gelöst. Und das unter diesen erschwerten Bedingungen, denn nach wie vor schüttelte sich der Truck, wenn er über Querrillen oder kleine Buckel fuhr. Oft genug rutschte das Messer ab, an Aufgabe dachte der Inspektor dennoch nicht. Eisern machte er weiter.

Er fürchtete sich nur davor, dass der Fahrer zu früh etwas merkte, aber noch fuhr er.

Die Klappe nahm nicht die gesamte Breite der Rückwand ein, sondern nur einen Teil. Er war so groß, dass der Inspektor hindurchklettern konnte. Zudem brauchte er nicht alle Schrauben zu lösen. Nach der sechsten konnte er die Klappe wegdrücken, sodass der Weg für ihn ins Führerhaus frei war.

Den Rücken des Fahrers und auch den hässlichen Totenschädel sah er nicht. Dafür schaute er in eine Schlafkoje. Die gepolsterte Bank war gerade breit genug, um einer Person Platz zu bieten. Sogar ein kleines Regal hatte noch hineingepasst. In ihm lagen einige Bücher und Magazine. Auch ein Kochgeschirr stand dort. Durch eine Querlatte wurde verhindert, dass die Dinge bei wilder Fahrt aus dem Regal rutschten.

Einen direkten Zugang zur Sitzbank gab es nur dann, wenn Suko das letzte Hindernis zur Seite geräumt hatte.

Es war ein Vorhang, der im Rhythmus der schaukelnden Fahrt mitzitterte. Und er verdeckte auch den Blick des Chinesen auf den Fahrer mit dem Totenkopf.

Was außerhalb des Trucks geschah, interessierte den Inspektor nicht. Für ihn war es wichtig, den Wagen zu stoppen. Er wusste zwar nicht, was der andere genau vorhatte, aber dass er auf der Seite des Teufels diente, stand einwandfrei fest.

Allein der Abdruck des Satansgesichts auf dem Kühlergrill zeugte davon.

Wenn Suko dem Fahrer diesmal gegenüberstand, wollte er besser vorbereitet sein. Aus diesem Grunde holte er seine Dämonenpeitsche hervor. Auch in der Enge gelang es ihm, einen kleinen Kreis über den Boden zu schlagen, sodass die drei Riemen hervorrutschten.

Die Peitsche hatte ihm schon so manchen Dienst erwiesen. Der Inspektor hoffte, dass auch der Fahrer der Magie dieser Waffe nicht widerstehen konnte.

Noch hatte der Truck sein Ziel nicht erreicht. Suko hätte gern einen Blick nach draußen geworfen, um herauszufinden, wo er sich eigentlich befand.

Wenn er nachrechnete und dabei die Geschwindigkeit nicht außer Acht ließ, war es durchaus möglich, dass sie sich bereits dem Sanatorium genähert hatten. Längst rollten sie auf dem Gelände dieser teuren Klinik, das stand für Suko fest.

Kugeln und Raketen hatten den Wagen nicht aufhalten können. Er rammte alles nieder.

Ja, für Suko war dieses Gefährt ein Rammbock! Und er würde vielleicht auch die niederrammen, auf die es dem Teufel so sehr ankam. Das hieß im Klartext: Jane Collins.

Und dann konnte Asmodis nach dem Würfel des Unheils greifen. Ein raffinierter Plan, wie Suko jetzt zugeben musste.

Vorsichtig schob er sich tiefer in die Schlafkoje hinein. Die Finger der rechten Hand umklammerten den kurzen Griff der Dämonenpeitsche, deren Riemen über das weiche Polster der Koje schleiften.

Die Geräusche waren laut genug, sodass Suko normal durchatmen konnte. Nichts würde ihn verraten.

Die linke Hand blieb frei. Sie krallte sich im Vorhang fest. Mit einem überraschenden Ruck wollte er ihn zur Seite reißen.

Danach musste man weitersehen …

Er hatte den Stoff. Noch um eine Winzigkeit drückte er den Oberkörper nach innen und verlagerte ihn auch weiter nach links, da er direkt in den Nacken des Fahrers hineinschlagen wollte.

Alles musste sehr schnell gehen. Das Wegreißen des Vorhangs, der Schlag, nicht eine Sekunde durfte der Chinese zögern.

Durch die Nase holte er noch einmal tief Luft. Er packte noch härter zu und riss den Vorhang mit einem Ruck zur Seite.

Freie Sicht!

Vielleicht eine oder auch zwei Sekunden blieben dem Inspektor, während er schon den rechten Arm hob, um mit der Peitsche zudreschen zu können. Vor sich sah er den Schädel, der jedoch interessierte ihn im Augenblick nicht, da sein Blick ebenfalls durch die breite Frontscheibe auf das Gelände vor dem Wagen fiel.

Ja, sie befanden sich innerhalb des großen Sanatorium-Parks. Suko kannte das Gelände sogar, es befand sich gar nicht mal weit von den Gebäuden der Klinik entfernt.

Das alles war zweitrangig geworden. Suko interessierte sich nur für die Gestalt, die auf dem Weg stand, über den der Truck jetzt rollte. Er hatte diesen Fremden noch nie gesehen.

Eine hochgewachsene Person mit rötlich schimmerndem Gesicht, nur mit einem Lendenschurz und einem leuchtenden Stirnband bekleidet.

Breitbeinig stand die Gestalt da, und sie traf keine Anstalten, zur Seite zu gehen.

Das brauchte sie auch nicht, da sie eine ungewöhnlich starke Waffe umklammert hielt.

Es war der Würfel des Unheils!

Ob der Fahrer mit dem Totenschädel Suko im Innenspiegel entdeckt hatte oder nicht, war dem Chinesen egal. Für Suko kam es darauf an, wer den Würfel hielt.

Kein Bill Conolly, kein John Sinclair, sondern eine unheimliche Gestalt, die Suko noch nie zuvor in seinem Leben gesehen hatte. Und diesem Wesen musste es gelungen sein, den Geisterjäger und Jane Collins zu überwältigen. Freiwillig hätte keiner der beiden den Würfel des Unheils aus der Hand gegeben.

Was tat der Fahrer?

Er hielt auf den anderen zu.

Die Entfernung schmolz zusammen. Dieser als Wagen umfunktionierte Rammbock würde den anderen sicherlich in die Erde stampfen, es sei denn, er verfügte über magische Kräfte.

Und er setzte die Macht des Würfels ein.

Urplötzlich sah Suko die Wolke, die aus dem Quader stieg, der sich zwischen den Handflächen des Zombie-Apachen befand, und auch jetzt wusste der Inspektor Bescheid.

Der andere hatte einen verdammt starken Helfer bekommen. Es war kein Geringerer als der Spuk!

*

Irgendwann verlor ich diese verdammte Spur wieder. Mir fiel keine Stelle auf, wo das Gras von frischen Fußabdrücken zertreten war. Mein Gegner musste es verstanden haben, sich in die Büsche zu schlagen.

Und ich hatte das Nachsehen.

Wütend und auch deprimiert blieb ich stehen. Damit hatte ich nach den Anfangserfolgen nicht gerechnet, und ich dachte darüber nach, was ich noch alles unternehmen konnte.

Wohin konnte sich Nachoo gewandt haben?

Diese Frage quälte mich. Ich dachte nach, versuchte mich in seine Lage zu versetzen, aber meine Gedanken wurden ständig durch den Lärm der Hubschrauber gestört, die über den Kronen der Bäume kreisten und mittlerweile noch näher gekommen waren.

Ich schaute ihnen zu.

Dass die Maschinen so flogen, musste seinen Grund haben. Hatten die Piloten, die in ihnen hockten, möglicherweise das gleiche Ziel wie ich? Es konnte durchaus sein, aber woher sollten die Männer wissen, worum es bei dem Zombie-Apachen ging?

Wie dem auch sei, ich konnte nicht länger warten und schlug die Richtung ein, in der ich die Hubschrauber kreisen sah. Über flaches Gelände lief ich. Der Rasen war sorgfältig geschnitten worden, damit auf ihm ein Golfball fast wie auf einer glatten Fläche rollen konnte.

Waldinseln und künstlich angelegte kleine Seen bedeckten den Golfplatz. Sie lockerten die Fläche auf. Sogar einen Hochsitz entdeckte ich und hatte eine Idee.

Kaum stand ich vor der Leiter, als ich sie schon nach oben kletterte. Um den eigentlichen Sitz zu erreichen, musste ich erst ein schmales Gitter nach innen schieben. Die Bohlen waren feucht, zudem musste ich den Kopf einziehen, um nicht gegen das Holzdach zu stoßen.

Aber mein Ausblick war gut.

Die Hubschrauber interessierten mich nicht, ich hatte plötzlich wieder die Gestalt gesehen, die ich so sehr suchte. Den Wald hatte sie hinter sich gelassen, und der Zombie-Apache war dabei, einen Weg zu betreten, der wie ein graues Band durch das grüne Gelände schnitt und sich in der Ferne verlief.

Genau dort entdeckte ich einen Punkt.

Zuerst war es tatsächlich nur ein Punkt, aber er bewegte sich und kam sogar auf mich zu.

Nun konnte ich ihn besser erkennen.

Aus dem Punkt war ein Wagen geworden, sogar ein größerer als normal, ein Truck.

Es machte zwar nicht gerade Klick in meinem Hirn, aber ich verstand plötzlich einiges. Ich dachte zurück an die Meldungen, die ich vernommen hatte. Da waren Polizisten in die Klinik gekommen. Sie hatten von einem in einem Truck sitzenden Amokfahrer berichtet, der die Gegend unsicher machte.

Vor einigen Stunden hatte ich der Meldung kaum Bedeutung beigemessen. Jetzt sah die Sache anders aus.

Manchmal bescherte einem das Leben Zufälle, die sind wirklich unglaublich. So erging es mir im nächsten Moment, denn ich hatte das Fernglas entdeckt, das vor mir auf einem kleinen Bord lag.

Diese Hilfe passte mir genau in den Kram. Ich löste die

beiden Verschlussklappen von der Optik, presste das Glas gegen meine Augen und schaute in die Richtung, aus der der Wagen kam. Ein wenig musste ich noch an der Schärfeneinstellung drehen, dann konnte ich mir das Ziel deutlich ins Visier holen.

Es war der Truck!

Sehr groß und mit einer hohen Ladefläche aus Leichtmetallhaut, die im helleren Licht silbrig glänzte. Um eine Idee senkte ich das Glas, damit ich in die Fahrerkabine blicken konnte.

Es war nicht einfach, da der Truck nicht sehr gleichmäßig fuhr. Wahrscheinlich war die Straße dort schlechter.

Sekunden später konnte ich einige Dinge deutlicher erkennen. Und ich sah ihn.

Ja, er war der Amokfahrer. Als ich den hässlichen Totenschädel entdeckt hatte, war mir auch klar, weshalb es vielen nicht gelungen war, ihn zu stoppen.

Dieser Mann gehorchte einem anderen, und zwar dem Teufel. Und mein alter Freund Asmodis hatte sich ebenfalls gezeigt. Seine widerliche Dreiecksfratze zeichnete sich sehr deutlich auf dem Kühlergrill des Trucks ab, dessen bullige Schnauze auf mich wie ein Rammbock wirkte.

Ein Rammbock des Satans!

Mir rann es kalt über den Rücken. Da standen auf der einen Seite der Spuk und der Zombie-Apache. Letzterer hatte von einem Plan des Teufels berichtet. Nun durchschaute ich das Manöver des Höllenfürsten. Auch er hatte sich einen Helfer genommen, aber der Spuk war schneller gewesen.

Nachoo besaß den Würfel.

Und der Zombie-Apache zeigte nicht die geringste Furcht vor dem Höllenherrscher, denn er baute sich genau auf dem Weg auf, den der Wagen nehmen musste, wenn er das Sanatorium erreichen wollte.

Wie viel Zeit genau blieb, bis die beiden zusammentrafen, wusste ich nicht. Ich hoffte jedoch, dass ich in dieser Auseinandersetzung der lachende Dritte sein konnte.

Dieser Gedanke beflügelte mich so sehr und wühlte mich

auch innerlich so stark auf, dass meine Hände anfingen zu zittern. Ich legte das Fernglas zur Seite, drehte mich hastig um, zog den Kopf ein und kletterte rasch die Leiter des Hochsitzes hinunter. Ungefähr hatte ich mir gemerkt, wo ich meine Gegner finden konnte.

In diese Richtung lief ich.

Diesmal achtete ich nicht auf Spuren. Mir kam es allein darauf an, so schnell wie möglich den Zombie-Apachen zu erreichen. Dann konnte ich den Würfel an mich nehmen ...

Mit vielem hatte der Inspektor gerechnet, aber nicht mit einer solchen Wendung des Falles. Es wurde ihm klar, dass sehr bald zwei gewaltige, uralte schwarzmagische Kräfte aufeinander treffen würden, und es konnte sehr leicht sein, dass der Inspektor zwischen die Mühlsteine geriet und zerrieben wurde.

Diesem zweifelhaften Vergnügen wollte er aus dem Weg gehen, und deshalb musste er sofort handeln.

Die Peitsche, auf die es ihm ankam, war einsatzbereit. Er musste nur den Arm ein wenig anheben, dann konnte er die drei Riemen nach unten klatschen lassen und ... Suko dachte nicht mehr weiter.

Er schlug zu.

Genau in dem Augenblick hatte ihn der Fahrer im Innenspiegel gesehen. Das erkannte Suko an der Reaktion, denn der andere zuckte in die Höhe, doch er kam nicht mehr dazu, irgendwelche Gegenmaßnahmen zu ergreifen, denn die drei Peitschenriemen klatschten voll auf die blanke Schädelplatte.

Die Dämonenpeitsche besaß eine ungemein starke Magie. Ihr Träger brauchte nicht mal hart zu schlagen, um die Kraft der Peitsche voll ausspielen zu können, und das bewies sie wieder einmal in diesen gefährlichen Momenten.

Die Gestalt auf dem Weg, der Würfel und auch die aus ihm hervorquellende schwarze Wolke des Spuks kümmerten Suko nicht mehr, er wollte einen Erfolg sehen.

Und er sah ihn auch.

Der Schädel war voll erwischt worden. An den genau drei Stellen platzte er weg, zeigte gewaltige Risse, die nur für einen Moment bestehen blieben, bevor sich einzelne Teile von dem Knochenkopf lösten und nicht allein zu den beiden Seiten wegfielen, auch nach vorn und sogar in Sukos Richtung.

Mit der linken Hand schleuderte der Chinese den Trucker weg vom Lenkrad, um selbst dahinter Platz nehmen zu können. Er kletterte rasch aus der Koje.

Noch behinderte ihn der andere, und Suko musste ihn weiter zur Seite drücken. Dabei sah er, wie sich der Kopf noch weiter veränderte. Der Totenschädel war verschwunden. Zum Vorschein kam wieder der normale Menschenkopf.

Aber wie sah er aus?

Auch hier hatten die drei Peitschenriemen ihre Spuren hinterlassen und ihn fast zerstört. Selten hatte der Chinese einen so schrecklichen Anblick erlebt.

Dieser Mann war ein Freund der Hölle gewesen und hatte grausam dafür bezahlen müssen.

Der führerlose Wagen hatte zum Glück einigermaßen die Spur halten können. Er war nur mit den beiden linken Außenrädern vom Weg abgekommen.

Das wurde von Suko schnell korrigiert, sodass er wenig später wieder auf der normalen Straße weiterrollte.

Den Blick richtete er nach vorn.

Er war der ihm fremden Gestalt mit dem Würfel des Unheils zwischen den Händen um ein großes Stück näher gekommen. Aber der andere traf keinerlei Anstalten, die Fahrbahn zu verlassen. Er blieb stehen und verließ sich auf seine Waffe, aus der dick, schwadig und pechschwarz eine gewaltige Wolke stieg, die sich immer weiter ausbreitete.

Das musste einfach der Spuk sein. Aber wieso hatte er innerhalb des Würfels gelauert?

Das war Suko nicht klar. Er konnte das ungute Gefühl nicht abschütteln und verminderte aus diesem Grunde die Geschwindigkeit. Jetzt fuhr er einen Truck, der vom Teufel beeinflusst war, und er fragte sich, ob sich der Satan zeigen würde.

Zunächst einmal sah er etwas anderes, während er das Zischen der Druckluftbremsen hörte.

Einer der beiden Hubschrauber, die den Truck begleitet hatten, flog direkt auf die schwarze Wolke zu.

Obwohl die anderen es nicht hören konnten, rief der Inspektor eine Warnung.

Sie nutzte nichts, der Hubschrauber war schon in der dunklen Wolke verschwunden. Er wirkte so, als hätte sie ihn kurzerhand verschluckt.

Suko bremste.

Er ahnte die Gefahr, er hatte einen bestimmten Verdacht, der ihm sehr bald auf traurige Art und Weise bestätigt wurde.

Als hätte der Hubschrauber in der Wolke einen gewaltigen Schlag bekommen, so tauchte er wieder aus ihr hervor und wurde in die Höhe geschleudert. Das wäre nicht mal schlimm gewesen, hätten sich die Rotorblätter dabei noch gedreht.

Sie standen still!

Damit hatte Suko den Beweis, dass weder Rotor noch Motor bei der Maschine funktionierten.

Weshalb der Pilot plötzlich seine Cockpittür aufstieß, wusste wohl nur er selbst. Für einen Moment sah Suko die Gestalt noch geduckt in der Einstiegsluke stehen, und er sah dabei noch etwas anderes, das furchtbar war.

Der Mann hatte keine Haut mehr.

Sie war von der Wolke zerstört worden. Unter seiner Kleidung schaute nur ein Gerippe hervor, das zusammen mit dem Hubschrauber in die Tiefe fiel.

Jetzt wusste Suko, dass der Würfel nicht den Spuk entlassen hatte, sondern etwas anderes.

Den alles vernichtenden und grausamen Todesnebel. Nur war er diesmal nicht grau gewesen wie sonst, er hatte eine schwarze Farbe angenommen.

Der Hubschrauber erreichte den Boden. Selbst innerhalb des Führerhauses hörte Suko das gewaltige Bersten und Krachen, als die Maschine auseinander fiel und plötzlich die ersten Flammen über die zerstörten Teile wie hungrige Zungen leckten.

In der nächsten Zeit würde die Maschine explodieren und sich der Treibstoff in einen glühenden Regen verwandeln.

Auch für Suko wurde es Zeit. Der von dem Würfel herbeigerufene Todesnebel breitete sich immer mehr aus. Wenn das so weiterging, würde er das gesamte Areal fast wie ein schwarzes, alles Leben zerstörende Tuch bedecken. Weder Mensch, Tier noch Pflanze hatten eine Chance, diesem Grauen zu entgehen.

Mit dem Truck wollte Suko seine Flucht nicht fortsetzen. In der Kabine fühlte er sich eingeschlossen und unfrei.

Also zu Fuß weiter!

Noch hatte er genügend Platz. Wenn er sich beeilte, konnte er die Wolke umlaufen. Suko fand den Türhebel zielsicher, bewegte ihn, drückte seinen Ellbogen gegen die Verkleidung und stellte fest, dass die Tür verschlossen war.

Der Trucker hatte dafür nicht gesorgt.

Es war der Teufel, dessen Stimme der Chinese plötzlich vernahm, und auch das Gesicht des Höllenherrschers zeigte sich im Innenspiegel.

»Du verdammter Hund kommst hier nicht raus. Ich habe eine magische Sperre errichtet. Wenn mir der Würfel schon entgangen ist, will ich doch zusehen, wie dir der Todesnebel langsam das Fleisch von den Knochen löst, verfluchter Geisterjäger …«

Ich sah den Hubschrauber in die Wolke fliegen, während die andere Maschine einen weiten Kreis zog und dieser gefährlichen Stelle somit entgehen konnte.

Die Besatzung musste wahnsinnig sein, aber konnte ich den Männern einen Vorwurf machen?

Nein, denn sie hatten noch nie im Leben etwas von dem Spuk und dessen Macht gehört.

Die Maschine verschwand. Ich hatte meinen Lauf unterbrochen und sah sie einen Moment später wieder aus der

Wolke hervorschießen. Auch den Piloten erkannte ich, entdeckte sogar unter seiner Mütze das skelettierte Gesicht und wusste Bescheid.

Diese Wolke war nicht der Spuk, wie ich zuvor noch angenommen hatte. Das war der mir bekannte und so unwahrscheinlich gefährliche Todesnebel, gegen den es so gut wie kein Mittel gab und der sich aus den Geistern getöteter Dämonen zusammensetzte.

Man konnte ihn stoppen.

Vielleicht gab es auch mehrere Chancen, ich aber kannte nur eine. Und das war mein Kreuz.

Schon vor Jahren, als ich den Todesnebel zum ersten Mal kennen gelernt hatte, war es mir gelungen, ihn mit meinem Kreuz zurückzudrängen. Damals war ich tatsächlich der Einzige gewesen, der dies geschafft hatte. Ansonsten vernichteten die tödlichen Schwaden alles, was sich ihnen in den Weg stellte. Dabei spielte es keine Rolle, ob es sich um Menschen, Tiere oder Pflanzen handelte.

Ich hatte den unheimlichen Nebel bisher nur als graue, wolkenartige Masse gekannt. Dass er sich auch aus einer schwarzen Wolke zusammensetzte, erfuhr ich nun zum ersten Mal.

Da der Motor der Maschine ausgesetzt hatte, krachte der Hubschrauber zu Boden. Zu einem Haufen Blech wurde er zusammengedrückt, und ich bekam noch mit, wie er in die Luft flog.

Der Druck, der dabei entstand, fegte mich beinahe von den Beinen. Ich ließ mich fallen, denn ich wusste, dass sehr bald ein mörderischer Regen niedergehen würde.

Getäuscht hatte ich mich nicht. Glühende Teile, brennendes Benzin und verschmorter Kunststoff sorgten für ein Chaos. Doch ich hatte Glück im Unglück. Nur ein kleines Stück traf mich im Rücken. Den Brand löschte ich schnell.

Sofort danach schnellte ich wieder hoch. Der Todesnebel verschonte nichts, er breitete sich zudem mit einer erschreckenden Geschwindigkeit aus, wie ich nach einigen Schritten erkennen konnte.

Der zweite Hubschrauber kreiste über der Wolke. Er hielt sich ziemlich hoch, damit er nicht in Gefahr geriet, zu nahe an den schwarzen Nebel heranzukommen.

Aus dem Hintergrund des Geländes schoben sich vier Klötze hervor. Es waren schwere Kampfpanzer, die den Truck auch nicht hatten stoppen können.

Und um diesen Truck ging es.

Er stand auf der Straße. Zum ersten Mal sah ich ihn so direkt aus der Nähe. Die schwarze Wolke quoll auf den Wagen zu. Eine lautlose, tödliche Gefahr brachte sie nicht für den Wagen mit, aber für den hinter dem Lenkrad sitzenden Fahrer.

Ich hatte alles erwartet, nur nicht die Person, die tatsächlich am Steuer hockte.

Das war Suko!

Im ersten Augenblick wollte ich auf den Wagen zurennen. In meinem Kopf überschlugen sich die Gedanken, und ich sah, dass sich mein Freund verzweifelt darum bemühte, aus dem Truck zu kommen. Das gelang ihm nicht, denn die Türen des Führerhauses waren verschlossen. Wer sich dafür verantwortlich zeigte, wusste ich nicht. Für mich allein zählte, dass Suko es aus eigener Kraft kaum schaffen konnte, sonst hätte er den Wagen längst verlassen.

Und die Wolke war nicht zu stoppen.

Nur noch einige Meter trennten sie von dem Lastwagen, auf dessen Kühlergrill die Fratze des Teufels höhnisch grinste. Asmodis persönlich griff nicht in den Kampf ein. Ob er aufgegeben hatte, wusste ich nicht. Jedenfalls würde es mir kaum gelingen, die Wolke rechtzeitig zu stoppen.

Es gab nur eine Chance.

Ich musste in die Wolke hinein und den Zombie-Apachen vernichten!

Wieder kam ich mir vor wie vor Jahren, als ich dem Todesnebel zum ersten Mal die Stirn geboten hatte. Ich trug mein Kreuz in der rechten Hand und hatte den Arm ausgestreckt.

202

Das Silber stach aus der Faust. Je näher ich der Wolke kam, umso stärker reagierte es.

An verschiedenen Stellen blitzte es auf. Mir kam es vor wie Grüße aus einem anderen Reich, die gleichzeitig beruhigend wirken sollten, denn ich konnte mich auf mein Kruzifix verlassen.

Schon erreichte ich die Ausläufer der Wolke. Sie war auf irgendeine Art und Weise ein lebendes Wesen, das vernichtete. Und als sie mich spürte, wollte sie sich um mich zusammenschließen, wie ein Vorhang.

Doch da stand ihr das Kreuz im Weg.

Das Gegenteil trat ein. Genau dort, wo ich hinging, zerfaserte der unheimliche Nebel. Ich sah einige der Nebelgestalten, die zur Seite huschten und endgültig vergingen.

Es war ein schauriges Bild. Auch mich wühlte es innerlich auf und machte mich stolz.

Ich trotzte dem Nebel!

Das merkte auch Nachoo, der Zombie-Apache. Er spürte, dass irgendetwas nicht mehr so war wie zuvor. Den Würfel hielt er umklammert. Mit ihm zwischen den Händen drehte er sich.

Mich musste er als einen Schatten sehen, der sich allmählich aus der dunklen Wolke hervorschälte.

Schritt für Schritt kam ich näher, das blitzende Kreuz in der vorgestreckten Hand haltend, sodass auch der Zombie-Apache auf den geweihten Talisman schauen musste.

Damit konnte er wahrscheinlich nichts anfangen. Er hatte noch nie etwas von meinem Kreuz gehört, dennoch reagierte er. Nachoo musste mit ansehen, wie mein Kreuz den aus dem Würfel dringenden Todesnebel langsam aber sicher zerstörte, sodass seine Chancen weiter sanken.

Er schrie mir wilde Worte entgegen und ging einige Schritte zurück. Zunächst nur taumelnd und stets innerhalb der Nebelwolke bleibend. Das sah mir nach Flucht aus.

Alles durfte er, mir nur nicht entwischen. Aus diesem Grunde ging ich schneller, sodass sich die Distanz zwischen uns nicht mehr vergrößerte.

Nachoo war unsicher geworden. Er ging weiterhin zurück, bewegte dabei den Kopf, schaute auf den Würfel, auch auf mich und wusste nicht mehr, wie er reagieren sollte, denn das Kreuz schlug eine regelrechte Bresche in den schwarzen Todesnebel.

»Bleib stehen!«, forderte ich.

Vor mir wischten die Geister weg. Sie waren wie ein Hauch, manchmal vernahm ich auch ihre Schreie, wenn sie innerhalb der Wolke verschwanden und sich dabei auflösten.

Er schüttelte den Kopf.

Während dieser Bewegung flammten die Steine in seinem Stirnband auf wie ein kaltes Feuer. Wahrscheinlich mobilisierte er seine starken magischen Kräfte, um mich zu stoppen.

Er hatte lange Zeit irgendwo in den Felsenhöhlen gelebt. Er war mit den Geistern der Erde bekannt und versuchte, sie gegen mich einzusetzen.

Das kalte Aufflammen an seinem Stirnband war die Botschaft für seine Helfer gewesen.

Vor mir brach die Erde auf. Als ich den linken Fuß vorsetzte, sackte ich plötzlich ein.

Gleichzeitig hörte ich das Lachen. Es schallte mir entgegen. Als ich nach vorn schaute, hatte sich Nachoo verändert. Seine gesamte Gestalt schien nur noch aus einem roten Feuer zu bestehen, und der Kopf glich einer glühenden Kugel, während die Erde vor meinen Füßen immer weicher und bröckliger wurde.

So kam ich nicht mehr auf ihn zu.

Was aber sollte ich tun?

Mit einem Wurf wechselte ich das Kreuz in die linke Hand und zog meinen Bumerang. Wenn es eine Möglichkeit gab, den Zombie-Apachen zu vernichten, dann nur durch ihn.

Zielen, ausholen und werfen. Das geschah innerhalb einer Sekunde, während ich wie eine Insel inmitten des mich umwallenden Todesnebels stand. Dann befand sich der Bumerang auf der Reise.

Er war eine weißmagische Waffe, entstanden aus den

letzten Seiten des Buchs der grausamen Träume, und er wurde von dieser gegensätzlichen Magie angezogen wie die Motten vom Licht.

Ich war sicherheitshalber nicht weitergegangen, denn der Boden vor mir erinnerte mich an eine kochende Fläche, die nur darauf wartete, mich verschlingen zu können.

Der Zombie-Apache hatte es geschafft, mit seinem verdammten Zauber eine Grenze zwischen mir und ihm zu ziehen.

Dann erreichte ihn die silberne Banane.

Es war wie eine Explosion. Der Bumerang jagte genau auf die Stelle zu, wo Kopf und Schulter zusammenfanden.

Sein Hals war lang genug, um von der sich drehenden und flirrenden Waffe geteilt werden zu können.

Plötzlich kippte der lange Schädel des Zombie-Apachen zur Seite. Ich sah ihn fallen, ich sah den Körper schwanken, und ich sah auch, dass die Hände den Würfel des Unheils nicht losließen.

Meine Nackenhaare wollten sich quer stellen. Die Enttäuschung, die mich überfiel, glich einem schweren Magentreffer. Für eine Weile war ich völlig hilflos, sodass ich mit anschauen musste, wie der weiche Boden alles verschlang.

Den Kopf, den Torso des Zombie-Apachen, meinen Bumerang und den Würfel!

»Neiiinnnn!« Selten zuvor war ein solcher Schrei aus meinem Mund gedrungen. Was hatte ich eingesetzt, was hatte ich gekämpft, sollte alles umsonst gewesen sein?

In diesem Augenblick drehte ich durch. Mit einem gewaltigen Sprung wuchtete ich mich vor. Ich merkte, dass ich gut wegkam, der Sprung auch reichte, zudem verlängerte ich ihn noch, denn ich warf meinen Körper vor, streckte den freien Arm aus und versuchte, nach dem Würfel zu greifen, um ihn zu retten.

Mit den Fingerspitzen berührte ich die glatte Oberfläche, rutschte im nächsten Augenblick ab und spürte den Bumerang unter meiner Hand.

Rasch nahm ich ihn an mich.

Der Würfel des Unheils versank.

Und nicht nur er. Auch ich merkte, wie mich die magischen Kräfte der Erde allmählich in die Tiefe zogen …

ENDE

Der Gnom mit den sieben Leben

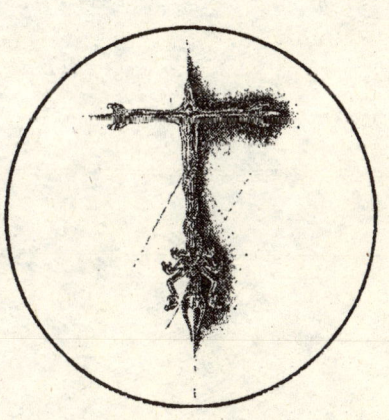

Am liebsten hätte ich geschrien, getobt, geheult, wäre aus der Haut gefahren, aber was tat ich stattdessen?

Nichts, gar nichts!

Ich konnte auch nichts tun, denn andere Kräfte, waren dabei, die Kontrolle zu übernehmen, und ich war ihnen hilflos ausgeliefert. Ich sank in den Boden …

Es war furchtbar, denn mit mir war der Würfel des Unheils in die Tiefe gedrückt worden, um den ich so lange hatte kämpfen müssen.

Durch meinen Bumerang war es mir gelungen, derjenigen Person, die den Würfel gehalten hatte, den Kopf abzuschlagen. Schädel und Torso befanden sich dicht vor und gleichzeitig unter mir, denn auch sie hatte die geheimnisvolle Erde verschluckt …

In der letzten Minute hatte sich das Schicksal gegen mich verschworen. Zwar war es mir gelungen, die Gefahr des Todesnebels zu bannen, aber mein Gegner, der Zombie-Apache, hatte dank seiner magischen Kräfte die uralten Erdgeister mobilisiert, dessen Diener er in langen Jahrhunderten gewesen war.

Und vor meinen Füßen war der Boden zu einer weichen, Blasen produzierenden Masse geworden, die alles in eine unheilvolle Tiefe zog: den Kopf, den Torso, den Würfel und mich!

Ich hatte mein Schicksal selbst verschuldet. Wäre ich zurückgelaufen, hätte ich mich retten können. Ich aber hatte unbedingt den Würfel des Unheils an mich reißen wollen, war gesprungen und in dieser sumpfartigen, quellenden Masse gelandet, die jedes Opfer annahm.

Wie weit lag der Würfel von mir entfernt?

Vielleicht eine Armlänge oder zwei. Mehr nicht. Jedenfalls war er frei, und Jane Collins, die dem Würfel bisher ihre Existenz verdankt hatte, lebte auch wieder. Das Herz aus Aluminium hatte ihr das Leben zurückgegeben. Alles wäre gut gewesen, wenn nicht …

Meine Gedanken endeten hier, denn ich durfte nicht mehr an die Vergangenheit erinnert werden, sondern musste mich mit der Gegenwart beschäftigen, da ich unter keinen Umständen innerhalb dieses mit Magie durchtränkten Bodens mein Leben verlieren wollte.

Mit der rechten Hand umfasste ich den Bumerang, als wäre er ein rettender Anker. Nachoo, den Zombie-Apachen, hatte er zwar vernichten können, mir half dies jedoch in diesem schrecklichen Augenblick nichts, denn ich versank immer schneller und tiefer.

Wo würde meine Reise enden? Wann würde mir dieser verdammte Boden die Lungen durch seinen Druck so zusammenpressen, dass ich keine Luft mehr bekam?

Das war leicht auszurechnen. Ich wollte nicht elendig ersticken. Mein Wille zum Leben erwachte.

Zudem war ich nicht allein.

Über mir dröhnte ein Hubschrauber, und ich wusste meinen Freund Suko in der Nähe, der am Lenkrad eines Trucks einen Amok fahrenden Diener des Teufels abgelöst hatte, denn Asmodis selbst war ebenfalls hinter dem Würfel her gewesen.

Von verschiedenen Seiten waren die Fäden aufeinander zugelaufen, um hier ihr Netz flechten zu können, in dem ich mich verfangen hatte.

Ich hatte mich während des Sprungs nach vorn geworfen und lag nun der Länge nach auf dem Boden. Hätte ich mich in einer senkrechten Haltung befunden, wäre ich wahrscheinlich schon bis zu den Hüften verschwunden gewesen, so hielt ich mich noch einigermaßen durch die optimale Gewichtsverlagerung.

Die Beine hatte ich gespreizt. Mit den Armen hatte ich das Gleiche vor, bewegte sie voneinander weg, glitt dabei mit den Händen über den weichen Boden und spürte, wie ich tiefer sackte, als hätte sich der tückische Untergrund wieder ruckweise nach unten bewegt.

Mein Puls beschleunigte sich. Sofort spürte ich die Steigerung der Angst. Verdammt, das konnte nicht gut gehen. Beim nächsten Ruck war ich kaum noch in der Lage, Luft zu holen. Da konnte mir das ganze Zeug in den Mund dringen.

Wer half mir?

Der Bumerang würde es nicht schaffen. Möglicherweise mein Kreuz, wenn ich es aktivierte. Es hatte schon den Todesnebel vertrieben, aber wenn es wirklich hätte helfen können, wäre diese Veränderung des Untergrunds erst gar nicht entstanden.

Blieben nur meine Freunde, das Glück und ich selbst.

Zwar konnte ich mich auf einen Mann wie Suko verlassen, doch auch er würde Zeit benötigen, um eingreifen zu können. Auf das Glück konnte man nicht bauen, es war launisch wie eine Filmdiva.

Also musste ich es versuchen.

Noch lag ich flach auf dem weichen, widerlichen Grund. Mehrmals hatte ich versucht, mich zu bewegen. Das war mir auch gelungen, aber ich konnte dieses verdammte Einsacken nicht stoppen.

Die magisch veränderte Erde war wie ein gieriger Sumpf, der alles haben wollte.

Über mir flog der Hubschrauber. Ich hatte das Gefühl, als wäre er in der Luft stehen geblieben, konnte aber nicht hochschauen, da ich auf dem Bauch liegen bleiben musste.

Dafür sah ich die Teile entschwinden.

Der verdammte rote Schädel des Untoten schien mich höhnisch anzugrinsen, obwohl er schon abgestorben war, schief innerhalb der Masse lag und auch so in die Tiefe sank.

Den Torso sah ich ebenfalls. Die Arme waren noch ausgebreitet, der Lendenschurz zur Seite gedrückt, als wollte dieser kopflose Körper versuchen, noch alles aufzuhalten.

Zwischen Schädel und Körper sah ich den Würfel!

Er sank in der gleichen Geschwindigkeit in die Tiefe wie diese beiden anderen Dinge, und er entschwand immer mehr meinen Blicken, wobei nicht mal ein Leuchten als letzter Gruß zurückblieb.

Ich atmete schneller. Das konnte ich nicht selbst kontrollieren, es war einfach die Furcht, die mich so reagieren ließ. Auch mein Herzschlag hatte sich beschleunigt. Völlig natürliche Reaktionen eines Menschen. Und Mensch war ich noch immer, trotz allem, was an Abenteuern, gefährlichen Situationen und harten Kämpfen hinter mir lag. Ich empfand und fühlte wie jeder andere auch.

Vielleicht erreichte ich den Rand des künstlichen, schwarzmagischen Sumpfgebiets, um dort einen Halt zu finden. Ich tastete mich vor. Und wenn es nur das raue, harte, texanische Wintergras war, an dessen Halmen ich mich festklammerte.

Auch das klappte nicht. Ich blieb flach auf dem verdammten Boden liegen und sackte allmählich tiefer.

Um wenigstens atmen zu können, musste ich schon den Kopf zur Seite drehen. Ich hatte ihn auf die rechte Seite gelegt, während ich mit der anderen tiefer sank.

Mein linker Arm und die Hand mit dem Bumerang waren bereits in der grünbraunen Masse verschwunden.

Allmählich bekam ich Todesangst. Ob es Schweiß oder Wasser war, das von meinem Gesicht rann, wusste ich nicht zu sagen. Ich schielte nur schräg in die Höhe und entdeckte dort einen dunklen Schatten, der sich zwar nicht von der Stelle bewegte, aber in seiner Nähe einen ebenfalls schattenhaften Kreis zog.

Das war der lauernde Hubschrauber. Wahrscheinlich schauten die Piloten von oben zu, wie ich allmählich versank.

Schon einmal war mir so etwas passiert. Da war es um den Druiden-Schatz gegangen, und ich hatte durch die fremde Magie in der Tiefe existieren können.

Der Druiden-Schatz.

Ob es hier gleich war, daran glaubte ich einfach nicht. Vieles sieht gleich aus und ist doch anders.

Ich hatte auf den nächsten Ruck gewartet und erschrak trotzdem heftig, als ich wieder ein Stück tiefer in den Boden glitt.

Damit sank auch die Hoffnung auf Rettung. Obwohl sich Suko in der Nähe befand und auch Bill Conolly nicht weit sein konnte. Oder hatte es die Magie des Spuks verstanden, meine beiden Freunde zu vernichten?

Und mir war mittlerweile bewusst geworden, dass die

Hetzjagd nach dem Würfel wahrscheinlich ihr Ende mit meinem Tod fand ...

Auf einmal war der Nebel weg!

Keine schwarze Wolke mehr, die sich in gefährlicher Weise dem Lastwagen näherte, und Suko, der hinter dem Lenkrad des Trucks saß, konnte es kaum fassen.

Die ersten Ausläufer des Nebels hatten bereits die Kühlerfront erreicht und das Abbild des dort lauernden Teufelsgesichts zerstört.

Freie Sicht für Suko.

Er schaute dorthin, wo John Sinclair kämpfte und einen Gegner mit dem Bumerang erledigte. Sollte er seinen Freund allein lassen? Nein, dazu war Suko nicht der Typ.

Noch vor Minuten waren die Türen des Führerhauses verschlossen gewesen. Als Suko jetzt den Hebel bewegte und sich gegen die Tür stemmte, konnte er sie nach außen drücken. Er hatte so viel Kraft hinter diese Aktion gelegt, dass er halb aus dem Wagen kippte und plötzlich zwei Hände da waren, die ihn auffingen.

Sie gehörten Bill Conolly.

Die beiden Freunde starrten sich für einen Moment an. Bill war völlig außer Atem, weil er gerannt war. Sie hörten das Rasseln der Panzerketten, und Bill wollte wissen, ob alles okay sei.

»Fast.«

»Wieso?«

»Sieh es dir selbst an! John hat mit seinem Bumerang eingegriffen.« Bevor Bill irgendetwas erwidern konnte, packte Suko ihn am Arm und zog ihn mit.

Die Männer hatten es nicht weit bis zu der Stelle, wo sich das Finale abgespielt hatte. Beide entdeckten es zur gleichen Zeit, und sie blieben sofort stehen.

»Nein!«, ächzte Bill. Der Wind spielte mit seinen Haaren. Die vom Rotor erzeugten Luftwirbel drückten das dünne Gras nieder und hinterließen auch Wellenwirbel auf der

Oberfläche des magischen Sumpfes, der mit einem auf dem Bauch liegenden Mann bedeckt war.

»John …«

Die Freunde konnten es nicht fassen. Sie dachten darüber nach, wie es möglich war, dass inmitten dieser völlig normalen Landschaft ein so gefährlicher Sumpf entstehen konnte. Doch schwarze Magie kennt oft keine Grenzen. Sie stellt die Gesetze der Physik auf den Kopf.

Der Reporter ging einige Schritte weiter, bevor er den Kopf drehte und Suko anschaute. »Los, wir müssen ihm helfen!«

»Nein!«

Bill erschrak. Nervös wischte er über sein Gesicht. »Du willst ihm nicht helfen?«

»Doch«, erklärte Suko, »aber nicht so, wie du es dir vorgestellt hast. Ich bin nicht lebensmüde. Wenn wir den Sumpf betreten, sind wir verloren, sacken wir weg wie nichts.«

»Was willst du dann machen? Wir können doch nicht …«

»Doch, wir können«, erwiderte Suko. »Ich habe da eine andere Idee.« Bevor Bill danach fragen konnte, lief der Inspektor dorthin, wo der Hubschrauber kreiste.

Unter der schweren Maschine baute er sich auf. Natürlich fieberte auch er. Suko wusste, dass er nur wenig Zeit hatte, deshalb musste er sich so beeilen. Zudem hoffte er, dass die Männer im Hubschrauber seine Zeichen verstanden.

Beide Arme schwenkte er über den Kopf, deutete auf den Sumpf und anschließend wieder auf die Maschine. Zudem gab er noch Anweisungen, wie die Männer es anstellen sollten. Suko führte seine Hand von oben nach unten.

Er bewegte sie noch, als bereits die Cockpittür aufgedrückt wurde. Eine Gestalt blieb hockend im Ausstieg, hielt sich fest und schleuderte mit der freien Hand etwas in die Tiefe, das sich erst auf dem Weg nach unten entfaltete.

Es war eine Strickleiter.

Genau das hatte Suko gewollt. Aber mit der Leiter allein war es nicht getan, er brauchte noch ein weiteres Hilfsmittel, um den Freund aus dieser tödlichen Lage herausziehen zu können.

214

Der Pilot war ein Könner. Vorsichtig ging er mit der Maschine um. Sehr sicher war er dabei und flog so nahe an den Inspektor heran, dass die Strickleiter in seiner unmittelbaren Nähe pendelte. Suko streckte den Arm aus, griff nach einer Sprosse, hielt die Leiter für einen Moment fest und begann sofort damit, an ihr hochzuklettern. Auf der fünften Stufe blieb er stehen. Sein Körper pendelte zusammen mit der Leiter. Es würde für ihn schwer sein, genau das Ziel zu finden.

Mit der linken Hand hielt er sich fest. Sein Blick war in die Höhe gerichtet. Der Rotorwind wühlte in seinen Haaren und ließ die Kleidung flattern.

Er schrie dem Mann im Cockpit etwas zu. Ob der die Worte verstanden hatte, bekam Suko nicht mit. Der Lärm war einfach zu groß, aber der Soldat wusste, wo es langging.

Wieder schleuderte er etwas in die Tiefe. Es sah aus wie eine graue Schlange, an deren Ende etwas metallisch aufblitzte. Blitzschnell griff der an der Strickleiter hängende Chinese zu. Er hatte Glück, dass er den stählernen Haken schon beim ersten Versuch richtig erwischte.

Weitere Kommandos brauchte Suko nicht mehr zu geben. Der Pilot wusste genau, was er zu tun hatte. Behutsam lenkte er den Hubschrauber zur Seite, sodass er sich dem gefährlichen Sumpfgebiet näherte.

Derweil blickte der Inspektor in die Tiefe. Er sah seinen Freund Bill am Rand des tückischen Sumpfes stehen. Der Reporter gab Suko Handzeichen, sich zu beeilen.

Während ihn die Maschine in die gewünschte Richtung schaffte, kletterte Suko auf der schwankenden Strickleiter einige Sprossen tiefer. Das war gar nicht so einfach. Nur durch Geschick und Gelenkigkeit schaffte er es, den richtigen Halt zu finden. Auf der letzten Stufe blieb er. Noch konnte er nicht eingreifen, denn die Leiter schwankte einfach zu sehr.

Suko hielt den Haken schon in der Rechten. Mit den Fingern der anderen Hand klammerte er sich fest, hatte eine gebückte Haltung eingenommen und hoffte, dass seine Sohlen nicht abrutschten.

Er musste John aus dieser tückischen Hölle herausziehen.

Hin und her schwang er dabei und hatte Zeit, sich den Geisterjäger anzuschauen.

John lag auf der Seite. Einen Arm hielt er ausgestreckt, der andere war bereits im Sumpf versunken. Eine auch für Suko durchsichtige Masse, denn als er hineinschaute, sah er den Kopf, den Torso und den Würfel innerhalb der Erde.

Sie sanken in die Tiefe, und ebenso würde es auch John Sinclair ergehen, wenn Suko nicht schnell etwas unternahm.

Der Pilot hatte gute Augen. Er hatte etwas von den Schwierigkeiten des Chinesen bemerkt. Noch ein kleines Stück tiefer ging er, sodass Suko die Oberfläche fast berühren konnte.

»Johnnnn!« Sein Ruf hallte dem Geisterjäger entgegen und wurde von diesem auch gehört.

Der Inspektor erkannte, wie sein Freund schwerfällig den Kopf hob. In Johns verzerrtem Gesicht stand die Angst zu lesen, und wenn es dem Chinesen in den nächsten Sekunden nicht gelang, den Freund zu befreien, war alles verloren.

Noch zitterte und pendelte die Leiter. Schweiß hatte sich auf Sukos Stirn ausgebreitet. Die Pendelbewegungen brachten ihn stets nahe an den Geisterjäger heran, aber nicht so nahe, wie er es eigentlich hatte haben wollen.

Noch ein Versuch!

Wieder schwebte Suko dicht über dem Freund. Er streckte den rechten Arm mit dem Haken aus und musste zusehen, dass er den Gürtel des Geisterjägers erwischte.

Es war ein reines Glücksspiel, einen zweiten oder dritten Anlauf konnte sich der Chinese nicht mehr leisten, dann war der verfluchte Sumpf schneller.

Schon schabte der Haken über die Kleidung, geriet in die Nähe des Hosengürtels und schnappte zu.

Festgehakt!

Suko atmete auf, blieb auf der untersten Sprosse stehen und winkte in die Höhe.

Der Pilot verstand. Mit stoischer Ruhe hielt er die Maschine auf der Stelle. Durch eine Motorwinde konnte die Last bewegt werden.

Jetzt kam es darauf an, wer stärker war. Der Sumpf oder die Technik. Es war die Technik, denn durch die Gestalt des Geisterjägers ging ein Ruck, bevor sie in die Höhe gehievt wurde und die gierigen Hände des magischen Sumpfes es nicht mehr schafften, die menschliche Last festzuhalten.

Der Geisterjäger war gerettet!

Suko fiel ein Stein vom Herzen. Er schaute wieder zur Maschine, sah das grinsende Gesicht und lächelte zurück.

Der Pilot flog auf gleicher Höhe zur Seite, um an einer bestimmten Stelle landen zu können.

Nicht weit von dem Truck entfernt sprang Suko zu Boden und löste den Haken.

Er fing seinen Freund auf …

Es wurde Kaffee serviert, aber auch Whisky und Cognac sowie einige Kleinigkeiten zu essen. Aber Hunger verspürte keiner von uns. Selbst Bill nicht, der gern und oft einen Happen aß. Er hockte wie Suko und ich in den weichen, bequemen Sesseln und gab sich seinen Gedanken hin.

Zwei Stunden waren seit meiner Rettung vergangen. Ich hatte mich geduscht und umgezogen, war wieder einigermaßen fit und hatte mich auch den Fragen der amerikanischen Polizisten stellen können. Sie erfuhren, dass wir Kollegen waren, und nun fragten sie nicht mehr so scharf, auch wenn unglaubliche Dinge passiert waren.

Ein plötzlicher Sumpf, ein Truck, der weder von Raketen noch Panzern gestoppt werden konnte, und ein Fahrer, dessen Kopf aus einem Totenschädel bestand.

So etwas war einfach zu viel.

Wir hatten die Fragen so gut beantwortet, wie es eben zu verantworten war. Es lag auf der Hand, dass man nachhaken würde, aber das war uns egal. Wir wollten zunächst einmal unsere Ruhe haben, und man sollte uns die Reporter vom Hals halten.

Keine Presse!

In den Staaten war so etwas zwar ungewöhnlich und auch

so gut wie nicht zu machen, aber wir hatten zu einem Trick gegriffen und die Reporter zu dem Truck geschickt, über den sie in den letzten Stunden permanent berichtet hatten. Die Amokfahrt des Trucks war auf den lokalen Sendern das Ereignis überhaupt gewesen, und ich war froh, dass sich die Pressefritzen auf diesen Teil des Falles stürzten.

Wir hatten andere Sorgen.

Okay, der Truck hatte eine große Rolle gespielt, weil der Teufel ihn persönlich eingesetzt hatte, um uns zu stoppen. Er hatte es nicht geschafft und auch der andere Gegner, der Spuk, nicht. Nur war es uns nicht gelungen, den Würfel des Unheils zu behalten, dafür konnten wir Janes Existenz als kleinen Sieg feiern.

Ich nahm einen Schluck Whisky. Hinter mir knisterte das Feuer im Kamin. Jemand kam und legte Holz nach. Auf dem weichen Teppich waren seine Schritte kaum zu hören, und auch die Stimmen der übrigen in der Klinik lebenden Patienten drangen nicht bis an unsere Ohren.

Wir drei hockten auf einer Insel der Ruhe.

Ich hatte meinen Freunden von der Operation berichtet und davon, wie sehr die Kraft des Spuks auch die Ärzte beeinflusst hatte. Sogar der Professor war in den Bann dieses Dämons geraten. Eine Sache, die man kaum fassen konnte.

Bill schlug sich gegen die Stirn. »Und wir dachten, du schaust nur zu und hättest ansonsten die Daumen gedrückt.«

»Von wegen.«

»Und wie geht es Jane jetzt?«

»Ich habe keine Ahnung, Bill. Zudem wage ich es nicht, ein Urteil abzugeben. Das ist alles irgendwie nicht richtig oder so, wie man es gewohnt ist. Die Operation ist nicht normal verlaufen.«

Auch Bill trank einen Schluck. »Wie meinst du das denn?«

»Sie hat das Herz bekommen, das wisst ihr. Hätte alles normal geklappt, hätte sie schon Wochen vorher untersucht werden müssen, und auch nach der Operation hätte Jane unter Beobachtung stehen müssen …«

»Steht sie etwa nicht unter Beobachtung?«, fragte Bill.

»Ich weiß es nicht.«

»Verdammt, wo ist sie denn?«

Ich lächelte Bill zu. »In sicherer Obhut, verlass dich drauf.«

»Etwa bei den Ärzten?«, fragte Suko.

»Sehr richtig.«

»Na, ob die Obhut so sicher ist, weiß ich nicht. Du hast doch selbst gesagt, dass …«

Ich winkte ab. »Keine Panik, Freunde, der Bann des Spuks ist gebrochen. Ich habe kurz mit dem Professor gesprochen. Er kann sich an überhaupt nichts mehr erinnern. Das ist alles ausgelöscht. Für ihn kann es nur ein Albtraum gewesen sein.«

»Erinnert er sich an die Operation?«

»Das schon.«

»Dann bin ich ja beruhigt«, meinte Suko.

»Außerdem ist Jane Collins nicht unser Problem.« Ich lehnte mich im Sessel zurück und schaute aus kleinen Augen auf meine Knie. »Sie ist wirklich nicht mehr das Problem, es gibt ein ganz anderes.«

»Der Würfel!«

»Richtig, Suko, der Würfel.«

Die Freunde schwiegen. Auch ich sagte nichts mehr. Wir drei hingen unseren Gedanken nach. Jeder von uns wusste, dass der Würfel des Unheils wieder einmal verloren war.

Eine für uns kaum erklärbare Magie hatte ihn in die Tiefe gerissen. Wer dafür die Schuld trug, ob der Zombie-Apache oder der Spuk, das wussten wir drei nicht, aber ich wollte nicht daran glauben, dass der Würfel endgültig verschwunden war.

Und das sagte ich auch deutlich.

Bill erschrak. »Deshalb brauchst du doch nicht gleich mit der Faust auf den Tisch schlagen, John.«

»Es war mir halt so.«

Suko nahm die Sache gelassener. »Siehst du noch eine Chance, an den Würfel heranzukommen?«

»Im Augenblick nicht. Aber wir wissen, dass in dieser Erde, in der der Würfel versunken ist, eine gewisse Magie steckt oder stecken muss. Sie ist beeinflusst worden. Vielleicht gelingt es uns, die Magie aufzuheben und an den Würfel heranzukommen.«

»Und wie?«, fragte Bill.

»Keine Ahnung.«

Der Reporter lachte auf. »Du hast wirklich Humor, John. Sitzt hier im bequemen Sessel und philosophierst über den Fall, während der Spuk mit dem Würfel längst über alle Berge ist.«

»Das glaube ich eben nicht!«

Nachdem ich diese Worte gesagt hatte, schaute ich in die fassungslosen Gesichter meiner Freunde. Selbst auf Sukos Zügen malte sich die Überraschung ab. »Du glaubst nicht daran, dass der Spuk den Würfel einkassiert hat?«, fragte er.

»So ist es.«

»Aber verdammt, das ist doch falsch gedacht. Dieser Zombie-Apache stand unter dem Bann des Spuks …«

»Das ist es, Suko. Er stand unter dem Bann des Spuks. Aber er hat den Würfel nicht übergeben.«

Bill winkte ab. »Das sagst du nur so.«

»Nein, ich bin davon überzeugt.«

»Und was macht dich so sicher?«, fragte er.

»Der Spuk selbst. Er hat nicht eingegriffen. Er hätte den Würfel längst an sich reißen können, glaubt mir. Meines Erachtens muss es da etwas geben, das man ruhig als Hindernis bezeichnen kann.« Ich zeichnete mit den Händen nach, was ich meinte. »So eine Mauer, wisst ihr? Auch der Spuk ist nicht allmächtig.« Ich lächelte. »Meiner Ansicht nach sieht es so aus, dass keine Partei den Würfel besitzt …«

»Hast du Pillen genommen?«, fragte Bill und schaute mich zweifelnd an.

»Wieso?«

»Du bist so anders, so aufgeputscht, in einer regelrechten Euphorie steckst du. Ich habe dafür keine Erklärung.«

Ich blieb lässig und hob die Schultern. »Vielleicht reagiere ich so, weil ich soeben noch mit dem Leben davongekommen bin und es uns gelungen ist, Jane Collins zu retten. Du hättest sie sehen müssen, Bill. Als ich ihr den Würfel wegnahm, da hat sie mich angeschaut …« Ich sprach nicht mehr weiter und schüttelte den Kopf. Auf einmal saß in meiner Kehle ein dicker Kloß. »Es war furchtbar.« Zweimal musste ich schlucken. »All die Zeit, die Jane als Hexe verbracht hat, war plötzlich wieder da. Ich wusste, welches Risiko ich einging. Ich dachte an vieles, auch an den lächelnden Henker damals, ja, und dann lebte sie plötzlich ohne den Würfel. Leider ließen mir die anderen keine Zeit, mich zu freuen, sie waren meine Feinde und griffen an. Der Zombie-Apache bekam den Würfel an sich, um damit zu verschwinden.«

»Okay, John«, sagte Suko leise. »Wir beide verstehen dich verdammt gut. Wir sind froh, dass du dir alles von der Seele geredet hast.«

Auch Bill nickte.

Ich aber lächelte verloren. »Alles von der Seele geredet? Nein, das ist ein Irrtum. Es ist noch viel zurückgeblieben, glaubt mir, aber bei meiner anderen Meinung bleibe ich trotzdem.«

»Du glaubst also daran, dass der Spuk den Würfel nicht besitzt?«, hakte der Reporter noch einmal nach.

»Sehr richtig.«

»Kann ihn Nachoo haben?«

»Der ist tot«, antwortete Suko an meiner Stelle.

»Ja«, präzisierte ich. »Der Bumerang hat ihm den Schädel abgeschlagen. Das war ein glatter Wurf gewesen. Nur verstehe ich noch nicht, wie es geschehen konnte, dass der Boden plötzlich zu einem Sumpf wurde. Das bleibt mir nach wie vor unklar.«

»Magie!«, meinte Bill.

»Da gebe ich dir Recht. Aber welche?«, sagte Suko.

»Das werden wir herausfinden. Wir müssen uns den Würfel zurückholen.«

»Willst du die Erde aufhacken?«, fragte mich Bill.

»Nein, das nicht. Wenn ich über alles noch einmal nachdenke, muss es eine alte Legende geben, die sich um dieses Gebiet hier dreht. Vor langer Zeit ist hier etwas geschehen, das mit den heutigen Vorfällen in Zusammenhang steht.«

»Weißt du mehr darüber?«, fragte Suko.

»Noch nicht. Aber es müsste doch einen Menschen geben, der sich mit der Sagenwelt dieses Landes auskennt. Wenn wir ihn finden und ihm Einzelheiten entlocken könnten, wäre viel gewonnen.«

»Ob gewonnen oder nicht«, sagte Bill. »Es wäre zumindest mal eine Spur, ein Funken Hoffnung. Was meinst du, Suko?«

»Ich gebe dir Recht.« Der Inspektor runzelte die Stirn. »Aber ich denke über etwas anderes nach. Wie konnte es sein, dass der Würfel schwarzen Todesnebel produzierte?«

»Daran muss der Spuk die Schuld tragen«, erwiderte ich.

»Und wieso?«

»Keine Ahnung. Vielleicht hat er ihn beeinflusst. Du weißt ja, wie so etwas geschehen kann.«

»Und trotzdem besitzt er ihn nicht.«

»So sieht es aus.«

Ohne dass wir darüber direkt gesprochen hatten, sah ein jeder ein, dass wir auf diese Art und Weise nicht weiterkamen. Wir müssten uns schon etwas anderes einfallen lassen.

»Es bleibt bei der Legende!«, fasste ich zusammen. »Jemand muss einfach darüber Bescheid wissen …«

»Frag doch den Professor«, schlug Bill vor.

Wenn man vom Teufel spricht, dann ist er nicht mehr weit. So lautet ein Sprichwort. Der Reporter hatte seinen Satz soeben beendet, als wir Schritte hörten und ein Mann im weißen Kittel quer durch den Kaminraum ging. Er hatte seine Hände in den Taschen vergraben. Auf seinem Gesicht lag ein unsicheres Lächeln. Ich konnte mir vorstellen, wie es in diesem Menschen aussah. Für ihn war praktisch eine Welt zusammengebrochen. Er, der Mediziner und Naturwissenschaftler, hatte der schwarzen Magie Tribut zollen müssen. Das würde er niemals begreifen.

Wir erhoben uns.

Professor Prescott machte weiterhin einen verlegenen Eindruck. Er blieb neben dem Tisch stehen und begrüßte uns durch ein Nicken. »Ich hoffe, es geht Ihnen gut«, sagte er.

»Jetzt schon«, bemerkte ich mit einem Lächeln. Als er meine ausgestreckte Hand sah, zögerte er für einen Moment.

»Bitte, Professor.«

Prescott schlug ein. »Es ist alles klar, mein Lieber«, sagte ich. »Keine Feindschaft, keine Vorwürfe. Sie haben ihr Bestes getan.«

Er blickte mich direkt an. »Habe ich das wirklich, Mr. Sinclair?«

»Ja, das haben Sie.«

»Ich bin mir nicht sicher.« Er zog seine Hand wieder zurück. »Sie haben mir ja in Stichworten berichtet, was vorgefallen ist, doch ich kann es noch immer nicht fassen. So etwas ist schrecklich. Furchtbar. Ich kann es einfach nicht begreifen. Das sind Dinge, Mr. Sinclair, die über meinen Verstand hinausgehen.«

»Sie werden es überleben, Sir.«

»Das haben Sie ja auch. Und Miss Collins ebenfalls.«

Ich deutete auf einen noch freien Platz. »Wollen Sie sich nicht setzen, Professor?«

»Nein, nein, ich bin aus einem anderen Grund gekommen, wie Sie sich vorstellen können.«

»Und aus welchem?«

»Es geht um Miss Collins.«

Ich erschrak, wurde bleich, das merkte der Arzt, und er beruhigte meine Freunde und mich.

»Es ist nicht so, wie Sie denken, Gents, ich wollte Ihnen nur eine freudige Mitteilung machen.« Als wir ihn so auffordernd anblickten, begann er zu lächeln. »Miss Collins lebt, sie hat die Operation überstanden!«

Ich schwieg. Suko sagte ebenfalls nichts, nur Bill, dessen Gesicht sich zu einem breiten Lächeln verzogen hatte, meinte: »Sollen wir jetzt den Champagner holen?«

»Das können Sie, Mr. Conolly!«

Bill kam auf mich zu. Er hämmerte mir seine rechte Hand auf die Schulter. »Verdammt, John, du hast es geschafft. Nein, wir haben es geschafft. Sie ist wieder okay.«

»Ja«, flüsterte ich. »Sie ist wieder okay.«

»Und mehr sagst du nicht dazu?«

»Was soll ich sagen? Soll ich von der Vergangenheit reden oder darüber, was wir alle durchgemacht haben? Ich weiß es nicht, ich will jetzt auch nicht daran denken …«

»Nein, Mr. Sinclair«, unterbrach mich Professor Prescott. »Sie brauchen auch nichts zu sagen. Sie alle nicht. Es ist am besten, wenn wir eine andere reden lassen.« Er ging zur Tür und sprach auf dem Weg dorthin erst weiter. »Ich bin nicht allein gekommen, sondern habe jemand mitgebracht. Miss Collins!«, rief er.

Die Mahagonitür wurde nach innen gedrückt. Ein Lichtstrahl fiel auf die gebogene Messingklinke und ließ sie für einen Moment aufblitzen. Im nächsten Augenblick schob sich jemand über die Schwelle.

Es war Jane Collins.

Und sie kam ohne den Würfel!

Wir waren einfach zu überrascht, um etwas sagen zu können. Wir standen da wie Zinnsoldaten, starrten sie an und hatten das Gefühl, eine Fremde zu sehen, obwohl wir sie schon seit Jahren kannten. Jane trug auch nicht mehr das OP-Hemd. Umgezogen hatte sie sich. Eine lange, gelbe Hose, die in Höhe der Oberschenkel pumpig ausgestellt war, verdeckte ihre Beine. Das gelbe Polohemd und die blauen Halbstiefel ebenfalls, und über ihre Schultern hatte sie eine Jacke aus ebenfalls blauem Leder gehängt.

Das blonde Haar war ausgekämmt. Die Spitzen berührten die Schultern. Ihr Mund hatte sich zu einem Lächeln verzogen, das ein wenig verlegen wirkte, da auch Jane Collins nicht wusste, wie sie sich in diesem Moment verhalten sollte.

»Jane!«, hauchte ich und schüttelte den Kopf. »Verdammt, du hast es geschafft.«

Bill Conolly stieß mich an. »Los, Alter, geh endlich zu ihr! Darauf hast du doch lange genug gewartet.«

»Das stimmt.«

»Dann mach schon, Mensch.«

Sie beobachteten mich. Auch der Professor. Er war einige Schritte zur Seite getreten. In seinen Augen lag ein gespannter Ausdruck. Für mich war dieser Augenblick wie eine Neugeburt, und als ich mich in Bewegung setzte, kam ich mir vor wie ein Primaner beim Abitur, dem die Knie zitterten. So aufgeregt war ich.

Jane blieb stehen. Sie schaute mich nur an. Ich blickte in ihre Augen. Sie hatten den harten, brutalen und menschenverachtenden Glanz verloren, den sie einmal besessen hatten, als Jane noch zu den Hexen gezählt hatte. Jetzt blickte sie mich an wie früher. Klar und ohne Hintergedanken. Wir gehörten wieder zusammen …

Dicht vor ihr blieb ich stehen. Eine Haarsträhne war in ihr Gesicht gefallen. Ich hob die Hand und wischte sie weg. Es war die erste Geste zwischen uns, die erste Berührung, und sie kam mir vor wie eine lang erwartete Premiere.

»Wie geht es dir?«, fragte ich.

»Gut.«

»Und dein Herz?«

Sie lächelte. »Es schlägt, John. Willst du es fühlen?«

Als sie die Frage gestellt hatte, erschrak ich und trat unwillkürlich einen Schritt zurück. »Nein, nein, bitte nicht. Ich weiß nicht, ob du … Ich meine, du musst dich schonen.«

»Das glaube ich kaum, John. Ich habe viel durchgemacht. Verflixt viel, und die letzten Monate kommen mir vor wie ein Traum. Ein böser Albtraum …«

»Der nun beendet ist«, vollendete ich den Satz.

»Ja, es ist vorbei. Dank dir, John.«

Ich winkte ab. »Nein, Jane, du brauchst dich bei mir nicht zu bedanken. Ich habe am wenigsten dazu getan. Es waren andere, die dir viel mehr geholfen haben. Wenn du dich bei jemandem bedanken willst, dann tue es bei Professor Prescott. Er ist derjenige, der dir das Herz eingesetzt hat. Für ihn bist du sowieso ein medizinisches Rätsel.«

Jane blickte den Professor an. »Sie müssen umdenken, Sir. Manchmal ist die Magie stärker als die Wissenschaft. Auch ich habe das erst lernen müssen.«

»Das habe ich gemerkt, aber begreifen kann ich es nicht.«

»Wahrscheinlich wird Miss Collins die einzige Person bleiben, bei der sie ein solches Experiment überhaupt angewendet haben. Eine Wiederholung kann es nicht geben«, sagte Bill.

»Bei Ihnen bin ich mir da nicht so sicher«, lautete seine Antwort.

Ich legte meinen Arm um Janes Schultern. »Komm, du musst dich noch ausruhen.«

»John, ich fühle mich gut.«

»Trotzdem.«

»Wenn du meinst.«

Ich ließ meinen Arm von ihrer Schulter rutschen, damit sie sich bei mir einhaken konnte. Ich spürte die Wärme ihres Körpers, und Wärme bedeutete Leben. Für mich lebte sie. Sie war kein totes Wesen mehr, keines, das sich auf schwarze Magie verlassen musste. Jane war so wie früher, wie ich sie einmal gekannt und auch geliebt hatte.

Aber Liebe ist etwas, das man nicht so einfach wegwerfen und zurückholen kann. Was bedeutete mir Jane jetzt noch? Ich wusste es nicht, ich wollte auch nicht darüber nachdenken, weil dieses Thema einfach zu ernst war. In einer ruhigen Stunde konnte ich mit Jane möglicherweise darüber sprechen, jetzt war nicht die richtige Zeit.

»Du gehst so langsam, John«, sagte sie lächelnd und ein wenig vorwurfsvoll. »Ich bin keine Kranke.«

»Aber du hast …«

»Das Herz schlägt normal, John. Wenn du es nicht glaubst, frag Professor Prescott.«

»Es stimmt, Mr. Sinclair«, antwortete der Arzt. »Das Herz schlägt völlig normal. Es gibt keine Rhythmusstörungen, alles ist wunderbar. Ich kann es selbst nicht fassen.«

»Da hörst du es.«

»Okay, ihr beide habt mich überzeugt.«

Wir hatten mittlerweile die Sitzgruppe erreicht. Bill hatte der Detektivin bereits einen Sessel zurechtgerückt, in den sie sich setzen konnte.

Zuerst begrüßte Jane meine beiden Freunde. Sie umarmte Bill und auch Suko. Die beiden strahlten vor Freude, denn auch sie hatten mit mir in den vergangenen Monaten gelitten.

Als Jane sich gesetzt hatte, drehte sie so heftig den Kopf, dass ihre langen Haare flogen. »Kann ich etwas zu trinken bekommen?«, wandte sie sich an den Professor.

»Dem steht nichts im Wege.«

»Dann hätte ich gern einen Whisky.«

Wir schauten sie überrascht an. »Wirklich?«, fragte ich.

»Sicher, John. Du glaubst gar nicht, wie ich mich auf diesen Schluck gefreut habe.«

»Wenn du meinst.«

Gläser standen bereit, die Flasche ebenfalls, und so schenkte ich ihr einen Schluck ein. »Den Champagner trinken wir später«, sagte ich, als ich auch die Gläser meiner Freunde und das meine füllte. »Einverstanden, Jane?«

»Immer.«

Keiner von uns bemerkte, wie sich der Professor zurückzog. Nur die Tür hörten wir, als sie ins Schloss fiel.

Wir hoben unsere Gläser. Über die Ränder schauten wir uns an. Jeder wartete auf einen Trinkspruch des anderen, doch niemand traute sich so recht.

Ich fing Bills Nicken auf und machte den Anfang. »Auf dich, Jane, auf deine Rückkehr ins normale Leben, und auf uns und die Freunde, die dies leider nicht miterleben können. Cheers!«

Wir leerten die Gläser. Als Jane das Glas zurückstellte, blieb sie für einen Moment in der vorgebeugten Haltung sitzen und schaute nachdenklich auf die Tischplatte. Ihre Stirn hatte sich dabei in Falten gelegt.

»Hast du etwas?«, erkundigte ich mich.

»Nein, nicht direkt.«

»Dann raus damit!«, forderte Bill. »Es ist klar, dass du die Vergangenheit nicht so ohne weiteres über Bord werfen kannst, aber wir werden dir helfen. Auch Sheila und Shao …«

»Ja, wie geht es den beiden?«

»Gut, wie ich hoffe. Während wir hier in den Staaten hocken, befindet sich Shao bei Sheila. Ich muss sie übrigens noch anrufen und ihr Bescheid geben. Die beiden geben bestimmt ein Fest, wenn wir heil und gesund wieder in London eintreffen.«

»Möglich ...«

Mir gefiel die Antwort nicht. Sie war so traurig dahingesagt worden. »Ja, was ist denn? Rede doch frei von der Leber weg.«

Jane spielte mit dem Glas. Ihre Bewegungen waren hilflos, als sie die Schultern hob. »Ich kann es euch jetzt nicht erklären. Ich brauche ein wenig Zeit, aber ich verspreche, euch über alles zu informieren. Okay?«

»Ja«, stimmte ich zu. »Du hast uns allerdings auch neugierig gemacht.«

»Vergiss es.«

Suko schaute seltsam und unwissend. Ebenfalls Bill. Wir konnten uns keinen Reim auf Janes Antworten machen.

»Und wo ist der Würfel?«, fragte sie plötzlich.

Da hatte sie uns. Keiner gab ihr eine Antwort. Jane blickte von einem zum andern. Forschend, fragend, und wir trauten uns nicht, ihr die Wahrheit zu sagen.

»Ihr habt ihn also nicht!«, stellte sie fest.

»Genau!«, bestätigte Suko.

»Und wo ist er?«

Zuerst hob ich die Schultern, danach Bill, und nur Suko versuchte eine Antwort zu geben. »In der Erde.«

»Wie?«

»Jane, ich habe es nicht geschafft!« Nach diesen Worten setzte ich mich auf die Kante. »Ich habe verloren, wenn du verstehst. Die andere Seite war stärker.«

»Der Spuk oder der Teufel?« Auch sie wusste Bescheid, welch mächtige Wesen hinter dem Würfel her gewesen waren.

»Vielleicht beide.«

»Nein, John, das kann nicht sein. Beide gehören zu den

228

Schwarzblütern, aber sie sind verflixt unterschiedlich, das weißt du selbst. Komm, rede dich nicht heraus.«

»Wir wissen es nicht«, sagte Bill.

»Wie kommt das?« Jane rutschte herum, damit sie den Reporter anschauen konnte.

»Willst du es ihr nicht sagen?«, fragte mich mein Freund.

Ich nickte. »Hör zu, Jane, das ist eine komplizierte Geschichte, aber du wirst sie verstehen …«

In den nächsten Minuten redete ich. Jane hörte sehr genau zu. Sie hielt ihr Glas in der Hand, ließ die Flüssigkeit hin und wieder kreisen, hatte sich im Sessel zurückgelehnt und einen Arm auf die Oberkante der Lehne gelegt. Einen Kommentar gab sie nicht ab. Erst als ich schwieg, sagte sie die ersten Worte.

»Dann habt ihr ihn also verloren!«

»So sieht es aus.«

»Und keiner der beiden hat ihn bekommen?«

»Das wissen wir eben nicht, aber wir gehen davon aus, dass noch eine dritte Kraft im Spiel ist. Ich habe vor Suko und Bill schon den Vergleich mit einer Mauer gebraucht. So ähnlich kam es mir vor. Eine Mauer, die weder der Spuk noch Asmodis durchbrechen können. Diese Kraft kann oder muss sehr alt sein. Sie hat die Jahrhunderte überlebt, ist jetzt wieder zum Vorschein gekommen und …«

Jane winkte ab. »Ja, ich kann mir schon denken, was du meinst. Sie könnte mit dem Zombie-Apachen zu tun haben.«

»So ungefähr.«

»Aber er war ein Diener des Spuks!«, hielt sie mir entgegen.

»Indirekt«, schwächte ich ab und fügte direkt meine Theorie hinzu. »Ich bin der Meinung, dass die Urkräfte, die den Zombie-Apachen vor langer Zeit am Leben hielten, mit dem Spuk nichts zu tun hatten. Das ist eine andere Magie gewesen. Eine Magie der Erde, eine Magie des Bodens meinetwegen. Und deshalb glaube ich, dass nicht der Spuk den Würfel in seiner Gewalt hat, sondern die Magie, von der ich gerade gesprochen habe. Kannst du mir folgen?«

»Klar.«

»Und an die müssten wir heran.«

Jane blickte auf, bevor sie fragte: »Wie habt ihr euch das eigentlich vorgestellt?«

»Das weiß ich auch nicht.«

Suko und Bill schüttelten ebenfalls die Köpfe. Auch sie wussten sich keinen Rat. So schwiegen wir, hingen unseren Gedanken nach, bis Jane fragte: »Können wir uns die Stelle nicht noch einmal ansehen?«

»Ja, wenn wir einen Wagen bekommen!«

»Wieso?«

»Es ist weit dorthin.«

»Trotzdem, John. Ich möchte gern hinfahren und nachschauen.«

»Willst du den Boden aufhacken?«, fragte der Reporter.

»Das nicht gerade, aber tut mir den Gefallen und bringt mich hin.« Sie verzog die Lippen. »Ich habe da nämlich eine Idee, weißt du …«

Sie war zwanzig Jahre jung, hatte rotbraunes, sehr langes, lockiges Haar, eine tolle Figur und eine straffe Haut, die weiß war wie frisch gefallener Schnee. Ihre großen Augen wirkten ein wenig kindlich.

Die Figur allerdings gehörte keinem Kind. Es waren die Formen einer reifen Frau, und das stellte auch ein Mann namens Tassilo Braker fest, als er mit seinen gierigen Blicken die Frau fast auszog.

Sie lächelte. »Gefalle ich Ihnen, Sir?«

»Und wie«, sagte Braker. »Wie heißt du noch?«

»Della.«

»Mehr nicht?«

»Nein, nur Della.«

Tassilo Braker räusperte sich. Die Kleine sah angezogen schärfer aus als nackt. Sie trug einen engen, dunkelgrünen Rock und eine auberginenfarbene Bluse. Das obere Kleidungsstück bestand aus einem glänzenden Stoff und hatte einen tiefen V-Ausschnitt, sodass Braker auf die Ansätze der festen, spitzen Brüste schauen konnte.

Meine Güte, hat die Kleine einen Sex-Appeal, dachte er. *So etwas findet man nicht oft.*

»Wo kommst du her?«

»Vom Lande.«

Braker lachte. Zwei seiner drei Goldzähne blitzten. »Vom Lande also. Das Land ist groß.«

»Ohio …«

»Auch das noch.«

Sie stemmte die Arme in die Hüften und drehte sich. »Wieso, Sir, sagen Sie das?«

»Nur so. In Ohio sagen sich doch Hund und Katze gute Nacht. Dort spricht man auch anders als hier. Zum Beispiel Dialekt, und den Ohio-Dialekt kenne ich gut. Du aber redest Frisco-Slang.« Seine Stimme wurde plötzlich scharf. »Los, raus mit der Sprache! Wo kommst du wirklich her?«

Della wurde rot im Gesicht. Sie hoffte, dass der Mann es in der schlechten Barbeleuchtung nicht sah. »Na ja, ich bin in Ohio geboren, lebe aber schon seit fünfzehn Jahren hier in Frisco.«

Tassilo Braker nickte. »Warum nicht gleich so? Wer mich belügen will, muss früher aufstehen.« Ein schmieriges Grinsen glitt über sein Gesicht. Tassilo Braker war genau der Typ, den gewisse Filmregisseure suchen, wenn sie einen Mann haben wollen, der einen verlebt aussehenden Barbesitzer spielen soll. So sah Braker aus. Sein breites Gesicht war fleischig und aufgedunsen. Unter den Augen lagen die Ringe oder Tränensäcke wie eingeschabt. Sein Kinn erinnerte an einen wackelnden Pudding, die Augen waren klein, das Haar glatt, schwarz und auf der Kopfmitte gescheitelt. Wäre er schlanker gewesen, hätte er als Gigolo und Tangotänzer durchgehen können, so aber reichte es nur zu einem Nachtclubbesitzer und Herrn über mindestens fünfzehn Spezialsaunen. Für eine dieser Saunen wollte die Kleine vor ihm arbeiten. Er hatte sie nicht ausgesucht. Sie war freiwillig zu ihm gekommen, und das musste sie Mühe gekostet haben, denn Tassilo Braker schirmte sich sehr stark ab, da er so gut wie nie gestört werden wollte.

Jetzt stand sie vor ihm, ließ sich von dem Mann betrachten, machte einen so schüchternen Eindruck und hatte ihm eine Lüge unter die Weste schieben wollen.

Sollte er sie tatsächlich in einen der Clubs stecken? Er überlegte noch, auch das Mädchen schwieg, und nur das Summen der Kühlaggregate war in der Bar zu hören.

Sie befanden sich in einem der Nachtclubs. LAST ROSE hieß er und lag im Hafengebiet. Die Luft war schlecht. Es roch noch nach Rauch und Schweiß des vergangenen Abends. Auf der Tanzfläche lag Papier. Die Putzfrauen würden erst in einer Stunde kommen.

Tassilo Braker stand auf. Er trug einen weißen Anzug mit roter Weste, die sich über seinen Bauch spannte. Wenn er den Oberkörper zu stark vordrückte, klaffte das Jackett ziemlich weit auf, und der Griff eines schweren Revolvers war unter der linken Achselhöhle zu sehen. Er ging die wenigen Schritte zur Bar und schenkte sich dort einen Wodka ein, wobei er von Della beobachtet wurde, die ihn jedoch nicht ansprach.

Mit dem halb vollen Glas in der Hand drehte sich der Mann um. Den linken Ellbogen hatte er auf dem Handlauf abgestützt. Wieder glitt sein Blick über den Körper des Mädchens. Verdammt, die Kleine war gut. Sie hatte auch genau die Beine, die ihn so anmachten.

»Und du willst bei mir Geld verdienen?«, fragte er noch einmal.

»Ja, Sir.«

Erst jetzt nahm er einen Schluck. Während der Wodka über seine Zunge rann, dachte er an Lizzy, seine Flamme, die er schon seit einigen Monaten hatte. Lizzy war über dreißig, er zwar fast zwanzig Jahre älter, dennoch wollte er sie nicht mehr. Innerlich grinste er. Als das Glas leer war, hatte sich Braker zu einem Tausch entschlossen. Lizzy sollte im Club die Männer verwöhnen, während Della für sein französisches Bett wie geschaffen schien.

»Du gefällst mir, Süße.«

Wieder produzierte sie ein so scheues, fast naives Lächeln. Braker war fast sicher, dass dies reine Schauspielerei war. Die Kleine hatte es faustdick hinter den Ohren. »Dann bekomme ich den Job, Sir?«

»Nein.«

Enttäuschung stand plötzlich in ihrem Blick. Sie senkte die Augenlider mit den langen Wimpern, schaute zu Boden, und Braker rechnete damit, dass sie jetzt Tränen produzieren würde.

Er ging auf sie zu.

Seine Schritte musste sie hören, dennoch schaute sie nicht auf. Erst als sie seine Hände auf ihren Schultern spürte, hob sie den Kopf an und blickte in das verlebt wirkende Gesicht des Mannes. »Weshalb bekomme ich den Job nicht, Sir? Was soll ich noch tun?« Ihre Lippen zuckten an den Rändern. »Bin ich Ihnen nicht schön genug?«

»Das hat keiner behauptet …«

»Aber?«

Er kam noch näher an sie heran. »Du bist einfach zu schön, Kleine. Zu schön für eine Sauna und all die geilen Typen, die sich dort herumtreiben. Du bist geboren, um eine Königin zu sein, du sollst nur dem König gehören, und der bin ich. Von nun an bin ich dein König. Du bleibst und regierst an meiner Seite. Klar?«

Sie trat so überrascht zurück, dass seine Hände von den Schultern rutschten. »Was haben Sie gesagt?«

Er hob die Hand, legte zwei Finger unter ihr Kinn und spürte das Zucken eines Muskels. »Hast du das nicht verstanden, Kleine?«

»Schon, nur nicht begriffen.«

»Ich will dich zu meiner Geliebten machen, Della. Du sollst nur mir gehören, keinem anderen. Ist das klar? So dumm bist du doch nicht, dass du diese Chance nicht ergreifen willst.«

»Nein, Sir, nein.« Ihre Augen begannen zu leuchten. »Jetzt habe ich begriffen.«

»Na also. Keine Sauna, keine Absteige, keine Straße, kein überfülltes Bordell, dafür einen Luxus, wie du ihn bisher bestimmt nur im Kino oder im Fernsehen gesehen hast. Gut, nicht?«

»Ja!«, hauchte sie.

»Und mehr sagst du nicht?«

»Sir, ich, mir fehlen einfach die Worte. Damit habe ich nie im Leben gerechnet.« Nur stockend brachte sie die Worte hervor und sah, wie der Mann eine wegwerfende Handbewegung machte.

»Ach, hör auf, Mädchen! Du wirst dich daran gewöhnen. Es ist leicht, von einem Bettler zum König zu werden, aber der umgekehrte Weg ist viel, viel schwerer. Die meisten Menschen zerbrechen daran, aber darüber brauchst du dir keine Gedanken zu machen. Kennst du mein Haus?«

»Nein, Sir.«

»Du hast auch noch nichts davon gehört?«

»Wirklich nicht.«

»Dann wirst du dich wundern. Es liegt direkt am Meer. Auf den Klippen. Ich habe drei Pools, einer ist sogar überdacht, und es gibt eine in den Fels gehauene Treppe, die zum Strand führt. In zwanzig Zimmern kannst du leben und wohnen. Ist das nichts?«

Die Erwiderung kam staunend. »Fantastisch, Sir!«

Braker knurrte wütend. »Verdammt, Mädchen, sag nicht immer *Sir* zu mir. Ich heiße Tassilo.«

»Okay, Tassilo.« Sie ging auf ihn zu. Er wusste, was sie vorhatte. Sekunden später lag sie in seinen Armen. Zum ersten Mal strichen seine dicken Finger mit den schwarzen Härchen darauf über ihren Körper, und er erforschte viele Stellen mit routinierten Bewegungen. »Ja, du bist richtig«, stöhnte er. »Du bist goldrichtig. Schade, dass ich jetzt keine Zeit habe. Ich muss mich gleich um die Abrechnung kümmern, sonst hätte ich ausprobiert, wie goldrichtig du wirklich bist.« Er löste sich von ihr und atmete schwer.

Verdammt, die Kleine glich einem Vulkan, und ihre Küsse waren heiß wie Feuer.

»Und was soll ich jetzt tun?«, fragte sie.

»Trinken«, erwiderte er. »Du sollst trinken. Das heißt, wir

beide trinken. Der Champagner wird perlen. Warte.« Er ging wieder zur Bar, trat dahinter und öffnete eine Kühlbox, in der nur die Flaschen lagerten, die für ihn und besondere Gäste reserviert blieben.

Er trank am liebsten Perrier-Champagner. Das hatte er mit Prinz Charles gemeinsam. Wenn er dieses Edelgesöff schlürfte, hatte er das Gefühl, als würde eine flüssige Rakete durch seinen Gaumen zischen.

Der Naturkorken jagte gegen die Decke, als er die Flasche öffnete. Weißer Schaum quoll aus dem Flaschenhals und rann an der Außenseite nach unten. Er nahm zwei Gläser und schenkte lässig ein.

»Komm her, Süße!«

Della ging näher. Ihre Brüste zitterten unter der dünnen Bluse.

Tassilo Braker reichte ihr ein Glas. »Auf unsere Zeit«, sagte der Mann. »Auf dass wir …«

Da wurde die Tür aufgestoßen. Wenn Tassilo Braker etwas nicht leiden konnte, waren es Störungen im unrichtigen Moment.

So hart stellte er das Glas zur Seite, dass ein Teil der Flüssigkeit überschwappte. In seinen Augen blitzte von einer Sekunde zur anderen die reine Wut. Ein Yul-Brunner-Typ betrat die Bar.

Unter der dunklen Jacke des Glatzkopfes befanden sich gewaltige Muskelpakete und ein Brustkorb fast so breit wie ein Schrank. Der Mann hieß Stoke und war Brakers Leibwächter.

»Augenblick«, sagte der Nachtclubchef. Mit zielsicheren Schritten lief er Stoke entgegen.

Auf halber Strecke erkannte Braker, dass mit dem anderen etwas nicht stimmen konnte. Der ging nicht so forsch wie sonst, sondern seltsam steif, auch taumelig. Sein Gesicht wirkte wie ein blasser, in die Breite geschobener Schatten.

»He, was ist …?«

»Boss, Boss …«, keuchte der Leibwächter. »Ich … ich …«

»Rede, zum Teufel!« Braker hatte den Champagner und

seine neuste Flamme vergessen. Das Mädchen stand an der Bar. Sie beobachtete mit einem kalten Lächeln auf den Lippen die Vorgänge.

Die beiden Männer trafen zusammen. Braker hielt den anderen fest, sonst wäre dieser nach vorn gefallen und hätte ihn durch sein Gewicht auch noch von den Beinen gerissen.

»Rede doch endlich!«

Stoke wollte etwas sagen und öffnete den Mund. Ein Blutschwall schlug Braker entgegen. Hastig sprang er zurück, nachdem er den anderen losgelassen hatte.

Schwer fiel Stoke vor seinen Füßen zu Boden. Er war auf sein Gesicht geschlagen und präsentierte Braker den Rücken.

Dicht über dem vorletzten Wirbel ragte aus der Kleidung etwas hervor, das dort überhaupt nicht hingehörte.

Es war ein Dolchgriff!

Jemand hatte Stoke eiskalt gekillt!

Tassilo Braker spürte in den folgenden Sekunden zum ersten Mal seit langer Zeit Angst. Das war ein Gefühl wie vor zwanzig Jahren, als er aus Europa nach Kalifornien gekommen war, um sich in Frisco eine Existenz aufzubauen.

Er hatte hart schuften müssen, bis er ganz oben war. Nun stand er da, war umgeben von Neidern, aber so mächtig, dass sich andere nicht trauten, an den genau abgesteckten Grenzen seines Imperiums zu rütteln. Bis zum heutigen Tag.

Nun war alles anders geworden.

Stoke, sein persönlicher Leibwächter, lag vor ihm. Und in seinem Rücken steckte ein Dolch.

Braker ballte die Hände zu Fäusten. Das Blut war aus seinem Gesicht gewichen. Unter der Schläfenhaut zuckten die Adern, und er atmete schnaufend durch die Nase.

Für ihn war eine Welt zusammengebrochen. »Er ist tot!«, flüsterte Braker. »Verdammt, er ist tot …« Der Nachtclubchef beugte sich vor und schüttelte den Kopf. »Der ist tatsächlich tot!«, schrie er plötzlich. »Einfach so gekillt. O verdammt!« Er drehte sich um, stierte die an der Bar stehende Della an, die soeben ihr geleertes Champagnerglas zur Seite stellte. »Hast du das gesehen?«

»Ja.«

Tassilo hob die Schultern. »Ich begreife es nicht, zum Teufel. Kommt hier rein, fällt um, ist tot. So mir nichts, dir nichts. Das kann doch nicht …«

»Hast du Feinde?«

»Ja, zum Henker!«

»Dann solltest du verschwinden!«

»Nein, er bleibt!«

Es war eine raue und gleichzeitig scharf klingende Stimme, die diese Worte gesprochen hatte. Und sie waren von der offen stehenden Tür her geklungen.

Um dorthin schauen zu können, musste sich der Nachtclubchef umdrehen. Er tat es langsam, fast bedächtig, und er sah den Schatten einer sehr kleinen Gestalt.

Das blieb nicht so, denn der andere ging vor. Den ersten Schritt, den zweiten.

Damit geriet er in den Schein einer Deckenlampe, die ihren Strahl schräg nach unten schickte.

Die Augen des Tassilo Braker wurden groß. Er schüttelte auch den Kopf, denn der Typ, der dort stand, war ein Verwachsener. Ein Zwerg, ein Gnom.

Hatte er den Dolch geschleudert?

Tassilo Braker blickte ihn an. In seine Augen war ein kaltes Glitzern getreten, und in den Pupillen schimmerte plötzlich das Wissen um den Täter. »Du«, sagte er, »du verfluchter Bastard hast ihn umgebracht. Gib es zu, Hund!«

Der Gnom grinste schief. »Ja«, hauchte er, sodass Tassilo Angst und Bange wurde. »Ja, ich war es!«

Braker zeigte sich entsetzt und konsterniert. Aber die Überraschungen hatten noch kein Ende genommen, denn er hörte plötzlich die Frage des Mädchens, die ihn fast von den Beinen haute.

»Weshalb hast du das getan, Vater?«

Vater!

Della hatte das Wort nur leise ausgesprochen, dennoch war es dem Mann wie ein Schrei vorgekommen.

Vater!

Dieser bucklige Widerling war der Vater dieser Schönheit an der Bar. Das durfte nicht wahr sein, das war verrückt, einfach zum Lachen.

Tassilo Braker schaute ihn an. Er wollte diesen Mann, der eine so schöne Tochter besaß, genau betrachten, von Kopf bis Fuß. Und was er da zu sehen bekam, ließ ihn schauern. Der Mann hatte keinen normalen Kopf. Was auf seinen Schultern wuchs, war schon eine entstellte Kugel. Ein pockennarbiges Gesicht, darin ein schiefer Mund, dessen Lippen wie große Geschwüre wirkten. Kein einziges Haar wuchs auf seinem Schädel. Das wenigstens hatte er mit dem ermordeten Leibwächter Stoke gemeinsam.

Im Verhältnis zum Körper kamen dem Betrachter die Arme überlang vor. Sie pendelten zu beiden Seiten wie die bei einem Gorilla. Die Ohren passten ebenfalls nicht. Sie wirkten angeklatscht, wie flache Stücke Fleisch, in die ein Relief eingezogen war.

Der Gnom trug eine dunkelrote Jacke und eine grüne Hose. Seine Hände waren leer, aber in einem Gürtel, der sich um die schiefe Hüfte spannte, steckten noch mehr Messer.

Für Tassilo Braker gab es keine andere Möglichkeit. Dieser Kretin hatte das Leben seines Leibwächters auf dem Gewissen, und er war der Vater eines so schönen Mädchens.

Um eine Schrittlänge trat der Nachtclubchef zurück. Er war bleich geworden. Unter den Achseln, auf der Stirn und selbst im Haarwirrwarr auf der Brust hatte sich der Schweiß gesammelt, und er spürte die Kleidung an seinem Körper kleben.

Der Bucklige, mochte er auch noch so klein sein, verbreitete eine Aura des Schreckens und der Gewalt, die Tassilo Braker sehr deutlich spürte. Sie strich wie ein Hauch über sein Gesicht.

Noch lag der Tote zwischen den beiden Männern, das änderte sich, als der Bucklige vorging. Braker kam nicht umhin, dessen geschmeidigen Gang zu bewundern. Dieser Mensch bewegte sich wie ein Tänzer, und er ging absolut lautlos.

Zudem wollte er zu Braker!

Der blieb stehen. Er konnte nicht mehr weiter, er musste sich dem anderen stellen, und er dachte daran, dass er unter der Achsel den Magnum-Revolver trug.

Mit ihm hatte er lange nicht mehr geschossen, so etwas überließ er anderen. Nun war er gefordert, und er würde es diesem Killer schon zeigen. Sterben sollte er, unter den Geschossen zusammenbrechen, das nahm er sich vor, als er mit einer gedankenschnellen Bewegung die Waffe aus der dunklen Lederhalfter holte.

Während er die Mündung auf den Mann richtete, sodass der Bucklige wie von einem dunklen Auge angeglotzt wurde, verhärtete sich sein Gesicht. Die Züge schienen allmählich einzufrieren, und in seine spaltbreiten Augen trat ein lauernder Ausdruck.

»Er wird schießen, Vater!«, vernahm Braker hinter sich die Stimme des Mädchens.

»Ja, lass ihn …«

»Hör zu, du verfluchter Kretin! Ich blase dir das Gehirn aus dem Schädel, und deine Tochter wird mich nicht davor zurückhalten können, das schwöre ich dir.«

Der Gnom hob seine langen Arme ein wenig in die Höhe und begann, mit den Fingern zu wedeln. »Das braucht sie auch nicht. Mir ist es egal, ob du schießt.«

»Dann willst du sterben?«

»Nein.«

»Aber das passiert, wenn ich schieße.«

»Vielleicht«, erwiderte der andere. »Vielleicht auch nicht. Du kannst es versuchen. Ja, schieß!«

Tassilo Braker war unsicher geworden. Diese Unsicherheit steigerte sich noch, als der Kretin vor ihm die Arme hob, die Lippen verzog und so etwas wie ein Grinsen produzierte.

Ohne sich dabei umzudrehen, sprach er **das Mädchen** an. »Und du wirst zuschauen, wie ich deinen Vater kille.«

»Ja, mach es!«, erwiderte Della kalt.

Das erschreckte den anderen. Mit einer solchen Reaktion hatte er nicht gerechnet. »Du hast nichts dagegen?«

»Nein.«

»Weshalb nicht? Hasst du ihn?«

»Er ist mir egal.«

Braker begann glucksend zu lachen. »Hast du es gehört, Alter? Deine Tochter hat gesprochen. Du bist ihr egal. Du bist ihr sogar scheißegal. Weshalb bist du gekommen?«

»Weil ich sie zurückholen will!«

Jetzt musste der andere lachen. »Zurückholen willst du sie? Zu dir vielleicht? Das ist lächerlich. Ich habe beschlossen, dass sie zu mir gehört, und dabei bleibt es. Hast du verstanden?«

»Sicher.«

»Schieß schon«, sagte Della. Ihre Stimme klang völlig gefühllos. Sie goss bei ihren Worten sogar Champagner ins Glas. Der Barbesitzer hörte die Geräusche. »Willst du nicht?«

Da feuerte er.

Braker drückte ab. Nicht nur einmal, sondern dreimal. Jedes Mal bäumte sich die Waffe in seiner rechten Hand auf. Er sah, wie die Kugeln in den verwachsenen Körper schlugen, er roch das Waffenöl und auch den Pulverschmauch. Es war noch der gleiche Geruch wie früher. Der Begleiter des Todes.

Und doch war früher etwas anders gewesen. Da hatten die Opfer nicht gelacht.

Der Bucklige aber lachte.

Er lachte sogar, als die dritte Kugel in seinen Körper fuhr. Er flog zurück, fiel auf seinen Buckel, rollte sich herum und blieb auf der Seite liegen, ohne sich zu rühren.

Tief atmete sein Mörder durch. »Das war es«, sagte er stöhnend. »Der tötet keinen mehr.«

»Nein, das war es nicht!«

Della hatte gesprochen, und er hörte hinter sich ihre Schritte. Er drehte sich um.

Sie kam lässig näher. Wie sie das Glas hielt, ließ auf Routine schließen. Neben ihm blieb sie stehen. Mit der freien Hand deutete sie auf ihren toten Vater.

»Das war es wirklich nicht.«

»Wieso?!«, schrie Braker. »Was sollen diese verdammten Wiederholungen eigentlich?«

»Weil er nicht tot ist.« Ihre Antwort klang lässig und auch lakonisch. Dabei nahm sie noch einen Schluck Champagner.

Braker schaute seine neue Freundin an, als hätte er eine Geisteskranke vor sich. »Wie kannst du das sagen?«, flüsterte er. »Verdammt, wie kannst du so etwas behaupten?« Er wurde sich erst jetzt darüber klar, was die Worte der jungen Frau zu bedeuten hatten, fuhr auf dem Absatz herum, packte Della an den Schultern und schüttelte sie durch. Eine Hand drückte er in den Nacken und drehte den Kopf so, dass Della direkt auf ihren toten Vater schauen musste. »Da liegt er, verdammt. Drei Kugellöcher hat er im Körper. Das übersteht keiner. Wie kannst du dann behaupten, dass er nicht tot ist?«

Er ließ sie los. Della rieb über ihren Nacken und ging zwei Schritte zurück. »Weil er sieben Leben hat.«

Das Lachen des Mannes schallte schrill durch die Bar. »Was hat dein Vater?«

»Sieben Leben!«

»Aber jetzt nur noch sechs, oder wie? Eines habe ich ja zerstört.« Er fing an zu lachen.

»Das kommt nicht ganz hin. Es kann auch sein, dass er nur noch vier hat. So genau bin ich darüber nicht informiert, doch das werden wir noch alles sehen.«

»Sieben Leben.« Braker steckte seinen Revolver weg und ging im Kreis. Dabei schlug er gegen seine Stirn. Immer wenn er sie berührte, erklang ein klatschendes Geräusch.

Della rührte sich nicht. Sie blieb stehen und schien sich köstlich zu amüsieren. Es war ihr gelungen, Tassilo Braker aus der Fassung zu bringen. So hart, wie er sich immer gab, war der Gangsterboss nicht. Della war sehr gespannt.

Tassilo Braker blieb stehen. »Gut«, sagte er und nickte dabei. »Er hat also sieben Leben. Das nehme ich alles noch hin. Aber was will er mit diesen Leben?«

»Er braucht sie.«

»Und wofür?«

»Er muss länger existieren als andere. Er ist etwas Besonderes, denn er hat sich vorgenommen, einem Dämon zu dienen. Einem mächtigen, wie er mir einmal anvertraute. Er will hier seine Spur aufnehmen.«

»Und wer soll das sein?«

»Du wirst den Namen nicht kennen. Ich sage ihn dir trotzdem. Er heißt Shimada!«

Braker hob die Schultern. »Den kenne ich tatsächlich nicht. Ist aber ein wilder Name.«

»Ja, so wild wie Shimada selbst. Das ist ein sehr gefährlicher Dämon. Er metzelt alles nieder, was sich ihm in den Weg stellt. Shimada ist gnadenlos, und irgendwie passt mein Vater zu ihm. Findest du nicht auch?«

»Nein, das finde ich überhaupt nicht. Da ich nicht weiß, was ein Dämon mit einem Toten will.«

»Er ist nicht tot.«

Braker verzog das Gesicht. Er wollte etwas sagen. Die harte Antwort lag ihm schon auf der Zunge, doch er schluckte sie runter. Nein, dieses Mädchen war unbelehrbar. Es erzählte ihm da Dinge von einem Dämon oder einer mythologischen Gestalt, die wahrscheinlich nur ein Fantasiegebilde war. Mit so etwas konnte man ihm nicht kommen. Er hielt sich da lieber an die Realitäten.

»Mehr willst du nicht wissen?«, fragte Della.

»Nein, mehr nicht. Ich muss dafür sorgen, dass die Leiche dieses Kretins weggeschafft wird.« Er drehte sich zu seiner Freundin hin und grinste tückisch. »Und du, Della, die du ja seine Tochter bist, wirst mir dabei helfen!«

»Ich soll meinen Vater wegtragen?«

»Ja, genau!«

»Das brauche ich gar nicht. Er kann allein gehen. Sieh ihn dir an, Sir!«

Della hatte so sicher gesprochen, dass Braker der Aufforderung nachkam. Er schaute auf die Leiche und sah, dass ein Zucken durch den buckligen Körper lief.

Sofort danach hob der Tote den Kopf. Er winkelte die Arme an, stemmte sich auf die Hände und drückte sich langsam in die Höhe. Direkt vor Braker blieb er stehen.

Fassungslos schaute der Nachtclubchef in das von Geschwüren und kleinen Beulen bedeckte Gesicht. Er atmete schwer und pfeifend.

»Hallo, Killer!«, sagte der Gnom mit tiefer Stimme …

Jane hatte uns noch einmal überzeugt, dass es besser für uns alle war, wenn wir uns den Ort anschauten, wo das Schreckliche geschehen war. Also waren wir gefahren.

Glücklicherweise gehörten zum Fuhrpark des Sanatoriums mehrere Fahrzeuge. Craig Russell, der technische Leiter, zog zwar ein säuerliches Gesicht, aber er machte gute Miene zum bösen Spiel und gab uns die Schlüssel zu einem grauen Dodge.

»Bringen Sie ihn aber heil zurück«, flehte er uns an.

»Keine Angst, das werden wir«, antwortete Bill lässig.

»Das haben Sie beim ersten Mal auch schon gesagt. Und jetzt sind nur mehr Trümmer übrig.«

Der Reporter winkte ab. »Die Sache ist ausgestanden. Wir wollen nur noch einmal etwas nachprüfen.«

»Bitte.«

Den Weg kannten wir. Nach dem Vorfall waren einige Stunden vergangen. Wir alle hofften, dass sich die Lage ein wenig entspannt hatte und wir vor allen Dingen keine Polizei mehr vorfanden. Die Männer hätten nur dumme Fragen gestellt, das mochte ich überhaupt nicht, denn um lange Erklärungen abzugeben, hatte ich nicht den Nerv.

Suko fuhr. Zusammen mit Jane hatte ich mich in den Fond gesetzt. Sie saß neben mir wie eine Puppe. In ihrem Gesicht zuckte kein Muskel. Auch kam mir ihre Haut so unnatürlich blass vor. Manchmal bewegte sie die Lippen, als wollte sie etwas sagen, dann aber drang nur ein stöhnender Atemzug aus ihrem Mund.

»Was hast du?«, fragte ich sie.

»Nichts, John, gar nichts.«

»Das glaube ich dir nicht.«

Jane hob nur die Schultern und drehte den Kopf der Scheibe zu, um nach draußen schauen zu können, wo die sehr gepflegt wirkende Parklandschaft vorbeihuschte.

Ich wusste auch nicht, wie ich es anstellen sollte, um Jane Collins zum Reden zu bringen. Sie hatte ein Problem, das stand für uns fest, aber sie wollte nicht darüber sprechen.

Ich versuchte es noch einmal. »Jane, ich möchte dir helfen, wirklich.«

»Das glaube ich dir, John, aber mir kann niemand helfen. Glaub es mir. Das muss ich allein entscheiden.«

»Hat es etwas mit uns zu tun?«

»Auch.«

»Und sonst?«

»Mit meiner Vergangenheit. Mehr kann ich dir nicht sagen. Ich muss einfach darüber nachdenken und mir über viele Dinge endlich klar werden. Das werde ich auch schaffen.«

»Ohne Hilfe, Jane?«

»Ja, ohne. Weil es nur mich angeht. Verstehst du? Es geht nur mich etwas an!«

»Schade.«

Sie drehte sich wieder um und legte eine Hand auf mein Knie. »John, ich werde damit fertig. Mach dir keine Sorgen.« Damit war für sie das Thema beendet, auch ich fragte nicht mehr nach.

Bill drehte sich um. »Diese Strecke hier sind wir schon einmal gefahren. Noch einige Minuten, dann sind wir da.«

Es dauerte nicht sehr lange, bis Suko den Dodge abbremste und wir aussteigen konnten.

Kalte Luft schlug uns entgegen. Ich hatte im Radio von einer Kältewelle gehört, die sich in Richtung Süden ausbreitete. Bisher hatten wir nicht viel davon gespürt, nun aber kam die Kälte, und sie schien vom Wind mitgenommen worden zu sein. Er biss in unsere Gesichter. Aus Norden wehte er.

In der Tat war die Stelle leer. Die Panzer hatten sich wieder zurückgezogen, die Trümmer des Hubschraubers und auch die Toten waren geborgen worden, und auch den Truck, um den sich zu Beginn alles gedreht hatte, sahen wir nicht mehr.

Ich atmete tief durch. Ein komisches Gefühl überkam mich doch, als ich dorthin schaute, wo mich die Erde fast verschlungen hätte. Wäre Suko nicht gewesen, hätte ich nicht hier stehen können.

»Du wolltest also dorthin, wo ich fast versunken wäre«, sagte ich zu Jane.

»Ja.«

Meine Freunde beobachteten sie. Keiner der Männer sprach, wir ließen Jane den Vortritt. Sie ging zwei Schritte und stemmte sich gegen den Wind, der in ihr Gesicht fuhr und die langen Haare in die Höhe wehte.

»Was ist los?«, fragte ich.

»Ich glaube, ich spüre ihn.«

Wir Männer schauten uns gegenseitig an. Bill hob die Schultern, Suko schüttelte den Kopf. Mit dieser Antwort konnte keiner von uns etwas anfangen.

»Wen spürst du?«, fragte ich.

»Den Würfel.« Jane gab die Antwort mit einer so großen Selbstverständlichkeit, dass wir nicht mitkamen. Ich wollte schon lächeln, denn damit hätte ich nicht gerechnet.

Sie spürte also den Würfel!

»Das musst du uns erklären«, forderte ich sie auf. »Wie kann man ihn spüren?«

Jane kam wieder zurück. Mit der Hand deutete sie dorthin, wo der vernichtete Zombie-Apache zusammen mit dem Würfel versunken war. »Es ist schwer, eine Erklärung zu geben, aber ihr werdet mich trotzdem begreifen, so hoffe ich.«

»Bitte, rede.«

»Ich habe den Würfel über lange Wochen bei mir getragen. Erst jetzt ist mir klar geworden, welch eine Macht ich damit buchstäblich in den Händen gehalten habe. Ich hätte ihn manipulieren und mich meiner Feinde erwehren können, aber was habe ich getan? Nichts von dem. Wie tot lag ich in dem alten Kloster, hielt den Würfel fest und wartete darauf, dass irgendetwas geschehen würde. Aber es tat sich nichts, überhaupt nichts. Andere übernahmen die Initiative. Eigentlich war der Würfel ja ein Fremdkörper«, gab sie zu, »aber nach einer Weile kam mir das nicht so vor. Ich begann, mich an den Würfel zu gewöhnen. Ja, ich stellte mich darauf ein, dass ich mit ihm leben muss. Damals ahnte ich noch nichts von einem künstlichen Herzen. Im Laufe der Zeit hat sich zwischen mir und dem Würfel so etwas wie ein Verhältnis des Vertrauens eingestellt. Ich gewöhnte mich an ihn, er gewöhnte sich an mich. Wir gingen zwar keine direkte Verbindung ein, aber gewisse Reste waren und sind noch immer vorhanden!« Sie richtete ihren Blick auf uns drei. »Versteht ihr mich?«

»So einigermaßen«, gab ich zu. »Du willst also versuchen, einen erneuten Kontakt mit dem Würfel aufzunehmen?«

»Das meine ich.«

Bill deutete zu Boden. »Er ist in der Tiefe verschwunden. Kannst du diese Sperre durchbrechen?«

»Das muss ich versuchen.«

»Aber die Erde ist zu«, warf ich ein. »Sie wurde wieder normal. Ich weiß nicht, ob …«

»Bitte, John, keine Einschränkungen! Ich habe gesagt, dass ich es versuchen will. Vielleicht bekomme ich einen Hinweis oder einen Kontakt mit dem Würfel. Schließlich habe ich ihm lange mein Leben zu verdanken gehabt.«

»Lass sie tun, was sie will«, sagte Suko zu mir.

Ich hob die Schultern. Im Prinzip hatte ich es nur gut gemeint. Ich wollte nicht, dass sich Jane, wo sie ja praktisch erst seit einigen Stunden ihr neues Herz trug, schon wieder aufregte und in ein neues Abenteuer stürzte.

Andererseits hatte Jane die Operation überstanden und war für mich zu einem magischen Phänomen geworden.

Nun ja, wir würden sehen.

Sie kniete sich hin. Sehr langsam geschah dies. Dann beugte sie sich nach vorn, als ob sie die Erde küssen wollte.

Dazu kam es nicht. Bevor ihre Lippen den Boden berührten, blieb sie in dieser gebückten Haltung sitzen und presste ihre Hände fest gegen den Untergrund.

Wir umstanden sie in einem Halbkreis und schauten auf ihren Rücken. Der Wind spielte mit ihren blonden Haaren.

Zunächst geschah nichts. Wir standen nur da und warteten auf Janes Reaktion.

Sagte sie etwas?

Zunächst hatte ich an eine Täuschung gedacht, an das Flüstern des Windes, bis mich ihre Stimme traf.

»Ich spürte es.«

»Kontakt?«, fragte Bill schnell.

»Ja, ich habe Kontakt.«

»Was ist es?«, flüsterte ich.

»Der Würfel«, erwiderte sie leise. »Es muss der Würfel sein. Ich kann mir nichts anderes vorstellen.«

»Dann befindet er sich noch hier?«

»Ja, aber er wandert …«

Ich spürte auf meinen Handflächen den Schweiß und ballte die Hände zu Fäusten. Wenn der Würfel tatsächlich wanderte, geriet er aus unserer Kontrolle. Dann war alles umsonst, dann hatte Jane Collins verloren. Und wir auch.

»Kannst du feststellen, wohin er gewandert ist?«, erkundigte ich mich.

»Nein, John, aber da ist eine fremde Kraft, die ihn hält. Sie will ihn nicht loslassen, sie …«

»Bitte, Jane …« Ich trat aus dem Halbkreis und näher an sie heran. An der rechten Seite stand ich, hatte mich gebückt und schaute sie an.

Jane hatte zwar ihre Haltung behalten, doch sie war innerlich zusammengesackt. Sie schien Depressionen zu haben, eine Enttäuschung erlebte sie, und als ich sie an der Schulter berührte, zuckte sie zusammen.

»Nicht, John, bitte nicht jetzt! Ich versuche alles …«

So warteten wir. Wieder verstrich Zeit. Abermals lastete die Spannung auf uns. Jetzt hätte ich mir gern einen durchsichtigen Boden gewünscht. Leider tat mir die fremde Magie diesen Gefallen nicht. Der Untergrund blieb, wie er war.

Dass Jane überhaupt Kontakt mit dem Würfel des Unheils bekommen hatte, glich einem Phänomen, da zwischen ihr und dem Quader doch eine dicke Schicht Erde lag, die sich als störend erweisen konnte.

»Kannst du ihn beeinflussen?«, fragte ich sie.

»Wie denn?«

»Er soll tun, was du willst. Heb ihn hoch! Sieh zu, dass er die Erde verlässt!«

»Das schaffe ich nicht.«

»Jane, bitte ...«

»John, es ist so schwer. Ich habe nicht den direkten Kontakt. Ich halte den Würfel nicht mehr fest, deshalb lässt er sich von mir kaum beeinflussen. Das musst du verstehen ...«

Auch mich hielt die Erregung umklammert. Selbst meine Hände zitterten. Ich hatte das Gefühl, an Janes Stelle zu sitzen und nicht neben ihr zu stehen.

Die Hände meiner beiden Freunde spürte ich auf den Schultern. Sukos ruhige Stimme erreichte mich. »Bitte, John, mach dich nicht verrückt!«

»Aber ...«

»Komm, lass es!«

Sie zogen mich wieder in den Kreis, als wäre ich ein kleines Kind. Verdammt, ich sah mich am Ende einer langen Fährte und musste nun miterleben, dass das Ziel immer weiter wegwanderte. Es kam mir vor wie ein Horizont, denn auch er war kein fester Punkt und lief dem Betrachter stets davon.

Die Furcht drückte meine Brust zusammen. Die Herzschläge klangen irgendwie dumpfer. Vielleicht lag es an der Enttäuschung. So viel hatte ich eingesetzt, und jetzt war alles vorbei. Kein Würfel mehr, der sich in meiner Hand befand und von mir kontrolliert werden konnte.

Wieder blickte ich auf Janes gekrümmten Rücken. Sie hatte die Umwelt vergessen. In diesen Augenblicken kam sie mir vor wie Kara, die Schöne aus dem Totenreich, wenn sie eine Beschwörung durchführte. Jane bestand nur noch aus Konzentration.

Konnte sie den Kontakt aufrechterhalten?

Auch Bill und Suko waren gespannt. Der Reporter hatte sogar vergessen, in London anzurufen, andere Dinge waren für ihn wichtiger.

Und Jane erhob sich.

So schnell, dass wir drei davon überrascht wurden. Sie kam auf die Füße, drehte sich und schaute uns an.

Starr war ihr Blick, bleich die Haut, blass die zuckenden Lippen. Sie sah aus, als hätte sie geweint, die Ursache für die roten Augen war jedoch der scharfe Wind.

Ich hielt es nicht mehr länger aus und fragte: »Hast du etwas erreichen können?«

»Möglich …«

Die Antwort war uns zu vage, deshalb hakte ich nach. »Was denn, Jane? Bitte!«

»Der Würfel befindet sich auf der Wanderschaft«, begann sie leise. »Er wird weite Entfernungen zurücklegen, denn er hat einen Ruf vernommen.«

»Von wem?«

»Ich kenne ihn nicht, aber es ist jemand, der mehrere Leben hat. Vielleicht ein Dämon, vielleicht ein Mensch, wer kann das schon sagen? Ich habe keine Ahnung.«

»Und was will der Unbekannte mit dem Würfel?«

Sie lachte leise. »Leben will er. Er hat sieben Leben und muss irgendwie gemerkt haben, dass er sich seine Existenz aus dem Würfel hervorholen kann.«

»Und der Würfel wandert auf ihn zu?«, fragte ich noch einmal.

»So ist es.«

»Wo können wir ihn dann finden?«

Jane hob die Schultern. Sie wischte sich eine Haarsträhne aus dem Gesicht. »Es ist sehr schwer, wisst ihr?«

»Kannst du uns nicht die ungefähre Richtung sagen?«

»Ja, nach Westen. Er wird nach Westen wandern.«

Bill winkte ab. »Das ist verdammt weit weg. Im Westen liegen zahlreiche Orte. Los Angeles, Reno, Las Vegas, Frisco …«

Bevor der Reporter noch weitere Orte aufzählen konnte, wurde er von Jane unterbrochen. »Moment mal, Bill. Frisco?!

Das ist es. Dieser andere mit den sieben Leben hat seine Gedankenströme ausgeschickt. Er teilte auch mit, wo er zu finden wäre. Da glaubte ich, Frisco gehört zu haben. Bin mir aber nicht sicher.«

»Egal«, sagte ich. »Das ist immerhin etwas.« Ich wandte mich an die anderen. »Und wisst ihr, wer in Frisco lebt?«

»Klar«, sagte Suko, »Yakup.«

»Eben.«

»Denk an Ali«, sagte Bill.

Nach dieser Antwort wurde es still, weil jeder seinen Gedanken nachhing. Sollte das Schicksal eine solche Kapriole geschlagen haben, dass es uns nach Frisco verschlug, wo Freunde von uns warteten? Und standen diese möglicherweise mit dem Würfel in Verbindung?

Alles war drin. Auch ich spürte meine innere Nervosität und die Spannung. Allerdings war es schwer, die neuen Erkenntnisse in eine Reihe zu bringen.

Jane hatte von einem Unbekannten gesprochen, der sieben Leben besaß, und der es schaffte, die Kraft für diese Leben allein aus dem Würfel zu schöpfen. Wenn einem so etwas gelang, musste er schon eine außergewöhnliche Person sein.

Oder ein mächtiger Dämon.

Jane Collins stand vor mir. Sie war sehr nachdenklich, und auch ich hatte die Stirn gekraust.

»Bitte, Jane, kannst du nicht noch einmal überlegen? Hast du keine weiteren Informationen?«

»Nein. Es ging nicht mehr. Die Ausstrahlung des Würfels ließ nach. Ich wundere mich sowieso, dass es mir überhaupt gelungen war, Kontakt mit ihm aufzunehmen. Anscheinend gehören wir beide noch immer zusammen. Anders kann ich es nicht erklären.«

Ich hob die Schultern. »Das muss wohl so sein«, murmelte ich.

»Und der Spuk war es nicht?«, wollte Suko wissen, der vor kurzem üble Erfahrungen mit diesem Dämon gemacht hatte.

»Nein!«

»Was macht dich so sicher?«

»Suko«, erwiderte Jane beinahe vorwurfsvoll. »Ich habe den Würfel lange genug in meinem Besitz gehabt, und ich konnte auch merken, dass es der Spuk immer versuchte, mir den Quader abzunehmen. Er war anders. Er ist direkter gewesen, wenn du verstehst, was ich meine. Dieser Unbekannte war weit entfernt, seine gedanklichen Ströme waren nur ganz schwach festzustellen. Der Spuk hatte diesen Zombie-Apachen eingesetzt. Nachoo war von ihm beeinflusst worden. John ist es jedoch gelungen, ihn zu vernichten. Zwar konnte er den Spuk nicht ausschalten, aber er wird sich zurückgezogen und – ob freiwillig oder nicht – einem anderen das Feld überlassen haben.«

Ich spürte die Unruhe in mir und konnte sie mit dem Begriff Eile umschreiben. »Wie dem auch sei, Freunde, bitte keine langen Diskussionen. Wir müssen fliegen.« Ich wandte mich an Bill. »Willst du auch mit?«

»Was denkst du denn?«

»Dann rufe zuvor in London an, sonst werden wir dort zu lange vermisst.«

»Okay, das mache ich.«

Mit ein wenig Hoffnung gestärkt, gingen wir wieder zurück zum Wagen, stiegen ein und fuhren zurück.

Diesmal konnte sich Craig Russell freuen, denn wir brachten ihm ein völlig intaktes Auto zurück …

*

»Hallo, Killer!«

Die beiden Worte des Toten echoten im Hirn seines Mörders nach. Der Nachtclubchef fühlte sich wie gerädert. Er verstand überhaupt nichts mehr. Wie konnte ein Mensch, der von ihm mit drei Kugeln zu Boden gestreckt worden war, wieder aufstehen und ihn noch ansprechen?

Das war ein Ding der Unmöglichkeit!

Della wurde spöttisch. »Jetzt bist du sprachlos, wie?«

Das war Braker tatsächlich. Er wollte den Mund öffnen, um etwas zu sagen, doch das schaffte er nicht, denn es gelang ihm nicht, die Überraschung zu verdauen.

So blieb er stehen, atmete schwer, spürte die wachsende Angst in sich und senkte den Blick, sodass er an dem Gürtel hängen blieb, in dem noch mehrere Dolche steckten.

Der Gnom hatte den Mann genau beobachtet. Er ließ ein Lachen hören und rieb sich gleichzeitig die Hände. Seine Haut war trocken, sodass es sich wie das Rascheln von Papier anhörte.

Wieder bewegte er sich so gleitend und geschmeidig. Mit einem langen Schritt erreichte er Stoke, den toten Leibwächter. Die gierigen Finger der rechten Hand umklammerten den Dolchgriff und rissen die Waffe mit einem Ruck aus dem Rücken des Toten. An der Kleidung säuberte er die Klinge, hielt den großen kahlen Kopf dabei schief und ließ Tassilo Braker nicht aus den Augen.

Der hatte natürlich mit dem Gedanken gespielt, die restlichen Kugeln in die Gestalt zu pumpen, aber da war etwas, das ihn von diesem Vorsatz abhielt.

Von dem Gnom ging eine Aura aus, die man als unheimlich bezeichnen konnte. Er verbreitete ein Gefühl der Angst, einen Odem des Todes, vielleicht den Gruß einer anderen Welt.

Die Welt der Toten …

Tassilo Braker schüttelte sich, als hätte jemand Wasser über ihn gegossen. Seine dicken Fleischmassen innerhalb des Gesichts gerieten dabei ebenfalls in Bewegung.

Della meldete sich wieder. »Was hast du?«, fragte sie.

»Verdammt!«, ächzte Braker. »Wie kann es angehen, dass so ein hässlicher Kretin eine so schöne Tochter besitzt?«

Das Mädchen lachte. Sie schleuderte die rotbraunen Haare zurück und starrte dem anderen ins Gesicht. »Es gibt im Leben viele Dinge, die du nicht begreifen kannst«, sagte sie. »Sehr viele sogar. Ich habe immer versucht, auszubrechen …« Sie sprach nicht mehr weiter und hob die Schultern.

»Wie? Du wolltest weg?«

»Ja. Weg von ihm …«

Kaum hatte sie die Antwort gesagt, als der Gnom anfing zu

lachen. »Mir entkommt keiner. Ich habe sieben Leben. Und ich hole die Person immer zurück, die mir gehört. Sie gehört mir. Jetzt werde ich sie mitnehmen. Keiner hindert mich daran!«

Er kam auf Tassilo zu.

Plötzlich schlug dessen Herz schneller. Das mit Pusteln und Geschwüren überdeckte Gesicht des Gnoms war eine Maske des Schreckens. So etwas Abstoßendes hatte er noch nie in seinem Leben gesehen. In dieser verwachsenen Gestalt wohnte eine höllische Kraft. Dort lauerte das Grauen, vielleicht die Macht des Teufels …

Braker ging zurück. Dabei warf er seiner neuen Freundin einen Hilfe suchenden Blick zu.

Della reagierte kaum. Ihr Gesicht zeigte einen nahezu blasierten Ausdruck, und in ihren Augen spiegelte sich eine gewisse Teilnahmslosigkeit. Ihr war das Schicksal des Mannes völlig egal. Sollte er sterben, was spielte das für eine Rolle?

»Verdammt, tu was!«, flüsterte Braker.

»Nein, er will etwas von dir, nicht von mir. Du musst mit ihm schon fertig werden.«

Tassilo ging den nächsten Schritt, dann noch einen. In Sekundenschnelle war in seinem Hirn ein verzweifelter Plan gereift. Wenn der nicht klappte, war alles umsonst. Deshalb wollte er es einfach versuchen.

Und er sprang vor.

Es war eine Verzweiflungstat. Mit dem Revolver konnte er nichts ausrichten, also musste er anders versuchen, die Flucht zu ergreifen. Als er abgehoben hatte, schnellte sein rechter Arm zur Seite, und die gespreizte Hand traf Della in Halshöhe, sodass sie zurückgeschleudert wurde und sein Fluchtweg frei war.

An dem Gnom wollte er vorbei.

Dessen Tochter hatte er überraschen können, den Verwachsenen nicht. Er kannte alle Tricks und lachte nur.

Gleichzeitig handelte er. Plötzlich schien sein Bein bei einem Spagat überlang zu werden. Auf jeden Fall bildete es in Kniehöhe ein Hindernis, das der Flüchtende zu spät sah. Er brachte die Füße nicht mehr richtig in die Höhe, sodass er dem Hindernis nicht ausweichen konnte und darüber stolperte.

Ein krächzendes »Verdammt« drang noch aus seinem Mund, als er den Boden auf sich zurasen sah.

Dann schlug er auf.

Es war ein harter, wuchtiger Aufprall, der ihn durchschüttelte und bis ins Mark traf. Er prellte sich noch seine linke Schulter, bevor er sich zur Seite wälzte, einmal überrollte und wieder auf die Beine kommen wollte.

Es blieb beim Versuch.

»Bleib so, wie du bist!«, peitschte die Stimme des Verwachsenen. »Rühr dich nicht!«

Tassilo Braker gehorchte.

Mitten in seiner Aufwärtsbewegung war er erstarrt. Er hockte schief auf dem Boden. Einen Arm hatte er ausgestreckt und stützte sich mit der linken Hand ab. Den rechten Arm hielt er angewinkelt. Er war bereit, jeden Augenblick den Revolver zu ziehen.

»Lass ihn!«

Der Bucklige hatte sich noch mehr geduckt. Sein schiefer Mund war zu einem diabolischen Grinsen verzogen. In seinen kleinen Augen leuchtete der reine Mordwille. Die halb zerstörte Haut an seinen Wangen begann zu zucken, als stünde sie unter Strom.

Braker bekam eine fürchterliche Angst. Obwohl er den Revolvergriff unter den Fingern spürte, traute er sich nicht, die Waffe hervorzuholen. Zu sehr hatte ihn der Befehl des anderen geschockt.

Und der zog sein Messer.

Braker kannte sich in der Szene aus. Er hatte oft genug gesehen, wie jemand eine Waffe hervorgeholt hatte. Aber nie mit der Geschwindigkeit wie dieser Gnom. Darin war er ein Meister.

Mit der linken Hand hatte er den Dolch gezogen. Und er hielt die Klinge dabei nur mit zwei Fingern. Sie kamen dem

254

Barchef vor wie lange Knochenbeine, so dünn war die weiße, teigig schimmernde Haut.

»Della!«, stöhnte Braker. »Verdammt, Della …«

Aber Della tat nichts. Sie schaute zu, wie ihr Vater seinen linken Arm zu Boden schleuderte. Auf halber Höhe öffnete er die Faust, und der Dolch jagte auf Tassilo zu.

Die Entfernung war zu kurz. Nie hätte es jemand schaffen können, dieser Waffe zu entgehen.

Auch Braker nicht.

Er spürte noch den Schlag, sofort danach den Schmerz und hatte das Gefühl, seine Brust würde in zwei Hälften zerrissen.

Dass sein ihn stützender Arm wegknickte, merkte er nicht mehr. Und auch nicht den Aufschlag, da war Tassilo Braker bereits in einem Reich, aus dem es keine Rückkehr gab.

Der Verwachsene aber nickte. Er schaute auf den Toten und grinste scharf. »Ja«, flüsterte er, »so hatte ich es haben wollen. Keiner schafft es gegen mich. Niemand wird es wagen, dich mir wegzunehmen, Della. Niemand! Hast du verstanden?«

Sie nickte.

Der Gnom bewegte sich auf sein zweites Opfer zu und zog die Klinge aus dessen Brust. Als er die Waffe wegsteckte, winkte er mit dem Zeigefinger seiner linken Hand. »Und jetzt kommst du mit.«

Della blieb stehen. Obwohl sie vorhin getrunken hatte, spürte sie in ihrem Hals eine Trockenheit, die nicht natürlich war. Eine Folge ihrer Furcht.

Ja, auch Della hatte Angst vor diesem verwachsenen Gnom, obwohl der ihr Vater war.

Er streckte einen Arm aus. »Ich warte …«

»Nein, verdammt.« Sie trat mit dem Fuß auf. »Ich bin freiwillig hergekommen. Er hat mich überhaupt nicht geholt. Ich wollte einen Job finden, er hat mir einen gegeben.«

»Das weiß ich«, flüsterte der Gnom. »Ich habe gesehen, wie du in seinen Armen lagst. Wie er dich anfasste, überall berührte. Das hat er jetzt gebüßt. Du wirst zu mir zurückkehren. Nur in meiner Wohnung sollst du leben.«

»Ich will nicht mehr in die Erde!«, schrie sie. »Verdammt, ich will es nicht mehr!«

»Danach wirst du nicht gefragt. Heute ist mein großer Tag, meine gewaltige Stunde. Heute werde ich den Kraftspender sehen, den ich so brauche. Ich habe Kontakt zu ihm bekommen. Ich spüre, dass der Würfel dabei ist, Entfernungen hinter sich zu lassen. Er wird mich erreichen, er wird mir seine Kraft geben, sodass ich auch gegen meine vielen Feinde bestehen kann.«

»Es hat doch keinen Sinn«, versuchte Della den Verwachsenen zu überreden. Das Wort Vater wollte ihr einfach nicht über die Lippen kommen. »Wirklich, es hat keinen Sinn.«

»Und wieso nicht?«

»Du kannst es nie schaffen. Man ist dir auf die Spur gekommen. Dieser Mann aus dem Kloster.«

»Interessiert mich nicht. Wenn mir der Würfel die Kraft für die weiteren Leben gegeben hat, bin ich unbesiegbar. Mein Haus wird zu einer dämonischen Trutzburg, in dem sich viele Schwarzblüter wohl fühlen können. Und du wirst mir dabei zur Seite stehen, Della.«

»Nein, nein …«

Er lachte spärlich. »Willst du auch sterben?«, erkundigte er sich. »Ich bin bereit, jedes Opfer zu bringen, und da mache ich auch bei dir keine Ausnahme. Heute verschone ich dich. Dass du mir davongelaufen bist, schreibe ich deiner Jugend zugute, aber wehe dir, du versuchst es noch einmal. Dann garantiere ich für nichts.«

Zum ersten Mal verspürte Della vor ihrem Vater Angst. Bisher hatte ihr nicht mal sein Aussehen etwas ausgemacht. Nun aber fürchtete sie sich, denn sie wusste genau, dass ihr Vater auch sie nicht schonen würde, wenn es um seine Pläne ging. Er war ein Ausgestoßener, ein Verwachsener, einer, den sie anspien, aber es gab andere, die dies nicht taten. Die Schwarzblüter, mit denen er sich verbündet und die ihm von einem geheimnisvollen Würfel berichtet hatten, der eine so große Macht hatte, dass man mit ihm die Welt aus den Angeln heben konnte.

Das genau wollte er.

Die Welt aus den Angeln heben!

Er würde es den Menschen zeigen, er würde ihnen beweisen, wozu er fähig war, wenn ihn der Würfel erst einmal erreicht hatte, der sich bereits auf der Reise zu ihm befand.

Ja, der Würfel!

Er hatte ihn gesehen. Nicht in der Realität, sondern nachts, wenn er von schrecklichen Dingen träumte. Da war er ihm erschienen, aber er hatte sich bisher stets in der Hand eines anderen befunden.

Das war nun vorbei.

Endgültig!

Noch einmal krümmte er den Finger. »Na, mein Täubchen, willst du nicht zu deinem Vater kommen?«

Della wusste, dass es keinen Sinn hatte. Sie nickte und ging auf ihn zu. Um mehr als zwei Kopflängen überragte sie ihn, dennoch verspürte sie eine Beklemmung und Furcht, die schon unnatürlich war.

Der Gnom fasste nach ihrer Hand. Della hatte das Gefühl, Papier angefasst zu haben, so trocken fühlte sich die Haut an, und über ihren Rücken lief ein Schauer.

Della konnte nicht mehr. Sie war zwar körperlich nicht am Ende, die Nerven spielten ihr jedoch einen Streich.

Das übertrug sich auch auf die Reaktionen. Deshalb ließ sie sich mitziehen wie eine willenlose Puppe, und sie wunderte sich darüber, wie gut sich der Gnom innerhalb des Hauses auskannte, denn er ging über die Eingangsschwelle und gelangte in den Vorraum, wo die Garderoben lagen.

Bevor ihm seine Tochter noch eine weitere Wegbeschreibung geben konnte, wandte sich der Bucklige bereits nach links. Er steuerte auf eine schmale Tür zu, die eigentlich nur Insidern bekannt und im Prinzip stets verschlossen war.

Diesmal nicht.

In Höhe des Schlosses zeigte die Tür helle Splitter. Dort war das Holz gerissen. Man hatte den Zugang mit Gewalt geöffnet.

»Komm mit, Täubchen, komm mit!«, flüsterte der Bucklige.

Durch die offene Tür ließ sich das Mädchen noch ziehen, dann stemmte sie sich ihrem Vater entgegen.

Unwillig drehte der Verwachsene den Kopf. »Was soll das heißen? Wo willst du hin?«

»Lass mich!«

»Du kommst mit, verdammt!«

»Ich will aber nicht. Ich führe mein eigenes Leben. Du kannst mich nicht zwingen, ein …«

Der Schlag traf sie völlig unvorbereitet und erwischte sie an der Wange. Dabei flog ihr Kopf nach rechts, die Haut begann sich sofort zu röten, und die Augen der jungen Frau füllten sich mit Tränen.

»Willst du deinem Vater widersprechen?«

Es war nur eine Frage, die der Gnom stellte. Doch wie die Worte ausgesprochen waren, ließ darauf schließen, wie ernst es dem Zwerg war. Della starrte ihm ins Gesicht. Dabei stand ihr Mund offen, und sie atmete zischend.

Sie nickte.

Der Gnom war zufrieden. Er schleifte seine Tochter weiter und erreichte sehr bald den Hinterausgang. Eine simple Holztür, die er nach außen stoßen musste. Vorsichtig streckte er den Kopf vor. Die Hand seines rechten überlangen Armes umklammerte das Gelenk seiner Tochter.

Sekunden vergingen.

Die Luft war rein!

Ruckartig zog er Della vor. Sie hatte damit nicht gerechnet, stolperte noch über ihre eigenen Beine und wäre mitten auf der Türschwelle gefallen, hätte ihr Vater sie nicht gehalten.

»Pass doch auf!«, zischte er.

Dann schlichen sie weiter. Es fiel Della schwer, an den eigenen Vater eine Frage zu stellen. Sie tat es dennoch. »Wo willst du mich denn hinschleppen?«

»Das habe ich dir gesagt.«

»Aber ich will nicht in die Höhle!«

»Interessiert mich nicht, verdammt! Komm weiter!«

Sie liefen über den Hof. Vorbei an Abfallhaufen, an Kisten und Kartons. Dieses Gelände war eine regelrechte Müllkippe im Freien, eingerahmt von Hausfronten, die alle irgendwie verschieden aussahen und auch unterschiedliche Höhen hatten. Die Feuerleitern wirkten wie aufgesetzt und bildeten ein Zickzackmuster.

Der Wagen stand neben einem offenen und fast überquellenden Müllcontainer. Della kannte ihn. Ihr Vater fuhr ein solches Auto. Es war ein Toyota. Er hatte ihn irgendwo einmal gestohlen. An den meisten Stellen war der Lack bereits abgeblättert, sodass nur noch die Grundierung zu sehen war. In der Kälte hatte sich auf dem Metall schon eine leichte Eisschicht gebildet.

Der Gnom wurde nervös. Er blieb neben der Fahrertür stehen und schaute sich witternd um. Della wusste nicht genau, was er hatte. Sie konnte sich jedoch vorstellen, dass er irgendetwas witterte. Ihr Vater besaß eine Nase für Gefahren.

Den Schlüssel hatte er bereits aus der Tasche geholt, ließ ihn in das Schloss gleiten und öffnete die Tür. Sie knarrte in den Angeln. An diesem Wagen stimmte das meiste nicht mehr. Er war zumeist verrostet, die Sitze durchgesessen, das spielte keine Rolle. Für den Gnom kam es nur darauf an, dass die Karre fuhr.

»Los, rein!«

Della musste zuerst Platz nehmen. Obwohl sie ihren Vater um einiges überragte, wusste sie, dass sie keine Chance mehr zur Flucht hatte. Da war der Gnom gnadenlos. Wer sich gegen ihn stellte, wurde vernichtet, auch wenn es die Tochter war.

Beide Türen hämmerten sie zur gleichen Zeit zu. Der Verwachsene hatte zuvor geschaut, aber keine Gefahr entdeckt. Hätte er jetzt nachgesehen, wäre ihm etwas aufgefallen, denn auf einer der Feuerleitern bewegte sich ein Schatten.

Er war über die Dächer gekommen, da er sich von oben nach unten bewegte. Obwohl die Leitern bei jeder Gewichtsverlagerung schwangen, zitterten und sich bewegten, überwand die Gestalt die einzelnen verrosteten Sprossen mit einer spielerisch anmutenden Leichtigkeit und hatte die Hälfte der Distanz hinter sich gebracht, als der Toyota gestartet wurde und auf die Einfahrt zurollte.

Die Gestalt blieb für einen Moment auf einer der Inseln zwischen den Leitern stehen. Trotz der Kälte war sie fast sommerlich gekleidet, da sie sich so besser bewegen konnte.

Sie starrte in die Tiefe, sah den Wagen rollen, spannte sich und stieß sich plötzlich wie ein Turmspringer von dieser wackligen Insel aus Metall ab …

Die Amerikaner waren schon immer führend, was die Flugverbindungen innerhalb ihres Landes anging.

Wir flogen nach Westen, von Texas nach Frisco, und erlebten eine strahlende Sonne, wie ich sie selten zuvor gesehen hatte.

Ein beeindruckendes Bild. Sogar Jane wurde ein wenig aus ihrer Lethargie gerissen.

Sie saß neben mir, ich sah ihr Lächeln, und ich fragte sie wieder nach den Sorgen, die sie bedrückten.

»John, das möchte ich dir später berichten!«

»Aber wie? Jetzt haben wir Zeit. Wenn nur ich sie hören soll …«

»Bitte, John, nicht!«

»Okay.«

Ich dachte mal wieder über sie nach. Es war eine veränderte Jane Collins, die neben mir saß. Zwar sah sie so aus wie früher, auch steckte nicht mehr das Böse in ihr, dennoch hatte ich manchmal das Gefühl, neben einer Fremden zu sitzen.

Meist wirkte sie abweisend, überhaupt nicht vorhanden, und sie hielt oft den Kopf gesenkt.

Jedenfalls war nichts aus ihr herauszubekommen. So gab ich es auf und widmete mich den Dingen, die von der Stewardess gereicht wurden: Getränke, ein kleiner Imbiss, Obst. Ich ließ es mir schmecken.

Bis Frisco verlief alles glatt. Die Maschine befand sich bereits im Landeanflug, als sich Jane reckte. Ich hatte das Gefühl, als wäre ihr eine bestimmte Eingebung gekommen.

Meine Finger fanden ihre Hand. »Was ist los, Jane? Hast du etwas?«

»Ja, ja …«

»Und?«

Eine Antwort auf meine Frage erhielt ich nicht. Jane hing ihren Gedanken nach. Ich schaute nach draußen, sah den Flughafen, das Meer und die Berge. Eine herrliche Aussicht.

»Er ist da!«

Janes Worte rissen mich aus dem fantastischen Anblick. Ich schaute sie an, sah ihr bleiches Gesicht, den angespannten Zug um die Mundwinkel und auch ihr Nicken.

»Wer ist da?«

»Der Würfel.«

»Du hast Kontakt?«

Den bekam auch die Maschine. Der Pilot setzte auf. Ein kurzer Ruck, ein Stoßen, dann rollte der Vogel aus Leichtmetall ruhig über die Landebahn hinweg.

»Er ist nicht weit«, sagte Jane.

Ich spürte inneres Fieber. »Kannst du etwas Genaueres sagen? Vielleicht eine Richtung angeben?«

Tatsächlich drehte Jane den Kopf. Sie schaute zu den Bergen hinüber, dann blickte sie wieder auf ihre Knie und blieb sitzen, als wäre sie eine Puppe.

Ich beschloss, sie vorerst in Ruhe zu lassen. Bei Personen, die unter einem derart starken Dauerstress standen, war es besser, zunächst einmal nichts zu sagen.

Amerikaner haben es oft eilig. Auch hier ließen wir erst die Geschäftsreisenden aussteigen, bevor Jane und ich uns erhoben. Den Gurt hatte sie allein gelöst. All ihre Bewegungen waren mir automatisch vorgekommen. Auch als sie durch den Gang schritt, hatte sie etwas Puppenhaftes an sich.

Das fiel den anderen Freunden auf. Bill stieß mich leicht an. »Was hat sie denn, Mensch?«

»Ich weiß es nicht genau. Jedenfalls spürte sie einen gewissen Kontakt mit dem Würfel.«

»Ehrlich?«

»Ja, der ist hergestellt. Die meisten mussten doch eine stärkere Verbindung gehabt haben, als sie zugeben wollten. Nun ja, wir werden sehen.«

Jane Collins hatten wir zwischen uns genommen. Wir gingen im Gänsemarsch. Ich bildete den Schluss. Die Stewardess sprach Jane an und erkundigte sich, ob ihr nicht gut sei, dass sie so blass aussähe.

»Ich besorge einen Leihwagen«, erklärte Bill.

Alle waren einverstanden.

Jane, Suko und ich blieben zusammen. Es herrschte ziemlich viel Trubel. Die meisten entflohen der Kälte in wärmere Regionen. Karibikflüge waren ausgebucht.

»Spürst du ihn noch?«, fragte ich.

Die Detektivin nickte. »Sicher. Er muss nicht weit entfernt sein. Ich hoffe, dass ich ihn finden kann.«

»Ist er in dieser Stadt?«

»Kann ich nicht genau sagen. Es ist möglich. Warte ab, bis Bill den Wagen hat.«

»Okay.«

Das dauerte nicht sehr lange. Bill winkte uns zu. »Ich habe einen robusten Ford genommen«, erklärte er uns. »Kommt!«

Es war ein blauer Wagen, der auf einem abgetrennten Parkplatz stand. Aufgetankt, sehr sauber. Sowohl außen als auch innen.

»Soll ich fahren?«, fragte Bill.

Wir waren einverstanden. Suko setzte sich neben den Reporter. Jane und ich machten es uns im Fond bequem.

Bevor Bill startete, drehte er den Kopf. »Du hast keine Ahnung, wie ich fahren soll?«

»Starte erst mal.«

»Dein Wunsch ist mir Befehl.«

Wenig später hatten wir den Bereich des International Airport hinter uns gelassen. Auf dem Chester Freeway fuhren wir in Richtung Norden, parallel zu den inneren Hafenanlagen.

Ich dachte an Yakup Yalcinkaya, Shimada und auch an den kleinen Ali. Nie hätte ich gedacht, dass wir den Jungen aus Marokko so schnell wiedersehen würden. Aber so ist das Schicksal.

»Wir sind richtig!« Janes Worte unterbrachen meine

Gedanken, und Bill nickte hinter dem Steuer.

Irgendwann mussten wir uns entscheiden, denn linker Hand erkannten wir bereits die graublaue Fläche der Frisco Bay. Geradeaus würde uns der Weg nach Berkeley oder Richmond führen.

»Nimm die Brücke!«

Kurz vor der Army Base ordneten wir uns in den Abfahrtskreisel ein und rollten dann über die San Francisco Oakland Bay Bridge der Metropole Frisco entgegen.

Jane blieb weiterhin konzentriert. Sie schaute mal auf das Wasser, dann in Richtung Himmel, bewegte häufig die Lippen, schüttelte auch den Kopf, um wenig später zu nicken.

»Du kommst klar?«, fragte ich.

»Ja, nach Norden.«

»Hast du gehört?«, wandte ich mich an Bill.

»Exakt, Alter. Das heißt, wir müssen über die weltberühmte Golden Gate.«

»Genau.«

»Und kämen damit in die Gegend, wo auch das Kloster unseres Freundes Yakup liegt«, meinte Suko.

»Aber da ist der Würfel nicht?«, wandte ich mich an Jane.

»Ich habe keine Ahnung, John. Möglich ist alles. Lass uns nur weiterfahren, dann sehen wir …« Sie schwieg. Ihre Hände zitterten plötzlich, aus ihrem Mund drang ein tiefer Atemzug. »Ja, er ist da. Er wandert nicht mehr. Der Würfel hat sein Ziel erreicht.«

»Wirklich?«

»Du kannst dich auf mich verlassen, John.«

Bisher war die Fahrt zügig verlaufen. Die Golden Gate Bridge war überhaupt nicht zu verfehlen. Zahlreiche Schilder wiesen auf diesen weltbekannten Übergang hin.

Der Nebel hatte die Brücke an diesem Tag verschont. Es war ein klarer Tag, sodass wir die gewaltige Konstruktion konturenscharf vor uns sahen.

Auch für mich wurde es wieder zu einem Erlebnis, über die Brücke fahren zu können. Im Norden grüßten die schneebedeckten Berge. Sie schienen zum Greifen nahe zu sein.

Ein wirklich fantastisches Bild, das uns alle irgendwie gefangen nahm.

Leider hatten wir die Golden Gate zu schnell hinter uns gelassen. Eine Stunde später rollten wir durch die Kälte. Auf den Straßen lag an schattigen Stellen dickes Eis. Der Weg führte ständig bergauf. Serpentinen wechselten sich mit Steigungsstrecken ab, und irgendwann bat Jane, anzuhalten.

Am rechten Straßenrand blieben wir stehen. »Was ist geschehen?«

»Wir müssen von der Hauptstraße weg.«

»Und wohin?«

»Nach rechts in die Berge.«

»Also an der nächsten Abzweigung?«

»Ja.«

Die sahen wir sehr bald, aber es war nicht der Weg, der zum Kloster führte.

Eine andere Welt umschloss uns. Das Schweigen des Gebirges lag wie eine große Glocke über uns. Kalifornien im Winter, das hatte ich auch noch nicht erlebt.

»Die Signale werden stärker«, flüsterte Jane. Sie hatte sich nach hinten in die Polster gedrückt und ihre Handflächen gegen die Schläfen gepresst. Sehr konzentriert wirkte sie in diesem Augenblick, und auch Bill Conolly musste Acht geben, dass er den Ford richtig lenkte, da es sehr schwierig geworden war, über den schneeglatten Untergrund zu fahren.

Suko hatte Spuren entdeckt. »Hier ist schon vor uns jemand hergefahren«, meldete er.

Ich schaute nach draußen. Tatsächlich hatten sich im Schnee Reifenspuren abgezeichnet. Sie sahen mir sogar ziemlich frisch aus.

»Weiter, Bill!« Janes Stimme zitterte vor innerer Spannung. Ich sah sie schlucken, und sie wischte sich mit dem Handrücken über die Stirn, wo eine leichte Schweißschicht glänzte.

»Es geht nicht mehr.«

In der Tat drehten die Räder durch, da wir keine Schneeketten hatten. Für uns war die Strecke zu steil, und so blieb uns nichts anderes übrig, als auszusteigen.

Kalt fuhr der Wind gegen unsere Gesichter. Wenn wir nach vorn blickten, schauten wir auf einen weißen, baumlosen Berghang.

Das Zuschlagen der Wagentüren unterbrach die majestätische Stille der Bergwelt.

»Wohin?«, fragte Bill.

»Wir könnten den Spuren nachgehen«, meinte Suko. »Der Wagen ist ja besser vorangekommen.«

»Oder uns auf Jane verlassen«, schlug ich vor und schaute die Detektivin dabei an.

Jane zitterte in der Kälte. Ihre Wangen hatten eine rote Farbe angenommen, die Augen hielt sie leicht verengt, die Stirn war in Falten gelegt. »Ja, folgen wir den Spuren.«

»Und das ist korrekt?«, vergewisserte ich mich.

»Sicher.«

Wieder bildeten wir eine Reihe. Nur das Knirschen des Schnees und unser heftiges Atmen waren zu hören. Vor unseren Lippen standen graue Kondenswolken, und wenn die Sonne einmal durch die dunkle Wolkenbank drang, sah sie blass aus. Der Schnee hatte sämtliche Unebenheiten überdeckt, sodass wir uns nur noch an den Reifenspuren orientieren konnten.

Jane Collins blieb plötzlich stehen. »Hier«, sagte sie. »Hier genau muss es sein!«

»Wo?«, fragte ich.

Sie deutete nach rechts. Dort endeten auch die Spuren, und wir sahen einen Wagen.

Es war ein Toyota. Er stand praktisch in einem breiten Felsspalt. Jemand hatte dort den Schnee weggeschaufelt. Vorsichtig näherten wir uns dem Fahrzeug, passierten es und sahen davor den schmalen Weg, nicht mehr als ein Pfad und von hohen Felswänden begrenzt.

Er führte in die Tiefe.

»Das muss es sein!«, flüsterte Bill, wobei er Jane einen fragenden Blick zuwarf.

Sie hatte ihre künstliche Ruhe verloren und war plötzlich aufgeregt. »Ja, das ist es, John. Ich spüre, dass wir den Würfel bald gefunden haben.«

»Kann es Hindernisse geben?«

»Das weiß ich nicht.«

»Du glaubst also nicht, dass der Spuk den Würfel geführt und uns in eine Falle gelockt hat?«

»Nein.«

»Dann los!«

Suko und Bill wollten den Anfang machen. Hinter ihnen ging Jane, ich bildete den Schluss.

Wir schoben uns auf den Weg und schritten durch die schmale Schlucht in die Tiefe.

Tatsächlich ging es tiefer hinab. Zum Teil war der Boden vom Schnee befreit worden, aber Eisbuckel bildeten gefährliche Rutschfallen, sodass wir stark aufpassen mussten.

Uns schluckte die Tiefe, in der eine drückende Kälte herrschte.

Es gab auch etwas anderes. Eine gewisse Stimmung, die man schlecht erklären konnte. Sie war nicht normal, vielleicht ließ sie sich mit dem Wort Magie umschreiben. Jedenfalls hatte ich das Gefühl, als wären wir von Feinden umringt, die uns irgendwo auflauerten.

Im nächsten Augenblick vernahm ich Bills überraschten Ruf. Ihn und Suko sah ich, wie sie sich hektisch bewegten, sich noch festklammern wollten und vor Janes und meinen Augen verschwanden.

Auch Jane rutschte nach vorn, ich griff zu und hielt sie fest, bevor die Tiefe sie verschlucken konnte.

Nur wenig Licht fiel in diese handtuchschmale Schlucht. Aber es reichte aus, um das Loch oder die Öffnung im Boden erkennen zu können. Bill und Suko waren hineingerutscht. Wir hörten ihre Stimmen, die unnatürlich hohl klangen, weil sie aus der Tiefe her an unsere Ohren drangen.

»Keine Panik«, sagte der Reporter. »Wir haben es überstanden.«

Ich schaute nach vorn. Das Loch war groß genug,

weshalb hatten die beiden es nicht entdeckt? Danach fragte ich sie.

»Man hat es abgedeckt!«, hörte ich Sukos Stimme.

»Kommt ihr denn raus?«

»Nein, die Wände sind zu glatt. Wir hängen hier fest. Aber es gibt einen Stollen, der in die Bergtiefe führt. Mein Vorschlag, John. Geht ihr weiter, wir nehmen den Stollen. Vielleicht treffen wir uns wieder.«

Ich war einverstanden. Wenn Suko so etwas sagte, wusste er genau, was er tat.

»Dann viel Glück!«, rief ich hinunter.

»Danke!«, schallte es zurück.

Jane räusperte sich. Sie schaute sich ängstlich um. Wohl war ihr nicht, das merkte ich sehr deutlich. »Ich weiß nicht«, flüsterte sie, »das riecht mir zu sehr nach einer Falle.«

Mein Blick wurde hart. »Der Spuk?«

»Nein, John. Ein anderer.« Sie hob die Schultern. »Ich weiß auch nicht, ob er mit dem Spuk in Verbindung steht. Das ist alles so verdammt seltsam und komisch.«

»Wir halten die Augen noch besser auf!«

Sie lächelte. Vorsichtig umgingen wir die tückische Schachtfalle. Ich aber blieb noch einmal stehen und leuchtete in die Tiefe.

Der Strahl verlor sich nicht. Er stach in die Tiefe und fand ein Ziel auf dem Grund des Schachtes. Zwar waren die Wände nicht mit Diamanten bestückt, dennoch glitzerten sie. Im Licht der kleinen Lampe leuchteten die Eiskristalle blauweiß.

»Wie tief ist der Schacht denn?«, fragte Jane.

Ich hob die Schultern. »Nicht allzu tief. Nur eben sehr eng. Ohne Seil kommen die da nicht wieder raus.«

»Wenn ich nur wüsste, wer die Falle aufgebaut hat«, erklärte sie bebend. »Dann wäre mir wohler.«

»Mal sehen.«

Da es sehr düster war, hatte ich die Lampe eingeschaltet gelassen und leuchtete nach vorn. Sehr eng war der Pfad. Die Wände rückten noch näher zusammen, dass der Weg in eine Kurve führte und ich nicht hindurchsehen konnte.

Sehr langsam ging ich weiter. Immer wieder musste ich aufpassen, um nicht auszurutschen. Mit einer Hand stützte ich mich an der linken Wand ab. Mal glitten meine Finger über kalten Fels, dann wieder über glatte, in den Spalten wachsende Eisklumpen.

»Es ist nicht mehr weit«, hauchte Jane. »Verdammt, es ist nicht mehr weit.«

Sie hatte Recht.

Urplötzlich kam ich mir vor wie im Märchen. So märchenhaft war für mich die Existenz der Holztür inmitten der Felswand auf der rechten Seite.

Vor der Tür blieben wir stehen. Sie war primitiv angebracht worden, schloss nicht fugendicht ab, und ich überlegte, was dahinter liegen konnte.

Jane beschäftigte sich mit den gleichen Gedanken. »John, dort können wir den Würfel finden.«

»Du bist dir sicher?«

»Ja.«

»All right.« Ich lächelte hart. »Dann öffnen wir die Tür mal.« Ich hoffte, dass sie nicht verschlossen war.

Sie war es nicht.

Und so konnte ich sie langsam nach außen ziehen. Mit jeder Vergrößerung des Spaltes verstärkte sich in meinem Innern das Gefühl der Spannung …

Die Gestalt auf der Feuerleiter vollführte eine artistische Leistung. Der Gnom, auf Kissen hinter dem Steuer hockend, sah sie nicht, da er sich auf die schmale Ausfahrt konzentrieren musste. Es war ein Schlauch innerhalb der Häuser, gerade so breit, dass der Toyota hindurchpasste.

Und die Gestalt fiel.

Einen Salto drehte sie noch in der Luft. Dabei überschlug sie sich derart, dass sie mit den Füßen zuerst dicht vor der Feuerleiter entlangglitt und rasend schnell zu Boden fiel.

Kurz vor dem Aufschlag breitete der Springer die Arme aus, bekam Kontakt und fiel zusammen. Er wirkte im ersten

Moment so, als würde er liegen bleiben, doch wie eine Sprungfeder jagte er wieder in die Höhe und schaute in die Einfahrt hinein.

Dort fuhr der Wagen durch. Mit der Kühlerschnauze hatte er bereits das Ende erreicht. Auf den Gehsteig schoben sich die Vorderräder, als der Gnom einen Blick in den Innenspiegel warf.

Er sah die Gestalt!

Das Gesicht des Zwerges war verwüstet. Gefühle zeichneten sich dort selten ab, da er so gut wie keine Angst kannte. Doch als er den Mann in der Spiegelfläche entdeckte, riss er die Augen auf, und der heiße Schreck fuhr durch seinen Körper.

Della merkte, dass etwas mit ihrem Vater nicht stimmte. »Was hast du?«, fragte sie.

»Nichts, verdammt.«

Della drehte sich um. Sie wusste, dass etwas geschehen war, sonst hätte ihr Vater nicht so erschreckt reagiert.

Sie sah den anderen.

Woher er gekommen war, wusste sie nicht. Jedenfalls war er kein Freund von ihnen, denn er versuchte, den anfahrenden Wagen mit gewaltigen Schritten einzuholen.

Es waren Sprünge, wie sie ein guter Weitspringer als Anlauf nahm, und der Mann holte auf.

Das hatte auch der Gnom entdeckt. Ohne Rücksicht auf die Fußgänger und den herrschenden Autoverkehr gab er Gas. Auch wenn Verletzte zurückbleiben sollten, das machte ihm nichts. Für ihn war wichtig, die Flucht zu ergreifen und sich von dem anderen nicht fassen zu lassen.

Mit jammernden Geräuschen radierten die Reifen über den Boden. Eine erschreckte Frau tauchte neben dem Toyota auf. Della sah ihr erstarrtes Gesicht, schrie den Gnom an und wollte ihm ins Lenkrad greifen, als der Verwachsene zuschlug.

Es war ein knapper Hieb mit dem Handrücken. Er traf Della auf die Nase. Sie spürte einen heftigen Schmerz. Ein Äderchen war geplatzt. Blut rann aus dem rechten Nasenloch, und sie sah noch, wie die Frau aus ihrem Blickfeld verschwand, da sie vom Kotflügel erfasst und zu Boden geschleudert worden war.

Der Gnom riss das Steuer nach rechts. Sein Gesicht zeigte jetzt einen verbissenen Ausdruck. Schweiß klebte auf der hohen, pockennarbigen Stirn. Die Lippen zuckten, und er achtete auch nicht mehr auf den Straßenverkehr, in den er kurzerhand hineinstach.

Andere Wagen mussten bremsen. Es kam zu einem kleinen Auffahrunfall, der den Mann überhaupt nicht interessierte. Wenn es jemanden gab, vor dem er Angst hatte, war es sein Verfolger, dieser Mensch mit dem Namen Yakup Yalcinkaya.

Und der hatte die Einfahrt hinter sich gelassen. Der Türke mit den blonden Haaren, dem kantigen Gesicht und dem muskulösen Körper glich einer menschlichen Bombe. Er ließ sich durch nichts aufhalten. Ein Kämpfer, der mit seinen Karatefäusten Mauern durchbrechen konnte, war auch von einem fahrenden Wagen nicht aufzuhalten.

Er nahm die Verfolgung auf.

Der Mann, der Schreckliches durchgemacht und unter dem Tod seiner Freundin zu leiden gehabt hatte, gab nicht auf. Er lief nicht über die Straße, sondern parallel dazu auf dem Gehsteig, denn er wollte den Wagen einholen.

Zeugen hätten ihn höchstens als einen wirbelnden Schatten beschreiben können, so schnell war er. Seine Füße schienen den Boden kaum zu berühren, die Arme wirkten beim Laufen wie wirbelnde Dreschflegel, und Menschen, die seinen Lauf behindern wollten, wurden von ihm entweder umgangen oder zur Seite geschleudert.

Der Toyota war wichtiger.

Und der hatte an Geschwindigkeit gewonnen. Geduckt hockte der Gnom hinter dem Lenkrad, schielte in die Spiegel und sah, dass der andere aufholte.

Er war wie ein Schatten. Wer ihn einmal im Nacken wusste, entkam ihm nicht mehr.

Der Verwachsene musste überholen und zog den Toyota nach links, um auf die Mitte der Fahrbahn zu gelangen. Aber da kam ihm jemand entgegen.

270

Ein Motorrad, nicht sehr PS-stark, und der Fahrer war so erschreckt, dass er nicht mehr rechtzeitig genug ausweichen konnte.

Der Toyota streifte ihn.

Das Knirschen des Blechs glich einer schrillen Musik. Der Toyota erhielt einen heftigen Stoß, wurde durchgeschüttelt und weiter nach links gedrückt, wo sich ein anderer Autofahrer auf den Gehsteig rettete.

Der Gnom lachte. Wie irr kurbelte er am Lenkrad, drehte es nach rechts, damit er die Mitte der Straße wieder erreichen konnte. Aus dem Augenwinkel nahm er wahr, dass seine Fahrerei für einigen Aufruhr gesorgt hatte, denn einige Wagen standen quer oder hatten sich »geküsst«.

Und er sah Yakup!

Kampferprobte Menschen wie er verstanden es, die Gunst der Stunde zu nutzen. Hier wurde keine Colt-Seavers-Folge gedreht, obwohl der Türke wie ein Stuntman aussah. Über die Autodächer turnte er hinweg. Mit den Armen hielt er bei jedem Sprung das Gleichgewicht. Einen Bogen hatte er über die Schulter gehängt. Der Köcher mit den Pfeilen befand sich auf seinem Rücken.

Die Fahrer, die in ihren Autos saßen, bekamen nur akustisch davon etwas mit. Immer wenn die Füße des Mannes das Autodach berührten, hörten sie einen dröhnenden Laut.

Und der Gnom raste weiter. Er fuhr ohne Rücksicht auf Verluste, denn er musste dem anderen entkommen.

Aber Yakup holte auf. Von einem letzten Wagendach sprang er auf die Straße, lief und sah plötzlich die Schnauze eines Station Car vor sich erscheinen.

Viele Hindernisse konnte er aus dem Weg räumen, diesen Wagen würde er nicht schaffen. Bevor ihn das Fahrzeug auf die »Hörner« nehmen konnte, setzte Yakup zu einem tigerhaften Sprung an, der ihn zur Seite schleuderte, sodass er auf dem Gehsteig landete und im Rückblick noch das fassungslose Gesicht des Fahrers hinter der Scheibe sah.

Dann stand er wieder auf den Füßen, schaute nach vorn und entdeckte den Toyota bereits dicht vor einer Straßenkreuzung. Er fuhr noch immer auf der Fahrbahnmitte, aber sein rechtes Blinklicht flackerte.

Wenig später bog er ab.

Nicht mal die Auspufffahne konnte der ihn verfolgende Yakup noch entdecken.

Er war ein Mensch, der nicht so leicht aufgab. In diesem Fall allerdings konnte er nichts mehr tun. Yakup blieb stehen, ballte die Hände und schüttelte den Kopf. Zu einer anderen Reaktion war er nicht fähig. So gut der Türke war, er wusste aber auch, wann er aufzugeben hatte.

Wütend drehte er sich um. Er spürte nicht die Kälte und merkte auch nicht den Wind, der gegen seine Kleidung drückte. Auch interessierten ihn nicht die Blicke der anderen. Er ging weiter und drückte sich in eine offen stehende Haustür.

Bewusst hatte er sich dieses Haus ausgesucht. Mit federnden Schritten lief er die breite Treppe hoch. Niemand sah ihn. Wenn ihn einer entdeckt hätte, wäre er doch nicht mehr als ein Schatten gewesen. Dicht unter dem Dach war ein Flurfenster spaltbreit geöffnet. Damit es nicht zufallen konnte, hatte Yakup es schon bei der Suche nach seinem Fluchtweg zuvor eingeklemmt.

Jetzt zog er es auf. Er tauchte in die kalte Luft ein, als bestünde sie aus Watte.

Geschmeidig wandte er sich nach links. Und wieder benutzte er eine Feuerleiter. Mit beiden Händen umfasste er die Ränder neben den Trittstufen. Kraftvoll zog er sich hoch und stand schon Sekunden später auf dem nur leicht schrägen Dach, wo er zwischen den Schornsteinen eine gute Deckung fand. Über die Dächer gelang ihm die Flucht. Eine geduckte Gestalt, die es sehr eilig hatte.

Yakup wusste genau, dass er eine Teilniederlage hatte einstecken müssen. Er war um eine Idee zu spät gekommen. Wenn er ihn jetzt stellen wollte, musste er in die Berge, in das Zentrum, und dort war der verdammte Gnom sehr stark.

Nicht körperlich, da passte besser das Wort heimtückisch. Leider konnte er dort die Macht einer gefährlichen Magie einsetzen, und das gefiel Yakup überhaupt nicht.

Der Gnom spielte eigentlich nur die zweite Geige. Viel wichtiger war ihm Shimada, die lebende Legende. Dieser gefährliche Superdämon musste ausgeschaltet werden, auch wenn er unter dem Schutz der Göttin Pandora stand.

Mit Shimada konnte das Unheil auf die Welt kommen. Yakup wusste das und hatte es sich zur Aufgabe gemacht, Shimada und seine Schergen zu bekämpfen, wo immer sie auftauchten.

Und dafür schien das Gebiet um San Francisco prädestiniert zu sein. Einen Grund wusste Yakup auch nicht, er konnte sich jedoch vorstellen, dass es auch mit dem Kloster zusammenhing, das er jetzt leitete, nachdem der ehemalige Abt, der weise Zii, sich selbst totgesprochen hatte. Er glaubte, dass Shimada sich dieses Kloster als Stützpunkt aussuchen wollte, um von der Stelle aus seine Aktivitäten, die aus Terror, Angst und Grauen bestanden, fortzusetzen.

Diesem gewaltigen Vorhaben musste Yakup einen Riegel vorschieben. Sein Weg führte ihn weiter über die Dächer. In der Ferne schimmerte blaugrau das Wasser des Pazifiks. Ein Heer aus Fernsehantennen blitzte wie metallene, dünne Arme.

Einmal musste er über eine breite Lücke zwischen zwei Häusern springen. Die gestählte Kraft seiner austrainierten Muskeln sorgte dafür, dass er diese Distanz ohne Schwierigkeiten überwand.

Er hatte das Viertel inzwischen hinter sich gelassen, fand wieder eine offene Dachklappe und landete in einem Hausflur. Dort stank es nach Öl und Farbe.

Hastig lief er die Stufen der Treppe hinab, anschließend durch einen langen Flur und erreichte die Haustür. Die Straße war eng, mit Pflaster belegt und auch so typisch für Frisco, weil sie wie der Abhang eines Berges in die Tiefe führte. Die Autos konnten nicht normal geparkt werden, sie standen schräg, und auch Yakups Fahrzeug, das er sich zugelegt hatte, war so abgestellt worden.

Es war ein grün-brauner Geländewagen, der in die Gegend passte.

Heftig zog der Türke die Tür auf. Auf dem Nebensitz setzte sich ein Junge mit braunen Haaren steif hin, schaute Yakup zuerst erschreckt, dann erleichtert an.

»Du bist es«, sagte er.

»Ja, ich.« Yakup rammte die Tür wieder zu.

»Und?«, fragte Ali.

»Nichts. Es hat nicht geklappt.« Die Augen des Kämpfers funkelten. »Aber ich muss ihn haben.«

»Weißt du denn genau, wo er hingefahren ist?«

»Ja, das weiß ich. Ich kenne sein Versteck. Allerdings ist er dort mächtiger.« Die Antwort bewies, dass Yakup dem jungen Freund vertraute. Er war zuerst ein wenig skeptisch gewesen, als Myxin und Kara ihn mit dem Jungen überrascht hatten. Diese Skepsis war vergangen, als er Näheres über Alis Schicksal erfahren hatte. Es erinnerte ihn ein wenig an seinen Lebensweg, und so hatte Yakup beschlossen, den marokkanischen Jungen bei sich zu behalten und ihn auch auszubilden. In der kurzen Zeit waren beide zu Freunden geworden, und auch die anderen im Kloster lebenden Mönche hatten Ali akzeptiert. Sie würden ihm sehr gute Lehrer sein und ihn nicht nur in den Kampftechniken unterrichten, sondern auch die Lebensphilosophie beibringen, die so wichtig fürs Leben und den Frieden war.

»Kann ich mit?«, fragte Ali.

Yakup hob die Schultern. »Eigentlich nicht, aber ich habe nicht die Zeit, erst am Kloster vorbeizufahren. So muss ich dich praktisch mitnehmen.«

»Danke.«

Yakup Yalcinkaya winkte ab. »Es wird kein Spaziergang, das kann ich dir versprechen.«

»Du wirst schon das Richtige tun!«

Yakup lächelte, als er die Worte hörte. Er freute sich über das Vertrauen, das Ali in ihn setzte.

»Und jetzt werden wir ihn uns holen!«, flüsterte der Kämpfer, bevor er startete …

Der Gnom umklammerte das Lenkrad wie einen Rettungs-
anker. Er hatte den offenen Mund verzogen und gab Laute
von sich, die schon mehr einem Stöhnen glichen.

Dann wechselte er.

Plötzlich begann der Verwachsene zu kichern. So schrill, als
hätte er in seinem Hals eine Pfeife stecken. Della hatte noch
nie zuvor ihren Vater so schrill lachen hören, es musste der
akustische Ausdruck des höchsten Triumphs sein.

Tatsächlich hatte er es geschafft. Beide waren sie dem Verfolger entkommen. Zufall, Glück, Bestimmung, das spielte
alles keine Rolle, und jetzt befanden sie sich auf dem direkten Weg zur Golden Gate.

Die Sonne stand schon sehr tief. Manchmal blendete sie,
sodass die Sichtklappen nach unten gedrückt werden
mussten.

Mit Della hatte der Gnom nicht gesprochen. Sie interessierte ihn nicht mehr. Er hatte innerlich mit ihr gebrochen.
Seine Tochter war sie nicht mehr.

Und auch Della schaute kaum auf ihren Vater, obwohl sie
neben ihm kauerte. Sie hielt ein Taschentuch gegen die Nase
gepresst.

Diesen Schlag würde sie dem Gnom nicht vergessen. Aber
Della traute sich einfach nicht, vor ihrem Vater zu fliehen. Er
würde sie immer finden, egal, wo sie sich aufhielt. Er war
unbesiegbar, denn er hatte sieben Leben.

Sieben verdammte Leben!

Obwohl sie seine Tochter war, konnte sie es nicht begreifen.
Wie viele Leben noch vor ihm lagen, hatte er ihr nie gesagt.
Das war und blieb sein Geheimnis.

Sie rauschten über die Brücke. Ein herrliches Panorama
nahm sie auf, doch das Mädchen hatte keinen Blick dafür.
Zudem kannte sich Della hier aus.

»Er hat es nicht geschafft!«, flüsterte der Gnom plötzlich
und rutschte ein wenig vor. »Er hat es wirklich nicht
geschafft. Ich werde ihm schon beweisen, wie …« Er verschluckte die weiteren Worte und drehte den Kopf, um seine
Tochter scharf anzuschauen.

Della fühlte für einen Moment den Blick auf sich gerichtet, und sie hatte das Gefühl, nicht in Augen, sondern auf Eiskugeln zu schauen.

»Du hast mich betrügen wollen«, flüsterte der Gnom, als er wieder auf die Straße schaute. »Verdammt, du hast mich betrügen wollen, und das nehme ich dir übel. Hast du verstanden?«

»Ja, ich weiß.«

»Und ich werde dafür sorgen, dass so etwas nicht mehr vorkommt. Jeder, der nicht auf meiner Seite steht, ist mein Feind. Hast du gehört, Della? Mein Feind!«

»Ich weiß …«

Wieder lachte er. »Weißt du eigentlich auch, was das bedeutet, mein Feind zu sein?«

»Ich kann es mir denken!«, krächzte sie.

»Feinde werden sterben!« Als er diese Antwort gab, hatten sie soeben die lange Brücke hinter sich gelassen. »Feinde werden sterben, das kann ich dir versichern.«

Della erschrak. Das Blut wich aus ihrem Gesicht. Sie wirkte plötzlich leichenblass.

Meckernd klang das Lachen des Gnoms. »Du sagst ja gar nichts, kleine Della.«

»Ich kann es nicht begreifen.«

»Aber ich, meine Tochter. Ich sage dir dies, obwohl ich dich nicht mehr als Tochter anerkenne. Du bist für mich eine Fremde geworden. Jawohl, eine Fremde.«

»Aber …«

»Und ein Feind!«, schrie er.

»Du willst mich töten?«

»Genau, kleine Della. Ich werde dich umbringen. Töten oder opfern, denn ich will Shimada zeigen, welch ein würdiger Diener ich bin. Er allein ist mein großes Vorbild und kein anderer. Hast du gehört, Della? Nur er allein.«

»Ja!«, hauchte sie. »Das habe ich verstanden.«

»Dann ist es gut.« Der Gnom glaubte fest daran, dass es Della nicht wagen würde, ihm mit Worten oder Taten zu widersprechen. Sie befand sich fest in seiner Hand, und sie würde sich auch kaum trauen, die Tür während der Fahrt zu öffnen, um nach draußen zu springen. Della wusste, wann sie verloren hatte.

Und so raste er weiter. Wenn es möglich war, auf der linken Fahrbahnhälfte, um andere Wagen überholen zu können. Er hatte es eilig, die Zeit drängte. Er konnte sich genau vorstellen, dass der andere auf ihn wartete.

Etwas war zu ihm auf dem Weg. Etwas, das ihn unbesiegbar machen würde. Er wusste nur von diesem geheimnisvollen Gegenstand. Gesehen hatte er ihn noch nie, aber in seiner Höhle, innerhalb der magischen Wand, würde er erscheinen, dann konnte er ihn nehmen, und niemand sollte es je schaffen, ihm diesen Würfel zu entwenden.

Ja, er freute sich darauf.

Della saß weiterhin regungslos. Sie wusste nicht, was in ihrem Vater vorging. Sie machte sich darüber auch keine Gedanken mehr, und sie hörte auf, sich darüber zu wundern, dass er überhaupt ihr Vater war. Nicht allein für Fremde war dies unvorstellbar, auch für sie. Ihre Mutter hatte sie nie gekannt. Der Gnom hatte ihr einmal erzählt, dass die Frau aus Irland stammte. Aufgewachsen war Della bei Fremden. Später hatte ihr Vater sie dann einfach von den Pflegeeltern weggeholt, entführt, um es genau zu sagen.

Sie hatten die Berge erreicht. Eine zugeschneite, mit weißer Pracht und schimmerndem Eis bedeckte Gegend. Die Straßen waren zum Großteil geräumt. Nur an den Seiten türmten sich die hellen Schneehaufen wie eine endlose Wand.

Della kannte den Weg. Sie wusste, dass sie bald abfahren mussten, und es dauerte nicht mehr lange, bis sie hineinrollten in die schweigende Welt der Felsen.

Hin und wieder sah sie Eiszapfen wie lange, durchsichtige Messer von Vorsprüngen hängen. Die Zapfen sahen so aus, als wollten sie jeden Moment abfallen und ihre Spitzen in die Rücken oder Nacken irgendwelcher Opfer rammen.

Der Gnom lenkte sicher. Er kannte sich aus, auch mit dem Wagen kam er ausgezeichnet zurecht.

»Hör zu!«, flüsterte er. »Weißt du eigentlich, wie du sterben wirst, meine Kleine?«

»Nein …«

»Ach, du zitterst ja!« Er freute sich diebisch. »Kennst du nicht meine Spezialwaffen?«

»Ja, die Dolche!«

»Genau, Tochter, genau. Meine Dolche. Ich habe einige davon. Du kannst dir die Waffe sogar aussuchen. Nein, doch nicht!«, berichtigte er sich mit lauter Stimme. »Ich werde den nehmen, der auch deinem Geliebten den Tod gebracht hat.«

Della schüttelte den Kopf. »Er war nicht mein Geliebter, verdammt!«

»Ha, ich habe dich in seinen Armen liegen sehen. Du hast dich nicht gewehrt.«

»Trotzdem war er nicht mein Geliebter.«

Der Gnom winkte ab. »Wie dem auch sei. Ich habe genug gesehen, und du wirst deine Strafe erhalten, das kann ich dir versprechen.« Er nickte sich selbst zu, weil er seine eigenen Worte bestätigen wollte.

Zudem näherte sich die Fahrt ihrem Ende. In die schon ausgefahrenen Spuren rollte das Fahrzeug hinein und wurde abgebremst. »Aussteigen!«, befahl der Bucklige.

Seine Tochter öffnete die Tür. Sie weinte, der Gnom sah es nicht oder wollte es nicht sehen. Es interessierte ihn auch nicht, dass Della in ihrer gar nicht so winterlichen Kleidung fror, das war ihm alles egal. Für ihn gab es nur den Erfolg.

Und den würde er erringen, wenn er seine Tochter tötete. Dann konnte Shimada sehen, wozu er fähig war, und er würde ihm sicherlich Schutz gewähren.

Rasch lief der Gnom um das Fahrzeug herum. Seine rechte Hand schoss vor. Die Finger umfassten den Oberarm seiner Tochter. Sie drückten so hart zu, dass Della überhaupt nicht auf den Gedanken kam, die Flucht zu ergreifen. Wenig später waren sie in der schmalen Schlucht verschwunden, umgingen geschickt die Falle und standen vor der Tür, die ins Innere des Berges führte.

»So, meine Tochter«, sagte der Gnom, als er die Tür öffnete.

»Schau noch einmal in die Höhe. Sieh dir zum letzten Mal in deinem Leben die Sonne an. Wo du dich gleich befinden wirst, herrscht ewige Dunkelheit. Es ist das Reich ohne Wiederkehr …« Der Gnom hatte bemerkt, dass sich seine Tochter gegen seinen Griff anstemmte, und er drückte sie herum, sodass sie über die Schwelle der in der Felswand eingebauten Tür treten konnte.

Als der Bucklige die Tür wieder zuzog, hatte das Mädchen das Gefühl, im Vorhof des Todes gelandet zu sein …

Auch wir standen an dieser Stelle. Ich spürte Jane Collins, wie sie sich an mich drückte. Die Wärme ihres Körpers übertrug sich auf mich. Gleichzeitig hörte ich, dass sie mit den Zähnen klapperte. Ich berührte mit dem Zeigefinger ihre Lippen.

»Okay, John, ich versuche, ruhig zu sein.« Jane hatte die Worte flüsternd ausgestoßen, denn wir befanden uns am Beginn einer Steintreppe, die in die Tiefe führte.

Eigentlich hätte es im Innern des Berges stockfinster sein müssen. Das war nicht der Fall. Über die Stufen glitt ein gelblicher Lichtschein, der seine Quelle in einer der zahlreichen Wandnischen hatte, die überall verteilt und in unterschiedlicher Höhe angelegt worden waren. Es brannten keine Fackeln in den Wandnischen. Das Feuer flackerte in kleinen, flachen Schalen. Ich ging davon aus, dass diese mit Öl gefüllt waren.

Noch standen wir am Beginn der Treppe. Wir konnten zwar hinunterschauen, aber nicht ihr Ende sehen, da die Stufen einen Bogen schlugen und irgendwo in einer Höhle endeten.

Es war nichts zu hören. Keine Stimmen, keine Atemzüge, und dennoch hatte ich das Gefühl, mit Jane Collins nicht allein hier unten zu sein. Einen Beweis erhielt ich nicht, es war nur eine Ahnung. Zudem dachte ich an den geparkten Toyota.

Aus diesem Grund sprach ich auch sehr leise, als ich Jane

anredete. »Wir halten uns immer dicht an der Wand. Okay?«

»Ja.«

Ich machte den Anfang. Sehr vorsichtig schritt ich die ersten Stufen hinab. Auch Jane hielt sich an die Regeln. Sie trat ebenfalls so lautlos auf, wie es ihr möglich war, sodass ich von ihr kaum etwas hörte.

Irgendwelche Lebewesen entdeckte ich ebenfalls nicht. Die Decke lag dunkel über uns. Es lauerten auch keine Fledermäuse in den Schatten unter ihr.

Uns umgab eine wesentlich andere Stille, als man sie in der normalen Bergwelt erlebte. Diese hier wirkte auf mich stärker, sie lastete wie ein Druck auf meinem Kopf, und ich traute dem Frieden nicht um eine Fingerlänge.

Ich sollte Recht behalten, denn als wir die Treppenmitte erreicht hatten, vernahm ich das Geräusch.

Es war ein Schaben und gleichzeitig ein leises Knirschen. Ich bedeutete Jane, stehen zu bleiben, was sie nickend zur Kenntnis nahm. Dann ging ich weiter.

Aus dem Schaben wurden Tritte. Genau dort, wo die Treppe in eine Kurve auslief, blieb ich stehen.

Jetzt erst hatte ich einen freien Blick in die Tiefe.

Und was ich dort entdeckte, ließ mir fast das Blut zu Eis gefrieren.

Ich sah einen Verwachsenen, dessen Buckel wie eine Kugel dicht unterhalb des Nackens aus dem Rücken stach. Der Verwachsene erschien aus dem Hintergrund einer Felsenhöhle und hielt etwas in der Hand, das ich nicht erkennen konnte.

Erst als er sein Ziel erreicht hatte, sich bückte und den Gegenstand zu Boden legte, identifizierte ich ihn.

Es war eine Decke!

Sorgfältig breitete er sie auf dem Boden aus. Einen Grund dafür erkannte ich noch nicht, aber ich wollte mehr sehen, ging vorsichtig und lautlos zwei Stufen tiefer und presste mich wieder hart gegen die Felswand, um mit deren Schatten zu verschmelzen.

Jetzt war mein Blickwinkel noch besser geworden.

Ich schüttelte mich, denn Unheimliches hatte ich entdeckt.

Es waren zwei düster schimmernde Skelette. Eines hing von der Decke. Um seinen Knochenhals pendelte noch ein fauliger Strick, der jeden Augenblick reißen konnte.

Das zweite Skelett hockte am Boden. Mit dem Knochenrücken drückte es gegen die Wand. Damit es nicht kippte, klemmte um seinen Halsknochen eine verrostete Eisenmanschette, die wiederum durch eine Kette mit einem in der Wand befestigten Ring verbunden war.

Was die Skelette zu bedeuten hatten, wusste ich nicht. Jedenfalls war ihr Anblick nichts für Menschen mit schwachen Nerven. Das etwas längere Schauen auf die beiden Knöchernen hatte mich von den eigentlichen Problemen abgelenkt.

Ich sah den Buckligen wieder. Abermals kam er aus dem Dunkeln der Höhle. Nur war er jetzt nicht allein. Über seinen gorillaähnlichen Armen trug er ein Bündel, das Arme und Beine hatte. Und wie ein Bündel kam mir die junge Frau auch vor, die der Bucklige bis an die Decke brachte und dort niederlegte.

Er tat es behutsam, als wollte er der Person kein Leid zufügen. Von meinem Platz aus konnte ich nicht erkennen, ob die junge Frau noch lebte, hoffte jedoch in ihrem Interesse, dass sie nur bewusstlos war. Der Gnom glättete noch einige Stofffalten und begann dabei geifernd zu reden. »So, meine Kleine, so ist alles gut. So ist es richtig. Du bist meine Tochter gewesen, ja, das weiß ich, aber du hast dich danebenbenommen, indem du dich einem anderen hingabst. Du warst die Geliebte eines Widerlings, und das sollst du büßen, auch wenn du meine Tochter bist.« Während der Worte hatte er seinen Kopf gedreht und in eine Richtung geblickt, die von mir nicht einsehbar war.

Der Gnom stand relativ günstig, denn das aus einer Nische fallende Licht streifte sein Gesicht. Ich sah in den Augen einen glänzenden Ausdruck, der nicht allein auf das Licht zurückzuführen war. Dieser Glanz hatte eine andere Ursache. Eine innerliche. Es war ein Ausdruck des Triumphs, des Sieges …

Und der Gnom begann zu reden. Mit wem oder zu wem

er sprach, wusste ich ebenfalls nicht, aber seine Worte ließen mich plötzlich aufhorchen, denn in dem Satz tauchte ein auch mir bekannter Name auf, der mich schaudern ließ.

»Ich werde dir beweisen, großer Shimada, dass ich zu deinen besten Dienern gehöre. Ich spürte die Kraft, die mich erreichen wird. Es ist der Würfel. Er kommt, er kommt zu mir ...«

Der Gnom hatte immer lauter gesprochen und breitete die Arme aus, um den Körper nach hinten zu drücken.

Den Blick hielt er nach vorn gerichtet, und er schaute etwas an, das nur er sah.

Verdammt, was konnte das sein?

Ich zerbrach mir den Kopf. Er hatte von Shimada gesprochen und von dem Würfel. War es möglich, dass er einen der beiden sah?

Das wäre natürlich ein Hammer gewesen, aber nicht ausgeschlossen. Schließlich waren wir in die gleiche Richtung geflogen, in die der Würfel gewandert war.

Die Sache wurde spannend.

Nur etwas störte mich ganz gewaltig. Es war das mir unbekannte Mädchen oder die junge Frau, die auf der Decke lag, sich nicht rührte und den Kopf nach links gedreht hatte, sodass ich ihr Gesicht nicht erkennen konnte und nur die dunklen, halblangen Haare sah.

»Der Würfel!«, sprach der Gnom weiter. »Ich wusste genau, dass du mir helfen würdest. Ich habe die Magie der Erde angesprochen. Sie kann mich nicht im Stich lassen, weil ich ihr treuer Diener bin. Sieben Leben hatte ich. Sieben Leben!«, schrie er, bevor er auf die Knie fiel, die Arme hob und die Hände rang. »Sechs davon sind vorbei, einfach vergessen. Aber das siebte besteht. Ich kann nicht mehr wiedergeboren werden, doch ich bleibe mächtig, das weiß ich genau. Ich bleibe mächtig, denn die Geister der Erde haben mich nicht verlassen. Sie sorgen dafür, dass der Würfel zu mir gelangt, und er ist mehr wert als sieben Leben. Das letzte werde ich behalten und mit dem Würfel die Welt verändern.

Das Grauen überkommt die Erde, der Schrecken wird regieren, und ich werde der Herr des Schreckens sein, das verspreche ich.«

Noch immer hatte ich nicht genau mitbekommen, mit wem er redete. Es war einfach unklar, ob er mit einem seiner Dämonen sprach oder mit einer menschlichen Person.

Ich musste weiter vor.

In diesem Augenblick – ich hatte soeben den Fuß auf die nächste Stufe gesetzt –, drehte sich der Gnom um. Es war eine wirbelnde Bewegung, und seine rechte Hand fuhr nach unten, damit sich die Finger um den Griff des Messers krallen konnten.

Blitzschnell riss er die Waffe hervor.

Auch ich reagierte. Es war praktisch ein Reflex, der mich die Beretta ziehen ließ.

Einzusetzen brauchte ich sie nicht, denn nicht mich hatte der Gnom entdeckt und sich auch nicht mich als Ziel ausgesucht. Er war in der Bewegung stehen geblieben und starrte eine andere an.

Seine Tochter!

Ich sah ihn, er sah mich nicht. Um ihn jedoch am besten erkennen zu können, musste ich mich weiter vorbeugen, und ich entdeckte dabei den kalten, brutalen Zug auf seinem Gesicht. Überhaupt hatte er ein Aussehen, das man als schrecklich bezeichnen konnte.

Okay, er war verwachsen, ein Fehler der Natur, dafür konnte er nicht.

Ich spürte, dass dieser Mensch innerlich verdorben war.

Ich spürte ebenfalls, dass er sein Messer nicht umsonst gezogen hatte. Er würde es seiner eigenen Tochter in den Körper stoßen.

Meine Kehle wurde eng. Wie konnte ein Mensch nur so grausam und schlecht sein? Das wollte einfach nicht in meinen Kopf. Wenn es ein Dämon gewesen wäre, okay, aber ein Mensch, der sein eigenes Fleisch und Blut umbrachte, das war nicht fassbar für mich.

Leblos lag die junge Frau auf der Decke. Sie bekam überhaupt nicht mit, in welch schrecklicher Gefahr sie schwebte, und sie sah auch nicht, wie sich der Gnom tiefer beugte.

Die beiden Skelette in seinem Rücken bildeten die stummen Beobachter. In ihren Knochenfratzen rührte sich nichts. Da kein Windzug in die Höhle drang, wurden die Gebeine auch nicht bewegt. Starr blieben sie hängen oder sitzen.

Mich schauderte bei diesem Anblick. Skelette und ein Killer. Was brauchte man mehr, um einen Horror zu erleben?

Als sich der Gnom noch tiefer hinabbeugte, setzte auch ich mich in Bewegung. Ich blieb dabei auf der Stufe. Jane wusste ich in meinem Rücken, schaute kurz über die Schulter und sah nur ihren Schatten. Zum Glück hielt sie sich zurück.

Schräg konnte ich nach unten blicken. Die direkte Verlängerung meiner Blickrichtung bildete der Rücken des Gnoms.

Den rechten Arm hielt er hoch. Ein Lichtreflex fing sich auf der Klinge und ließ sie funkeln.

Mir kam es grausam vor.

Mit der linken Hand stützte ich mein rechtes Gelenk. Ich durfte mir keinen Fehlschuss erlauben.

Und einen Moment später peitschte meine Stimme auf. »Weg mit dem Messer!«

Der Bucklige hörte meine Stimme, blieb stehen und traute sich auch nicht, seinen rechten Arm nach unten zu bewegen. So schwebte das Messer über dem Körper des Mädchens, dessen Leben ich vorerst gerettet hatte. Allerdings öffnete der Verwachsene auch nicht seine Faust, er rührte sich überhaupt nicht.

Noch hatte mich der Gnom nicht gesehen. Starr schaute er in eine andere Richtung. Erst als ich vorging und meine Schuhsohlen knirschende Geräusche auf den Stufen hinterließen, drehte der andere den Kopf und blickte zu mir hoch.

Er stand ziemlich günstig. Der Schein einer für mich nicht sichtbaren Lampe traf sein Gesicht. Er gab der verwüsteten Haut einen grünlich roten Schimmer und ließ den offen stehenden Mund wie eine düstere Höhle aussehen.

Auch die Augen hatten einen anderen Glanz. In den Pupillen spiegelte sich die Farbe des Lichts.

Auf der drittletzten Stufe blieb ich stehen. Noch immer hatte ich die Mündung auf den Gnom gerichtet. Nur war der Schusswinkel jetzt flacher geworden.

»Weg mit der Waffe!« Abermals forderte ich ihn dazu auf, doch er schüttelte den Kopf.

»Bist du gegen Kugeln gefeit?«

Wieder bewegte er verneinend seinen Schädel. Er hatte wohl keine Lust, darüber zu reden. Dafür tat er etwas anderes. Er bewegte einen Arm zur Seite. Die Hand blieb dabei in gleicher Höhe, nur zeigte die Dolchspitze nicht mehr auf das Mädchen, sondern zielte direkt daneben.

Ich nickte. »Lass es fallen!«

Er öffnete die Faust. Alles bei ihm sah aus, als würde er sich nur mehr unter großen Mühen bewegen. Selbst der Dolch schien langsamer zu Boden zu fallen. Mit der Spitze stieß er auf den Felsen, bevor er kippte.

»Wer bist du?«, fragte ich.

Der Verwachsene hob die Schultern. »Du kannst mich nennen, wie du willst, Fremder. Sage meinetwegen Rigoletto.«

»Wie der Narr aus der gleichnamigen Oper?«

»Genau.«

»Und was hast du mit ihm zu tun?«

Er grinste breit. »Viel, Fremder, sogar sehr viel. Auch Rigoletto hat getötet. Er steckte seine Tochter in einen Sack …«

»Ja. Nur tötete der aus Versehen.«

»Sie ist auch meine Tochter!«, erklärte mir der Verwachsene lapidar und lächelte.

Ich erschrak. Das musste mein Gegenüber wohl gesehen haben, denn er schüttelte den Kopf und wollte sich köstlich amüsieren. »Glaubst du es nicht?«, setzte er nach. »Dann frag sie doch. Schade, du kannst es nicht mehr. Aber du hattest Recht. In der Oper hat Rigoletto seine Tochter aus Versehen getötet. Ich bringe sie vorsätzlich um, weil mich dieses Biest verraten hat.«

»Inwiefern?«

»Sie ging zu einem anderen. Sie wollte nicht mehr bei mir bleiben. Deshalb muss sie sterben.«

»Ich wäre auch nicht bei dir geblieben.«

»Du bist weder meine Tochter noch mein Sohn. Sie hat die Pflicht, bei dem Vater zu bleiben.«

Ich winkte mit der freien Hand ab, da ich nicht vom eigentlichen Thema abkommen wollte, das mich interessierte. Möglichst schnell wollte ich zum Kern des Problems gelangen. Mit dem Daumen der linken Hand deutete ich nach links und rechts, wobei ich jeweils die beiden Knöchernen meinte. »Was sollen die Skelette hier?«

»Sie sind ein Andenken.«

»Für was?«

»Kann ich dir sagen. Die beiden waren Typen wie du. Sie drangen hier ein, und sie wollten mich erledigen. Dabei hatten sie das Pech, dass ich stärker war als sie. Aus diesem Grunde habe ich sie aufhängen und anketten lassen. Im Laufe der Jahre sind sie vermodert. Das ist der Lauf der Dinge, wenn man mich zum Feind hat.«

»Dann bist du ein Mörder und Folterknecht.«

»Ja, der bin ich.«

Die Antwort traf mich hart. Ich musste schlucken und ging die letzten drei Stufen hinab, da ich mit dem Verwachsenen auf eine Höhe kommen wollte. Vor der ersten Stufe blieb ich stehen. Mein Blick war kalt. Er bohrte sich in die Augen des Mannes vor mir, der mir höchstens bis zum Ellenbogen reichte. So klein er war, so giftig und brandgefährlich gab er sich.

Der Zwerg beobachtete jede meiner Bewegungen. Ihm lagen Fragen auf der Zunge, das war ihm anzusehen. Die Neugierde musste sich in ihm hochdrängen. Vielleicht sah er auch seinen gesamten Plan gefährdet, und auch ich wollte mehr wissen.

Zuerst ließ ich ihn fragen. »Was willst du eigentlich hier? Du bist fremd. Ich habe dich nie gesehen!«

»Ich suche etwas.«

»Und was?«

286

»Einen Würfel!«

Nicht ich hatte gesprochen, sondern Jane Collins. Bisher war sie im Schatten der Felswand auf der Treppe geblieben. Nun aber trat sie vor, schritt nach unten und gleichzeitig auf die Stufenmitte zu, sodass sie für den Gnom sichtbar wurde.

Ich schaute nicht zurück. Der Gnom war wichtiger. Ich hörte schon wenig später nichts mehr. Jane Collins war stehen geblieben. »Wir suchen den Würfel!«, hallte ihre Stimme durch die Höhle. »Und wir wissen, dass er hier ist, du Gnom.«

»Ach.«

»Ja, es hat keinen Sinn, hier zu lügen. Uns ist alles bekannt. Wir haben die weite Reise nicht gemacht, um leer auszu-gehen. Wir wollen den Würfel haben.«

»Gehört er euch?«

»Ja.«

»Das ist ein Irrtum!«, schrie der Gnom und gab gleichzeitig zu, dass der Würfel existierte. »Ein großer Irrtum. Mir gehört er. Nur mir allein. Er ist mir geschickt worden, damit ich ihn an mich nehme und dafür sorge, dass die Macht eines Großen sich noch weiter ausbreitet. Ich werde sein Diener werden. Mit dem Würfel kann und muss es mir gelingen.« Er redete plötzlich und war regelrecht in seinem Element. Fünf Finger der rechten Hand hob er und zwei der linken. »Sieben Leben habe ich!«, schrie er uns entgegen. »Sieben Leben. Davon sind sechs vorbei. Sechsmal hat man mich getötet, aber ich bin immer wieder zurückgekommen. In meine letzte Lebensphase trat ich nun ein, und die will ich so lange genie-ßen, wie es nur eben möglich ist. Ich bin der Gnom mit den sieben Leben. Da ich das letzte führe, kann ich nichts mehr riskieren, doch der Besitz des Würfels wird mich für alles entschädigen, was vorgefallen ist. Klar?«

Ja, das war uns klar. Nur sagten wir es nicht, sondern schauten den Gnom weiterhin an.

»Du hast also den Würfel?«, fragte Jane.

»Jaaa …« Die Antwort klang ein wenig zu zögernd, um echt zu sein. Jane wollte ihm nicht glauben. In mir steckten ebenfalls Zweifel. Die Detektivin nahm mir das Wort aus dem Mund. »Wenn du ihn hast, dann kannst du ihn uns doch zeigen!«

»Sicher.«

»Wo ist er?«

»Du kannst ihn nicht sehen, wenn du dort stehen bleibst.« Der Verwachsene grinste. »Du musst schon vorkommen. Her zu mir, dann zeige ich ihn dir.«

War das ein Trick? Ich hatte mich nicht gerührt und die Mündung der Waffe stets auf ihn gerichtet. Er selbst hatte von seiner Verwundbarkeit berichtet. Sein siebtes und letztes Leben steckte in ihm, also konnte ich davon ausgehen, dass ihn eine Kugel tötete, denn ein Dämon im eigentlichen Sinne war er nicht.

Jane Collins dachte ähnlich wie ich. Sie sagte: »John, behalte ihn gut im Auge. Okay?«

»Sicher.«

Der Gnom lachte leise. »Ihr scheint dennoch Angst vor mir zu haben«, erklärte er.

»Warten wir es ab!« Hinter mir hörte ich die Schritte der Detektivin. Sie klangen nicht mal zögernd oder vorsichtig. Jane wusste genau, was sie wollte, und sie ging auch wenig später an mir vorbei, aber sie bedachte mich mit keinem Blick.

Dafür reagierte sie profihaft, denn sie geriet nicht mal mit der Fingerspitze in meine Schusslinie. Ja, Jane wusste noch immer, worauf es letztendlich ankam.

Der Gnom hatte sich ein wenig anders hingestellt, und zwar so, dass er sie beobachten konnte.

Auch ich schaute ihn an und sah das Zucken in seinem Gesicht. Er gab sich sehr sicher. Konnte er das auch sein? Vertraute er voll und ganz auf den Würfel des Unheils, von dem wir bisher noch nichts entdeckt hatten?

Jane hatte die Treppe hinter sich gelassen. Ich zielte auf den Gnom. Dabei ließ ich die Detektivin nicht aus den Augen, die mit schleichenden und vorsichtigen Schritten weiterging, sodass sie schräg neben den Buckligen geriet und dort ihre Schritte stoppte.

»Und jetzt?«, fragte sie.

»Schau nach vorn.« Der Bucklige streckte einen Arm aus und deutete dorthin, wo das Licht erschienen war, das ihn umschmeichelte.

Ich konnte nicht das sehen, was Jane erkannte. Dafür las ich an ihrem Gesicht die Reaktionen ab und bekam auch mit, wie sie plötzlich bleich wurde.

»Was hast du?«, fragte ich.

»John, der Würfel. Er ist da …«

Ich blieb nicht auf meinem Platz, hörte den Gnom kichern und war mit einem Sprung bei ihm. Obwohl ich unbedingt herausfinden wollte, worum es sich handelte, behielt ich die Übersicht, presste ihm die Mündung der Beretta gegen die Stirn und schaute dorthin, wo das Licht aufgestrahlt war.

Auch meine Augen wurden groß …

»Das muss ausgerechnet uns passieren!«, schimpfte Bill Conolly. »Fallen da in ein Loch wie kleine Kinder oder Anfänger.« Bill betastete seine Knochen und kniff die Augen zu Spalten zusammen, weil ihn das Licht der kleinen Lampe geblendet hatte.

Suko hielt sie und fragte: »Alles klar?«

»Ja, die Knochen sind sortiert.«

»Dann weiter.«

»Wohin?«

Bill schaute in die Höhe. »Da kommen wir nicht mehr raus. Ich habe keine Saugnäpfe an den Händen …«

»Hatten wir nicht einen Gang entdeckt?«

Bill zog ein zweifelndes Gesicht. »Willst du den wirklich durchkriechen?«

»Klar, was denkst du denn? Du kannst auch hier bleiben und warten. Vielleicht komme ich in fünfzig Jahren mit einem Seil zurück und ziehe dich aus dem Schacht. Das ist möglich …«

»Witzbold.« Es war Bill Conolly, der sich zuerst bückte und in den Tunnel starrte.

Ein unheimlicher, düsterer Gang lag vor ihm. Ein dunkler Schlauch, der in die Unendlichkeit zu führen schien. »Ob die den künstlich angelegt haben?«, murmelte der Reporter.

»Kann sein, aber es gibt auch in der Natur Dinge, die kaum zu erklären sind.« Suko hatte wieder geleuchtet. Der waagerechte Schacht, durch den die beiden kriechen wollten, sah tatsächlich aus wie eine vom einem Bohrer in das Gestein gefräste Tunnelröhre. Es gab kaum Unebenheiten an den Wänden, und nur der Boden zeigte sich rauer.

Da die Röhre keine normale Höhe zeigte, mussten Bill und Suko sich auf Händen und Füßen weiterbewegen. Der Inspektor hatte die Spitze übernommen, während sich Bill hinter ihm hielt, dafür über die Situation schimpfte.

»Eigentlich hatte ich nicht vor, noch mal als Tunnelarbeiter zu schaffen. Aber was nimmt man nicht alles in Kauf, um dich nicht allein zu lassen?«

»Da sagst du was!«

Suko hatte die kleine Lampe eingeschaltet, um sich zu orientieren. Der bleiche Finger aus Licht übertrug jede Bewegung des Chinesen. Er hüpfte auf und nieder, strich mal über die Wände, berührte die Decke oder verlor sich irgendwo in der vor ihnen liegenden Finsternis.

Wenn er an bestimmten Stellen das Gestein abtastete, glänzte es heller auf. Ein Beweis dafür, dass noch einige Einschlüsse im Stein existierten.

Die beiden Männer umgab drückende Stille. Nur durch ihre eigenen Atemgeräusche wurde sie unterbrochen. Zeit war plötzlich relativ geworden, denn diese Röhre, durch die sie auf Händen und Knien krochen, schien kein Ende nehmen zu wollen.

Bill stellte die nächste Frage. »Glaubst du, dass wir auf dem richtigen Weg sind?«

»Ich hoffe es.«

Der Reporter lachte leise. »Du hast Mut. Mir gefällt die Luft aber nicht.«

»Wieso?«

»Erstens ist sie mies, und zweitens wird sie immer

schlechter. Ich habe das Gefühl, als würde auf uns bald etwas zurollen.«

»Da kannst du Recht haben.«

»Wie toll. Hoffentlich sind wir dann am Ziel.«

Suko verschwieg eine Antwort. Er hatte keinen Schimmer, ob sie richtig handelten, und konnte nur hoffen, dass sie ein Ziel erreichten. Sie wollten schließlich dort ankommen, wo sich John Sinclair und Jane Collins aufhielten.

Die Sache mit der Luft stimmte tatsächlich. Sie war schlechter geworden, da hatte sich der Reporter nicht getäuscht. Suko wusste nicht, was es zu bedeuten hatte, aber bei jedem Atemzug schien er etwas zu schmecken. An sehr heißen Tagen hat man oft das Gefühl, flüssige Luft zu atmen, so ähnlich erging es den beiden Männern.

Als Suko stoppte, verhielt sich auch Bill ruhig. »Was hast du denn?«, wandte er sich an den Chinesen.

»Nichts.«

»Und warum hältst du an?«

Suko drehte sich um. »Das ist ganz einfach. Schau mal nach vorn.«

»Leuchte wenigstens.«

Das tat Suko, und er konnte erkennen, wie Bills Gesicht an Farbe verlor und Schweißperlen auf seiner Stirn glitzerten. »Verflucht!«, flüsterte der Reporter. »Was ist das denn?«

»Luft?«

»Nein, Mensch, das ist etwas anderes.«

»Glaube ich nicht. Das ist die Luft hier unten. Sie ist nur sichtbar geworden.«

»Ja!«, hauchte Bill mit zitternder Stimme. »Wie rötlicher Pudding, nicht wahr?«

Was da nicht mal sehr weit von ihnen entfernt waberte und sich bewegte, sah tatsächlich wie eine sichtbar gewordene Luftmasse aus. Sie wanderte weiter, füllte den Schlauch vor ihnen aus und näherte sich unaufhörlich.

»Zurück!«

Suko war dagegen. »Nein, Bill, wir können nicht vor ihr fliehen. Auch wenn wir umkehren, würde sie uns erreichen.

Oder weißt du eine Möglichkeit, wie wir aus dem senkrechten Schacht rauskommen?«

»Auch nicht.«

»Da hast du's.«

»Was kann das denn nur sein?«, hauchte der Reporter. »Allmählich wird mir mulmig.«

»Das Zeug schimmert rötlich.«

»Und?«

»Denk mal nach, Bill. Wir waren vor kurzem in Texas und haben in den Boden geschaut. Da schwebte der Kopf des Zombie-Apachen, der Torso und auch der Würfel …«

Bill schlug sich gegen die Stirn. »Jetzt verstehe ich. Du glaubst daran, dass es das gleiche Zeug ist, das den Boden in Texas gefüllt hat?«

»Ja.«

»Aber wie kommt es dann hierher?«

»Kann ich dir auch nicht genau sagen. Ich würde es mit der Magie der Erde erklären. Zudem hat Jane Collins berichtet, dass der Würfel gewandert ist.«

Bill hatte verstanden. »Wenn das so wäre, müssten wir den Würfel unter Umständen sehen können.«

»Genau.«

Diese Annahme ließ die beiden Männer die Gefahr, in der sie schwebten, vergessen. Beide waren überrascht, konnten es kaum fassen und warteten ab, was weiterhin geschehen würde.

Suko leuchtete mit der Lampe der anrollenden Masse entgegen. Der Strahl traf auch, wurde aber sofort geschluckt. Zudem benötigten sie das Licht nicht. Die Masse barg in sich eine genügende Helligkeit, um etwas erkennen zu können.

Zum Beispiel den Würfel!

Suko entdeckte ihn zuerst. »Das ist doch nicht möglich!«, hauchte er. »Verflucht, das darf nicht wahr sein. Wir haben Recht, Bill!« Er geriet sogar außer Fassung.

Der Reporter blieb gelassen. »Und? Was haben wir davon? Das Zeug schluckt uns, wir werden ersticken …«

»Vielleicht …«

»Wieso nicht?«

Scharf winkte der Inspektor ab. »Tu mir einen Gefallen, Bill, und drück uns die Daumen!«

»Verdammt!«, krächzte der Reporter. »Das tue ich schon die ganze Zeit über. Es hilft nur nichts.«

»Ich habe da einen Plan.«

»Und welchen?«

»Sage ich dir später.« Suko ließ sich nicht beirren. »Jedenfalls hängt er mit dem Würfel zusammen. Alles, was du tun kannst, ist, gut Luft zu holen. Okay?«

»Wenn du meinst.«

»Das meine ich. Und jetzt sei ruhig!«

Die beiden Freunde warteten auf die heranquellende Masse. Ein jeder stand wie unter Strom. Ohne darüber gesprochen zu haben, spürten sie, dass sie dicht vor einer immensen Entscheidung standen. Entweder klappte es, oder sie gingen unter.

Die Masse drängte durch den Tunnel. Wie dick oder dünn sie war, konnten weder Bill noch Suko erkennen. Mit Sauerstoff würde sie kaum durchsetzt sein. Wenn das Zeug über ihnen zusammenschlug, konnten sie möglicherweise ersticken, falls Sukos Plan nicht klappte.

Der Chinese glaubte fest daran, Bill sah die Sache anders. Er war nicht begeistert davon, gab allerdings zu, dass keine andere Möglichkeit mehr existierte. Ob sie sich zurückzogen und zwei Minuten später starben oder in den nächsten Augenblicken, was spielte das noch für eine Rolle?

»Hol noch mal tief Luft«, flüsterte Suko.

»Das verlängert nur die Qualen.«

»Trotz …«

Weiter konnte der Inspektor nicht mehr sprechen, denn die Masse erreichte ihn als Ersten. Bill sah zu, wie sie über ihm zusammenschlug.

Sie glich einer gewaltigen rotgrünen Welle, der man mit menschlicher Kraft nichts entgegensetzen konnte. Die Welle war plötzlich da. Sie schluckte den Chinesen nicht nur, sie hob ihn auch an und trug ihn fort.

Im ersten Augenblick auf den Reporter zu, dann sah Bill, wie sein Freund anfing, mit den Beinen zu strampeln, als wäre er ein Schwimmer, der sich heftig fortbewegen will.

Tief einatmen!

Bill atmete ein, wieder aus, erneut ein …

Dann war die Masse da.

Wie einen Berg sah er sie auf sich zuschweben. Sie war durchsichtig, er sah den gestreckten Körper seines Freundes, der verzweifelt versuchte, den Würfel zu erreichen.

Im nächsten Augenblick fühlte sich Bill Conolly wie im Körper eines Kraken gefangen …

Yakup Yalcinkaya war eigentlich ein vorsichtiger Mensch. Er ging zwar stets ein hohes Risiko ein, aber nur dann, wenn es sich nicht vermeiden ließ.

In diesem Fall ließ es sich nicht vermeiden, da er sein Ziel so rasch wie möglich erreichen wollte.

Er drückte aufs Gas. Die Golden Gate hatten Ali und er fast hinter sich gelassen. Die hohen Gestänge warfen bereits lange Schatten, ein Zeichen dafür, dass bald die Dämmerung einsetzte.

Und Yakup raste weiter. In seinem kantigen Gesicht regte sich kein Muskel. Nur auf seiner hohen Stirn zeichneten sich drei Falten ab, die wie eingemeißelt aussahen.

Ali schwieg. Er wusste genau, dass er seinen neuen Freund jetzt in Ruhe lassen musste, und er dachte an die Abenteuer, die er mit John Sinclair erlebt hatte.

Gewissermaßen war der Junge vom Regen in die Traufe geraten. Sein abenteuerliches Leben würde sich fortsetzen. Vielleicht konnte er irgendwann einmal ähnliche Funktionen übernehmen wie Yakup oder John. Gefallen würde ihm das schon, obwohl bis zum Ziel noch ein sehr, sehr weiter Weg war.

Die Berge schluckten den Wagen.

Über die grauen Asphaltbänder der Straße jagten sie. Wenn es eben ging, schnitt der Türke die Kurven. Dann wimmerten die Reifen, als würden sie tausend Qualen erleiden müssen.

Ali wusste ungefähr, wo das Ziel lag. Obwohl sie so schnell fuhren, verging die Zeit wie im Fluge. Er hoffte mit Yakup, dass sie nicht zu spät am Ziel eintrafen.

Weg von der Straße. Die engen Wege nahmen sie auf, die Felswände wuchsen näher zusammen, sodass sie durch regelrechte Schluchten rollten. Der Wagen schaffte auch eisglatte Strecken. Manchmal tanzte er, aber Yakup zwang ihn stets unter seine Kontrolle.

Er kannte den Weg gut, dennoch wurde er überrascht, als er das Ziel erreichte.

Mit den beiden Wagen hatte er nicht gerechnet.

Es war einer zu viel. Dieser Ford gehörte nicht dorthin. Hatte der Gnom Besuch erhalten?

Yakup hatte gebremst, blieb starr hinter dem Lenkrad sitzen, und Ali wurde aufmerksam.

»Was hast du?«

»Das zweite Auto.«

»Du kennst es nicht?«

»Nein.«

Der Junge nagte auf der Lippe. »Willst du trotzdem hingehen oder umkehren?«

Yakup öffnete schon die Tür. »Natürlich werde ich hingehen.« Er hatte seinen Bogen nebst Köcher über Schulter und Rücken gehängt. »Du aber bleibst hier.«

Ali sah den entschlossenen Ausdruck in den Augen seines großen Freundes und nickte. »Ja, ich passe auf. Und gib du auf dich Acht, Yakup!«

Der Türke lächelte. »Das werde ich.« Wie ein Schatten war er im nächsten Augenblick verschwunden …

Jetzt wussten Jane Collins und ich genau, woher das Licht kam. Es drang aus der Wand. Als wäre ein Teil dieser Höhle eine einzige Lichtquelle und als festes Gestein überhaupt nicht vorhanden. Ich kannte dieses Phänomen von Texas.

Damals hatte ich erlebt, wie sich die Erde unter meinen Füßen in einen Sumpf verwandelte und mich dabei in die Tiefe zerren wollte.

Die Masse dort hatte ebenso ausgesehen wie diese hier, die sich Janes und meinen Blicken präsentierte.

Ich hielt unwillkürlich den Atem an. Nicht allein wegen der Masse, sondern deshalb, weil sie einen Inhalt barg, dem all unser Sinnen und Trachten galt.

Es war der Würfel des Unheils!

Jane hatte Recht gehabt, als sie uns in die Nähe von Frisco lotste. Hier sahen wir den Würfel, und er hatte die Entfernung verdammt schnell zurückgelegt.

Die Magie der Erde musste ihm dies ermöglicht haben, doch für mich war nicht der richtige Zeitpunkt, darüber nachzudenken, denn nicht allein der Würfel forderte meine Aufmerksamkeit. Es waren noch zwei andere Dinge.

Zwei Menschen.

Suko und Bill!

Sie schwebten ebenfalls in dieser seltsamen magischen Erdmasse, so wie in Texas der Kopf und der Torso des Zombie-Apachen. Unwahrscheinlich war dies, und ich merkte, wie sich mein Magen allmählich verkrampfte.

Konnten die beiden überleben?

Neben mir hörte ich Jane scharf atmen und vernahm ihre flüsternde Stimme. »John, das ist grausam! Verdammt, das ist schlimm …«

Ich gab keine Antwort. Ich hatte Angst um meine Freunde. Suko sah ich besonders deutlich. Sein angeschwollenes Gesicht erinnerte an einen Ballon. Sehr lang hatte er die Arme gemacht, auch die Finger so gestreckt, dass sie in die Nähe des Würfels gerieten. Dabei war es ihm tatsächlich gelungen, ihn zu berühren. Wirklich nur mit den Kuppen drückte er gegen den Quader, aber er versuchte, seine Hände höher an die Seiten heranzuschieben.

Also war er nicht tot.

Und Bill?

Er schwebte wie eine Leiche in der mit dieser seltsamen

Masse ausgefüllten Felswand. Schräg lag der Reporter, sein Gesicht allerdings wandte er ab, sodass wir nicht deutlich erkennen konnten, ob unser Freund lebte oder nicht.

Jane hatte mit ihrem Kommentar die Lage erfasst. Es war tatsächlich grausam, was wir dort sahen. Und es gab nur einen, der sich freute.

Der Gnom.

Ich hörte sein heiseres Lachen und erhielt gleichzeitig die Quittung dafür, dass ich mich zu sehr hatte ablenken lassen. Es war mir einfach nicht möglich gewesen, die Waffe so zu halten, dass die Mündung direkt auf den Körper des Verwachsenen zielte, zu groß war der Schock gewesen, und das hatte der andere bemerkt.

Er war viel kleiner als ich. Von oben her konnte er nicht zuschlagen, also versetzte er mir den Hieb von der entgegengesetzten Seite. Von unten nach oben fegte seine Handkante. Sie traf mein Gelenk wie ein Hammerschlag und schleuderte meinen Arm so wuchtig in die Höhe, dass ich nichts dagegen tun konnte.

Ein Schrei drang aus meinem Mund. Dabei hatte ich das Gefühl, als wäre meine Hand mit Feuer gefüllt. Mir gelang es nicht mehr, die Beretta festzuhalten. Sie wurde mir aus den Fingern gewirbelt, fiel zu Boden, auf dem auch ich landete, denn der Gnom, einmal in Fahrt, hatte mich mit seinem Schädel in der Magengegend getroffen.

Dieser Stoß raubte mir die Luft. Auf einmal konnte ich nicht mehr atmen. Ich hatte das Gefühl, als würden meine Eingeweide nach oben gedrückt, lag auf dem Rücken und sah den Gnom zum ersten Mal über mir stehen. Er konnte auf mich herabschauen, tat es mit einem widerlichen Grinsen und schlug beide Arme nach unten. Die rotvioletten Jackenschöße klafften auf.

Erst jetzt sah ich die anderen Dolche, und ich hatte selten jemanden gesehen, der seine Messer mit einer so großen Geschwindigkeit ziehen konnte. Die Klingen schienen ihm von selbst in die Hand zu springen.

Dabei lachte er.

»Jetzt!«, brüllte der Verwachsene und hob die Arme, um mir die Dolche in den Körper zu stoßen.

Ich hätte wohl kaum eine Chance gehabt, dem tödlichen Stahl zu entgehen, wenn Jane Collins nicht da gewesen wäre.

Sie war zwar selbst nicht bewaffnet, aber sie hatte ihre Fäuste und ihren Mut.

Beides setzte sie ein.

Am Rücken hatte der Gnom keine Augen. Jane hatte sich abgestoßen, die Arme ausgestreckt und flog auf den Verwachsenen zu. Ihre Hände waren zu Fäusten geballt, und sie schlug mit aller Wucht auf den Rücken des Mannes.

Genau in dem Augenblick, als er seine beiden Dolche schleudern wollte. Das schaffte er zwar, nur war er nach vorn katapultiert worden, und die Messer flogen in eine andere Richtung.

Als blitzende Geschosse wirbelten sie durch die Luft und hieben in die Wand, in der sich Suko, Bill und der Würfel befanden. Ich bemerkte im Aufspringen, dass sie dort abprallten, und vernahm Janes auffordernden Schrei.

»Die Beretta, John!«

Ja, ich musste an die Waffe!

Für einen Moment war ich irritiert. Durch meine Aktionen hatte ich ein wenig den Überblick verloren. Ich musste erst nachschauen, wo die Pistole lag.

Nicht weit von dem bewegungslosen Mädchen entfernt. Und ich stellte fest, dass ich mich näher an ihr befand als der Gnom.

Zwar schmerzte meine rechte Hand noch immer, aber darauf konnte ich keine Rücksicht nehmen. Keiner von uns stand in den folgenden Augenblicken mehr still.

Auch Jane Collins bewegte sich. Und sie dachte dabei an die Tochter des Gnoms. Das Mädchen lag auf der Decke, hatte von dem, was um es herum vorging, nichts bemerkt, befand sich allerdings in einer großen Gefahr, denn es konnte durch einen unglücklichen Wurf oder Schuss getroffen werden.

Um mich nicht zu behindern, lief Jane geduckt auf die

junge Frau zu. Sie wollte die Decke packen und die Bewusstlose zur Seite ziehen.

Ich war bereits vorbei, hechtete zu Boden und wollte nach meiner Waffe greifen.

Wirklich im letzten Augenblick zog ich die Hand zurück, denn etwas Blitzendes raste direkt auf meine Finger zu. Es war der von dem Gnom wuchtig geschleuderte Dolch, und die Klinge hätte meine Hand auf den Boden genagelt, so aber traf sie nur den Pistolenknauf und prallte von ihm ab.

Ich schleuderte meinen Körper sofort nach hinten, überrollte mich und gelangte wieder auf die Füße.

Der Gnom war in seinem Element. Sein grässliches Lachen durchtoste die Höhle. Er hatte einen seiner Dolche aufgenommen und war abermals beidhändig bewaffnet.

Mit der linken Hand konnte er die Klinge ebenso gut schleudern wie mit der rechten.

Diese Waffe verließ die Finger zuerst.

Wieder musste ich in Deckung. Der Stahl sirrte über meinen Rücken, und ich vernahm das helle Klingen, als er auf den Boden schlug. Sofort tauchte ich unter, packte den Dolch und spürte, wie die zweite geschleuderte Waffe an meinem Ohr zupfte, als ich mich schon im Sprung befand, um die Stellung zu wechseln.

Der Schmerz war da, ließ sich jedoch ertragen, und auch auf die Blutstropfen achtete ich nicht.

Ich warf die Waffe zurück. Aus der Drehung tat ich dies. Eigentlich hätte ich mir mehr Zeit lassen sollen, so wischte das Messer leider vorbei, und der Gnom lachte.

Nicht allein aus dem Grunde, denn er hatte einen weiteren Dolch hervorgeholt.

Diesmal war ich nicht das Ziel, sondern Jane Collins.

Sie hatte es geschafft, die Tochter des Verwachsenen in Deckung zu ziehen, richtete sich soeben auf und erkannte, dass der Zwerg sich so gedreht und den rechten Arm mit der Klinge erhoben hatte, dass diese sie nicht verfehlen konnte.

Ich suchte nach einer Waffe, um ihn abhalten zu können,

sah, dass Jane springen wollte, und erkannte auch, wie der Zwerg die Wurfrichtung um eine Idee veränderte.

Der tödliche Stahl würde Jane Collins treffen!

Ersticken!

Grausam und qualvoll. Das verzweifelte Schnappen nach Luft, wo keine vorhanden war, dies alles schoss Bill Conolly durch den Kopf, als die seltsame Masse über ihm zusammengeschlagen war und er sich wie ein Schwimmer fühlte, der verzweifelt versuchte, sich durch schwer gewordenes Wasser zu kämpfen.

Der Reporter wunderte sich darüber, dass er nicht von Panik übermannt wurde. Er konnte noch immer klar denken. War er vielleicht schon so abgebrüht, oder kam es daher, dass er noch von der Luft, die er zuvor eingeatmet hatte, zehrte?

Wie dem auch sei, er wollte es eigentlich nicht wissen. Er hatte nur die Augen aufgerissen, blickte nach vorn, schaute durch dieses unerklärliche magische Transportmittel und konnte sehen, dass sein Freund Suko versuchte, den Würfel zu greifen.

Bill wusste nicht, welch einen Plan Suko damit verfolgte. Er glaubte kaum, dass ihnen der Quader helfen konnte.

Allmählich wurde die Luft knapp. Der Reporter gehörte nicht zu den Tauchern, die aus dem Meer die Perlen holten und mehrere Minuten lang die Luft anhalten konnten.

Er spürte bereits das Dröhnen in seinen Ohren, das heftige Klopfen gegen sein Trommelfell, ein Zeichen, dass sich einiges verändert hatte, und eine innere Stimme war da, die ihm den Befehl einhämmerte, doch endlich den Mund zu öffnen.

Bill tat es nicht.

Er zwang sich dazu, nicht zu atmen, ruhig zu bleiben, nichts zu unternehmen, was schädlich sein konnte, aber das ging nur wenige Sekunden gut, dann verstärkte sich der Druck.

Jede Faser seines Körpers lechzte nach Sauerstoff. Und jeder Nerv befahl ihm, endlich den Mund zu öffnen, damit er atmen konnte, obwohl es nichts zu atmen gab.

Ich kann nicht mehr!

Es war ein gellender Schrei, der in seinem Hirn aufklang und den Kopf durchtoste. Ein Laut der Angst, ein Schrei der Verzweiflung, und Bill öffnete den Mund.

Jetzt, genau jetzt musste die Masse in seinen Mund quellen, hinuntergleiten in die Tiefe der Kehle, aber das geschah nicht.

Der Reporter konnte atmen!

Und er schrie vor Glück …

Diesen Schrei hörte auch Suko. Zwar nicht laut, eher schwach, aber er wusste Bescheid. Noch in der Masse schwebend drehte er den Kopf und seinen Körper so, dass Bill sehen konnte, wie sein chinesischer Freund den Würfel festhielt.

Mit beiden Händen hielt!

»Geschafft, Bill. Ich habe es geschafft! Der Würfel reagiert! Er tut, was ich will. Er hat die Masse verdrängt. Wir können atmen. Ich wollte, dass wir atmen konnten. Der Würfel ist einmalig …«

Bill hörte das letzte Wort noch als Echo in seinem Hirn nachschallen und fühlte sich happy wie selten zuvor …

Etwas sirrte durch die Luft!

Allerdings nicht aus der Richtung, in der sich der Gnom aufhielt, sondern aus der entgegengesetzten.

Und zwar von der Treppe!

So schnell, wie der Gegenstand flog, konnte ich gar nicht schauen. Ich sah nur das Ergebnis.

Und das war hundertprozentig. Trotz der relativ miesen Lichtverhältnisse hatte es jemand geschafft, einen Pfeil so zu schießen, dass er durch den Hals des Gnoms gejagt war und den Buckligen auf der Stelle getötet hatte.

Er stand noch steif wie ein Brett. Sein übergroßer Kopf zitterte ein wenig, dann kippte er zurück, verlor seine gefährliche Waffe und blieb liegen.

Aus, vorbei.

Auch sein siebtes Leben hatte er hinter sich. Dieser Gnom, der sich nach einem berühmten Vorbild Rigoletto nannte, würde nie mehr aufstehen und jemanden töten.

Aber wer hatte dafür gesorgt?

Noch war nichts zu sehen, nur Janes pfeifenden Atem hörte ich, doch ich wusste genau, dass jemand von der Treppe her geschossen haben musste. Dorthin richtete ich meinen Blick.

Ein Mann erschien aus der Düsternis. Ich sah sein Gesicht sehr schlecht, aber ich kannte seinen federnden Gang.

So schritt nur einer.

Der Name wollte mir kaum über die Lippen. Ich stand da und starrte die Stufen hoch.

Immer näher kam er. Ich sah die Arme, dann den Bogen, den er in der linken Hand hielt, und wusste plötzlich, wen ich vor mir hatte. Es war also doch keine Täuschung gewesen.

»Yakup! Verdammt!«, brüllte ich.

Dann hielt mich nichts mehr auf der Stelle. Ich raste ihm entgegen. Er selbst sprang, und wir lagen uns in den Armen. Gegenseitig klopften wir uns auf die Schultern. Ich redete irgendwelche Worte, die ich selbst nicht verstand, so froh war ich über das Auftauchen des Lebensretters.

Ich wollte nicht wissen, woher er kam, das konnte er mir später erklären, aber ich musste ihn mit Jane Collins bekannt machen, schließlich verdankte auch sie ihm ihr Leben.

Yakup verbeugte sich leicht, als er der Detektivin die Hand gab. »Ja, es war im letzten Augenblick, und es war gut so, denn dieser Mensch begann gefährlich zu werden.«

»Wie meinst du das?«, fragte ich.

»Er wollte Kontakt mit Shimada aufnehmen und ihm den Würfel gewissermaßen als Einstieg mitbringen. Das wäre für Shimada das Absolute gewesen, nun ist der Gnom tot, und der Würfel …«

»Verflixt, der Würfel!«, rief ich.

Erst jetzt fiel er mir wieder ein und natürlich auch meine beiden Freunde Bill und Suko.

Ich drehte mich auf der Stelle, starrte die Wand an, wo ich sie gesehen hatte, und wieder einmal erlitt ich einen Schock.

Sie waren noch da.

Aber sie entfernten sich von Sekunde zu Sekunde weiter von uns. Die schreckliche Erdmagie hatte sie geschluckt. Suko umklammerte den Würfel. Ich konnte noch sein Gesicht erkennen, als ich weiter vorlief, gegen die Wand schlug, aber nichts erreichte.

»Das Kreuz, John!«

Jane hatte mich daran erinnert. Ich holte es mit zitternden Fingern hervor und ließ die Hand sinken, denn Suko und Bill verschwanden vor meinen Augen in einer für mich unerreichbaren Ferne.

Deprimiert trat ich zurück. Ich schluckte hart. Schauer liefen über meinen Rücken, und der Magen wurde dicker und dicker. Sollte ich den Würfel denn niemals in die Hände bekommen? War ich dazu verflucht, ihm immer nachzurennen?

Ich sprach nicht, ich starrte nur zu Boden und erwachte erst aus meiner Lethargie, als ich Yakups Hand auf der Schulter spürte. »Wir werden ihn finden, John, und deine beiden Freunde ebenfalls.«

Bitter klang mein Lachen. »Wie willst du das denn schaffen?«

»Da lass dich überraschen. Ich glaube nämlich, dass Shimada hinter diesem Vorgang steckt.«

»Kann sein. Aber ihn zu finden, wird schwer sein. Oder hast du eine Spur?«

Yakup Yalcinkaya lächelte nur, bevor er sich abwandte und den toten Gnom untersuchte.

Jane kam zu mir. Auch sie sprach mir Mut zu. »Du solltest dich nicht grämen, John. Du wirst es schaffen! Davon bin ich fest überzeugt. Wirklich.«

»Ach, Jane …«

»Nein, John. Du hast so viel hinter dich gebracht. Du hast **nie aufgegeben**, du warst dicht dran, und denk mal nach, **wer den** Würfel jetzt besitzt. Hast du das nicht gesehen?«

»Doch, Suko.«

»Na bitte. Wenigstens besitzt ihn keiner unserer Gegner mehr. Das ist ein Grund, optimistisch zu denken.«

»Falls er überlebt«, erwiderte ich leise …

Eigentlich war der Fall abgeschlossen. Wir hatten die Höhle verlassen, und auch das Mädchen war wieder zu sich gekommen. Della hieß sie, und sie weinte ihrem toten Vater keine Träne nach.

Auch mit uns wollte sie nichts zu tun haben. Als letzten Satz hörten wir von ihr: »Endlich ein eigenes Leben führen. Endlich …«

Dann hatte sie sich den Wagen ihres Vaters genommen und war gefahren.

Ich hatte Ali natürlich begrüßen müssen und war froh gewesen, dass Yakup Yalcinkaya den Jungen akzeptierte.

Mit meinem türkischen Freund war ich übereingekommen, dass ich ihm im Kloster einen Besuch abstattete, denn nach London wollte ich vorerst nicht zurück.

Suko, Bill und der Würfel mussten gefunden werden.

Mit Jane Collins fuhr ich wieder nach Frisco hinein. Sie war sehr schweigsam. Dunkelheit lag über der Stadt. Hunderttausende von Lichtern glänzten in der Kälte und gaben so etwas wie das Gefühl der Geborgenheit. Eigentlich hätte ich froh darüber sein können, mit Jane endlich wieder allein zu sein, ich war es nicht.

Das lag an ihrer Schweigsamkeit. Jane sagte kein Wort, sie starrte durch die Scheibe, und als wir über die Golden Gate rollten, enthielt sie sich ebenfalls eines Kommentars.

Nach der Brücke sagte sie plötzlich: »Lass uns irgendwohin gehen, bitte!«

»Gut. Und wohin?«

»In eine Bar oder Kneipe.«

Ich fand ein Lokal. Scheinwerfer strahlten die Fassade an, die weiß wie Schnee glänzte. Im Innern empfing uns eine anheimelnde Atmosphäre. Wenige Gäste saßen an den Tischen.

Man bot hier mexikanische Gerichte an, aber ich konnte auch ein Bier bestellen.

Nahe eines Fensters nahmen wir Platz. Jane wollte Kaffee. Der Kellner zündete eine Kerze an und verschwand.

Ich fasste nach Janes Hand.

»Wie fühlst du dich?«, fragte ich und lächelte.

»Ganz gut.«

»Klingt nicht optimistisch.«

Sie hob nur die Schultern. Unsere Getränke wurden gebracht. Jane starrte in die Kaffeetasse, während sie die braune, mit Zucker versetzte Brühe langsam umrührte.

Ich hatte den ersten Schluck genommen. Das Bier schmeckte fremd. »Hattest du mir nicht etwas sagen wollen, Jane?«, fragte ich, als ich das Glas zur Seite stellte.

»Deshalb sitze ich hier.«

»Dann bitte.« Wieder lächelte ich, doch dieses Lächeln zerbrach, als ich Janes Antwort hörte.

»John«, sagte sie, »ich werde dich jetzt verlassen.«

Das war ein Tiefschlag. »Was?«

»Ja, John. Ich kann nicht bei dir bleiben. Ich brauche Zeit, und es wird nicht mehr so sein wie früher. Zu viel ist geschehen. Ich danke dir von ganzem Herzen, obwohl die Worte komisch klingen, aber es hat sich zu viel verändert. Du bist anders geworden, ich ebenfalls, und deshalb brauche ich Zeit.«

Ich sagte nichts, saß da, schwieg und starrte auf das bunte Tischtuch.

»Verstehst du das, John?«

»Ich weiß nicht. Wohl kaum.« Meine Schultern hoben sich. »Klar, wir haben uns verändert, aber …«

»Keine Widerrede, John, ich habe mich entschlossen, und es ist mir wirklich nicht leicht gefallen, das kannst du mir glauben.«

»Wie willst du denn leben?«

»Ich schlage mich schon durch. Sicher werde ich dich mal anrufen, aber erst muss ich allein sein. Ich will auch nichts von Dämonen hören oder sehen, nur allein sein, um über mich nachzudenken. Bitte, akzeptiere es!«

»Was bleibt mir anderes übrig?«

Sie schaute in mein blasses Gesicht und stand auf. Den Kaffee hatte sie kaum angerührt. Dann beugte sie sich über den Tisch, und ich spürte ihre Lippen auf den meinen. Als sie sich zurückbeugte, flüsterte sie: »Ich liebe dich …«

Danach drehte sie sich hastig um. Beinahe fluchtartig verließ sie das kleine Lokal.

Ich aber blieb sitzen, starrte wie ein Verwandelter auf die Fensterscheibe, sah dort mein Gesicht und die Augen, die mit einem so seltsamen »Wasser« gefüllt waren.

Die Zeit verrann. Ich blieb sitzen, starrte ins Leere und wurde erst aufmerksam, als der Kellner kassieren wollte, weil das Lokal schloss. Ich zahlte. Danach ging ich schweigend hinaus. Vor mir lag der Lichterglanz dieser Stadt am Golden Gate. Und irgendwo in dem unübersichtlichen Häusermeer befand sich eine Frau, die mich verlassen hatte, mir aber immer noch viel bedeutete:

Jane Collins …

ENDE

Shimadas
Höllenschloss

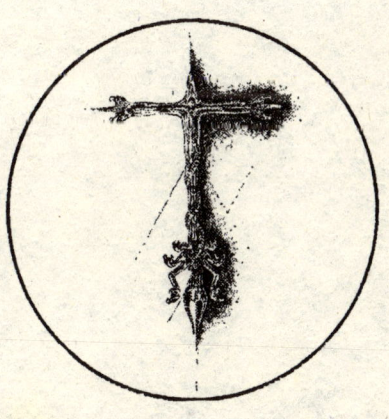

Nur wenige Menschen wussten davon. Und die es wussten, hüteten sich davor, den Mund aufzumachen, aus Angst, ausgelacht zu werden.

Aber sie kannten es. Gelesen hatten sie es in alten Sagen. Es wurde auch als die blaue Festung bezeichnet und war dafür bekannt, dass es dauernd seinen Standort wechselte. Es konnte wandern, durch die Zeiten reisen und sollte denjenigen, der es bewohnte, so gut wie unbesiegbar machen.

Shimada hatte sich die blaue Festung als Domizil ausgesucht. Er war dort der absolute Herrscher, und zwischen diesen Mauern, die fest und doch durchlässig waren, konnte er neue Pläne schmieden oder alte Wunden lecken.

An den alten Wunden und Niederlagen hatte er zu knacken gehabt. Es war ihm trotz seiner untoten Ninja-Kämpfer nicht gelungen, die Macht über ein altes Kloster, die Mönche und die Stadt San Francisco zu erlangen. Man hatte ihn und seine Horde zurückgeschlagen, darüber war er lange Zeit nicht hinweggekommen.

Fast hätte es ihn sogar erwischt, wenn nicht eine große Beschützerin eingegriffen und ihn in sein Höllenschloss geschafft hätte. Es war Pandora, die Unheilbringerin. Sie, die wollte, dass Chaos und Schrecken über die Welt kamen, musste sich schon des Dämons annehmen, damit er neue gefährliche Pläne schmieden konnte, um sein Ziel dennoch zu erreichen.

Auf ihren Rat hin hatte sich Shimada zurückgehalten, aber die lebende Legende, wie er auch genannt wurde, war nicht vergessen. Menschen dachten voller Angst an ihn, und auch er dachte an sich selbst. Er wollte zu- und zurückschlagen, und er wusste inzwischen, dass er sich nicht nur auf sich verlassen konnte. Auch andere Helfer waren da, um ihm zur Seite zu stehen.

Das Schloss war ein Ort der absoluten Stille. Nicht allein in seinem Innern, auch von außen wurde es von einem nahezu gespenstischen Schweigen umgeben. Es stand inmitten einer Düsternis und hatte ungefähr die Form einer asiatischen Pagode. Mehrere Dächer und Stockwerke teilten es auf. Es gab Treppen, Leitern und Übergänge. Große und kleine Räume, außerdem Horte finsterer Magie.

Bis auf Shimada war es leer.

Aber die Leere lebte. Sie war erfüllt von nicht hörbaren Stimmen. Man konnte sie nur fühlen, aber nicht akustisch vernehmen. Tanz der Geister hieß das. Wesen aus vergangenen Zeiten und Epochen hatten sich in der Höllenburg versammelt, um bei ihrem großen Meister Shimada zu sein.

Oft genug schritt er durch die Räume.

Zunächst war er kaum zu erkennen, da er sich wenig von der Düsternis abhob. Immer dann, wenn er erschien, war auch der große Schatten zu sehen, den er warf.

Wie ein flaches Ungeheuer glitt dieser Schatten über die Wände des Schlosses, und er wanderte in derselben Schrittfolge weiter wie Shimada.

Es war eine gewaltige, riesenhafte Gestalt, die das Schloss beherrschte. Viel größer als ein Mensch und auch viel gefährlicher. Shimada gehörte zu denen, die keine Gnade kannten, für ihn war Erbarmen ein Fremdwort, und das dokumentierten auch seine kalten Augen, die von einer so intensiven Bläue waren, dass es einen Mensch schmerzen konnte, wenn er hineinschaute.

War dieser Mensch nicht eingeweiht, konnte er große Angst kriegen, denn diese Augen versprachen ihm nur eines.

Den Tod!

Leben wollte Shimada nicht, nur töten!

Von seiner Gestalt war so gut wie nichts zu sehen. Das blaue Gewand der Ninja-Kämpfer hüllte sie ein. Bis auf einen kleinen Teil waren auch der Kopf und das Gesicht von diesem blauen Tuch bedeckt.

Und dieser Rest befand sich im oberen Drittel des Gesichts. So breit wie eine normale Hand, sodass immer noch die Augen und ein Teil der Nase freilagen.

Mund, Ohren und Nasenlöcher waren verdeckt, aber auch die Waffen, die Shimada bei sich trug.

Man konnte ihn als einen perfekten Kämpfer bezeichnen. Er war allen Sätteln gerecht und kannte sich in der Hand-

habung alter Waffen aus. Shimada beherrschte das Stock-
fechten ebenso wie den Umgang mit Schwert, Wurfstern und
Nunchaki.

Am liebsten jedoch verließ er sich auf sein Schwert. Die
Klinge war nicht zu sehen. Sie steckte in einer dünnen
Scheide, die unter dem Kuttenstoff verborgen war, nur der
Griff schaute hervor. Wenn Shimada das Schwert zog, tat er
es, um zu töten. Dann starben Menschen oder Monster, es
war ihm egal, wer zu seinen Feinden zählte. Rücksicht gab es
bei ihm nicht. Shimada griff immer durch.

Sein Schwert bezeichnete er als den ersten Trumpf.

Der zweite Trumpf war ein ganz anderer.

Eigentlich sah er harmlos aus und war auch keine Waffe.
Aber hinter diesem Fächer, den Shimada besaß, steckte mehr.
Es war der Fächer der Sonnengöttin Amaterasu, und Shimada hütete ihn wie seinen Augapfel. Gab er ihn aus der
Hand und bekam ihn die Sonnengöttin zurück, konnte sie
das Dunkle Reich verlassen, in das sie verbannt worden war,
und sie würde versuchen, Shimada und ihren Bruder Susanoo, der sie in die Verbannung geschickt hatte, zu vernichten.

So aber musste sie bleiben, denn noch besaß Shimada den
Fächer der Sonnengöttin.

Er hatte auch nicht vor, ihn jemals freiwillig aus der Hand
zu geben, da er den Fächer nicht allein als Schutz, sondern
auch als Schlagwaffe benutzen konnte.

Und wieder schritt er durch sein Schloss.

Eine Gestalt wie aus dem Albtraum oder den tiefsten
Schlünden der Verdammnis. Ein gefährlicher Schatten, aus
dem die dunkelblauen, kalt leuchtenden Augen hervor-
stachen und eine Aura verbreiteten, die mit Schrecken, Tod
und Friedhof gleichgesetzt werden konnte.

Zumeist durchwanderte Shimada ziellos sein Höllenschloss. An diesem Tag jedoch hatte er ein Ziel. Er wusste,
dass es Menschen gab, die ihm dienen wollten und die versuchten, Kontakt mit ihm aufzunehmen.

Einer hatte es geschafft.

Ein Gnom, ein Buckliger, der sich Rigoletto nannte, sieben

Leben hatte und sein letztes Leben lebte. Er wollte ihm etwas bringen oder ihn mit einem Gegenstand beeindrucken, von dem Shimada schon gehört hatte.

Andere Dämonen sprachen flüsternd und voller Ehrfurcht davon, denn wer diese mächtige Waffe besaß, konnte, so hieß es, Welten verändern.

Es war der Würfel des Unheils!

Nie hätte Shimada nach der letzten Niederlage geglaubt, dass sich für ihn die Chance ergeben konnte, an den Würfel heranzukommen. Nun aber sah es so aus, als wäre es so weit.

Ein Diener, eben der Bucklige, hatte es geschafft, den Ort des Würfels zu finden. Eine geheimnisvolle Erdmagie hielt den Würfel fest, um ihn gleichzeitig diesem Bucklige zu bringen, damit er diese Waffe zu seinen und Shimadas Gunsten einsetzen konnte.

Ob es schon so weit war, wusste Shimada nicht. Dazu wollte und musste er sein Orakel befragen.

Er verließ das Höllenschloss.

Dunkelblaue Schwaden umwaberten seine Gestalt. Sie hüllten ihn ein wie ein Mantel, und sie passten zu ihm, der ebenfalls in blaue Tücher gekleidet war.

Shimada hatte den Garten des Schlosses betreten.

Todesgarten nannte er ihn, denn wer einmal unfreiwillig in ihm steckte, kam nicht wieder heraus. Noch bedeckte gnädiger Nebel den Schrecken, doch wehe, wenn die Schwaden vertrieben wurden, dann konnte der Besucher das Grauen sehen und wurde wahnsinnig, falls er ein Mensch mit schwachen Nerven war.

Shimada machte der Garten nichts aus. Er fühlte sich hier wohl, und er genoss die finstere Atmosphäre, die ihn umgab. Kein Sonnenstrahl durchbrach den blauen Dunst, kein einziger Lichtfunke oder Stern glänzte am Himmel, Shimada wirkte wie eingeschlossen in einer Oase der Einsamkeit.

Mit traumhafter Sicherheit ging die lebende Legende ihren Weg. Kein Schritt war zu viel, keiner zu wenig, denn er wusste genau, wo er das Orakel finden konnte.

Es war der Teich oder die Quelle.

Jedenfalls die, aus der Shimada selbst gestiegen war. Auch sie konnte mit der Festung wandern und die Zeiten überbrücken, obwohl sie selbst zeitlos war.

Vor Hunderten von Jahren schon hatten Menschen von dieser Quelle gewusst und es anderen weitergegeben. Die wiederum erzählten es ihren Nachkommen, sodass die Quelle in der alten Mythologie der Japaner nie in Vergessenheit geriet.

Aber nur wenige wussten, dass es sie gab und dass sie ihre Kraft behalten hatte.

Shimada wollte sie befragen.

Auch die Quelle oder der kleine Teich lag eingehüllt in blaue Dunstschleier. Sie aber verschwanden, als Shimada beide Arme bewegte und sie regelrecht wegscheuchte.

Seine Sicht wurde frei!

Er stand direkt am Ufer und starrte aus seinen kalten, gnadenlosen Augen in die Tiefe, wo sich vor seinen Füßen die Oberfläche der Quelle oder des Teiches befand.

Keine Welle kräuselte die glatte, spiegelhafte Fläche, die ebenfalls einen Blauton zeigte, der sich jedoch in der Tiefe zu einer tintigen Schwärze verlor, die jedes Geheimnis, das ihr fremde Lippen anvertrauten, für sich behalten würde.

Aber sie gaben auch preis. Es musste nur ein Würdiger kommen und sich der Quelle bedienen.

Sie hatte weder Mauern noch Abgrenzungen, sodass Shimada am Ufer stehen bleiben musste. Er dachte daran, dass sie auch Teich des Schweigens genannt wurde, aber so schweigsam war das Wasser nicht. Mit einem Trick konnte man die Quelle zum »Reden« bringen.

Und Shimada kannte den Trick. Er stand so dicht am Ufer, dass seine Fußspitzen vom Wasser fast berührt wurden. Und er hatte sein Schwert gezogen, das mehr einem Degen glich, weil seine Klinge ziemlich schmal, dafür aber unglaublich fest und widerstandsfähig war.

Mit dieser Klinge schlug er einen Bogen, um im nächsten Augenblick die Spitze in das Wasser einzutauchen.

Auch bei der leichtesten Bewegung wirft Wasser kleine

Wellen. Das geschah hier nicht. Shimada konnte die Klinge ein kleines Stück eintauchen, ohne dass eine einzige Welle entstand. Ein Mensch hätte sicherlich den Vergleich mit flüssigem Blei benutzt.

Er wollte sehen. Dieser Teich, aus einer anderen Zeit gekommen und irgendwo im Nichts entstanden, sollte ihm zeigen, wie es um ihn und seine großen Pläne stand.

Würde er den Würfel bekommen?

Fordernd starrte er auf den Teich, den er das »blaue Auge« nannte. Wieder wurde er an einen Spiegel erinnert, aber dieser Spiegel zeigte kein Bild. Noch nicht …

Wenn er etwas sah, dann stieg es aus den Tiefen hoch und drang langsam an die Oberfläche, wo es sich deutlich abmalte, sodass er erkennen und die Konsequenzen ziehen konnte.

Es war eine Person, eine Gestalt. Man konnte ihm keine Gefühle andichten, doch in diesen Augenblicken fühlte er fast wie ein Mensch. Er zitterte einem Erfolg entgegen, bisher hatte ihn das »blaue Auge« noch nie enttäuscht.

Es geschah!

Allerdings anders, als Shimada es erwartet hätte. Urplötzlich umgab ihn das Chaos. Aus einem für ihn nicht erkennbaren Himmel stürmte und toste es herab.

Blitze und Donner jagten in die Nebel hinein, spalteten sie, rissen sie auseinander, und selbst Shimada, der sich selbst als unbesiegbar bezeichnete, zuckte zurück, als er inmitten dieser entfesselten Gewalten stand und zum Zuschauer degradiert wurde.

Zwei Schritte ging er nach hinten. Dabei behielt er sein Augenmerk auf den kleinen Teich gerichtet, und er hatte das Gefühl, als würde der See die gewaltigen Blitze anziehen.

Über dieser Rundung sammelten sie sich, und die blaue Oberfläche wirkte wie ein Trichter.

Grün, Blau, Rot – diese Farben vereinigten sich innerhalb des Blitzwirrwarrs, drehten sich zu einer Kegelform zusammen und rasten, begleitet von krachenden Donnerschlägen, in das »blaue Auge« hinein. Mit der Spitze zuerst.

Wollten die konzentrierten Blitze es zerstören?

So ähnlich dachte auch Shimada, und er begann zu schreien. Urige Laute drangen aus seinem Maul, und das Tuch vor den Lippen dämpfte sie nur unvollständig.

Shimada wusste in diesen Augenblicken Bescheid, dass nicht alles korrekt verlaufen war. Eine große Hoffnung war zusammengebrochen. Das ihn umgebende Chaos sprach davon, und er selbst, der sonst immer alles allein erledigt hatte, konnte nichts tun. Er stand inmitten seines Todesgartens und schaute nur zu.

Der See zog die Blitze weiterhin an. Sturm toste plötzlich durch den Garten und rüttelte auch an der einsam dastehenden Gestalt vor dem »blauen Auge«.

Selbst Shimada hatte Mühe, diesen Gewalten zu trotzen, aber er stand wie eine Eiche und wartete ab, bis diese selbst für ihn hohe Magie sich entladen hatte.

Das trat ein.

Allmählich wurden die Blitze weniger. Nur mehr ein fahles Wetterleuchten riss die Atmosphäre auf und übergoss Schloss und Garten mit seinem bleichen Totenlicht.

Ein letzter Donnerschlag erklang. Wie das Gebrüll eines Raubtiers zerschmetterte er die Luft und ließ die Erde beben.

Shimada schaute zum finsteren Himmel. Dort hatte sich die düstere Wand wieder geschlossen.

Kein Licht mehr, kein Blitz, kein Donner, die Stille senkte sich über das Höllenschloss zwischen den Zeiten.

Auch die Oberfläche des Teiches wurde nicht mehr erschüttert. Wie ein dunkler Spiegel lag sie vor den Blicken des Giganten Shimada. Allmählich gelang es ihm, seine Überraschung zu überwinden. Er legte die ihn vom Teich trennende Distanz wieder zurück, blieb an derselben Stelle stehen und schaute auf die Oberfläche.

Dort sah er ein Bild!

Sehr schwach nur, aber zu erkennen.

Viel zeigte es nicht. Eigentlich nur zwei Männer. Dies allerdings reichte, um ihn vor Wut kochen zu lassen.

Der eine Mann lag am Boden. Ein Pfeil hatte ihn mitten in den Hals getroffen.

Und abgeschossen hatte ihn der zweite Mann. Ein blonder Kämpfer, ein Feind des Shimada. Yakup Yalcinkaya hieß diese Person, auf die Shimada einen so großen Hass hatte.

Nur den Würfel sah er nicht. Er musste irgendwo verschlossen sein, aber Shimada wusste, dass er ihn haben musste und er nicht eher ruhen würde, bis ihm das gelang.

Dumpfe Worte klangen unter dem Mundtuch hervor. Sie wurden lauter, als er eine weitere Person sah.

Ebenfalls blond.

John Sinclair!

Da hatte er sie zusammen. Yakup Yalcinkaya und John Sinclair. Ein Paar, auf das sich nicht allein die Hölle freute, sondern auch er. Er würde sie radikal vernichten.

»Ihr werdet kommen«, flüsterte er. »Ihr werdet zu mir kommen. In mein Höllenschloss und in den Todesgarten, damit er zu eurem Grab werden kann …«

Suko und Bill waren verschollen!

Wo sie steckten, war mir unbekannt, jedenfalls waren beide von einer rätselhaften Erdmagie erfasst und weggeholt worden, während sie selbst im Felsen eingeschlossen waren.

So traurig und schlimm diese Tatsache auch war, eine Hoffnung allerdings gab es.

Suko besaß den Würfel des Unheils. Das war wohl auch der Grund, weshalb er noch lebte. Das Gleiche galt für meinen Freund Bill Conolly.

Ich hatte mir natürlich den Kopf darüber zerbrochen, wie es möglich gewesen war, dass meine beiden Freunde überhaupt in so eine Lage hineingeraten konnten. Eine Antwort fand ich nicht. Derjenige, der sie mir hätte geben können, lebte nicht mehr.

Ein Pfeil des türkischen Kämpfers Yakup Yalcinkaya hatte seinem Leben ein Ende gesetzt.

Damit war es unserem Freund aus Frisco gelungen, Jane

Collins und mich zu retten, denn der Gnom mit den sieben Leben war ein gefährlicher Gegner gewesen. Er hatte es sogar geschafft, den Würfel in seine Nähe zu bringen. Er wollte ihn besitzen, gewissermaßen als Einstieg, um einem mächtigen Dämon zu imponieren.

Shimada!

Dieser Name war wieder gefallen und hatte auf meinem Rücken Schauer verursacht. Shimada gehörte zu dem Gefährlichsten, was ich bisher kennen gelernt hatte. Er war ein Abziehbild des Schreckens und wie ein finsterer Komet aus den Schlünden einer grausamen Welt aufgetaucht. Und nicht nur wegen meiner beiden Freunde Suko und Bill hatte ich mich entschlossen, noch länger an der amerikanischen Westküste zu bleiben, auch wegen dieser mythenhaften Horrorgestalt, die wieder einmal meinen Weg kreuzen würde. Davon war ich fest überzeugt.

Natürlich hatte ich mich absichern müssen. In London musste man Bescheid wissen, und ich hatte mit meinem Chef, Sir James Powell, telefoniert. Der Superintendent hatte zwar nicht gerade einen Tobsuchtsanfall erlitten, er war aber doch ziemlich sauer gewesen. Verständlich, wie ich meinte, denn niemand wusste, was sich unter Umständen in London oder an anderen Schauplätzen alles zusammenbraute.

Während meine Freunde und ich in einem anderen Teil der Welt praktisch gefangen waren, konnten die übrigen Gegner frei agieren. Und das passte mir überhaupt nicht.

Sir James hatte auf Eile gedrängt. Ich musste ihm versprechen, mein Bestes zu geben.

Nun, das hatte ich vor, und ich wollte zuerst Suko und Bill wieder zurückholen.

Das Verschwinden der beiden hatte ich als einen Schicksalsschlag hinnehmen müssen. Es war gewissermaßen ein erster gewesen, der zweite folgte dann dicht darauf.

Und er trug einen Namen.

Jane Collins!

Es war einem Arzt in Texas tatsächlich gelungen, Jane Collins ein Herz aus Aluminium einzusetzen. Für mich noch immer ein Phänomen, an das ich mich kaum gewöhnen konnte. Als weiteres Phänomen bezeichnete ich es, dass Jane Collins nach der Operation so lebte wie zuvor. Sie verspürte keinerlei Nachwirkungen, bewegte sich wie immer, handelte so wie immer, nur innerlich hatte sie sich verändert. Psychisch war sie eine andere geworden.

Nachdenklicher, zweifelnder, mit sich selbst im Unklaren, und ihr Gewissen empfand sie als drückende Belastung. In einem kleinen Lokal, dessen Namen ich nicht einmal kannte, hatte mir Jane Collins erklärt, dass sie so nicht mehr weiterleben könne. Sie wolle mit sich allein sein und von den Dingen Abstand gewinnen.

Ich war davon überrascht worden, aber Jane hatte ihren Entschluss schon längst gefasst. Sie war kurzerhand aufgestanden, hatte mir einen Abschiedskuss gegeben und war gegangen.

Einfach so …

Ich saß da wie bestellt und nicht abgeholt. Stunden waren vergangen. Irgendwann in der Nacht hatte man mich dann aufgefordert, zu gehen, weil das Lokal geschlossen werden sollte. In das nächstbeste Hotel war ich marschiert und hatte in einem miesen Zimmer die Nacht verbracht.

Erst hatte ich mich betrinken wollen, es mir dann doch überlegt, denn es brachte ja nichts, sich mit Alkohol abzufüllen. Da wurden die Probleme nicht weniger, eher mehr.

Und einen klaren Kopf musste ich in diesem Fall unbedingt behalten. Zudem hatte ich meinem Freund Yakup versprochen, ihn zu besuchen. Gemeinsam wollten wir Suko und Bill suchen und dabei vielleicht auch die Spur aufnehmen, die uns zu dem großen Feind Shimada führte. Dass er wieder lauerte, hatte der Bucklige zu verstehen gegeben. Wir konnten davon ausgehen, dass Shimada über seinen Diener bereits Bescheid wusste und jetzt auch über dessen Tod informiert war. So wie ich über ihn informiert war, würde er sicherlich versuchen, sich an uns für diese Tat zu rächen.

Schon ziemlich früh war ich aufgestanden, hatte mich vor

einem Waschbecken gewaschen, eine Dusche gab es in dem Zimmer nicht, und war nach unten gegangen.

Auf das Frühstück verzichtete ich. Was da geboten wurde, erinnerte mich an getoastete Bierdeckel. Zudem sah der Kellner aus, als käme er frisch aus dem Kohlenkeller.

Ich zahlte die Rechnung, verließ das Haus und ging zu meinem Leihwagen, der hinter dem Hotel auf einem kleinen Parkplatz stand.

Es war wieder bissig kalt. Der Wind wehte aus östlicher Richtung und brachte die Kälte der Sierra Nevada mit. Scharf fuhr er in mein Gesicht, biss in die Haut, und es dauerte seine Zeit, bis ich die Scheiben vom Eis der Nacht freigekratzt hatte.

Von dem höher gelegenen Parkplatz aus schaute ich auf das vernebelte Frisco. Über der Stadt lag die Kälte, sie schien die Bewegungen irgendwie verlangsamt zu haben.

Um überhaupt durch die Suppe fahren zu können, orientierte ich mich an den verschwommenen Heckleuchten meines Vordermanns.

Noch nie hatte ich so lange gebraucht, um die Golden Gate zu überqueren. Dafür wurde ich danach auch entschädigt, als ich das Nebelgebiet endlich verlassen konnte.

Sonnenschein explodierte förmlich vor der breiten Frontscheibe des Leihwagens, sodass ich die Sonnenblende nach unten klappen musste.

Ich fuhr in die Berge. Das Kloster, in dem Yakup als Nachfolger des weisen Zii regierte, war nicht leicht zu finden, und ich musste mir den Weg, den ich schon einmal vor einiger Zeit gefahren war, genau in Erinnerung rufen.

Ich dachte an Jane Collins. Eigentlich hätte sie neben mir sitzen müssen, doch sie hatte den anderen Weg gewählt, ich konnte sie nicht zurückhalten.

Ich hoffte nur für sie, dass sie mit sich selbst klarkam und nicht irgendwelche Trotzreaktionen auslöste, die sie unter Umständen nur in ein Chaos stürzten.

Der Morgenverkehr brauchte mich nicht weiter zu kümmern. Er rollte zumeist auf der Gegenfahrbahn dahin.

Das Kloster lag, zwischen Hügeln eingebettet, in einem fruchtbaren Tal. Die Mönche hatten es verstanden, um die Klostermauern herum Gärten anzulegen, die sie zu Selbstversorgern machten. Sie waren also autark, wollten auch für sich bleiben und hatten es damals sogar abgelehnt, ein Telefon installieren zu lassen.

Aber Yakup, der das Kloster jetzt leitete, war der modernen Technik durchaus aufgeschlossen. Es gab deshalb seit einiger Zeit ein Telefon, und das war gut so. Der Apparat stand in Yakups Zimmer, wie er mir erklärt hatte.

Die Gegend wurde einsamer, auch schneereicher, und ich sah hin und wieder die blauweiß schimmernden Eiszapfen, die von den Vorsprüngen der Felsen hingen und mit ihren Spitzen zu Boden wiesen.

Zum Glück verfuhr ich mich nur einmal, dann hatte ich den Weg gefunden, der vom Highway abzweigte und in die Berge führte, wo das Kloster lag.

Auch diese Strecke hatte Geschichte. Ich dachte daran, dass wir, in einem Polizeiwagen, von den Yakuza-Killern angegriffen worden waren und Glück gehabt hatten, mit dem Leben davongekommen zu sein.

Jetzt lauerte niemand auf mich. Die Felsen zu beiden Seiten blieben. Niemand hatte sich zwischen den Spalten und Rissen verborgen, um eine Waffe zu schleudern.

Freie Fahrt!

Eisflächen wurden zu tückischen Rutschfallen. Nicht immer gelang es mir, sie zu umfahren, manchmal glitt ich auch über sie hinweg und hatte Glück, mit dem Leihwagen keinen Unfall zu bauen.

Über mir sah ich einen klaren Himmel. Man konnte seine Farbe auch als herrliche Winterbläue bezeichnen, und sie wurde von kaum einer Wolke durchbrochen. Nur schwarze Punkte sah ich. Vögel, die sich von den hohen Luftwirbeln tragen ließen. Den großen Schwingen nach zu urteilen, waren es Bussarde oder Falken.

Yakup Yalcinkaya würde sich wundern, wenn ich allein auftauchte, da ich ihm versprochen hatte, Jane Collins mitzubringen. Einen Grund, ihm die Wahrheit zu verschweigen, hatte ich nicht. Wahrscheinlich würde er Jane sogar verstehen. Das entsprach seiner Mentalität und Erziehung.

Für den Fall, dass ich Suko und Bill nicht fand, wollte ich die zahlreichen Freunde des Chinesen informieren, die hier in Frisco lebten und uns bei unserem letzten Kampf gegen die untoten Ninja und die Yakuza-Killer so hervorragend unterstützt hatten.

Diesen Vorsatz behielt ich in Reserve. Zunächst einmal wollten Yakup und ich die Sache allein in die Hand nehmen.

Das Kloster lag in einem Tal. Sogar ziemlich hoch, und es war von Bergen umgeben. Ich sah bereits die typische Form der Gebirgskette und wusste, dass es nun nicht mehr weit bis zum Ziel war. Es hatte stark geschneit. Alles war unter der weißen Pracht begraben. Und wenn sie von den Strahlen der Sonne getroffen wurde, sprühte und funkelte sie an zahlreichen Stellen auf.

Ein herrliches Bild.

Auch um das Kloster herum lag der Schnee dicht und hoch. Mich erinnerte der Anblick an ein Leichentuch.

Die Mauern stachen dunkler vom frischen Weiß des Schnees ab. Wie tot wirkten die Gebäude, als ich zwischen den jetzt brachliegenden Feldern auf mein Ziel zurollte.

So ähnlich hatte das Kloster auch gewirkt, als ich es zum ersten Mal kennen lernte, aber da waren Yakup und ich überfallen worden und hatten auch die Toten entdeckt.

Diesmal tat man mir nichts. Ich konnte meinen Wagen abstellen, stieg aus und lief durch die Kälte die wenigen Schritte bis zum Tor. Hier oben war es noch kälter als in Frisco, außerdem windiger, aber die Luft war herrlich klar.

Man hatte mich schon erwartet und auch gesehen, denn kurz bevor ich das Tor erreichte, wurde es geöffnet. Ein Mönch verbeugte sich und begrüßte mich mit den Worten, die mich sofort heimisch werden ließen. »Sei willkommen, Freund!«

»Danke.« Ich ging an dem Mann vorbei, der trotz des kalten Wetters nur eine braune Kutte trug, wie er sie auch im

Sommer anhatte. Meine Schuhe knirschten im Schnee. Starr schaute ich nach vorn durch den Innenhof, der wie unter einer Glocke des Schweigens lag. Hinter und nahe dieser Mauern liebte man die Stille und Ruhe der einsamen Bergwelt. Nicht umsonst hatte man das Kloster in dieser Gegend gebaut.

In meinem Innern fühlte ich eine gewisse Spannung. Woher das kam, wusste ich auch nicht, denn es sah alles normal aus. Nichts deutete darauf hin, dass ich mit einem Angriff zu rechnen hatte. Vielleicht war es Nervosität, oder ich hatte Angst, den Fall letztendlich doch nicht zu lösen.

Der Mönch geleitete mich bis zum Ziel. Er trug nicht mal Socken. Seine nackten Füße steckten in Sandalen. Wenn ich ihn ansah, begann ich zu frieren. Wahrscheinlich gehörte er zu den Personen, die sich lächelnd und mit bloßem Oberkörper auf ein Nagelbrett legten und dies dann noch als bequem empfanden.

Diese Menschen hatten eben eine andere Mentalität und Erziehung als ich Europäer.

Im Kloster war es ziemlich warm. Es kam mir sogar ein wenig unnatürlich vor, sodass ich ins Schwitzen geriet.

Die Halle, in der ich stand, kannte ich. Damals hatten wir hier einen Toten gefunden.

Der Mönch ließ mich allein. Er verschwand mit einer Verbeugung. »Ich werde Yakup Bescheid geben«, erklärte er.

»Ja, tu das.«

Ich wartete. Lange würde es nicht dauern, das war mir klar. Die Stirn hatte ich in Falten gelegt, meine Überlegungen beschäftigten sich mit trüben Dingen, und ich schaute durch ein kleines Fenster hinauf in den blauen Himmel.

Noch immer zogen die Vögel dort ihre Kreise. Sie waren von einer unterschiedlichen Größe. Ich entdeckte sowohl Raubvögel als auch Krähen und Raben. Sie blieben immer dicht beisammen. Ihre Flügelschläge wirkten irgendwie träge, wenn sie sich überhaupt bewegten und sich nicht von den Aufwinden tragen ließen.

Ich dachte an Shimada. Diesen Gedanken verband ich mit der Stille dieser Gegend. Dabei wusste ich, dass die Ruhe schlagartig vorbei sein konnte, denn Shimada, die lebende Legende, kündigte sein Kommen nie zuvor an. Urplötzlich war er da, um zuzuschlagen.

Würde er das auch hier tun?

Ich räusperte mich, atmete tief durch die Nase ein und drehte mich wieder um.

Im ersten Moment erschrak ich heftig, weil Yakup Yalcinkaya plötzlich vor mir stand. Er schaute mich lächelnd an. »So nervös, John?«

»Ich habe dich nicht kommen hören.«

Er hob die Schultern. »Man hört mich oft nicht, aber das ist nicht tragisch. In diesen Mauern regiert die Stille. Wenn man alles verloren hat, können einem Ruhe und Stille die Kraft geben, die nötig ist, um wieder Mut zu fassen.«

Um meine Lippen zuckte ein schmales Lächeln. »Und du meinst, dass ich den Mut haben müsste?«

»Ja, das meine ich.«

»Wieso?«

»Schau dich an, John. Du brauchst eigentlich nur in den Spiegel zu blicken. Irgendwie siehst du so deprimiert aus. Niedergeschlagen, würde ich sagen.«

»Das kann schon sein.«

Yakup ging noch einen Schritt auf mich zu und legte mir eine Hand auf die Schulter. »Was ist der Grund?«

Ich antwortete mit einer Gegenfrage. »Ist dir eigentlich nichts aufgefallen?«

»Ja, du bist ohne Jane gekommen.«

»Genau, sie wollte nicht.«

Yakup zeigte sich überrascht. »Was hat sie? Will sie wegen mir nicht kommen?«

»Das glaube ich nicht. Ihr geht es ums Prinzip. Sie möchte allein sein, alles vergessen, und sie will auch mit ihrem Gewissen ins Reine kommen. Jane hat mit ihrem Leben gebrochen, wenn du verstehst, was ich meine.«

Auf Yakups breiter Stirn bildeten sich Falten. »Nein, ich verstehe nicht so recht.«

»Es ist ganz einfach. Jane wird von Gewissensbissen

geplagt. Sie denkt stets an ihr Leben, das sie einmal als Hexe geführt hat. Das ist zwar vorbei, aber nicht vergessen, wenn du verstehst.«

Yakup nickte bedächtig. »Ja, ich begreife dich und auch sie. Jane kann es wohl nicht überwinden, dass sie damals als Hexe Taten begangen hat, für die sie sich jetzt schämt.«

»So ist es.«

»Und was hast du getan, um ihr zu helfen?«

Eine gute Frage hatte er mir da gestellt. Ich hob die Schultern. »Nichts habe ich getan, gar nichts. Ich konnte ihr nicht helfen. Ich habe es nur versucht, aber es gelang mir nicht, sie zu überzeugen. So sieht es aus.«

Yakup schwieg. Ich hätte gern einen weiteren Kommentar von ihm gehört, aber er blieb ruhig. Die Hände hielt er gegeneinander gelegt, und plötzlich schaute er auf. »Ja, John Sinclair, du musst dich damit abfinden, wie sie reagiert hat. Ich kann sie sogar verstehen. Jane Collins ist ein Mensch, der Zeit braucht. Wir Menschen sind Personen mit Fehlern. Wir müssen sie eingestehen, das wird Jane bestimmt getan haben. Sie wird sich zurückerinnern, und tu du mir, dir und ihr einen Gefallen. Forsche nicht nach, lass sie in Ruhe! Sollte sie ihren Schrecken überwunden haben und es schaffen, die Depressionen abzulegen, können wir dankbar sein, wenn sie wieder zu dir zurückkehrt. Ich bin sicher, dass sie es irgendwann einmal schafft.«

»Das hoffe ich auch.«

Yakup lächelte wieder. »Überzeugend klang es nicht.«

»Nein, das war es auch nicht, aber was ist schon überzeugend, wenn ich ehrlich sein soll? Ich habe zu viel in den letzten Tagen erlebt. Das Verschwinden von Suko und Bill, die Jagd nach dem Würfel, den ich noch immer nicht habe. Da kommt vieles zusammen, und ich fürchte mich ein wenig davor.«

»Kann ich mir denken, John.«

»Vielleicht wird es mir irgendwann gelingen, sie zu vergessen.«

»Du sollst nicht lügen.«

»Wieso?«

»Du kannst und wirst Jane Collins nicht vergessen. Ebenso wenig wie sie dich vergisst. Ihr beide kommt wieder zusammen, und – das will ich dir mit aller Deutlichkeit sagen –, ich bin nicht der Überzeugung, dass Jane Collins alles so einfach abschütteln kann, wie ihr glaubt. Nein, das nehme ich euch nicht ab.«

Ich hatte verstanden. »Du umschreibst doch etwas?«

»Möglich«, gab er zu.

»Rede deutlicher.«

»Das will ich gern. Jane Collins ist zu tief in die Dinge verstrickt. Sie hat ein großes Vorleben, wie du richtig erwähnt hast. Sie stand erst auf der anderen Seite, kämpfte gegen die Schwarzblüter, wurde selbst zu einer der ihren und wurde als Verräterin ausgestoßen, um von den anderen gejagt zu werden …«

»Wie gut du Bescheid weißt«, sagte ich.

»Ich habe mich informiert. Außerdem hast du mir einiges erzählt. Deshalb gehe ich davon aus, dass man Jane auch weiterhin jagen wird.«

»Und es gibt kaum eine Möglichkeit auf der Welt, sich vor Dämonen zu verbergen«, fügte ich hinzu.

»So muss man es sehen.«

Ich räusperte mich. »Verflucht, ich hätte sie doch nicht so ohne weiteres laufen lassen sollen.«

»Hättest du es denn verhindern können?«

»Kaum.«

»Dann hast du richtig gehandelt. Stell dir vor, Jane wäre bei dir geblieben. Sie hätte dann nur körperlich an deiner Seite gestanden, aber innerlich hätte sie sich von dir getrennt. Zwischen ihr und dir lägen Grenzen.«

Da gab ich dem türkischen Freund Recht. Ich glaubte selbst daran, dass ich sie nicht hätte halten können. Mein Schulterzucken sah ziemlich deprimiert aus. »Hoffentlich schafft sie es!«, flüsterte ich. »Denn ich weiß, wie gefährlich die Schwarzblüter sind. Jane wird es verflucht schwer haben, so verdammt schwer.«

»Es war ihre eigene Entscheidung.«

»Kannst du nicht verstehen, dass ich mich trotzdem noch für sie verantwortlich fühle?«

»Sicher.«

Ich drehte mich um und trat wieder an das schmale Fenster. Noch immer zeigte der Himmel diese herrliche Winterbläue, und ich sah wieder die Vögel hoch in der eisigen Luft kreisen. »Der zweite Fall wäre Suko und Bill.« Ich sprach die Worte gegen die Scheibe und sah, wie sie durch meinen Atem beschlug.

»Ihnen traue ich mehr Chancen zu.«

Ich drehte mich wieder um. »Tatsächlich?«

»Ja. Du darfst nicht vergessen, dass Suko mit dem Würfel des Unheils ausgerüstet ist. Hätte er sonst innerhalb dieser Masse überleben können? Ich glaube kaum.«

»Wenn du es so siehst …«

»Was ist denn deine Meinung?«

Ich ließ meinen Blick an der kräftigen Gestalt von oben nach unten gleiten. Yakup trug kittelähnliche Kleidung. Auf jeden Fall konnte er sich in den blauen Sachen gut bewegen. Nichts hinderte ihn mehr. »Einer macht mir Sorgen. Jemand, der im Hintergrund lauert und den Kampf um den Würfel bestimmt noch nicht aufgegeben hat. Es ist der Spuk.«

»Da kannst du Recht haben.«

»Darauf möchte ich sogar wetten. Zudem wird sich Asmodis ebenfalls nicht mit der letzten Niederlage abfinden. Der Würfel befindet sich in unserem Besitz. Das muss die anderen doch reizen, wenn ich darüber nachdenke.«

Yakup widersprach nicht. Allerdings zählte er noch einen weiteren Gegner hinzu. »Shimada dürfen wir auch nicht vergessen.«

Ich runzelte die Stirn. »Du denkst an den Buckligen, wie?«

»So ist es.«

»Das ist deine Sache, Yakup. Ich habe zu ihm so gut wie keinen Kontakt gehabt. Er wollte mich nur töten. Sieben Leben hatte er, das ist nun vorbei. Wie siehst du die Sache? Du hast Kontakt zu ihm gehabt, hast ihn beobachtet und mit ihm …«

Yakup winkte ab. »Das ist alles richtig. Ich hatte ihn unter Kontrolle, aber ich wusste nicht, dass er schon so dicht an Shimada herangekommen war.«

»Wie bist du überhaupt auf ihn aufmerksam geworden?«

Der Türke lächelte. »Durch Magie. Ich habe versucht, die Spuren des Dämons zu finden. Du erinnerst dich an den Totenbaum in den Gewölben des Klosters?«

»Und wie.«

»Dort habe ich die Spur aufgenommen. Lange Meditation und Gebete benötigte ich, um etwas zu erfahren. Dann spürte ich, dass es einen Geist gab, der das Böse bringen wollte. Es war nicht Shimada direkt, aber sein unheil- schwangerer Einfluss war deutlich spürbar. Es gelang mir, den Buckligen zu finden. Ich hielt ihn unter Beobachtung und stellte fest, dass er sich seltsam benahm. Er lebte in einer Höhle völlig zurückgezogen, bis sich herausstellte, dass noch eine Person bei ihm wohnte. Ein Mädchen. Zunächst dachte ich an eine Gefangene, bis ich bemerkte, dass es sich hierbei um seine Tochter handelte.«

»Und dann?«

»Blieb ich ihm auf den Fersen. Er selbst hat mich nie ge- sehen, denn ich war immer schneller.«

Jemand betrat die karg eingerichtete Halle. Es war ein anderer Mönch als der, der mich hergeführt hatte. Als ich ihn sah, fiel mir ein, dass auch Ali im Kloster lebte. Bisher hatte ich von dem Jungen noch keine Haarspitze gesehen.

»Entschuldige, Yakup«, sagte der Mönch, »aber ich muss euer Gespräch leider unterbrechen.«

»Schon gut.« Yakup winkte ab. Er warf mir einen entschul- digenden Blick zu. »Was ist geschehen?«

»Etwas sehr Bedeutsames. Unheil liegt in der Luft und ist dabei, sich auszubreiten.«

»Rede schon!«

Der Mönch senkte seine Stimme zu einem Flüstern. Den- noch konnte ich ihn verstehen.

»Das Grauen ist nah, Yakup, denn die Toten haben geschrien …«

Die Toten haben geschrien!

Dieser letzte Satz hatte mich aufgewühlt, und ich musste schlucken. Obwohl der Mönch seine Bemerkung nicht präzisierte, wusste ich genau, was gemeint war.

Innerhalb des Klosters gab es tatsächlich Tote. Sie lagen tief in den Kavernen begraben, aber nicht in Gräbern, Grüften oder Särgen, wie wir es gewohnt waren, sondern in einem speziell für die Toten eingerichteten Leichenbaum. Dort mumifizierten sie, wurden zu schaurigen Wesen, die jedoch zu einer für mich fremden, geisterhaften Welt Kontakt behalten hatten. Wie das genau möglich war, konnte ich nicht sagen, jedenfalls gab es keine andere Erklärung, denn ich hatte selbst dieses Unwahrscheinliche erlebt. Und ich war auch Zeuge gewesen, wie sich Yakups Vorgänger, der weise Zii, selbst totgesprochen hatte.

Und jetzt meldeten sich die Leichen wieder.

Yakup ging weiter vor. »Woher weißt du das?«, fragte er den Boten.

»Ich hörte sie schreien.«

»Warst du unten?«

»Nein, aber sie riefen so laut, und es klang schrecklich. Sie melden eine Gefahr.«

»Danke, dass du mir Bescheid gegeben hast«, erklärte der Türke. Er wartete, bis sein Bruder verschwunden war.

Ich aber blieb zurück und sah Yakup auf mich zutreten. Er hatte die Arme angewinkelt, die Hände gespreizt und sagte mit leiser Stimme. »Du hast selbst gehört, was der Bote meldete …«

»Und du glaubst ihm?«

»Ja, das tue ich. Die Toten melden sich hin und wieder.« Yakup lächelte. »Man kann sie auch als magische Alarmanlage bezeichnen, denn sie haben, obwohl ihre Seelen nicht mehr in den Körpern stecken, Kontakt mit einem Reich, das uns verschlossen bleibt. Deshalb müssen wir die Warnungen sehr ernst nehmen.«

Das hätte ich auch ohne Yakups Worte getan. Ich wollte noch weitergehen. »Kann ich zuhören, wie sie rufen?«

»Darum wollte ich dich bitten.«

»Dann lass uns gehen!«

Wir verließen den Raum. Wieder einmal fiel mir die Stille des Klosters auf. Ich wusste noch, dass es einen uralten, aber funktionierenden Flaschenzug gab, mit dessen Hilfe man sich selbst in die Tiefe runterlassen konnte. Genau dorthin, wo die Leichen lagen und ihre Körper allmählich in den Zweigen und Ästen des Totenbaums vermoderten.

Unsere Gesichter waren sehr ernst. Noch hörten wir nichts. Erst als wir tiefer in das Kloster hineinschritten und Yakup eine bestimmte Tür aufzog, vernahm ich die Schreie.

Es war schlimm.

Irgendwo musste sich in diesem Wirrwarr ein Schacht befinden, der in die Tiefe führte und auch Luft zuführte.

Ein Jammern, Klagen und Schreien vernahm ich. Mal hoch, dann wieder schrill und auch leidend. Grauenhafte Geräusche, dazu noch verfremdet durch die engen Schachtwände.

Mir lief eine Gänsehaut über den Rücken. Sie verschwand auch nicht, als ich schon einige Zeit zugehört hatte, denn die Laute waren nie gleichbleibend.

Sie änderten sich von Sekunde zu Sekunde. Mal klangen sie sehr schrill und hoch, dann wieder tiefer und jaulender.

Auch hörte ich ein unnatürliches Klagen, das wie ein hohles Pfeifen in meinen Ohren klang.

Yakups Gesicht war sehr ernst. In der Nähe brannte zwar eine kleine Lampe. Ihr Öllicht reichte jedoch nicht aus, um das Gesicht meines Freundes zu erhellen. Es blieb im Schatten, und seine Haut wirkte dabei wie ein harter Stein.

Yakup trat zurück und schloss die Horchtür wieder. »Es ist wahr«, flüsterte er. »Alles stimmt.«

»Was stimmt?«

»Dass die Toten schreien. Ihr Rufen klingt so, als wüssten sie von einer Gefahr.«

»Und welche könnte es sein?«, hakte ich nach.

»Ich weiß es nicht genau. Wir könnten sie uns aussuchen, aber ich glaube daran, dass es eine Gefahr ist, die direkt mit diesem Kloster zu tun hat.«

»Nicht der Spuk?«

»Nein. Es ist wohl nicht sein Gebiet. Ich rechne eher damit, dass er sich um deine beiden Freunde kümmern wird. Diese Gefahr hier ist anders, aber auch bekannt.«

»Shimada!«

»Ja, John, das habe ich auch gedacht. Es kann eigentlich nur Shimada gewesen sein. Er wird vom Tod seines buckligen Dieners erfahren haben und nun auf Rache sinnen. Wie ich ihn kenne, wird er nicht eher ruhen und rasten, bis die Vernichtung des Gnoms gerächt ist. Deshalb wird er sich an mich halten.«

»An uns«, verbesserte ich meinen Freund.

»Auch das.«

»Okay, Yakup, was können wir tun?«

Der Türke hob die Schultern. »Die Antwort fällt mir schwer, aber ich muss es sagen. Nichts, wir können nichts tun, so gern ich es anders gesehen hätte. Wir müssen darauf warten, dass Shimada die Initiative ergreift.«

»Wie kann das geschehen?«

»Im Augenblick bin ich ratlos. Vielleicht sollte ich den Totenzauber aktivieren und die Leichen befragen.«

»Das schaffst du?«

»Der große Zii, mein Vorgänger, war weiser als ich. Da ich das Kloster erst seit wenigen Monaten leite, ist es mir leider noch nicht gelungen, in all die Geheimnisse einzudringen. Aus diesem Grunde bin ich sehr vorsichtig.«

»Das heißt, wir warten ab.«

»So ist es.«

»Gefällt mir nicht.«

»Ich denke ebenso, aber im Moment bin ich ratlos. Richten wir uns also auf einen Angriff des Dämons ein.«

Immer wieder wunderte ich mich über die Mentalität meines türkischen Freundes. Mit welch einer Gelassenheit er

330

den Tatsachen entgegensah, war erstaunlich. Aber er hatte Recht. Shimada saß im Augenblick tatsächlich am längeren Hebel.

Wir waren natürlich nicht stehen geblieben, sondern den Weg wieder zurückgegangen. Wie viele Räume und Zimmer es im Kloster gab, wusste ich nicht. Es hatte jedenfalls gewaltige Ausmaße.

Mein Vorhaben, Ali zu begrüßen, verschob ich zunächst einmal. Sollte Shimada angreifen, wollte ich ihn aus der unmittelbaren Gefahrenzone heraushalten.

Noch schritten wir durch einen ziemlich langen Gang. Er verband zwei große Räume miteinander, in denen die Insassen des Klosters meditierten. Mir kam der Gang wie eine Brücke vor. Wenn ich durch die Luken schaute, sah ich wieder die Bläue des Himmels und Vögel in der Luft kreisen.

Immer wieder diese Vögel!

Ich wusste selbst nicht, weshalb sie mir auf einmal so interessant erschienen. Vielleicht war es der Kontrast unter dem blauen Himmel, und in diesen Kontrast geriet plötzlich Bewegung.

Als hätte zwischen den Tieren eine Bombe eingeschlagen, so spritzten sie nach allen Seiten auseinander. Da ich jedoch keine Bombe entdeckte, musste dies einen anderen Grund haben.

Zu erkennen war nichts.

Ich blieb stehen.

Yakup merkte dies erst nach einigen Schritten. Auch er stoppte und drehte sich um.

»Was ist los?«

Ich deutete auf das Fenster. »Das kann ich dir nicht genau sagen, aber die Vögel benehmen sich sehr seltsam. Vorhin noch flogen sie ruhig, plötzlich ist alles anders geworden. Und jetzt sind sie verschwunden.«

Als würde die Zeit meine Worte Lügen strafen, so hörte ich **sie wieder**, entdeckte sie allerdings nicht, denn sie flogen tief **und außerhalb** meines Sichtbereichs.

Nur ihre krächzenden Laute und ihr Schreien nahm ich wahr.

Im nächsten Moment huschten sie schattengleich an den Fenstern vorbei. Einen Bussard erkannte ich, Falken waren wohl auch dabei. Außerdem Krähen und Raben, die sich durch ihr heiseres Krächzen bemerkbar machten.

Und schon war der Spuk verschwunden!

Ich schaute Yakup an und sah, dass sein Gesicht noch härter geworden war.

Er hatte die Hände geballt, die Lippen bildeten einen Strich, und ich glaubte auch, Schweißperlen auf der Stirn glitzern zu sehen.

»Was hast du?«

»Die Vögel«, sagte er leise. »Diese Vögel gefallen mir überhaupt nicht. Sie bedeuten normalerweise Ruhe und Ausgeglichenheit, aber in diesem Fall genau das Gegenteil.«

»Gefahr?«

»Mehr eine Warnung vor einer Gefahr.«

Das war mir alles zu orakelhaft. Außerdem wollte ich mir einen besseren Sichtwinkel verschaffen. »Können wir nicht woanders hingehen, wo wir deutlicher …?«

Yakup hatte mich verstanden. Er fasste meinen Arm, zog mich herum, und mit raschen Schritten verließen wir den Übergang zwischen zwei Klosterbauten. Der Türke führte mich nach links. Er stieß eine Tür auf, die zu einem fast kahlen Raum gehörte. Nur eine Gebetsbank stand vor einem großen Fenster.

»Da können wir schauen!«

Das Fenster lag auf der Seite, die dem großen Klostergarten zugewandt war.

Mit wenigen Schritten hatten wir die Scheibe erreicht und blickten hindurch.

Den Schwarm sahen wir nicht. Er hatte die Klostergrenzen bereits überflogen.

Dafür entdeckten wir etwas anderes. Etwas, das wesentlich schlimmer war, mit dem ich allerdings nichts anfangen konnte.

Dafür Yakup.

Deutlich vernahm ich seine geflüsterten Worte. »Das ist die blaue Festung, Shimadas Höllenschloss …«

Noch nie hatte ich davon gehört, und ich schaute auch nicht so ernst, eher verwundert. »Shimadas Höllenschloss?«, fragte ich. »Woher kennst du es?«

»Ich kenne es überhaupt nicht. Aber ich habe viel darüber gelesen und gehört. Man kann es als Wohnsitz der Götter bezeichnen. Wer dort lebt, der ist verdammt, er dient dem Schrecken, ist ein Diener des Grauens und ein furchtbarer Dämon, eben Shimada.«

»Und weiter?«

»Ich habe es noch nie betreten …«

»Okay, aber du hast darüber gelesen. Was sagen denn die alten Schriften zu diesem Schloss?«

»Sie warnen, denn es ist nicht das Schloss allein, das ihnen Kummer bereitet. Zu diesem Gebäude gehört auch ein Garten, wie ich gelesen habe. Man nennt ihn den Todesgarten.«

»Ich sehe ihn nicht.«

Yakup begann leise zu lachen. »Das kannst du auch nicht, denn er liegt im Nebel verborgen. Shimadas Todesgarten ist für denjenigen Grabstätte, der ihn betritt.«

Yakup hatte sich nicht getäuscht. In der Tat waren die Mauern des Schlosses von dicken, blauen Nebelwolken umgeben, die sich lautlos und geisterhaft bewegten, gleichzeitig lockten und abstießen. Dieser unheimliche, sich drehende und rollende Dunst war ein Widerspruch in sich, und nur sehr schwach sah ich die Mauern des Schlosses. Innerhalb des blauen Nebels wirkten sie wie schwarze Schatten. Nur das obere Drittel, gewissermaßen der Teil eines pagodenförmigen Daches, ragte aus den dicken Nebelschwaden hervor wie ein schauriger Gruß.

»Er ist gekommen«, flüsterte Yakup. »Verdammt noch mal, er ist gekommen.« Der Türke schüttelte den Kopf. »Damit hätte ich so schnell nicht gerechnet.«

»Und was soll das?«

»Er wird sich rächen«, erklärte mir Yakup. »Shimada hat sehr schnell bemerkt, dass etwas nicht stimmt. Sein Plan ist nicht aufgegangen, wir haben den Buckligen ausschalten können. Dies hat er bemerkt, das wird er uns nicht vergessen.«

Ich schaute wieder auf die Festung. Sie stand inmitten des Nebels wie ein gewaltiger Schatten. Kontakt mit dem Boden hatte sie bekommen, und nur mehr das letzte Drittel ihres pagodenförmigen Daches ragte aus den blauen Schwaden.

Es hatte also keine Veränderung gegeben. Sie kam mir vor wie eine offene Falle, die nur darauf wartete, zuschnappen zu können.

»Shimada will die Konfrontation!«, erklärte mir Yakup. »Shimada will sich rächen, und er will die Entscheidung herbeiführen!« Bei seinen Worten hatte mich Yakup angeschaut. »Wie ist es, John? Nehmen wir an?«

»Bleibt uns etwas anderes übrig?«

»Ja, wir alle könnten fliehen. Jetzt ist der Zeitpunkt da, wir müssen uns entscheiden.«

»Ich habe mich bereits entschieden«, erklärte ich.

»Du willst hinein!«

»Ja!«

Yakup Yalcinkaya atmete tief ein. »Ich wusste es, mein Freund. Du wirst mich nicht im Stich lassen. Wenn wir geflohen wären, hätten wir die Auseinandersetzung nur vor uns hergeschoben. So aber können wir Shimada stellen.«

»Waffenlos?«, fragte ich.

»Nein«, erwiderte Yakup. »Wir werden uns ausrüsten. Was trägst du bei dir?«

»Das Kreuz …«

»Vergiss es hier!«

»Dann habe ich die Beretta und den Bumerang.«

»Die Beretta wird dir helfen. Ob es mit dem Bumerang ebenso ist, wage ich nicht zu entscheiden.«

»Auf ihn kann ich mich verlassen!«

»Gut, dann komm mit.«

Yakup hatte nicht gesagt, wohin wir gehen würden.

Ich vertraute ihm und heftete mich an seine Fersen. Obwohl er wie ein Klotz wirkte, so bewunderte ich doch seinen geschmeidigen, raubtierhaften Gang. Er schritt federnd und leicht dahin. Dieser Mann stand voll im Training.

Über eine alte Steintreppe schritten wir in die Tiefe. Andere Gerüche umwehten uns.

Der Moder einer langen Zeit schwang uns beiden entgegen. Hier konnte ich mich nicht wohl fühlen.

»Führst du mich in die Kavernen?«, fragte ich Yakup.

»So tief nicht.«

Wir befanden uns in einem Teil des Klosters, wo die jammernden und schreienden Stimmen der Toten nicht zu hören waren. Nur unsere Schritte vernahmen wir. Sie hinterließen jeweils auf den Stufen ein helles Knirschen, wenn kleinere Steine unter dem Druck der Sohlen zerbrachen. Erleuchtet war dieser Treppengang auch. Aus der Tiefe flackerte uns der Schein einer Fackel entgegen, vermischt mit einem Rußgeruch und winzigen kleinen Staubteilchen. Die einzelnen Partikel fanden auf unserer Kleidung und der Haut ihren Platz.

Am Ende der Treppe führte ein Gang in einer Linksbiegung weiter. Ihn nahmen wir nicht.

Vor einer Tür, die rechts von der letzten Stufe lag, war Yakup stehen geblieben. »Hier ist es!« Obwohl er nicht laut gesprochen hatte, hörte sich seine Stimme dumpf und hohl an.

»Was?«

Yakup druckte die Tür bereits auf, als er die Antwort gab. »Die Waffenkammer.«

Ich war beeindruckt, nachdem Yakup auch hier Licht gemacht hatte. Er hielt die Fackel zunächst noch in der Hand, leuchtete in die Runde und stellte das Feuer dann in einen dafür vorgesehenen Ständer.

Ich schaute mich um.

Die Waffenkammer **oder elektr**onische Werkstatt in einem Bond-Film sieht anders **aus**. Hier gab es keine Computer, keine elektronischen Messgeräte, weder Maschinenpistolen, Maschinengewehre noch Revolver oder Handgranaten. Auch keine Agentenwaffen wie schießende Kugelschreiber oder explodierende Gummibälle. Diese Waffen hier hatte man schon vor Hunderten von Jahren benutzt. Dennoch sahen sie alle sehr gepflegt aus.

Das Metall der Schwerter, Speere und Lanzen blitzte wie frisch poliert. Die Waffen befanden sich in Ständern, die längs der Wände ihren Platz gefunden hatten.

Ich sah auch andere Gegenstände. Es waren die Kendo-Stöcke, Wurfschlingen, Nunchakis, blitzende Wurfsterne und lange, an Essstäbe erinnernde Geräte sowie Bogen, Pfeile und Dolche. Einige davon mit normalen Klingen, andere mit gekrümmten.

Yakup ließ mich in Ruhe. Erst nachdem ich an allen Waffen vorbeigewandert war, sprach er mich an. »Du kannst dir aussuchen, was du willst, John, und womit du am besten zurechtkommst.«

Ich hob die Schultern. »Es ist alles ein wenig fremd.« Vor den Wurfsternen hatte ich meinen Schritt gestoppt und schaute sie mir besonders intensiv an. Sie waren flach wie eine Scheibe und waren an den Rändern mit gekrümmten Zacken versehen, die wie erstarrte Flammen aus Metall wirkten.

Diesmal hörte ich seine Schritte, als Yakup an mich herantrat und neben mir stehen blieb. »Gefallen sie dir?«

»Ja.«

Er fasste an mir vorbei und holte einen Wurfstern aus dem Regal. Sinnend betrachtete er ihn. Ich blickte auf die Uhr. Die Zeit wurde allmählich knapp. Es war besser, wenn wir uns hier unten nicht zu lange aufhielten, doch Yakup wischte meine Bedenken fort, bevor ich sie noch ausgesprochen hatte.

»Keine Sorge. Shimadas Höllenschloss wird warten. Er hat Zeit, und er bleibt so lange, bis wir diese Provokation beachtet und auch betreten haben.«

Ich lächelte. »Du scheinst ihn und das Schloss gut zu kennen.«

»Ja, das stimmt.«

»Und?«

»Nichts und. Doch«, verbesserte er sich. »Eines sollte ich dir vielleicht noch sagen. Du kannst dieses Schloss nicht mit einem normalen vergleichen, auch wenn es von Mauern umgeben ist. Es ist trotzdem anders.«

»Weshalb?«

»Ganz einfach, mein Lieber. Shimadas Höllenschloss ist in der Lage, Zeiten zu durchwandern. Das heißt, es kann heute hier stehen und in der nächsten Sekunde schon in deiner Heimatstadt.«

Das hatte ich nicht gewusst. Ich spann den Faden noch weiter. »Wie sieht es mit Dimensionen aus?«

»Ebenso.«

»Das bedeutet, dass uns das Höllenschloss, falls wir uns in seinem Innern befinden, entführen kann.«

»So ist es.«

Ich setzte ein schiefes Grinsen auf. »Birgt es sonst noch Überraschungen oder Geheimnisse, die ich kennen müsste?«

»Ich kann es dir nicht sagen, John. Vielleicht. Aber das werden wir dann selbst erleben.«

»Sicher.«

Yakup kam wieder auf die Waffen zu sprechen. »Es ist schwer, mit einem Wurfstern umzugehen«, verriet er mir. »Ein Ungeübter wie du kann große Schwierigkeiten bekommen.«

»Du meinst, ich treffe nicht.«

»Genau.«

»Lass es mich ausprobieren!«, forderte ich.

Yakup war dagegen. »Nein, zuerst möchte ich es dir zeigen. Man muss die Wurfsterne sehr vorsichtig behandeln, dies vorweg. Wie leicht kann man sich an ihnen verletzen, denn sie sind sehr scharf.«

Wenn Yakup dies so ernst erklärte, musste etwas Wahres an der Sache dran sein.

Er bedeutete mir durch Blicke, mich genau auf ihn zu konzentrieren, was ich auch tat.

Noch lag der Wurfstern flach auf seiner Hand. »Es ist eines

der Ninja-Zeichen«, flüsterte er. »Nur voll ausgebildete Ninja können damit perfekt umgehen …«

Yakup schrie plötzlich. Ich spürte noch den Luftzug dicht an meinem Gesicht, sprang instinktiv zurück, aber da hatte der junge Türke den Wurfstern schon geschleudert.

Er sah aus wie ein explodierendes Geschoss, als er durch die Luft und auf sein Ziel zujagte.

Ausgesucht hatte sich Yakup eine hölzerne Fackel oder Kerzenständer. Fast so dick wie ein Baumstamm, ragte es am gegenüberliegenden Ende der Waffenkammer aus dem Boden hervor.

Für mich wäre der Gegenstand kaum zu treffen gewesen, aber Yakup war darin ein wahrer Meister. Er hatte in den letzten Monaten ungemein viel hinzugelernt, und das bewies er mir in diesem Augenblick.

Den Weg des Wurfsterns konnte ich kaum verfolgen, weil er einfach zu hart geschleudert war.

Aber ich sah ihn im Holz. Er war so tief eingedrungen, dass nur noch einige Spitzen hervorschauten, vom Widerschein der Fackel berührt wurden und irgendwie düster schimmerten.

»Alle Achtung«, sagte ich.

»Versuch es!«

Ich drehte mich um und nahm ebenfalls einen Wurfstern aus dem Regal. Wie Yakup legte ich ihn mir auf die flache Hand. Verwundert war ich über das Gewicht, da ich mir den Wurfstern eigentlich leichter vorgestellt hatte. Es würde für mich schwer sein, ihn so zu schleudern, wie Yakup es getan hatte. Den rechten Arm legte ich nach hinten …

»Du musst schneller sein, viel schneller!«, erklärte mir Yakup. »Hast du nicht zugeschaut?«

»Doch. Du warst wie ein Schatten.«

»Eben.«

Ich probierte es abermals. Diesmal war ich verdammt schnell, wenigstens bildete ich mir das ein. Wenig später folgte die Enttäuschung, dass ich noch immer viel zu langsam gewesen war. Zwar verließ der Wurfstern meine Hand, ich konnte aber seinen Weg verfolgen, was mir bei Yakups Wurf nicht gelungen war.

Und wo er gelandet war, darüber will ich lieber schweigen, denn man soll sich ja nicht zu sehr blamieren.

Yakup lächelte, aber nicht schadenfroh. Er ging zum Ausgang und hob den Wurfstern auf, der dicht vor der Tür liegen geblieben war. »Möchtest du die …?«

»Danke, ich verzichte.«

»Womit kannst du umgehen?«

Ich hob die Schultern. »Wenn ich mir die Waffen so anschaue, sind sie alle nichts für mich. Zwar habe ich schon oft mit einem Schwert gekämpft, aber ein Meister bin ich darin nicht. Auch sind mir die Dinger zu unhandlich.«

»Wie sieht es mit den Kendo-Stöcken aus?« Bevor ich eine Antwort geben konnte, hatte Yakup schon zugegriffen und die beiden Stöcke aus der Halterung gezogen. Er warf sie mir entgegen.

Ich griff zu, bekam die Stöcke zu fassen und sah, wie sich Yakup zwei andere holte.

Und dann zeigte er mir seine Kunst.

Beeindruckt ist das richtige Wort. Er wirbelte die beiden Kampfstöcke so schnell zwischen seinen Händen hin und her, drehte sie auch, sprang in die Höhe, warf die Stöcke in die Luft, fing sie wieder auf, sodass ein Drummer neidisch werden konnte.

Das war die hohe Kampfkunst der Asiaten!

Von einem Augenblick zum anderen stand er still. Selbst sein Atem hatte sich nicht beschleunigt. Dieser Mann war tatsächlich durchtrainiert bis in den letzten Zeh.

»Und jetzt du!«

Gegen Stockfechter hatte ich schon gekämpft. Wie ich selbst mit den Dingern zurechtkam, wusste ich nicht, aber ich wollte mich nicht blamieren und probierte es.

Ungefähr drei Sekunden ging alles glatt, dann fiel mir der erste Stock hin.

Wütend hörte ich auf. »Nein, Yakup, ich bleibe bei meinen Waffen.«

Das gefiel ihm nicht. »Willst du nicht wenigstens einen Stock mitnehmen?«

»Und weshalb?«

»Du wirst ihn irgendwann einsetzen können, John. Das glaube mir.«

Ich nickte. »Also gut, weil du es bist. Meinetwegen.« Mit einem Kendo-Stock belastete ich mich. Yakup suchte sich inzwischen die Waffen aus. Er nahm einige Wurfsterne mit. Sie verschwanden in einem Lederbeutel, den er sich über die Schulter hängte. Zwei schmale Schwerter steckte er ebenfalls ein, natürlich Pfeile, Bogen und sein Ninja-Schwert. Auf eine Nunchaki verzichtete er.

»Ich hätte noch mehr mitnehmen können, aber ich verlasse mich auf die alten Waffen.«

»Keine Stöcke?«, fragte ich.

Yakup lächelte. »Natürlich nehme ich einen Kendo-Stock mit. Ich habe nur einen besonderen.«

Eine weitere Frage erübrigte sich, denn der Türke hatte bereits die Waffe an sich genommen. Sie sah aus wie eine Röhre und wurde im nächsten Augenblick zum Teleskop, als er den Arm nach vorn schleuderte. Dicht vor meinen Augen kam das Ende des Kendo-Stocks zur Ruhe.

»Der ist wirklich gut«, lobte ich meinen Freund.

»Nimm du ihn.«

»Wirklich?«

»Wenn ich es dir sage.«

Ich war froh, den anderen Kampfstab weglegen zu können. Ich hatte ihn eigentlich nur genommen, um Yakup einen Gefallen zu tun, und das schien er gemerkt zu haben.

Den Stab fing ich auf. Er lag sicher in meiner Rechten. Dann bewegte ich ihn blitzschnell nach vorn. Das pfeifende Geräusch, das beim Hervorschießen des Kampfstocks entstand, hatte ich vorhin nicht vernommen, erst jetzt fiel es mir auf, und ich fand, dass der Stab auch weiterhin gut in meiner rechten Hand lag. Ich konnte ihn bewegen, er war nicht zu lang und nicht zu kurz.

Eigentlich ideal.

340

Yakup hatte mir lächelnd zugeschaut. »Ich merke schon, dass er dir gefällt, mein Freund.«

»Ja, ich behalte ihn. War das alles?«

Der Türke nickte. Dabei geriet sein Kopf in den Widerschein des Fackellichts, sodass auf seinem Gesicht ein Muster entstand. »Das war es tatsächlich, John. Wir können die Waffenkammer verlassen und uns anderen Aufgaben widmen. Allerdings möchte ich dich trotzdem noch um etwas Geduld bitten, da ich mich zunächst noch umziehen muss.«

»Sicher. Soll ich hier warten?«

»Wo denkst du hin? Wir gehen nach oben. Wolltest du nicht mit Ali sprechen?«

»Klar. Weiß er denn, dass ich hier bin?«

Yakup schloss die Tür hinter uns zu. »Nein, ich habe ihm doch nichts gesagt. Er weiß wohl, dass du kommen willst, kennt aber nicht den genauen Zeitpunkt. Er wird überrascht sein.«

»Das glaube ich auch.«

Während wir die Stufen hinaufschritten, dachte ich an meinen noch jungen Freund. Wir beide hatten einiges hinter uns. Er und ich hatten den Kampf gegen die großen Alten hautnah miterlebt, und es war ein schlimmer, harter Fight gewesen. Beide hatten wir ihn überstanden, und ich hoffte, dass der Waisenjunge Ali hier im Kloster eine ihm würdige Ausbildung erhielt. Auf Yakup konnte ich mich dabei verlassen.

»Was haben eigentlich Myxin und Kara gesagt, als sie Ali zu dir brachten?«, fragte ich.

»Sie haben es mir so erklärt, dass ich einfach zustimmen musste«, erwiderte er.

Ich lachte. »Das ist typisch.«

Wir waren wieder in einen anderen Teil des Klosters gegangen. Hier sah ich wenigstens Menschen. »Es ist unser Lernbereich«, erklärte Yakup. »Jeder hat seine eigene Zelle.«

»Zimmer hört sich besser an.«

»Für euch vielleicht.« Yakup deutete auf eine schmale Tür. Wie alle anderen war auch sie braun gestrichen. »Dahinter lebt und lernt unser Freund. Ich darf mich entschuldigen. Es dauert nicht lange.«

»Okay, bis später.«

Ich klopfte an. Keine Reaktion. Auch nach dem zweiten Anklopfen rührte sich nichts. Schließlich war ich es leid und öffnete die Tür mit einem plötzlichen Ruck.

Auf der Schwelle blieb ich stehen. Schockartig traf mich das blanke Entsetzen.

Ali saß auf dem Bett. Eine Öllampe beleuchtete seine schmächtig wirkende Gestalt. In einer Hand hielt er ein Messer, und die Spitze zielte genau auf seine linke Pulsader.

Was er vorhatte, war klar.

Selbstmord!

Ich jagte los. Es war eine Situation, die Eile und Reaktionsvermögen erforderte. Und ich war schnell. Zudem schrie ich Ali an. Er hob den Kopf, musste mich sehen, und ich gewann die Zeit, die ich brauchte.

Bevor sich der Junge die Pulsader aufschneiden konnte, krachte ich auf das karge Bett und kriegte seinen Messerarm dicht am Gelenk zu packen, das ich herumdrehte.

Ich hörte ihn ächzen, das war mir egal, er sollte nur die verdammte Klinge fallen lassen.

Endlich öffnete er die Faust. Ich schüttelte seinen Arm ein wenig, das Messer fiel neben das Bett, wo ich es wegkickte.

Erst dann ließ ich Ali los.

Er schaute mich aus seinen großen braunen Augen an. Ich entdeckte darin kaum eine Veränderung, sondern nahm nur den staunenden Ausdruck wahr, der sich dort eingenistet hatte. Er war wirklich erstaunt.

»John?«, flüsterte er. »Bist du es oder ein Spukbild?«

»Nein, ich bin es.«

Seine Augen wurden noch größer. »Und weshalb hältst du mich fest?«

»Weil du dich töten wolltest.«

Ich hatte es ihm gesagt und sah sein Erschrecken. »Nein,

nein. Wie kommst du dazu, so etwas zu behaupten?« Wild
schüttelte er den Kopf.

»Weil ich dich im letzten Augenblick vor einem Selbstmord
bewahrt habe, mein Lieber.«

Ali schwieg. Sekunden später durchlief ein Zittern seinen
Körper. Dabei senkte er den Kopf und begann zu weinen. Es
war gut so, deshalb ließ ich ihn in Ruhe und begann damit,
mich in der kleinen Kammer umzuschauen.

Sie war tatsächlich nicht größer als eine Zelle. Ein Bett, ein
schmaler Spind, Regale mit Büchern, ein Stehpult zum Lernen. Das war die Einrichtung. Weder ein Waschbecken noch
eine Toilette sah ich. Diese so nötigen Dinge befanden sich
woanders.

Ali schaute auf das lange, niedrige Fenster, zog die Nase
hoch, wischte sich die Tränen aus den Augen und nickte.

»Was ist?«, fragte ich ihn.

»Und ich wollte mich tatsächlich umbringen?«, hauchte er.

»Ja.«

»Es ist schlimm, und ich glaube auch, dass es stimmt. Nein,
John, du hast nicht gelogen …« Er stockte.

»Bitte, berichte der Reihe nach.«

»Es war so. Ich saß hier auf dem Bett und wollte noch
etwas lesen, als ich die Schatten entdeckte.«

»Wo? Hier im Raum?«

»Nein, das war draußen. Vor dem Fenster. Sie waren plötzlich da. Zuerst wollte ich sie überhaupt nicht wahrnehmen,
bis sie es sich plötzlich auf der Bank bequem machten. Sie
hockten draußen und schauten in meine Zelle. Es waren
Vögel.«

Ich musterte den Jungen nachdenklich und forschte dann
weiter nach. »Hatten sie besondere Augen?«

»Nein, nur die Köpfe waren anders. Sie glichen denen von
Menschen!«

Jetzt war es heraus, und auch ich hielt die Luft an, wobei
ich zudem noch hart schluckte.

Vögel mit Menschenköpfen! Damit hätte ich auch nicht
gerechnet. Sicherheitshalber wollte ich mich von Alis Aus-

sage noch einmal überzeugen und fragte nach: »Du bist dir sicher, dich nicht getäuscht zu haben?«

»Es ist die Wahrheit, John.«

»Bitte, erzähle weiter, was noch passierte.«

»Sie schauten mich so seltsam an. Ihre Augen waren so tot. Nur schwarze Punkte in den fremden Gesichtern.«

»Wie fremd?«

»So wie die Japaner aussehen.«

»Okay, weiter.«

»Dann spürte ich es. Ich hatte plötzlich Kontakt mit den Tieren. Sie gaben mir Befehle.«

»Die du befolgt hast?«

»Ja, sie sprachen von einem Shimada, und dass ich ihm gehorchen müsste, weil er eine Botschaft für mich hätte.«

»Wie lautete die?«

»Töten! Ich sollte mich selbst töten. Wenn das geschieht, wäre alles gut. Dann hätte ich meinen Seelenfrieden, sonst würde ich einen grausamen Terror erleben.«

»War der Einfluss so stark, dass du dich ihm nicht entziehen konntest?«

»Noch stärker.« Ali schüttelte den Kopf, als würde ihm erst jetzt klar, was er alles getan hatte. »Ich stand also auf und gehorchte den Befehlen der anderen. Sie hatten mir gesagt, dass ich ein Messer nehmen sollte. Es ist mein Schnitzmesser, ich hatte es mitgebracht, weil ich gern an Figuren arbeite. Ich trat an den Schrank, öffnete ihn, nahm das Messer hervor, ging wieder zum Bett zurück, ließ mich nieder und wurde gezwungen, zum Fenster zu schauen.«

»Und dann gab man dir den Befehl.«

»Ja, sie wollten, dass ich mich töte, damit der große Shimada meine Seele bekommen könnte.«

»Warum hast du es nicht getan?«

Ali blickte mich irgendwie verträumt an. »Ja«, sagte er und wiederholte murmelnd. »Warum habe ich es nicht getan? Ich weiß es einfach nicht. Etwas störte die Vögel.«

»Vielleicht mein Klopfen?«

»Das kann sein.«

»Ich habe zweimal angeklopft. Du hast es überhört.«

»Bestimmt, John.«

»Na ja, jetzt ist ja alles gut. Wir haben es geschafft, mein Lieber. Du lebst, ich lebe, was willst du mehr?«

»Aber sie können wiederkommen, fürchte ich.«

»Rechnen kann man damit, doch ich will es nicht hoffen.«

»Kannst du etwas dagegen tun?«

Ich drückte mich von der einfachen Liegestatt hoch. »Deshalb bin ich gekommen. Ich werde zusammen mit Yakup versuchen, das Grauen zu stoppen. Wir befinden uns zwar hier in einem Kloster, sind aber trotzdem nicht in Sicherheit. Es ist etwas geschehen, das ich dir nicht verheimlichen will.«

»Was Schlimmes?«, fragte Ali leise.

Am Stehpult blieb ich stehen und legte meine Hände auf die Platte. Ich konnte durch das Fenster schauen und entdeckte die dünnen bläulichen Schwaden.

Das Höllenschloss stand also noch. Und kein Mönch hatte dagegen etwas unternommen oder war in Panik verfallen. Die Männer hier hatten sich ausgezeichnet in der Gewalt. Vielleicht handelten sie auch nur, wenn Yakup es anordnete.

»John, bitte …«

»Entschuldige, Ali, ich war in Gedanken. Shimada und sein Höllenschloss sind aus dem Strudel der Zeiten aufgetaucht und direkt in unserer Nähe erschienen. Man nennt das Schloss auch die blaue Festung. Wahrscheinlich stammen die Vögel, die du gesehen hast, von dort und hatten den Auftrag, dich zu vernichten.«

Ali erschrak. »Dann wird das Kloster angegriffen?«

»Nein, so sehe ich das nicht. Yakup und ich werden versuchen, diese Dinge abzuwenden.«

»Sofort?«

Ich gab ihm Recht.

Ali stand auf. Er trat ans Fenster, schaute hinaus, und als er sich wieder umdrehte, war sein Gesicht blass geworden. »Ich habe dieses Schloss nicht gesehen, aber ich sah den blauen Nebel um unser Kloster wallen. Hat er etwas damit zu tun?«

»Ja, er ist der Begleiter durch die Zeiten. Das Schloss

erscheint nie ohne den Nebel. So jedenfalls hat es mir Yakup berichtet. Er kennt sich gut aus, und ich bin sicher, dass wir Shimada stoppen können.«

»Weshalb ist er überhaupt gekommen?«, wollte Ali wissen.

»Er will sich rächen und wahrscheinlich endgültig das Kloster in seinen Besitz bringen.«

»Was habt ihr ihm getan?«

»Es ist eine lange Geschichte«, erwiderte ich. »Und es kommt dabei vieles zusammen. Vielleicht werden Yakup oder ich dir später etwas Genaueres darüber sagen. Für heute will ich es dabei belassen.«

»John, das ist wie früher«, sagte er. »Weißt du noch, wie wir in Hemators Welt verschollen waren?«

»Wie könnte ich das vergessen.«

»Und der Engel hat es geschafft. Ich habe ihn bewundert und sogar von ihm geträumt. Wie er plötzlich auftauchte und gegen diese riesigen Hände kämpfte, das war schon faszinierend.«

Musste ich ihm darauf eine Antwort geben? Wohl kaum. Diesem Kampf zuzuschauen, das war schon faszinierend gewesen. Leider hatte der Eiserne dabei eine seiner starken Waffen eingebüßt. Das magische Pendel hatte den Kampf praktisch entschieden, ihn gleichzeitig auch nicht überstanden. Das hatte ich als so schlimm empfunden. Es war ein dicker Wermutstropfen im Kelch der Hoffnung gewesen.

»Kann ich nicht mit euch gehen?«

Ich lachte. »Nein, Ali, du hast genug erlebt. Ich kann mir auch nicht vorstellen, dass Yakup es zulässt.«

»Aber er will mich ausbilden.«

»Das stimmt.«

»Und ich muss Praxis haben.«

»Später, Ali, viel später.«

Der Junge verzog das Gesicht. »Das sagt er auch immer. Aber was ist? Nichts, ich muss hier sitzen, lernen, lesen, büffeln, mir Vorträge über Frieden anhören, wie wertvoll ein Menschenleben ist und dass man nie selbst angreifen, sondern sich nur verteidigen darf.«

»Wie gut.«

Ali schaute mich fast entsetzt an. »Das verstehe ich nicht.«

»Ich bin froh, dass man dich diese Dinge lehrt. Der Mensch ist das höchste Gut auf Erden. Habe ich dir das nicht immer gesagt?«

»Ja, aber sich daran zu halten ist schwer. Ich habe erlebt, dass meine Eltern ermordet wurden, und ich habe die Mörder gehasst. Ich …«

»Jetzt auch noch?«

Alis Gesicht war rot angelaufen. Nach meiner Frage holte er tief Luft und schüttelte den Kopf. »Eigentlich nicht mehr, John. Es ist komisch, nicht wahr?«

»Nein, das ist gut.«

Jemand öffnete die Tür. Ich drehte mich um, und auch Ali schaute dorthin.

Yakup erschien. Wenn ich nicht gewusst hätte, um wen es sich bei dieser Gestalt handelte, ich hätte mich wahrlich erschrecken können, da die Person zum Fürchten aussah.

Yakup Yalcinkaya hatte sich umgezogen. Er trug jetzt die Kampfkleidung der Ninja.

Eingewickelt war sein Körper in schwarzes Tuch. Ebenfalls sein Kopf sowie zwei Drittel seines Gesichts. Nur Stirn und Augen lagen frei.

Der Bogen hing über seiner rechten Schulter, und am Rücken trug er den Köcher mit den zahlreichen Pfeilen. Den Beutel mit den Wurfsternen hatte er ebenfalls nicht vergessen. Er hing über der anderen Schulter. Das Ninja-Schwert war ebenso verschwunden wie seine beiden Kurzschwerter.

Staunend schaute Ali ihn an. »Du bist es«, flüsterte er. »Du bist Yakup, nicht wahr?«

»Ja.«

Seine Stimme klang verändert. Es lag an dem Tuch vor seinen Lippen, das den Schall dämpfte.

Er betrat langsam und lautlos den Raum. Welche Schuhe er trug, konnte ich dann sehen, wenn er einen größeren Schritt nach vorn ging. Sie sahen aus wie Sandalen und hatten die Farbe von hellem Kork.

»Aber er strömt keinen Frieden aus«, flüsterte mir Ali zu.

»Da gebe ich dir Recht. Nur musst du es anders sehen. Wir sind angegriffen worden. Zwar nicht direkt, aber man hat sich an dich gehalten, und das ist das Gleiche, als hätte man uns zu töten versucht. Begreifst du das? Wir wehren uns nur, damit so etwas nicht noch einmal geschieht und das Kloster zu einer Blutstätte wird.«

Ali nickte. Er hatte glücklicherweise begriffen. Dennoch starrte er Yakup staunend an und traute sich kaum, die nächste Frage zu stellen. »Ich habe dich noch nie so erlebt, Yakup. Wann werde ich eigentlich so weit sein, dass ich auch …«

»Das dauert noch eine Weile«, erwiderte der Kämpfer. »Du musst viel lernen und noch mehr Geduld haben. Erst wenn du die Funktion der menschlichen Seele begriffen hast, kannst du in unsere Fußstapfen treten.«

Ali verzog das Gesicht. »Immer nur lernen«, beschwerte er sich.

»So ist das eben, wenn man jung ist«, sagte ich. »Später wirst du froh sein, dass du so viel gelernt hast, glaub es mir.« Für mich war das Thema damit erledigt, und ich wandte mich an Yakup.

Ich berichtete ihm, wie ich Ali vorgefunden hatte. Mein türkischer Freund wollte es zunächst kaum glauben.

»Shimada hier?«

»Nein, nicht Shimada. Diese Vögel.«

»Es müssen die gleichen gewesen sein, die auch du gesehen hast«, folgerte er.

Ich stimmte ihm nicht zu. »Die Vögel, die ich sah, waren normal. Die, von denen Ali sprach, hatten Menschenköpfe.«

Yakup dachte für einen Moment nach, bevor er nickte. »Wenn ich es mir genau überlege, weiß ich, woher die Vögel stammen können. Die müssen aus dem Todesgarten gekommen sein.«

»Wieso?«

»Ja, John, aus dem Todesgarten. Das ist furchtbar, ich weiß. Aber dieser Garten umgibt das Schloss wie ein Schutzwall.

Ich habe es in den alten Schriften gelesen, auch die Überlieferungen sprechen davon. Der Garten ist grausam.«

»Wir werden ihn aber betreten!«

»Und wie.«

Das hatte ich auch gemeint. Länger aufhalten wollten wir uns nicht. Yakup und ich verabschiedeten uns von dem Jungen und baten ihn, genau aufzupassen.

»Mir wird schon nichts passieren.«

Dann verließen wir die Zelle. Yakup erklärte mir, dass er den meisten Mönchen Bescheid gegeben hatte. Die Männer würden auf das Kloster ein wachsames Auge haben.

»Und es sind gute Kämpfer?«, vergewisserte ich mich.

Er lachte scharf auf. »Das kannst du laut sagen. Sie würden ihr Leben für die Verteidigung des Klosters opfern …«

Es war nicht wärmer geworden, als wir die schützenden Mauern verlassen hatten. Im Gegenteil, mir kam die Luft noch kälter vor. Sie schlug uns entgegen wie ein Eishauch, und ich hatte das Gefühl, als läge dies nicht allein an der winterlichen Jahreszeit, sondern auch am Erscheinen der blauen Festung oder Shimadas Höllenschloss, das dort so dunkel und grausam vor uns stand.

Umwallt von blauen Nebelschleiern, hatte es seinen Weg durch die Zeiten gefunden, damit es zu einem schwarzmagischen Lockvogel werden konnte.

»Lass dich von der Größe nicht täuschen, John«, erklärte mir der Türke. »In den Schriften steht geschrieben, dass man die Maße des Schlosses nicht errechnen kann. Sie sind immer anders.«

»Es ist also variabel?«

»Genau. Alles kann sich verändern. Seine Maße sind nie gleich. Du siehst einen Gang vor dir, der kurz ist, wenig später wird er zu einem langen Schlauch, bei dem die Wände zusammenwachsen, um dich zu zerquetschen. Das Schloss ist eine Täuschung, ein gefährlicher Irrgarten oder ein immer die Form wechselndes Labyrinth.«

»Woher weißt du das?«

»Ich habe es aus den Büchern erfahren.«

Schief schaute ich Yakup von der Seite her an. »Die Schriften scheinen ja etwas Besonderes zu sein.«

»Das sind sie auch.« Mehr wollte er darüber nicht sagen. Er setzte sich in Bewegung, und mir blieb nichts anderes übrig, als ihm zu folgen. Ich dachte dabei an die gefährlichen Vögel. Mein Blick glitt in die Höhe, um die Tiere zu suchen, doch der Himmel war blank. Kein einziger Punkt bewegte sich unter dem blauen Firmament.

Vor meinem Mund riss die Atemfahne nicht ab. Da ich keine Kopfbedeckung trug, hatte ich das Gefühl, die Kälte würde wie Eisklumpen auf meinen Kopf drücken.

Obwohl Yakup davon gesprochen hatte, veränderte sich das Höllenschloss um keinen Deut. Noch immer schaute es mit dem oberen Drittel des Daches aus den blauen Nebelschwaden, die uns fast erreicht hatten, denn wir mussten nur mehr wenige Schritte gehen.

Yakup war gespannter geworden. Er hatte mir von dem Todesgarten berichtet und auch von den Überraschungen, die dieser Garten in sich barg. Ich sprach ihn noch einmal darauf an.

»Dort liegen die Feinde des großen Shimada begraben«, flüsterte er. »Man hat ihre modrigen, verwesten Körper in die Erde gesteckt, damit sie dort vergehen.«

»Und ihr Geist?«

»Hast du nicht die Vögel mit den Menschenköpfen gesehen?«

»Du meinst, das könnten sie gewesen sein?«

»Ja, es ist alles möglich. Stell dich auf vieles ein. Sei auf der Hut! Am besten wäre es, wenn du sechs oder mehr Augen hättest. So aber gib immer Acht.«

Das wollte ich gern und war nur froh, dass der blaue Nebel nicht die Wirkung des Todesnebels hatte, wie er vom Würfel des Unheils produziert werden konnte.

Dann tauchten wir ein.

Es war ein fließender, völlig normaler Übergang, als wären

wir in den Londoner Dunst hineingeschritten. Tausend geisterhafte Arme und Hände schien der Nebel zu besitzen. Ich spürte ihn. Er umschmeichelte mich, legte sich auf meine Haut, ich nahm seine Feuchtigkeit wahr, merkte die Kälte und stellte fest, dass sie mir den Rücken hochkroch.

Oder war es die Furcht?

Viel konnten wir nicht erkennen und vor allen Dingen nicht weit sehen. Ob die Bäume, deren Umrisse sich aus dem blauen Dunst schälten, zum normalen Klostergarten gehörten oder zu Shimadas Reich, war wirklich nicht auszumachen.

Shimada sollte in seinem Garten all den Schrecken vereinigt haben, der einen Menschen zum Wahnsinn treiben konnte. Bisher hatten wir davon wenig gemerkt, es kam mir viel mehr vor wie die Ruhe vor dem Sturm. Irgendetwas würde und musste einfach passieren, sonst wäre es nicht dieser Todesgarten gewesen.

Vielleicht musste man es auch irgendwie provozieren, und ich schlug vor, uns zu trennen.

Yakup hatte meine Worte gehört. Er wollte sich dazu äußern, drehte sich um und war im nächsten Augenblick verschwunden. So blitzschnell, dass ich es kaum begreifen konnte. Ich streckte noch meine Hand aus, sie griff ins Leere, und ich wusste plötzlich, dass dieser Todesgarten doch nicht so harmlos war, wie es zu Beginn ausgesehen hatte.

Für einen Moment stand ich regungslos und konzentrierte mich auf die Gänsehaut, die über meinen Rücken rann. Yakup war verschwunden. Es hatte keinen Sinn, ihm nachzuweinen oder nachzuschreien. Ich musste mich schon allein durchkämpfen, die Richtung war nicht zu verfehlen. Ich würde mir Shimadas Höllenschloss von innen anschauen.

Durch diesen Vorsatz gestärkt, setzte ich meinen Weg fort. Lücken im Nebel gab es nicht. Manchmal hingen die Schwaden schräg, sodass sie mir vorkamen wie dunkle Fischernetze. Nirgendwo sah ich Bewegungen, dennoch war ich davon überzeugt, dass es sie geben musste. Vielleicht innerhalb des Bodens, über den ich schritt.

Er war nicht hart und gefroren, sondern weich, manchmal sogar nachgiebig, aber nie sumpfig.

Vergebens hielt ich nach meinem Freund Yakup Ausschau. Ich vernahm auch keinerlei Kampfgeräusche, die Stille war einfach dicht.

Sehr vorsichtig bewegte ich mich, passierte einen Baum, ohne dass etwas geschah, sah weiter vorn wieder die tanzenden Schleier und blickte dann zu Boden.

Dort tat sich etwas.

Ob es Beete oder Felder waren, ich hatte keine Ahnung. Jedenfalls lag der Nebel dort nicht mehr so dicht. Als dünne Schwaden kroch er über die Gegenstände, die sich vom Untergrund abhoben.

Kugeln …

Das dachte ich zuerst auch. Bis ich mich bückte und eine der Kugeln angefasst hatte.

Meine Hände gerieten dabei in verfilzte, klebrige Haare, und ich wusste plötzlich, dass es keine Kugeln waren, die aus dem Boden wuchsen, sondern Köpfe …

*

Es war eine Kraft gewesen, die selbst Yakup Yalcinkaya nicht kontrollieren konnte. Urplötzlich hob ihn etwas an und schleuderte ihn in die Nebel hinein.

Nun war Yakup kein Mensch, der vor Angst schrie, auch hier presste er die Lippen zusammen, obwohl ihm sein Flug schon auf eine gewisse Art und Weise unheimlich war.

Er kam sich vor, wie von unsichtbaren Flügeln getragen. Sie schoben ihn weiter in den Nebel hinein, sodass Yakup das Gefühl hatte, von blauen Schleiern umspült zu werden.

Hin und wieder sah er die langen Fetzen. Sie erinnerten ihn an Tücher, er wollte hingreifen, tat dies auch, aber er konnte nie ein Tuch erwischen, weil eben kein Widerstand vorhanden war.

Eine Reise durch den blauen Nebel, hinein in den vielarmigen Dunst, dies geschah mit Yakup Yalcinkaya, und dabei hatte er das Gefühl, Zeiten zu überwinden.

Er überwand weder Zeiten noch Räume. Yakup blieb in der Welt, aus der er kam.

Aber er hatte ein anderes Ziel gefunden.

Das Höllenschloss!

Nichts war mehr von dem dichten blauen Nebel zu sehen. Praktisch ohne Übergang war die Luft rein und klar geworden. Dabei spürte er nicht mal den Hauch des Bösen, dafür nahm er die schon als grandios zu bezeichnende Weite des Schlosses voll in sich auf.

Yakup stand in einer riesigen Halle.

So groß, wie sich diese Halle ihm präsentierte, war das gesamte Schloss nicht. Die Maße konnte er kaum schätzen. Die Decke hatte eine hängende Konstruktion, kein Pfeiler war da, der sie stützte. Als Mensch musste man sich hier verloren fühlen.

Ein dunkler Boden bedeckte die Halle. Hin und wieder glitzerten goldene Pailletten im Stein, und auch die Wände zeigten nicht mehr Helligkeit, denn direkte Lichtquellen waren keine vorhanden.

Dennoch konnte er etwas sehen.

Es war einfach die Atmosphäre, die dafür sorgte. Vielleicht waren die einzelnen Luftpartikel so angeordnet, dass sie Licht abgeben konnten, und Yakup ging, als er die erste Überraschung überwunden hatte, mit bedächtigen Schritten vor.

Dass er in dieser Halle gelandet war, musste einen bestimmten Grund gehabt haben. Sein großer Gegner Shimada tat nichts ohne Motiv. Vielleicht wollte er hier, in diesem Kampfsaal, die endgültige Entscheidung, und auch der Türke wäre nicht abgeneigt gewesen, sich dem mächtigen Dämon zu stellen.

Seine Waffen hatte Yakup stecken lassen. Wer ihn allerdings kannte, wusste genau, wie blitzschnell er diese ziehen konnte.

Die Schritte waren so gut wie nicht zu hören. Lautlos lief er weiter, erreichte seiner Schätzung nach die Mitte, als sein feines Gehör Geräusche wahrnahm.

Zunächst wusste er sie nicht einzuordnen. Ein Sausen oder Brausen war es nicht, obwohl eine gewisse Gleichmäßigkeit vorhanden war. Seine Haltung wurde gespannter, der Körper glich plötzlich einer Stahlfeder, und er hatte den Kopf so gedreht, dass er in die Höhe schauen konnte, denn dort waren die Geräusche aufgeklungen.

Dort befanden sich auch die Schatten.

Diesmal keine blauen Nebelfetzen oder Dunststreifen. Dennoch glitten die Schatten fast lautlos dahin, und sie hatten auch helle Flecken.

Gesichter?

Yakup hatte sich breitbeinig hingestellt. Der Kopf lag im Nacken, er glaubte fest daran, dass es sich um Gesichter handelte. Auf einmal erhielt er den Beweis.

Gesichter, Körper und Schwingen.

Drei Vögel schienen Shimadas Sendboten zu sein. Dank ihrer geistigen Kräfte war es ihnen gelungen, Ali unter ihre Kontrolle zu bringen. Bei Yakup würden sie es sicherlich versuchen, doch bei ihm sollten sie sich geschnitten haben.

Er würde kämpfen.

Als er das Ninja-Schwert aus der Scheide zog, vernahm er ein schleifendes Geräusch, das für einen winzigen Moment als Echo in der Luft stand und verging.

Jetzt fühlte sich Yakup besser!

Aber er sah kein Ziel. Die unheimlichen Vögel mit den Menschenköpfen hielten sich zurück. Sie umkreisten ihn. Wie im Aufwind, so bewegten sie kaum ihre Flügel, und sie zogen träge ihre Kreise, wobei sie allerdings versuchten, auch Yakups Ego mit ihren Gedanken zu beeinflussen.

Es waren böse Ströme, die sie dem Türken entgegenschickten. Sie versuchten mit aller Macht, ihm Shimadas Botschaft zu überbringen. Das gedankliche Flüstern und Wispern erfüllte den Schädel des Mannes, der sich kraftvoll gegen den Einfluss zu stellen versuchte.

»Komm zu uns! Du bist ein Baustein innerhalb des Höllenschlosses. Jeder, der es betreten hat, gehört zu uns. Wen Shimada einmal in den Klauen gehabt hat, den lässt er nicht mehr los. Er wird ihn entweder vernichten, zu Tode quälen, foltern oder …«

»Hört auf!«

Zum ersten Mal sprach Yakup dagegen, und er lauschte dem Klang seiner eigenen Stimme.

Unheimlich konnte es einem Menschen schon werden. Obwohl er nicht laut geredet hatte, wurde seine Stimme zu einem hallenden Echo.

Ebenfalls ein Phänomen, das sich Yakup nicht erklären konnte. Er gewöhnte sich schnell daran und ließ die kreisenden Vögel mit den Menschenköpfen nicht aus den Augen.

Die anderen sprachen zu ihm. Sie wollten ihn einlullen. Sie gaben Zukerbrot und Peitsche. Drohten ihm, und gleichzeitig machten sie ihm klar, dass er alles haben konnte, wenn er sich auf ihre Seite stellte und dem mächtigen Shimada diente.

Ein Vogel fiel plötzlich nach unten!

Er wirkte im ersten Moment tatsächlich wie ein dunkler Stein, da er die Flügel angelegt hatte. Auf seinem Körper wuchs der Menschenkopf, und das Gesicht wurde deutlicher.

Es gehörte einem Japaner. Deutlich erkannte Yakup die Mongolenfalten, und er sah auch den weit aufgerissenen Mund, der wie eine Höhle wirkte.

Wollte dieser verdammte Vogel sich tatsächlich zu Boden fallen lassen? Es sah so aus. Erst als er die Kopfhöhe eines normalen Menschen erreicht hatte, breitete er die Flügel aus und änderte die Flugrichtung.

Sein Ziel war Yakup!

Kaum stieß er vor, als aus seinem Maul ein schlangenartiges Gewächs hervorschoss, das dem Türken gierig entgegenleckte und viele Menschen sicherlich erwischt hätte. Aber dieser Vogel hatte die Schnelligkeit und Reaktionszeit eines Yakup Yalcinkaya unterschätzt.

Die Bewegung seines rechten Armes war mit den Blicken kaum nachzuvollziehen.

Ein blitzendes Kreuz stand plötzlich in der Luft, hervorgerufen durch die kaum erkennbaren Schläge des Schwertes, mit dem der Türke den Vogel in zwei Hälften teilte.

Bevor ihn das Tier erreichen konnte, fiel es zu Boden. Es löste sich auf, und eine zischende Qualmwolke verdeckte gnädig die Überreste dieses dämonischen Wesens.

Yakup sprang zurück. Seine Augen begannen zu funkeln. Er hatte Shimada bewiesen, dass mit ihm nicht gut Kirschenessen war, und er würde sich auch von den anderen nichts vormachen lassen, das stand fest.

So ging es weiter.

Der nächste Vogel versuchte eine Attacke. Dem Monstertier jagte Yakup entgegen.

Bevor die Mutation ihre Flugrichtung ändern konnte, hatte der Türke schon zugeschlagen.

Er lachte wild. Es war mehr ein Kampfschrei, denn er war in die Höhe gesprungen und hatte sich in der Luft gedreht wie ein Kürläufer vor Publikum.

»Kommt!«, brüllte er laut. »Kommt alle her! Ich nehme euch der Reihe nach vor. Einer nach dem anderen. Aber ich sage euch …«

Die Vögel verschwanden. Er hörte das Flattern ihrer Flügel, dann hatte die Dunkelheit sie verschluckt.

Für einen Moment war es still.

Yakup stand noch in gespannter Haltung und vernahm nur noch seinen eigenen Atem. Er war gespannt, welche Gemeinheit sich Shimada nun hatte einfallen lassen.

Zeit verging.

Yakup, ein sehr sensibler Mensch, was Gefahren anging, spürte genau, dass etwas in der Luft lag. Da stimmte einiges nicht. Er war überzeugt, dass der nächste Angriff sehr bald folgen würde.

Getäuscht hatte er sich nicht.

Es begann mit einem Ächzen.

Auf der Stelle drehte sich der Türke herum, da er herausfinden wollte, wo das Geräusch aufgeklungen war.

In der Tiefe?

Ja und nein, denn es drang von allen Seiten an seine Ohren.

Ihm wurde klar, dass dieses Höllenschloss etwas ganz Besonderes sein musste. Da es so reagierte, blieb nur eine Möglichkeit.

Es musste leben.

Yakup wartete ab. Er rechnete damit, dass der Boden aufbrach und sein Grauen entließ.

Das geschah vorerst nicht, obwohl das Ächzen noch blieb, schließlich leiser wurde und überging in ein scharfes, gleichzeitig stöhnendes und keuchendes Atmen.

Selbst Yakup wurde davon überrascht und gab zu, dass dieses Geräusch an seinen Nerven zerrte.

Wer atmete dort?

Er überlegte und gelangte zu dem Schluss, dass es sich dabei eigentlich nur um Shimada handeln konnte. Shimada war der Herrscher des Höllenschlosses, und Shimada würde ihm nicht vergessen, dass er einen seiner Diener getötet hatte.

Kam er jetzt selbst?

Nein, er zeigte sich nicht, aber er dokumentierte Yakup, dass er über alles informiert war. Das ächzende Atmen verstummte, und der Dämon meldete sich selbst.

Von überall her drang die Stimme des Unheimlichen. Aus dem Boden, den Wänden, von der Höhe, und sie begann damit, schwere Vorwürfe gegen Yakup zu erheben. »Du hast es gewagt, einen meiner Diener zu töten. Dein Pfeil hat ihn durch den Hals getroffen und sein Leben ausgelöscht. Dafür wirst du büßen. Ich bin gekommen, um dich in mein Höllenschloss einzuladen – und sehe, dass du dieser Einladung gefolgt bist. Wer sich einmal zwischen diesen Mauern befindet, hat kaum eine Chance, ihnen wieder zu entkommen. Shimadas Höllenschloss hält alle fest. Alle, hast du verstanden?«

Yakup blieb gelassen. »Ja«, sagte er. »Du hast laut genug gesprochen, Shimada. Erinnere dich an unsere letzte Auseinandersetzung. Ich bin dir noch einiges schuldig. Du hast damals dafür gesorgt, dass meine Freundin Helen getötet wurde. Du wolltest mit deinen Ninja-Zombies die Herrschaft über die Stadt haben. Wir konnten es vereiteln. Ich freue mich darüber, dass du dich wieder gemeldet hast. Und ich bin noch freudiger gestimmt, dass du mich ausgesucht hast. Das hier geht nur uns beide etwas an. Ich will ein Refugium des Guten aufbauen. Ich will und werde dir den Fächer entreißen und ihn der Sonnengöttin Amaterasu zurückbringen, denn nur ihr gehört er. Du hast ihn zu Unrecht in deinen Besitz genommen. Ich habe mir viel vorgenommen, Shimada, aber ich bin gerüstet. Wenn du Mut hast und dich nicht wieder hinter Pandora versteckst, dann zeige dich und kämpfe gegen mich!«

»Das mache ich schon.«

»Du?«

»Ja, ich. Denn das Schloss, in dem du dich befindest, gehört nicht nur mir, das Schloss bin ich selbst. Jeder Stein, jede Fuge atmet meinen Geist. Ich bin der absolute Herrscher. Die lebende Legende, wie ich genannt wurde, ist nicht vernichtet. Ich habe im Wasser des Wissens erkennen können, was du getan hast, und ich schwor, dich vernichten zu lassen. Durch mich, durch das Schloss. Meine Boten und Beobachter hast du abwehren können. Sie taugen nicht zum Kampf. Ich werde deshalb zu anderen Mitteln greifen, denen auch du machtlos gegenüberstehst. Warte ab, Türke …«

Hier endete seine Rede. Nur einige Echos hallten nach.

Yakup blieb stehen. Er wollte natürlich herausfinden, was der andere mit ihm vorhatte.

Es gab tausend Tricks. Wenn Shimada davon berichtete, dass dieses Schloss er selbst war und es töten konnte, waren dies keine leeren Versprechungen.

Noch stand Yakup in der großen Halle. Er selbst wusste, wie veränderbar das Höllenschloss war, und das wurde ihm in den folgenden Sekunden präsentiert.

Auf einmal bewegten sich die Wände. Für einen Moment sah er das Zittern, und er hatte das Gefühl, als würden sie sich von allen Seiten auf ihn zuschieben.

Das geschah nicht. Zwar bewegten sich die Wände, aber sie brachen auseinander und schoben sich anschließend wie ein geometrisches Puzzle aufeinander zu, ohne allerdings die Form einnehmen zu können, die sie früher gehabt hatten.

Sie blieben einfach schief und schräg, sodass sie wirkten, als würden sie ineinander fallen.

Auch die Decke wurde nicht verschont. Sie allerdings senkte sich normal dem Untergrund entgegen, der als Letzter in Bewegung geriet.

Ohne dass Yakup etwas dagegen unternehmen konnte, musste er mit ansehen, wie sich die einzelnen Steinplatten veränderten. Zunächst gerieten sie in Bewegung. Einige von ihnen senkten sich der Tiefe entgegen, andere kippten schräg, wieder andere trieben wie Eisschollen aufeinander zu und bildeten ein hochstehendes, kantiges Muster.

Einen sicheren Stand wie zuvor bekam der Türke nicht mehr. Er musste sich den Gegebenheiten anpassen, sich schräg aufbauen und auch breitbeinig hinstellen, damit er den nötigen Halt fand.

Mit den Armen versuchte er, das Gleichgewicht zu halten. Leider befanden sich in seiner Nähe keine Griffe, die ihm als Stütze dienen konnten, sodass Yakup es allein seiner Geschicklichkeit verdankte, noch auf den Füßen zu sein.

Der unheimliche Vorgang lief nicht lautlos ab. Es war allerdings auch kein Krachen oder lautes Knacken zu vernehmen, sondern ein hohl klingendes Schaben, wenn sich wieder neue Muster bildeten und sich die Teile übereinander schoben.

Yakup schaute zurück. Er suchte nach einer Chance, die Verwandlung zu stoppen. Es war ihm nicht möglich. Shimadas Magie beherrschte dieses Schloss und schickte das absolute Grauen.

Es begann an der Decke.

Kalt und bläulich schimmerte sie an bestimmten Stellen auf. Zuerst dachte Yakup an Lichter, die ihren Schein nach unten schicken würden, um ihn anzuleuchten. Aus den bläulichen Flecken, die irgendwie an Shimadas Augen erinnerten, wurden Gesichter.

Totenfratzen!

Bleich, unheimlich, mit weit aufgerissenen Augen. Zuerst hatte Yakup noch mitgezählt, es dann aber aufgegeben, da die gesamte Decke ein Muster dieser kalt leuchtenden Gesichter zeigte.

Aus erbarmungslos wirkenden Augen starrten sie zu ihm nieder, und sie blieben nicht dort, wo sie zu sehen waren.

Zugleich rutschten sie vor.

Es war eine schreckliche, unheimliche und kaum zu erklärende Szene, denn Yakup wurde verdeutlicht, dass es sich bei diesen Wesen nicht allein um Gesichter handelte, die entsprechenden Körper gehörten ebenfalls dazu, und sie rutschten mit nach unten.

Wie auch ihre Waffen!

Lange, blitzende Schwerter, schon mehr an gefährliche Lanzen oder Speere erinnernd. Yakup schaute ihnen entgegen, und selbst ihm wurde flau im Magen.

Was sich da von der Decke hinabsenkte, war ein Wald aus Waffen. Schwert befand sich neben Schwert, die Zwischenräume waren kaum größer als eine halbe Armlänge, und jede Waffe wurde von einer leichenstarren Klaue gehalten, deren Finger am Griff wie festgeschmiedet wirkten.

Yakup suchte nach einem Ausweg.

Er starrte den Spitzen entgegen, sah darüber die Körper der hängenden Untoten, die sich selbst nicht bewegten, sondern sich von der höllischen Mechanik nach unten drücken ließen.

Ihre Absicht war klar.

Yakup Yalcinkaya sollte aufgespießt werden.

Und das gefiel ihm gar nicht. Noch konnte er fliehen, den Ausgang erreichen und in einen anderen Teil des Höllenschlosses gelangen. Er drehte sich auf der Stelle. Sehr genau wusste er, wo er hergekommen war. Er näherte sich der Tür mit raschen Schritten.

Nur, wo befand sich die Tür?

Yakup hatte es eigentlich nicht glauben wollen, leider wurden seine tiefen Zweifel bestätigt, denn einen Ausgang gab es nicht mehr. Dort, wo er sich befunden haben musste, waren die Wände übereinander geschoben, ineinander verschachtelt, hatte sich ein schiefes Muster gebildet, und ein Ausgang war nicht zu erkennen.

Yakup blieb stehen. Auch die Größe der Halle hatte sich verändert. Sie war längst nicht mehr so wie bei seiner Ankunft. Durch das Verschieben der Wände war sie wesentlich kleiner geworden, und der Türke kam sich immer mehr vor wie in einem Gefängnis.

Wo sollte er noch hin? Er konnte es nicht sagen, einen Ausweg gab es nicht, kein Schlupfloch, kein Fenster, nur die verdammte Mauer, die Schwerter in den Händen der nach unten pendelnden Toten und dieser schiefe Boden, auf dem es kaum möglich war, das Gleichgewicht zu halten.

Von Sekunde zu Sekunde verschärfte sich die Lage. Yakup sprang einen Schritt zurück, holte blitzschnell mit dem Schwert aus und drosch gegen die Wand.

Ein Klirren erreichte seine Ohren. Er sah auch eine Funkenspur, mehr geschah nicht. Diese Wand konnte seine Klinge nicht durchdringen.

Er trat wieder zurück.

Einen Blick zur Decke warf er nicht. Er wollte nicht sehen, wie weit sie schon gesunken war, dafür versuchte er es an einer anderen Stelle. Einige Male drosch er mit der blanken Ninja-Klinge zu. Der Stahl fuhr scharf und ratschend über die Wand. Er hinterließ nicht mal einen Riss oder Sprung im Gestein.

Die Falle war dicht!

Noch verlor Yakup nicht die Übersicht. Er würde sie auch nicht kurz vor seinem Tod verlieren, daran glaubte er fest. Seine innere Kraft war so groß, dass sie die Angst überdeckte.

Als er zur Seite schritt, duckte er sich unwillkürlich zusammen und wäre fast hingefallen, da sich direkt neben ihm der Boden abermals veränderte, schräg und gleichzeitig rutschig wurde, sodass es Yakup Mühe bereitete, das Gleichgewicht zu halten.

Er schielte in die Höhe!

Vielleicht wurde er unter dem Tuch blass, er selbst jedenfalls sah es nicht. Sein Blick war jetzt starr nach oben gerichtet, wo die pendelnden Leichen mit ihren Schwertern manchmal gegeneinander stießen, sodass ein helles Singen entstand.

Eine Todesmelodie für Yakup Yalcinkaya!

Der Türke versuchte, die Entfernung zu schätzen. Wenn sie noch eine Armlänge tiefer glitten, würden sie mit ihren Spitzen über seinen Schädel streifen.

Yakup musste sich etwas einfallen lassen. Bisher hatte er noch keine Lösung gefunden, aber er reagierte bereits auf den sich immer weiter senkenden Wald aus Schwertern.

Der Türke ging in die Hocke, peilte dabei die leeren Räume zwischen den einzelnen Waffen an und verglich sie mit seiner Schulterbreite.

Es würde nicht passen. Er war einfach zu kantig. Vielleicht hätte es ein Kind geschafft, er nicht.

Und wenn er die Waffen zur Seite stieß? Das konnte klappen, aber sie würden wieder zurückpendeln, und alle auf einmal konnte er auch nicht packen, um sich einen Weg zu bahnen.

Noch einmal meldete sich Shimada. Er hatte bisher den Türken unter Sichtkontrolle behalten, nun beschrieb er ihm sein weiteres Schicksal mit triumphierenden Worten.

»Ich bin gespannt, wie du es schaffen willst, einem grausamen Tod zu entkommen, Yakup …«

Ich stand inmitten des blauen Nebels, hatte den Kopf an den Haaren in die Höhe gezogen, hielt den Schopf noch immer fest und schaute in das erdig wirkende Gesicht, das wie eine Maske aus zusammengedrücktem Lehm und Staub wirkte.

Ein furchtbarer Anblick. Ich wusste nicht, zu wem diese Köpfe gehörten, aber ich sah zu, wie der eine unter dem Druck meiner Finger zerbrach und als Staubfahne zu Boden sank. Nur die Haare hielt ich noch fest, aber auch die lösten sich auf.

Widerwillig trat ich einen Schritt zurück und rieb meine Hände ab. Yakup hatte nicht gelogen. Dieser von Shimada angelegte Todesgarten beinhaltete tatsächlich einen nicht gelinden Schrecken, und ich schaute dorthin, wo ich den Kopf aus dem makabren Beet gezogen hatte.

Eine Höhlung war zurückgeblieben. Mehr nicht. Weder eine Hand, ein Arm noch ein Körper waren zu sehen, nur die graue Erde, über die träge und lautlos der blaue Nebel kroch.

Die anderen Köpfe ließ ich in Ruhe. Sie schauten aus dem Boden, die Augen mit ihren glasigen Blicken starrten mich kalt an, und mir lief weiterhin eine Gänsehaut über den Rücken.

Wie weit hatte ich es noch bis zum Schloss?

Ich konnte es nicht sagen, da mir der blaue Nebel den größten Teil der Sicht nahm. Aber ich wollte es erreichen, und auch dieser verdammte Garten sollte mich nicht aufhalten.

Etwas streifte mein Gesicht. Im ersten Augenblick erschrak ich, bis ich merkte, dass es eine Hand war.

Bleich, knochig, ohne einen Fetzen Fleisch. Diesmal wuchs die Hand nicht aus dem Boden. Sie war schräg von oben gekommen und Bestandteil eines Baumes.

Schräg fiel sie ab. Hinter ihr befand sich ein skelettierter Arm, nur den Körper sah ich nicht mehr, weil die blaue Suppe einfach zu dicht über dem Todesgarten lag.

Blaue Nebelfetzen, kreisende Schleier, wolkenartige Gebilde, sie alle machten den unheimlichen Todesgarten noch gespenstischer, als er tatsächlich war.

Hinzu kam die gefährliche Stille. Ich hörte wohl meinen eigenen Atem, ansonsten nichts. Durch eine Drehung drückte ich mich an der Knochenhand vorbei und ging weiter.

Die Stille wurde unterbrochen.

Die Geräusche, die ich vernahm, kannte ich. Es war ein träges Flügelschlagen, das an meine Ohren drang, und einen Moment später waren sie da.

Im Gegensatz zu mir konnten die Vögel mit den menschlichen Gesichtern sehen. Ich reagierte fast zu spät, riss noch meine Faust hoch und hatte Glück, dass ich das erste mich anfliegende Tier sofort mit einem Hammerhieb erwischte.

Es wurde zur Seite gedroschen, war aber nicht erledigt. Ich fand Zeit, die Beretta zu ziehen, und sah aus dem Maul des **unheimlichen** Vogels ein langes Band schnellen, das wohl die **Zunge** sein sollte.

Ich feuerte.

Mitten in das Zentrum setzte ich die geweihte Silberkugel und konnte zuschauen, wie der Vogel in die Höhe gestoßen wurde, in den blauen Nebel hineinstieg, über meinem Kopf flatterte und als Ascherest zu Boden fiel, wobei mich das Zeug noch berührte.

Ich lief weiter. Schussbereit hielt ich die Beretta. Der erste Treffer hatte mir Auftrieb gegeben, unbesiegbar waren die Vögel also nicht.

Und ich hatte mir einen gewissen Respekt verschafft, denn weitere Mutationen griffen mich nicht an.

Wo befand sich das Schloss?

Noch immer sah ich es nicht, ich hörte auch nichts von meinem Freund Yakup und richtete mich auf weitere Überraschungen ein.

Die ließen nicht lange auf sich warten.

Hatte Shimada bei unserer ersten Begegnung sich mehr auf untote Ninja-Krieger verlassen, so griff er diesmal zu anderen Mitteln. Er setzte die Geschöpfe einer alten Mythologie ein, die auch etwas mit der Drachenmagie zu tun hatte.

Zunächst hörte ich das Gebrüll. Woher es kam, konnte ich nicht feststellen, da es von allen Seiten gleichzeitig auf mich eindrang.

Aber ich sah den Drachen.

Er schälte sich aus dem Nebel. Ein gewaltiges Monster. Fast hatte ich das Gefühl, als würde dieses mythische Tier versuchen, in den Himmel über der Nebeldecke zu steigen.

Mächtig war sein Körper, und ebenso mächtig kam mir der lange Hals mit dem gefährlichen Maul vor.

Ich wurde immer kleiner, je mehr der Drache wuchs, und ich sah, wie er den Kopf drehte, sodass mir ein Blick in seine kalten Augen gestattet wurde.

Waren das seine Augen?

Ich wollte nicht daran glauben, da der Blick dem Drachen einfach nicht gehören konnte.

Ich jedenfalls kannte ihn.

Shimada schaute so.

Die lebende Legende hatte diesen kalten, grausamen, fixierenden Blick, mit dem Shimada alles vernichten wollte, was sich ihm in den Weg stellte. Ob er selbst innerhalb des Riesentiers steckte oder es nur durch seine magische Kraft leitete, war mir nicht bekannt. Jedenfalls hatte ich keine Lust, mich von diesem Monstrum vernichten zu lassen. Dass es dazu kommen sollte, lag auf der Hand, da der fürchterliche Drache sein Maul sperrangelweit aufriss.

Ich rutschte zurück. Ob er eine Spukerscheinung war oder nicht, spielte keine Rolle. Ich wollte nur so rasch wie möglich seiner unmittelbaren Reichweite entkommen.

In welche Teile des Gartens ich geriet, war nicht genau zu überblicken, da ich nur nach vorn schaute, aber Shimadas Todesgarten hielt noch weitere Überraschungen für mich parat.

Es waren Hände.

Und sie griffen gedankenschnell zu. Da sie hinter meinem Rücken auf mich gelauert hatten, war es mir unmöglich gewesen, sie zu sehen. Dafür spürte ich sie umso deutlicher.

Am Hals glitten sie zum Glück vorbei, aber sie hatten sich meine Oberarme ausgesucht, um zugreifen zu können. An knochige Totenhände erinnerten sie mich, als sie mich nach hinten zogen und ich ein hämisches Lachen vernahm, das nicht Shimada ausgestoßen hatte.

Da mein Kopf frei lag, konnte ich ihn drehen.

Mich umfing ein lebender Baum!

Seine Äste oder Zweige zeigten sich für diesen Griff verantwortlich. Er hielt mich gnadenlos in seinen Klauen, und er schickte weitere Zweige vor, die meinen Körper noch stärker umwickeln sollten. Sie peitschten gegen mich, berührten die Hüfte, die Beine, und ich musste mich verdammt beeilen, wenn ich etwas retten wollte.

Meine Arme konnte ich anwinkeln. Es gelang mir auch, mit den Händen die dehnbaren Zweige zu umklammern, die mich zuerst in Höhe der Schulter erwischt hatten.

Sie drehte ich in entgegengesetzte Richtungen, um so den Griff lösen zu können.

Es war furchtbar.

Wie Leim klebte das Zeug an mir. Ich selbst ging in die Knie, drehte mich und versuchte verzweifelt, die Griffe zu sprengen. Hätte ich einen Dolch bei mir getragen, okay, alles wäre in Ordnung gewesen, aber ich hatte ja leider auf das Schwert verzichtet.

Vor mir sah ich den lebenden Baum. Ein scheußliches Bild. In der dicken Stammrinde entdeckte ich ein Gesicht mit zwei ungewöhnlich kalten, blauen Augen.

Shimada!

Auch in diesem Killerbaum steckte sein Geist, und seine Kraft wollte mich töten.

Half mir auch diesmal eine Silberkugel?

Der Druck verstärkte sich. Ich kämpfte gegen ihn an, stemmte die Füße gegen den weichen Boden und konnte nicht verhindern, dass auch mein rechtes Handgelenk umklammert und herumgedreht wurde, sodass der ziehende Schmerz durch meinen Arm toste und es mir nicht mehr möglich war, die Beretta zu halten.

Ich musste die Faust einfach öffnen.

Die Beretta rutschte hervor. Als sie den Boden berührte, kam mir das Geräusch verdammt endgültig vor, und mir fiel plötzlich eine Waffe ein, die mir Yakup mitgegeben hatte.

Es war der Kendo-Stab.

Ich achtete jetzt nicht mehr darauf, wie viele Zweige gegen meinen Körper drückten, sich regelrecht an ihm festbissen, ich wollte nur das Kampfholz zwischen die Finger bekommen.

Das schaffte ich trotz der Widrigkeiten. Und auch die folgende knappe Handbewegung gelang mir, sodass der Kendo-Stab verlängert wurde und seine Spitze direkt gegen den Baumstamm wies, wo sich Shimadas Gesicht zeigte.

Gleichzeitig schoben mich andere Kräfte nach vorn, und ich selbst stemmte mich nicht dagegen an.

Das erreichte ich durch den Kendo-Stab, der genau in der nächsten Sekunde das sich im Stamm abzeichnende Gesicht traf.

Mit allem hätte ich gerechnet, nur nicht mit dem Erfolg. Plötzlich sprühten Blitze auf. Von der Trefferstelle aus zweigten sie nach allen Seiten ab, stiegen auch in die Höhe und bildeten in der blanken Baumkrone ein fahles Muster.

Die Kraft dieser Magie war so stark, dass sie die des Baumes vernichtete. Auch ich wurde von den kalten Flammen an den Stellen umtanzt, wo mich die Zweige berührten.

In Sekundenschnelle verbrannten nicht nur sie, auch der gesamte Baum zerbrach und stürzte ein. Noch auf dem Weg zum Erdboden wurde er zu einem Aschehaufen, der wie ein vulkanischer Regen nach unten rieselte.

Ich war einfach baff!

Diese Kraft hätte ich dem Kendo-Stab nicht zugetraut. Ich hatte ihn für einen normalen Kampfstock gehalten. Er bewies mir das Gegenteil, aber wieso?

Ich drehte ihn herum und schaute auf die winzige Halbkugel an der Spitze. Dort schimmerte ein Gesicht. Winzig klein und auch nur bei genauerem Hinsehen zu erkennen.

Ich hielt den Stab vor meine Augen. Das Gesicht hatte ich schon einmal gesehen. Irgendwann im letzten Jahr war es mir begegnet, aber nur für einen Moment, und ich ahnte, dass es die Züge eines Menschen waren, der nicht mehr unter den Lebenden weilte.

Dann fiel es mir ein.

Es war das Gesicht des alten und weisen Zii. Zii war der ehemalige Leiter des Klosters, der sich selbst totgesprochen hatte, um eine Schmach von sich und seinen Mönchen zu nehmen.

Deshalb also hatte mir Yakup diesen Stab anvertraut. Für eine flüchtige Sekunde huschte das Lächeln über meine Lippen. Ich spürte in mir ein gutes Gefühl, denn so besaß ich eine Waffe, die auch gegen die Magie Shimadas ankämpfen konnte.

Hinter mir vernahm ich das Fauchen.

Ich fuhr herum. Verdammt, ich hatte den Drachen vergessen, dieses mythische Monstertier, das durch die Märchen und Legenden der Völker geisterte.

Hier war seine Gestalt existent geworden, und er würde seinem Herrn und Meister Shimada gehorchen.

Der Drache starrte mich an.

Ich wich seinem Blick nicht aus, schaute in die großen Augen und das weit aufgerissene Maul, in dessen Rachen es rötlich schimmerte, sodass ich das Gefühl hatte, in brodelnde Lava oder kochendes Höllenfeuer zu blicken.

Fast lächerlich wirkte das Kendo-Kampfholz in meiner Hand. Auch wenn es eine Magie beinhaltete, ich glaubte nicht daran, dass ich damit den Drachen stoppen konnte.

Das tiefe, kochende Brodeln im Rachen des Monstertiers beschleunigte meine Entscheidung.

Den Stab ließ ich verschwinden. Stattdessen holte ich meinen magischen Bumerang hervor ...

Yakup hatte sich hingesetzt und starrte weiterhin auf das Meer aus Lanzen. Noch hatte er eine Galgenfrist, diese aber schmolz immer mehr zusammen, sodass er sich bereits ausrechnen konnte, wann ihn die Schwerter durchbohren würden.

Aber Yakup gab nicht auf!

Er war zum Kämpfer geboren. Seine Ausbildung, seine Erziehung und sein Leben ließen es einfach nicht zu, dass er aufgab. War die Chance auch noch so dünn, er wollte sie nutzen. Noch berührten ihn die Spitzen der Waffen nicht, Sekunden blieben ihm, und Yakup tat etwas, das für einen normalen Menschen der nackte Wahnsinn gewesen wäre.

Er sank noch mehr zusammen. In diesen Augenblicken glich er einem Ballon, aus dem allmählich die Luft entweicht, oder einer Person, die mit dem Leben abgeschlossen hatte.

Nicht Yakup!

Er konzentrierte sich. Sein Kampfschwert hatte er gezogen und so hingelegt, dass die flache Seite der Klinge quer über seinen Oberschenkeln lag. Er meditierte, als säße er in seiner Klosterzelle und befände sich nicht in Lebensgefahr.

Die Toten und damit die Schwerter sanken tiefer. Shimadas

höllische Magie war hier voll wirksam geworden, sein Geist wohnte in den Mauern, konnte das Schloss verändern und sich immer neue lebensgefährliche Dinge ausdenken.

Zwei Schwerter schwebten bereits so über Yakups Kopf, dass sie, wenn sie fallen würden, ihn bestimmt durchbohrt hätten.

Urplötzlich geriet Bewegung in den wie tot dasitzenden Yakup Yalcinkaya.

In die Höhe schnellte er nicht, obwohl er wirkte wie ein Explosivgeschoss. Flach hechtete er über den Boden, aus seinem Mund drang ein irrer, wilder Kampfschrei.

Und dann schlug er zu. Er hatte sich während seines Sprungs gedreht. Mit dem Ninja-Schwert drosch er blitzschnell gegen die in der Nähe hängenden Klingen.

Er brachte sie in Bewegung, ins Schleudern, sie kippten hoch, wieder zurück, und Yakup kam auf die Füße. So weit es ging, duckte er sich zusammen, während sein rechter Arm sich ununterbrochen in Bewegung befand.

Sein Schwert klirrte gegen die anderen Klingen, drosch sie zur Seite oder nach vorn, und immer dann, wenn sie zurückschwangen, hatte der Türke die Stelle bereits passiert.

Einige Schwerter rutschten aus den Händen der von der Decke hängenden Leichen. Sie trafen nicht den Menschen, sondern blieben im Boden stecken, sodass sich Yakup weiter vorankämpfen konnte.

Einen Ausgang gab es nicht, die Wände hatten sich zu sehr verschoben. Risse entstanden, sie wurden zu Nischen, und Yakup setzte auf sie seine Hoffnung.

Hätte er den jetzt verkleinerten Saal von einem Ende bis zum anderen schlagend durchqueren müssen, er hätte noch so gut sein können und es sicherlich nicht geschafft.

Da er sich schon in der Mitte aufgehalten hatte, sah die Sache etwas anders aus.

Wie ein Berserker wühlte er sich vor, schlug die Klingen aus dem Weg, hörte sie und die Leichen mit dumpfen Geräuschen zu Boden fallen und sah tatsächlich die neu gebildete Wand immer näher kommen.

Diese Tatsache steigerte seine Hoffnung und gab ihm noch einmal Kraft. Manchmal führte er die Klinge über seinen Kopf hinweg und schaffte sich so freie Bahn.

Dennoch wurde er erwischt.

Schwert und Leiche kippten gleichzeitig. Zuerst nahm Yakup den Modergeruch wahr, dann spürte er den Schmerz, als die Klinge den Stoff seines Kampfanzugs am Rücken aufschlitzte und wie ein langes, glühendes Messer über die Haut fuhr.

Die Leiche riss ihn fast von den Beinen. Mit einer Bewegung der Schulter schleuderte er sie zur Seite, auf den Schmerz achtete er nicht.

Er dachte nicht mehr, er schlug.

Und Yakup entkam dieser tödlichen Schwerterhölle. Auch das letzte Hindernis konnte er zur Seite stoßen, ging noch einen Schritt und fiel gegen die schiefe Wand des veränderten Saales.

Er hatte auch jetzt Glück, denn er war praktisch dorthin gerutscht, wo sich zwei Teile schräg gegen- und übereinander geschoben hatten, sodass eine kleine Spalte entstanden war, in die er sich hineinpresste.

Yakup wusste nicht, wie lange der Kampf gegen diese Übermacht aus Waffen gedauert hatte. War er auch kurz gewesen, so hatte er ihn dennoch stark mitgenommen, denn auch die Kondition eines Yakup Yalcinkaya neigte sich irgendwann einmal dem Ende zu. Der Türke war zwar noch einigermaßen fit, aber er hatte zu kämpfen und atmete keuchend ein und aus. Das Tuch vor seinem Mund wellte sich bei jedem Atemzug. An den Wangen klebte der Gesichtsschutz fest, und auf seiner Stirn glitzerten dicke Schweißperlen.

Durch eine ausgefeilte Atemtechnik gelang es ihm, sich wieder zu beruhigen. Er blickte nach vorn und damit auch den Weg zurück, den er gegangen war.

Auf der Strecke hatte er ein Chaos hinterlassen. Fast jedes Schwert, das von seiner Klinge berührt worden war, lag am Boden. Nicht alle Toten waren dabei gefallen, einige hingen noch von der sich nicht mehr senkenden Decke. Die Arme baumelten wie Pendel über dem Boden, und manche Fingerspitzen streiften schon über das Gestein.

Andere Leichen lagen zwischen den Schwertern. Sie alle hatten asiatische Gesichter, aber sie schienen nicht aus der Neuzeit zu stammen, denn ihre Haut war zum großen Teil eingeschrumpft.

Yakup wusste nicht, wo Shimada diese Helfer hergeholt hatte, doch so etwas brauchte man einen Dämon wie ihn nicht erst zu fragen. Er hatte tausend und mehr Möglichkeiten. Sein Reservoir des Schreckens war fast unbegrenzt.

Die erste Hürde hatte Yakup geschafft. Nun musste er aus diesem verdammten Saal raus.

Aber wie?

Er schaute sich die Wand an, an die er sich gepresst hatte. Obwohl sie eine Veränderung zeigte und sich einzelne Teile ineinander geschoben hatten, war es ihm jedoch unmöglich, einen Ausgang zu finden. Er war ganz auf Shimada angewiesen. Wenn es ihm gefiel, würde er wieder etwas verändern.

Oder er musste sich auf den Geisterjäger John Sinclair verlassen. Vielleicht schaffte er den gefährlichen Todesgarten und kam durch. Bis in diese blaue Festung, die sich Shimada als Wohnsitz ausgesucht hatte und mit der er durch die Zeiten reisen konnte.

Ob die Festung sich noch dort befand, wo sie erschienen war, wusste Yakup nicht zu sagen. Es konnte sein, dass sie bereits in einer anderen Dimension schwebte und er überhaupt nichts davon bemerkt hatte. Diese trüben Gedanken schüttelte er ab, er wollte sich lieber daran erinnern, dass er noch am Leben war.

Dies wusste auch Shimada.

Plötzlich war wieder seine Stimme zu hören. »Du hast es geschafft, Yakup, das ist allerhand. Ja, du bist noch ein wenig besser, als ich angenommen hatte. Kompliment. Nur wird dir so etwas nicht viel helfen, denn mein Schloss birgt weitere Überraschungen für dich. Ich habe dich einen Blick in den

Grabsaal werfen lassen, wo all die Leichen untergebracht waren, die mir als Lebende einmal gedient haben. Auch sie tragen dazu bei, dass es die blaue Festung gibt, dass sie zu einem Hort finsterer Magie geworden ist, und mein größter Wunsch wird sich bald erfüllen, denn auch dein Freund John Sinclair kämpft verzweifelt ums Überleben.«

»Wo ist er?«, rief Yakup.

»Im Todesgarten. Wo sonst?«

»Hat er es nicht geschafft, die Festung zu erreichen?«

»Nein, das hat er nicht. Dich wollte ich haben, deshalb habe ich dich zu mir geholt. Bei ihm ist das etwas anderes. Er kann sich den Weg zu mir freikämpfen, den Todesgarten durchqueren, und wenn er es geschafft hat, wird er hier sein Grab finden.«

Yakup ballte die Hand. Er war ein Mensch, der vieles akzeptierte, nur keine Feigheit. Und er schleuderte Shimada die nächsten Worte voller Wut entgegen.

»Zeig dich endlich! Halte dich nicht feige zurück! Ich will dich sehen und mit dir kämpfen. Hast du verstanden, Shimada?«

»Das habe ich sehr deutlich!«

»Dann komm!«

»Nein, so nicht. Aber ich gebe dir eine weitere Chance. Du wolltest ja unbedingt hier raus. Bitte sehr, es steht dir frei, den Totensaal zu verlassen …«

Er hatte die Worte kaum ausgesprochen, als der Widerstand an Yakups Rücken schwächer wurde und plötzlich überhaupt nicht mehr vorhanden war. Der Türke fiel nach hinten, rollte sich sofort zusammen, sodass sein Körper fast eine Kugel bildete, aber er brauchte keine Angst zu haben, tief zu fallen.

Sicher landete er auf einer glatten und harten Unterlage, wo er sich zur Seite drehte und wieder auf die Füße kam. Sofort schlug sein Arm mit der Schwertklinge einen Halbkreis, doch es war kein Gegner da, den er damit erschrecken konnte.

Er schaute zurück.

Die Öffnung in der Wand sah er nicht mehr. Wie von Geisterhänden geführt, hatte sich die Fläche wieder fugendicht geschlossen. Da war also nichts, was ihm einen Rückweg ermöglicht hätte.

Er musste nach vorn schauen.

In einen langen Gang blickte er. Eingetaucht war er in ein geheimnisvolles Zwielicht. Das fast schwarze Licht drang aus der Decke und wirkte durch seine blasse Helligkeit und den gleichzeitig entstandenen Schatten wie ein feiner Schleier.

Dabei reichte es tatsächlich aus, um Yakup den Gang bis zu dessen Ende hindurchblicken zu lassen.

Der Türke wusste genau, dass sich Shimada einen neuen Trick hatte einfallen lassen, denn dieser Gang war nicht ohne Motiv entstanden. Dahinter verbarg sich eine Schweinerei.

Nach rechts und links konnte er nicht weg. Dort hatten sich wieder Mauern verschoben, sodass allein der mit Zwielicht erfüllte Gang mit seinen glatten Wänden blieb.

Es gab nur ein Vorwärts!

Yakup war kein ungestümer Mensch. Alles, was er tat und unternahm, durchdachte er genau. Hier aber blieb ihm keine andere Möglichkeit, wenn er etwas in Bewegung setzen wollte.

Er musste durch.

Ein paar Bewegungen seines rechten Schwertarms zeugten davon, dass er wieder fit war. Nach wie vor brannte die Wunde auf seinem Rücken. Zudem spürte er das klebrige Blut, aber daran wollte er nicht denken. Voranschreiten lautete die Devise.

Und so setzte er sich in Bewegung.

Den ersten Schritt, den zweiten. Er spürte eine unangenehme Kühle, die zwischen den Gangwänden herrschte. Man konnte sie auch mit einer magischen Kälte umschreiben, sodass Yakup den Beweis dafür erhielt, wer hier herrschte.

Hätte ihn jemand von hinten angeschaut, er hätte den langen Riss gesehen, den das Schwert in der Kleidung hinterlassen hatte. Sie klaffte auf und fiel zu beiden Seiten weg, sodass die lange Blutspur zu sehen war, die über einen Teil des Rückens von oben nach unten lief.

Shimada tat nichts.

Er wartete auf seinen Gegner und darauf, dass dieser den Gang weiter durchlaufen würde.

Yakup blieb stehen. Er wollte seinem Feind den Gefallen nicht tun. Diese Wände waren ihm zudem nicht geheuer. Was lauerte hinter oder möglicherweise in ihnen?

»Shimada!« Er schrie den Namen des Dämons in den Gang und hörte das schaurige Echo verhallen, als hätte er in einen langen Tunnel hineingerufen.

»Ich bin hier!«

Selbst Yakup, der eigentlich darauf hätte vorbereitet sein müssen, erschrak, denn eine solche Wende des Falles hatte er sich zwar gewünscht, damit aber nicht so schnell gerechnet.

Shimada hatte weder gelogen noch geblufft. Er stand tatsächlich am anderen Ende des tunnelähnlichen Ganges und wartete auf seinen Feind. Gelassen gab er sich, überhaupt nicht angespannt, dennoch umgab ihn ein Hauch von Grauen.

Wie auch Yakup Yalcinkaya trug Shimada die Kampfkleidung der Ninja. Von seinem Körper war nicht viel zu sehen, nur die Augen leuchteten kalt und kräftig wie zwei blaue Sterne, und ihre Gnadenlosigkeit war selbst auf die Entfernung hin zu spüren, die beide Personen voneinander trennte.

Yakup erinnerte sich daran, dass Shimada immer wieder zu Tricks greifen würde. Auch wenn er sichtbar keine Waffe trug, er hatte sicherlich einiges in der Hinterhand.

Yakup wollte ihm deshalb so rasch wie möglich den Wind aus den Segeln nehmen und den ersten Angriff selbst einleiten.

Den Beutel mit seinen Wurfsternen führte er auch weiterhin bei sich. Durch eine seitliche Bewegung seiner Schulter ließ er ihn über das obere Gelenk rutschen, griff blitzschnell hinein und holte den ersten Stern hervor.

Kaum lag er auf der flachen Handfläche, als Yakup, der Ninja, schon ausholte.

Noch in derselben Sekunde schien ein Komet durch den Gang zu jagen, und Shimada rührte sich nicht von der Stelle, als das Geschoss direkt auf die Mitte seines Körpers zielte …

Ich aber stand gegen den Drachen!

Ein immenses Geschöpf mit einem langen, gebogenen Hals und einem gewaltigen Maul, in dessen Rachen das Feuer der Hölle zu kochen schien. Grausam war dieses Reptil, und es würde alles zerstören, was sich ihm in den Weg stellte.

Augen mit Shimadas Blick wuchsen innerhalb des langen, nach vorn gedrückten Schädels. Ich konnte mir gut vorstellen, dass die Kraft dieses Monstrums ausreichte, um Häuserwände zu zerstören.

Dabei wollte es nur mich.

Seinen Schädel drehte er. Der Drache war der Magnet, ich das Stück Eisen, aber ich würde mich wehren und hatte weit ausgeholt.

Kraftvoll wuchtete ich den Arm nach vorn und öffnete die Faust.

Die silberne Banane jagte los. Ich sah sie wie eine blitzende Scheibe ihrem Ziel entgegenpfeifen, hoffte inständig, dass ich hart und gut genug geworfen hatte und sah, wie der Kopf des Drachen zur Seite zuckte. Wahrscheinlich hatte er die Gefahr erkannt und auch die von dem Bumerang ausgehende Magie gespürt.

Treffer!

Der verdammte Drache war doch nicht schneller gewesen. Etwa in der Mitte des langen Halses wurde er voll erwischt, und mein Wurfgeschoss hatte noch genügend Kraft, um den Hals zu durchtrennen.

Mit einer grotesk anmutenden Bewegung schleuderte das Tier noch seinen Kopf in die Höhe. Eine Lohe aus Feuer, Rauch und Gestank drang zudem aus seinem weit geöffneten Maul, stieg in den Nebel hinein und vermischte sich dort mit dem tiefen Blau der Dunstschwaden.

In der Luft entstand ein kochendes Inferno, das mich nicht

weiter kümmerte, denn ich richtete meinen Blick auf den Drachen.

Sein Körper war durch den Wurf abgetrennt worden, doch er fiel nicht zusammen, sondern explodierte vor meinen Augen und löste sich in der Luft auf.

Die Einzelteile waren nicht zu zählen, die in die blauen Wolken hineinjagten. Während sie noch durch die magische Macht des Bumerangs verglühten oder irgendwo zu Boden fielen, verspürte ich das Glücksgefühl, das mich durchströmte.

Ja, ich hatte es geschafft!

Auch den Schädel gab es nicht mehr. Seine Fetzen waren ebenfalls in alle Winde verstreut worden.

Shimadas Todesgarten, für manche Menschen die Mörderfalle überhaupt, hatte mich nicht vernichten können. Ich war davon überzeugt, die größten Hindernisse und Fallen hinter mich gebracht zu haben. Konnte der Rest jetzt zu einem Kinderspiel werden?

Es wäre schön gewesen, nur wollte ich daran nicht glauben. Sicherlich hielt Shimada trotz allem noch irgendwelche Tricks in der Hinterhand, und ich wurde sehr vorsichtig, als ich mich aufmachte, den Bumerang zu suchen.

Die ungefähre Richtung wusste ich. Quer musste ich durch Shimadas Todesgarten stolpern. Vorbei an knorrigen Bäumen, gespenstischen Sträuchern und durch einen dichten Nebel, der mich wie Watte umgab, zum Glück aber nicht die gleiche Funktion hatte wie der Todesnebel.

Auf dem Boden sah ich etwas glänzen. Ein leichter, silbriger Schimmer ging von diesem Gegenstand aus. Es war tatsächlich der Bumerang, er hatte die Attacke heil überstanden.

Ich hob ihn auf, kam wieder aus der gebückten Haltung hoch und schaute automatisch nach vorn.

Da sah ich das Höllenschloss.

Zum ersten Mal, seitdem ich den Garten betreten hatte, fiel es mir auf. Schwach zeichneten sich seine Umrisse hinter und zwischen den Schwaden ab. Es war seltsam, aber ich wurde einfach das Gefühl nicht los, dass sich dort etwas verändert hatte.

Ich musste mich rückerinnern. Okay, ich hatte das pagodenähnliche Dach gesehen. Das war zwar noch vorhanden, trotzdem hatte es eine andere Form angenommen. Meiner Ansicht nach schien es flacher und breiter geworden zu sein, auch mit seinen Rändern stand es weiter vor, und ein Architekt hätte bei dieser Bauweise die Hände über dem Kopf zusammengeschlagen, weil die Proportionen nicht mehr stimmten.

Irgendwie waren sie verschoben.

Ich verspürte ein trockenes Gefühl in der Kehle. Yakup war ein guter, ein wilder, dennoch beherrschter Kämpfer. Ich durfte ihm viel zutrauen.

Aber konnte er auch gegen Shimada bestehen?

Bisher hatte sich mir dieser verdammte Dämon nicht gezeigt. Bestimmt lag der Grund darin, dass er sich allein mit Yakup beschäftigt hatte.

Ich musste in das Höllenschloss!

Vielleicht war der Drache das letzte Ungeheuer gewesen, das mich angegriffen hatte, und auch von den Vögeln mit den menschlichen Köpfen hatte ich nichts mehr gesehen.

Aber sie kreuzten meinen Weg.

Ich sah sie plötzlich aus dem Nebel erscheinen. Wie lange Schatten huschten sie an mir vorbei, griffen mich nicht an, und ich ließ sie fliegen, denn sie bewegten sich auf die blaue Festung zu.

Ich lief praktisch hinter ihnen her.

Meine Füße wühlten sich in den weichen Boden. Manchmal hatte ich Mühe, sie wieder herauszuziehen, und ich kam mir vor wie in einem Sumpf.

Auf einmal war ich nicht mehr allein. Woher die Gestalten gekommen waren, wusste ich nicht. Aber ich erlebte in den nächsten Minuten so schaurige Szenen, wie ich sie kaum zuvor in meinem Leben gesehen hatte.

Der sie umgebende Nebel ließ die Gestalten aussehen wie unheimliche Gespenster. Das waren sie im Prinzip auch, denn sie versuchten verzweifelt, zu einem Ziel zu gelangen.

Ich blieb stehen, um es mir anzusehen.

Sie konnten zwar laufen, aber sie glichen in der Art, wie sie gingen, irgendwelchen Zombies, die Mühe hatten, sich bei ersten Gehversuchen nach Verlassen des Grabes auf den Beinen zu halten. Mit den Armen schlenkerten sie auf und nieder, gleichzeitig schleuderten sie nach jedem zweiten Schritt ihre Beine zur Seite und behielten trotz dieses unregelmäßigen Gehens die Richtung bei.

Der Instinkt musste sie leiten, weil es anders einfach nicht möglich war. Denn sie hatten keine Köpfe mehr.

Ich sah vor mir kopflose Wesen, die durch den Nebel irrten, sich manchmal berührten, dabei zu Boden fielen und sich wieder mühsam auf die Füße stemmten, um weiterzulaufen.

Mein Herz klopfte stärker. Verdammt, das hatte ich noch nicht erlebt! Was wollten sie? Wo lag ihr Ziel?

Während ich ihnen folgte, dachte ich darüber nach und hatte plötzlich eine Idee.

Natürlich, das musste es sein.

Diese Torsi wollten zu den Vögeln mit den Menschenköpfen! Wahrscheinlich trugen diese Tiere die Köpfe, die auf die Rümpfe gehörten und nur durch eine schlimme, finstere Magie zu diesen Gestalten umfunktioniert worden waren.

So etwas hatte ich noch nie erlebt!

Mich selbst gruselte es, sodass ich mir vorkam wie einer, der in die weite Welt zog, um das Gruseln zu lernen. Ich brauchte es nicht, ich kannte es bereits.

Neben mir hörte ich stampfende Schritte. Als ich den Kopf drehte, sah ich einen Torso, der viel schneller lief als ich. Er berührte mich mit seiner Hand, streifte sie an der Hüfte entlang, und als er sie wieder wegziehen wollte, war ich schneller und hielt sie fest.

Der laufende Torso wurde gebremst. Ich spürte die Kälte seiner Totenfinger an meiner Hand und hatte das Gefühl, einen Eisblock umfasst zu halten.

Zurückhalten ließ er sich nicht. Ich hätte mich schon anstrengen müssen, um ihn aus dem Rhythmus zu bringen, denn sein Ziel waren die Vögel mit den Menschenköpfen.

Da sie auch mich interessierten, ließ ich mich von dem

Kopflosen mitziehen, und so reihte ich mich ein in den Kreis der finsteren Horrorgestalten.

Die Vögel hatten auf den Zweigen und Ästen eines alten Baumes ihren Platz gefunden. In der blauen Nebelsuppe sahen sie noch schlimmer aus, als ich sie in Erinnerung hatte, und es kam mir vor, als würde mich jedes Gesicht genau ansehen.

Die Kopflosen hatten sich um die Vögel versammelt. Die Gestalten konnten nicht reden, trotzdem war mir klar, was sie vorhatten.

Sie wollten ihre Schädel zurück!

Wie sie sich ausdrückten, war interessant. Sie fielen dabei auf die Knie, hoben bittend ihre Arme, und auch der Kopflose, der mich geführt hatte, wollte unbedingt zu den anderen, und er beeilte sich, meine Hand loszulassen.

Dann wankte er vor.

Dabei schwang er von einer Seite zur anderen, fand im Halbkreis seiner Artgenossen einen freien Platz und ließ sich dort auf die Knie fallen.

Ich hielt mich zurück.

Der Drache war vernichtet. Die große Gefahr also vorbei. Möglicherweise trugen die Kopflosen dem Rechnung und forderten nun ihre Schädel zurück, die sie aber nicht bekamen, denn die Vögel mit den Menschenköpfen dachten überhaupt nicht daran, sich selbst zu vernichten. Ihre Augen schauten spöttisch, und als der erste Vogel seine Schwingen ausbreitete, war dies auch für die anderen das Startzeichen.

Die Mutationen hoben ab und stiegen in den blauen Nebel hinein, ohne sich um mich oder die Torsi zu kümmern.

Irgendwie musste dieses Wegfliegen etwas Endgültiges gehabt haben, denn die Chance der Kopflosen war nicht mehr da. Die Monstren ließen sich kurzerhand zur Seite fallen, schlugen mit ihren Händen auf die weiche Erde, stießen ebenfalls mit den Hacken hinein und blieben still liegen.

Ich ging auf sie zu.

Als ich den ersten Kopflosen berührte und meine Finger gegen seinen Arm drückte, brach die Haut vor mir ein. Sie wurde zu Staub, in dem hell die Knochenteile schimmerten.

Das war der Tribut. Die Kopflosen hatten ihre Schädel nicht zurückbekommen und gingen nun ihrer endgültigen Vernichtung entgegen.

Ich hatte es überstanden. Shimadas Todesgarten war für mich zu keiner Todesfalle geworden.

Blieb noch sein Höllenschloss.

Die blaue Festung war gut zu erkennen, obwohl sie der Nebel umwallte. Nur sah ich nichts mehr von dem Kloster. Ich konnte sogar damit rechnen, mich überhaupt nicht mehr in der normalen Zeit zu befinden. Dieser Gedanke gefiel mir gar nicht, deshalb gab es nur die Flucht nach vorn, um mir endlich Klarheit zu verschaffen.

Der Nebel lebte nicht. Wenn ich Geräusche vernahm, waren es die eigenen Schritte oder hin und wieder ein träges Flügelklatschen. Dann flog einer der seltsamen Vögel vorbei.

Sie behielten mich im Auge. Vielleicht meldeten sie jede meiner Bewegungen an Shimada weiter. Rechnen musste ich mit allem und war entsprechend vorsichtig.

Auch von meinem Freund Yakup hatte ich nichts mehr gehört. Die Festung musste ihn regelrecht verschluckt haben. Vielleicht stand er auch schon Shimada gegenüber, und bei mir würde es auch nicht mehr lange dauern, denn ich hatte das Höllenschloss erreicht.

Es wuchs wie ein gewaltiges Monument in die Nebelwand hinein, als wollte es den Himmel küssen. Umwabert von blauen Schwaden, die an den Mauern hochkrochen. Fenster oder Öffnungen sah ich nicht, auch keinen Eingang, sodass mir nichts anderes übrig blieb, als ihn zu suchen.

Ich lief um das Schloss herum. Jeder Schritt war ein Abenteuer, denn die Festung konnte ich mit den Gesetzen der Physik kaum nachvollziehen. Sie veränderte sich, sie war nie gleich, ich sah sie wachsen, kleiner werden, in die Breite drängen und gleichzeitig auch in die Höhe stoßen.

Vorgänge, die mich faszinierten und mir gleichzeitig bewiesen, dass dieses Gebäude prall mit einer fremden Magie gefüllt war.

Keine Türen, keine Fenster. Nur das Mauerwerk, das sich

bewegte, ächzte und stöhnte. Manchmal flammte es auch an gewissen Stellen rot auf, dann wieder vernahm ich ein Knacken oder dumpfes Poltern aus dem Innern des Höllenschlosses.

Allmählich wurde ich sauer, denn ich konnte hier nicht ewig meine Runden drehen. Ich wollte ins Schloss. Vielleicht hätten mir die Vögel den Weg zeigen können. Sie hielten sich jedoch zurück.

Dann hatte ich Glück.

Tatsächlich erreichte ich das Tor, den Eingang zur Festung. Sehr hoch, sehr breit und düster. Dazu noch offen stehend.

Es herrschte die Ruhe vor dem Sturm. Ich wurde entsprechend vorsichtig und schaute, bevor ich die Burg betrat, zunächst einmal hinein.

Dort bewegte sich etwas. Ein Schieben und Knarren, ein Ächzen und Splittern war zu hören, manchmal auch dumpfe Laute, als würde innerhalb der Festung etwas verändert.

Vielleicht war dem auch so. Jedenfalls wollte ich es herausfinden und überwand meine Beklemmung, als ich das Schloss betrat.

Es nahm mich auf.

Zwar wurde ich nicht direkt angesaugt, aber ein ähnliches Gefühl hatte ich schon, als ich in die Dunkelheit hineinschritt, die sich vor meinen Augen ballte und bewegte.

In der Festung tat sich etwas. Hier waren Kräfte frei geworden, die ich noch nicht erfassen konnte. Irgendwo im Hintergrund lauerten sie, um zuschlagen zu können.

Ich spürte auf dem Rücken das Gefühl der Warnung, als es kalt nach unten rann. Jeden Augenblick musste ich mit dem Angriff rechnen. Zu sehen war nichts, deshalb holte ich meine kleine Lampe hervor, um mich in ihrem dünnen Strahl zu orientieren.

Viel sah ich nicht. Was ich erkannte, ließ mich nicht eben munterer werden. Vor mir bewegte sich eine Wand. Sie schob sich praktisch von links nach rechts an mir vorbei, dabei war sie weder nackt noch glatt, in ihr sah ich Gesichter. Fratzenhaft und bleich. Angst hatte sich über die Züge gelegt, und sie verschwanden ebenso rasch, wie sie aufgetaucht waren.

Ein Spiel?

Möglich. Aber ein gefährliches. Wie in der Geisterbahn kam ich mir vor, nur wurde ich nicht gefahren, sondern nahm mein Schicksal selbst in die Hand. Ich drehte mich um.

Vor den Gesichtern hatte ich mich nicht gefürchtet, vor den Vögeln auch nicht, dem Drachen ja. Was ich nun zu sehen bekam, machte mir Angst. Ich stand in Shimadas Höllenschloss und hatte das Gefühl, gleichzeitig woanders zu sein.

Vor mir lag ein langer Gang.

Ich sah ihn dort, wo auch der Eingang liegen musste. Nur war er plötzlich meilenweit entfernt. Klar und scharf blickte ich in eine Helligkeit hinein, die aus Schatten zu bestehen schien, denn es war kein natürliches Licht, das diesen seltsamen Gang ausfüllte.

Ein Gang in die Unendlichkeit. Ohne Grenzen, ohne Abtrennungen, so kam er mir vor. Wenn er so weiterlief, schien er direkt in den Kreislauf der Sterne zu münden.

Ich war fasziniert und bestürzt zugleich.

Natürlich dachte ich auch darüber nach und gelangte zu dem Schluss, dass Shimada in seinem Schloss möglicherweise mit Illusionen arbeitete, die sehr gefährlich werden konnten.

War der Gang echt, war er es nicht? Hatte man ihn durch Spiegel künstlich verlängert?

Diese Antwort wollte ich gern haben und machte mich auf den Weg. Ich brauchte nicht weit zu gehen, um den Gang zu erreichen, aber ich hatte das Gefühl, überhaupt nicht voranzukommen. Die andere Magie war stärker, sie wollte mich mit Haut und Haaren schlucken.

Schwebend und federnd waren meine Bewegungen. Unnatürlich wie meine Umgebung.

Den Blick hielt ich auf das Ende des Ganges gerichtet, und dort zeichnete sich etwas ab.

Gestalten!

Eine der beiden konnte ich zumindest identifizieren. Es war Yakup Yalcinkaya, der mir seinen Rücken zudrehte und einen Arm erhoben hatte. Der andere, der plötzlich erschienen war, musste Shimada sein, obwohl die Entfernung zu groß war, um etwas Genaueres zu erkennen.

Wenn Shimada und Yakup sich gegenüberstanden, gab es dafür nur einen Grund.

Kampf!

Und den wollte ich miterleben, um eingreifen zu können.

Ich begann zu rennen wie ein Irrer und kam nicht vom Fleck. Die Magie des Höllenschlosses war stärker als ich. Sie bewies mir dies, als mich plötzlich eine Kraft packte und wie einen Spielball in die Höhe schleuderte …

Treffer!

Shimada war dem wuchtig geschleuderten Wurfstern nicht ausgewichen. Breitbeinig hatte er abgewartet, um dem anderen zu zeigen, wie wenig ihm dieses gefährliche Geschoss ausmachte.

Richtig geschleudert, war der Wurfstern eine perfekte Waffe. Es gab nur wenige Ninja auf der Welt, die ihn beherrschten wie Yakup, aber gegen Shimada richtete er damit nichts aus. Der Wurfstern hackte in die Kleidung der Gestalt, verfing sich darin und blieb irgendwo stecken. Die Stelle konnte Yakup aus seiner Position nicht erkennen.

Er hörte das Lachen.

In dem schmalen Gang schallte es wie aus einem Trichter. Es drängte sich ihm förmlich entgegen, und Yakup hörte sehr deutlich den Triumph aus den folgenden Worten.

Auch ihr Klang ähnelte dem Lachen vorhin. »Willst du mich tatsächlich mit diesen Waffen schlagen, Yakup? Ich habe mir etwas anderes vorgestellt.«

Ich auch, dachte der Türke und daran, dass alles nur ein Versuch gewesen war.

Er besaß noch andere Mittel.

Mit einer geschickten Bewegung ließ er den Bogen über die

Kante seiner Schulter rutschen, fing ihn sicher auf und holte gleichzeitig einen Pfeil aus dem Köcher.

Dabei warf er einen knappen Blick über die Schulter zurück. Er hatte erwartet, gegen die Wand zu schauen, doch er erkannte noch im gleichen Moment seinen Irrtum.

Der Gang führte auch hinter ihm weiter. Lang und schmal, wie ein Tunnel, und er endete dort, wo sich der offene Ausgang des Höllenschlosses befand.

Dort wollte er nicht hin, sondern Shimada endgültig zur Hölle schicken. Blitzschnell legte er den Pfeil auf die Sehne, spannte den Bogen und ließ los.

Das surrende Geräusch klang wie eine gefährliche Musik. Die Geschwindigkeit des Pfeiles war so immens groß, dass er mit den Blicken kaum verfolgt werden konnte.

Und er traf.

Diesmal aber nicht Shimada, denn der Dämon hatte etwas als Deckung vor seine Brust gehalten, das ihm nicht gehörte.

Es war der Fächer!

Ihn musste Amaterasu, die im Dunklen Reich verschollen war, zurückhaben, um endlich die Stätte des Grauens verlassen zu können. Der Fächer war etwas Besonderes. Man konnte ihn sowohl als Angriffs- als auch als Abwehrwaffe benutzen, und der abgeschossene Pfeil traf genau die Stelle des Fächers, wo eine rote Sonne abgebildet war.

Er prallte nicht ab, blieb stecken, zitterte noch nach und glühte einen Augenblick später auf.

Im Fächer verbrannte er. Aschenreste fielen zu Boden.

»Auch damit schaffst du es nicht!«, brüllte Shimada seinem Gegner entgegen. »Willst du es noch weiter versuchen, oder möchtest du aufgeben, Yakup?«

»Nein, ich kämpfe.«

»Ich warte auf dich!«

»Willst du dich nicht stellen, Shimada? Oder bist du so feige, dass du einem fairen Zweikampf aus dem Weg gehst? Mann gegen Mann, das ist meine Devise. Ich will es mit dir ausfechten, ich will mit dir kämpfen. Zieh dein Schwert, zeig mir die Klinge, lass uns …!«

»Gern, wenn du es willst, ich bin bereit!«

Shimadas Worte klangen sehr sicher. Sie ließen Yakup misstrauisch werden, denn er wurde das Gefühl nicht los, dass Shimada noch einige Trümpfe in der Hinterhand hielt.

»Traust du dich nicht?«

Das brauchte man Yakup nicht zu sagen. Er traute sich schon, und er hängte den Bogen wieder über seine Schulter, um mit einem glatten Griff seine für ihn stärkste Waffe zu ziehen.

Das Ninja-Schwert!

Schmal, glänzend, leicht gebogen, an beiden Seiten geschliffen und ungemein scharf.

Fauchend zerteilte der junge Türke damit die Luft, als er die Klinge ein paarmal hin- und herbewegte. Er schlug sich gewissermaßen ein, um gegen Shimada angehen zu können.

Die lebende Legende erwartete ihn. Jeder Schritt, den Yakup vorging, war federnd, steckte voller Kraft, und er spürte das Brennen auf seinem Rücken nicht mehr. Voll und ganz konzentrierte er sich auf seinen Gegner, da er die endgültige Entscheidung wollte.

Deshalb war Shimada ja auch erschienen. Er hatte vorgehabt, sich an den Menschen zu rächen, die seinen Diener, den Buckligen, auf dem Gewissen hatten.

Durch Yakup war Shimada nicht in den Besitz des so mächtigen Würfels gelangt. Dass sein Hass auf Yakup immens sein musste, wusste der Türke selbst. Allerdings wunderte er sich nicht darüber, dass Shimada noch nicht versucht hatte, kurzen Prozess zu machen. Dämonen waren da anders als Menschen. Sie spielten zunächst mit ihren Opfern, wollten sie leiden sehen und ergötzten sich oft genug an deren Qualen.

Wenn der Gang eine Falle war, so schlug sie nicht zu, denn Yakup konnte auf seinen Gegner ohne Schwierigkeiten zugehen. Shimada rührte sich auch nicht. Er hätte normalerweise ebenfalls sein Schwert ziehen müssen, doch das ließ er bleiben, weil er sich sicher fühlte.

Von Yakup waren nur die Augen zu sehen. Kalt und starr blickten sie. Nichts deutete in den Pupillen darauf hin, welche Gedanken den Kämpfer durchfluteten. Er hatte sich in der Gewalt, obwohl er im Innersten seines Herzens zugab, dass das, was er hier tat, lebensgefährlich war.

Schon einmal hatte er versucht, Shimada zu töten, das war ihm nicht gelungen, denn dieser Dämon konnte nur mit einer besonderen Waffe vernichtet werden.

Diese Waffe lag an einem Ort, den Yakup nicht kannte. Vielleicht wusste Shimada Bescheid, das war nicht sicher.

Aber eine Person war darüber informiert.

Amaterasu, die Sonnengöttin!

Man hätte sie fragen können, und es hätte ihr sicherlich großes Vergnügen bereitet, das Versteck der Waffe zu nennen. Aber die Sonnengöttin war gefangen im Dunklen Reich. Sie musste erst befreit werden, was so gut wie unmöglich war.

Weshalb gehe ich überhaupt zu ihm?, fragte sich Yakup. *Es hat sowieso alles keinen Sinn.*

Weil ich es tun muss, gab er sich selbst die Antwort. *Würde ich jetzt den Rückzug antreten, könnte ich vor meinem Gewissen nicht mehr existieren. Mein gesamtes Leben würde demnach nur mehr aus Vorwürfen bestehen. Ich könnte den anderen Brüdern im Kloster nicht mehr in die Augen sehen. Deshalb gehe ich diesen Weg, und ich werde ihn bis zum bitteren Ende schreiten.*

Jeder Schritt brachte ihn näher an Shimada. Dessen Gestalt stand wie ein Denkmal. Er sprach auch nicht. Aus seinen ungemein kalten, gnadenlosen blauen Augen starrte er Yakup entgegen und zuckte mit keinem Muskel, als der Türke startete.

Es war ein erster, wild aussehender, aber sehr genau überlegter Versuch des mutigen Kämpfers. Aus seinem Mund drang ein Schrei, das Schwert in seiner Hand wurde zu einem blitzenden Reflex, als er es bewegte und auf die Person des Shimada zielte.

Bei diesen beiden Kämpfern ging es tatsächlich um Bruchteile von Sekunden. Shimada wusste genau, wann er zu reagieren hatte, und das tat er im richtigen Augenblick.

Plötzlich bewegte er seinen Fächer. Er hatte ihn in der rechten Hand gehalten und reagierte somit auf den gewaltigen Rammstoß der scharfen Ninja-Klinge.

Gedankenschnell drückte er den ausgebreiteten Fächer in die Tiefe, sodass die Spitze hineinfuhr.

Yakups Schrei war in dem Moment abgebrochen. Dafür dröhnte das Lachen des Dämons Shimada durch den Gang, und er benutzte die Kraft des Fächers, um seinen Gegner zurückzuschlagen.

Der Türke hatte das Gefühl, in den Himmel gehoben zu werden. Trotz seiner außergewöhnlichen Körperkräfte konnte er nichts gegen die Wirkung des Fächers unternehmen.

Sie war einfach stärker und besaß die Kraft einer uralten Magie.

Yakup hob nicht nur vom Boden ab, er überschlug sich auch in der Luft. Instinktiv rollte er sich nach dem Aufprall ab.

Yakup fiel auf seinen wunden und schmerzenden Rücken. Kein Stöhnlaut drang über seine Lippen, der Kampf war längst nicht entschieden. Aus seiner liegenden Haltung heraus sah er, wie Shimada mit einer blitzschnellen Bewegung seiner linken Hand das Schwert aus der Scheide zog und dabei schaurig auflachte.

»Ich stelle mich, Yakup! Ich stelle mich dir zum Kampf. Du hast mich dazu aufgefordert, und du wirst sehen, dass ich kein Feigling bin. Los, lass es uns austragen! Ich will sehen, wenn ich dich in die tiefste Hölle schicke.«

Mit einer federnden Bewegung kam Yakup wieder auf die Beine. Das Schwert hielt er in der rechten Hand, die Klinge wies in einer schrägen Linie auf den Körper der lebenden Legende, und er wartete darauf, dass der andere kam.

Shimada bewegte sich vor.

Seine Schritte waren kaum zu hören. Mehr ein lautloses, sehr bezeichnendes Gleiten, denn wer ihn zum ersten Mal sah, konnte ihn auch als einen Schattenfürst bezeichnen.

Man hörte ihn einfach nicht.

Yakup erwartete ihn.

Blitzschnell schossen ihm zahlreiche Taktiken durch den Kopf, die er auch seinen Schülern lehrte. Er musste sich bei diesem Gegner etwas einfallen lassen. Ihn nur mit der Klinge zu attackieren, wäre zu einfach gewesen, da gab es noch andere Dinge, die er mit ins Spiel bringen wollte.

Zwar hatte er einen Wurfstern gegen Shimada geschleudert und damit nichts erreicht, dennoch wollte er den Versuch ein zweites Mal wagen, da er ein ganz bestimmtes Ziel damit verfolgte.

Die Bewegung, mit der er den Wurfstern aus dem Beutel holte, ließ auf Übung und Routine schließen, doch Shimada, der dies bemerkt hatte, kümmerte sich nicht darum.

Er kannte seine Stärken.

Yakup aber sprang zurück, da er zwischen sich und Shimada eine größere Distanz bringen wollte. Noch im Sprung holte er aus. Der Wurfstern verließ seine flache Hand. Er war nach links gezielt, sollte Shimada dort treffen und ihn gleichzeitig von der folgenden Attacke des Türken ablenken.

Shimada zuckte auch in die Richtung. Von rechts kam gleichzeitig Yakup Yalcinkaya!

Ob der Wurfstern getroffen hatte oder nicht, konnte er nicht erkennen. Für ihn allein zählte der Schlag mit dem Ninja-Schwert. Yakup hatte ihn verdammt hart geführt. Damit hätte er Shimada in zwei Teile spalten können, doch der Samurai blieb stehen.

Er riss gleichzeitig seine Waffe in die Höhe, und zwar so schnell, dass Yakup die Schlagrichtung nicht mehr verändern konnte. Beide Klingen prallten zusammen.

Funken sprühten zwar nicht, aber singende Geräusche klangen durch den Tunnel, und auch Shimadas Lachen, der sich darüber freute, dass es Yakup nicht geschafft hatte.

Der Türke war zurückgesprungen. Er hatte die Niederlage einkalkuliert und war auch nicht enttäuscht. Er wusste, dass Shimada jetzt angreifen würde, und der ließ nicht lange auf sich warten.

Er griff an.

Und er hatte den Fächer zusammengeklappt, sodass er nicht mehr als Abwehrwaffe fungierte, sondern als Schlagwaffe.

Fächer und Schwert. Wer damit richtig umgehen konnte, war ein Bote des Todes.

Und Shimada schlug zu.

Er schrie nicht. Stumm griff er an. Seine Bewegungen waren glatt, sicher und ungemein schnell. Nur das Fauchen war zu hören, wenn die Klinge zu blitzenden Strahlen wurde und die Luft zerschnitt.

Yakup wehrte ab.

So schnell Shimada auch war, es gelang ihm nicht, den Türken mit einem entscheidenden Treffer auszuschalten. Sein ganzes Können setzte Yakup ein, um sich der Schläge zu erwehren. Er war als Mensch ebenso schnell wie Shimada als Dämon.

Immer wieder kreuzten sich die Klingen. Die hellen Töne zitterten durch den Gang, und als hätten es beide Gegner abgesprochen, so trennten sie sich plötzlich.

In verschiedene Richtungen sprangen sie davon.

»Na, wie gefällt dir das?«

»Schon ganz ordentlich«, erwiderte Yakup. »Aber du musst besser sein, um mich zu töten.«

»Es war vorerst ein kleines Spiel.«

»Und wann machst du ernst?«

»Das kommt.«

»Dann bitte!«

Shimada schüttelte den Kopf. »In meinem Höllenschloss bestimme ich. Hier bin ich der Herr, und deshalb werde auch ich den Zeitpunkt festsetzen, wo du vernichtet wirst. Hast du begriffen?«

»Sicher.«

»Dann gib Acht.«

Wieder wurde Shimada schnell. Er jagte auf Yakup zu, drehte sich plötzlich und wurde zu einem rotierenden Kreisel, der mit dem Schwert in Yakups Richtung drosch.

Ein anderer hätte es nicht geschafft. Yakup parierte und

ärgerte sich darüber, dass die Wucht des Treffers seinen rechten Arm nach unten rasen ließ.

Diesen Augenblick der Unsicherheit nutzte Shimada aus. Der Fächer wurde zur Schlagwaffe.

An der linken Schulter erwischte es Yakup. Die Zacken des Fächers rissen den Stoff ein und drangen wie die Zähne eines Kamms in die Haut ein, wo sie blutende Wunden hinterließen. Als Shimada den Fächer zurückzog, wirbelten noch einige Tropfen mit in die Höhe, um sich zu verteilen.

Yakup musste zurück. Mit zwei Sätzen sprang er nach hinten, bewegte dabei seinen linken Arm und war froh, dass er dies schaffte. Die Wunde ließ sich ertragen.

Und Shimada kam. Mit etwas grotesk anmutenden Kampfsprüngen und Fintenschlägen näherte er sich seinem Gegner, um den gegen die Wand oder auf den Boden zu nageln.

Die Klinge beschrieb Kreise und Zacken wie ein aus den Wolken stoßender Blitz. Es sollte die Brust des Mannes durchfahren, aber Yakup wich aus. Zur Seite sprang er, entging der Klinge und griff sofort danach Shimada an.

Diesmal musste der Dämon zurück.

Er lachte dabei, und Yakup hatte das Gefühl, als würde Shimada den Kampf nicht ernst nehmen.

Wieder dachte er daran, dass es eigentlich Unsinn war, was er hier tat. Shimada konnte nur mit einer bestimmten Waffe besiegt werden, und die besaß er nicht.

Bei diesem Kampf hoffte er jedoch, seinen Gegner zu schwächen, und deshalb setzte er sich so hart ein. Mit zwei Kreuzschlägen verschaffte er sich Luft.

Er hörte die Klinge fauchen, aber sie berührte Shimada nicht, weil dieser gedankenschnell nicht nur ausgewichen war, sondern auch mit der gleichen Geschwindigkeit konterte.

Diesmal hatte er Erfolg.

So gut und schnell Yakup auch war, er brachte seine Klinge nicht rechtzeitig genug zurück, sodass sich das andere Schwert fast um seines wickelte, denn Shimada drehte den Arm, als die beiden Klingen Kontakt hatten.

Es war wie beim Fechten. Plötzlich musste einer der beiden Gegner passen. Das war Yakup.

Das Schwert wurde ihm aus der Hand gewirbelt. Es flog in Richtung Decke, drehte sich in der Luft und wurde zu einem blitzenden Kreis. Dennoch gab Yakup nicht auf. Er versuchte, das nach unten fallende Schwert am Griff aufzufangen. Seine Hand schnellte der Waffe bereits entgegen, als er sich einen ungemein harten Tritt einfing, der ihn zurückschleuderte und aus dem Konzept brachte.

Yakup krachte zu Boden. Er hatte sich durch eine schnelle Reaktion noch mit beiden Händen abstützen können und wollte wieder in die Höhe kommen, als etwas wie ein Blitzstrahl auf ihn zufuhr.

Es war Shimadas Klinge!

Nicht in Yakups Brust bohrte sie sich. Dicht vor seiner Kehle stoppte sie, und es fehlte tatsächlich nur eine Fingerbreite, um in den Hals stoßen zu können.

»Bleib liegen!«

Yakup vernahm den Befehl. Er wusste plötzlich, dass alles vorbei war. Shimada hatte gewonnen. Sein Gegner lag bewegungslos wie eine Puppe vor ihm und wagte kaum, Luft zu holen.

Der Dämon senkte den Kopf. Da Yakup nach oben blickte, schaute er direkt in die kalten, gnadenlosen Augen des anderen. Sie kamen ihm vor wie zwei blaue Monde, die mit dem kalten Licht des Weltalls gefüllt waren. Und Shimada kostete seinen Triumph weidlich aus. »Hattest du nicht versucht, mich zu töten, Türke?«

Yakup schwieg.

»Du weißt doch, dass es unmöglich ist. Es gibt nur eine Waffe, die so etwas schafft. Und die wirst du nicht finden. Ich weiß, welche Waffe das ist, aber ich werde mich hüten, sie dir zu zeigen oder auch nur zu beschreiben.«

»Nein, auch der Bumerang meines Freundes John Sinclair hätte dich fast vernichtet. Erinnere dich daran, als wir uns auf dem Schiff befanden. Hätte deine verdammte Schutzpatronin Pandora nicht eingegriffen, wärst du bereits vernichtet.«

»Ich existiere aber noch!«

»Vielleicht nicht mehr lange.«

»Zuvor wirst du sterben«, erwiderte Shimada kalt. »Ich habe mir etwas Besonderes ausgedacht, das deiner würdig ist. Mir ist es einfach zu billig, dir die Waffe in die Brust zu stoßen. Du warst ein guter Gegner und sollst einen würdigen Tod erleiden. Ich werde dich köpfen und deinen Schädel als meine persönliche Siegestrophäe an meinem Gürtel befestigen, damit jeder, der dies sieht, Bescheid weiß, wie mächtig ich bin. Was sagst du dazu, Türke?«

»Tu es!« Yakup hatte sich unter Kontrolle. Er wollte nicht mehr kämpfen, denn er wusste, wann er verloren hatte.

»Du willst also?«

»Kann ich denn wählen?«

»Nein, das kannst du nicht.« Shimada hob sein Schwert. Er war sich seiner Sache sehr sicher, und er presste die flache Seite der Klinge gegen die Stirn, sodass sie genau in dem Raum zwischen seinen beiden Augenbrauen stand.

Dabei blinkten die Augen des Dämons wie kleine Scheinwerfer auf, und dieses Licht legte einen blauen Schein auf die Klinge.

Yakup hätte jetzt hochschnellen können, da er nicht unmittelbar bedroht war. Das schaffte er einfach nicht. Etwas störte ihn. Es waren die hypnotischen Gedankenströme des anderen, die ihn so unnatürlich lähmten, denn das war er nicht gewohnt. Yakup besaß selbst die geistige Kraft, um gegen andere angehen zu können, die seinen Willen beeinflussen konnten.

Shimada schaffte es auch nicht völlig, ihn unter seine Kontrolle zu bekommen. Es blieb ein Rest der Yakup'schen Persönlichkeit erhalten. Das merkte auch der Dämon, und es ärgerte ihn.

Er senkte die Klinge. »Komm hoch!«, befahl er.

Yakup gehorchte. Seine Bewegungen waren sehr langsam. Daran trug nicht er die Schuld, sondern der Druck des Dämons Shimada. Dessen Kontrolle blieb bestehen.

»Aufstehen?«, fragte Yakup.

»Nein, du sollst dich hinknien. Ich werde neben dich treten wie ein Scharfrichter und dir den Schädel vom Rumpf schlagen. Vielleicht lasse ich dich noch als Torso herumlaufen und gebe deinen Kopf einem Vogel. Es sind die schlimmsten Qualen, die man überhaupt erleiden kann.«

Yakup glaubte fest daran, dass Shimada nicht übertrieben hatte. So etwas brauchte er nicht.

Also drehte er sich herum. Sehr schwerfällig weiterhin, und das brauchte er nicht mal zu spielen, da ihn der Blick des Dämons auch weiterhin erfasste.

Auf Hände und Knie gestützt, verharrte er. Sein Kopf war ein wenig nach vorn gesunken, was Shimada nicht passte.

»Heb den Schädel wieder an!«

Auch das tat Yakup. Er merkte gleichzeitig, dass seine Psyche wieder frei geworden war, und reckte den Oberkörper hoch. Die Hände hatte er jetzt frei. Seine Finger verschwanden zwischen den Falten des Gewands. Ob Shimada es registriert hatte oder nicht, war Yakup nicht bekannt, denn der Dämon äußerte nichts.

Er stand an Yakups linker Seite. Vorsichtig schielte der Türke in diese Richtung. An der Haltung konnte er erkennen, ob Shimada sein Schwert bereits angehoben hatte.

Auch Yakup wusste über das Ritual des Köpfens Bescheid. Es gab da genaue Vorschriften, so musste der Griff des Schwertes mit beiden Händen angefasst werden, um die Klinge so wuchtig wie möglich nach unten rasen zu lassen, da jeder Henker nur einen Schlag hatte.

Wenn jemand die Arme hebt, verändert sich zwangsläufig die Haltung seines Körpers.

Darauf wartete Yakup.

Und es geschah.

Shimada sprach nicht mehr. Er hob die Arme, damit auch die Waffe und war bereit, seinen Gegner zu köpfen …

Ich habe mal den Film »Gremlins« gesehen, und ich fühlte mich so ähnlich wie die Frau im Rollstuhl, die damals durch die Macht der kleinen Monster mitsamt Stuhl die Treppe in die oberen Stockwerke des Hauses hochraste und noch aus dem Fenster geschleudert wurde.

Mir erging es ähnlich.

Auch ich jagte in die Höhe und damit in einen Teil des Schlosses hinein, den ich vom Grund aus noch nicht gesehen hatte. Ob ich durch das Dach schießen würde, wusste ich nicht. Ich hoffte allerdings stark, dass ich vorher zur Ruhe kam.

Die andere Kraft wollte nicht mehr. Sie spie mich plötzlich aus wie ein lästiges Insekt, und ich befand mich in einem Teil des Schlosses, den ich noch nie gesehen hatte.

Im Turm.

Direkt unter dem Dach stand ich, sah ein Fenster, ging darauf zu und schaute hinaus.

Nebel, wohin ich blickte. Allerdings nicht so dicht wie am Boden.

Die Schwaden trieben wie dünne blaue Tücher an den Mauern der Festung vorbei, und sie ließen es auch zu, dass ich hindurchblicken konnte und einen Teil meiner Umgebung sah.

Die dunklen Mauern dort konnten nur zu dem Kloster gehören, von dem aus wir gestartet waren. Also hatte Shimada seine blaue Festung nicht in eine andere Dimension oder Zeit geschleudert, sodass ich zunächst einmal aufatmete.

So etwas gab immer Hoffnung.

Erst jetzt drehte ich mich um und schaute nach, wo ich mich eigentlich befand.

Wie gesagt, es war ein Turmzimmer. Düster, viereckig, und unter der Decke entdeckte ich das Gebälk des Pagodendachs.

Was mir auffiel, war die große Anzahl der Fenster. Sie glichen keinen Luken oder Schießscharten mehr. Im Gegenteil, mir kamen sie sehr breit vor, und das musste auch einen Grund haben.

Den entdeckte ich innerhalb des Gebälks. Zuerst hatte ich gedacht, dass die hellen Flecken ausgeschaltete Glaslampen waren, bis ich selbst hinaufleuchtete und der dünne Strahl meiner Lampe in das Gesicht traf, das auf einem Vogelkörper hockte.

Hierher hatten sie sich also zurückgezogen. Diesen Turm benutzten sie als Quartier oder Brutstätte, um dort in Ruhe auf Shimadas Befehle zu warten.

Die Gesichter zeigten einen gequälten Ausdruck, und im Prinzip taten mir die Menschen, für die der Tod eine Erlösung gewesen wäre, Leid.

Weshalb schauten sie so gequält? Litten sie etwa unter dem Bann des Dämons Shimada?

So etwas wäre natürlich fantastisch gewesen, und vielleicht hätten sie mir auch helfen können.

Nebeneinander hockten sie und starrten mich an. Manchmal zwinkerten sie auch mit den Augen, wenn mein Lichtstrahl sie direkt traf. Ich wollte endlich besser über sie Bescheid wissen.

»Wer seid ihr?«, fragte ich.

Es war eigentlich vermessen, von diesen Mutationen eine Antwort zu erwarten, doch für schwarzmagische Kräfte war im Prinzip nichts unmöglich.

»Die Hüter der Festung!«

Es war keine akustische Antwort, sondern eine gedankliche. Sie schalteten sich in meine Gedanken ein, und ich merkte, dass sie nicht auf meiner Seite standen, denn sie wollten mich beeinflussen.

Shimadas bösen Willen, seinen schlechten Geist, schickten sie mir entgegen, um mich zu knebeln. Ich umklammerte mein Kreuz. Diese Berührung gab mir die Kraft, die ich brauchte, um dem Strom widerstehen zu können. Zwar konnte ich die Waffe gegen Shimada nicht einsetzen, aber sie tat mir den Gefallen, mich geistig wieder aufzubauen.

»Ihm gehört die Festung, ihm gehört alles. Auch du gehörst ihm, denn du bist in das Höllenschloss eingedrungen, ohne eingeladen zu sein. Und das bedeutet nur eines: Tod.«

»Wer ist die Festung?«, fragte ich.

»Shimada!«

»Mehr nicht?«

»Es reicht, Fremder. Shimadas Geist wohnt in den Mauern. Er kann alles beeinflussen. Wenn er will, dass sein Schloss auf die Größe eines Menschen zusammenschrumpft, schafft er das. Aber auch umgekehrt. Er kann dafür sorgen, dass sie größer, gewaltiger und höher ist als der mächtigste Berg. Sie ist wandelbar.«

»Und ihr? Wer seid ihr?«

»Wir sind ein Teil von ihm. Wir begleiten ihn. Einst waren wir Menschen. Das ist sehr lange her. Wie auch Shimada verschwanden wir in den Tiefen der Zeit. Damals, als wir noch normal waren, beteten wir die Vögel an. Die großen Vögel waren unsere Götter. Als wir starben und das Menschsein verloren, war die Magie so weit fortgeschritten, dass sich die Vögel unserer annehmen konnten. Wir und sie taten uns zusammen, tauschten Körper aus, wurden zu Zombies. Unsere Köpfe blieben bei den Vögeln, während die Körper begraben wurden, aber nicht vermoderten. So überlebten wir beide, obwohl die Sehnsucht der Körper nach den Köpfen blieb. Aber wir konnten nicht mehr zurück, mussten so bleiben und werden immer so sein. Ein letztes Mal haben es die Körper versucht. Du hast gesehen, wie sie als Kopflose aus der Erde stiegen und nichts erreichten. Wir sind Shimada, Shimada sind wir alle. Solange wir sind, wird auch die Festung bleiben, denn der Geist des großen Shimada hat uns die Kraft gegeben zu überleben.«

»Dann könnt ihr auch die Festung beeinflussen?«

»Das können wir.«

»Ich glaube es nicht. Macht sie größer, lasst sie zusammenschrumpfen. Bitte, zeigt es mir! Ich will einen Beweis sehen, denn es ist für mich schwer, euren Worten zu glauben …«

»Nein!«

»Ihr könnt es doch nicht!«, hielt ich ihnen entgegen.

»Shimada will es nicht.«

Ich lachte auf, bevor ich mich mit diesen Mutationen weiter unterhielt. »Seid ihr so feige geworden? Seid ihr so wenig ihr selbst? Eure Abhängigkeit von diesem Dämon ist schon

396

schlimm. Ihr habt mir berichtet, dass ich die Festung nicht mehr lebend verlassen werde. Jeder Verurteilte hat einen letzten Wunsch. Erfüllt ihn auch mir. Beweist und zeigt mir, wozu ihr fähig seid.«

»Nur Shimada kann uns den Auftrag geben.«

»Dann fragt ihn.« Ich hatte darauf gewartet, dass dieser kaum zu fassende Dialog einen solchen Verlauf nehmen würde, denn ich wollte unmittelbar an diesen mächtigen Dämon heran.

»Das werden wir nicht.«

Ich kräuselte die Lippen zu einem spöttischen Lächeln. »Ihr habt Angst, ihn zu fragen, nicht wahr?«

»Keiner von uns fürchtet sich vor Shimada!«, hörte ich.

»Oder ist er nicht da?«

»Wie meinst du das?«

»Vielleicht hat er die Festung verlassen. Auch er ist nicht unbesiegbar. Ich hätte ihn damals fast vernichtet …«

»Ja, da war er allein. Wir konnten ihm nicht helfen. Die Festung war noch nicht entstanden …«

»Unsinn. Pandora half ihm. Wäre sie nicht gewesen, gäbe es keinen Shimada mehr. Ich habe das Gefühl, dass ich ihm als Gegner überlegen bin. Deshalb hält er sich so zurück. Euer Herr und Meister ist in Wirklichkeit ein feiger, widerlicher Dämon.«

Jetzt war ich gespannt, wie sie auf dieses schwere Geschütz reagieren würden.

Sie gaben keine Antwort, aber ich spürte, dass sich etwas tat. Ich fühlte mich plötzlich sehr leicht, und als ich nach unten schaute, sah ich, dass der Boden unter meinen Füßen fehlte.

Ich erschrak bis ins Mark. Mein Herz begann, wild zu klopfen, es beruhigte sich allerdings wieder, und ich konnte mich mit den neuen Gegebenheiten abfinden.

Noch schwebte ich, aber unter mir befand sich eine bodenlose Tiefe, in der die Finsternis mündete.

Hart riss ich mich zusammen. Es war schwer, der Stimme einen gleichgültigen oder lässigen Klang zu geben, aber ich schaffte es. »Was soll das?«

»Wolltest du zu Shimada?«

»Ja.«

»Dann ab!«

Im gleichen Moment raste ich in die Tiefe, und mein gellender Schreckensschrei verhallte wie in einer langen Tunnelröhre …

Das kann dein Tod sein!

Dieser Satz jagte durch meinen Schädel und trieb in mir eine fürchterliche Angst hoch.

Irgendwo zerschmettert am Grund der blauen Festung liegen, wo die Knochen allmählich vermodern.

Eine fürchterliche Vorstellung, die mich bei dem rasenden Fall in die Tiefe fast um den Verstand brachte.

Aber ich war nicht allein.

Von oben stießen die Vögel wie Schattenwesen herab, wurden noch schneller als ich, erreichten mich und blieben auf gleicher Höhe. Sie hatten die Flügel angelegt, um möglichst wenig Luftwiderstand zu bieten.

Meine Augen waren weit geöffnet. Ich konnte in ihre Gesichter sehen. Diese blasse, schattenlose Haut, dazu die schmalen Augen und das harte Lächeln auf ihren Lippen, das zugleich sehr wissend wirkte.

»Du wolltest zu ihm!«, vernahm ich ihr scharfes Flüstern. »Den Gefallen haben wir dir getan, da du dich bereits auf dem Weg zu Shimada befindest. Er wird dich ebenfalls töten. Dein Kopf wird seinen Gürtel schmücken, oder er wird dich in unseren Kreis einreihen …«

Allmählich gewöhnte ich mich an den Fall. Er war abgebremst worden, sodass ich nicht mehr damit rechnete, irgendwann zerschmettert auf dem Boden zu liegen.

»Vieles musst du noch über uns und Shimada lernen!«, vernahm ich ihre Erklärungen. »Du weißt nur einen kleinen Teil, und den wirst du bald vergessen haben. Hättest du dich uns angeschlossen, wärst du in eine Magie eingeweiht worden, die zu den stärksten überhaupt gehört. Nippons

Götter hättest du von Angesicht zu Angesicht gegenübergestanden …«

»Noch mehr Götzen!«, rief ich.

»Spielt das eine Rolle? Macht es einen Unterschied?«

Für mich schon, für andere nicht. Das band ich ihnen nicht
gerade auf die Nase.

Und ich fiel weiter.

Plötzlich wieder schnell, sodass mir der Ruck den Magen
in die Kehle trieb.

Wieder bekam ich Angst, bis der Fall abgestoppt wurde,
ich unter mir eine hellere Fläche sah und auf sie zufiel.

Die Landung.

Zuerst berührten meine Füße den Boden. Ich konnte aber
nicht stehen bleiben, der Schwung war einfach zu groß,
sodass es mich nach vorn trieb, ich einige Schritte laufen
musste und ich mich fangen konnte, bevor ich gegen eine
Wand krachte.

Sofort drehte ich mich um.

Die Vogelmenschen hielten sich in meiner Nähe auf. Sie
umkreisten meinen Kopf, bewegten hektisch die Flügel, und
ich vernahm die heftigen, flatternden Geräusche.

Wollten sie mir noch etwas sagen?

Nein, es sah nicht so aus, aber ich hatte eine Frage an sie.
»Wie ist das? Wo finde ich Shimada?«

»Überall …«

»Ich will ihn aber sehen. Seine Gestalt, mehr nicht. Ich will
ihm …«

»Geh weiter, geh nur weiter …«

»Wohin?«

»Es ist egal!«

Mehr erklärten sie nicht. Die mutierten Vögel verschwanden so schnell, wie sie gekommen waren, und sie jagten in
die Höhe, um sich im Turm niederzusetzen.

Seit ich diese Festung betreten hatte, war mit mir nur
gespielt worden. Immer hatten andere die Initiative ergriffen.
Das war ich, verdammt noch mal, leid. Ich musste endlich
etwas tun.

Mit normalen Erklärungen kam man hier doch nicht weiter. Mir war gesagt worden, dass ich einfach losgehen sollte, ohne großartig auf die Richtung zu achten.

Das tat ich.

Eine Himmelsrichtung war sowieso nicht feststellbar. Es spielte also keine Rolle, in welche Richtung ich schritt.

Die gesamte Festung war für mich eine düstere, wattige Insel, aber auch ein Bauwerk, das nicht konstant blieb, das sich verändern konnte, je nachdem, welche Laune sein Erschaffer momentan hatte.

Das Schloss und Shimada waren eine Person. Wenn er starb, da war ich mir sicher, würde auch die Festung nicht mehr bestehen.

Ich sah keine Wände, ich sah keine Gegenstände, kein Licht, nur diese dichte Bläue. Auch einen Ausgang entdeckte ich nicht. Ich kam mir vor wie in einem Labyrinth, aus dem es für mich kein Entrinnen mehr gab, denn ich fand einfach nicht den Hinweis, an dem ich mich hätte orientieren können.

Ohne einen Widerstand zu spüren, schritt ich durch die wattige Bläue. Ich lauschte dabei auf Kampfgeräusche oder Stimmen.

Beides hörte ich nicht.

Dafür vernahm ich ein anderes Geräusch. Das Schaben entstand links von mir.

Rasch leuchtete ich mit meiner kleinen Lampe dorthin. Eine Wand schob sich zusammen, gleichzeitig streckte sie sich, sodass ein Gang entstand.

War er für mich?

Es war egal, wohin ich ging, deshalb wollte ich ihn auch nehmen.

Schon sehr bald war ich eingetaucht, verschmolz zwischen den Wänden und sah sie von beiden Seiten auf mich zukommen.

Für einen Rückzug war es zu spät. Auch wenn ich es versucht hätte, hinter mir befand sich plötzlich eine Mauer und vor mir ebenfalls.

Von allen vier Seiten war ich eingekesselt, und die Wände schoben sich immer näher an mich heran.

Noch Sekunden, dann hatten sie mich erreicht und würden mich erdrücken.

Zugleich geschah es.

Ich kam nicht mal dazu, die Arme auszustrecken. Plötzlich waren sie da, aber ich spürte keinen Widerstand. Waren die Wände eine Einbildung gewesen? Waren sie vielleicht vierdimensional?

Ja, so musste es sein, denn als sie mich oder ich sie passiert hatte, öffnete sich vor meinen Augen ein ganz anderes Bild.

Zwar schaute ich wieder in einen Gang oder einen Tunnel hinein, der zudem sehr lang war und auch ein seltsam dunkles Licht enthielt, aber diesmal sah ich etwas.

Zwei Gestalten: Yakup und Shimada! Zwei Todfeinde.

Nur befand sich mein Freund Yakup in einer lebensgefährlichen Lage. Er kniete auf dem Boden, und Shimada hatte sein Schwert erhoben, um ihn zu köpfen ...

Ich musste handeln, und zwar sofort. Aber was sollte ich tun? Den Bumerang ziehen oder schießen? Nein, das dauerte zu lange.

Ich konnte ihn höchstens ablenken.

In dem Augenblick, als ich schreien wollte, handelte ein anderer.

Es war Yakup.

Der Türke wusste, dass sein Leben keinen Pfifferling mehr wert war, als Shimada sein Schwert in Schlaghöhe gehoben hatte. Aber Yakup Yalcinkaya war gleichzeitig ein Mensch, der die alten Lehren der Mönche nicht nur weitergab, sondern sie auch in die Praxis umsetzte. Von Aufgabe stand dort nichts geschrieben, es sei denn, man wollte einen Freund retten, dann musste man sein eigenes Leben dafür in die Waagschale werfen, wenn es nach diesen Regeln ging.

Das war hier nicht der Fall.

Und Yakup handelte.

Dass ein Mensch so schnell sein konnte, damit hatte wohl auch Shimada nicht gerechnet. Er stieß sich vom Boden ab.

Die Arme zuckten vom Körper weg, und seine Hände hatten sich schon zuvor um die Griffe der beiden Kurzschwerter geklammert.

Sie glänzten wie lange, breite Nadeln, und Yakup stieß beide Hände wuchtig nach vorn.

Fast bis zum Heft verschwanden die beiden Klingen in der Gestalt des Shimada, während Yakup die Griffe sofort losließ, sich nach hinten warf und über den Boden rollte.

Shimada hatte mit diesem plötzlichen Angriff nicht mehr gerechnet. Für einen Moment drückte er den Rücken durch, blieb dabei in seiner Haltung, während er einen Schritt zurückwich. Erst dann schlug er zu.

Das pfeifende Geräusch der niedersausenden Klinge wurde zu keiner Todesmelodie, denn das Schwert fehlte und jagte mit seiner Spitze über den Boden, wo es einen breiten Riss hinterließ.

Yakup war schon wieder aufgestanden. An sein Schwert konnte er nicht heran, er wollte es noch einmal mit dem Bogen versuchen und hatte den Pfeil soeben auf die Sehne gelegt, als er den Druck einer Hand auf seiner Schulter spürte.

Ich hatte ihn angefasst.

Yakup fuhr herum, erkannte mich und hörte meinen Vorschlag. »Geh zur Seite, lass mich es machen!«

Für einen Moment zögerte er, dann schuf er mir tatsächlich Platz, sodass ich auf Shimada zugehen konnte.

Plötzlich gab es nur ihn und mich.

Schon einmal hatten wir uns so gegenübergestanden. Das war auf dem Deck eines Kriegsschiffs gewesen, als um uns herum die wilden Kämpfe der Ninja tobten.

Hier war es anders. Hier konnte er nicht weg, der Gang war zu eng, und ich hatte den Bumerang schon gezogen. Er war mit dem Drachen fertig geworden, weshalb nicht auch mit Shimada, denn vor dieser Waffe fürchtete sich selbst der Dämon.

Noch lebte er, obwohl die beiden Kurzschwerter in seinem Körper steckten. Mit den Griffen ragten sie aus der Kleidung, während Shimada langsam zurückging.

Ich folgte ihm.

Den rechten Arm hielt ich zum Wurf erhoben. Mein Ziel durfte ich nicht verfehlen. Shimada war schnell, vielleicht schneller als der Bumerang, daher wollte ich schlauer sein.

»Es ist wieder so weit«, flüsterte ich. »Diesmal wird dir auch Pandora nicht helfen. Wir stehen uns gegenüber, wir beide allein, und ich werde dich …«

»Nichts wirst du!«, schrie er. »Gar nichts. Du stehst in der Festung, in meiner Wohnstatt, in meinem Höllenschloss …«

Er lachte, und die kleine Welt um uns herum veränderte sich. Plötzlich bewegten sich die Mauern, neue wuchsen, alte verschoben sich dabei, sodass sie für uns ein Gefängnis bildeten.

»Wirf!« Yakup hatte geschrien.

Ich schleuderte die silberne Banane. Dabei hatte ich Zeit genug gehabt, auf den Dämon zu zielen, und der Bumerang jagte auch auf ihn zu.

Er traf.

Leider nicht Shimada, denn wiederum war es ihm gelungen, uns einen Riegel vorzuschieben. Mit seinen seltsamen Dienern hatte ich schon gesprochen. Wie aus dem Nichts waren sie erschienen, kreuzten den Weg des Bumerangs, und der schaffte es, gleich drei Köpfe von den Rümpfen zu schlagen. Ich sah die etwas kleineren Schädel durch die Luft wirbeln und schaute in die verzerrten Gesichter.

Dann fielen sie.

Und mein Bumerang, der von mir angeschnitten geworfen war, hatte seinen höchsten Punkt erreicht, drehte um und kehrte zurück. Automatisch öffnete ich die Hand, um ihn aufzufangen.

Wo war Shimada?

Ich wusste es nicht. Kalter Wind wühlte mir die Haare durcheinander.

Wieso?

Wir standen im Freien. Mit hellem Schnee bedeckter Boden **befand sich** unter unseren Füßen. Ich hörte Yakup kommen, **denn der** Schnee knirschte.

»Fast hätten wir es geschafft, John.«

Ich schaute ihn an. Erst jetzt sah ich die Wunden an seinen Schultern und am Rücken. Er hatte das Tuch vor seinem Gesicht weggezogen, sodass ich sein Lächeln erkannte.

»Du freust dich?«, fragte ich.

»Wir leben.«

»Und frieren«, fügte ich hinzu, während ich auf die Köpfe der Vogelmenschen starrte, die sich im hellen Schnee allmählich zu Asche auflösten.

Von der blauen Festung sahen wir nicht mal die Dachspitze.

Im Kamin brannte ein Feuer. Yakup und ich hatten die Mönche begrüßt und ihnen mitgeteilt, dass alles in Ordnung sei. Auch Ali war froh darüber gewesen, ansonsten hatten wir uns ziemlich schweigsam gegeben.

Wir tranken Tee aus Tonschalen, schauten in die Flammen und hingen unseren Gedanken nach.

»Und die Festung ist verschwunden«, flüsterte ich. »Wo kann sie denn überhaupt sein?«

»Im Strudel der Zeiten.«

»Da finden wir sie nie.«

Yakup nickte. »So denke ich auch. Also werden wir abwarten, bis Shimada etwas Neues einfällt. Ich stehe weit oben auf seiner Liste, damit werde ich leben müssen. Es tut mir nur ein wenig Leid für dich, John.«

»Wieso?«

»Denke mal an Suko und Bill. Hattest du nicht vorgehabt, ihren und den Weg des Würfels zu verfolgen?«

Ich nickte. »Da sagst du was. Aber wo keine Spuren sind, kann man keine finden.«

»Und was hast du vor?«

»Ich werde zurück nach England fliegen. Wobei ich nicht mal glaube, dass Suko und Bill tot sind. Nein, Suko besitzt den Würfel. Der kann ihm eine Überlebenschance bieten. Und Bill gleich mit.«

Der Ansicht war auch Yakup. Ich hatte aber noch eine große Bitte an ihn.

»Du weißt, mein Freund, was mit Jane Collins geschehen ist. Sie hat sich hier in Frisco abgesetzt. Du kommst ja öfter in die Stadt. Vielleicht könntest du versuchen, sie zu finden und sie ein wenig unter Beobachtung halten. Ich glaube nämlich fest daran, dass ihre ehemaligen Gegner sie nicht in Ruhe lassen werden.«

»Ist es ein so großer Wunsch von dir?«, fragte Yakup.

»Ja.«

»Dann verspreche ich es dir.« Er reichte mir die Hand. Ich nahm und drückte sie.

Wieder einmal war es für mich etwas Wunderbares, einen so guten Freund zu haben …

ENDE

Inhalt

Die Grotte der Saurier

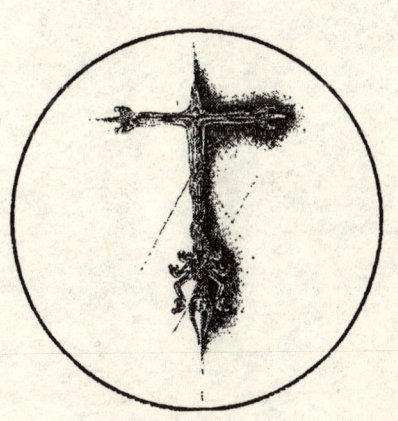

»Spürst du es auch, Bruder Uranus?«

»Ja, Bruder Mercurius, schon eine ganze Weile.«

»Dann werden wir bald erlöst sein!«

Uranus lachte. Es klang wie ein fernes Echo. »Ich weiß es nicht, ich kann es nur hoffen.«

»Der Satan lässt keinen Getreuen fallen.«

»Waren wir ihm denn treu?«, fragte Uranus.

»Bis in den Tod.«

»Nein, wir leben doch.«

»Aber wir können uns nicht bewegen. Wir sind eingeschlossen. Das Gestein umgibt uns und den Mosasaurus wie ein immerwährendes Gefängnis ...«

Da wollte Uranus nicht zustimmen. »Du irrst dich, Bruder. Mag die Zeit noch so lang, mag das Gestein noch so hart sein, es gibt Kräfte, die es auflösen können. Und diese Kräfte sind auf dem Weg zu uns. Sie befreien uns, wir werden uns ihrer bedienen, in die Welt hinausgehen und uns umschauen, wie es unserem Herrn geht.«

»Der Teufel ist da. Er ist ewig«, behauptete Mercurius. »Er wird seine schützende Hand über uns halten. Wir sind seine Freunde, seine Diener. Vielleicht hat er die Botschaft geschickt ...«

»Nein«, widersprach Uranus. »Das ist es nicht. Ich hätte den Teufel gespürt. Ich hätte genau gemerkt, wenn er zu uns gekommen wäre. Du irrst dich. Etwas anderes nähert sich.«

»Und woher?«

»Lass mich für einen Moment in Ruhe«, bat Uranus. »Vielleicht kann ich es dir sagen.«

»Ja, du bist der Weisere von uns.«

Das Gespräch zwischen den beiden tief in der Erde liegenden Mönchen verstummte. Ein jeder hing seinen Gedanken nach, die endlich wieder vorhanden waren nach der langen Zeit des Schlafes. An ihren Tod hatten sie nie geglaubt und stets auf den vertraut, dem sie dienten. Nun sollte es sich bezahlt machen.

Es verging Zeit. Bei den Eingeschlossenen spielte es keine Rolle, ob Stunden, Minuten oder Tage vergingen. Sie bezeichneten sich selbst als zeitlose Geschöpfe, die auf ihre große Stunde warteten.

Irgendwann meldete sich Uranus wieder. »Hörst du mich, mein Bruder?«

»Ja, sehr deutlich!«, raunte es flüsternd durch das Gestein.

»Ich habe etwas herausgefunden«, meldete Uranus. »Leider ist es noch sehr vage und irgendwie weit weg, aber ich versuche, meine Gedanken allein darauf zu konzentrieren. Wir haben einen Helfer bekommen, Mercurius. Stell dir das vor.«

»Tatsächlich?«

»Ich irre mich nicht.«

»Dann hat Satan endlich unser Flehen erhört«, stöhnte Mercurius auf. »Wir können …«

»Nicht der Satan. Er hat damit nichts zu tun. Wahrscheinlich hat er uns vergessen, Bruder.«

»Was ist es dann?«

Die Frage klang gequält, aber Uranus ließ sich so leicht nicht erweichen. »Es ist ein seltsamer Gegenstand, der seinen Weg in unsere Nähe gefunden hat. Eine magische Geometrie, die sich im Schoße der Erde bewegt und dort alles verändern kann …«

»Du sprichst in Rätseln, Bruder.«

»Nein, jetzt nicht mehr, da es immer näher kommt und seine Strahlen alles niederbrennen. Sie sind sehr kräftig, sie werden von Gedanken erzeugt und getrieben. Sie wollen uns eigentlich nicht, aber es lässt sich nicht mehr verhindern …«

»Rede endlich, Bruder!«

»Ja, Mercurius, ich will es dir sagen. Es ist ein – Würfel!«

Seit zwei Tagen befand ich mich wieder in London, zurückgekehrt aus den Staaten. Der Kältewelle war ich entflohen, dafür aber in einen Winter gekommen, den ich als angenehm bezeichnete.

Dennoch war ich unglücklich. Ich konnte mich nicht mal freuen, Big Ben, Westminster Cathedral, Buckingham Palace oder den Tower zu sehen. In meinem Inneren steckte eine Kälte, die der in den Staaten gleichkam.

Und das hatte seinen Grund.

Es war mir nicht gelungen, die ehemalige Hexe Jane Collins zu halten. Nach der Transplantation, sie hatte ein Kunstherz empfangen, wollte sie sich nicht mehr zu den früheren Dingen bekennen.

Jane war eine andere geworden, und sie hatte mich verlassen. Von einer Minute zur anderen war sie verschwunden, einfach untergetaucht in dem Wirrwarr der Metropole San Francisco. Ich sollte ihr Zeit geben, hatte sie gefordert. Okay, was war mir anderes übrig geblieben? Also gab ich ihr Zeit, um sich entsprechend erholen oder vorbereiten zu können.

Jane musste ich vorläufig vergessen.

Wieder einmal …

Dafür gab ihre Genesung zu Hoffnung Anlass. Anders sah es da schon mit meinen Freunden Suko und Bill aus. Wo sie sich befanden, wusste ich nicht. Eine Erdmagie hatte sie geschluckt, und weder Yakup Yalcinkaya noch mir war es gelungen, eine Spur von ihnen zu finden. Zudem hatte uns Shimada gestört, aber auch sein Auftauchen brachte keinen Hinweis auf meine beiden Freunde.

Sie blieben verschollen …

Ob innerhalb der Erde, einer anderen Dimension oder einer fremden Zeit, das alles wusste ich nicht zu sagen, und eigentlich hätte der Fall völlig hoffnungslos aussehen müssen, wenn es nicht einen Schimmer gegeben hätte, den man als lichten Streifen bezeichnen konnte.

Es war der Würfel des Unheils.

Um ihn hatte sich in der letzten Zeit alles gedreht. Trotz intensivster Bemühungen war es mir nicht geglückt, den Würfel in meinen Besitz zu bringen, dafür hatte es ein anderer geschafft.

Mein Freund Suko.

Er hatte ihn an sich nehmen können und war erst danach verschollen. Zusammen mit Bill, als wir gemeinsam den Buckligen mit den sieben Leben hatten stellen wollen.

Nun, der Bucklige hatte den Würfel zum Glück nicht erwischt, aber ich rannte noch immer hinter ihm her.

»Bitte, John, lass die trüben Gedanken!« Eine weiche Frauenstimme hatte den Satz gesprochen. Über die schmale Tischplatte, die uns trennte, schob sich eine Hand. Sie geriet in den Lichtschein der über und zwischen uns hängenden Stoffleuchte und nahm einen rötlich gelben Schimmer an, der auch auf unseren Bestecken blitzende Reflexe hinterließ.

Weit brauchte Glenda Perkins nicht zu greifen, um meine Finger zu erreichen. Sie legte ihre Hand auf die meine, und ich spürte die warme Haut. Mein Lächeln wirkte ein wenig verloren, als ich den Kopf hob und in Glendas Gesicht schaute. Für einen Moment hatte ich das Gefühl, wieder in diesem Lokal in Frisco zu sitzen und Jane Collins anzusehen, die sich so plötzlich von mir getrennt hatte.

»Was bleibt mir übrig, Glenda? Die Zeiten sind wahrscheinlich nicht mehr so rosig, wie sie einmal waren.«

»Du musst Jane vergessen.«

Ich hob den Kopf und runzelte die Stirn. »Vergessen?«, echote ich. »Ja, ja, im Prinzip hast du Recht. Nur frage ich mich, ob ich das überhaupt kann. Es hängt zu viel daran.«

»Dann liebst du sie noch?« Bei dieser Frage klang ihre Stimme ein wenig traurig.

Ich war ehrlich zu Glenda. Sie hatte nichts anderes verdient. Meine schwarzhaarige Sekretärin war ein patentes Mädel, und wir mochten uns, obwohl es hin und wieder zwischen uns zu kleinen Streitereien kam. Aber die waren schnell vergessen.

»Nein, Glenda, ich glaube nicht, dass ich sie noch liebe.« Ich schüttelte den Kopf. »Nein, tatsächlich nicht.«

»Soll ich dir das glauben?«

»Das musst du.«

»Es ist doch nicht schlimm, wenn du etwas von deinen Gefühlen preisgibst. Vielleicht erleichtert dich das, und du wirst auch wieder deine Arbeit mit einem anderen Gefühl angehen.«

»Ich bin ehrlich zu dir, Glenda. Selbstverständlich trauere

ich Jane Collins auf eine gewisse Art und Weise nach. Es wäre unnatürlich, würde dies nicht so sein, aber du hast Jane lange nicht mehr gesehen. Sie ist eine andere geworden.«

»Das wäre uns wohl allen so ergangen, hätten wir ihr Schicksal hinter uns.«

»Richtig, aber da sind Suko und Bill.« Ich hob beide Arme halbhoch. »Kannst du dir vorstellen, Glenda, dass ich mich traue, Shao und Sheila in die Augen zu sehen?«

»Sie haben dir keinen Vorwurf gemacht.«

»Das stimmt. Kein Wort ist über ihre Lippen gedrungen.« Ich verzog das Gesicht. »Aber ihre Blicke, Glenda, wenn du die Blicke gesehen hättest, verdammt, die gingen tief unter die Haut. Ich fühlte mich schuldig. Mein schlechtes Gewissen wurde ich einfach nicht los. Aus jedem an mich gerichteten Wort vernahm ich einen Vorwurf.«

»Den du dir einbildest.«

»Möglich, nur bin ich ein Mensch, der sich seine Gedanken macht. In der letzten Nacht habe ich kaum ein Auge zugemacht. Ich quälte mich mit Selbstvorwürfen, wälzte mich im Bett von einer Seite auf die andere und glaubte stets, das Hohnlachen des Teufels zu hören, das durch meinen unruhigen Schlummer schallte.«

»Auch eine Einbildung.«

»Kann sein.« Ich griff zum Bierglas und nahm einen kräftigen Schluck. Inzwischen kam auch der Ober mit dem Essen. Wir saßen in einem kleinen Balkanrestaurant. Glenda hatte nur eine der Spezialsuppen bestellt, ich einen Schaschlikspieß. Dazu gab es Salat und eine Schale mit rotem Paprikareis. Das Essen duftete verlockend, doch als mir der freundliche Ober den Teller vorsetzte, hatte ich plötzlich keinen Hunger mehr.

Während ich die grüne Stoffserviette auseinander faltete, ließ es sich Glenda bereits schmecken.

Ich nahm das Besteck und stocherte ziemlich lustlos in dem körnigen Reis.

»Willst du nichts essen?«, fragte Glenda.

»Ich kriege nichts runter.«

Glenda wurde wütend. »Jetzt halt aber mal die Luft an. So schlimm ist es nicht. Jane geht es wahrscheinlich besser, als du es dir überhaupt vorstellen …«

»Was ist mit Suko und Bill?«

»Sie haben den Würfel, John. Er lässt sich doch manipulieren, wie du selbst gesagt hast.«

»Hoffentlich können sie das noch.«

»Davon bin ich fest überzeugt.«

»Ich aber nicht.«

»Wir reden später darüber. Iss wenigstens das Fleisch. Du beleidigst sonst den Koch, der sich viel Mühe gegeben hat.«

Glenda hatte ja Recht. Das wusste ich auch. Trotzdem streikte mein Magen. Mühsam schluckte ich ein paar Bissen runter. Ich gewöhnte mich langsam daran und bestellte noch ein Bier.

»Sehr wohl, Sir«, sagte der Ober.

Glenda war fertig und schaute mir zu. Hin und wieder beobachtete ich sie. Auf dem gepolsterten Stuhl hatte sie sich zurückgelehnt. Sie trug eine weiße Bluse mit einem Rüschenkragen. Die ärmellose Weste darüber hatte dieselbe stahlblaue Farbe wie der Rock. Und selbst die Stiefel passten dazu.

Das lange Haar hatte Glenda zu einer Seite hin gekämmt. Die dunkle Flut wirkte wie eine strähnige, lange Welle.

»Du schaffst es doch«, sagte sie.

»Aber nur, um dir einen Gefallen zu tun.«

»Die Hauptsache ist, dass man satt wird. Aber ein voller Magen stört das Denken ebenso wie ein leerer.«

Ich aß etwas Salat. »Woher hast du das denn?«

»Gehört zur Allgemeinbildung.«

Ich wiegte den Kopf. »Das hört sich eher nach Bill Conolly an.«

Glenda lachte leise auf. »Ja, du hast Recht.«

Ich aß weiter. Nur den Reis mochte ich nicht. Von ihm ließ ich über die Hälfte stehen.

Der Pflaumenschnaps ging auf Kosten des Hauses, und er wärmte meinen Magen noch einmal durch.

Glenda hatte ebenfalls einen getrunken. Sie schüttelte sich, obwohl das Getränk nicht scharf war. Danach schaute sie nach links und nickte einem Pärchen zu, das einen freien Tisch suchte.

»Kennst du die beiden?«, fragte ich.

»Nein, aber ich wollte dich nur auf die Mode aufmerksam machen.«

»Wieso?«

»Graffiti«, sagte Glenda. »Der letzte Schrei.«

Ich musste lachen. »Die beiden kommen mir eher vor wie Anstreicher, die in ihrer Arbeitskleidung das Lokal betreten.« Damit spielte ich auf die zahlreichen bunten Punkte, Kreise und Dreiecke auf der vom Grund her weißen Kleidung an. Sogar die Turnschuhe sahen so aus.

»Du bist eben ein Modemuffel«, stellte Glenda fest, und ich stimmte ihr durch heftiges Nicken zu.

»Möchtest du noch etwas?«, fragte ich sie.

»Ja, gern.«

»Und was?«

»Nach Hause.«

Ich verdrehte die Augen. »Einverstanden, aber wo gehen wir hin?«

Glenda hob die Augenbrauen. »Wir haben Februar, auf den Straßen ist nichts los, der Wind fegt über London, am Morgen hat es noch geschneit, da ist es zu Hause am gemütlichsten. Findest du nicht auch?«

»Im Prinzip schon.«

»Dann lass uns gehen! Wessen Wohnung liegt näher?«, fragte sie mit einem lockenden Lächeln.

»Meine, glaube ich.«

»Gut, also zu dir. Ich müsste meine Schlafsachen noch von der Sylvesternacht bei dir haben.«

»Aber da hattest du doch gar nichts an!«, antwortete ich spontan.

»Nicht so laut.«

Ich musste lachen, winkte dem Ober, der um einen Moment Geduld bat. Ich zündete mir meine Verdauungszigarette an und dachte an die erwähnte Nacht. Sie war herrlich gewesen, obwohl ich ziemlich viel getrunken hatte. Der Neujahrsmorgen hatte dann mit einer makabren Überraschung begonnen. Ein Mann namens Akim Samaran hatte mir diese bereitet, und ich dachte daran, dass es mir nicht gelungen war, diesen Kerl zur Strecke zu bringen. Irgendwann würde ich sicherlich noch über ihn stolpern.

Ich zahlte. Ein Trinkgeld legte ich noch hinzu, drückte die Zigarette aus, stand auf und holte Glendas Mantel. Es war einer von diesen innen gefütterten Thermodingern, die so groß in Mode waren.

Mein Bentley stand auf einem kleinen Parkplatz, der zum Lokal gehörte. Es schneite nicht mehr. Kalt war der Wind. Allmählich hatte ich das Gefühl, als würde der Winter überhaupt nicht mehr aufhören und all das nachholen, was er in den letzten Jahren versäumt hatte.

Ich schloss Glenda die Beifahrertür auf und nahm anschließend auf der anderen Seite Platz.

»Oder soll ich fahren?«, fragte sie.

»Nein, nein. Nach einem Bier und dem Verdauungsschnaps fühle ich mich noch immer fit.«

»Ich war eben nur besorgt.«

Das Wetter hatte nicht nur die Nachtschwärmer vertrieben, auch die Autofahrer hielten sich zurück. Wir brauchten tatsächlich nicht weit zu fahren. Schon nach zehn Minuten rollte der silbergraue Bentley die Abfahrt zur Tiefgarage hinunter. Mein Platz war frei. In der Nähe stand Sukos Motorrad. Als ich die Maschine sah, wurde ich wieder an das Verschwinden der beiden Freunde erinnert. Unwillkürlich ballte ich die Hände zu Fäusten.

Glenda hatte etwas davon mitbekommen. »Was hast du?«, fragte sie mich.

»Ich denke gerade an Suko und Bill.«

»Sie tauchen irgendwann wieder auf. Denk immer daran, dass Suko den Würfel besitzt. Er ist damit praktisch unschlagbar.«

»Dein Wort in meinen Gehörgang.« Ich schaute zu, wie die

Scheinwerfer verlöschten und sich die Dunkelheit zwischen Garagenwand und Kühlerschnauze legte.

Glenda war schon ausgestiegen und auf dem Weg zum Lift. Ich blickte ihr hinterher. Ihre Gestalt hob sich als Schattenriss ab. Von der Einfahrt her erschienen zwei lange Lichtbahnen und huschten durch den unterirdischen Komplex.

Im Fahrstuhl sagte Glenda: »Hier ist es auch kalt.«

Ich lehnte an der Wand. »In meiner Wohnung aber nicht.«

»Hoffentlich.«

»Und aufgeräumt ist auch. Heute war die Putzfee da.«

»Und ich befürchtete schon, bei dir putzen zu müssen.«

»Das hast du bisher immer freiwillig getan. Ich habe dich jedenfalls nie darauf angesprochen.«

Wir vertieften das Thema nicht weiter, da wir das Ziel erreicht hatten und die Tür aufdrückten. Sukos Wohnung passierten wir. Nebenan hatte ich mein Apartment.

Als ich den Schlüssel ins Schloss steckte, hörte ich auch schon das Telefon. Hastig schloss ich die Tür auf und lief in den Wohnraum. Ich machte kein Licht, denn in meiner Bude kannte ich mich auch im Dunkeln aus.

»Du bist ja doch da, John!«, hörte ich Sheilas Stimme.

»Gerade gekommen. Was ist los?«

»Ich glaube, es geht um Suko und Bill.«

Sofort stand ich still. »Haben sie sich bei dir gemeldet?«

»Nein, so ist das nicht. Wir haben trotzdem Kontakt.«

»Und wie?«

»Kannst du nicht vorbeihuschen?«

Ich schaute auf die Uhr. Glenda hatte inzwischen die Wohnung betreten und Licht gemacht. »Ja, das kann ich machen. Wenn ich sofort losfahre, dauert es nicht lange.«

»Gut, wir warten.«

»Ach, Sheila, noch eine Frage hätte ich. Kann es positiv oder negativ werden?«

»Das weiß ich nicht.«

»Okay, bis gleich dann.« Ich legte auf, drehte mich um und hob die Schultern.

Glenda winkte ab. »Ich weiß schon, John, du bist mal wieder unterwegs.«

»So ist es.«

»Und wohin?«

»Zu den Conollys. Ich muss dorthin, Glenda. Wahrscheinlich geht es um Suko und Bill.«

»Dann will ich dich nicht aufhalten …«

Die beiden Freunde befanden sich in einer Lage, die man als unbegreiflich ansehen konnte. Die Kraft einer unbekannten Erdmagie hatte sie erreicht und buchstäblich weggeschwemmt. Weder Suko noch Bill war es gelungen, sich dieser Magie zu entziehen, obwohl der Chinese inzwischen den Würfel besaß.

Die andere Kraft war stärker gewesen. Zwar konnte Suko den Würfel des Unheils auf eine gewisse Art und Weise beeinflussen, aber ihr weites Gefängnis drückte so sehr, dass ihnen kein Freiraum mehr für irgendwelche Gedanken blieb.

Sehen konnten sie.

Und sie hatten in eine Höhle geschaut. Sie selbst waren ebenfalls sichtbar gewesen und zum Greifen nahe, aber John Sinclair hatte nichts erreichen können, weil Suko und Bill in der Felswand schwebten und sich durch das Gestein bewegten, als bestünde es aus kalter, dennoch flüssiger Lava.

Und schließlich waren sie von der eigentlichen Szene weggetrieben worden.

Hinein in eine Welt, die ihnen unbekannt war. Die Welt des Untergrunds, wo Erdgeister ihre Kraft eingesetzt und alles andere beeinflusst hatten.

Auch die beiden Menschen.

Sie trieben und schwammen, ohne sich zu bewegen, in einem Meer der Unendlichkeit, das sie gepackt hielt wie ein Strom gefährlicher Wellen. Sie wussten nicht, wo sie sich befanden, sie hatten kein Zeitgefühl mehr und erst recht keine Ortskenntnis, denn die Welt der Erdgeister war auf keiner Landkarte verzeichnet.

Es war ein Reich der reinen Magie. Nicht zu vergleichen mit Felsgestein oder Bodenschichten, die auch jenseits der Oberfläche lagen, nein, dieses Reich lag dazwischen. Es bildete gleichzeitig eine andere Dimension, sodass Hindernisse überwunden werden konnten, als wären sie überhaupt nicht vorhanden.

Das hatten Bill und Suko schnell bemerkt. Sie bewegten sich durch die unterirdische Welt, ohne dass sie aufgehalten wurden, und sie ließen sich einfach treiben.

Wohin? Das war ihnen egal. Magische Strömungen rissen sie mit, schickten sie von einem Ziel zum anderen, griffen sie aber nicht an. Falls Gegner lauerten, zeigten sie Respekt vor dem Würfel.

Irgendwann hatten sich die beiden an ihre neue Rolle gewöhnt, und es gelang ihnen auch, untereinander Verbindung aufzunehmen.

»Du bist okay?«, fragte Bill. Er hatte die Lippen beim Sprechen bewegt, sich selbst aber nicht gehört, doch Suko hatte ihn verstanden.

»Ja, mir geht es gut.«

»Dank des Würfels.«

»Sicher.«

»Und wo sind wir?«

»Wenn ich das wüsste«, erwiderte Suko. »Ich werde das Gefühl nicht los, dass der Würfel die Führung übernommen hat und uns durch die Zwischenreiche leitet, wobei er einen Zickzackkurs eingeschlagen hat.«

»Zwischenreiche? Nicht mehr in der Erde wie noch in Kalifornien?«

»Ja und nein.«

»Ich verstehe es nicht«, sagte Bill. »Verdammt noch mal, ich verstehe es nicht. Irgendwie komme ich mir wie ein Schlafender vor, der trotzdem wach ist und sich treiben lässt, wobei er dem Schoß der Erde immer näher gerät.«

»Das glaube ich nicht.«

»Schön, und was glaubst du?«

»Wir werden irgendwann an ein Ziel gelangen. Manchmal

habe ich das Gefühl, es erreicht zu haben, dann ist es wieder weg. Mir ist es, als hätte es sich der Würfel anders überlegt, wenn du verstehst, Bill.«

»Ja, ich begreife.«

»Man wollte uns weghaben!«, fuhr Suko fort. »Weder John noch der Bucklige sollten den Würfel in die Hand bekommen, dagegen hatten eben die anderen etwas.«

»Und wer ist das?«

»Wenn ich das wüsste …«

Mit diesen Worten schlief ihr erstes längeres Gespräch ein, und sie überließen sich wieder ihren Gefühlen und den anderen Kräften, die sie gepackt hielten.

Bill und Suko trieben weiter …

Grenzen, Entfernungen, Länder, Gebiete, das alles interessierte sie nicht mehr. Sie befanden sich in einer anderen Zeitebene, einer anderen Dimension und hätten in der Vergangenheit ebenso treiben können wie in der Zukunft.

Dabei lagen sie, und sie fühlten sich, als hätten sie ihre Plätze auf Luftkissen gefunden. Hindernisse existierten für sie nicht, die Magie trieb sie weiter, und auch menschliche Bedürfnisse wurden für beide auf ein Minimum zurückgeschraubt.

Zum ersten Mal erlebten Suko und Bill, dass es noch eine weitere Dimension oder Welt gab. Bisher hatten sie von Erdgeistern oder Schichtendimensionen nur gehört, nun lernten sie ihre Kraft kennen und stemmten sich nicht mal dagegen an.

Eine gewisse Skepsis hatte sich ihrer bemächtigt, die allerdings nicht immer anhielt. Irgendwann erreichten die beiden den Punkt, wo sie ihr Schicksal selbst in die Hand nehmen wollten.

Atmen konnten sie. Eine Erklärung dafür zu finden sparten sie sich. Es musste wohl mit den Dimensionen zusammenhängen, deren »Gefangene« sie waren.

Möglicherweise trug der Würfel des Unheils auch dafür die Verantwortung. Trotz seiner schlechten Lage schätzte sich Suko glücklich, diesen so hart und heiß umkämpften Gegenstand endlich in seinem Besitz zu wissen. Jane Collins lebte auch ohne ihn weiter, nachdem ihr ein Alu-Herz eingepflanzt worden war.

John Sinclair hätte den Würfel gern besessen. Es hatte nicht sein sollen, und auch Asmodis sowie der Spuk, der Letzte der Großen Alten, hatten ihn nicht bekommen.

Alles wäre gut gewesen, hätten sich die beiden Freunde nicht in dieser Dimension befunden, aus der sie bisher noch keinen Ausweg gefunden hatten.

Bill war es, der seinen Leidensgenossen anredete. »Hast du inzwischen eine Idee, wie wir es anstellen können?«

»Nein.«

»Ich auch nicht.«

Es hörte sich deprimiert an, aber der Fatalismus wich von ihnen, je mehr Zeit verging. Der Widerstand begann sich zu regen. Die beiden gehörten zu den Personen, die sich gegen ihr Schicksal anstemmten. Man konnte sie mit gutem Gewissen als Kämpfer bezeichnen, die nicht aufgeben wollten, und so reagierte Suko auch.

Er war sich bewusst, dass er einen gewissen Machtfaktor zwischen den Händen hielt. Wenn ihn keiner aus seiner Lage befreien konnte, dem Würfel musste es eigentlich gelingen.

»Weißt du, was mich wundert?«, nahm Bill den Gesprächsfaden wieder auf.

»Sag es.«

»Dass wir noch nicht angegriffen worden sind. Weder Asmodis noch der Spuk lassen sich blicken.«

»Sei froh, Junge.«

Bill lachte. »Das bin ich auch, dennoch ist es mir unheimlich. Sollten die beiden so schnell aufgegeben haben?«

»Das glaube ich eigentlich nicht.«

»Ich auch nicht.«

Sie umgab eine seltsame Welt. Es war nicht absolute Dunkelheit, die sie gefangen hielt, sondern ein schlieren-artiges Spektrum aus düsteren Farben, das man auch als

Strömungen bezeichnen konnte und die beiden Männer weitertransportierte. Bei der Wärmefotografie waren ähnliche Strömungen festzustellen wie hier.

Immer wieder schaute Suko auf den Würfel. Er sah so harmlos aus. Ein rotvioletter Quader, dessen Seiten wie Milchglas aussahen. Niemand, der nicht näher über den Würfel Bescheid wusste, konnte ahnen, welche Kräfte in seinem Innern steckten. Dämonen waren der Ansicht, dass es ihnen mit Hilfe des Würfels gelänge, die Welt zu ihren Gunsten zu verändern. Das konnte durchaus stimmen, denn der Würfel reagierte im positiven als auch im negativen Sinne. Je nachdem, wie sein Träger innerlich eingestellt war.

Suko hatte zahlreiche Befreiungsversuche unternommen und sich immer wieder auf den Würfel konzentriert. Genutzt hatte es nichts, da die Magie dieser Dimension einfach zu stark gewesen war und die beiden Männer festhielt.

Es gelang ihnen nicht mal, durch die Stärke ihrer Gedankenkraft den Würfel zu manipulieren. Er tat, was er wollte.

»Kannst du es nicht noch einmal probieren?«, fragte Bill. Suko wusste sofort, was gemeint war.

»Es hat keinen Sinn. Diesmal ist die Magie sogar stärker als die Kraft des Würfels.«

»Das meine ich nicht …«

»Sondern?«

»Vielleicht kann der Würfel auch ein Gedankentransporter sein, wenn du verstehst.«

»Noch nicht.«

Bill seufzte. »Ist doch klar. Unsere Frauen und Freunde werden uns suchen. Gerade Shao gehört doch zu den sensitiven Typen. Denk daran, dass sie uns auch gesehen hat, als wir auf dem Planeten der Magier verschollen waren. Sie lag im Bett, hat geträumt, und ihre Träume sind bei uns Realität geworden. Vielleicht können wir das Ganze umdrehen.«

»Dann willst du durch den Würfel Kontakt aufnehmen?«

»So ist es.«

Suko überlegte eine Weile und nickte schließlich. »Ja, das müsste man versuchen.«

»Sag ich doch.« Bill lachte leise. »Außerdem können wir nicht ewig weitertreiben. Irgendwo muss es ein Ziel geben. Ich glaube einfach nicht daran, dass wir für immer verschollen bleiben.«

Der Ansicht war auch Suko. Er hoffte nur, dass sie keine Enttäuschung erlebten, wenn es so weit war.

Und er versuchte es.

Den Würfel des Unheils hielt er zwischen seinen Handflächen so fest, dass er nicht herunterrutschen und in irgendeiner unauslotbaren Tiefe verschwinden konnte. Sein Blick war starr auf den Gegenstand gerichtet, und er konzentrierte die Kraft seiner Gedanken allein auf das von ihm auserwählte Ziel.

Vielleicht wurde der Würfel zu einem magischen Katalysator, der Sukos Gedankenströme zu der Person brachte, die am Ziel auf ihn wartete. Ein Versuch nur, dessen Chancen kaum auszurechnen waren, da Suko keinen Bezugspunkt hatte.

Es gab mehrere Personen, die Suko nahe standen. Die wichtigste war Shao, denn sie liebte den Inspektor.

Und auf sie konzentrierte er sich, wobei er starr auf den Würfel blickte, um zu sehen, ob sich dort etwas tat. Wenn der Quader von einer gewissen Kraft erfüllt wurde, bewegten sich in seinem Innern die Schlieren. Was sie genau zu bedeuten hatten, wusste Suko nicht, er konnte sich jedoch vorstellen, dass es sich bei ihnen um gewisse magische Transportmittel handelte, die für die Veränderungen sorgten, die der Mensch durch den Würfel vornehmen wollte.

Die Spannung stieg.

Absolute Stille umgab die beiden Männer. Auch Bill Conolly redete nichts. Er hatte sich gedreht, sodass er seinen neben ihm treibenden Freund anschauen konnte.

Bill sah ihn im Profil.

Obwohl Suko eigentlich kein hartes Gesicht hatte, wirkte es in diesen Augenblicken so und kam dem Reporter vor wie ein Schattenabriss. Zwischen Nase und Mund hatten sich Falten in die Haut gegraben. Der Blick war stechend geworden, die Lippen lagen hart aufeinander, und nicht mal die Nasenflügel bewegten sich beim Atmen.

Ein Zeichen der ungeheuren Konzentration, die Suko gepackt hielt. Er versuchte es mit Ruhe, dennoch sehr intensiv, Kontakt zu dem Menschen zu bekommen, den er liebte.

Und er bekam ihn.

Plötzlich spürte er die Unruhe. Nicht ihn selbst hatte sie erfasst, sondern den Würfel. Seine für Menschen nicht sichtbaren magischen Wellen mussten auf irgendein Ziel getroffen sein, sodass es eine Rückkopplung gab, die Suko voll zu spüren bekam und in seine Gedankenwelt hinein Bilder schuf.

Er hoffte auf den alles entscheidenden Kontakt zu Shao. In der Würfelfläche bewegten sich die Schlieren, sie transportierten die magischen und die gedanklichen Ströme in eine unendlich wirkende Ferne, und plötzlich war die Rückkopplung so stark, dass Suko die ersten Empfindungen aufnehmen konnte.

Jemand sprach zu ihm.

Aber nicht Shao!

»Wer bist du?«

Er hörte eine Männerstimme als Echo in seinem Hirn. Sie war sehr leise, dennoch deutlich.

Suko hatte sich so sehr überraschen lassen, dass ihm zunächst einmal die Sprache wegblieb.

»Bist du der Teufel?«

Wieder wurde der Inspektor überrascht. Nein, der Teufel war er nicht, aber der andere nahm an, dass es nur der Teufel gewesen sein konnte, der sich bei ihm meldete, denn er antwortete: »Wir haben schon lange auf dich gewartet. Zu lange. Wirst du kommen und uns befreien?«

Jetzt hatte sich Suko darauf eingestellt. »Ja, ich möchte zu dir kommen.«

»Das freut uns …«

»Ihr seid zu zweit?«

Nach dieser Frage erwiderte der andere zunächst einmal nichts. Dann sagte er: »Weißt du das denn nicht mehr?

Natürlich sind wir zu zweit. Das kannst du doch nicht vergessen haben …«

»Nein, nein, jetzt erinnere ich mich, aber es ist viel Zeit vergangen, das wisst ihr selbst.«

»Ja, das wissen wir, aber wir haben jetzt einen Kontakt. Was hat diese Ströme bewirkt? Was hältst du da in der Hand?«

»Es ist ein Würfel.«

»Er ist mächtig, wie? Er muss einfach mächtig sein, denn seine Magie hat uns erreicht. Sie wird dich zu uns führen, damit du uns aus dieser Lage befreien kannst. Uns und auch den Mosasaurus, den Versteinerten aus der Urzeit.«

»Ich komme zu euch«, erklärte Suko. »Nur muss ich noch genau wissen, wo wir euch finden können.«

»Du bist auch nicht allein?«

»Nein.« Mehr sagte Suko nicht, und der andere fragte auch nicht mehr weiter.

»Der Platz hat sich nicht verändert, denn die Höhle besteht seit Urzeiten. Wir liegen dort begraben, wir warten. Man hat uns damals in die Erde und die Felsen eingemauert. Mich, Pater Uranus, und meinen Mitbruder Pater Mercurius …«

»Der Ort, Uranus. Wie heißt er?«

»Die Menschen nennen ihn Maastricht. Seine Höhlen sind sehr bekannt. Ihr braucht nur denen zu folgen, die sie immer besichtigen. Vergiss nicht, Maastricht. Ihr werdet uns erreichen. Ihr könnt wie auf einem Strahl reiten, und wir sind bereit, euch würdig zu empfangen …«

»Ja«, antwortete Suko, »wir kommen. Du und dein Mitbruder könnt euch darauf verlassen …«

Es waren die letzten Worte, die Suko mit dem ihm unbekannten Pater gewechselt hatte, da die Magie allmählich schwächer wurde und die Verbindung völlig abriss.

Erst jetzt erfolgte bei dem Inspektor die Reaktion. Mit dieser drastischen Wende hatte er nicht gerechnet. Shao hatte er erreichen wollen und den Kontakt mit einem anderen bekommen, dessen Name ihm völlig unbekannt war.

Pater Uranus!

Seltsam, sehr seltsam. Dieser Pater sprach vom Teufel und nicht vom Herrgott. Da konnte einfach etwas nicht stimmen, aber diese Probleme waren zweitrangig. Mut erfasste den Chinesen. Er wusste, dass ihn der Würfel zum Ziel führen und er auch diesen Pater Uranus sowie seinen Begleiter kennen lernen würde.

»Was war denn, Suko?« Natürlich hatte auch Bill Conolly etwas mitbekommen. Zwar nichts von dem Zwiegespräch, aber dem aufmerksam blickenden Reporter war die Veränderung im Gesicht des Chinesen nicht entgangen, die sich während des stummen Dialogs abgezeichnet hatte.

»Ich hatte Kontakt.«

Bill war überrascht. »Was? Mit Sheila und Shao?«

»Nein, das leider nicht. Mit jemand anderem. Meine Gedanken richteten sich gegen ein Ziel, das mit Shao nichts zu tun hatte. Ich sprach mit einem gewissen Pater Uranus …«

»Einem Geistlichen?«

»Vielleicht ja. Nur hielt er mich für den Teufel und empfand dies nicht mal als besonders schlimm. Das hat mich nachdenklich gemacht.«

»Berichte.«

Suko erzählte von seinen Erlebnissen, und der Reporter lauschte aufmerksam. Von den beiden Namen hatte er noch nichts gehört. Sie waren ihm so unbekannt wie eine kleine Insel irgendwo im Pazifik.

»Und du meinst wirklich, dass wir auf Grund dieser Magie zu ihnen gelangen können?«

»Damit rechne ich fest«, erklärte Suko.

»Wobei wir dann nicht bei Shao oder Sheila wären«, sagte Bill und seufzte schwer.

»Das ist leider so.«

»Und willst du es noch einmal versuchen? Bitte, du hast Kontakt mit diesem Uranus aufgenommen. Es muss einfach klappen. Die beiden müssen uns hören, dann können wir ihnen auch mitteilen, wo sie uns finden …«

»Das sollen sie John sagen«, unterbrach Suko den Freund.

»Natürlich, auch das.«

Und Suko probierte es wieder. Diesmal ließ er sich durch nichts ablenken. Er hatte seine Gedanken inzwischen wieder sortieren können, war jetzt wesentlich konzentrierter und wollte unter allen Umständen sein Ziel erreichen. Diesmal musste der Würfel seine positive Einstellung ihm gegenüber beweisen.

Suko ging abermals von Shaos sensitivem Ego aus.

Die Chinesin stammte von einer Sonnengöttin ab. Sie war praktisch der letzte Nachkomme der mächtigen Sonnenkönigin Amaterasu, die durch ihren Bruder Susanoo in das Dunkle Reich gestoßen worden war und dort schmachtete, wobei sie gleichzeitig auf eine Befreiung wartete.

Shao hatte etwas von dieser Mächtigen geerbt. Sie war sehr empfindsam, was magische Strömungen anging, und so hoffte Suko, einen Kontakt zu ihr herstellen zu können.

Wieder erforderte es seine gesamte Kraft. Entfernungen wusste er nicht, er konnte sie nicht mal schätzen. Höchstwahrscheinlich trennten ihn von Shao sogar Dimensionsgrenzen, aber die hoffte Suko durch die Kraft des Würfels überwinden zu können.

Es musste einfach klappen!

Und er schaffte es!

Plötzlich spürte er einen Gedankenimpuls. Es war so ähnlich wie damals auf dem Planeten der Magier, und wieder war es bei Shao Nacht, und wieder träumte sie.

Suko spürte das innerliche Feuer der Hoffnung. Er schaute auf den Würfel, die Schlieren in den einzelnen Seiten bewegten sich viel hektischer als zuvor. Sie strahlten an manchen Stellen sogar auf und wirkten dann wie Glühwürmchen.

Gedanklich übermittelte Suko seiner Partnerin die Informationen, die er von Pater Uranus erhalten hatte, und er hoffte, dass Shao genau das Richtige tat …

Ich hatte die Strecke zu den Conollys in Rekordzeit zurückgelegt. Wie immer, wenn die Familie Besuch erwartete, brannten die zahlreichen Lampen auf dem Grundstück, und auch das Tor hatte Sheila schon geöffnet, sodass ich über den breiten Weg zum Haus fahren konnte.

Vor dem Garagentor hielt ich den Bentley an und stieg aus. Sheila erwartete mich zusammen mit Nadine, der Wölfin, die nach Sheila von mir begrüßt wurde. Ich musste in die Hocke und ihr dichtes Fell streicheln, erst dann bat mich Sheila ins Haus.

Wir gingen in den Wohnraum.

Und dort saß Shao. Im ersten Augenblick erschrak ich über die Blässe in ihrem Gesicht, denn an der Beleuchtung lag es nicht, dass sie so aussah. Das warme Licht erzeugte eine gemütliche Atmosphäre.

Ich ging zu ihr und nahm ihre Hand. Shao lächelte mich an. Obwohl sie Sorgen quälen mussten, wirkte ihr Lächeln weder steif noch verloren. Ich las aus ihm einen gewissen Optimismus. Das machte mich auf irgendeine Art und Weise froh.

»Wie geht es dir?«

»Ganz gut, John.«

Sheila tippte mir auf die Schulter. »Möchtest du einen Schluck trinken?«

»Ja, Mineralwasser.«

Sie ging, um das Gewünschte zu holen. Eine innere Spannung hielt mich erfasst. Das zeigte ich nicht so offen, sondern drückte mich mit dem Rücken gegen die Sessellehne und streckte die Beine aus, sodass ich auf Shao gelöst wirken musste.

»Sie leben noch«, sagte sie plötzlich.

Ich nickte. »Davon bin ich eigentlich immer ausgegangen. Suko hat den Würfel. Er ist in manchen Situationen wie ein Schutzengel, wenn du verstehst, Shao.«

»Jetzt schon, nur konnte ich es vorher nicht glauben. Es kam einfach zu plötzlich. Wir hatten euch vier erwartet, auch Jane Collins, dann kamst du allein und brachtest die Hiobsbotschaft. Das war schwer zu verkraften.«

Sheila brachte mir das Glas. Die Kohlensäurebläschen perlten der Oberfläche entgegen, wo ein Großteil von ihnen zerplatzte und meinen Handrücken besprühte.

Auch Sheila setzte sich. »Schließlich haben wir unsere Erfahrungen sammeln können. Damals war ich verschollen, da hat Bill mich gesucht, und ich weiß genau, was ich alles durchgemacht habe. Es war die Hölle, John.«

»Verstehe ich alles. Auch eure Reaktion. Nur war ich wegen des Würfels diesmal optimistischer.«

»Und das hat sich ausgezahlt«, sagte Sheila, »denn Shao hat zu Suko Kontakt bekommen.«

Ich schaute die Chinesin auffordernd an, die ihre Hände zusammengelegt und zwischen die Knie gesteckt hatte, als wollte sie die Haut dort wärmen.

Nadine kam zu mir und legte sich zu meinen Füßen nieder. Automatisch streichelte ich sie.

»Ganz so war es nicht«, sagte Shao. »Ich hatte zwar Kontakt zu Suko, aber es geschah nicht durch meine Initiative. Die hat Suko übernommen oder der Würfel. Kommt ganz darauf an, wie du es siehst, John.«

»Hattest du denn einen Versuch gestartet?«, fragte ich.

»Nein und ja. Es blieb eigentlich Stückwerk. Erst als ich mich etwas hinlegte und einschlief, wurden meine Gedanken in die entsprechende Richtung dirigiert.«

»Zu Suko?«

»Und dem Würfel. Die beiden bildeten eine Einheit. Sie gehören jetzt zusammen, das spürte ich.«

»Welche Informationen hast du über sie?« Diese Frage lag mir sehr am Herzen, und ich war auf die Antwort gespannt.

»Dass sie noch am Leben sind, ist klar«, erwiderte Shao. »Wo sie sich aber befinden, kann ich nicht sagen. Da muss ich raten und würde meinen, dass sie reisen.«

»Magisch reisen!«, präzisierte ich.

»Ja, so ist es. Denn die beiden befinden sich in einem Reich, zu dem wir bisher noch keinen Zugang gefunden haben. Das heißt, du hast doch damit zu tun gehabt.«

»Ein wenig. Es ist Erdmagie.«

»Genau, und die hält Suko und Bill umschlossen. Sie haben zum Glück den Würfel, so konnten sie Kontakt aufnehmen, und ich hörte, wie mir Suko ein gewisses Ziel angab.«

»In einer anderen Welt?«

»Nein, das nicht.« Shao hob den Kopf und wischte eine lange schwarze Haarsträhne zur Seite. »Das ist ja, was ich einfach nicht begreifen kann. Das Ziel liegt auf dieser Welt. Wir haben nachgeschaut, weil ich die Stadt nicht kannte. Sie befindet sich in Europa.«

»In den Niederlanden!«, präzisierte Sheila.

»Amsterdam?«, fragte ich und dachte dabei an Fälle, die ich dort erlebt hatte.

»Nein, woanders. In der Provinz Limburg. Der Ort heißt Maastricht.«

»Hm.« Ich überlegte. Natürlich, die Stadt kannte ich vom Namen her, auch wenn ich selbst noch nicht dort gewesen war. Nicht weit von der deutschen und belgischen Grenze entfernt liegt sie, aber was die beiden dort wollten, wusste ich nicht.

»Kannst du mir eine Erklärung dafür geben?«, wandte ich mich an Shao.

»Suko übermittelte mir etwas von Höhlen.«

»Die gibt es tatsächlich dort«, erklärte Sheila. »Ich habe sofort nachgeschaut.«

»Erzähl mal.«

Sheila setzte sich gerade hin. Sie war plötzlich aufgeregt. »Am Südrand von Maastricht zwischen den Flüssen Maas und Jeker gibt es einen Hügel, den die Menschen St. Petersberg nennen. Er besteht hauptsächlich aus weichem Kalkstein, deshalb haben sich auch die Fossilien aus der Urzeit dort so gut gehalten, denn vor sechzig bis siebzig Millionen Jahren hat es dort mal einen Kreidesee gegeben. Und die Menschen verwendeten diesen Stein zum Bauen. Über Jahrhunderte hinweg haben sie Steine aus dem Hügel herausgeschnitten, sogar die alten Römer, wie ich nachlesen konnte. Dadurch sind Tunnels und Gänge entstanden. Unter dem Hügel existiert ein regelrechtes Labyrinth, in das sich die Bewohner der Stadt während der Franzosenkriege 1794 zurückzogen. Man sieht dort noch Backöfen und Futterkrippen. In den Wänden und der Decke fand man Fossilien, und

430

man entdeckte sogar die Überreste eines Mosasaurus, eines Sauriers, der Ähnlichkeit mit einem Krokodil gehabt haben muss und auf eine Länge von mehr als zwanzig Meter kam. Das ist schon gewaltig.«

»Kann man die Höhlen besichtigen?«, fragte ich.

»Natürlich. Sogar zu dieser Jahreszeit. Wenn die Maas nicht zugefroren ist, kannst du die Besichtigung mit einer Schiffstour verbinden. Selbst Autogramme findest du in den Höhlen. Auch Napoleon hat dort seinen Namen hinterlassen.«

Ich trank einen Schluck und klatschte in die Hände. »Alle Achtung, Sheila, da hast du dich ja angestrengt.«

»Gut, dass Bill so viele Bücher über unterschiedliche Themen sammelt. Ich finde immer etwas.«

»Und du meinst, ich soll nach Maastricht fahren.«

»Das meinen wir.«

»Aber ihr bleibt hier.«

Sheila wollte widersprechen, ich schüttelte heftig den Kopf. »Nein, die Sache stehe ich allein durch. Das ist viel zu gefährlich. Zudem weiß ich nicht, ob sich Suko geirrt hat. Hinterher stehe ich in den Höhlen und bin der Gelackmeierte. Bleibt ihr in London und achtet darauf, ob Suko wieder versucht, mit euch Kontakt aufzunehmen.«

Die beiden Frauen schauten einander an. Shao hatte bisher noch nichts dazu gesagt. Sie nickte schließlich und gab mir damit Recht.

»Dann bleibst du auch?«, wandte ich mich an Sheila.

»Wird mir wohl nichts anderes übrig bleiben«, erwiderte sie zerknirscht und schaute mich böse an.

Ich stand auf. »Muss ich sonst noch etwas wissen?« Mein Blick glitt nach unten, da sich Nadine, die Wölfin, gegen mein Bein presste.

»Nein«, sagte Sheila. »Alles andere wirst du dann ja an Ort und Stelle erleben. Und gib nur auf dich Acht. Zwei Verschollene reichen uns eigentlich.«

»Das meine ich auch«, stimmte Shao zu.

Die Frauen brachten mich noch bis zur Tür. Nachdem ich

den Wagen gewendet hatte und an ihnen vorbeifuhr, sah ich im Licht der weißen Scheinwerferbalken ihre zuckenden Gesichter.

Ich konnte mir vorstellen, wie gern sie mitgefahren wären. Noch lag alles in der Schwebe. Ich selbst drückte mir die Daumen, dass meine Reise in die Niederlande nicht zu einem Fiasko wurde …

Unter dem Berg aus Kalkstein lagen die gewaltigen Höhlen in einem tiefen Schweigen. Niemand hatte sie in der Nacht betreten, und auch die an zahlreichen Stellen im Gestein versteckten Lampen waren abgeschaltet worden, sodass die Dunkelheit einer Weltraumschwärze gleichkam.

Nichts war zu sehen von den Tunnels und Gängen, den Nischen, Kammern und Räumen, den versteckt liegenden Schluchten oder Spalten.

Aber es war nicht still.

Hin und wieder durchbrach ein Geräusch die Finsternis. Zumeist ein hartes Klatschen, das immer dann eintrat, wenn ein von der Decke fallender Wassertropfen in eine Pfütze fiel. Manchmal geriet auch ein Stein in Bewegung, der mit leisen, knirschenden Lauten hangabwärts rollte.

Sonst geschah nichts.

Aber es war die Ruhe vor dem Sturm, denn es gab Leben innerhalb des gewaltigen Labyrinths. Ein Leben, an das die, die davon wussten, nicht mehr erinnert werden wollten, da sie diese Dinge zu den Legenden und Geschichten zählten. Und es war auch niemand da, der etwas davon hätte spüren können.

Es begann mit einem Wispern.

Eine flüsternde Stimme erklang, und deren Schall wurde durch einen tunnelartigen Gang getragen, sodass er das Ohr eines anderen erreichte. »Hörst du mich, Bruder Mercurius?«

»Ja, ich verstehe dich.«

»Wie gut. Merkst du es auch?«

»Was meinst du?«

»Das Kribbeln, Mercurius, das Kribbeln. Ich glaube, in meinen Körper kehrt wieder Leben zurück.«

Mercurius antwortete nicht. Wahrscheinlich konzentrierte er sich ebenfalls, und so dauerte es, bis er eine Antwort geben konnte. »Ja, Uranus, ja. Es ist da, auch bei mir. Oh, der Teufel hat uns nicht vergessen …«

»Nein, es ist der Würfel.«

»Das ist mir gleich. Wenn ich nur aus diesem mir unendlich erscheinenden Schlaf erwachen kann. Dann bin ich froh, dann ist es herrlich. Ich sehne mich danach.«

»Kannst du dich schon bewegen?«

Mercurius erschrak. »Was verlangst du eigentlich? Ich soll mich bewegen können?«

»Das gehört dazu. Wir werden unsere Gräber verlassen. In die Felsen haben sie uns eingemauert, aber das sollen sie büßen. Wir kommen frei und werden sie vernichten. Die Menschen standen uns nicht als Freunde gegenüber. Das bekommen sie zu spüren.«

»Was willst du tun, Bruder Uranus?«

»Ich sprenge mein Grab!«, erklang es dumpf.

Mercurius, der Ängstlichere der beiden Mönche, erschrak, als er den Satz hörte. »Du willst es tatsächlich wagen? Sind wir nicht zu schwach dazu?«

»Ich versuche es.«

Der Kontakt zu Mercurius riss ab, und Uranus begab sich daran, die uralte Grabstätte zu verlassen. Er drückte mit den Knochen seiner Schulter gegen die Wand und vernahm ein Geräusch, das die Hoffnung in ihm anfachte.

Das weiche Kalkgestein setzte ihm nicht viel Widerstand entgegen. In seinem Gefüge tat sich etwas, denn dort begann es zu knacken und zu knirschen. Erste Risse entstanden, die größer wurden und sich zu regelrechten Spalten erweiterten.

Auch sie blieben nicht, aber Uranus konnte bereits die feuchte Luft »schmecken«, die durch die Spalten in sein enges Grab drang. Er wollte raus, verdoppelte seine Bemühungen, die Wand neben ihm bröckelte ab, sie riss, erste Stücke polterten zu Boden, und plötzlich spürte der verräterische Mönch, der sich dem Teufel verschworen hatte, keinen Widerstand mehr.

Er fiel.

Es drang kein Schrei über seine dünnen Lippen. Auch als er aufschlug, war nur der dumpfe Laut zu vernehmen, einen Kommentar oder einen Schmerzlaut gab er nicht ab.

So blieb er liegen. Seine Stirn presste er gegen die kalte, feuchte Erde, und er spürte ein Gefühl des Triumphs, wie er es noch nie zuvor in den zurückliegenden Jahren erlebt hatte.

Jetzt war er frei!

Und wer wollte ihn, der unter dem Schutz der Hölle stand, jetzt noch stoppen? Damals hatte er gelebt, jetzt lebte er als Toter.

Uranus stemmte sich hoch. Noch waren seine Gelenke steif, er musste sie erst geschmeidig bekommen. Das schaffte er durch einige aufeinander folgende Liegestütze. Zwar hatte sich das Blut in seinen Adern längst zersetzt oder war ganz eingetrocknet, aber für seine Existenz spielte das keine Rolle.

Er lebte auch ohne den Saft …

Uranus stand auf. Sein Blick war in die Dunkelheit gerichtet. Er orientierte sich nach vorn, da er wusste, dass dort die Öffnung seines Grabes lag.

Einen zögernden Schritt trat er vor, streckte die Arme aus, stellte sich auf einen aus der Wand herausgebrochenen Steinbrocken und tastete die Wand ab, bis er die Öffnung gefunden hatte, die einmal sein Grab gewesen war.

Seine Hände kratzten über das raue Gestein, und er begann leise zu reden. »Mercurius, hörst du mich?«

Er musste ihn verstehen, denn das Grab des Mitbruders lag neben dem seinen.

Die Antwort ließ nicht lange auf sich warten. »Ja, ich kann dich genau verstehen.«

»Ich bin frei!«

»Du hast es geschafft?«

»Sicher. Ich sagte es dir doch. Jetzt bin ich endlich frei und kann tun und lassen, was ich will.«

»Ich versuche es auch.«

»Das will ich meinen.« In der Finsternis trat Uranus wieder ein Stück zurück. Er trug die gleiche Kleidung wie zu der Zeit, als sie ihn und seinen Mitbruder eingemauert hatten. Eine lange, dunkle Kutte von blauvioletter Farbe. Der Stoff reichte bis zum Boden.

Und wieder vernahm er die Geräusche und Laute, die ihm so bekannt vorkamen. Er selbst hatte nicht anders gehandelt, als er sein Grab verlassen wollte.

Da knirschte es im Gestein. Erste kleine, handgroße Stücke fielen aus der Wand. Uranus vernahm das hohe Kichern seines Mitbruders und hörte auch dessen Stimme.

»Ich komme, Uranus, ich komme.«

»Beeil dich. Das ist unsere Nacht.«

Auch Mercurius ließ sich aus seiner Grabstätte zu Boden fallen. Neben dem stehenden Uranus schlug er auf. Dieser bückte sich mit ausgestrecktem Arm und fühlte den Stoff der Kutte. »Da bist du ja endlich!«

»Hilfst du mir hoch?«

»Gib mir deine Hand.«

Zwei bleiche Klauen krallten sich ineinander fest. Die Finger verhakten sich dabei so, als wollten sie nicht wieder loslassen, und Uranus zog seinen Mitbruder auf die Beine, wo er schwankend stehen blieb und sich erst noch an die neue Umgebung gewöhnen musste.

»Wie gefällt es dir, Mercurius?«

»Gut, sehr gut«, stöhnte dieser. »Nach dem langen Schlaf folgt nun das immerwährende Wachen.«

Uranus drückte die Klaue des anderen. »So habe ich es gemeint, so hat es unser Freund gemeint.«

»Aber es ist nicht der Teufel.«

»Nein, das ist er nicht. Doch wer eine so mächtige Waffe wie diesen Würfel besitzt, muss dem Teufel gleichgestellt sein, und er wird uns auch schützen.«

»Glaubst du?«

»Ja.«

Die beiden schwiegen. Hand in Hand standen sie in der Finsternis und dachten darüber nach, wie es weiterging.

»Wir haben noch einen Trumpf«, sagte Mercurius schließlich.

»Ich weiß, den Mosasaurus.«

»Sollen wir zu ihm?«

»Das möchte ich«, erwiderte Uranus.

»Aber wo können wir ihn finden?«

Da lachte Uranus auf. »Du weißt, dass er empfänglich für Magie ist. Damals, bevor man uns hier begrub, ist er entdeckt worden. Und wir haben sofort gespürt, dass er zu uns gehört. Er besitzt die gleichen Strömungen wie wir. Seine Ausstrahlung kommt der unsrigen nahe. Deshalb werden wir uns auch um ihn kümmern.«

»Lass uns seine Grabstätte suchen!«, schlug Mercurius vor.

»Er ist nicht begraben. Man hat ihn freigelegt. Vor ihm bleiben die Besucher stehen. Ich konnte stets ihre Gedanken empfangen, und ich weiß sehr genau, dass sie sich gefürchtet haben, wenn sie ihn sahen. Sie alle waren froh, dass er nicht mehr lebt. Aber sie irrten sich. Wenn sie gewusst hätten, dass er nur schläft, sie wären vor Angst vergangen, kann ich dir sagen.«

»Dann wecken wir ihn.« Mercurius' Stimme zitterte. Er war auf einmal aufgeregt. Zu lange hatte er warten müssen, jetzt ging es ihm nicht schnell genug.

Die beiden Erwachten schritten tiefer in den Gang hinein. Weiterhin hielten sie sich an den Händen fest, als wollten sie sich gegenseitig Mut machen und Kraft spenden.

Ein normaler Höhlenbesucher wäre irgendwann gegen eine Kante oder Ecke gestoßen. Nicht die abtrünnigen Mönche. Sie fanden mit traumwandlerischer Sicherheit ihr Ziel. Es schien so, als hätten sie nie die langen Jahre geschlafen und als wäre auch überhaupt keine Dunkelheit vorhanden.

Irgendwann blieben sie stehen. Uranus hatte als Erster die Nähe des Mosasaurus gespürt, verhielt seinen Schritt und gab Mercurius durch einen Druck der Hand zu verstehen, ebenfalls stehen zu bleiben.

»Hier ist es!«

»Ja«, flüsterte Mercurius. »Auch ich nehme die Strömungen wahr. Ich fühle, dass er mit uns denkt. Er muss vor uns sein, dicht vor uns.«

»Jetzt warte.« Uranus löste seine Hand aus dem Griff des anderen.

»Was hast du vor?«

»Ich gehe zu ihm.«

»Und dann?«

»Werde ich ihn berühren. Ich will ihn fühlen, ich will merken, ob er noch immer so ist wie früher, als er entdeckt wurde und wir ihn das erste und letzte Mal sahen.«

»Ja, wecke ihn!«

Uranus hatte sich von seinem Mitbruder gelöst. Bis zur Felswand, die er nicht sehen, nur ahnen konnte, brauchte er nur wenige Schritte zu gehen. Dann stand er vor der Wand, und Mercurius hörte die schabenden Geräusche, die entstanden, als der andere den Fels abtastete. Er wusste nicht genau, wo er hinzugreifen hatte.

Mercurius konnte es kaum aushalten. »Kannst du ihn schon fühlen? Spürst du ihn?« Die dünne Stimme zitterte nach.

»Ja, ich weiß Bescheid.«

»Und? Wo bist du jetzt?«

»Ich stehe direkt vor ihm. Meine Hände tasten schon über seinen Kopf. Ich fühle die Haut, sie ist schuppig und trotzdem sehr glatt.«

»Aber wir mögen ihn doch …«

»Sicher, Mercurius, sicher.« Uranus beendete mit diesem Satz ihr unheimliches Zwiegespräch. In der Folgezeit tastete er weiter, ohne einen Kommentar abzugeben. Stück für Stück fühlte er, wandte sich dabei nach links und bekam schon die Schnauze zu fassen. Sehr deutlich konnte er mit seinen Händen den Unterkiefer nachzeichnen und glitt vorsichtig über die lange, spitze Zahnreihe.

Das waren Hauer, die zerknackten selbst einen Felsen.

Die gleichen spitzen Lanzenzähne wuchsen aus dem Oberkiefer. Uranus gelangte zu der Überzeugung, dass sich nichts verändert hatte. Auch bei ihrer ersten Begegnung hatte das Maul des Sauriers offen gestanden, und jetzt war dies noch immer der Fall.

Nachdem Uranus die Schnauze abgetastet hatte, bewegte er sich nach rechts in die entgegengesetzte Richtung. Er zeichnete den Körper nach, den auf dem Rücken wachsenden Kamm, erreichte den langen Schwanz und musste sich bücken, weil der Mosasaurus in einer schrägen Haltung lag und sich der lange, harte, schuppige Schwanz wesentlich tiefer befand als der übrige Körper.

Das gesamte vorgeschichtliche, versteinerte Wesen hatte große Ähnlichkeit mit einem Riesenkrokodil. Vielleicht zwei- bis dreimal so lang und auch höher.

Uranus war zufrieden. Er trat zurück und blieb neben seinem Mitbruder stehen.

»Satan hat uns nicht im Stich gelassen. Wo das Böse einmal war, wird es immer wieder sein.«

»Ja, Uranus, das glaube ich auch. Und wir werden auch bald den Würfel sehen. Ob er dann erwacht?«

»Nein, Mercurius. Er wird dann nicht erwachen. Das ist unmöglich, glaub mir.«

»Wieso?«

»Weil er schon wach ist!«

Mit dieser Antwort hatte Uranus seinen Mitbruder überrascht. »Was hast du gesagt? Er ist schon wach geworden?«

»Ja, ich fühlte es. Es war ein Zucken unter dem dicken Panzer. Deutlich zu spüren.«

Mercurius wollte es noch immer nicht glauben. »Aber er liegt noch in seinem Grab …«

»Nicht mehr lange, sage ich dir, nicht mehr lange …«

Als hätte es Uranus beschworen, so hörten beide, wie sich der Mosasaurus bewegte. Gestein wurde von seinem Körper gestreift, erste Zuckungen liefen durch den gewaltigen Leib, und im nächsten Moment erklang ein wahrhaft urwelthaftes Gebrüll, das wie der Donner aus der tiefsten Hölle durch die gewaltige Grotte schallte.

Das Untier war erwacht!

Die verräterischen Mönche und damit das Böse hatten den ersten Sieg davongetragen …

Jan Peters bremste seinen Subaro so heftig, dass der neben ihm sitzende Dr. Alan Brockmann nach vorn geworfen und nur durch den Gurt noch gehalten werden konnte.

»Wir sind da«, sagte Peters.

Brockmann fasste dorthin, wo sein Herz schlug. »Denken Sie daran, ich bin nicht mehr der Jüngste.«

Peters lachte. »Für Ihre sechzig Jahre sehen Sie noch gut aus. Außerdem steht ihnen das weiße Haar toll.«

»Früher war es mal schwarz. So wie Ihres.«

Peters strich durch seinen ebenfalls schwarzen Vollbart. »Noch dreißig Jahre, dann habe ich Ihr Alter auch erreicht. Und das geht so schnell, glauben Sie mir.«

»Darüber würde ich mir an Ihrer Stelle noch keine Gedanken machen.« Brockmann öffnete die Tür und stieg aus.

Er und Jan Peters hatten sich vorgenommen, die Grotten zu untersuchen. Peters war ein anerkannter Experte, was die Höhlen angingen. Er beschäftigte sich seit seinem Studium mit der Erforschung dieses Gebiets, und er hatte zudem das Glück, aus Maastricht zu stammen.

Dr. Brockmann kam aus Den Haag. Er bekleidete dort einen der leitenden Posten im Wissenschaftsministerium und war auch für die Vergabe von Geldern verantwortlich.

Darum ging es Jan Peters. Seine Forschungen kosteten Geld. Nicht alles konnte aus Spenden oder Eintrittsgeldern finanziert werden, der Staat musste sich schon daran beteiligen.

Das hatte er auch getan, aber jetzt galt es, für die neuen Forschungen Nachschub zu besorgen, und da auch in den Niederlanden das Geld knapp war und die Politiker ihren Wählern Rechenschaft schuldig waren, wollten sich die Verantwortlichen vor Ort erkundigen, wofür sie Geldmittel bewilligen sollten.

So auch Dr. Brockmann. Er war von Hause aus Historiker,

schon ein Vorteil, wie Jan Peters fand, und Brockmann war auch neben dem Wagen stehen geblieben, um sich einen ersten Eindruck von der Umgebung zu verschaffen.

Es existierten zwei Haupteingänge, durch die man die Höhlen betreten konnte.

Das war einmal der Eingang »Grotten Noord«, nahe des Chalets Bergrust. Und zum zweiten der Eingang »Grotten Zonneberg«. Dort befanden sich das Casino Slavante und ein großer, leerer Parkplatz. Nur ein Bus aus Amsterdam stand dort. Die Gäste stiegen ein. Sie hatten die Besichtigung bereits hinter sich.

»Um diese Jahreszeit machen Sie auch Führungen?«, fragte der Mann aus Den Haag verwundert.

»Nur in Ausnahmefällen.«

»Dann bin ich auch einer.«

»Nein, Doktor. Sie sind Ehrengast.«

Brockmann rieb Daumen und Zeigefinger gegeneinander. »Sie meinen wohl finanzkräftiger Ehrengast.«

»So ungefähr.« Peters fasste den älteren Mann an den Ellenbogen. »Wollen Sie zuvor noch einen Schluck trinken? An einer Andenkenbude wird auch Genever verkauft.«

»Nein, lassen Sie mal.«

»In der Grotte ist es kalt.«

»Dann denke ich eben an was Heißes.«

»In Ihrem Alter.«

»So schlimm ist es nun auch wieder nicht. Als Sechzigjähriger sollte man ruhig hin und wieder ein Auge riskieren. Das tut ganz gut.«

Nachdem sie die Sperre passiert hatten, fragte Peters: »Sind Sie eigentlich zum ersten Mal hier?«

»So ist es.«

Sie gingen die Treppe hinab in die Tiefe. Schnell umgab sie das Flair dieser Urzeitgrotte. Die kühle Luft, die Feuchtigkeit, die fallenden Tropfen, das Knirschen ihrer Tritte, es gehörte alles dazu und machte einen Höhlenbesuch erst richtig spannend.

»Soll ich auch erklären?«, fragte Jan Peters. Seine Stimme

hallte, weil sie in einem domartigen Gewölbe stehen geblieben waren.

»Das ist nicht nötig.«

»Wissen Sie schon …?«

»Lieber junger Freund, ich habe mich bereits vor meinem Besuch über die Grotten genau informiert.«

»Wenn das jeder täte, könnten wir uns den Führer sparen«, erwiderte Peters.

Sie setzten ihren Weg fort. Es war nicht finster. Da der für die Beleuchtung verantwortliche Techniker über den Besuch der beiden Männer Bescheid wusste, hatte er die Beleuchtung nicht ausgeschaltet. Und Lampen waren an zahlreichen Stellen installiert worden. Allerdings nicht so, dass man sie sah oder von ihnen geblendet wurde. Sie waren versteckt angebracht, in Felsspalten oder Einkerbungen, die manchmal wie breite Schneisen wirkten.

Auch waren die Strahlen zumeist gegen die Decke oder gegen entfernt liegende Wände gerichtet, aber sie gaben immer genügend Licht, um das erkennen zu können, was sehenswert und interessant war.

Oft genug schimmerte der Stein hell, fast weiß, als wäre er mit niemals tauendem Schnee bedeckt. Man konnte genau erkennen, auf welche Art und Weise das Gestein abgebaut worden war. Man hatte es wie den Torf im Moor regelrecht aus den Steinen herausgestochen, sodass die Gänge und Tore eine geometrische Form zeigten.

An einigen Stellen führten auch Treppen in die Höhe, aber die Oberwelt erreichten die beiden Männer nicht.

Dr. Brockmann gab sich sehr interessiert. Oft genug blieb er an bestimmten Stellen stehen, betrachtete die Wände genauer, kratzte auch mal mit dem Fingernagel über das Gestein und nickte immer, als wollte er sich selbst bestätigen.

»Gefällt es Ihnen, Doktor?«

»Ja, es ist außergewöhnlich.«

»Dann können Sie ja verstehen, dass man so etwas nicht verkommen lassen kann.«

»Da haben Sie Recht.«

»Kommen Sie, Doktor, lassen Sie uns gehen. Es wird noch interessanter. Gleich können Sie die Fossilien bestaunen.«

Brockmann nickte und zuckte gleichzeitig zusammen, weil ein von oben fallender Wassertropfen direkt auf seiner Stirn gelandet war, dort zerplatzte und zwischen den beiden Augen über den Nasenrücken rann.

Peters hatte es mitbekommen. »So etwas passiert.«

»Wir hätten uns Helme aufsetzen sollen.«

Der Jüngere winkte ab. »Die bekommen die Besucher auch nicht. Bisher ist noch nichts eingestürzt. Kalkstein ist zwar weich, aber er hält auch. Denken Sie an die Millionen Jahre, die unsere Grotte hier schon auf dem Buckel hat.«

»Wie gesagt, ich bin beeindruckt.«

Peters lächelte still. Er glaubte, den Mann aus Den Haag schon fast überzeugt zu haben. Wenn der erst mal die Andenken aus der Urzeit zu sehen bekam, würden ihm die Augen übergehen. Besonders bei dem Mosasaurus, diesem gewaltigen echsenähnlichen Wesen, das schon alle Dimensionen sprengte.

Jan Peters bog in einen schmaleren Gang ab. Auch hier wurden sie von kerzengeraden Wänden umrahmt, ein Beweis dafür, wie genau die Menschen früher den Kalksandstein abgestochen hatten.

»Wenn wir hier gerade durchgehen, erreichen wir einen Querstollen, der uns direkt zum Ziel führt«, sagte Jan Peters.

»Und da ist auch der versteinerte Mosasaurus zu besichtigen?«

»Richtig.«

»Auf den bin ich gespannt.«

»Können Sie auch, Doktor, denn er ist auf seine Art und Weise einmalig. An ihm hat jeder Besucher seinen Spaß gefunden. Der gehört zu den Spitzen unserer Führung, ebenso wie die Autogramme, die von den Größen der Geschichte hinterlassen worden sind.«

»Ja, ich hörte davon, dass sich sogar Napoleon und der Herzog Don Alva hier verewigt haben.«

»Stimmt.«

442

Dr. Brockmann ging langsamer und sah sich um. »Manchmal habe ich das Gefühl, mich überhaupt nicht in einer Grotte zu befinden. Das ist alles so hell geworden …«

»Liegt am Stein und an der Ausleuchtung«, erklärte Peters.

»Das sehe ich.«

Bald wurde es dunkler. Sie erreichten den bewussten Quergang. »Und fast an seinem Ende können wir unseren Freund sehen.«

»Den Mosasaurus?«

»Genau.«

Brockmann stieß die Hände in die Manteltaschen. »Was ist eigentlich mit den beiden Mönchen genau passiert?«, wollte er wissen.

Überrascht blieb Jan Peters stehen. »Davon wissen Sie?«

Der Mann aus Den Haag begann zu lachen und strich durch sein weißes Haar. »Vergessen Sie nicht, dass sie einen Historiker bei sich haben.«

Peters hob einen Zeigefinger. »Moment, das mit den Mönchen kann zwar stimmen, muss aber nicht. Ich würde es mehr in das Reich der Legende einstufen. Aber Sie haben Glück. Ihre beiden Gräber sollen dort liegen, wo wir auch das vorsintflutliche Reptil bewundern können.«

»Die Mönche nicht?«

Peters lachte. »Nein, die sind bei lebendigem Leibe begraben und eingemauert worden.«

»Was taten sie denn Schlimmes?«

»Sie sollen einen Pakt mit dem Teufel geschlossen und die Maastrichter Bevölkerung im Jahre 1794 an die Franzosen verraten haben. Wie gesagt, ich halte es mehr für eine Legende.«

»Können Sie mir auch etwas über die Größenordnungen der Grotten sagen?«, fragte Brockmann.

»Das kann ich. Dieses Labyrinth umfasst ungefähr zwanzigtausend Gänge mit einer Gesamtlänge von gut zweihundert Kilometern. Allerdings ist nur ein Teil davon zu besichtigen«, fügte er schnell hinzu, als er das erschreckte Gesicht des Historikers sah.

»Dann hätte ich mir nämlich andere Schuhe übergestreift«, erwiderte Brockmann. Er bewies mit der Antwort, dass er Humor hatte.

»Geben wir uns mit unserem Freund aus der Urzeit zufrieden«, sagte Jan Peters. »Schon allein seinetwegen lohnt es sich, die Gänge und Tunnels hier unten zu erhalten.«

Die beiden Männer befanden sich mittlerweile dort, wo die meisten Touristen herliefen. Auf dem Boden waren die Spuren zu sehen. Weggeworfenes Kaugummipapier, mal ein Strohhalm oder ein Papiertaschentuch. Zivilisationsmüll.

Dieser Stollen war auch nicht so gut ausgeleuchtet wie der andere zuvor. Es gab mehr Schatten als Licht, aber die Stelle, wo der Mosasaurus zu sehen war, wirkte innerhalb des Ganges wie eine helle Insel, zu der die beiden allerdings noch hinlaufen mussten.

Dr. Brockmann hatte richtig kalkuliert. Er streckte seinen Arm aus. »Ist es dort?«, fragte er.

»Ja, wenn Sie die Helligkeit meinen.«

»Die meine ich.«

Sie hatten es jetzt eiliger und beschleunigten ihre Schritte. Schließlich standen sie vor der Wand, wo sich das Fossil in einer für seine Körpermaße speziellen Einbuchtung befand.

Sogar der Name war in den Fels geritzt.

MOSASAURUS

Die Männer blieben stehen, lasen die Namen, und Dr. Brockmann hörte Jan Peters erstickt seufzen.

»Tja«, sagte der Mann aus Den Haag trocken. »Das Grab dieses tollen Tierchens haben wir ja gefunden. Aber wo, zum Teufel, befindet sich der Mosasaurus?«

»Eben!«, hauchte Jan Peters. »Das frage ich mich auch …«

Der junge Mann aus Maastricht hatte seine Sprache verloren, stand da, schüttelte den Kopf und starrte dorthin, wo die versteinerte Echse einmal gelegen hatte.

Jetzt war sie verschwunden!

»Und?«, fragte Dr. Brockmann.

»Ich bin ratlos.«

Der Historiker lachte. »Das sehe ich Ihnen an. Mir würde es nicht anders ergehen.«

Jan wischte über seine Augen, als wollte er ein Trugbild verscheuchen und ein reales wieder herholen. Er schaffte es nicht. Die Stelle, wo der Mosasaurus gelegen hatte, war und blieb leer, als hätte es hier nie einen Saurier gegeben.

Dr. Brockmann versuchte, dem neben ihm Stehenden eine goldene Brücke zu bauen. »Vielleicht haben Sie sich geirrt. Kann doch möglich sein – oder?«

»Nein, nein!«, widersprach der andere heftig. »So war das nicht. Oder so ist das nicht. Dieser Saurier hat hier gelegen. Hier sehen Sie ja noch die Umrisse einer Grabstätte.«

»Und was ist das?«

»Was?«

»Das Geröll und die Steine auf dem Boden. Ist das normal? Bisher sind wir durch Gänge und Tunnels geschritten, die mir ungewöhnlich glatt vorkamen.«

»Nein!«, flüsterte Jan Peters. »Das ist nicht normal.«

»Und auch nicht die Lücken im Gestein, die sich noch in der Wand befinden?«

»Auch nicht.«

Brockmann massierte sein Kinn. Er hatte ein Faltenmuster auf der Stirn bekommen, ein Zeichen, dass er angestrengt nachdachte. »Irgendetwas stimmt hier nicht oder stinkt gewaltig zum Himmel, Jan. Wissen Sie wirklich nicht, was hier vorgefallen sein könnte?«

»Nein, verflucht! Vielleicht hat jemand das Tier gestohlen, was weiß ich?«

Dr. Brockmann lachte auf. »Ein versteinertes Reptil? Was will er denn damit?«

»Keine Ahnung.«

Brockmann löste sich von der Stelle und schritt dorthin, wo das Geröll den Boden dicht vor der Wand bedeckte. »Hatten Sie nicht davon berichtet, dass hier Mönche lebendig begraben wurden?«

»Das hatte ich.«

Brockmann hob die Hand. »Und die sollen dicht neben dem Reptil gelegen haben, wenn ich mich nicht irre!« Er ließ den anderen nicht zu Wort kommen und nickte. »Dann müssten das hier die aufgebrochenen Gräber sein.« Fragend schaute er Jan Peters an.

Der schüttelte den Kopf und strich den Schweiß von seinem Gesicht. »Alles nur Legenden, Märchen …«

»Wirklich?«

Jan Peters fuhr herum. »Natürlich. Oder glauben Sie etwa, dass abtrünnige Mönche, die seit fast zweihundert Jahren in Felsengräbern liegen, so ohne weiteres auferstehen und verschwinden?«

Dr. Brockmann wiegte den Kopf. »Der Saurier ist ebenfalls verschwunden, denken Sie daran.«

»Den hat man weggeschafft.«

»Wie schwer war er denn?«

»Keine Ahnung, ich habe ihn nicht gewogen.«

Der Regierungsmann schaute nachdenklich auf seine Fußspitzen, auf denen ein heller Staubfilm lag. »Der Mosasaurus muss erst vor kurzem verschwunden sein. Als wir die Grotten betraten, kamen uns praktisch die letzten Besucher entgegen. Sie werden das Reptil noch gesehen haben, sonst hätten sie anders reagiert.«

»Das kann sein.«

»Wenn er nicht selbst sein Grab verlassen hat, muss er in der Zwischenzeit gestohlen worden sein. Eine andere Erklärung habe ich nicht dafür, es sei denn, Sie haben sich geirrt, was die Stelle anbetrifft, aber das kann ich mir nicht vorstellen.«

»Ich auch nicht!«, flüsterte Jan Peters. Er sah seinen Zuschuss langsam davonflattern. Mit dieser Überraschung hätte er nicht gerechnet, das war einfach nicht möglich.

»Haben Sie denn eine Idee?«, erkundigte sich der Historiker und schaute Jan fragend an.

Peters fuhr durch seinen Vollbart. »So gut wie nicht. Am besten wird es sein, wenn wir eine Suchaktion starten. Dazu müsste ich erst die entsprechenden Leute zusammentrommeln.«

»Ja, tun Sie das.«

Noch einmal schaute sich Jan Peters die Stellen genau an, die ihm so große Rätsel aufgaben. Er konnte deutlich erkennen, dass bei den Gräbern das Gestein von innen herausgebrochen war, als hätte sich jemand dagegen gestemmt, der unbedingt rauswollte.

Aber die abtrünnigen Mönche konnten einfach nicht leben. Sie waren seit über zweihundert Jahren tot, mussten längst zu Skeletten geworden sein, und dieser versteinerte Saurier war auch verdammt schwer. Da brauchte man eine Kompanie, um ihn abzutransportieren.

Wie also ließ sich dieses Rätsel erklären?

Dr. Alan Brockmann trat auf den Mann zu und legte ihm die Hand auf die Schultern. »Grämen Sie sich nicht zu sehr. Irgendwie wird sich schon eine Erklärung finden lassen.«

Jan Peters lachte so hart auf, dass es durch den Gang schallte. »Ja, irgendwann«, wiederholte er. »Aber davon habe ich nichts. Ausgerechnet heute, wo ich Ihnen die Grotten zeigen will, muss so etwas passieren.« Er schlug sich gegen die Stirn. »Ich kann nicht mehr, ich werde noch mal verrückt, wenn ich darüber nachdenke. Wirklich.«

»Jetzt könnte ich einen Genever vertragen«, sagte der Historiker.

»Tut mir Leid, aber ich habe keinen zur Hand. Wenn wir oben sind, nehme ich mir auch …«

Plötzlich ging das Licht aus.

Das geschah so abrupt, dass Jan Peters nicht dazu gekommen war, den letzten Satz zu beenden.

Schlagartig war die Dunkelheit über beide Männer hereingebrochen und erfüllte das Innere der gewaltigen Grotte wie eine dicke, lichtundurchlässige Masse.

Jan Peters stöhnte auf. »Auch das noch«, fügte er hinzu. »Uns bleibt nichts erspart.«

Dr. Brockmanns Antwort klang spöttisch. »Haben Sie schlechte Nerven, junger Freund?«

»Im Prinzip nicht, aber …« Peters sprach nicht mehr weiter. Dafür vernahm Brockmann das Rascheln von Stoff. Der

Holländer holte eine Taschenlampe hervor. Als er sie einschaltete, sagte er: »Die trage ich zum Glück immer bei mir.«

Die Lampe war fast so lang wie der Unterarm eines ausgewachsenen Mannes und auch sehr lichtstark. Der gelbweiße Strahl schuf einen Tunnel innerhalb der Dunkelheit. Er tanzte über die Löcher in den Felswänden, berührte auch das am Boden liegende Geröll und blieb schließlich an der Stelle haften, wo der Mosasaurus sich eigentlich hätte befinden müssen.

»Leer wie meine Geldbörse kurz vor dem Ersten«, kommentierte Dr. Brockmann. »Da müssen wirklich einige Leute Saurier sammeln. Wer sonst hätte Interesse daran, das Ding zu stehlen?«

»Ich weiß es nicht.«

»Oder hat es sich selbstständig gemacht?«

Nach dieser Frage begann Jan Peters krächzend zu lachen. »Sie sind gut, Doktor. Aber ich bin froh, dass Sie in dieser Lage noch scherzen können.«

»Die Hauptsache ist doch, dass Sie den Rückweg finden.«

»Darauf können Sie sich verlassen. Und ich werde auch ein Wörtchen mit dem Techniker reden. Der Kerl muss geschlafen haben.«

»Was kann er dafür?«

»Wir sind hier abgesichert. Wenn der normale Strom ausfällt, müssen automatisch die Notaggregate anspringen und den Saft liefern.«

»Das haben sie nicht getan.«

»Nein, und darüber ärgere ich mich. Gleichzeitig ist es mir ein Rätsel.«

»Also noch eins.«

»Sicher.«

»Dann lassen Sie uns gehen. Ich habe auch keine Lust, noch länger in der Finsternis herumzustehen. Laufen Sie vor, Peters, und lassen Sie ihren Geist und die Lampe leuchten.«

»Da wird die Lampe wohl heller sein.«

»Stellen Sie Ihr Licht nicht unter den Scheffel. Sie haben getan, was Sie konnten.«

Die beiden Männer machten sich auf den Rückweg.

Der helle Schein wies ihnen den Weg. Er tanzte im Rhythmus ihrer Gehbewegungen, strich über das Gemäuer, berührte den Boden oder verlor sich in der Ganglänge.

Die beiden Männer achteten nur auf ihre eigenen Schritte, andere Geräusche waren nicht zu vernehmen. Die Dunkelheit schien alles eingepackt zu haben.

Umso überraschender traf sie das schreckliche Gebrüll. Woher es kam, wusste keiner von ihnen zu sagen, aber es hallte infernalisch durch die Grottengänge und trieb den Männern Schauer über die Rücken …

Beide blieben sofort stehen. Atemlos lauschten sie dem Echo, das zwischen den kahlen Wänden noch gewann und mit seiner Klangbreite überraschte.

»Das darf doch nicht wahr sein!«, hauchte Jan Peters. »Was hat das denn wieder zu bedeuten?«

Dr. Brockmann gab keine Antwort. Er drehte sich auf der Stelle und schaute den Weg zurück, den sie gekommen waren.

Nichts konnte er bei der verfluchten Schwärze erkennen.

»Das hörte sich an, als hätte ein Löwe gebrüllt«, hauchte Jan Peters, »aber ich weiß genau, dass es hier unten keine Tiere gibt. Und es ist auch kein Zoo in der Nähe, wo so einer hätte entfliehen können.«

»Sie vergessen unseren Freund, den Saurier.«

»Hören Sie auf, Doktor! Treiben Sie doch bitte nicht mit dem Entsetzen ihre Scherze, nicht in dieser Lage.«

»Eine andere Lösung fällt mir nicht ein!«

»Verdammt, der Saurier ist tot. Versteinert!«

»Und weggelaufen«, erwiderte der Mann aus Den Haag trocken.

Peters gab keine Antwort. Er atmete nur schwer, um einen Moment später abermals zusammenzuzucken, denn wiederum war das so heftige Brüllen erklungen.

Diesmal noch lauter, noch schauriger. Urwelthaft hörte es

sich in der Tat an, und es raste den einsam dastehenden Männern entgegen wie ein gewaltiges Gewitter.

Unwillkürlich schritten die beiden zurück. Sie blieben auch nicht stehen, sondern liefen tiefer in den Gang hinein, wobei sie erst dann ihren Schritt anhielten, als sie eine Tunnelkreuzung erreichten, von der auch andere Gänge abzweigten.

Sie wollten den rechten nehmen.

Jan Peters, der sich auskannte, drehte sich bereits um, blieb aber plötzlich stehen. Was er da zu sehen bekam, ging ihm unter die Haut.

Es war ein Licht.

Feurig und gelb glühte es auf. Zudem kreisrund, und es lag wie ein großer Schal um einen faltigen Hals, zu dem ein magerer Kopf gehörte, der von strähnigen, weißen, langen Haaren eingerahmt war. Der Flammenkranz verbrannte nicht, er riss dafür sehr deutlich das Gesicht der Gestalt aus der Finsternis.

Hager und bleich wie das eines Toten. Augen lagen tief in den Höhlen, die Lippen waren so aufeinander gepresst, dass sie fast nur mehr blasse Striche bildeten. Obwohl die Augen keinen Ausdruck hatten, erschienen sie den beiden Betrachtern gnadenlos und gleichzeitig abschätzend. Die Gestalt selbst steckte in einer langen Kutte, die bis zum Boden reichte. Aus den weiten Ärmeln schauten zwei Hände hervor, deren Finger auf die beiden Zuschauer durch das Strecken überlang wirkten.

Der andere sprach kein Wort. Er stand nur da, schwieg, und gerade dieses Schweigen wirkte bei ihm so gefährlich. Seine Gedanken konnten sich durchaus mit Mord und Tod beschäftigen.

Die Gestalt ließ den Männern Zeit, sich von ihrer Überraschung zu erholen. Sogar dem Historiker aus Den Haag hatte es die Sprache verschlagen. Er stand da, schluckte und staunte nur noch. Er bewegte zwar die Lippen, aber kein Laut drang aus seinem Mund.

»Ich träume doch nicht, oder?« Es war Jan Peters, der die Frage hauchte.

»Nein, bestimmt nicht.« Brockmann stieß Peters an. »Seien Sie mal ruhig, leuchten Sie ihn auch nicht an. Ich werde ihn jetzt fragen, woher er kommt und wer er ist.«

»Glauben Sie denn, dass Sie überhaupt eine Antwort kriegen?«

»Das hoffe ich doch.«

»Dann machen Sie mal.«

Auch Dr. Brockmann fühlte sich nicht wohl in seiner Haut. Diesem Wesen, das mehr tot als lebendig wirkte, eine Frage zu stellen, kam ihm sehr ungewöhnlich vor, und er konnte die Gänsehaut auf seinem Körper nicht zurückdrängen.

Dennoch, kneifen wollte er nicht.

Einen mutigen Schritt ging Dr. Brockmann auf die Gestalt zu, bevor er sie anredete.

»Wer bist du?«

Er hatte kaum damit gerechnet, eine Antwort zu bekommen. Dass sie ihm gegeben wurde, überraschte ihn.

»Ich heiße Uranus!«, drang es dumpf und gleichzeitig kratzig über die kaum erkennbaren Lippen der Gestalt.

»Und ich Mercurius!«

Diese Worte hatte ein anderer gesprochen. Und sie waren im Rücken der beiden Männer aufgeklungen.

Die zwei drehten sich auf der Stelle.

Es war nicht das fremde Echo des ersten Sprechers gewesen, das sie vernommen hatten, denn sie schauten direkt in das von einem Feuerkranz erhellte Gesicht einer zweiten Gestalt, die der ersten aufs Haar glich.

An sie hätten sich die Männer gewöhnen können. Aber hinter dem zweiten Unbekannten zeichnete sich ein düsterer, gewaltiger Schatten ab, der trotzdem auf gewisse Art und Weise flach wirkte.

Es war der Schatten des Mosasaurus!

Zum Glück sprach der zuständige Polizeiinspektor englisch, und er war froh, seine Kenntnisse an mir ausprobieren zu können, als ich ihm gegenüber Platz genommen hatte.

Der Mann hieß van Liechem, war schon älter und wirkte auf mich gemütlich. Er hatte das rosige Gesicht in wohlwollende Falten gelegt, die Hände auf dem kugeligen Bauch verschränkt und schaute mich über die Ränder seiner Lesebrille mit den halben Gläsern breit lächelnd an.

»Ja, meine abendlichen Kurse in Ihrer Sprache machen sich bezahlt«, wiederholte er. »Auch wenn meine Familie schimpfte, denn nach den beiden Stunden sind wir noch immer einen heben gegangen. Dabei haben wir natürlich auch gegessen. Jetzt soll ich keine fremde Sprache mehr lernen, sondern ein Fitness-Center besuchen, um meine Pfunde wieder loszuwerden. Aber ich sage immer, jedes Gramm, das hier sitzt, habe ich mir redlich verdient.«

Normalerweise hätte es mir Spaß bereitet, dem Mann zuzuhören, in diesem Fall wurde ich ein wenig nervös. Es konnte durchaus sein, dass gerade in diesen Augenblicken irgendetwas passierte, das mich unmittelbar betraf, ich jedoch nicht anwesend war.

Die Fahrt hatte ich gut hinter mich gebracht. Von London bis Amsterdam war es nur ein Katzensprung. Den Leihwagen hatte ich telefonisch bestellt, und der Opel Kadett stand auch aufgetankt für mich bereit.

An den Rechtsverkehr hatte ich mich wieder schnell gewöhnt, denn schon öfter hatte ich auf dem Festland zu tun gehabt. Nur das Wetter hatte mir nicht gefallen, und ich sollte mit meiner Prognose Recht behalten. Am Nachmittag begann es zu schneien. Erst nur zögernd, dann aber richtig, sodass ich schließlich froh war, die Stadt Maastricht noch erreicht zu haben.

Von dem Ort selbst hatte ich nicht viel sehen können. Er musste anheimelnd sein, auch wenn während des Schneefalls die Umgebung grau ausgesehen hatte. Aber von den schönen Fassaden der Häuser innerhalb der Altstadt hatte ich dennoch einen ersten, einen positiven Eindruck bekommen.

Natürlich gab es in einer so großen Stadt wie Maastricht nicht nur eine Polizeistation. Man hatte mich bewusst an den

Inspektor van Liechem verwiesen, weil er sich am besten auskannte, wie es hieß.

Wir hatten uns in sein Büro verdrückt, und der Lärm in den anderen Räumen war hinter uns zurückgeblieben.

Van Liechem entzündete seine Pfeife, paffte genüsslich ein paar Wolken und blies sie in meine Richtung. Der Tabak war nicht so mein Fall. Er stank wie ein Laternenpfahl ganz unten, zudem erinnerte er mich an alte Socken, die dringend mal gewaschen werden mussten.

»Ich freue mich ja, dass Sie hier sind«, sagte van Liechem, und sein Gesicht zerfloss hinter den Rauchwolken, »aber ich kann mir nicht vorstellen, was ein Scotland-Yard-Mann in unserer kleinen Stadt will. Ehrlich nicht.«

»Es ist mehr ein Verdacht«, gab ich zu.

»Und gegen wen richtet er sich?«

»Gegen keine Person, sondern gegen die Grotten, für die Maastricht ja berühmt ist.«

Aus der Qualmwolke hörte ich das Lachen. »Das gibt es doch nicht«, sagte er. »Sie wollen in die Grotten gehen?« Er beugte sich vor und wedelte mit der Hand den Qualm durcheinander. »Was treibt Sie denn ausgerechnet dorthin? Sicherlich keine Besichtigung – oder?«

»Nicht nur.«

»Und wen suchen Sie da? Einen flüchtigen Verbrecher?« Er lächelte wieder so behäbig und freundlich. Ich glaubte daran, dass es nur Tünche war. Van Liechem wusste oder ahnte zumindest schon, wie der Hase lief, doch er wollte mich locken.

Und was hätte ich ihm antworten sollen?

Von Shaos Traum erzählen, einem vagen Verdacht oder von der Suche nach meinen beiden Freunden und dem Würfel des Unheils? Das alles hätte er sicherlich lächelnd zur Kenntnis genommen, es mir aber nicht geglaubt. »Na ja, Kollege, sind Sie stumm geworden?«

Ich hob die Schultern. »Wissen Sie, Inspektor, ich bin allein gekommen, also nicht in einer so offiziellen Mission und mit Beglaubigungsschreiben, was weiß ich nicht alles. Eigentlich habe ich da nur einen gewissen Verdacht, dass jemand bei den Grotten eintrifft, der bisher verschollen gewesen war.«

Van Liechem paffte wieder einige Wolken. »Kenne ich den Mann?«

»Er ist kein Holländer.«

»Ich kenne auch Ausländer.«

»So habe ich das nicht gemeint. Ich will es Ihnen anders sagen. Er ist noch nicht in Ihrem Land aktiv geworden, und er ist auch ein wenig seltsam.«

»Wie Sie!« Van Liechem sagte es mir glatt ins Gesicht und zielte dabei mit dem Mundstück seiner Pfeife auf mich. »Sie, Mr. Sinclair, sind auch kein normaler Polizist. Als ich hörte, dass Sie kommen würden, musste ich arbeiten. Ich griff also zum Telefon und redete ein wenig mit einem Bekannten in Amsterdam. Der sitzt in einer Art Zentrale, kennt sich unwahrscheinlich aus und spielt gern mit Computern. In unseren Computern war Ihr Name gespeichert. Von einem Grachten-Teufel war da die Rede ...« Van Liechem unterbrach sich selbst, indem er hustete. Dann meinte er: »Nennt man Sie nicht auch Geisterjäger?«

»Kompliment«, erwiderte ich nickend. »Sie haben es geschafft, mich zu demaskieren.«

»Das meine ich.« Jetzt lachte er. Es klang offen und ehrlich. »Keine Feindschaft, Kollege, ich an Ihrer Stelle hätte ebenso gehandelt. Werden Sie mit mir zusammenarbeiten?«

»Das will ich.«

Van Liechem nickte und legte die Pfeife in den breiten Glasaschenbecher neben sich. »Das ist gut. Deshalb möchte ich auch eingeweiht werden. Gehen Sie davon aus, dass ich Sie akzeptiere.«

Wenn er so redete, war es mir sehr recht, und ich berichtete ihm von meinem Verdacht, wobei ich auch die Erdmagie nicht ausließ, auf die es mir ankam.

Er hörte aufmerksam zu und gab danach die Antwort. »Gut, dann werden wir uns die Höhlen ansehen. Ich kenne sie, und als Führer bin ich nicht der schlechteste.«

»Das wäre nett.«

Wieder nahm er seine Pfeife. Er zündete sie an und gab mir die Gelegenheit, durch das Fenster zu schauen, wo es hinter der Scheibe einfach nur Grau in Grau aussah.

»Eine Frage hätte ich da noch.«

»Bitte.«

Van Liechem lächelte verschmitzt. »Sie haben von einer Erdmagie gesprochen. Jetzt werde ich mal ein wenig theoretisch sein. Ist es möglich, dass eine Magie die andere stören kann?«

»Wie meinen Sie das, Inspektor?«

»Wenn zwei Magien aufeinander treffen, kann die eine die andere dann wecken?«

»Das ist möglich.« Ich fragte weiter. »Haben Sie denn hierbei einen konkreten Verdacht?«

»Davon kann man eigentlich nicht ausgehen. Es geht da mehr um eine Legende. Damals, es sind ungefähr zweihundert Jahre her, hat man hier zwei Mönche lebendig eingemauert oder in die Felsen gesteckt. Die beiden hießen Uranus und Mercurius. Sie waren vom Glauben abgefallen und beteten Götzen an. Unter anderem den Teufel …«

Er wartete auf meine Reaktion, die auch erfolgte. »Sie sprechen vom Teufel, aber ich wundere mich über die Namen der beiden Mönche. Sind die nicht etwas seltsam?«

»In der Tat. In den alten Chroniken heißt es, dass sie nicht nur den Teufel angebetet haben, auch die Gestirne waren ihnen nicht fremd. Sie hielten sie für göttergleich. Deshalb ihre beiden so ungewöhnlichen Namen.«

»Die Mönche werden vermodert sein«, kommentierte ich.

»Davon müsste man eigentlich ausgehen. Vermodert. Aber da ist eine Sache vorgefallen, die ebenfalls in den Chroniken steht. Die Mönche haben kurz vor ihrem Tod erklärt, dass jeder andere umgebracht werden könnte, sie aber nicht. Beide behaupteten, dass sie auch in den Felswänden überleben würden, und dass irgendwann ihre Zeit kommt. Dann wird eine Magie erscheinen, die sie aufweckt. Das habe ich gelesen, das ist auch mündlich über Generationen weitererzählt worden. Wie stehen Sie dazu, Mr. Sinclair?«

»Ich müsste mich mit dem Fall näher beschäftigen.«

»Sie lehnen ihn also nicht rundweg ab?«

»Nein, natürlich nicht. Da kann einiges passiert sein. Ich habe schon die tollsten Dinge erlebt, und eine Magie befindet sich auf dem Weg in diese Höhlen, davon gehe ich zumindest aus.«

»Konkrete Anhaltspunkte haben Sie nicht?«

»Noch nicht.«

»Gut, dann werden wir sie beschaffen.« Van Liechem stand halb auf und schob seinen Stuhl zurück. Dabei stöhnte er. »Das gute Essen bereitet mir manchmal Schwierigkeiten, aber nichtsdestotrotz, ich kann einfach nicht fasten. Würden Sie das?«

»Darüber habe ich mir noch keine Gedanken gemacht.«

»Das brauchen Sie bei Ihrer Figur auch nicht.« Van Liechem öffnete eine Schranktür. Er holte einen wetterfesten Mantel hervor und streifte ihn über. »Es schneit wieder, was?«

»Leider.«

»Ich habe zwar keine Lust, durch den Schnee zu gehen. Aber was tut man nicht alles für einen Kollegen!«

Van Liechem war wirklich ein herrlicher Typ. Ich musste leise lachen, als ich ihn so reden hörte.

Beide schraken wir zusammen, als die Tür ziemlich heftig aufgestoßen wurde. Auf der Schwelle stand ein Beamter, der durch den Schnee gelaufen war. Auf dem Mantel lagen die Kristalle und schmolzen allmählich zu Wassertropfen, die dann wie kleine Perlen aussahen.

»Was ist denn, Ruut?«, fragte der Inspektor.

»In den Grotten ist das Licht ausgefallen. Es existieren auch keine Telefonverbindungen mehr. Nur in die Stadt kann der Techniker noch anrufen, aber die Apparate in der Grotte springen nicht an. Auch die Notstromaggregate funktionieren nicht. Da ist ein totaler Ausfall. Der Mann steht vor einem Rätsel.«

Van Liechem ging auf seinen Kollegen zu. »Sind Menschen zu Schaden gekommen?«

»Das weiß man nicht.«

»Sind denn welche in den Höhlen, Mensch?«

»Ja, der Techniker sprach von zwei Männern. Einer ist übrigens Jan Peters. Er hatte Besuch von einem Regierungsmann und wollte ihm die Grotten zeigen.«

Van Liechem winkte ab. »Ich kenne Jan Peters«, wandte er sich an mich. »Es gibt keinen, der die Grotten so gut kennt wie er. Der findet auch im Dunkeln zurück.«

»Wir sollten trotzdem hinfahren«, sagte ich, da ich ahnte, auf was der Kollege hinauswollte.

Er grinste. »Natürlich fahren wir hin. Ich wollte damit nur sagen, dass die beiden in relativer Sicherheit sind. Ein Fremder verläuft sich, der vermodert, aber bei Jan Peters bin ich mir sicher. Er schafft alles. Der kennt sich aus.«

»Okay, dann lassen Sie uns gehen.«

Van Liechem schlug dem Kollegen noch auf die Schulter. »Haben Sie gut gemacht, Ruut. Trinken Sie eine Tasse Tee oder Kaffee, das wärmt am besten durch.«

Ich war schon vorgegangen. Durch den großen Raum schritt ich, in dem vier Polizisten saßen. Es war weniger hektisch als in den Londoner Revieren. Man konnte es durchaus als gemütlich bezeichnen. Das kehrte sich um ins Gegenteil, als ich die Tür des Reviers geöffnet hatte. Schräg peitschten die dünnen Schneebahnen über die Fahrbahn und jagten in die Türlücke hinein, wo sie gegen mein Gesicht schlugen und wie kleine Nadeln in die Haut bissen.

Ich kniff die Augen zusammen, schüttelte den Kopf und zog mich wieder zurück.

Van Liechem kam und sagte: »Wir nehmen meinen Wagen. Der steht nur ein paar Meter entfernt.«

Obwohl die Dunkelheit noch nicht voll hereingebrochen war, konnten wir kaum etwas sehen. Die schrägen Schneeschleier nahmen uns die Sicht. Auf der Fahrbahn, die ebenfalls eine dicke Schneedecke zeigte, krochen die Wagen vorbei. Nur zu erkennen an den blassen Lichtern der Scheinwerfer.

Van Liechem fuhr einen Datsun. Er schloss ihn auf und öffnete auch mir die Tür. Stöhnend klemmte er sich und seinen Bauch hinter das Lenkrad.

»Und ausgerechnet heute«, beschwerte er sich.

»Hatten Sie etwas vor?«

»Ja. Ich wollte Karten spielen.«

»Tut mir Leid. Ich meine, wenn Sie mich nur bis zu den Grotten hinfahren und anschließend wieder zurück wollen …«

»Nein, ich bleibe bei Ihnen.«

»Wie Sie wollen.«

Wir waren bereits unterwegs. Der Datsun war mit Winterreifen ausgerüstet und kam gut weg. Er schleuderte zwar, aber van Liechem war es egal. Er hatte einen merkwürdigen Fahrstil. Bald hatten wir die Stadt hinter uns gelassen. Der Inspektor erzählte mir von den beiden Eingängen. Er hatte sich für den Eingang Zonneberg entschieden. Dort befanden sich die großen Parkplätze, und da musste auch der Techniker sitzen, der die Meldung durchgegeben hatte.

Ich konnte bei dem Schneewirbel so gut wie nichts erkennen. Auch von der Straße nicht. Zum Glück kam uns keiner entgegen.

Mein Fahrer überlegte laut, wo sich die Gräber befanden.

»Was wollen Sie denn damit?«

Er lachte. »Ich sehe sie nämlich nicht. Sonst habe ich mich daran halten können.«

Wir schafften es auch trotz der Hindernisse, unser Ziel zu erreichen. Die große freie Fläche war der Parkplatz, auf dem einsam und verlassen ein Wagen stand. Unter der dicken Haube aus Schnee waren die Umrisse kaum zu erkennen.

Van Liechem wusste trotzdem Bescheid. »Das ist Jans Fahrzeug. Ich kenne es genau.«

Wir stellten uns neben den Wagen. Nicht direkt, eine Parktasche blieb noch frei.

Van Liechem schimpfte wieder, als er den Datsun verlassen hatte. Ich wunderte mich, wie schnell sich der übergewichtige Mann bewegen konnte, aber er wollte dem Schnee entrinnen und stand als Erster unter einem schützenden Vordach nahe der Kasse.

»So«, sagte er, als ich neben ihm anhielt. »Da wären wir.«

»Und wo befindet sich der Eingang?«

»Da müssen wir eine Treppe hinunter. Aber später. Wichtig ist der Techniker.«

Hier draußen brannte noch Licht. Einige Lampen sahen aus wie zerfaserte Orangen.

An der Kasse führte mich der holländische Kollege vorbei. Er drückte eine Sperre nach innen. Danach folgten wir nicht dem dreisprachig ausgestatteten Richtungsweiser, sondern tauchten in einen schmalen Gang ein und erreichten eine ebenfalls schmale Tür.

Van Liechem klopfte an.

Die Stimme, die uns aufforderte, einzutreten, klang wütend. Wir betraten den Raum und schauten in das Licht zweier starker Taschenlampen. Sie standen so, dass sich ihre Strahlen kreuzten und der Techniker das sehen konnte, was er wollte.

Es war ein noch junger Mann. Ziemlich kräftig und größer als ich. Er trug eine Arbeitsjacke, darunter einen Pullover und hielt einen dicken Schraubenzieher mit Isoliergriff in der rechten Hand. »Es ist zum Heulen«, sagte er, »alles ausgefallen.«

Van Liechem stellte mich vor. Ich erfuhr, dass der Techniker Kals hieß.

»Und du hast die Ursache nicht feststellen können?«, fragte van Liechem, nachdem der Mann mit dem Lamentieren aufgehört hatte.

»Nein, nichts.«

»Was könnte es denn gewesen sein?«

»Ich weiß es nicht, verdammt.« Er fuchtelte mit dem Schraubenzieher herum, als wäre dieser eine Säbelklinge. »Ich habe einfach keine Ahnung. Und dabei kenne ich hier jeden Kontakt, aber das ist ein totaler Ausfall. Tut mir Leid, ich bin ratlos.«

»Wie kann es denn möglich sein, dass auch die Aggregate für den Notstrom nicht anspringen?«, fragte van Liechem.

»Das ist das große Problem. Da bin ich noch überfragter als vorhin. Völliger Blackout, kein Saft mehr, nichts.«

»Und zwei Männer sind in der Grotte?«

»Ja, aber Jan kennt sich aus.«

»Das nehmen wir auch an«, erklärte van Liechem. Er zielte mit seinem Zeigefinger auf die Brust des anderen. »Hör zu. Wir werden es in aller Ruhe angehen. Du bleibst hier, und wir statten der Höhle einen Besuch ab.«

Kals schaute uns erstaunt an. »Sie wollen in der Dunkelheit in diese Unterwelt steigen?«

»Es gibt doch Lampen.«

»Schon, aber …«

»Wo sind sie?«

»Warten Sie, Inspektor.« Kals nahm eine Lampe mit, verschwand im Hintergrund seiner Werkstatt und zog von einem Schrank eine breite Schublade auf.

Dort suchte er einen Moment und kam mit zwei schweren, alten Lampen zurück. Sie hatten noch ein Blechgehäuse. Man konnte sich die Dinger um den Hals hängen.

»Und die funktionieren?«, fragte ich.

Wir probierten es aus. »Die Batterien sind neu«, erklärte uns der Techniker. »Die reichen mindestens für drei Stunden, wenn nicht noch länger.«

»Übernachten wollen wir da unten nicht«, erwiderte van Liechem und schärfte dem anderen noch einmal ein, sich nicht von der Stelle zu rühren. »Immer hier bleiben, was auch geschieht.«

»Ja, klar. Darf ich denn eine Frage stellen?«

Van Liechem hatte sich schon abgewendet. »Was willst du denn wissen, Kals?«

»Worum es eigentlich geht? Ist doch nicht normal, dass ein Polizist kommt, wenn hier der Strom ausfällt.«

Der Inspektor lachte. »Normal ist es nicht. Aber, mein lieber Kals, was ist schon in dieser Welt normal?«

»Da sagen Sie was.«

»Siehst du.«

Wir verließen den Raum. Kaum hatten wir die Tür hinter uns geschlossen, als wir das Fluchen des jungen Mannes vernahmen.

»Ich würde auch die Wut bekommen«, sagte van Liechem. »Sie sprechen mir aus der Seele.«

Die Kälte kroch in den Gang. Selbst ein paar Schneeflocken wirbelte der Wind hinein. Diesmal folgten wir den Hinweisschildern und gelangten an eine schmale Steintreppe, die in die Tiefe führte. Ich hielt mich an einem eiskalten Handlauf fest. Der tanzende Lichtstrahl folgte dem Treppenbogen, und sehr bald schon hatte uns die Tiefe und damit auch die Höhle verschluckt.

In einer domartigen Halle blieben wir stehen. Über uns spannte sich ein Rundbogen aus Kalksandstein, der hell schimmerte, wenn er vom Strahl der Lampen getroffen wurde.

»Alles Kalksandstein«, erklärte der Inspektor. »Diese Höhlen und Grotten sind unwahrscheinlich. Seit Hunderten von Jahren hat man hier schon die Steine abgebaut. Selbst die alten Römer haben die Grotten bereits erwähnt. Plinius schrieb darüber ...«

Worüber er wohl nicht geschrieben hatte, war das donnernde Gebrüll, das irgendwo aus dem Dunkeln aufklang und unsere Ohren als dumpf klingendes Schmettern erreichte.

Das Gesicht des niederländischen Kollegen wurde noch blasser, als es ohnehin schon war. »Was kann das gewesen sein?«, flüsterte er. »Verdammt, das waren doch keine Menschen.«

Ich schüttelte den Kopf. »Bestimmt nicht, mein Lieber.«

»Wer oder was dann?«

»Sehen wir mal nach, Kollege ...«

Weder Jan Peters noch Dr. Brockmann hatten es glauben wollen, nun war es sozusagen amtlich.

Sie sahen zwei Gestalten, die eine verdammte Ähnlichkeit mit denen aufwiesen, die sie als Mönche bezeichnet hatten und die vor über zweihundert Jahren eingemauert worden waren.

Derjenige, der sich zuerst gemeldet hatte, hieß Uranus, der

andere Mercurius. Dr. Brockmann, der sich früher als Jan Peters erholt hatte, wandte sich flüsternd an den jüngeren Mann. »Stimmt es, was die beiden gesagt haben? Heißen sie tatsächlich so? Oder hießen die Mönche damals so?«

»Ja, verdammt.«

»Dann sind Sie es.«

»Nein, das ist …« Peters verzog das Gesicht. »Ich kann es einfach nicht glauben.«

»Es sind die beiden, oder kannst du dir etwas anderes vorstellen? Wohl kaum.«

Brockmann war in den vertrauten Tonfall gefallen, denn die Gefahr schweißte zusammen.

»Und der Schatten dahinter?«, fragte Jan.

Brockmann lachte. »Willst du das wirklich wissen, Junge?«

»Verdammt, ich ahne es.«

»Deine Ahnung hat dich wohl nicht getrogen. Dahinter zeichnet sich der Schatten des Mosasaurus ab. Was das bedeutet, kannst du dir ja vorstellen.«

»Dass er lebt.«

»Richtig, wie auch die Mönche.«

Eigentlich brauchten die beiden ihre Lampen nicht mehr, denn die Feuerringe am Hals der Mönche gaben genügend Licht, um etwas erkennen zu können. Sie bewegten sich nicht, lagen ruhig da, und nur manchmal zuckten kleine Flämmchen von der Ringoberfläche in die Höhe, ohne auch nur einen Fetzen der alten, verwittert aussehenden Haut zu verletzen.

»Was meinen Sie, was die mit uns vorhaben, Doktor?«

»Bestimmt nicht zum Essen einladen.«

»Eher das Gegenteil?«

»Richtig.«

»Dann schweben wir in Lebensgefahr.«

»Noch richtiger.«

Jan Peters atmete schwer. Bisher hatte er nicht gewagt, sich zu bewegen. Nun überwand er seine Angst, trat einen kleinen Schritt zur Seite und hielt die Taschenlampe so, dass der Strahl an dem Mönch vorbeizielte und auf eine grünbraune, schuppige Haut traf, die durch das helle Licht einen fahlen Glanz annahm.

Beide Männer standen so, dass sie Pater Uranus im Rücken wussten. Das Monster interessierte sie viel mehr. Noch war es ruhig. Im nächsten Augenblick änderte sich dies. Sie nahmen die Bewegung wohl wahr, als der Mosasaurus sein Maul aufriss, dann traf sie das Gebrüll aus unmittelbarer Nähe und mit einer Vehemenz, die ihnen Angst einjagte, und die sie zurücktaumeln ließ.

Feuer schlug nicht aus dem Rachen, aber das Brüllen jagte durch den Gang, in dem sie standen, und die Schauer auf ihren Körpern wollten einfach nicht weichen.

Irgendwo in der Ferne lief das Echo schließlich aus. Die folgende Ruhe empfanden sie als bedrückend.

Dr. Brockmann hauchte: »Ich schätze, dass wir uns jetzt erst mal verziehen sollten.«

»Zurück?«

»Ja, aber hübsch langsam.«

»Ihr bleibt hier!« Mercurius hatte gesprochen. Es war zwar kein Gebrüll, dass ihnen entgegendonnerte, aber leise klang die Stimme auch nicht. Und sie war sehr bestimmend, sodass beide Männer automatisch ihre Bewegungen einfrieren ließen.

»Ihr werdet bleiben!«

Brockmann und Peters waren bereit gewesen, sich umzudrehen. Sie wollten den Weg nehmen, der ihnen am wenigsten versperrt war, denn dort stand Uranus und kein Saurier aus der Urzeit. Der Befehl allerdings stoppte sie. Die Worte waren so scharf gesprochen worden, dass die beiden Männer sich nicht trauten, noch etwas anderes zu unternehmen. Also blieben sie auf der Stelle stehen und warteten ab.

Mercurius erkannte dies mit Wohlwollen. Über seine schmalen, kaum sichtbaren Lippen zuckte ein Lächeln. Beinahe schlenkernd setzte er sich in Bewegung, und er bewegte dabei nickend den Kopf. »Ihr habt uns gestört. Wir waren durch die fremde Magie erwacht, um dort zu beginnen, wo wir damals aufhörten. Es gibt einen Teufel, es gibt die schwarze Magie, und ich werde dafür Sorge tragen, dass uns beide mit ihrem Verhalten unterstützen. Wir sind diejenigen, die den Ruf des Teufels wieder in die Welt hinaustragen, und es ist uns gelungen, einen großen Helfer zu bekommen. Ein Wesen erwachte zusammen mit uns. Es stammt aus der fernen Urzeit, und es hat nichts verlernt, denn es giert nach einem Opfer. Ihr beide werdet seine Ersten sein.«

»Der spricht!«, flüsterte Jan Peters. »Verdammt, ich kann das einfach nicht fassen. Sie, Brockmann?«

»Nein.«

»Was sollen wir tun?«

»Geblufft hat der Mönch bestimmt nicht. Wie ich ihn einschätze, wird er uns das Monstrum tatsächlich auf den Hals schicken. Und ich bin mir zu schade, im Bauch dieses Sauriers zu landen. Wir verschwinden!«

Peters verstand den Befehl sehr wohl. Brockmann hatte die Worte kaum ausgesprochen, als er schon kehrtmachte und auf Uranus zurannte. Er war sogar noch etwas schneller als der Mann aus Den Haag, und beide erwarteten den Angriff des Monsters, deshalb wurden sie von ihrer eigenen Angst buchstäblich vorangepeitscht.

Sie kamen dicht an Uranus heran. Ihre Lampen tanzten bei jedem Schritt. Die Lichtstrahlen zuckten hin und wieder über die Gestalt und verwandelten sie in ein sich bewegendes Gespenst.

Dann waren sie durch.

Jan Peters hatte noch die Kraft und die Nerven, seinen rechten Arm nach vorn zu schleudern. Er traf die Gestalt mit der Lampe etwa in der Körpermitte, und der Stoß schleuderte den Mönch gegen die Gangwand.

»Durch!«, brüllte Jan.

Als er den anderen hatte fallen sehen, war in ihm der Hoffnungsfunke zu einer Flamme geworden. Sie rannten in das Dunkel hinein und folgten den tanzenden Strahlen ihrer beiden Lampen, die unruhige Lichttunnels in die Finsternis rissen.

Es war ihr großes Glück, dass auf dem Boden keine weiteren Steine herumlagen. So kamen sie gut weiter und feuerten sich gegenseitig an.

»Schauen Sie nicht mehr zurück, Doktor!«, schrie Jan Peters. »Wir haben das Ende gleich erreicht.«

»Okay, okay, Junge.« Mehr sagte er nicht. Die beiden brauchten ihre Kondition. Sie dachten nicht über das Grauen nach und wollten nur weg. Raus aus dieser finsteren Grottenhölle.

Zur selben Zeit warfen sie sich um die Ecke und tauchten in den anderen Gang ein.

Geschafft?

Für einen Moment blieben sie stehen. Rechts und links sahen sie nicht mehr diese genau abgeschnittenen Wände. Diese waren zurückgetreten, sodass sich die Männer in einer unterirdischen Halle befanden, deren Ausmaße sich weiter vorn noch mehr verbreiterten.

Höhlen waren in das Gestein geschlagen worden. Wurden sie vom Schein der Lampen erfasst, glotzten sie die beiden Flüchtlinge an wie große, kantige Augen.

»Nach links!«

Brockmann hielt sich an die Angaben des Einheimischen. Wenn ihn einer rausführen konnte, dann war er es.

Das Brüllen des Sauriers hörten sie nicht mehr. Wahrscheinlich war das Tier zurückgeblieben wie auch die beiden Mönche. Möglicherweise konnte es sich auch nicht so schnell bewegen, das alles würde sich noch herausstellen.

»Verdammt, auf dem Weg sind wir vorhin nicht gekommen!«, beschwerte sich Dr. Brockmann.

»Ich weiß. Aber es ist eine Abkürzung.«

»Wenn Sie das sagen.«

Die beiden stolperten weiter. Es glich tatsächlich mehr einem Stolpern, denn immer wieder mussten sie über im Weg liegende Hindernisse hinwegspringen.

Das Licht reichte genau aus, um erkennen zu können, wo sie gelandet waren. Am Echo der Schritte ließ sich allerdings feststellen, dass sie sich in einer sehr großen Höhle befanden, deren Ausmaße von ihnen nicht erkannt wurden.

»Mensch, verlauf dich nur nicht!«, keuchte Brockmann, um einen Moment später von der Seite seines Begleiters zu verschwinden, da er gestolpert und hingefallen war.

Peters war schon einige Schritte weitergelaufen. Er blieb stehen, hörte Brockmanns Fluchen und leuchtete zurück. Der Lampenstrahl traf die am Boden kauernde Gestalt. Ein schmerzverzerrtes Gesicht zeichnete sich im gelben Kegel blass ab, und Jan fragte besorgt: »Haben Sie sich etwas getan?«

Dr. Brockmann kam hoch. Er blieb gebückt stehen, belastete das linke Bein stärker als das rechte und begann heftig zu stöhnen, als der Schmerz bis hoch in seinen Oberschenkel zuckte.

»Ah, verdammt, ich kann nicht mehr …«

Jan lief auf ihn zu. Er hakte den anderen unter. »Mensch, Sie müssen, Doktor. Beißen Sie die Zähne zusammen, sonst …« Peters schwieg. Er hatte bei seinen Worten an Brockmann vorbei und in die Tiefe der Höhle geschaut.

Deutlich sah er das rötliche Licht. Es malte einen Kreis in die Finsternis und stand etwa in Halshöhe über dem Grund. Zu raten brauchte der andere nicht. Die Mönche hatten ihre Spur nicht nur aufgenommen, sondern sie auch gefunden. Einer wenigstens war sichtbar geworden. Er stand in genügender Entfernung, aber Jan machte sich trotzdem Gedanken, denn urplötzlich konnte auch der zweite auftauchen, ebenso der Saurier.

Peters sagte dem Besucher nichts davon. Er zog ihn stattdessen noch weiter hoch und stützte ihn ab, als sie die nächsten Meter gingen und Brockmann immer wieder aufstöhnte, wenn er den verletzten Fuß belastete.

»Peters, geh allein!«, keuchte er. »Ich werde mich verstecken. Du kannst Hilfe holen.«

»Nein, Doktor!«

»Doch, verdammt!« Brockmann hatte so laut gesprochen, dass Peters erschrak. Außerdem riss sich der Wissenschaftler los, blieb stehen und leuchtete gegen eine Höhle, deren Eingang nicht mal weit von ihnen entfernt lag. »Da verstecke ich mich!«

Jan Peters begriff, dass es keinen Sinn hatte, dem anderen zu widersprechen. Möglicherweise war es am besten, wenn er dem Vorschlag des Mannes folgte.

»Ist gut!«, sagte er heiser. »Gehen Sie, ich komme bestimmt zurück. Viel Glück!«

»Ja, Junge.«

Jan Peters schaute zu, wie Dr. Brockmann sich in die Höhle zurückzog. Die Lampe hatte der Wissenschaftler nicht eingeschaltet. Stöhnen begleitete seinen Weg.

Peters lief weiter. Er konnte endlich wieder schneller laufen, schaute zurück, sah den Mönch allerdings nicht mehr. Zwar kannte er sich in den Grotten aus, er wusste auch, dass er sich nicht mehr weit vom Ein- oder Ausgang entfernt befand, aber die Beschaffenheit des Bodens durfte er keinesfalls außer Acht lassen, und so sprang er über Hindernisse hinweg, denn er wollte eine der natürlichen Steintreppen erreichen, die ihn auf eine andere Ebene brachten. Von dort aus war es nur noch ein glattes, normales Laufen bis zum Ausgang.

Peters verschmolz mit der Finsternis. Der Lichtkegel glich einem tanzenden Stern am dunklen Himmel. Auch die große Höhle innerhalb der Grotte blieb hinter ihm zurück, er erreichte den Gang, den er schon gesucht hatte und der ihn an die Treppe bringen sollte.

Auch weiterhin saß ihm die Angst im Nacken. Seine Gedanken drehten sich allein um die auferstandenen Mönche und den Mosasaurus.

Jan erreichte sein erstes Ziel. Es war der zur Treppe führende Gang. In ihn leuchtete er mit seiner Taschenlampe und erkannte in dem Lichtfinger eine Sekunde später das weit aufgerissene Maul des Mosasaurus. Die beiden Zahnreihen schimmerten wie frisch polierte Dolche!

Er blieb stehen.

Sekundenlang war er unfähig, sich zu bewegen. Der heiße Schreck lähmte jede seiner Bewegungen, und nicht mal die rechte Hand mit der Lampe begann zu zittern.

Die Angst war da, sie ließ sich nicht fortblasen, und erst

als er das Schaben vernahm, begann er sich wieder zu bewegen.

Der Saurier kroch vor.

Auf ihn zu!

Jan Peters wusste, dass dies Lebensgefahr bedeutete. Er sprang zurück. Gedanken über die Wendigkeit oder Schnelligkeit dieser vorsintflutlichen Monstren hatte er sich nicht gemacht. Er wusste allerdings, dass sich auch Krokodile sehr geschmeidig bewegen konnten, und traute dem Saurier dies auch zu.

Er musste zurück.

Heftig bewegte er die Beine, drehte sich um, wandte dem Tier den Rücken zu und sah die beiden Mönche vor sich stehen wie eine undurchlässige Wand.

Woher sie gekommen waren, interessierte ihn nicht. Sie standen nur da und warteten. Beide Arme hatten sie ausgestreckt und gleichzeitig zur Seite gedrückt. Ihre bleichen Fingerkuppen konnten links und rechts die Wände berühren.

Gab es ein Durchkommen?

Vor Schreck war Jan Peters stehen geblieben. Er leuchtete, der Strahl wurde geschwenkt, als suchte er eine Lücke zwischen den beiden Mönchen.

Da war nichts.

»Ich hatte es dir gesagt«, erklärte Mercurius. »Du wirst uns nicht entkommen!«

Die Antwort konnte Peters einfach nicht geben. Unsichtbare Hände schienen seine Kehle wie harte Klammern zuzudrücken.

Dafür hörte er das Schaben.

Sehr nahe schon …

Verdammt nahe!

Das Brüllen klang diesmal nicht so laut, eher verhalten. Dann wurde Jan Peters durch einen Stoß in den Rücken nach vorn geschleudert.

Die Mönche fingen ihn auf.

Plötzlich wand sich Jan im Griff der vier Klauen. Er sah die Feuerringe dicht vor seinem Gesicht, spürte aber keine

468

Wärme, nur die harten Finger, deren Nägel schon Dolchen glichen. Sie drückten sich durch die Kleidung, wo sie schmerzende Stellen hinterließen.

Jan Peters wehrte sich mit dem Mut der Verzweiflung. Er schlug um sich. Mit der Lampe traf er die Gestalten, erwischte Schultern, Arme und Köpfe, aber die anderen dachten nicht daran, den Griff auch nur um einen Deut zu lockern.

Im Gegenteil, sie verstärkten ihn noch. Er spürte jetzt die Finger am rechten Oberschenkel.

Plötzlich fühlte sich Jan angehoben, und er schwebte hüfthoch.

Dabei drehte er den Kopf.

Die Lampe war ihm bei der Hebelbewegung aus der Hand gefallen. Sie lag am Boden und war so gefallen, dass ihr Strahl nach hinten stach und auch ein Ziel traf.

Es war der Rachen des Sauriers.

Und er befand sich verdammt dicht vor ihm. Zu dicht, wie Peters mit Schrecken feststellte.

Sein über die Lippen dringender Schrei wurde bereits aus der Todesangst geboren, dann schleuderten ihn die beiden Mönche kraftvoll und dabei lachend nach vorn.

Riesengroß wurde das Maul, die Dunkelheit war auf einmal da, und sie wurde zur Finsternis des Todes, als die beiden gewaltigen Kieferhälften zuklappten, sodass die Zähne knirschend gegeneinander rieben …

Wir waren wieder stehen geblieben, rührten uns nicht von der Stelle und lauschten in die weite Finsternis der Höhle hinein, ohne auch nur einen Laut zu vernehmen.

Das Brüllen wiederholte sich vorläufig nicht.

Mein Kollege stieß scharf die Luft aus. »Sie sind der Geisterjäger«, flüsterte er anschließend. »Können Sie mir erklären, wer da so hässlich gebrüllt hat?«

»Nein.«

»Ich weiß es auch nicht. Aber ein Löwe wird es wohl nicht

gewesen sein. Wir haben hier keinen Zirkus in der Nähe. War es vielleicht ein Mensch?«

»Der schreit anders.«

»Da Sie Dämonen jagen, kann es ein Dämon gewesen sein?«

Ich lachte leise. »Nein, es hat keinen Sinn, darüber zu rätseln. Wir müssen schon nachschauen.«

»Hm«, machte van Liechem. »Hätte ich doch mit meinen Freunden Karten gespielt!«

»Sie können noch immer …«

»War nur ein Scherz, vergessen Sie es.« Der Inspektor machte den Anfang. Vor mir ging er her und leuchtete mit seiner Lampe in den sich vor uns öffnenden Gang hinein.

Der Untergrund war ebenso glatt wie die Wände. Ich fragte, ob das immer so bliebe, aber van Liechem machte mir einen Strich durch meine hoffnungsvolle Rechnung.

»Nein, es gibt Stellen, wo wir praktisch über Geröll klettern müssen. Möglicherweise aber brauchen wir da nicht hin.«

Das klang schon besser.

Beide traten wir sehr vorsichtig und behutsam auf. Wir wollten uns nicht schon vorher verraten, denn ein zu hartes Auftreten hätte verräterische Echos an den Wänden erzeugen können.

Manchmal erfasste ich mit meinem Lampenstrahl auch den Inspektor. Dann sah ich jedes Mal das raue Muster auf seiner Haut. Auch ihm war nicht wohl, obwohl er die Grotten kannte.

Ich war es gewohnt, durch Stollen, Gänge oder die Finsternis zu tappen. Oft genug hatte ich Fälle erlebt, wo ich diese Strapazen auf mich nehmen musste und in der Finsternis urplötzlich eine Gefahr erschien und mich schockte.

Hier blieb es ruhig.

Für meinen Geschmack zu ruhig, denn ich wusste, dass der Schrei nicht umsonst ausgestoßen worden war. Dieses Brüllen hatte seinen Grund gehabt, von dieser Meinung konnte mich niemand abbringen.

Wir ließen den Gang hinter uns und erreichten eine erste

Kreuzung. Jetzt konnten wir uns aussuchen, in welcher Richtung wir weitergehen sollten, und ich sprach auch mit van Liechem darüber.

Der Kollege aus den Niederlanden hob zunächst einmal die Schultern. »Das ist Jacke wie Hose. Wir können nach links gehen, dann erreichen wir das Grab des Mosasauriers und auch die Stelle, wo die beiden Mönche eingemauert wurden. Gehen wir in die andere Richtung, gelangen wir in den ersten Bereich der großen Domgrotten. Da sind beinahe haushohe Höhlen. Wie sie entstanden sind, dürfen Sie mich nicht fragen. Ich nehme sie als Tatsache hin, fertig.«

»Wir gehen nach rechts«, entschied ich.

»Aha. Und wieso?«

»Weil ich das Gefühl habe, dass dieses Brüllen aus der rechten Richtung gekommen ist.«

Van Liechem leuchtete und schaute mich an. »Mensch, haben Sie gute Ohren.«

»Ich bin mir nicht sicher.«

»Okay, gehen wir.«

Und wieder schlichen wir. Immer nur bemüht, so wenig Geräusche wie möglich zu verursachen. Wir schauten dabei auf unsere Schuhspitzen, sahen auch dem Strahl der Lampe nach und hörten plötzlich Geräusche, die so gar nicht in die Stille hineinpassen wollten.

Da wir sie zur selben Zeit vernommen hatten, blieben wir auch zusammen stehen.

»Da war doch was!«, wisperte van Liechem.

»Ja, löschen Sie mal die Lampe.«

Ich hatte es ihm schon vorgemacht und schaute zu, wie der helle Kreis neben mir verschwand.

In der absoluten Finsternis blieben wir stehen. So konnten wir uns besser konzentrieren und sorgten auch dafür, dass unser eigener Atem zurückgedrängt wurde.

Ich hatte kurz vor dem Verlöschen der Lampen noch einen Blick in meine nähere Umgebung werfen können und erkannt, dass der Gang nicht mehr so schmal wie der erste war. Die Wände waren zurückgetreten und sahen durch ihre andere Form aus wie Steinhügel, die aber nicht die Decke der Grotte berührten.

»Hier muss etwas sein!«, hauchte der Holländer aus der Finsternis.

»Und was?«

»Keine Ahnung, das können wir herausfinden.« Er schaltete für einen Moment die Lampe ein und informierte sich. »Lassen Sie uns ein Stück vorgehen.«

Ich folgte ihm. Nur seine Schritte hörte ich. Sie verstummten, und ich schaute nach rechts, als ich ebenfalls stehen blieb.

Da sah ich das Licht!

Für einen Moment nur erkannte ich einen in der Luft schwebenden roten Kreis. Ich glaubte auch, aus dem Innern des Feuerkreises etwas herauswachsen zu sehen, das Ähnlichkeit mit einem Kopf oder Gesicht hatte.

Als ich van Liechem aufmerksam machen wollte, war beides schon verschwunden. Einfach weggetaucht oder von der Dunkelheit verschluckt. Ich rieb über meine Augen. War ich schon verrückt, dass ich mir etwas einbildete, oder hatte ich den Flammenring tatsächlich gesehen?

Ich tippte dem vor mir gehenden Inspektor auf die Schulter. Der blieb stehen und drehte sich um.

»Was ist denn?«

»Haben Sie den Flammenring gesehen?«

»Nein.«

»Aber ich.«

»War es wirklich ein Flammenring?«, fragte mein Kollege. Ich nahm den Geruch seiner feuchten Kleidung wahr.

»Wenn ich es Ihnen sage. Außerdem kam es mir so vor, als würde aus ihm ein Gesicht hervorstechen. Kann Einbildung gewesen sein, muss aber nicht.«

»Nein, das muss es nicht«, erwiderte er nach einer Weile. »Das muss es wirklich nicht.«

»Wie meinen Sie?«

»Mir fällt da die alte Geschichte wieder ein, die man sich erzählt. Es ist so. Die Mönche zeigten sich vor ihrem Begräbnis seltsam verändert. Um ihre Köpfe soll ein Flammenring gelegen haben, und die Verurteilten selbst sprachen vom Feuer der Hölle, das sie schützte. Was Sie davon halten, Sinclair, bleibt Ihnen überlassen.«

»Ich werde mich doch nicht getäuscht haben. Der Flammenring existierte, auch der Kopf, nur war er leider blitzschnell verschwunden. Ich würde ihn gern noch mal sehen.«

»Lieber nicht.«

Ich schlug van Liechem im Dunkeln auf die Schulter. »Bleiben Sie ganz ruhig, mein Freund, auch wenn die Mönche zurückgekehrt sind.«

»Und das steht für Sie fest?«

»Ja, ich glaube daran. Für mich ist klar, dass wir es hier mit zwei lebenden Toten zu tun haben. Eine unheilvolle Magie hat sie wieder zum Leben erweckt.«

»Dann sind das Zombies?«

»So ähnlich, mein Lieber …«

Van Liechem begann zu stöhnen. »Wäre ich doch nur Karten spielen gegangen.« Er lachte. »Nein, Geisterjäger, nein. Wie sollen die denn ihre Gräber aufgebrochen haben?«

»Magie ist stark. Sie überwindet nicht nur Zeiten und Dimensionen, sondern auch Hindernisse, die wir als Menschen für unüberwindbar halten. Glauben Sie mir, ich kenne mich aus.«

»Das muss ich dann wohl.«

»Rechts von uns habe ich den Flammenring entdeckt. Ist es möglich, diese Richtung einzuschlagen?«

»Mal sehen. Wir müssten nur einen Gang finden, der in die Richtung führt. Und den haben wir gleich.« Er schaltete wieder seine Lampe an und leuchtete. An der aus Kalksandstein bestehenden Außenfläche tastete sich der Strahl entlang, bis er auf eine Öffnung fiel, die den Beginn eines Ganges darstellte.

»Dort ist es.«

Vorsichtig gingen wir weiter. Hin und wieder schalteten wir die Lampen ein, das mussten wir zwecks besserer Orientierung einfach, und wir hörten wieder das Gebrüll.

Diesmal erklang es nicht mal so weit entfernt. Durch die Echos verzerrte es sich nur ein wenig, aber es traf uns so stark, dass wir vor Schreck stehen blieben.

»Verdammt, auch …«

Ich übernahm die Führung und drückte meinen Begleiter einfach zur Seite.

Wir waren inzwischen in einer sehr großen Höhle gelandet. Die Wände stachen längst nicht mehr senkrecht in die Höhe, eher hangartig, auch nicht glatt, sodass man ohne weiteres auf ihnen weiterklettern konnte.

Van Liechem wollte mich zurückhalten. Ich schüttelte seine Hand ab und stieg den Hang hoch.

Die ersten Schritte fielen mir schwer, dann ging es besser, da ich immer mehr Kerben fand, die mir Halt und eine gewisse Trittsicherheit gaben. Zurück blieb van Liechem. Er leuchtete mir und rief auch etwas. Seine Stimme verzerrte sich, weil sie nur mehr aus Echos zu bestehen schien.

»Ich laufe um die Wand herum. Dann treffen wir uns bestimmt irgendwo. Klar?«

»Ja.«

Die Hälfte hatte ich etwa hinter mir. Ich lauschte noch den hohlen Schrittechos meines Kollegen nach, als ich gleichzeitig einen Schrei vernahm. Der schien die Wände sprengen zu wollen. Diesmal war es kein tierhaftes Brüllen, sondern der Schrei aus einer menschlichen Kehle. Da weder van Liechem noch ich ihn ausgestoßen hatten, musste es ein anderer Mensch sein, der sich in der Grotte aufhielt.

Als der Schrei und auch die Echos verstummt waren, wusste ich, dass der Mensch nicht mehr lebte. So wie er brüllte nur jemand, der sich in Lebensgefahr befand. Die Stille danach war fast noch schlimmer.

Ich spürte genau, wie ich innerlich aufgewühlt wurde. Über meinen Rücken rann es kalt und fast bis hinunter zu den Hacken, sodass mich ein regelrechter Schüttelfrost packte.

Aber ich kletterte weiter. Meinem Gefühl nach war der Schrei jenseits des Hügels aufgeklungen, und in die Richtung wollte ich.

Je höher ich gelangte, umso flacher wurde das Gelände. Auch kam die Höhlendecke näher. Als ich schließlich den Kamm erreichte, konnte ich mich nicht mehr aufrecht hinstellen, da ich sonst mit dem Kopf gegen die Decke gestoßen wäre.

Geduckt blieb ich stehen.

Der Kamm war ziemlich breit. Ich fand genügend Halt. Sehen konnte ich es nicht, ich ahnte vielmehr, dass der Hügel auf der anderen Seite ebenso steil abfiel.

Sicherheitshalber ging ich auf die Knie nieder und drehte mich nach rechts. Dabei dachte ich plötzlich an meine beiden verschollenen Freunde Suko und Bill. Die Spur hatte mich in diese Grotte geführt. Bisher war von ihnen noch nichts zu sehen gewesen.

Und so falsch konnte die Richtung auch nicht gewesen sein, denn hier war eine alte, fürchterliche Magie erwacht. Durch welches Ereignis dies geschehen war, konnte ich nicht sagen.

Noch nicht …

Wieder bewegte ich meinen rechten Arm zur Seite und schaltete die Lampe ein. Um sie besser führen zu können, ließ ich sie nicht um den Hals baumeln.

Der Strahl war relativ breit, auch lang und hell. Er berührte den Hang wie ein Hauch, drang immer tiefer und erfasste ein gewisses Ziel. Es war das Ende dieses Felshangs. Er lief in seinem unteren Drittel sehr steil aus. Wenn ich ihn hinunterglitt, musste ich mich vorsehen.

Aber wo, zum Henker, waren der Schrei und das so laute Brüllen aufgeklungen?

Ich entdeckte nichts, rein gar nichts. Keinen Feuerring, kein Ungeheuer, das hätte so schreien können, einfach nur die Leere.

Und doch mussten sie da sein.

Gern hätte ich auch etwas von meinem niederländischen Kollegen gehört oder gesehen, aber ich bekam ihn nicht zu Gesicht.

Mir blieb nichts anderes übrig, als den Hang hinabzuklettern. Wahrscheinlich würde ich in einer gewaltigen, domartigen Halle landen. Die Echos deuteten jedenfalls in diese Richtung. Drei oder vier Schritte weit kam ich. Mein Blick war nach vorn gerichtet. Zwar konnte ich nicht bis an das Ende des Felshangs schauen, den Widerschein sah ich dennoch.

Das war Feuer …

Wie der Ring!

Jetzt wusste ich Bescheid. Der oder die Gegner hielten sich dort auf, wo der Hang auslief, und genau von dort hörte ich auch die Hilferufe.

»Sinclair, verdammt. Kommen Sie! Das Untier …«

Geschrien hatte van Liechem!

Der Inspektor war Realist. Er hatte Sinclair zwar zugestimmt, um ihm die Hoffnung nicht zu rauben, so ganz wollte er Sinclairs Vermutung aber nicht glauben. Nein, da war nichts, das hatte er sich eingebildet.

Später hatte er seine Ansichten geändert. Hinzu waren die seltsamen Vorgänge gekommen, die weder er noch Sinclair sich hatten erklären können.

Also musste etwas daran sein.

Jetzt waren die beiden getrennt.

Auch wenn er alles Magische oder Unnormale einmal zurückstellte, so hatte er sich wesentlich wohler gefühlt, als er noch zusammen mit dem Geisterjäger unterwegs gewesen war. Sinclair konnte einem Menschen ein gewisses Schutzgefühl geben, das fehlte ihm leider.

Vorsichtig ging er weiter. Die Lampe hatte er wieder umgehängt, er wollte die Hände frei haben. Ein Finger befand sich nahe des Druckknopfes, um die Laterne sofort wieder einschalten zu können, falls es nötig war.

Noch immer umgab ihn die Stille. Selbst die Geräusche, die Sinclair beim Hochlaufen des Hanges verursachte, waren fast verstummt und schon bald gar nicht mehr zu hören.

Van Liechem kam sich vor wie in einer gewaltigen Nussschale, durch die kein Streifen Licht mehr drang. Irgendwo über ihm musste sich die Kuppel der domartigen Höhle befinden. Auch wenn er die Lampe einschaltete, würde sich auf dem Weg zu ihr der Strahl sicherlich verlieren.

Und so ging er weiter.

Vorsichtig, mit gespannten Nerven und flach atmend. Manchmal strich es kalt seinen Rücken hinab. Hin und wieder hatte er auch das Gefühl, als würden kalte Finger über seine Gesichtshaut streifen, um sie zu kitzeln.

Das bildete er sich nur ein, auch wenn er den Kopf manchmal schüttelte, als wollte er sie vertreiben.

Der Hang neben ihm wuchs zusammen. Das sah er, wenn hin und wieder der Lampenstrahl tastend über das Gestein fuhr.

Van Liechem wusste selbst nicht, wie oft er die Lampe ein- oder ausgeschaltet hatte, als es passierte. Er stand gerade im Dunkeln, überlegte sich den nächsten Schritt und sah das Licht.

Rot, rund …

Der Flammenring!

Der Inspektor hielt den Atem an. Seine Augen weiteten sich, als könnte er dadurch mehr sehen, und er dachte daran, dass sich John Sinclair nicht getäuscht hatte.

Es gab sie wirklich!

Die abtrünnigen Mönche waren da. Zumindest einen von ihnen konnte er erkennen.

Und diese Gestalt bewegte sich. Sie ging zur Seite, gewissermaßen in die Mitte der gewaltigen Felsenhöhle hinein, sodass der Holländer sie noch besser erkennen konnte.

Aus dem Flammenring wuchs der Kopf.

Ein hagerer, bleicher Schädel mit einer faltigen Haut und Augen, die wie dunkle Knöpfe wirkten, wobei sie tief in den Höhlen lagen. Für einen Moment nur hatte ihn die Gestalt angeschaut oder in die Richtung geblickt, aber van Liechem war sich nicht sicher, ob ihn der andere auch entdeckt hatte.

Anmerken ließ er sich nichts, denn er schritt weiter, als hätte er ein Ziel.

Der Inspektor wollte auch nicht unbedingt an der Wand stehen bleiben. Wenn er etwas mehr erfahren oder den Fall aufklären wollte, musste er nahe an seinen Gegner heran.

Bevor er sich aus seiner Deckung löste, tastete er nach seiner Pistole, die unter seiner Jacke steckte. Der Waffengriff fühlte sich kalt an, dennoch gab er ihm das Gefühl einer Beruhigung.

Wie trügerisch diese Beruhigung jedoch war, wusste er, der mit Geistern oder Dämonen noch nichts zu tun gehabt hatte, nicht.

Auf normale Kugeln konnte man sich nicht verlassen.

Schritt für Schritt verfolgte er die Gestalt. Und er ging schneller, da er sie unbedingt einholen wollte. Wenn er es sich genau ausrechnete, musste er sie mit den nächsten acht bis zehn Schritten erreicht haben, denn er hatte bereits die unmittelbare Umgebung der Felswand verlassen und schritt in das weiße Rund der gewaltigen, unterirdischen Höhle hinein.

Die Lampe brauchte er nicht. Der feurige Kreis war ihm Wegweiser genug. So kam er der Gestalt immer näher, die sich überhaupt nicht um ihn kümmerte oder ihn nicht wahrnehmen wollte.

Van Liechem wurde nervös. Er kannte das innerliche Zittern, das sich immer dann einstellte, wenn die Spannung dicht vor dem Siedepunkt stand. Der Boden war uneben geworden. Manchmal wuchsen die Hindernisse wie runde Buckel aus ihm hervor und bildeten gefährliche Stolperfallen, die er stets geschickt umging.

Er sah den Mönch schräg vor sich. Allerdings wusste er nicht, ob es sich bei ihm um Uranus oder Mercurius handelte.

Es spielte auch keine Rolle. Für ihn zählte, dass das Wesen lebte und allein dem Teufel oder einem anderen Dämon gehorchte.

Das sollte sich ändern.

Noch näher kam er heran. Sein Gesicht war nur mehr eine harte Maske. Jede Gemütlichkeit war aus seinen Zügen verschwunden, und als er seine Waffe zog, ärgerte er sich über das dabei entstehende schabende Geräusch, das zu verräterisch war.

Der Mönch ignorierte es.

Den Befehl konnte er nicht missachten. Er war nicht laut, dafür zischend und trotzdem verständlich gesprochen.

»Rühr dich nicht von der Stelle, und heb die Hände langsam in die Höhe!«

Der abtrünnige Mönch zuckte nicht mal zusammen, als er die Stimme vernahm.

Er reagierte überhaupt nicht, blieb, wie zur Salzsäule erstarrt, stehen, und van Liechem atmete zum ersten Mal seit einigen Minuten wieder kräftig durch.

Es war doch leichter, als er sich gedacht hatte.

Dann drehte sich der Mönch. Bisher hatte er dem Inspektor das Profil gezeigt. Als er sich bewegte, konnte van Liechem erkennen, dass sich der Ring um seinen Hals nicht mitdrehte, er blieb in seiner ruhigen Stellung, nur die Gestalt wandte sich um.

Und sie starrte den Holländer an!

Es waren zwei kalte, gnadenlose, auch gefühllose Augen, die ihn fixierten und taxierten. Van Liechem hatte vorgehabt, dem Blick standzuhalten. Er konnte es einfach nicht, der andere verfügte über eine zu große innere Kraft und Stärke.

Er bewegte sich nicht, van Liechem stand auch still. Dennoch hörte der Inspektor ein Geräusch.

Es war ein Schaben oder Kratzen, und es klang aus dem Hintergrund der Höhle auf. Noch maß ihm der Polizist keine Bedeutung bei, denn er sah zugleich den zweiten Mönch erscheinen.

Der stand ziemlich weit im Hintergrund der gewaltigen Felsenhöhle und war durch eine bucklige Erhebung ein wenig gedeckt. Zudem hatte er nur wenige Schritte bis zu einem der zahlreichen Höhleneingänge zu gehen, die in Tiefen führten, von denen der Inspektor bisher keine Ahnung und nichts gesehen hatte.

Der zweite Mönch blieb stehen, also hielt sich van Liechem an den ersten. »Gut«, sagte er, »ich habe dich gefunden, und jetzt will ich etwas von dir wissen. Wo sind die beiden Männer?«

Der Wiedergänger schaute van Liechem fast böse oder arrogant ins Gesicht. »Was meinst du?«

»Wo die beiden sind.«

»Einer ist tot.« Er sagte dies so leicht, lässig und selbstverständlich, dass van Liechem fast der Herzschlag stockte. »Wieso tot?«

»Er wurde verschluckt.«

Der Mann wurde noch bleicher. »Und von wem wurde er verschluckt?«, hakte er nach, das letzte Wort dabei besonders betonend.

»Der Mosasaurus!«

Eine Antwort, die für van Liechem klar sein musste und die er trotzdem nicht fassen konnte. Natürlich hatte er von diesem Urwelttier gehört. Er war noch vollständig erhalten gewesen. Nur eben nicht lebend, sondern als Fossil. Und Fossilien sind tot, die können sich nicht mehr bewegen, die können auch keinen fressen oder schlucken.

Aber lebten die Mönche nicht auch?

In diesen Sekunden begann für van Liechem eine psychische Qual, denn sein Weltbild geriet ins Wanken. Irgendwie musste der Mönch das bemerkt haben, seine nächste Frage zielte in diese Richtung.

»Glaubst du es nicht?«

»Nein!«

»Willst du es sehen?«

»Das Ungeheuer?«

»Ja.«

Der Inspektor fing an zu lachen. »Das Ungeheuer befindet sich als Fossil in einer Wand. Es ist dort schon über Millionen …«

Das Schaben unterbrach ihn.

Zuerst klang es ziemlich leise, verhalten, dann immer lauter.

»Der Mosasaurus kommt zu uns! Er wartet auf dich!«, erklärte der Mönch flüsternd.

Van Liechem behielt die Mündung der Waffe auf die Gestalt gerichtet. »Nein, das nehme ich dir nicht ab. Das ist Wahnsinn, das kann nicht sein. Du willst mich reinlegen.«

»Auch ich scherze nicht mit dem Tod!«

Da die schabenden Geräusche noch immer aufklangen und van Liechem gern wusste, aus welcher Richtung sie eigentlich kamen und wer dafür verantwortlich war, wollte er die Probe aufs Exempel starten. Wozu hatte er seine Lampe mitgenommen?

Er knipste sie an.

Hell und weißgelb war der Lichtstrahl, der den langen Tunnel schuf und auch ein Ziel traf.

Es war keine Felswand, auch wenn es im ersten Moment so schien. Grau oder braungrün schimmerten die Wände hier nicht, und sie bewegten sich auch nicht, sondern standen still.

Das Ziel aber bewegte sich.

Es waren die beiden Kiefer, die hin- und herschabten, mal geöffnet wurden, sich schlossen und mit der Unterseite über den Boden kratzten. Dies alles sah van Liechem. Er war entsetzt, denn das Untier, das Ähnlichkeit mit einem Krokodil aufwies, kam ihm wesentlich schlimmer vor, besonders weil es vielleicht zwei- oder dreimal so groß wie ein normales Krokodil war und in die heutige Welt als Monstrum überhaupt nicht mehr hineinpasste.

Das war so etwas Ähnliches wie das Ungeheuer von Loch Ness. Nur konnte man Nessie als Legende bezeichnen, und dieser Mosasaurus war eine gefährliche Tatsache.

Sogar lebensgefährlich …

In diesem Augenblick riss das Reptil sein Maul auf. Zum ersten Mal gelang dem Inspektor ein Blick in den gewaltigen Rachen. Er sah die mörderischen Reißzähne und auch zwischen ihnen ein Gemenge, das aus Stofffetzen bestehen konnte …

Wieder dachte er an die Worte des Mönches.

Verschluckt!

Seine Kehle wurde trocken, und sie schnürte sich fast von

selbst zu, als van Liechem erkannte, wie sich der Saurier in Bewegung setzte und sich auf ihn zuschob.

Auf einmal kam ihm die kleine Pistole in der Hand lächerlich vor. Da hätte er auch mit Erbsen auf das Reptil werfen können! Panik schoss in ihm hoch, als er sah, wie schnell sich dieses Monstrum bewegte.

Schneller als ein Krokodil.

Der Kopf war größer, der Körper ebenfalls. Die neben dem Gebiss gefährlichste Waffe war der hornige, harte Schwanz!

Nicht allein das Monstrum fuhr herum, der Schwanz ebenfalls. Er peitschte, er schlug auf den Boden, dass der Stein anfing zu knacken, und van Liechem wollte es eigentlich nicht, aber die Worte rutschten ihm einfach laut und kreischend heraus.

»Sinclair, verdammt! Kommen Sie! Das Untier …«

Dann brach der Schrei ab, denn der gefährliche Schwanz des Tieres jagte von der rechten Seite her auf ihn zu …

Dr. Brockmann hatte das Gefühl, als stünde sein Bein unter Feuer. Sooft er auch schaute, Flammen konnte er keine entdecken. Es war auch mehr ein Brand, der von innen her loderte und bis zu seinem Oberschenkel hochschoss, denn dort schien das Bein dicht vor dem Platzen zu stehen.

Von Jan Peters hatte er sich getrennt. Wohl war ihm nicht, aber er hatte dem anderen eine Chance geben wollen, und er war tiefer in eine der Höhlen gegangen.

So schleppte er sich weiter.

Das linke Bein zog er nach. Er traute sich auch nicht, die Lampe einzuschalten, die Helligkeit hätte ihn zu leicht verraten. Mit der Schulter schrammte er an der Wand entlang, stützte sich ab, zog immer wieder das linke Bein nach und achtete darauf, es nicht zu stark zu belasten, sonst wäre er gefallen und hart aufgeschlagen.

Die Höhle war größer, als er erwartet hatte. Sehr tief musste er in diesen tunnelartigen Gang hineinschreiten, pausierte oft genug, und einmal schaltete er die Lampe ein.

Ein Freudenschrei drang zwar nicht über seine Lippen, es war dennoch ein Laut der Erleichterung, denn der bleiche Kreis hatte eine raue Felswand berührt.

Das Ende der Höhle.

Nur mehr wenige Schritte brauchte sich Dr. Brockmann zu schleppen, um genau den Punkt zu erreichen, wo er sich in die Knie fallen und niedersinken lassen konnte.

Das tat er auch.

Er fiel schwer hin, kippte nach hinten und hatte Glück, dass er sich dicht an der Felswand befand und sich dort abstützen konnte.

So blieb er sitzen.

Zunächst dauerte es seine Zeit, bis die Anstrengung überwunden war und sich sein keuchender Atem beruhigt hatte.

Er hockte auf dem kalten Boden, presste den Rücken gegen die ebenfalls kalte, feuchte Wand und schloss die Augen. Dr. Brockmann fühlte sich erschöpft, ausgelaugt, am Ende seiner Kraft. Wäre der feurige Schmerz in seinem linken Bein nicht gewesen, hätte er sicherlich die Augen geschlossen und wäre eingeschlafen.

So aber blieb er wach und gespannt.

Er lauschte nicht allein in die Stille der Höhle hinein, auch konzentrierte er sich auf die Geräusche von außerhalb. Noch konnte er nichts hören, aber als das Gebrüll erneut aufdröhnte, zuckte er wie unter einem Hieb zusammen. Unwillkürlich zog er den Kopf ein, öffnete die Augen weit und schaute nach rechts, wo der Höhleneingang liegen musste, aber dort sah er nichts.

Das Gebrüll verstummte. Es hatte sich für Dr. Brockmann triumphierend angehört. Er dachte einen Schritt weiter und kam zu dem Ergebnis, dass man seinen Begleiter entdeckt haben musste.

Die Bestätigung folgte.

Ein schriller, irrer Schrei der Angst, dessen Echo auch in die Höhle getragen wurde und Dr. Brockmann seine Schmerzen für die Länge des Schreis vergessen ließ.

Als er verklungen war, kamen sie zurück. Wieder einmal

glaubte er, in dem verdammten Feuer ersticken zu müssen. Er stöhnte diesmal auf und umfasste sein Bein in Höhe des Oberschenkels. Dennoch gelang es ihm nicht, den Schmerz zu lindern, und er hielt auch nicht das Zentrum umfasst, das sich weiter unten befand.

Nach einer Weile fand er den Mut, sich selbst zu überwinden, winkelte das Bein so weit an, dass er mit seinen Händen den malträtierten linken Knöchel umfassen konnte.

Er spürte das Brennen und glaubte, dass es weiter hochziehen würde, doch es blieb an dieser Stelle konzentriert.

Von außerhalb der Höhle vernahm er nichts. Es war eine gewisse Ruhe vor dem Sturm, die ihm auch nicht gefiel, und er hatte das kalte Gefühl, das eine Gefahr ankündigt oder etwas anderes, jedenfalls etwas, das nicht in den normalen Rahmen hineinpasste.

Dr. Brockmann verfluchte seine Hilflosigkeit. Wie gern wäre er nach vorn gestürmt, um dem jungen Kollegen zu helfen, das ließ seine Verletzung aber nicht zu.

Konnte er überhaupt noch helfen?

Sehr deutlich erinnerte er sich an die schrecklichen Geräusche, an das Schreien, das Brüllen, und er glaubte plötzlich, dass Jan Peters keine Chance gehabt hatte.

Nicht gegen diese verfluchten Bestien!

Mönche, schon lange tot, waren zu einem neuen, untoten Leben erweckt worden. Ein Leben, das jeglichen Gesetzen der Physik und Logik widersprach. Ein Mensch, der gestorben und zudem noch eingemauert war, konnte sich nach menschlichem Ermessen nicht befreien.

Nach menschlichem, wohlgemerkt.

In diesem Fall war nichts mehr menschlich. Höchstens der Schmerz, der durch sein Bein zuckte und noch immer bis hinauf in den Oberschenkel stach.

Dr. Brockmann war ein Kämpfer. Er wollte sich mit seinem Schicksal nicht abfinden. Sollte Jan Peters tatsächlich nicht mehr am Leben sein, wer konnte dann wissen, dass er sich noch in der Höhle befand? Klar, der Techniker oben. Nur wer gab ihm die Garantie, dass dieser Mann nicht auch umgebracht wurde? Und hatten die Gegner tatsächlich nicht gesehen, wohin der Wissenschaftler aus Den Haag geflüchtet war?

Also gab es nur eine Möglichkeit.

Er musste raus!

Trotz seiner Verletzung. Wenn er wenigstens einen Stock gehabt hätte, aber den gab es hier nicht. Touristen warfen vieles weg, Stöcke befanden sich nicht darunter.

Für einen Moment schaltete er seine Lampe ein, weil er sich orientieren wollte.

Der Strahl geisterte zwar durch die Höhle, traf das nackte Gestein, für einen Moment auch die Wand hinter ihm, doch was er suchte, fand Dr. Brockmann nicht.

Ihm blieb nur der normale Weg.

Noch saß er, löschte die Lampe und versuchte, sich auf die Füße zu stemmen. Sein Gewicht verlagerte er dabei voll auf das rechte Bein, das diesen Druck auch nicht gewohnt war, denn seine Muskeln spannten sich dabei sehr hart.

Mit der rechten Hand stützte er sich an der Wand ab. So blieb er stehen und schaute dorthin, wo der Ausgang lag.

Und da sah er die Flammen.

Kreisrund, in Kopfhöhe schwebend, und er wusste augenblicklich Bescheid, um wen es sich handelte.

Der Historiker hatte das Gefühl, als hätte ihm jemand vor den Kopf geschlagen und auch seinen Magen getroffen, so tief sackte dieser plötzlich nach unten.

Noch war er nur erschreckt und starrte mit einer gewissen Faszination in den Augen auf das, was sich ihm dort näherte. Der Flammenkreis bewegte sich selbst nicht. Trotzdem kam er näher. Es war der Mönch, der seine Schritte so sicher setzte, so langsam und dennoch zielstrebig.

Er wollte das Opfer!

Brockmann atmete schneller. Kalt lief es über seinen Rücken. Die Lippen zuckten, die Wangen ebenfalls, und auch die dünne Haut am Hals blieb nicht ruhig.

Trotz der Kälte bildete sich Schweiß auf seiner Stirn, und deutlicher als zuvor wurde ihm seine Behinderung bewusst.

Ohne Schmerzen zu haben, konnte er keinen Schritt mehr laufen.

So blieb er stehen.

Es war mehr ein abwartendes Lauern. Wie würde sich der andere entscheiden? Ihn töten, ihn vernichten, oder gab er ihm eine Chance? Er hatte den Mönchen nichts getan, auch diesem Urzeitmonster nicht, von dem er zum Glück nichts sah.

Und der Mönch kam auf ihn zu. Er hatte die Arme vor der Brust verschränkt. Die Hände waren nicht zu sehen, da sie in den Aufschlägen der Kuttenärmel verschwanden.

Der Flammenring umtanzte den Hals des Wesens. Er ließ auch dessen Gesichtszüge erkennen, in denen sich nichts rührte. Sie blieben unbewegt, als bestünden sie aus Beton.

Nur der Widerschein des unnatürlichen Feuers erreichte die Haut und gab ihr den rot-gelben Schimmer.

Die Mönche hatten von seinem Vorhaben genau Bescheid gewusst. Alles war bisher nur Taktik gewesen.

Erst warten lassen, dann zuschlagen. Das glich bereits einer schrecklichen Psychofolter.

Der andere blieb nicht stehen. Die Mönchsgestalt ging beinahe lautlos. Jedenfalls stieg sie auch über im Wege liegendes Geröll und kleinere Hindernisse hinweg.

Brockmann konzentrierte sich auf den Mönch. Weit hinter der Gestalt, jenseits des Ausgangs, musste sich ebenfalls etwas tun, da er von dort Laute vernahm, die man durchaus mit Kampfgeräuschen umschreiben konnte.

Wie viele Schritte trennten die beiden noch?

Waren es sieben, waren es fünf?

»Nein, verdammt, bleib stehen!«, keuchte Alan Brockmann. »Geh keinen Schritt weiter! Was willst du von mir? Ich habe dir nichts getan. Ich bin hier in die Grotte gekommen, um sie zu besichtigen, verstehst du? Ich wollte mir die Grotte nur ansehen wie tausend andere Besucher auch. Du kannst mich deshalb nicht umbringen!«

»Ihr habt unsere Ruhe gestört, und wir machen dort weiter, wo wir aufgehört haben«, erklärte der Mönch.

»Mit Töten?«

»So ist es. Wir werden töten und vernichten. Ihr habt es nicht anders gewollt, ihr Menschen. Ihr seid verflucht, ihr seid verdammt, weil ihr die Gesetze nicht anerkennt. Unsere Magie wird stärker sein als eure menschliche Überheblichkeit. Der Zeitpunkt war vorherbestimmt. Als deine Vorfahren uns lebendig begruben, wussten wir, dass uns der Teufel nicht im Stich lassen würde. Sieh auf den Flammenring, schau ihn dir genau an. Er bedeutet Leben, er bedeutet Hoffnung für uns. Er ist ein Sigill der Hölle, und er wird uns führen auf dem Pfad des Teufels und der Finsternis.«

Es waren Worte, die den Mann überraschten. Er hatte so etwas vielleicht gelesen, aber nie darüber gehört. Nun sprach man mit ihm über Dinge, die völlig irreal waren, aber dennoch für den anderen normal, und sie wurden es auch für Brockmann.

»Ich werde dir meine Klaue um den Hals legen und zudrücken. Du wirst zuerst die Kälte meiner Hände spüren. Danach dann das Feuer, das sich durch deine Haut in dein Gehirn frisst und dich zerstört. Nie sollst du überleben, nie!«

Dr. Alan Brockmann wankte zurück. Das fiel ihm schwer, und er achtete auch nicht auf sein malträtiertes Bein. Leider belastete er es zu stark. Mit einem Wehlaut auf den Lippen knickte er ein. Das Gesicht verzerrte sich, dann brach er zusammen und blieb liegen.

Der Mönch kam näher. Dabei wirkte der Flammenring um seinen Hals wie ein Kragen aus Feuer. Die Gestalt senkte langsam ihren Oberkörper und streckte dabei die Arme aus.

Noch lagen sie parallel zueinander, und sie zielten auf den Hals des Mannes.

Alan Brockmann schaute auf den zitternden Flammenring. Das Gesicht dahinter sah er unnatürlich verschwommen, und es blieb auch so.

Weshalb?

Er hörte das Ächzen. Alan hatte es nicht ausgestoßen, also der andere, der schon längst seine Klauen um Brockmanns Hals hätte schließen müssen.

Er tat es nicht!

In der Haltung blieb er, als wäre er eingefroren oder nur mehr eine Plastik.

Der Historiker nahm an, dass ihn der Mönch noch quälen wollte. Diese grausamen Wesen waren schließlich zu allem fähig, doch diese Qual dauerte nach Brockmanns Ansicht schon relativ lange, denn noch immer bewegte sich der Mönch nicht.

Auch der Flammenring brannte ruhig weiter. Das Gesicht dahinter wurde vom Widerschein getroffen. Es war zu erkennen, dass ihn irgendetwas an der Sache störte, nur wusste Brockmann nicht, was es war.

Die Angst verging allmählich. Bisher hatte sich dieses Gefühl wie eine Klammer um sein Herz gelegt, nun wurde der eherne Ring aufgesprengt.

Tief holte Brockmann Luft.

Nach wie vor stand er unter einem starken Stress, sodass er die Schmerzen im Bein so gut wie nicht spürte und sein Blick allein auf die Hände konzentriert blieb.

Sie bewegten sich. Die Finger öffneten und schlossen sich. Jeder Einzelne glich einer kleinen Zange, die zupacken wollte, sich dabei jedoch nicht traute.

Etwas musste sie stören.

Das merkte Alan Brockmann, dem es gelang, die Angst immer stärker zu verdrängen, und er fand auch den Mut, sich selbst zu bewegen, denn er rutschte zurück.

Das geschah intervallweise. Immer weiter entfernten sich die würgenden Hände vor seiner Kehle. Brockmann drehte den Körper, berührte die Wand und stemmte sich dagegen.

So kam er hoch.

Und sein Gegner ließ es zu.

Für Brockmann war dies unwahrscheinlich. Er öffnete den Mund. Zunächst kicherte er nur, dann lachte er leise, steigerte das Lachen und begann laut zu dröhnen.

So schnell, wie es aufgeklungen war, brach es auch wieder ab, und das hatte seinen Grund.

Es war der Mönch, der sich so veränderte. Durch die Gestalt

lief ein Zittern. Es begann bei den Füßen, rann höher und höher, bis es den Kopf erreichte und damit auch das Gesicht.

Mit ihm geschah etwas Unwahrscheinliches. Es verzog sich, als bestünde es aus Gummi. Nicht in eine Richtung, sondern gleichzeitig in verschiedene, was schon ein Kunststück war. Auf der Stirn bildeten sich Falten, und die Flammen des Feuerrings begannen zu flackern.

Wo befand sich der Grund? Brockmann sah, dass sich der Blick des anderen dort einpendelte, wo sich hinter seinem Rücken die Felswand befand.

Um die Stelle sehen zu können, musste Alan Brockmann den Kopf drehen. Sein Körper machte die Bewegung mit. Wieder schossen Schmerzen durch sein Bein, diesmal kümmerte er sich nicht darum, er wollte endlich das Motiv für das Verhalten des anderen erkennen.

Die Wand hatte sich verändert!

Alan Brockmann konnte es nicht glauben. Er gab Zischlaute der Überraschung von sich, begann sogar zu lachen, denn das, was man ihm da zeigte, war schon unwahrscheinlich.

Die Wand hatte ein völlig anderes Aussehen angenommen. Sie war fast durchsichtig geworden, als bestünde sie aus dickem Milchglas.

In der Felswand steckten zwei Gestalten.

Männer waren es!

Und einer der Schwebenden trug etwas zwischen den Händen.

Es war ein Würfel!

Der Ruf des Inspektors hatte mich alarmiert. Am Klang der Stimme war zu erkennen gewesen, in welch einer großen Gefahr sich van Liechem befand, und mir war klar, dass ich ihm helfen musste.

Bisher hatte ich mich ziemlich vorsichtig verhalten. Von nun an ließ ich die Vorsicht außer Acht. So rasch es ging, wollte ich den Felsabhang überwinden.

Das war schwieriger, als ich mir vorgestellt hatte, denn auf dieser Seite gab es nicht so viele Trittstellen und Felsspalten, in denen ich hätte Halt finden können.

Schon auf den ersten Metern geriet ich in Schwierigkeiten. Ich rutschte einige Male weg, konnte mich wieder fangen, lief weiter und rutschte abermals.

Diesmal blieb ich nicht auf den Beinen.

Obwohl es lächerlich wirkte, als ich auf dem Hosenboden landete, war es verdammt ernst, denn ich hatte große Mühe, meine Rutschpartie nach unten zu stoppen.

Es gelang mir, mich zur Seite zu bewegen. Noch während der Bewegung vernahm ich bereits das heisere Brüllen. Ein kurzer Stoß nur, mehr nicht, aber der Schrei des Menschen drang dennoch an meine Ohren.

Van Liechem musste ihn ausgestoßen haben. Seine Angst war gewaltig. Ich stand wieder. Schräg diesmal und versuchte so, den glatten Hang aus Kalksandstein hinter mich zu bringen. Ohne es zu wollen, wurde ich schnell, kippte aber nicht über.

Es gelang mir immer wieder, einen Blick in die Tiefe zu werfen. Ich sah den tanzenden Feuerkreis des Flammenrings. Dort unten musste sich der Mönch aufhalten und sich heftig bewegen, aber noch etwas bewegte sich dort.

Ein gewaltiger Schatten!

Genau konnte ich ihn nicht identifizieren, da jetzt das gefährlichste Stück des Abhangs vor mir lag.

Laufen konnte ich nicht mehr. Da gab es nur eins:

Springen!

Ich lief noch zwei Schritte nach vorn, stieß mich ab und hatte meinem Körper auch genügend Schwung gegeben. Als ich mich in der Luft befand, breitete ich die Arme aus, hoffte, dass der Boden einigermaßen eben war, und kam auf.

Es folgte ein harter Schlag, der mich durchschüttelte. Ich blieb auf den Beinen, auch wenn mich der Schwung nach vorn trieb, sodass ich einige unkontrollierte Schritte machte, die mich näher an die Gestalt mit dem Flammenring heranbrachten.

Sie war mein Feind.

Aber sie durfte mich nicht interessieren, denn was sich links von mir abspielte, war viel schlimmer.

Dort wuchs der Schatten hoch. Er war flach, trotzdem gewaltig. Im zuckenden Licht zweier Lampen, der Inspektor trug ebenfalls eine, erkannte ich hin und wieder einen breiten, schuppigen Körper, über den geisterhaft das Licht strich.

Etwas blitzte auf.

Das war nicht der Widerschein des Lichtstrahls, sondern die Zähne in den beiden Kiefern der Bestie.

Wie ein Krokodil sah sie aus, aber es war kein Krokodil, es musste ein Vorläufer der gewaltigen Bestie gewesen sein. Ein Reptil, das in der Urzeit existierte und bis heute überlebt hatte.

Innerhalb einer Sekunde schoss mir das durch den Kopf, was mir der Inspektor berichtet hatte.

Von einem Saurier war gesprochen worden. Dieses Biest sollte versteinert sein und war wohl die große Touristenattraktion innerhalb der gewaltigen Grotte.

Nur hatte dieser Saurier bisher nicht gelebt. Er war ein Fossil gewesen, das änderte sich nun.

Er existierte!

Und wie!

Ein gewaltiger Schwanz fuhr wie eine geschickt geschlagene Peitsche durch die Luft und von einer Seite zur anderen. Er tickte dabei auf den Boden, wurde wieder in die Höhe geschleudert und wischte so dicht an mir vorbei, dass ich den Luftzug spürte.

Wo befand sich van Liechem?

Ich rief seinen Namen, doch meine Stimme ging unter in dem kurzen, trockenen Gebrüll des Monstrums. Anscheinend fühlte es sich durch den Ruf gestört.

Eine Antwort erhielt ich nicht. Diese Tatsache erschreckte mich zutiefst. War der Inspektor nicht mehr in der Lage, mir zu antworten? Hatte die verdammte Bestie es bereits geschafft, ihn zu töten?

Um das herauszufinden, musste ich um das Reptil herum und würde gleichzeitig Gefahr laufen, von den gewaltigen Reißzähnen erwischt zu werden, da es sein Maul schon weit geöffnet hatte und sich auch der große Körper hektisch bewegte.

Sehr gefährlich war auch der Schwanz. Wenn es mich damit traf, würden mir alle Knochen im Leib gebrochen. Da konnte ich einpacken.

Aus diesem Grunde hielt ich eine respektable Entfernung bei, schlug einen Kreisbogen, musste dabei leider an dem Mönch vorbei, und der wollte mich aufhalten.

Er kam mir entgegen.

Zum Glück nicht sehr schnell, sodass ich mich auf ihn einstellen konnte. Nach wie vor kreiste der Flammenring um seinen Hals und erinnerte an einen Feuerschal.

Der Wiedergänger hatte die Arme ausgestreckt, die Hände waren gespreizt. Weitere Waffen trug er nicht bei sich, er wollte mich mit seinen Klauen umbringen. Wahrscheinlich erwürgen oder auf eine andere Art und Weise vernichten.

Reichte mein Kreuz?

Natürlich, es musste reichen, denn der Mönch hatte mit dem Satan im Bunde gestanden. Das Kreuz war die Waffe gegen den Teufel und damit auch gegen seine Diener.

Es hing an einer Kette um meinen Hals. Rasch streifte ich sie über den Kopf. Als es aus meinem Pulloverausschnitt hervorrutschte, sah ich schon den Schrecken auf dem hageren Gesicht meines Gegners. Dieser weißmagische Talisman schien ihm eine beträchtliche Angst einzujagen, und so sollte es auch sein.

Ich ging jetzt auf ihn zu!

Noch tat er nichts, er blieb stehen, stierte mich an. Seine Augen waren nicht mehr so glanzlos, ich las jetzt einen Ausdruck darin. Angst und Hass!

Hinter mir tobte und brüllte das Ungeheuer. Ob es sein Opfer schon zwischen den Zähnen hatte, wusste ich nicht. Ich hoffte für den sympathischen Holländer und erlebte im nächsten Augenblick die Veränderung des Wiedergängers. Er wich zurück.

Mein Lachen klang hart und siegessicher. Als er den Mund aufriss – vielleicht wollte er das Monstrum zu Hilfe holen –, war ich schon bei ihm. Und ich überwand die trennende Distanz zu ihm mit wenigen Sprüngen. Vor dem Flammenring fürchtete ich mich nicht.

Voll kam ich durch.

Für einen winzigen Moment sah ich die Flammen noch vor meinen Augen aufzucken, dann stieß ich den rechten Arm hindurch und auch hinein. Das Feuer tanzte über meinen rechten Handrücken, es verbrannte mich nicht, denn ich hielt in der Hand mein Kreuz.

Und das löschte.

Plötzlich zog sich der Flammenring zusammen, wurde winzig und fuhr wie eine huschende, geisterhafte Zunge genau in den aufgerissenen Mund des Mönches.

Der Wiedergänger schrie.

Nur war es kein Schreien, wie ein Mensch es ausstieß, eher Laute der Qual und des Röchelns. Sie drangen intervallweise hervor, keuchend und ächzend, während der Mönch dicht vor meinen Füßen langsam in die Knie brach.

Er fiel hin.

Plötzlich hockte er vor mir. Ich stieß ihn an und wunderte mich darüber, wie leicht er plötzlich war und nach hinten fiel. Das Kreuz hatte ich noch nicht weggesteckt. Ich behielt es in der rechten Hand und schaute auf meinen Gegner, der sich nicht mehr rührte. Auch das Strahlen meiner magischen Waffe wurde blasser.

Dafür leuchtete etwas anderes.

Feuer!

Auf einmal schlugen die kleinen Flammen aus dem Körper. Das Höllenfeuer – es hatte den Mönch zuvor beschützt –, vernichtete ihn jetzt.

Es entstand nicht mal Qualm. Höllenfeuer brennt rauch- und auch geruchlos.

Wie der Mönch zu Staub wurde, wollte ich gar nicht sehen. Es gab einen viel schlimmeren Gegner.

Den Saurier!

Der Schwanz des Monstrums war verdammt schnell. Mit Erschrecken stellte Inspektor van Liechem dies fest, aber er reagierte dennoch genau richtig und wunderte sich selbst, dass er so hoch aus dem Stand springen konnte.

Über den schlagenden Schwanz huschte er hinweg und kam gut auf, sodass er einige Schritte zur Seite laufen konnte. Er hatte zwar nach dem Geisterjäger geschrien, nur würde es dauern, bis John Sinclair ihn erreicht hatte. Dabei war es noch fraglich, ob es ihm überhaupt gelang, das Reptil zu stoppen.

Bis dahin musste es der Inspektor geschafft haben, dem Grauen und den tödlichen Zähnen zu entgehen.

Er rannte.

Wieder hörte er das Brüllen. Zum Glück hatte er einen Bogen geschlagen. Zwar tanzte der Lampenstrahl wie irr auf und nieder, er konnte kaum etwas erkennen, aber er schaffte es, an dem Kopf und auch an den gierigen Zähnen des Monstrums vorbeizukommen.

Während er lief, riskierte er es und warf einen Blick über die Schulter zurück.

In seinem Rücken bewegte sich der gewaltige Schatten des Sauriers. Er tanzte auf und nieder, der Inspektor sah den gewaltigen Schädel, auch das Schimmern der Reißzähne und hinter dem Monstrum den Mönch, der alles beobachtete.

Wohin?

Das Brüllen des Reptils bewies ihm, wie nahe dieses Monstrum bereits war. In den nächsten Sekunden mussten ihn die beiden Kiefer erreicht haben und zusammenkrachen.

Er dachte an die Lumpen, die er in dem Maul des Sauriers gesehen hatte. Ein Opfer war schon von der Bestie verschluckt worden. Jetzt bewies ihm das Schaben des Körpers, dass sich der andere wieder auf dem Weg zu ihm befand.

Er wollte töten!

Und van Liechem rannte.

Er hatte sich nach links gewandt. Vielleicht war es Zufall, möglicherweise auch Schicksal, dass er trotz des tanzenden Lichtstrahls die kleine Höhle in der Wand entdeckte.

Mehrmals fuhr der Strahl direkt auf die Öffnung zu, und

diese hatte eine Größe, die für van Liechem genau richtig war, aber nicht für das mordgierige Reptil.

Der Inspektor beschleunigte seine Schritte. Er keuchte, er holte verzweifelt Luft, warf dabei seinen Kopf von einer Seite zur anderen, sah den Eingang dicht vor sich erscheinen und warf sich dabei mit einem Hechtsprung zu Boden.

Seine Zähne klackten aufeinander, er spürte die Stöße auch an den Kniescheiben, schlug sich die Ellenbogen auf und robbte die letzten beiden Meter bis in die Höhle hinein.

Sie umschlang ihn wie ein dichter Schlauch. Kein Licht drang hinein, wie abgeschlossen wirkte sie, und mit einer hastigen Bewegung zog der Mann die Beine an, um sich danach wieder herumzudrehen, damit er den Eingang der Höhle im Blickfeld behielt.

Auch der Lampenstrahl zeigte dorthin.

Er traf das weit aufgerissene Maul des Sauriers.

Der Eingang war zu klein!

Der Saurier schaffte es nicht, sein geöffnetes Maul hindurchzuschieben, deshalb klappte er die Kiefer wieder zu und versuchte es auf eine andere Art und Weise. Flach schob er seine Schnauze in die Höhle hinein. Die breite Mündung des Mauls näherte sich dem Inspektor, der in diesen Sekunden Todesängste ausstand und auf dem Hinterteil hockend langsam in die Höhle zurückrutschte.

Weit kam er nicht.

Eine raue Wand hielt ihn auf. Die Kälte des Gesteins spürte er durch die Kleidung in seinem Rücken. Am liebsten hätte er die Lampe gelöscht. Er brachte es einfach nicht fertig und wollte schauen, wie der Saurier versuchte, sein Opfer zu erreichen.

Es war dem Reptil nicht gelungen, seine gesamte Schnauze in die Höhle zu schieben.

Zur Hälfte steckte er fest!

Reichte sie?

Van Liechem schaffte es nicht, die Lampe ruhig zu halten. Er wollte sehen, was geschah, und bemerkte, dass sich das Zittern seiner Hand in dem Lichtfinger fortsetzte.

Das Reptil aus der Urzeit konnte sein Maul nicht aufreißen. Es startete zwar den Versuch, doch die Decke des Eingangslochs stand im Weg, sodass der Saurier mit seinem Oberkiefer dagegen stieß und nicht weiter konnte.

Zusammenklappen konnte er das Maul noch. Als die beiden Hälften zusammenfielen, vernahm Brockmann das Schaben der Zähne und auch das Knirschen, als diese aufeinander trafen.

Das Geräusch jagte dem Mann Schauer über den Rücken. Er fürchtete sich, er zitterte, und er wartete weiter, ob das Reptil es trotzdem schaffte, sein Maul so weit in die Höhle zu schieben, um das Opfer zu zerreißen.

Es ging kaum noch …

Vielleicht einige Zentimeter schob es die Schnauze noch vor. Das Licht fiel zitternd auf seine Augen, und van Liechem sah darin den bösen, mordgierigen Ausdruck.

Dieses Reptil zeigte kein Pardon. Es wollte ihn verschlingen und zermalmen.

Van Liechem verging fast vor Angst. Besonders als er sah, dass sein Gegner nicht aufgeben wollte, zwar feststeckte, aber durch Drehen seines Schädels sich mehr Platz schaffen wollte.

Der Kopf war nicht nur lang und flach, sondern auch ziemlich hart. Die Schuppen hielten viel ab. Selbst scharfes Gestein schaffte es nicht, die Haut aufzureißen.

»Hau ab!«, keuchte er. »Verdammt, hau ab …!«

Das Reptil machte weiter. Es drehte seinen flachen Schädel einmal nach links, dann wieder nach rechts, und an den Seiten des Höhleneingangs lockerte sich das Gestein.

Dort knirschte es, da begann es zu rieseln. Winzige Steine, vermischt mit Staub, fielen zu Boden. Wenn der Saurier so weitermachte, schaffte er es bald, seinen Schädel in die Höhle zu stecken und das Opfer zu erreichen.

Weiter konnte der Polizist nicht zurück. Er spürte einen schmerzenden Druck, als würde ihm ein dicker Stein im Magen liegen. Die Angst war es, die auch seinen Herzschlag so stark beschleunigte, dass er das Dröhnen in seinem Kopf und dicht unter der Schädeldecke verspürte.

Etwas rann aus dem Maul der Bestie. Eine gelblich weiße Flüssigkeit, die an Geifer erinnerte. Sie fiel in dicken Tropfen auf den Boden, blieb dort liegen und verbreitete einen bestialischen Geruch.

Wieder eine leichte Drehung.

Und abermals gelang es dem Reptil, seinen Schädel um eine Idee zu drehen und tiefer in die Höhle hineinzuschieben. Wenn das so weiterging, konnte sich der Inspektor ausrechnen, wann er von den gewaltigen Reißzähnen zerfetzt werden würde.

Wie viele Minuten blieben ihm noch?

Fünf oder zehn?

Er vernahm ein hartes Klatschen. Es war außerhalb der Höhle entstanden, wo die Bestie ihren hornigen Schwanz bewegte und damit gegen den Untergrund hieb.

Es war ein ziemlich gleichmäßiges Geräusch. Der Gefangene konnte sich vorstellen, dass ihn diese Laute irgendwann einmal in den Tod begleiten würden.

Eine Waffe trug er nicht bei sich. Zudem konnte er sich kaum vorstellen, dass eine Revolverkugel gegen dieses Wesen etwas hätte ausrichten können. Vielleicht hätte Siegfried, der Held der germanischen Sage, es geschafft, den anderen zu stoppen, so aber blieb ihm nur eines. Er musste abwarten und sich seinem Schicksal ergeben.

Das Untier hatte seinen Schädel bereits so weit vorgestreckt, dass es ihm gelang, das Maul zu öffnen.

Zwar nicht völlig, bis zur Hälfte nur. Es reichte dem Mann, um die verdammten Hauer zu sehen, die sich innerhalb der beiden Kieferhälften verteilten.

Die zerknackten alles.

Auch menschliche Knochen …

Ich gegen den Saurier!

Verdammt, so etwas war mir auch noch nicht vorgekommen. Ein wahnsinniger Kampf, den ich nie gewinnen konnte, denn ich war schließlich nicht Tarzan, der mit solchen

Tierchen aufgewachsen war und auch mit ihnen gekämpft hatte.

Gefährlich war der Schwanz.

Er fuhr wie eine Schnur von einer Seite zur anderen, befand sich manchmal über dem Boden, tickte wieder nach unten, berührte ihn und hatte so viel Kraft, dass er den felsigen Untergrund fast aufgerissen hätte.

Mir wurde die Kehle allmählich trocken. Zwar verspürte ich keine direkte Angst, aber ich wusste auch nicht, wie ich das Reptil stoppen sollte. In den folgenden Sekunden legte sich meine Aufregung ein wenig, sodass ich über konkrete Gegenmaßnahmen nachdenken konnte.

Was war zu tun? Und weshalb bewegte sich nur der hornige Schwanz des Monstrums? Warum nicht auch der Oberkörper?

Ich schlug wieder einen Bogen, sodass ich von der Seite her an den Saurier herankommen konnte. Jetzt sah ich ihn besser und erkannte plötzlich den Grund, weshalb sich nur das Hinterteil des Monstrums bewegte.

Der Vorderkörper steckte fest!

Er klemmte praktisch in einer Höhle, aus deren Tiefe ich ein heftiges, aber angstvolles Stöhnen vernahm.

Dort musste sich ein Mensch befinden!

Und der Saurier versuchte mit aller Kraft, sich weiter in die Höhle hineinzuschieben.

Auf mich achtete er nicht, konnte er auch nicht, denn auf dem Rücken hatte er keine Augen.

Ein hartes Lächeln zuckte um meine Lippen. Wenn mich nicht alles täuschte, war das genau meine Chance!

Ich hatte den Mönch mit dem Kreuz erledigt. Er war ein Diener der Hölle gewesen und durch eine magische Kraft wieder zum Leben erweckt worden. Von dem zweiten Wiedergänger blieb ich zum Glück verschont, sodass ich mich voll und ganz auf das vorsintflutliche Reptil konzentrieren konnte.

So leise wie möglich näherte ich mich dem Untier von der Seite her. Hin und wieder zerknirschten unter meinen Sohlen kleinere Steine. Sollte das Reptil ein gutes Gehör haben, musste es die Laute vernehmen. Da geschah nichts.

Ich ging noch näher heran.

Mein Kreuz meldete sich auch. An einigen Stellen nahm die Helligkeit zu, ohne dass es jedoch anfing zu strahlen, was mich ein wenig irritierte, mich allerdings von meinem einmal gefassten Plan um keinen Deut abbrachte.

Ich kletterte auf den Rücken der Bestie.

Jetzt reagierte ich fast wie Tarzan, wenn er einem gefährlichen Raubtier an den Kragen wollte. Ich sah dicht vor mir den über den Rücken verlaufenden hornigen Kamm, der wie ein langer Hügel wirkte. Er stach so hoch ab, dass ich mich an ihm festhalten konnte und es auch tat.

Dann hockte ich auf dem Reptil!

In der rechten Hand hielt ich das Kreuz. Die Unterlage war sehr hart. Ich spürte das Zucken des Echsenkörpers, es übertrug sich auch auf mich, sodass ich anfing zu zittern.

Er war ein Teufelsdiener, er musste einfach einer sein, und ich presste das Kreuz dort gegen seinen Rücken, wo der Kamm kleiner wurde und fast der Schädel begann.

Es geschah – nichts!

Zwei Männer steckten in der Wand. Und einer von ihnen, er sah irgendwie fremdländisch aus, hielt mit beiden Händen einen rotvioletten Würfel umklammert.

Dr. Brockmann begriff überhaupt nichts mehr. Wie magisch wurde sein Blick von dem rotvioletten Quader angezogen, der an die beiden Handflächen angeleimt zu sein schien.

Und dieser Würfel strahlte.

Es war ein rotes Licht, roter und intensiver als die farbliche Füllung innerhalb des Gesteins. Für das Licht gab es auch keine Hindernisse, denn es drang aus der Wand.

Ein scharfer Strahl, auch ziemlich breit, sodass Dr. Brockmann erschreckt zurücksprang, weil er davon nicht getroffen werden wollte.

Ihn verschonte der Strahl.

Einen anderen traf er dafür genau ins Zentrum!

Es war der Mönch, dessen Gesicht sich so bewegt hatte wie eine warme Gummimasse. Die Gestalt zuckte. Zuerst ging sie noch nach hinten. Ein langsamer, verhaltener Schritt, dann stolperte sie, erhielt einen Drall nach vorn und begann damit, allmählich in die Knie zu sinken. Das Beben lief durch seinen Körper, der Flammenring an seinem Hals begann zu zischen, als hätte jemand Wasser auf das Feuer gekippt. Dampf wölkte auf, der Feuerring verlor an Größe, schmolz regelrecht zusammen und wurde zu einer würgenden Schlinge, die sich eng und gnadenlos um den faltigen Hals des abtrünnigen Mönches legte.

Dort drückte sie zu.

Das alles spielte sich wie auf einer Leinwand ab, denn noch immer wurde der Mönch von dem aus der Felswand stechenden Strahl gebannt. Bewegen konnte er sich nicht, der Strahl wirkte lähmend auf ihn.

Und auch zerstörend!

Ein Ruck ging durch die Gestalt. Sie schien sich auf die Zehenspitzen heben zu wollen, ein letztes Röcheln drang aus dem weit geöffneten Mund.

Die Schlinge zog sich enger zu. Dabei schnitt sie so tief in die Haut, dass der Kopf sich nicht mehr auf den Schultern halten konnte, anfing zu wackeln, dann das Übergewicht bekam und sich nach vorn drückte.

Er fiel.

Aus großen Augen verfolgte Dr. Brockmann den Fall. Er bekam auch den Aufprall mit und sah, dass der Kopf, er hatte kaum den Boden berührt, zu einer Staubwolke zerplatzte.

Mehr blieb nicht zurück.

Und auch nicht von dem Körper, der sich im selben Augenblick noch zusammenfaltete, denn die Kutte verging nicht. Sie fiel nur mehr zusammen und blieb als Bündel liegen.

Das war alles.

Den Mönch gab es nicht mehr, dafür die beiden Männer in der Wand, und Dr. Brockmann drehte sehr langsam und behutsam den Kopf auf die linke Seite.

Der erste Eindruck hatte ihn nicht getäuscht. Die Männer gehörten einer unterschiedlichen Rasse an. Derjenige, der den Würfel hielt, war Chinese, der andere ein Weißer, vielleicht ein Europäer.

Und sie befanden sich in einer schrägen Lage innerhalb der Felswand eingeschlossen. Nach vorn gekippt kamen sie dem Betrachter vor, wobei der Chinese die Arme angewinkelt, dennoch ausgestreckt hielt, als wollte er den seltsamen Würfel aus der Wand herausreichen und ihn Dr. Brockmann übergeben.

Dazu kam es nicht.

Die beiden Fremden blieben in der Wand und auch innerhalb einer Lichtfülle, die sie umgab wie ein Gefängnis.

Der Mönch war zu Staub zerfallen. Als Körper gab es ihn nicht mehr. Dafür existierte das Licht. Dr. Brockmann hatte das Gefühl, als würde es noch stärker strahlen als zuvor, und es blieb auch nicht auf einen Punkt konzentriert, sondern breitete sich dermaßen aus, dass es die gesamte Höhle erfasste.

Bis hin zum Eingang war es lautlos vorgeglitten, sogar darüber hinweg strahlte es nach draußen in die Schwärze der Höhle hinein, die es mit ihrem roten Schein erfüllte.

Alan Brockmann verstand nichts mehr. Er hatte sich mit dem Rücken gegen die Wand gepresst, die Augen weit aufgerissen und stand dort als stiller Beobachter.

Selbst sein malträtiertes linkes Bein spürte er nicht mehr. Er war in diesem Spiel nur noch Statist und bekam das Geschehen am Rande mit …

Nichts war geschehen!

Ich hockte auf dem Rücken des vorsintflutlichen Reptils und starrte auf meine rechte Hand und das Kreuz. Innerhalb einer Sekunde war die Hoffnung in mir zusammengebrochen. Bevor ich mich auf die Lage einstellen und noch eine andere Entscheidung treffen konnte, bemerkte mein Gegner, dass etwas nicht stimmte.

Der Saurier zog sich zurück.

Ich wusste, dass er sich schnell bewegen konnte. Seine jetzige Geschwindigkeit überraschte mich dennoch, denn er drückte seinen Körper so hart und plötzlich zurück, dass die Gestalt von einem regelrechten Schüttelfrost durchlaufen wurde, ich dies spürte und es mir nicht mehr gelang, das Gleichgewicht zu halten.

Nach rechts hin rutschte ich ab. Mit einer Hand wollte ich nach dem Kamm greifen und mich festhalten. Mein Griff fehlte, ich verlor die Balance und fiel neben der Bestie zu Boden.

Ihre Reaktionsschnelligkeit war mir Warnung genug gewesen. Sofort rollte ich mich ein paarmal um die eigene Achse, um aus der unmittelbaren Gefahrenzone zu gelangen.

Nur weg von dieser Stelle!

Ich war schnell, sehr schnell sogar, aber noch lebendiger war das Reptil.

Zu meinem großen Glück schwang es den aus dem Höhleneingang gezogenen Kopf nach links und nicht in die entgegengesetzte Richtung, wo ich meinen Platz gefunden hatte.

Dafür kam der Schwanz. Er schabte über den Boden, wurde schneller, und ich jagte in die Höhe.

Es war ein blitzartiger Sprung, der mich aus der unmittelbaren Gefahrenzone brachte, da ich einige Schritte zur Seite gelaufen war. Hinter meinen Hacken wischte der hornige Schwanz vorbei. Auf einen kleinen Erdhügel lief ich hoch, drehte mich dort und leuchtete mit der eingeschalteten Lampe nach unten.

Der armdicke Strahl stach schräg in die Tiefe und schien, da sich die Bestie gedreht hatte, genau gegen deren Schnauze, wobei er auch die relativ kleinen Augen traf.

Aus ihnen strahlte mir ein tückisches Blitzen entgegen. Es lag auf der Hand, dass der Saurier es nicht aufgegeben hatte. Nahezu provozierend langsam öffnete er sein Maul, ich konnte direkt in den Schlund hineinblicken, und da wurde mir schon ganz anders.

Ich hatte Zeit, meine Beretta zu ziehen. Bisher hatte ich es mit einer Kugel noch nicht versucht. Dennoch wollte ich es wagen, weil ich mich einfach überzeugen musste.

Die Öffnung war nicht zu verfehlen.

Der Schuss peitschte, sein Echo rollte durch die Höhle, und die Kugel traf haargenau.

Ich konnte sogar noch sehen, wie sie gegen die harte Zunge schlug und dort eine Wunde riss.

Aber es gelang mir nicht, den Saurier damit zu stoppen. Ich hätte auch mit einer Erbse werfen können und den gleichen Erfolg erzielt. Nein, das musste ich anders anstellen. Aber wie?

Das Maul klappte zu, als wollte der Saurier die Kugel aus geweihtem Silber zerbeißen.

Dabei glitt ein Rollen durch die Gestalt des Sauriers, und der Unterkörper wurde in die Höhe gedrückt.

Ich suchte nach einem Ausweg. Mein Blick fiel auch auf den Höhleneingang. Dort sah ich einen tanzenden Lichtstrahl und hörte den Ruf des Inspektors van Liechem.

»Verdammt, Sinclair, haben Sie es geschafft?«

»Nein!«

»Kommen Sie rein, hier …«

Ich hörte ihm nicht länger zu, denn mir war etwas aufgefallen. Bisher hatte ich inmitten einer fast absoluten Finsternis gestanden, die nur vom Licht meiner Lampe erhellt wurde.

Das änderte sich.

Aus einem der Höhleneingänge fiel ein breiter, dunkelroter Lichtstreifen.

Mein Staunen war echt. Ich kam mir vor wie in einem Spielberg-Film, wo ein gravierendes Ereignis ebenfalls durch das Auftauchen eines unfassbaren und nicht erklärlichen Lichts angekündigt wird.

Ich blieb auf meiner erhöhten Insel stehen. Der Saurier war in diesem Augenblick zweitrangig geworden, mich interessierte nur das Licht, das sich rasch, aber dennoch nachvollziehbar ausbreitete und die Höhle in eine blutrote Farbe tauchte.

Auch den Saurier.

Irgendwie schien es ihm nicht zu gefallen, denn das Reptil brüllte schaurig auf. Es war ein regelrechtes Schreien, das durch die Grotte toste, gegen die Wände hallte und sich zu einem Echo vervielfältigte, das sich aus tiefen und hohen Tonlagen zusammensetzte, die mich umkreisten und umjaulten.

Der Saurier wandte sich von mir ab. Das für mich nicht erklärbare Licht übte eine magische Anziehungskraft auf die Bestie aus. Der nach unten durchhängende Körper schabte über den Boden, er bewegte seinen Kopf von einer Seite auf die andere, und ich hörte die Stimme meines holländischen Kollegen.

»Ein Wunder. Verdammt, ein Wunder!«

Daran konnte ich nicht glauben. Dieser Vorgang war zwar unwahrscheinlich, doch eine Erklärung musste es einfach geben.

Wenn auch eine magische.

Ich fühlte mich auf einmal sicher. Den Platz auf dem Hügel behielt ich nicht mehr. Ich gab mir Schwung, sprang hinunter und folgte der Bestie.

Ich schritt trotzdem vorsichtig hinter ihr her, behielt sie stets im Auge, da ich nicht durch eine schnelle Drehung ihrerseits und durch das Ausschlagen des Schwanzes erwischt werden wollte.

Der Saurier tauchte in die Höhle ein, aus der das rote Licht strömte. Kaum war es bis zur Hälfte seines Schädels darin verschwunden, als ich bereits den gellenden Hilfeschrei vernahm.

Mir war unbekannt, welche Person dort steckte. Ich lief schneller, das Reptil war bereits verschwunden, sodass ich über den flachen Körper hinweg bis zum Ende der Höhle schauen konnte.

Dort sah ich die Wand.

Dunkelrot glühte sie, aber in ihr malte sich noch etwas ab. Zwei Männer und ein Würfel.

Bill und Suko!

Also doch!

Ich stand da und merkte kaum, dass mir die Fingernägel ins Fleisch stachen, weil ich die Hände zu Fäusten geballt hatte. Was in meinem Innern tobte, waren Gefühle, die ich nicht einordnen konnte, weil die Ereignisse mich einfach zu sehr durcheinander gebracht hatten.

Da waren sie also, und sie hatten es nicht geschafft, sich zu befreien.

Wieso?

Ich ging, ohne dass ich es bewusst merkte. Automatisch setzte ich einen Fuß vor den anderen und folgte dem Saurier in das Innere der ziemlich breiten Höhle.

Dicht an ihrem Ende drückte jemand seinen Rücken gegen die Wand. Den Mann hatte ich noch nie gesehen, er musste der gewesen sein, der so laut und ängstlich geschrien hatte.

Auch jetzt zitterte er wie Espenlaub, so stark und heftig war die Angst vor der Bestie.

Sie ging schwerfällig weiter. Um den Mann kümmerte sie sich nicht, für sie war das Ende der Höhle wichtig, und das Licht traf sie überall am Körper. Seine Quelle war der von Suko gehaltene Würfel.

Der Würfel des Unheils!

Eigentlich ein völlig falscher Ausdruck, denn der Würfel konnte auch entgegengesetzt reagieren.

Als Würfel des Heils!

Es kam natürlich auf den Standpunkt des jeweiligen Trägers an. Für mich war er der Würfel des Heils. Oder er wurde in diesen Augenblicken dazu, da er damit begann, das Böse zu vernichten.

Je näher der Saurier der Wand und damit dem Würfel kam, umso schlechter erging es ihm. Ich konnte nicht erkennen, was mit seiner breiten Schnauze geschah, aber ich vernahm ein Klatschen, als hätte jemand Schleim von der Höhlendecke zu Boden geschleudert.

Und Schleim war es auch, den das Reptil absonderte. Unter dem bannenden, magischen Licht löste sich der Körper auf, der einmal von dem Licht oder einem Suchstrahl erweckt worden war, damit er kein Unheil mehr anrichten konnte.

Der Mosasaurus kroch nicht mehr weiter. Er blieb auf der Stelle liegen und löste sich zu einer Schleimmasse auf, die allmählich die gesamte Breite der Höhle einnahm.

Eine grünliche, graue Masse, leicht durchsichtig, und auf ihrer Oberfläche schwammen die Schuppen und die letzten Hautreste dieses widerlichen Monstrums.

Nicht mal eine Minute hatte die Vernichtung des Sauriers gedauert. Zu Stein war er einmal geworden, dann war ihm ein mörderisches Leben eingehaucht worden, und nun hörte er auf zu existieren. Was blieb, war eine schleimige, zitternde Lache, durch die ich ging und meinen Blick dabei starr nach vorn gerichtet hielt, weil ich meine beiden Freunde in der Wand eingeschlossen sah.

Noch immer eingeschlossen.

Wie auch in der verdammten Höhle des Buckligen!

Ich blieb vor der Wand stehen. Der fremde Mann sprach zu mir, ich hörte nicht mal hin.

Meine Augen suchten Blickkontakt, die Hände einen körperlichen, letzteren bekam ich nicht. Das Felsgestein war zwar durchsichtig, trotzdem sehr hart. Ich hätte vielleicht eine Hacke nehmen müssen, aber Suko und Bill blieben.

Sogar ein Lächeln entdeckte ich auf den Zügen meines chinesischen Freundes.

Und ich hörte seine Stimme.

Es war die Übertragung von Gedanken, ein Flüstern in meinem Hirn. »John, die Reise geht weiter, die Magie treibt uns, und wir nähern uns einem ersten richtigen Ziel. Es ist ein magischer Ort, du musst hinkommen, ich spüre etwas von der Kraft des Landes Aibon ...«

»Wo?«, rief ich laut. »Wo ...?«

»In Pluckley, John! Dem berühmten Dorf der zwölf Gespenster. In Pluckley ...«

Es war das letzte Wort meines Freundes. Wie schon in der Nähe von Frisco zogen er und Bill sich zurück, um meinen Blicken langsam aber sicher zu entschwinden ...

Ich war noch etwas benommen. Meine Gedanken drehten sich um das, was ich gehört hatte.

Das Dorf der zwölf Gespenster.

Ja, ich kannte es vom Hörensagen. Es war berühmt geworden. Bisher hatte ich es für eine Sage gehalten, aber nun …?

Wir saßen in der großen Höhle zusammen. Ich hörte die beiden Holländer miteinander reden, wobei ich mich raushielt. Später erst sprachen sie mich an.

»Der Kollege ist von dem Saurier getötet worden«, sagte Inspektor van Liechem, »es war nicht zu verhindern.«

»Leider«, fügte ich hinzu.

»Und wie konnte dieses verdammte Biest überhaupt zum Leben erweckt werden?«, rief der Mann, der Dr. Brockmann hieß.

Ich schaute ihn für einen Moment an, bevor ich antwortete. »Magie, mein Herr, schwarze Magie. Es gibt sie leider, und damit müssen auch Sie sich abfinden.«

Ich aber wollte so rasch wie möglich nach England. Dort wartete auf mich das Dorf der zwölf Gespenster …

ENDE

Zigeunerliebe –
Zigeunertod

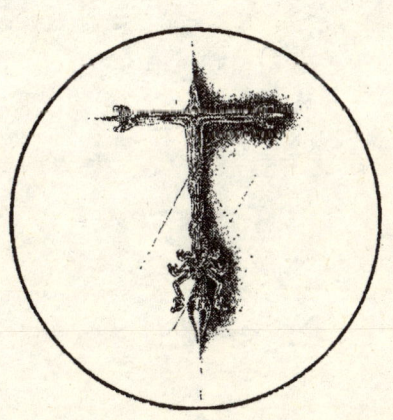

Der Folterknecht tauchte das Brenneisen in die Glut und ließ ein hohles Kichern hören. Er freute sich auf seine Aufgabe. Seine blassen Augen leuchteten, als das Eisen allmählich eine rote Farbe annahm.

Seinen Namen hatte er vergessen. Man nannte ihn nur Diablo – Teufel! Und unter dieser Bezeichnung kannte ihn auch die Frau, die das Brenneisen zu spüren bekommen hatte. Sie lag ausgestreckt auf der harten Holzunterlage, die als Streckbank bekannt war. Der Körper bildete ein großes X. Er war zum Zerreißen gespannt. Die junge, hübsche, schwarzhaarige Person, die jedem Mann, vom Jüngling bis zum Greis, den Kopf verdrehte, konnte sich in ihren Fesseln um keinen Inch bewegen …

Diablo beobachtete, wie das Eisen immer heller wurde.

Es war die glutrote Ausstrahlung. Erst wenn das Eisen einen bestimmten Farbton angenommen hatte, war es günstig. Das wusste er von einem alten Schmied, bei dem er mal gearbeitet hatte.

Ohne das Eisen aus der Hand zu legen, wandte er den Kopf und schaute die Frau an.

Sie lag so, dass sie ihm in sein glattes Gesicht schauen konnte, das einen fast engelhaften Ausdruck zeigte. Dieser Mensch sah nicht so aus, wie man sich landläufig einen Folterknecht vorstellte. Genau das Gegenteil war der Fall.

Bleich und schmal war sein Gesicht. Die Augen blassblau, weich der Mund, ebenfalls das Kinn. Er sah immer zu, dass er seiner Haut nicht zu viel Sonne zumutete. Auch von der Gestalt her konnte man ihn als schlank und weich bezeichnen, ebenso wie das blonde Haar, das in wellenartiger Form seinen Kopf umrahmte.

Und dann die Hände. So lang, so schmal, nahezu mädchenhaft. Doch wenn sie einmal ans Werk gingen, so wie jetzt, brachten sie das Grauen mit.

Um sich die Hände nicht zu beschmutzen und sich die Finger nicht zu verletzen, hatte er schwarze Handschuhe übergestreift. Schwarz wie seine übrige Kleidung, die ein Kürschner ihm anfertigte. Der Handwerker durfte dabei nur weiches und makelloses Leder verwenden. Schwarz stand Diablo am besten. Es kontrastierte mit seiner hellen Haut, auf die er so stolz war.

Auch die Frau wich seinem Blick nicht aus. Sie kannte diesen verdammten Folterkeller, und sie hatte bereits schlimme Qualen hinter sich.

Entsprach Diablo auch nicht den landläufigen Vorstellungen eines Folterknechts, so war der Raum, in dem er seine »Arbeit« verrichtete, entsprechend eingerichtet.

Ein Instrument übertraf an Schrecklichkeit das andere. Und Diablo hatte sie schon alle benutzt. Wenn er jemanden bekam, schaute er sich die Person an und suchte erst danach das Instrument aus.

So hatte er es auch bei Carmen, der Zigeunerin, getan.

»Deine schöne Larve werde ich nicht zerstören!«, hatte er ihr gesagt. »Auch deinen Körper nicht, denn ich bin ein Ästhet. Ich liebe schöne Menschen. Dennoch wirst du schreien, um Hilfe rufen, du wirst alle Götter anflehen, du wirst mich anbetteln, und ich schaue nur auf dich herab …«

Carmen hatte nicht geschrien, sie hatte nicht gebettelt, sondern alles schweigend und mit zusammengebissenen Zähnen über sich ergehen lassen. Dabei war an ihrem Gesicht und ihrem Körper nichts verändert worden. Beides blieb so schön, so hellhäutig und wohlproportioniert.

Er hatte die Frau nicht ausgezogen. Nach wie vor trug sie ihre grüne Bluse und den blauen Rock. Die Bluse zeigte einen halbkreisförmigen Ausschnitt, der so weit nach unten fiel, dass der Folterknecht die Ansätze ihrer Brüste erkennen konnte.

Hin und wieder hatte er auch das Gummi des Ausschnitts ein wenig nach unten gezogen und dabei nur die Lippen gespitzt.

Noch immer hielt er das Brandeisen im Feuer. »Bald«, flüsterte er, »bald wirst du reden, deinen Mund öffnen, und ich höre sehr genau zu, damit ich alles verstehen kann.«

»Das hast du mir schon einmal gesagt, Folterknecht!«, lautete die Antwort.

512

»Stimmt! Aber diesmal schlage ich zu. Jeder, der bisher mein Zeichen bekommen hat, schrie. Er flehte und bettelte mich an, auch du wirst dies tun.«

Den Worten folgte ein bestätigendes Nicken. Der Kopf des Mannes bewegte sich so auf und ab, dass er einmal in den Widerschein des Feuers geriet, dann wieder verschwand und nur mehr schattenhaft zu erkennen war. Über das bleiche Gesicht floss der Schein des Feuers. Die Haut bekam einen rötlichen Glanz, als würden aus zahlreichen Poren kleine Blutstropfen treten und sich schlierenartig verteilen.

In der Folterkammer herrschte der so typische Geruch. Nach verbrannten Kohlen roch es, nach heißem Eisen, auch nach Schweiß. Das alles zusammen ergab den Odem der Angst …

Die Wände waren durch den Rauch des Feuers geschwärzt. Eine dicke Rußschicht lag auf den Steinen. Man hätte mit dem Finger Figuren hineinmalen können.

Die Decke zeigte die gleiche schwarze Farbe. Hier hatte sich der Fackelruß abgesetzt und sie mit einem schmierigen Film bedeckt.

Die Fackeln selbst steckten in den Wänden. Eherne Halter hielten sie wie Greifarme fest. Soldaten sorgten dafür, dass sie immer brannten und regelmäßig ausgewechselt wurden.

Im Keller der Burg hörte niemand das Schreien der Gefangenen. Und bis zum nahen Fluss war es nicht weit. Dort konnten die Leichen verschwinden und weggeschwemmt werden.

Die dunkelhaarige Carmen lag rücklings auf der Folterbank. Manchmal spiegelte sich das Licht der Fackeln in ihren dunklen Pupillen. Dann schienen darin rote Sterne zu blitzen, aber es war auch der Hass, der in diesen Augen lag.

Der Tod befand sich zum Greifen nahe, doch sie war nicht bereit, ihn endgültig zu akzeptieren.

Sie wusste einfach zu viel …

Und der Folterknecht hatte von den Geheimnissen des Lebens und des Sterbens keine Ahnung. Ihn interessierte nur der Befehl des Herzogs, der sich auf ihn voll verlassen konnte. Was sein Herr sagte, führte Diablo aus. Mit Geschick, mit Freude und mit einer nahezu teuflischen Präzision. Überlebt hatte noch keiner.

Er zog das Brandeisen aus dem Feuer. Er tat es langsam, winkelte den Arm an und schaute auf das glühende Ende, da er die Farbe des Eisens prüfen wollte.

Dann nickte er.

Diablo war zufrieden …

Mit einer tänzerisch anmutenden Bewegung drehte er sich um, und das Foltereisen zeigte wie die Spitze einer Lanze auf die gefesselte Zigeunerin.

»Siehst du es?«, flüsterte Diablo. »Siehst du dieses Eisen, Zigeunerweib?«

»Ja, ich sehe es genau.«

»Gleich wirst du es nicht nur sehen, auch spüren, wenn es dich berührt. Und dann höre ich dich, dann wirst du mir freiwillig sagen, weshalb du den Sohn des Herzogs umgarnt und in den Tod geschickt hast.«

Carmen lachte. »Nichts werde ich dir sagen, Folterknecht. Gar nichts. Was weißt du denn schon?«

»Viel, sehr viel. Ich weiß, dass du versucht hast, den Sohn des Herzogs für dich zu gewinnen, aber das wird dir nicht helfen. Sein Vater war dagegen, alle sind dagegen. Für dich ist kein Platz mehr auf dieser Welt. Kannst du dir vorstellen, was mit dir geschieht, wenn ich dich gezeichnet habe und du noch lebst?«

»Ich weiß es.«

»Sag es mir. Los, raus damit!« Er stach das Eisen vor. Carmen spürte die Wärme, aber die glühende Spitze, die einen Halbmond zeigte, berührte sie noch nicht.

»Ihr werdet mich töten!«

Der Folterknecht nickte. »Nicht nur töten, Zigeunerin, nicht nur töten. Wir werden dich verbrennen wie eine Straßenkatze. Die Flammen werden in dir ihre Nahrung finden, und dann wirst du vor Entsetzen schreien und nicht mehr ein noch aus wissen. Reisig brennt besonders gut, vor allen Dingen, wenn das Zeug trocken ist. Ich selbst werde es anzünden. Ich selbst, Zigeunerin. Aber zuvor beschäftige ich mich mit dir.« Noch einmal drückte er das Brandeisen ins Feuer, wartete eine halbe Minute und zog es wieder hervor.

Er ging auf sie zu. Seine Schritte waren schleichend. Genussvoll schwang er das Brandeisen in der rechten Hand.

Carmen lag auf dem Rücken. Ihre Augen weiteten sich, als sie den glühenden Halbmond über ihrem Gesicht schweben sah und feststellte, dass der andere seinen Arm tiefer, immer tiefer drückte, wobei das Eisen nur mehr eine Fingerlänge von der Haut trennte und der erste heiße Atem über das Gesicht der liegenden Frau fuhr …

Vor der Tür zur Folterkammer hockten die beiden Aufpasser. Ehemalige Soldaten, die wegen ihrer Brutalität besonders aufgefallen und aus dem Heer verstoßen worden waren.

Sie hatten es sich auf Schemeln bequem gemacht und aßen. Das Brot teilten sie sich. Mit einem breiten Messer schnitten sie jeweils Kanten davon ab, um die Nahrung dann zu wechseln und sich dem gesalzenen Speck zuzuwenden.

Auch hier säbelten sie, schoben sich die Stücke in den Mund, schmatzten und spülten die zerkauten Speisereste mit einem Schluck Bier hinunter. Die Krüge standen neben ihnen.

Ein Aufpasser – er war besonders dick – rülpste. »Eigentlich müsste sie längst schreien.«

»Wieso?«

»Diablo ist schon lange so weit. Ich kenne ihn doch.« Ein fettes Lachen drang über die dicken Lippen des Mannes, der mit zwei schmutzigen Fingern seine Haare zerwühlte, weil er auf seiner Kopfhaut nach Läusen suchte.

»Vielleicht macht er etwas anderes.«

»Wie meinst du, Tim?«

»Ich wüsste auch, was ich mit einer Hexe anstellte.«

»Nein, nein, das glaub mal nur nicht. Aber nicht Diablo. Der ist anders, weißt du?«

»Wie?«

»Na, Männer.«

Tim nickte. »Jetzt verstehe ich. Woher weißt du das denn?«

Tims Kollege bückte sich und hob seinen Humpen an.

Er öffnete den Deckel, nahm einen Schluck und trank so lange, bis der Krug geleert war. Dann stellte er ihn zurück.

»Ich kenne ihn eben, habe schon von ihm gehört. Es gibt auch gewisse Häuser, die …«

»Wie?«, fragte Tim.

»Sogar der Sohn unseres Herzogs soll sich dort herumgetrieben haben. Badehäuser nennt man die.«

»Nur mit Männern?«

»Ja.«

Ein Schrei schreckte die beiden auf. Synchron drehten sie die Köpfe und schauten auf die dicke Bohlentür der Folterkammer. Weiter hinten im Gang brannten zwei Fackeln. Sie gaben kaum Licht, das Gemäuer unter der Erde lag in einer stetigen Finsternis.

»Jetzt hat er sie breit!«, flüsterte Tim.

»Irrtum, das war ein anderer Schrei.«

Tim schaute seinen Soldatenkollegen groß an. »Liegt da noch einer in der Kammer?«

»Quatsch, aber den Schrei hat nicht die Frau ausgestoßen, sondern der Mann. Diablo!«

Tims Augen wurden noch größer. »Dann foltert sie ihn also«, stellte er flüsternd fest.

»Auch nicht richtig. Es war ein Schrei der Wut. Begreifst du das nicht? Wahrscheinlich ist unser Freund da an die Falsche geraten. Die macht nicht mal den Mund auf. Die sagt nichts, selbst wenn er mit dem Eisen kommt.«

»Das verstehe ich nicht«, sagte Tim. Sein Gesicht nahm einen dümmlichen Ausdruck an. »Nein, das ist mir zu hoch.«

»Dafür bin ich gespannt.« Tims Kollege rieb seine vom Speck fettigen Handflächen gegeneinander. Danach stand er auf und gab dem Hocker einen Tritt, dass er umfiel.

Der Mann hatte Erfahrung. Mit Schreien endete die Prozedur hinter der Tür zumeist, aber bisher hatten immer die Opfer geschrien, nicht der Folterknecht.

Auf den Holzbohlen waren die Schritte des Folterknechts vor der Tür zu hören. Auch Tim vernahm sie. Er sprang auf. Seine fettigen Hände wischte er an seiner Hose ab. Gespannt schaute er auf die Tür. Wenn sie aufgezogen wurde, gab es Arbeit für die beiden Helfer. Sie bekamen ihren Sold dafür, dass sie die Bedauernswerten zum Fluss trugen oder zu einem Scheiterhaufen, wo sie verbrannt wurden.

Meist versenkte man sie.

Die Tür wurde geöffnet. In den rostigen Eisenangeln quietschte sie und schabte auch über den Boden, sodass zusätzlich knirschende Geräusche entstanden.

Diablo blieb auf der Schwelle stehen. Die Söldner waren es gewohnt, dass er zur Seite trat, damit sie mit ihrer »Arbeit« beginnen konnten. Diesmal hielt er seinen Platz.

Sie schauten einander an. Diablo zog seine Handschuhe aus. Als die weißen Hände freilagen, bewegte er die Finger. Zudem hob er den Kopf noch ein wenig, geriet in den Widerschein einer Fackel, sodass die Schweißperlen auf seinem Gesicht wie rötliche Blutstropfen glänzten.

»Ihr könnt sie holen!«, flüsterte er.

Die beiden nickten, aber Tim hatte noch eine Frage. »Hat sie so geschrien?«

Der Folterknecht verengte die Augen. Die blassen Pupillen verschwanden fast völlig. »Nein!«, erwiderte er, und die Antwort glich schon mehr einem Keuchen. »Das war ich.«

»Darf man fragen …«

»Ja, man darf!«, schrie Diablo. »Du darfst fragen. Ich habe vor Wut geschrien. Sie hat es überstanden. Sie ist ohnmächtig geworden, ohne ein Wort gesagt zu haben.«

»Und jetzt?«

»Ihr könnt sie aus der Folterkammer holen und wegschaffen. Verstanden?«

Tim nickte heftig. Der Säbelgriff an seiner Seite stieß gegen die Gürtelschnalle und klirrte. »Wir nehmen sie, nähen sie in den Sack ein, beschweren ihn mit Steinen und werfen sie in den Fluss!«

»Nein!« Scharf wie der Knall einer Peitsche klang die Antwort. »Das werdet ihr nicht!«

Die beiden Söldner zeigten sich irritiert. »Wieso nicht? Wir haben es immer …«

»Widersprich mir nicht, du dreckiger Hundesohn.« Das Gesicht des Folterknechts zeigte plötzlich Ekel. »Ich habe mir etwas anderes ausgedacht. Ihr werdet sie nehmen und an den Pfahl binden. Kettet sie an!«, schrie Diablo. »Und dann überlasst sie mir!«

Die Helfer waren abgebrüht. Sie hoben nur die Schultern und warteten, bis der in schwarzes Leder gekleidete Folterknecht zur Seite trat, damit sie die Kammer betreten konnten. Dabei sah Diablo zu, dass er sie nicht berührte. Menschen, die vor Schmutz starrten, widerten ihn an, während ihm viel schlimmere Dinge nichts ausmachten.

Die beiden Folterknechte traten über die Schwelle. Diablo zog sich derweil in den Gang zurück.

Seine Stirn hatte sich umwölkt. Hinter ihr tobten sich die Gedanken aus. Er konnte einfach nicht begreifen, dass dieses schwarzhaarige Zigeunerluder nichts gesagt hatte. Stumm wie ein Fisch war sie gewesen, auch dann, als sie das Eisen spürte.

Er hatte geschrien.

Vor Wut, vor Enttäuschung. Noch jetzt war er aufgewühlt. Seine Hände öffneten und schlossen sich, während er den Geräuschen lauschte, die aus der Folterkammer drangen.

Das helle Quietschen wurde von der Streckbank verursacht, wenn man die Räder drehte, um die Seile zu lösen. Er kannte die Laute gut genug. So etwas überließ er immer den anderen. Er kümmerte sich allein um die wichtigen Dinge.

Schon bald vernahm er die Schritte. Dann tauchten die beiden Söldner in der Türöffnung auf. Sie wollten sich nach rechts wenden. Die Zigeunerin trugen sie so, dass ihr Oberkörper durchhing. Einer der Männer hatte sie bei den Schultern gepackt, der andere hielt ihre Beine fest. Die Arme hingen nach unten, wobei die Fingerspitzen über den mit Schmutz bedeckten Steinboden schleiften.

Es war eine Atmosphäre der Gewalt und des Schreckens, die hier verbreitet wurde.

»Wartet noch!«, sagte er.

Die Helfer stoppten. Sie schauten zu, wie der Folterknecht

langsam näher kam. Seine Augen hatte er zu Sicheln verengt. Den Kopf senkte er so, dass er nach unten schauen konnte und sich den Körper genau ansah. Der Kopf war zur rechten Seite gefallen, sodass die linke Hälfte frei war und Diablo genau auf die Wange schauen konnte, wo sich etwas abmalte, das Ähnlichkeit mit einem blutroten Halbmond aufwies.

Es war das Zeichen!

Sein Sigill!

Im Laufe der Zeit verheilten die Wunden. Haut wuchs dünn um sie herum, aber Narben blieben immer zurück. Manchmal rot, manchmal auch blau schimmernd.

Die Söldner warteten ab. Sie ahnten, was in diesem üblen Folterknecht mit dem Engelsgesicht vorging. Er hob seinen rechten Arm. Die Faust schwebte über dem Gesicht der dunkelhaarigen, noch immer hübschen Frau. Es sah so aus, als wollte er zuschlagen, dann öffnete er die Hand und nickte seinen Helfern zu.

»Schafft sie an den Pfahl!«

»Sollen wir auch das Reisig holen und das Holz hinstellen?«

»Holz ja, das andere mache ich.«

»Gut.« Tim hatte gesprochen. Er nickte seinem Kumpan zu, die beiden drehten sich um und verschwanden in der modrig riechenden Düsternis des unterirdischen Ganges.

Der Folterknecht nahm die andere Richtung. Abrupt machte er kehrt, schüttelte sich und dachte an ein heißes Bad.

Das nahm er jedes Mal nach seiner »Arbeit«.

Bis zu dreimal am Tag …

Die Sonne ging unter. Sie tauchte den Himmel in einen dunkelroten Schein, der an verdünntes Blut erinnerte und gewissermaßen als Omen bezeichnet werden konnte.

Er übergoss auch den einsamen Platz am Fluss, wo die angebliche Hexe an den Pfahl gebunden worden war. Wenn den Menschen nichts mehr einfiel, womit sie die Frauen titulieren konnten, sprachen sie einfach von einer Hexe. Das passte immer.

Die beiden Helfer hatten alles vorbereitet. Carmen hing nicht nur in den Stricken, sondern zur Sicherheit auch in Ketten. Sie war längst erwacht, und abermals war kein Wort über ihre Lippen gedrungen, obwohl ihre linke Wange höllisch brannte.

Man hatte sie gelehrt, sich zu beherrschen. Das ging bis in den Tod hinein.

Der Pfahl hatte eine Eisenverkleidung bekommen, damit er den Flammen widerstehen konnte. Er war tief in die Erde hineingerammt worden; auch bei stärkstem Sturm kippte er nicht.

Carmen hörte das Rauschen des Flusses. Selbst der Gesang der Vögel war verstummt. Vielleicht aus Trauer darüber, dass wieder einmal an dieser Stelle ein Mensch seinen Tod finden sollte.

Und dafür wollte Diablo sorgen!

Er war gekommen, nachdem sich die Helfer zurückgezogen hatten. Wie ein Schatten erschien er, konnte sich lautlos und schleichend bewegen, während er um den Pfahl herumstrich und die Verschlüsse der Ketten prüfte. Zufrieden nickte er. Dieser Fesselung würde auch ein Weib wie Carmen nicht entkommen.

Er trug noch immer die gleiche Kleidung. Kein Wort drang über seine Lippen. Was er tat, geschah lautlos, mit kalter Berechnung. Nur hin und wieder glitten seine Hände über die Oberschenkel. Dabei bekam das weiche Leder Falten.

Die Sonne sank weiter. Ihre letzten Strahlen schickte sie fast waagerecht über das Land. Sie erinnerten an explodierende rote Peitschenschnüre, breiteten sich aus und fluteten auch bis zum Gemäuer der Burg, sodass deren Kontur schon mehr einem scharfen Schattenriss glich.

Der Folterknecht sammelte das brennbare Material. Er holte Reisig zusammen. Das Holz, auf dem die Zweige ihren Platz fanden, war von den Helfern aufgeschichtet worden.

Er beeilte sich nicht. Sehr langsam, beinahe bedächtig ging

er vor, und Carmen konnte zuschauen. Es war ihr unmöglich gewesen, sich zu befreien. Sie hatte es versucht, sehr schnell wieder aufgegeben, da die Ketten von einem Schmied hergestellt worden waren, der sein Handwerk verstand. In ihnen waren schon zahlreiche Menschen gestorben.

Die Zigeunerin hing vornübergebeugt in den Ketten. Hätte das Eisen sie nicht gehalten, wäre sie gefallen und in das Reisig geschlagen. Die Sonne war noch nicht versunken, als der Folterknecht seine Arbeit hinter sich hatte, stehen blieb und zufrieden nickte.

Er stemmte seine Arme in die Hüften. Sehr gemächlich hob er den Kopf und schaute Carmen ins Gesicht.

Der leichte Aufwind fuhr über das Land, streichelte die Bäume, die Sträucher, bewegte Blätter und verschonte auch die hellblonden Haare des Folterknechts nicht. Er wirbelte sie in die Höhe, sodass sie einen hellen Kranz bildeten.

Das blasse Gesicht hatte sich zu einem Lächeln verzogen. Halb offen stand der Mund, die Augen waren ein wenig verengt, und er stieß mit der Stiefelspitze noch ein paar Zweige gegen den Reisighaufen.

Erst jetzt sprach er die Worte. »Du hast nicht geschrien, Zigeunerweib«, erklärte er. »Du hast meine Folter über dich ergehen lassen. Du hast widerstanden wie niemand zuvor. Weshalb und wieso? Jeder hat gebrüllt, jeder hat geschrien, nur du nicht. Jetzt, wo du noch Minuten zu leben hast, kannst du es mir sagen. Bist du so stark, oder tust du nur so? Wer gab dir die Kraft? Der Teufel?«

Carmen begann zu lachen. Erst leise, dann lauter, schließlich schallend. »Wer ist schon der Teufel, Folterknecht? Müsste er nicht mehr auf deiner Seite stehen? Nennt man dich nicht Diablo? Du bist der Teufel oder sein Diener. Du bist der Mann, der in seinem Namen mordet und tötet. Ich habe mit dem Teufel nichts zu tun.«

»Du hättest schreien müssen!«

»Warum?«

»Weil ein Mensch diese Schmerzen nicht aushalten kann, ohne dass er mit anderen Mächten in Verbindung steht.«

Carmen schüttelte den Kopf. Sie wiederholte die Worte, die sie schon einmal in der Folterkammer gesagt hatte. »Was weißt du schon von mir, verdammter Folterknecht? Was kannst du schon wissen? Nichts, gar nichts. Du bist nur auf die Gewalt aus, aber du weißt nichts von den Geheimnissen der Welt. Kennst du Aibon, kennst du den Dunklen Gral, kennst du die Männer in Grau. Hast du schon etwas von einer Druidenmagie gehört, die weltbeherrschend ist? Kennst du die Geheimnisse des magischen Lebens? Nein, du bist blind. Du liebst allein die Gewalt, das Töten, um deinen perversen Neigungen nachzukommen. Ein Engelsgesicht hat man dir gegeben, in Wahrheit aber bist du ein schlimmer Folterknecht, der Gefangener seiner eigenen Gefühle ist. Ich verachte dich …«

Diablo hob den rechten Arm und drehte seine Hand so, dass Carmen auf die weiße Fläche schauen konnte. »Rede nicht so mit mir, Zigeunerweib. Stell dich nicht über mich, das steht dir nicht, verdammte Hure! Du hast versucht, den Sohn des Herzogs …«

»Ich habe nichts versucht. Er ist freiwillig zu mir gekommen, und wir haben uns auch nicht in den Betten herumgetrieben, das solltest du wissen, Folterknecht. Der Sohn des Herzogs macht sich nichts aus Frauen. Wart ihr nicht schon zusammen im Badehaus? Seid ihr dort nicht euren Gelüsten nachgekommen? Den Gelüsten, die du mir anhängen willst, um einen Grund zu haben, mich zu töten. Es ist die Eifersucht gewesen, die dich trieb, eine grundlose Eifersucht.«

»Und was wollte der Sohn bei dir?«, fragte Diablo.

»Er kannte mich besser als du. Seine Neigungen kümmerten mich nicht, auch er war an meinen körperlichen Reizen nicht interessiert, aber er wusste von meinem Wissen.«

»Wieso?«

»Ich habe dir vorhin schon gesagt, dass ich mehr als andere weiß. Ich habe mich mit den Rätseln der Welt beschäftigt. Ich kenne die Welten, die hinter unserer liegen, die man nicht fassen kann, an die man zunächst glauben muss, bevor man sie bewiesen bekommt. Es gibt die Magie, die nicht vom Teufel ausgeht. Er ist nur ein Teilstück und wird von Leuten verehrt, die sich mit anderen Dingen nicht beschäftigt haben. Aber das braucht dich alles nicht zu kümmern, nicht mehr. Tu deine Pflicht! Lasse deinen Neigungen endlich freien Lauf …«

Der Folterknecht hatte die Worte vernommen, und er kam sich vor wie ein kleiner Schüler, der vor seinem Lehrer steht, ihn anstarrt und dessen Wissen bestaunt.

»Das stimmt alles?«

»Wenn ich es dir sage, Diablo!«

»Dann weißt du mehr als wir alle zusammen, und das ist verdammt nicht gut, Zigeunerweib. Nein, das ist überhaupt nicht gut, wie du dir vorstellen kannst. Es wird mir ein Vergnügen bereiten, dich brennen zu sehen. Deine letzten Worte haben mich in meiner Auffassung bestärkt. Du sollst brennen, du sollst vernichtet werden …«

»Fang an!«

Diablo war überrascht, als er die Worte vernahm. Er hatte das Gefühl, in diesem Spiel nur mehr Statist zu sein. Dabei war er es, der die andere zur Hölle schickte.

Zwei Schritte ging er zurück. Dort lagen die alten Lappen, die er mit Öl getränkt hatte. Sie würden dafür sorgen, dass dieses trockene Reisig noch schneller brannte.

Er zündete die Lappen an. Die kleine Flamme zuckte erst, fand Nahrung und fraß sich fast gierig weiter. Wie tanzende Finger glitten die Flammen in die Höhe, erfassten sehr bald das gesamte Stück Stoff, und der Folterknecht lachte scharf auf, als er es aus der Hand und in das Reisig hineinschleuderte.

»So!«, schrie er. »Jetzt gibt es kein Zurück mehr für dich. Kein Zurück, hörst du?«

Seine Stimme endete in einem Krächzen. Er hörte das Klirren der Kettenglieder, als sich Carmen bewegte, ihren Körper zur Seite drückte, aber die schräge Haltung nicht verändern konnte.

Die Sonne war gesunken. Lange Schatten der Dämmerung lagen über dem Land, hüllten es ein, und es gab nur eine einzige Lichtquelle, die nahe des Flussufers eine zuckende Helligkeit verbreitete.

Der Scheiterhaufen!

Die Flammen fanden ihren Weg. Das trockene Reisig begann zu knacken und zu brechen. Rinde platzte weg. Geschossartig jagten die kleinen Teile in die Höhe und spritzten auch gegen den Körper der vornübergebeugt dastehenden Zigeunerin.

Sie blieb in der Haltung. Über ihr hübsches Gesicht tanzte der Widerschein der Flammen, malte ein Wechselbild aus Hell und Dunkel auf die Wangen und ließ die Augen glühen.

Ein heißer Hauch aus der Hölle fuhr dem Folterknecht entgegen, sodass er zurücktreten musste, dabei seinen Arm ausstreckte, gegen den Scheiterhaufen wies, lachte und schrie: »Brenne, verdammtes Weib, brenne, du Zigeunerschlampe …«

Seine Stimme kippte fast über vor Wut. Nie zuvor hatte er mit einem solchen Vergnügen sein Opfer auf den Scheiterhaufen gestellt. Er wollte sich rächen für die Worte, die sie ihm gesagt hatte, denn er hatte gespürt, dass ihm die Frau weit überlegen war. Sie wusste mehr als er, sie kannte gewisse Geheimnisse, die ihm verborgen geblieben waren, und darüber ärgerte er sich.

Aber jetzt brannte sie.

Die Flammen bekamen immer mehr Nahrung. Sie fassten regelrecht zu, als bestünden sie aus großen Händen, und sie loderten vor der Zigeunerin vorhanggleich in die Höhe, wobei sie ein zuckendes Muster gegen den immer dunkler werdenden Himmel schleuderten.

Ein grandioses Bild. Eine Faszination des Schreckens hielt auch den Folterknecht umfasst, in dessen Augen das Fieber zu lesen stand, das er spürte.

Ja, es war das Fieber der Macht. Er hatte Macht über Menschen und konnte mit ihnen spielen. Wenn er das Knacken und Explodieren der trockenen Reisigzweige vernahm, dazwischen das Fauchen des Feuers und die Schreie der Opfer, war er glücklich.

Hier schrie niemand!

Der Folterknecht war zurückgetreten, hatte eine Hand über

die Augenbrauen gelegt, damit er nicht geblendet wurde. So schaute er auf das Feuer und versuchte, hinter der heißen Wand den Körper der Zigeunerin zu erkennen.

Er sah ihn auch.

Das Feuer hatte ihn erfasst, die Flammen mussten ihn längst zu Asche verbrannt haben, er wusste, wie das geschah, dann schmolzen die Personen, die auf dem Scheiterhaufen standen, zusammen. Zurück blieb Asche, die erst später abkühlte.

In den Ketten hängend blieb sie stehen, umlodert und umfaucht von den heißen Feuerzungen, die mit ihr zu spielen schienen.

»Das gibt es doch nicht!«, schrie Diablo. Er stampfte mit dem rechten Fuß auf. »Warum brennst du nicht, verdammtes Weib? Warum nicht? Du sollst brennen!«

Carmen lachte.

Aus dem fauchenden Feuervorhang drang das Gelächter und erreichte die Ohren des Folterknechts. Sie verhöhnte ihn, sie lachte ihn aus, sie wollte ihn degradieren, und sie hing in den Ketten, die ihr nichts ausmachten. »Du kannst mich nicht töten. Auch Flammen schaffen es nicht. Mein inneres Feuer ist stärker. Ich werde es dir beweisen. Auch wenn ich verbrenne, sterben werde ich nicht. Ich komme wieder, Pluckley wird dies erleben, verlass dich drauf.«

Der Folterknecht trat zurück. Seinen Arm hielt er hoch und angewinkelt, weil er auf die Flammen schauen wollte, denn dort musste dieses Weib zusammenbrechen.

Noch sah er ihren Körper. Sogar das Gesicht schimmerte, bis ein erneuter Windstoß die Flammen zu einer wahren Hölle auflodern ließ.

Noch heißer wurde das Feuer. Es hatte seinen Höhepunkt erreicht, das wusste auch der Folterknecht. Er schaute aus großen Augen auf dieses faszinierende Spiel aus Licht, Schatten, Helligkeit und Dunkel. Es war der nackte Wahnsinn, sich daran zu ergötzen, doch er tat es.

Und er hörte den Schrei.

Markerschütternd, grell und voller Verzweiflung drang er aus der Flammenhölle.

Geschrien hatte Carmen.

»Jaaaa …!«, brüllte Diablo. »Ja, ich habe dich gehört. Ich habe dich schreien gehört. Bei mir schreit jede, hast du verstanden? Jede schreit bei mir, da kenne ich keine Gnade. Auch du hast geschrien, und du wirst weiterschreien, du …« Er verschluckte sich an seinen eigenen Worten, hustete und schaute wieder nach vorn.

Die Flammen wirbelten mit fauchenden Geräuschen um den Körper der Zigeunerin. Sie hielten ihn eingekreist und bildeten über ihrem Kopf eine regelrechte Spitze.

Der Folterknecht wunderte sich. So etwas hatte er noch nicht gesehen. Das war verrückt. Ihm kam es so vor, als wäre es der Frau gelungen, die Flammen zu kontrollieren und sie für sich dienstbar zu machen. Ein Wahnsinn war das!

Er starrte hinein, und er sah, wie der Körper zerschmolz.

Er verbrannte nicht, er schmolz dahin, als bestünde er aus Wachs und sonderte dabei einen dunklen, fettigen Rauch ab, der sich über das dunkelrote Feuer legte.

Staunend und mit offenem Mund starrte der Mann diese Erscheinung an. Für einen Moment riss der Flammengürtel auf, sodass er das Gesicht der Frau erkennen konnte.

Es war eine Wachsmaske. Sämtliche Proportionen stimmten nicht mehr, sie verschoben sich. Da wanderte die zusammengeschmolzene Nase dem Mund entgegen, die Augen schoben sich auf die Wangen zu, und der Mund stand plötzlich senkrecht wie ein klaffender Spalt.

Was war das nur?

Selbst Diablo, der Folterknecht, der viel erlebt hatte, wurde mit dieser Tatsache nicht fertig. Er schaute auf das Feuer, dann auf die Gestalt und stöhnte auf. Ihn überkam das große Zittern. Er drehte sich um und rannte plötzlich weg.

»Du kannst mich nicht töten! Du nicht!« Wie finsteres Donnergrollen erreichte ihn die Stimme der brennenden Zigeunerin. Und das nachfolgende Lachen jagte ihm Schauer über den Rücken …

In der Nacht ging er noch einmal zurück.

Diablo hatte keinem davon erzählt, dass er sich die Mordstelle noch einmal anschauen wollte, und ihm war auch nicht wohl zumute, als er den Weg nahm, der zum Scheiterhaufen führte.

Der Mond am Himmel wirkte so blass, dass er schon fast durchsichtig war. Die Dunkelheit kam ihm vor wie ein Schwamm, der alles aufsaugen wollte. Eigentlich hatte er im Badehaus sein müssen, aber die Ereignisse der jüngsten Vergangenheit hatten ihm einfach keine Ruhe gelassen. Wie ein Zwang war es über ihn gekommen, und er musste dem Trieb folgen.

Seine Schritte schleiften durch das Gras. Kein Laut war sonst zu hören. Die Stelle, wo die Opfer brannten, wurde von den Menschen gemieden wie die Pest. Niemand wollte sich damit abgeben, denn an diesem Ort gingen das Grauen und die Angst Hand in Hand um.

Auch er fürchtete sich.

In seinem Magen lag ein dicker Klumpen. Sein Mund bewegte sich, ohne dass er etwas sagte. Er sprach mehr zu sich selbst, und dies auch nur im Geiste.

Diablo wusste nicht, was ihn erwartete, rechnete jedoch mit dem Schlimmsten. Aus diesem Grunde hatte er sich auch bewaffnet. Nicht nur den Säbel trug er bei sich, auch ein langes Messer und seine Axt, die er meisterhaft zu handhaben verstand. Der Mond gab nicht sehr viel Licht. Aus diesem Grunde roch er den Scheiterhaufen, bevor er ihn sah. Der Nachtwind trieb ihm den Gestank von Verbranntem entgegen.

So rochen die Opfer nicht. Was er da wahrnahm, erinnerte ihn an altes Holz oder Teer. Scharf, beißend und stechend drang es in seine Schleimhäute und ließ ihn keuchen.

Er ging geduckt, als hätte er Angst davor, dass ihn jemand entdeckte. Der Fluss roch auch. Er hörte zudem das Rauschen der Wellen, fand es aber nicht romantisch, denn das Wasser hatte einfach zu viel Blut gesehen. Das Blut und die Körper der Opfer, die in die Strömung geschleudert wurden, damit sie abtrieben.

Die Nacht war zwar finster, aber nicht so dunkel, als dass sich der Scheiterhaufen nicht von ihr abgehoben hätte. Als der Folterknecht näher kam, sah er ihn sehr deutlich.

Er glühte noch.

An einigen Stellen hatte sich das harte Holz regelrecht zusammengezogen, brannte wie heißes Eisen und sonderte auch den stechenden Geruch ab. Vor dem Scheiterhaufen blieb der Folterknecht stehen, zog seinen Säbel und stocherte in der heißen Asche herum, sodass noch glühende Funkenschwärme in die Höhe flogen.

Er wusste, dass die Asche noch heiß war. Zudem bekam er den Beweis, denn der Wind schleuderte die feinen Teile in die Höhe und trieb sie ihm auch ins Gesicht.

Mit dem Säbel bahnte er sich einen Weg. Das Metall schleuderte auf dem Boden liegende, kleine Holzstücke zur Seite, und die dunkle Asche schabte unter seinen Schuhsohlen, als er sich dem eigentlichen Brandgerüst näherte.

Zwei Schritte davor blieb er stehen.

Vorhin und beim ersten Hinschauen hatte er es nicht glauben wollen, nun sah er seine Vermutung bestätigt.

Es gab keine Leiche mehr!

Der Folterknecht mit dem Engelsgesicht stand da und staunte den leeren Pfahl an. Nach jedem Brand wurde das Metall von Helfern geputzt, das war nicht geschehen. Die Verkleidung zeigte noch den schmierigen Ruß der letzten Verbrennung.

Das leise Klirren der Kettenglieder ließ ihn aufhorchen. Die Ketten waren vom Wind bewegt worden, und sie hingen wie tote Arme an den beiden Seiten des Pfahles.

Sonst sah er nichts.

Keine Leiche!

Er schaute auch nach unten. Aus Erfahrung wusste er, dass sich die nicht verbrannten Reste der bedauernswerten Opfer zumeist auf dem Boden sammelten, das war diesmal nicht der Fall. Kein heller Knochen schimmerte durch das Grau der Asche, hier war einfach alles anders und nicht mit normalen Maßstäben zu messen.

Dies kam dem Folterknecht suspekt vor. Er stand steif auf der Stelle, bevor er sich bückte und dabei merkte, wie die Gänsehaut über seinen Rücken kroch.

Er kannte dieses Gefühl, nur hatte er es sehr lange nicht mehr gespürt, weil er stets der Sieger geblieben war.

Die Angst kam. Sie kroch in seinen Körper und breitete sich aus wie das Blut in den Adern. Sein Gehirn, sein Denken wurde von dieser Angst umlagert. Erst ein weiteres Klirren der Ketten riss ihn aus seiner steifen Haltung hervor.

War es der Wind, der die Ketten bewegt hatte?

Eigentlich konnte das nicht sein, denn er hatte keinen Windzug gespürt. Dann wären auch seine langen blonden Haare bewegt worden, und er hätte ihn ebenfalls auf der Haut spüren müssen. Vorsichtig schaute der Mann in die Höhe.

Noch immer bewegten sich die Ketten. Die einzelnen, rußgeschwärzten Glieder kamen ihm vor wie lange Schlangenarme, in denen ein Leben steckte, das er sich nicht erklären konnte.

Sehr deutlich sah er auch die beiden Manschetten, die er immer um die Gelenke seiner Opfer schlang, damit diese sich nicht befreien konnten. Auch sie klirrten gegeneinander, bewegten sich voneinander fort und wirbelten plötzlich auf den Folterknecht zu.

So schnell wie es nötig war, konnte Diablo nicht reagieren. Er bekam den Kopf zwar noch zur Seite, aber die Eisenmanschette erwischte ihn dennoch.

Der Schlag an der Stirn war hart. Von der anderen Seite bekam er den Treffer ebenfalls ab und schwankte. Die Haut platzte weg. Blut rann aus der Wunde, er torkelte zurück und hörte das Klirren des Eisens dicht an seinem Ohr.

Das war gefährlich!

Im nächsten Moment erwischte es ihn voll. Da wand sich die schmutzige Kette wie eine Würgeschlinge um seinen Hals, und die zweite schlang sich so um seinen Körper, dass auch die Arme an ihn gepresst wurden und er sich nicht mehr bewegen konnte.

Die beiden Ketten reagierten zur gleichen Zeit. Die nicht

erklärbare Macht oder Kraft führte sie und zog den Mann, ohne dass er sich wehren konnte, ruckartig in Richtung des Pfahles.

Er prallte dagegen.

An seinem Rücken spürte er das mit Eisen verkleidete Holz, und er wurde so stark gegen den Pfahl gepresst, wie es bei seinen Opfern auch der Fall war, wenn die Helfer oder er sie anketteten.

Nicht mal schreien konnte er, da ihm die Kettenglieder die Kehle zudrückten.

So konnte er nur die Beine bewegen und musste stehen bleiben wie ein Gefangener.

Der Folterknecht mit dem Engelsgesicht konnte anderen Menschen lächelnd Schmerzen zufügen und sie auch töten, er selbst war aber nicht in der Lage, Schmerzen auszuhalten.

Dabei wurde er nicht gefoltert, nur festgehalten, doch er war intelligent genug, um sich einzugestehen, dass er mit der Verbrennung der Zigeunerin Carmen einen großen Fehler gemacht hatte.

Einen tödlichen …

Hatte sie ihm nicht gesagt, dass sie nicht zu töten sei? Ja, er glaubte sich daran zu erinnern, und er rechnete damit, dass Carmen nun Rache nehmen wollte.

Diablo sah das Ende seines Lebenswegs dicht vor sich. Da nutzten ihm auch seine Waffen nichts mehr, denn die Arme konnte er nicht bewegen. Zu hart hielten ihn die Kettenglieder fest.

Diesmal kam der Wind. Er fuhr in die Asche des Scheiterhaufens und wirbelte sie in die Höhe. Der Folterknecht glaubte schwarzen Schnee zu sehen.

Aus dem »schwarzen Schnee« kam sie.

Es war eine Gestalt, und sie ging sehr langsam, denn sie hatte Zeit. Zunächst sah der Gefangene nur die sich bewegenden Umrisse und hoffte auf eine Täuschung. Das war nicht der Fall, denn die Zigeunerin, die eigentlich hätte verbrannt sein müssen, kam auf ihn zu!

Sie trug noch immer die gleiche Kleidung wie in der Folterkammer. Die Flammen schienen sie überhaupt nicht berührt
zu haben. Der weite blaue Rock schwang bei jeder Geh-
bewegung, und der Nachtwind drückte die grüne, weit aus-
geschnittene Bluse hart gegen den Körper, sodass sich die
Brüste deutlich abmalten.

In den Ohrläppchen leuchteten die goldenen Ringe. Nur
etwas war geblieben.

Das Brandmal.

Es überstrahlte alles, denn es leuchtete in einem sehr
intensiven Rot in ihrem Gesicht. Ein blutiger Halbmond, den
das glühende Eisen hinterlassen hatte.

Diablos Zeichen!

Ein Mahnmal für die Ewigkeit, wobei er sich fragte, wer in
die Ewigkeit eingehen würde.

Mit wiegenden Hüften und einem nahezu lässigen Gang
schlenderte sie durch die Asche, wirbelte sie zu kleinen Wolken hoch und legte ein Lächeln auf ihre Lippen.

Kein Reisig hinderte sie mehr daran, sich dem Gefangenen
zu nähern. Zwei Schritte vor ihm blieb sie stehen, stemmte
ihre Hände in die Hüften und nickte.

»Ich bin zurückgekehrt«, sagte sie mit einer völlig normal
klingenden Stimme. »Wie ich es dir versprochen hatte.«

Der andere starrte sie an. Das Gesicht des Folterknechts
hatte sich verzerrt. Offen stand der Mund. Er versuchte verzweifelt, nach Luft zu schnappen, es gelang ihm nur schwer-
lich, und aus seinen Augen schossen die ersten Tränen.

Sie rannen an seinem Gesicht herab und vermischten sich
dort mit den festklebenden Ascheteilchen.

»Du musst verbrannt sein!«, ächzte er. »Das Feuer muss
dich getötet haben. Du bist ein Geist, ein Spukbild.«

»Nein, das bin ich nicht, und ich kann es dir auch beweisen.« Sie sprach langsam, sehr deutlich, damit der andere
auch jedes Wort verstehen konnte.

Dann ging sie auf ihn zu, streckte den Arm aus und
berührte den Mann am Pfahl.

Der Folterknecht spürte die Finger der Frau. Sie glitten

über seinen Arm bis hoch zur Schulter, verweilten dort und kniffen in sein Fleisch. »Na?«

»Du lebst!«

»Ja, ich lebe. Hatte ich dir nicht etwas von diesen Geheimnissen gesagt? Von einer Magie, die du nicht kennst, die fern von hier und in einer anderen Welt geboren ist und die sogar den Tod überwinden kann? Hatte ich dir das nicht gesagt?«

Der Folterknecht deutete ein Nicken an.

»Und diese Magie steht auf unserer Seite, das heißt, auf meiner. Sie sorgt dafür, dass ich allein es schaffen kann. Die Zeiten sind für mich nicht existent, ich kann sie überwinden, aber jeder, der an diesem Ort, wo du mich hast verbrennen wollen, vorbeikommt, wird sie spüren und meine Rache mit auf den letzten Weg nehmen. Das kann ich dir versprechen, du verfluchter Folterknecht.«

Diablo stand Todesängste aus. Carmen hatte ihm nichts getan, ihn nicht gefoltert, ihn auf keine Streckbank gespannt, nur eben die Ketten hielten ihn fest wie Klammern.

Man konnte dies als kleine, vielleicht harmlose Folter bezeichnen. Die andere aber war schlimmer.

Ein seelischer Druck, der sein Inneres in eine glühende Hölle verwandelte. Heiße Angstströme hielten ihn fest, durchtosten seinen Körper, und manchmal sah er die vor ihm stehende Frau nur mehr verwaschen.

Wieder bereitete ihm das Sprechen Mühe, und es waren bettelnde Worte, die er regelrecht ausspie. »Ich möchte mich entschuldigen«, sagte er stotternd. »Ich musste es tun, aber dir ist nichts passiert. Wirklich nicht. Bitte, lass Gnade walten!«

»Gnade?« Carmen lachte auf, warf ihren Kopf von einer Seite auf die andere. »Das glaubst du doch nicht? Ich soll dich begnadigen? Hast *du* Gnade gekannt? Haben deine Opfer nicht geschrien, gebettelt und gefleht? Aber du hast dich daran ergötzt. Nein, jetzt bist du an der Reihe!«

»Aber du lebst!«

»Wirklich?« Sie spreizte die Arme. »Woher willst du wissen, ob ich tatsächlich lebe?«

Er begann zu lachen. »Natürlich lebst du. Würdest du sonst vor mir stehen? Du kannst dich bewegen, du …«

»Deshalb brauche ich nicht zu leben«, erklärte sie. »Nicht so zu leben, wie du es meinst. Hast du nicht mitgekriegt, wie ich verbrannte, wie ich verlief …?«

»Täuschung!«, ächzte der Gefangene. »Das war alles Täuschung. Du stehst vor mir, du …«

»Es ist ein anderes Leben, als du es kennst«, sagte sie ihm. »Ein Leben, das du nicht begreifen kannst. Ich werde es führen, und ich werde dafür sorgen, dass sich alles an mich erinnert. Hast du verstanden? Jeder soll sich an mich erinnern!«

»Ja, ich weiß …«

»Aber das wirst du nicht erleben, Folterknecht. Ich könnte Gleiches mit Gleichem vergelten, doch nehme ich davon Abstand. Dein Leben rettet keiner mehr. Die Ketten, die du deinen Opfern angelegt hast, werden dafür sorgen, dass du als Gast in die Hölle eingehst. Beim Teufel kannst du weiterfoltern.« Sie lachte und bewegte schwingend ihre Hüften. Die Ohrringe warfen blitzende Reflexe, die auch über das Gesicht des Angeketteten huschten.

Der Folterknecht unternahm einen letzten Befreiungsversuch. Seine Züge hatten sich verzerrt und nichts Engelhaftes mehr an sich. Es war eine Mimik der Angst.

Und die Ketten gehorchten der Zigeunerin.

Während sie in der Asche tanzte, sich amüsierte und lachte, schaute sie zu, wie der Folterknecht mit dem Engelsgesicht langsam starb.

Die Welt verschwamm vor Diablos Augen. Sie wurde erst grau, dann rot, zum Schluss schwarz.

Das Allerletzte, was er noch vernahm, war das triumphierende Lachen der Zigeunerin.

Und somit war ein alter Fluch geboren worden …

Superintendent Sir James Powell schaute mich skeptisch an. In der rechten Hand hielt er einen dünnen Bleistift, den er mit der Spitze mehrmals aufticken ließ. »Und Sie glauben wirklich an diese alte Mär oder Legende, John?«

»Ja.«

Sir James hob die Schultern und lehnte sich auf seinem Ledersessel zurück. »Fassen wir doch mal zusammen, was wir über Pluckley wissen.«

»Es ist zumindest das berühmteste Gespensterdorf auf unserer schönen Insel«, sagte ich.

»Stimmt. Nur muss nicht alles wahr sein, was dort geschehen ist. Pluckley liegt in Südostengland. Es ist ein Ort, in dem es zwölf Gespenster geben soll. Ersparen Sie mir die Mühe, sie einzeln aufzuzählen. Es ist noch nicht lange her, da war ein Aufnahmeteam von BBC dort und hat gefilmt. Sie haben alles auf Celluloid bannen können, die Autos, die Umgebung, die Menschen, nur eben keine Gespenster. Die hielten sich versteckt oder waren erst gar nicht vorhanden.«

»Und was sagen die Bewohner dazu?«

Sir James gestattete sich ein Lächeln. »Die Leute selbst sind sich uneinig. Einige behaupten steif und fest, das eine oder andere Gespenst schon gesehen zu haben, andere wiederum lachen nur darüber. Auch die zahlreichen Fotografen, die den Ort besuchten, haben keine Geisterkutsche, keine geheimnisvolle Zigeunerin, keinen unheimlichen Mönch und keinen schreienden Arbeiter gesehen. Die Legende hält sich wirklich gut, und ich will auch nicht daran glauben.«

»Trotzdem fahre ich hin.«

»Wieso?«

»Sir, ich habe Ihnen von Sukos letzten Worten berichtet, bevor er und Bill wieder verschwanden. Er hat mir nicht umsonst den Hinweis auf Pluckley und auch auf Aibon gegeben. Zwischen dem Dorf, dem Würfel und den unerklärlichen Vorgängen muss es einen Zusammenhang geben! Und diese Verbindung will ich herausfinden.«

Mein Chef runzelte die Stirn. »Wenn es Ihnen hilft, Suko zu befreien, bitte sehr. Meinen Segen haben Sie.«

»Das hoffe ich sehr.«

»Haben Sie sich eigentlich schon Gedanken über das

Dorf gemacht? Ich meine, wo würden Sie den Hebel ansetzen?«

»Ich weiß es nicht.«

»Maastricht war Ihrer Meinung nach kein Schlag ins Wasser?«

»Nein, Sir. Ich habe erfahren, dass es gefährliche Magien gibt, die in der Erde schlummern, und ich habe von meinen Freunden wichtige Hinweise bekommen. Zudem weiß ich, dass sie leben. Der Würfel gibt ihnen die Kraft dazu. Er führt und leitet sie.«

»Auch nach Aibon?«, fragte mein Chef zwischen.

Ich hob die Schultern. »Möglich ist alles. Zumindest gehe ich zu einem gewissen Prozentsatz davon aus.«

»Es ist klar, dass ich uns einen Erfolg wünsche, John. Und sehen Sie vor allen Dingen zu, dass Sie Suko und Bill wieder befreien können. Die haben den Würfel, nur nutzt er ihnen nichts. Er muss normal in unserer Hand bleiben und nicht irgendwo eingeschlossen in magischen Erdströmen.« Er fügte hinzu:

»Ob ich da helfen kann, weiß ich nicht. Vielleicht müssen die beiden es selbst versuchen.«

»Sich zu befreien? Dann hätten sie es längst getan, Sir. Es muss da ein Hindernis existieren, das ich zunächst einmal durchbrechen werde, um an die beiden heranzukommen.«

»Kennen Sie das Hindernis?«

»Nein.«

»Dann sind Sie sehr optimistisch.«

»Bleibt mir etwas anderes übrig, Sir?«

»Leider nicht.« Mein Chef schaute mich an. »Nehmen Sie den Wagen bis zum Ziel?«

»Das hatte ich vor.«

»Denken Sie an das Wetter, John. In den letzten Tagen hat es zahlreiche Hiobsbotschaften gegeben, die gerade das Wetter und dessen Folgen betrafen. Glatteis, Schnee …«

»Pluckley hat keinen Flughafen, und warten will ich auch nicht.«

Sir James lächelte und erhob sich. »Das verstehe ich durchaus.« Über den Schreibtisch hinweg reichte er mir die Hand.

»Ich wünsche Ihnen alles Gute und viel Erfolg, John. Holen Sie endlich die beiden zurück, wir sind sonst zu sehr geschwächt.«

»Ich versuche es.« Mit diesen Worten verließ ich das Büro. Nur wenige Schritte brauchte ich zu gehen, um mein Office zu erreichen. Im Vorzimmer telefonierte Glenda Perkins. Sie hörte mich kommen und drehte sich – den Hörer noch am Ohr – um. Mit der freien Hand winkte sie mir zu.

Neben ihr blieb ich stehen. »Was ist denn?«

»Warte, Shao, ich gebe ihn dir.« Sie reichte mir mit einem Nicken den Hörer.

Ich meldete mich. Shaos Stimme klang besorgt. »Hast du mit Sir James geredet?«

»Ja.«

»Und?«

»Ich fahre nach Pluckley.«

»Allein?«

Das letzte Wort hatte Shao so seltsam ausgesprochen. »Das hatte ich eigentlich vor.«

»Nein, John, ich komme mit dir.«

Tief atmete ich ein. »Wieso denn? Was willst du in diesem Gespensterdorf? Wenn es hart auf hart kommt, kann der ganze Fall lebensgefährlich werden.«

»John«, erklärte sie, »ich habe mich entschieden. Nimmst du mich nicht mit, fahre ich allein.«

Zuzutrauen wäre es Shao schon. Um diesem Risiko aus dem Wege zu gehen, stimmte ich zu. »Du weißt, dass dies einer Erpressung gleichkommt?«, fragte ich sie.

»Nein, das sehe ich anders.«

Ich lachte. »Kann ich mir denken.«

»Wann kommst du vorbei?«

»So rasch wie möglich.«

»Okay, ich habe schon gepackt. Bis gleich dann.« Shao war sehr kurz angebunden und legte auf.

»Was ist denn?«, fragte mich Glenda.

Ich hob die Schultern und hockte mich auf die Schreibtischkante. »Sie will mit.«

»Auch das noch.« Glenda zeigte sich erschreckt und presste ihre Hand gegen die Lippen. »Das ist doch gefährlich.«

»Habe ich ihr auch gesagt. Nur, kann man es ihr verübeln? Ich nicht, Glenda. Sie hängt an Suko, sie ist seine Freundin oder Partnerin. Sheila hätte sicherlich ebenso gehandelt, aber sie muss auf Johnny Acht geben. Na ja, mal sehen.«

»Gib nur auf sie Acht!«, flüsterte Glenda.

»Ich werde mich bemühen.« Aus meinem Büroraum holte ich noch den Mantel und hängte ihn mir über.

Nach Pluckley wollte ich fahren. Als ich daran dachte, schüttelte ich den Kopf. Bisher hatte ich von Englands berühmtesten Gespensterdorf nichts gehalten.

Sollte ich mich täuschen?

Fast an der Stelle, wo vor langer Zeit die Zigeunerin verbrannt worden war, existierte nun eine kleine Steinbrücke. Sie führte über den Fluss.

Auch in Pluckley war der Winter eingezogen. Es hatte geschneit, sehr stark sogar, und anschließend war der Frost gekommen, sodass der Schnee liegen blieb.

Bis weit unter den Gefrierpunkt war die Temperatur gefallen. Auf den Seen und Teichen lag eine dicke Eisschicht, über die sich besonders die Kinder freuten. Schlittschuhlaufen war »in«.

Viel interessanter war der Fluss. Er war nicht zugefroren, obwohl nicht mehr viel fehlte, denn einige Eisschollen trieben auf der Oberfläche oder wurden in die Ufernähe gedrückt, wo sie sich am Rand festhakten oder übereinander schoben.

Der Fluss zog auch die Kinder an. Obwohl die Eltern es ihnen verboten hatten, schlichen sie heimlich ans Ufer, um mit den Eisschollen zu spielen. An diesem Morgen jedoch war es so kalt, dass die meisten Kinder es vorzogen, in den Häusern zu bleiben.

Da die Heizung in der Schule nicht funktionierte, war der Unterricht ausgefallen.

Margie Tenbroke und Larry Gold hatten sich verabredet. Sie waren beide schon älter, Larry fünfzehn, Margie vierzehn, und sie gingen zusammen, wie man es so schön sagte.

Es war eine Jugendliebe, die wie ein heißes Feuer in den beiden brannte, von den anderen Menschen im Dorf jedoch nicht zur Kenntnis genommen worden war. Nicht mal die Eltern der beiden wussten davon. Und eine heiße Liebe lässt die Kälte vergessen.

Um elf Uhr wollten sie sich treffen.

Larry Gold war bereits zehn Minuten früher erschienen und hielt sich hinter den kahlen Zweigen eines winterlichen Busches versteckt, sodass er nicht sofort auffiel.

Er trug eine dicke Stoffjacke, die leider nicht lang genug war, um auch die Beine zu wärmen. So fuhr der scharfe Wind auch durch den Stoff seiner Cordhose und zauberte eine kalte Gänsehaut auf seine Beine.

Larry wunderte sich, dass Margie ihn so mochte. Er war nämlich nicht gerade ein Traummann. Wenn er so in die Jugendzeitschrift schaute, musste er Minderwertigkeitskomplexe bekommen, bei all den strahlenden Typen, die sich dort zeigten. Er war viel zu dick, das Gesicht rund und pausbackig. Dieses Aussehen hatte ihm den Spitznamen Baby eingebracht, woran er sich aber nicht weiter störte.

Und auch Margie nicht.

Als er an sie dachte, zuckte ein flüchtiges Lächeln um seine blassrosa schimmernden Lippen. Sie war das schönste Mädchen im Ort. Das sagten viele, und ihr Vater hatte Einfluss. Ihm gehörte ein Lebensmittelladen, und nebenbei übte er den Job eines 2. Bürgermeisters aus.

Um Margie rissen sich alle Jungs. Aber die hatte sich eben für Larry entschieden. Obwohl er das noch immer nicht fassen konnte, machte es ihn sehr glücklich.

Während der Kälte schien die gesamte Umgebung stiller geworden zu sein. Das Dorfleben war eingefroren, ebenso das der nahen Umgebung.

Der spitze Kirchturm stach in den bleifarbenen Himmel und grüßte jeden Ankömmling schon von weitem.

Die Häuser des Dorfes sah er als dunklere Silhouette. Bis zum Fluss war es fast eine Meile, und man brauchte seine Zeit, um sie zurückzulegen. Der schmale Weg führte über blanke Felder, auf denen der verharschte Schnee eine weiße Decke bildete und der Wind so richtig pfeifen konnte, da ihm kaum ein Hindernis im Weg stand. Nur hin und wieder ein verkrümmter Baum, auf dessen kahlem Geäst ein weißer Schimmer aus Raureif lag.

Es machte keinen Spaß, bei der Kälte zu warten, aber für Margie nahm Larry es gern in Kauf.

Allmählich wurde ihm kalt. Der Frost kroch in seine gefütterten Stiefel hinein. Larry trat auf der Stelle und bewegte auch seine Zehen, um sie warm zu halten.

An den Ort schloss sich eine Pappelallee an. Von Larrys Standort deutlich zu erkennen. Auch die Bäume wirkten wie erstarrte Figuren. Und der einsame Radfahrer, der über die Straße fuhr, passte eigentlich nicht in diese stille Landschaft.

Es war der alte Croydon, der jeden Tag seine Runden drehte und mindestens zehn Meilen fuhr.

Manchmal fuhr auch ein Wagen durch den Ort. Nur die wenigsten Fahrer hielten an. Sie benutzten Pluckley nur als Durchgangsstation, obwohl es eine traurige Berühmtheit erlangt hatte, wegen seiner angeblich zwölf Gespenster.

Larry glaubte nicht daran, wie fast alle jungen Leute aus Pluckley, aber sein Vater behauptete steif und fest, schon einige gesehen zu haben, und das konnte man ihm auch nicht ausreden.

Larry schaute wieder nach vorn und sah die kleine Gestalt. Wenn jemand mit dem Fahrrad kam, konnte das nur Margie sein. Wer sonst trug einen knallroten Schal so um den Hals geschlungen, dass er während der Fahrt wie eine Fahne hinter ihr herwirbelte?

Larry blieb im Gebüsch. Das war abgesprochen. Er spürte seinen Herzschlag heftiger als noch vor wenigen Minuten. Die Zeit kam ihm plötzlich zu lang vor.

Margie hatte ihn bereits entdeckt. Sie winkte. Von ihrem Gesicht sah er nur mehr die Augen, denn der Schal verdeckte zwei Drittel davon und schützte gegen die beißende Kälte.

Endlich war sie da. Sie sprang vom Rad, ließ es fallen und warf sich in die auffangbereiten Arme des Jungen, um sich fest an ihn zu pressen. Dabei verrutschte die Wollmütze, das lange braune Haar löste sich, und Larry durchwühlte es mit seinen zehn Fingern, während er sich niederbeugte und seiner Freundin einen Kuss auf die feuchtkalten Lippen hauchte, bis die Durchblutung gesichert war.

Margie drückte sich weg. »Mann, ich bekomme keine Luft mehr.«

»Ich habe eben zu lange gewartet.«

Das Mädchen lachte und schleuderte ihre Haare nach hinten. Niemand im Dorf hatte so schönes Haar wie Margie. Dunkelbraun, dabei mit ein paar rötlichen Strähnen durchzogen, die sogar aufblitzten, wenn sie von der Sonne getroffen wurden, das jedenfalls behauptete Larry.

Die Sonne war an diesem Morgen nicht vorhanden. Sie hielt sich hinter den grauen Wolken versteckt und war nicht mal als kleiner Ausschnitt zu sehen.

Margies Gesicht war natürlich hübsch. Sie hatte sich deshalb auch nicht so aufgedonnert wie ihre Freundinnen, das hatte sie nicht so nötig. Sie war auch stolz auf ihre Sommersprossen, die im Winter fast verschwunden waren und erst in der heißen Jahreszeit wieder zum Vorschein kamen.

»Wo gehen wir hin?«, fragte sie.

»Am Fluss entlang.«

»Und dir ist es nicht zu kalt?«

Larry lachte, bückte sich, hob das Rad auf und stellte es hinter den Busch, damit es nicht sofort gesehen werden konnte. »Wenn du bei mir bist, ist es mir nicht kalt.«

Margie lachte. Sie trug eine Thermojacke, darunter noch einen Pullover und hatte den Schal umgebunden. »Dann komm«, sagte sie.

Larry ließ sich nicht zweimal auffordern. Er legte seinen Arm um Margies Schultern. So machte er es immer, wenn sie gingen, und ihre Körper berührten sich dabei, sodass sie sich gegenseitig wärmen konnten. Das Mädchen hatte seinen Kopf an die Schultern des Jungen gelehnt, die Augen halb geschlossen und genoss es, sich von Larry führen zu lassen.

Larry konnte sich nicht allein auf seine Freundin konzentrieren, er musste auch Acht geben, wo er hintrat, denn der verharschte und stark gefrorene Schnee war an einigen Stellen sehr glatt. Hin und wieder schimmerte auch das blanke graue Eis durch. Jeder ihrer Schritte wurde von einem knarrenden Geräusch begleitet, und sie vernahmen auch das Knacken des ufernahen Eises, das der kleine Fluss angeschwemmt hatte.

Wenn Larry über das Wasser hinwegschaute, sah er die weiten, weißen, flachen Felder. Auf dieser Ebene erhoben sich lange, dunkle Stöcke. Es waren Telegrafenmasten, und manchmal sah er auch das Band der Durchgangsstraße. In den ersten Minuten schwiegen sie, bis sich das Mädchen schließlich meldete.

»Ich glaube, mein Vater hat etwas bemerkt.«

Larry blieb stehen. »Wieso?«

»Genau weiß ich es nicht. Als ich heute morgen losfuhr, sollte ich im Geschäft helfen. Ich habe aber gesagt, dass ich mich mit einer Freundin verabredet hätte, und da hat mein Vater so geschaut, als würde er mir nicht glauben.«

»Und deine Mutter?«

»Die hat nur gelächelt.«

»Passierte noch etwas?«

»Nein.«

»Na ja, ich würde das nicht so schlimm sehen. Wir werden mal abwarten.« Larry gab sich überlegen, obwohl er es gar nicht war. Er wusste von der Antipathie, die Margies Vater gegen ihn und seine Familie hegte. Vielleicht, weil die Golds nicht zu den reichsten im Dorf gehörten. Larrys Vater schlug sich mehr schlecht als recht durchs Leben, aber er war ein grundehrlicher und rechtschaffener Mann, der sein Schreinerhandwerk verstand. Larry wollte einmal den gleichen Beruf erlernen.

Die beiden gingen weiter.

Das Rauschen des Flusses begleitete sie und auch das Schaben der sich übereinander schiebenden Eisschollen, sodass sich die jungen Leute an diese Geräusche schnell gewöhnt hatten.

»Und was machen wir nach dem Spaziergang?«, fragte das Mädchen.

»Wir könnten uns irgendwo hinsetzen.«

»Wo denn?«

Larry blieb wieder stehen. »Vielleicht in meine Bude. Da ist es wenigstens warm.«

»Ich habe eine bessere Idee.«

»Und welche?«

Margie kam nicht mehr dazu, ihrem Freund den Vorschlag zu unterbreiten, denn sie hatte etwas entdeckt. Den rechten Arm streckte sie ebenso aus wie den Zeigefinger. Mit ihm deutete sie auf den Fluss und das dahinrollende graue Wasser.

»Siehst du es?«

»Was denn?«

»Das dunkle Bündel da. Es treibt genau auf das Ufer zu.«

Larry stellte sich auf die Zehenspitzen. Er schaute sehr genau hin, nickte und hauchte: »Verflixt, du hast Recht.«

»Was kann das sein? Eis ist es nicht!«

»Nein, nein.« Larry Stimme zitterte plötzlich, denn er hatte eine Idee, die ihm selbst schrecklich vorkam, sich leider aus seinem Kopf nicht mehr vertreiben ließ. »Warte, ich laufe hin.«

Bevor seine Freundin noch etwas sagen konnte, hatte er sich von ihr gelöst und lief los. Er musste auf die glatten Stellen aufpassen, rutschte einmal nach rechts weg, fing sich wieder und setzte seinen Weg entschlossen fort.

Schließlich erreichte er die Stelle, wo der Gegenstand oder das Bündel ungefähr angetrieben werden musste.

Genau vor seinen Füßen schob sich das Flussufer wie eine schmale Zunge in das flache Gelände hinein. Ein fast stehendes Gewässer hatte sich gebildet. Deshalb lag auch auf seiner Oberfläche eine dicke Eisschicht, die Larry betrat.

Trotz der dicken Stiefelsohlen fand er nicht den richtigen

Halt, den er auch brauchte. So ging er wie auf Eiern, bis er das Ende der kleinen Eisinsel erreicht hatte.

Dort hockte er sich nieder. Zum ersten Mal konnte er das Bündel genauer erkennen.

Plötzlich wurde ihm noch kälter. Nicht weil die Außentemperatur gefallen war, er hatte jetzt gesehen, wer oder was dieses Bündel eigentlich war.

Ein Mensch!

Es gab keinen Zweifel. Durch das kalte Wasser des Flusses trieb ein Toter.

Dieser Mensch musste einfach tot sein, denn die Temperaturen konnte niemand ertragen.

Larrys Herz klopfte rasend schnell. Er hörte in seinem Rücken die Stimme von Margie.

»Was ist denn?«

Er drehte den Kopf. »Da treibt ein Toter heran!« Er schaute wieder auf die Leiche, nur eine Armlänge von sich entfernt. »Das ist eine Frau!«, schrie er. »Eine Frau!« Seine Stimme überschlug sich.

Er vernahm Margies Schritte. Ohne sich diesmal umzudrehen, bat er sie, stehen zu bleiben.

Margie gehorchte auch.

Das geschah in dem Augenblick, als die Leiche gegen die in das Wasser ragende Kante der Eisinsel stieß, wieder ein Stück zurückgedrängt wurde, nach vorn trieb und einen Arm hob.

Es war der rechte, und er klatschte genau auf die Eisfläche, wobei Larry direkt gegen den Handrücken schauen konnte.

Und der zuckte. Die Finger bewegten sich.

Larry hatte das Gefühl, im Boden versinken zu müssen. Das konnte nicht wahr sein. Das durfte es einfach nicht. Das war der reine Irrsinn. Diese Frau, die da so lange im eiskalten Wasser des Flusses gelegen hatte, lebte!

Larry blieb sitzen. Denken konnte er nicht, nur starren. Die Hand hatte einen bläulich weißen Ton angenommen. Die

Finger waren ausgestreckt, sie bewegten sich nach wie vor nach oben und nach unten, wobei sie mit ihren Kuppen gegen die Eisfläche schlugen.

Es war unwahrscheinlich, und die Hand stemmte sich sogar ab, damit sie den nachfolgenden Körper in die Höhe drücken konnte.

Die Tote wollte aus dem Fluss klettern.

»Larry!« Die Stimme des Mädchens klang verzweifelt. »Komm zurück, ich habe Angst!«

Das hatte Larry auch. Deshalb folgte er dem Rat seiner Freundin und zog sich zurück.

Er stand dabei nicht auf, sondern rutschte auf den Knien nach hinten, wobei er sich noch mit den Händen abstützte. Zum Glück trug er dicke Handschuhe, die vor der Kälte schützten.

Als er gegen seine Freundin stieß, bückte sich Margie und half ihm auf die Beine. Der Junge zitterte. Er konnte seine Hand kaum ruhig halten, als er auf die Frau wies.

»Die lebt noch …«

Margie sagte nichts. Sie hatte die Lippen strichartig zusammengepresst und schaute starr nach vorn. Deutlich war die Angst auf ihrem Gesicht zu lesen. Für beide war dieser Vorgang unnormal, aber sie hüteten sich, darüber zu reden.

Und so warteten sie ab.

Dabei schauten sie zu, wie die Frau aus dem eisigen Wasser kletterte. Sie war völlig durchnässt. Die Kleidung klebte an ihrem Körper, und beide stellten fest, dass sie tatsächlich nur mehr eine Bluse und einen Rock trug. Mehr nicht, außer ein Paar Schuhen, die aussahen wie Mokassins. Wie konnte sie überleben?

Noch hatten sie vom Gesicht der Frau nicht viel gesehen, da sie den Kopf gesenkt hielt und ihn erst anhob, als sie auf der kleinen Eisplatte stand. Dabei schob sie auch ihren Oberkörper in die Höhe, sodass sie den jungen Leuten gegenüberstand.

Schwarz wie die Nacht war das Haar. Aus den Strähnen

lief das Wasser an ihrem Körper herab und würde, wenn sie nicht Acht gab, irgendwann zu Eiszapfen erstarren.

Den Mund hatte sie geöffnet, die Augen bildeten zwei dunkle Kugeln in einem bleichgrünen Gesicht.

»Die sieht aus wie tot«, flüsterte Margie und begann zu bibbern.

Ihr Freund nickte nur.

Ruckartig bewegte sich die andere. Sie schob ihre Arme vor und bewegte dabei die Finger, als wären sie Spinnenbeine. Aus ihrem Mund drangen rau die nächsten Worte. »Ihr!«, flüsterte sie. »Ihr seid die ersten …«

Kaum hatte sie gesprochen, als sie sich schon in Bewegung setzte und auf das junge Paar zukam.

Sie ging wie ein künstlicher Mensch, den eine Elektronik leitete, und in den ersten Sekunden waren weder Larry noch Margie fähig, etwas zu unternehmen, denn diese dunkelhaarige Frau hatte sie auf eine schreckliche Art und Weise fasziniert.

Sie ließen sie kommen.

Näher, immer näher …

Bis der Bann plötzlich brach. Auf der Stelle wirbelte Larry Gold herum, packte seine Freundin und schleuderte sie mit. Fast wäre Margie noch ausgerutscht, doch dem Jungen gelang es, sie sicher aufzufangen, und er rannte mit ihr weiter.

Auf dem ufernahen Eis wären sie beinahe abgerutscht, aber nach einem kurzen Zwischenspurt fingen sie sich, keuchten, schrien und verstanden selbst nicht, was da an Worten über ihre Lippen drang.

Irgendwann blieben sie stehen. Sie waren einfach nach vorn gelaufen und auf einem der Felder gelandet. Schwer ging ihr Atem. Immer wenn sie Luft holten, stach auch die Kälte in ihre Lungen, und sie drehten sich beide gleichzeitig um.

Die Frau stand noch immer am Ufer. Sie starrte ihnen nach. Selbst auf diese Entfernung hin war der böse Ausdruck in ihrem von schwarzen Haaren umrahmten Gesicht zu erkennen.

Plötzlich lachte sie. Es war ein hartes, ein hässliches Lachen und hallte wie ein böses Omen über das flache Feld, bevor die Weite des Landes es schluckte.

Dann drehte sie sich um. Ohne die beiden Freunde noch eines Blickes zu würdigen, spazierte sie am Ufer des Flusses entlang. Der eisige Wind wehte gegen ihre Kleidung. Er würde die Feuchtigkeit sehr schnell gefrieren lassen.

Margie und Larry starrten ihr nach. Sie warteten darauf, dass die Frau umkippte, diese Kälte konnte niemand aushalten. Aber die andere ging weiter. Stur wie ein Panzer.

Larry ging plötzlich ein Licht auf. Er fasste das Mädchen so hart an, dass es erschreckt zusammenzuckte.

»Weißt du, wer das ist?«, fragte Larry.

»Nein …«

»Das ist die rauchende Zigeunerin, eines der zwölf Gespenster!«

In Canterbury hatte Albert Erskine als Vertreter gute Geschäfte machen können, denn Winterausrüstung für Fahrzeuge war in diesem harten Winter mehr als gefragt. Einige Händler hatten ihm praktisch den Laden leer gekauft, deshalb hatte er Schneeketten und Winterreifen nachbestellen müssen. Man versprach, sie ihm so schnell wie möglich zuzuschicken.

Wenn das Geschäft so weiterlief, war der Rover, den er fuhr, schon bald bezahlt. Für sein Auto hatte er die Schneeketten natürlich umsonst bekommen. Auch bei hohem Schnee oder verharschter Fahrbahn hatten sie ihn nicht im Stich gelassen.

Canterbury hatte er, wie gesagt, hinter sich. Eigentlich wollte er noch nach Brighton, um zwei Händler zu beliefern, die ihm sogar telegrafiert hatten und auf seinen Besuch warteten. Er hatte versprochen, am Nachmittag bei ihnen zu sein, und die Strecke ließ sich auch bei schlechten Bedingungen bequem schaffen. Vor allen Dingen, wenn man Schneeketten von der Firma besaß, die Albert Erskine vertrat.

Er war frohen Mutes. Über die verbissenen Gesichter der anderen Autofahrer konnte er nur lachen, als er von Canterbury aus südlich fuhr und in das flache Land hineinstach.

Erskine vertrat Südostengland. Das sah zwar groß aus, war es aber nicht. In einer Woche oder noch weniger konnte er bequem die Strecke abfahren. Er kannte fast jedes Haus dort, die Orte natürlich auch, und er wusste ebenfalls, wo man am besten und preiswertesten übernachten konnte. Für das Essen galt das Gleiche.

Natürlich wusste er auch, wo man eine Frau bekommen konnte. Albert Erskine war kein Kostverächter. Natürlich durfte seine Emmy zu Hause davon nichts erfahren, und Albert hütete sich, auch nur ein Wort verlauten zu lassen. Er machte jedes Mal eine große Schau aus seiner Rückkehr, brachte Blumen mit oder andere Geschenke.

Irgendwann an diesem Tag näherte er sich dem kleinen Ort Pluckley. Und wie immer, wenn er dort durchfuhr, dachte er an die Geschichten, die man sich über Pluckley erzählte.

Es war das Dorf mit den zwölf Gespenstern, nur hatte er nie eines davon gesehen. Oft genug wurde er darauf angesprochen. Es kam natürlich auf die Frager an, welche Antworten er ihnen gab. Bei einigen berichtete er dann von dem unheimlichen Schauer und den Geistwesen, die ihm bei der Ortsdurchfahrt begegnet waren.

Das war gelogen.

Die Weite Südostenglands hatte ihn geschluckt. Da konnte man lebensmüde werden, wenn man im Winter durch dieses kahle Land rollte. Feld reihte sich an Feld, die schmalen Straßen wurden meilenweit von Bäumen und Gräben flankiert, und der Wind fuhr wie ein hungriges Raubtier über die Ebene, wo er hin und wieder kleine Schneewolken von den Feldern in die Höhe schleuderte.

Auch der Vertreter spürte den Wind. Manchmal, wenn er zu heftig kam, hieb er prankenhaft gegen seinen Rover, doch das schwere Gefährt blieb jedesmal in der Spur.

»Pluckley – three miles«, las er auf einem Straßenschild. Die Schrift glänzte unter der dicken Eisfläche, und am Rand des Schildes hingen bläulich schimmernde Zapfen wie kleine Dolche nach unten.

Albert Erskine kannte die Strecke im Schlaf. Die Straße würde bald in eine Linkskurve führen, dann traten auch die Bäume zurück, und anschließend waren schon die Häuser des Gespensterdorfes zu sehen.

Manche Stellen auf der Fahrbahn waren sogar trocken. Da hatte der Wind den Schnee schon vorher verweht. Zumeist allerdings sah er die schimmernden graublauen Eisflächen, verborgen unter der verharschten Schneeschicht. Da passte er immer höllisch auf.

Die Kurve erschien.

Weit geschwungen, nicht gefährlich, aber bei diesen Straßenverhältnissen nicht zu unterschätzen.

Erskine nahm sie. Vorsichtig drehte er das Lenkrad nach links, und hätte es fast verrissen, denn nicht weit von der Kühlerschnauze des Rovers entfernt war eine Frau am Straßenrand aufgetaucht. Er hatte sie zuvor nicht gesehen, weil sie sich in der Deckung eines Baumes aufgehalten hatte.

Jetzt stand sie frei.

Innerhalb weniger Sekunden nahm der Vertreter die Eindrücke voll auf und speicherte sie.

Die Frau trug trotz der kalten Witterung nur eine dünne Bluse und einen Rock. Sie hatte pechschwarzes Haar, das einen dunklen, unnatürlichen Glanz zeigte, als wäre es nass geworden, und an ihren Ohren glänzten goldene Ringe.

Wie eine Zigeunerin, dachte Albert, wobei er auch die Zigarette sah, die sie an die Lippen führte, um einen kräftigen Zug zu nehmen. Auch die rote Narbe auf ihrer Wange entdeckte Erskine, dann hatte er sie erreicht, sah noch das Winken und rollte langsam vorbei.

Verdammt, die hat doch gewunken!, dachte er. *Ich muss anhalten!*

Dieser Gedanke jagte durch seinen Kopf, als er mit dem rechten Fuß das Pedal der Bremse berührte und es langsam nach unten drückte. Behutsam ging er damit um, da er nicht wollte, dass ihm sein Wagen noch wegrutschte.

Erskine war ein glänzender Autofahrer. Er schaffte es auch, den Rover abzubremsen. Nur ein wenig rutschte er vor, dann konnte er die Tür öffnen.

Noch blieb er sitzen. Im Außenspiegel sah er, dass sich die Frau gedreht hatte. Sie schlenderte auf den dunkelgrünen Rover zu. Zwischen ihren Lippen hing die Zigarette. Die dünne Rauchfahne stieg in die eiskalte Winterluft.

Albert Erskine dachte scharf nach. Irgendetwas störte ihn an dieser Frau, nur konnte er nicht genau sagen, was es war. Er hatte sie noch nie gesehen, nur kam sie ihm suspekt vor.

Nicht allein wegen der dünnen Kleidung, da gab es noch einen anderen Grund. Er hatte ihn gehört.

Gehört, das war es!

Man erzählte sich davon, ein jeder kannte es und wusste genau über die Dinge Bescheid, die durch alle Zeitungen gegeistert waren, vom Fernsehen aufgegriffen wurden und immer neuen Gesprächsstoff bildeten.

Die zwölf Gespenster von Pluckley.

Und er, Albert Erskine, befand sich nur zwei Meilen von diesem Ort entfernt.

Im Spiegel sah er die Frau näher kommen. Eine schwarzhaarige Person, die Zigarette zwischen den Lippen, einen wiegenden Gang, den gewissen Schwung in den Hüften, ein lockendes Lächeln auf den Lippen, Ringe in den Ohren … So ähnlich war sie immer beschrieben worden.

Sie, die rauchende Zigeunerin!

Eines der zwölf gespenstischen Wesen aus Pluckley, an die niemand so recht glauben wollte, die es aber dennoch zu geben schien, wie diese langsam näher kommende Gestalt.

Plötzlich bekam der Vertreter Angst! Er hatte zwar nie an diese Spukgeschichten glauben wollen, aber wenn man diese Frauengestalt so deutlich sah wie er, dann konnte man schon den Verstand verlieren.

Außerdem waren diese Spukgestalten gefährlich. Wer ihnen begegnete, den töteten sie.

So hieß es.

Er wollte weiterfahren.

Da traf ihn die unheimliche Magie. Plötzlich saß er erstarrt hinter dem Lenkrad. Nicht den kleinen Finger konnte er mehr bewegen. Er starrte nur in den Spiegel, wo die rauchende, hüftschwingende Frau allmählich größer wurde.

Sie musste den Wagen nach wenigen Schritten schon erreicht haben und dann …?

Plötzlich stand sie neben ihm. Sie bückte sich ein wenig, um in den Rover hineinschauen zu können, und der unbeweglich hinter dem Steuer sitzende Vertreter spürte die Fesseln einer unfassbaren Magie, die allein diese Frau ausströmte.

Sie wollte etwas von ihm, auch mit ihm sprechen, denn sie setzte abermals ihre nicht erklärbaren Kräfte ein. Wie von Geisterhänden bewegt, glitt das Wagenfenster langsam und quietschend nach unten. Eiskalte Luft drang in den Wagen, mit ihr die Stimme der Zigeunerin.

»Du bist der Erste«, sagte sie, hob ihre rechte Hand und schnippte die halb aufgerauchte Zigarette mit einer lässigen Bewegung in den Wagen.

Der Glimmstengel fiel auf Alberts Schoß.

Gleichzeitig zog sich die Zigeunerin wieder zurück. Die Scheibe schob sich hoch, das quietschende Geräusch entstand wieder und wurde von einem kaum erklärbaren Zischen übertönt, dessen Ursache die Zigarettenkippe war.

Das Zischen bedeutete nichts Gutes.

Es läutete gewissermaßen das Ende des Mannes ein.

Innerhalb einer Sekunde verwandelte sich der Rover in einen gleißenden Pilz aus grellen Blitzen. Er explodierte. Brennendes Benzin wurde in die Höhe geschleudert, klatschte wieder zu Boden und taute das Eis auf der Fahrbahn.

Von Albert Erskine blieb nichts übrig.

Die magische Explosion hatte den Vertreter zerrissen!

Carmen aber verschwand ebenso spukhaft, wie sie gekommen war. Nur mehr ihr Lachen schwang noch durch die klare Winterluft …

Manchmal hatte ich das Gefühl, als würden wir schweben. So wenig spürte ich den Reifenkontakt meines Bentley auf der glatten Fahrbahn, aber bisher war alles gut verlaufen.

Shao wusste, wie es in mir aussah und wie stark ich mich konzentrieren musste, deshalb hielt sie zumeist den Mund und ließ mich mit den Schwierigkeiten der Straße fertig werden.

London lag hinter uns, wir hatten uns in Richtung Süd-osten gewandt und rollten durch die flache, brettebene Land-schaft des so typischen Teils meines Heimatlands.

Auf dem Land wurden die Straßenverhältnisse ein wenig besser, da es doch schneefreie Strecken gab.

Ich entspannte mich ein wenig.

Das merkte auch Shao. Von der Seite her schaute sie mich an. »Bist du sauer, John?«

»Weshalb?«

»Weil ich mitgefahren bin.«

Ich schüttelte den Kopf. »Nein, nicht aus diesem Grunde. Da gibt es eine andere Sache, die mich ärgert. Erstens das Wet-ter, und zweitens hoffe ich, dass Suko mit seiner Prognose Recht behalten wird. Ich muss ihn aus dieser verdammten Erdmagie herausholen.«

»Und wenn nicht?«

Mit der Antwort ließ ich mir Zeit, holte tief Luft und fuhr wieder vorsichtiger, da es auf der Straße verdächtig hell schimmerte. »Erst in Frisco, dann in Maastricht, jetzt in Pluckley, wo wird er beim nächsten Mal sein? In Tokio oder auf Jamaika, in der Arktis vielleicht? Das sind Probleme, Shao. Es muss uns einfach gelingen, Suko und Bill zu befreien.«

»Deshalb bin ich auch mitgefahren.«

»Du meinst, dass du es schaffen kannst?«

»So sicher bin ich mir natürlich nicht, aber ich gehe einfach davon aus, dass ich einen gewissen Einfluss auf Suko besitze. Versteh mich nicht falsch, John, aber ich meine, dass mein Einfluss stärker ist als der deine, obwohl ihr beide so sehr befreundet seid.«

»Das kann hinkommen«, erklärte ich.

»Dann akzeptierst du mich also?«

»Ich habe dich nie abgelehnt, Shao. Nimm es bitte nicht persönlich«, fügte ich noch hinzu.

Die Hälfte der Strecke lag längst hinter uns. Wir fuhren in einen Mittag hinein, der ebenso trist war wie der Morgen. Die Sonnenstrahlen hielten sich weiterhin versteckt.

Die im Sommer so wärmende Kugel verbarg sich hinter bleifarbenen Wolkenbergen.

Ich hatte die Heizung sehr hoch geschaltet, und das Gebläse pustete warme Luft gegen die Innenscheiben.

»Sollen wir durchfahren oder eine Pause einlegen?«, wandte ich mich an die dunkelhaarige Chinesin. Shao trug einen dicken, gelben Pullover mit hohem Kragen und eine schwarze Lederhose.

»Ich habe keinen Hunger.«

»Okay, fahren wir durch.«

Eine halbe Meile später erreichten wir einen kleinen Stau. Er hatte sich gebildet, weil zwei Wagen bei einem Ausweichmanöver in den Graben gefahren waren. Die Fahrer standen mitten auf der Straße und beschimpften sich gegenseitig.

Und weiter rollten wir.

Shao blätterte in einem Buch. Dort stand etwas über die zwölf Gespenster aus Pluckley geschrieben. »Kennst du sie eigentlich alle?«, fragte sie mich.

»Ich habe noch keines gesehen.«

»Mit Namen, meine ich.«

»Nein.«

Sie begann, die zwölf Gespenster aufzuzählen, während sich die Straße ein wenig verengte und wir durch einen kleinen Ort rollten. »Das ist der Geist des Straßenräubers, die Geisterkutsche, der Oberst aus dem Wald, die hängende Leiche des Schulmeisters, die rauchende Zigeunerin, der schwarze Müller, die Rote Dame, die Weiße Dame von Dering, der unheimliche Mönch, die Lady von Rose Court und der schreiende Arbeiter.«

Ich hatte mitgezählt. »Das waren erst elf.«

»Dann gibt es da noch das allerneuste Dorfgespenst. Es hat aber noch keinen Namen. Diesen Informationen nach soll es sich zumeist in einer Kirche aufhalten.«

»Geister in einer Kirche?«

»Wenn es nicht gerade Vampire sind«, meinte Shao.

Ich lachte leise. »Bin sowieso gespannt, was sich an dieser Geschichte tatsächlich als wahr herausstellt.«

Shao zeigte sich ein wenig verwundert. »Du redest so, als würdest du Sukos Angaben nicht trauen.«

»Das hast du nur in den falschen Hals bekommen. Die meisten Menschen, die über Pluckley sprechen, glauben nicht an die Gespenster. Für sie ist es reiner Nervenkitzel.«

»Hoffentlich bleibt es das für uns auch«, meinte die Chinesin.

»Dafür kann ich nicht garantieren.« Ich hob den Arm und deutete auf ein Hinweisschild. »Nur mehr drei Meilen bis zu unserem Gespensterdorf. Mal sehen.«

Die drei Meilen fuhren wir nicht durch, denn abermals gerieten wir in einen Stau. Diesmal in einer weit geschwungenen Linkskurve. Am Rand der Fahrbahn stand ein Wagen. Nein, berichtigte ich mich, das war kein Auto mehr, nur noch ein Wrack. Feuer hatte das Fahrzeug verwüstet und das Blech zu einem dunklen Kohlehaufen gemacht. Über dem Wrack stand noch eine Rauchfahne, die von der Seite kommender Wind träge zerflatterte. Zwei Polizeiwagen entdeckte ich ebenfalls und sah auch einen offenen Zinksarg. Daneben stand frierend ein Mann im weißen Kittel.

»Was mag da geschehen sein?«, fragte Shao. Sie reckte ihren Kopf vor, um besser sehen zu können.

Ich hob die Schultern. »Werden wir gleich haben. Aus der Schlange scherte ich aus und ließ den Bentley dorthin rollen, wo auch die beiden Polizeifahrzeuge standen.

Dicht dahinter stoppte ich. Der Motor war kaum ausgeschaltet, als einer der Beamten ein wütendes Gesicht bekam und uns durch Handbewegungen zu verstehen gab, dass wir verschwinden sollten.

Das Gegenteil davon war der Fall. Wir stiegen aus. Shao nahm noch ihre gefütterte Jacke vom Rücksitz und stülpte über die Haare eine modische Strickmütze, die auch die Ohren wärmte.

Ich zog ebenfalls die Jacke über, wollte auf den Polizisten zugehen, aber der lief schon wutschnaubend auf uns zu. Bevor er uns erreichen konnte, rutschte er auf einem Eisstück aus. Sein Gesicht nahm dabei einen so dümmlichen Ausdruck an, dass ich mir ein Lachen nicht verkneifen konnte, aber schnell genug war, um den Mann aufzufangen.

»Danke«, sagte er automatisch und drückte sich an mir hoch. »Es ändert nichts an der Tatsache, dass Sie hier verschwinden müssen. Dies ist eine Polizeiaktion.«

»Deshalb bin ich hier, mein Lieber.« Bevor er weitere Fragen stellen konnte, zeigte ich ihm den Ausweis.

»Oh, Scotland Yard.«

»Genau.«

»Na, dann.«

»Wer ist denn der Einsatzleiter?«

»Sergeant Everton.« Der Polizist deutete auf einen breitschultrigen Mann, der neben dem Kittelträger stand und sich gebückt hatte. Zwei andere trugen soeben die verbrannte Leiche des Autofahrers zu einer Decke, um den Toten darin einzuwickeln.

Shao hielt sich hinter mir, als ich auf die Männer zuging. Ich hörte sie noch sprechen.

»Der Wagen ist nicht gerutscht«, bemerkte der Sergeant. »Er fuhr auch nicht in den Graben. Mir kommt es vor, als hätte er während der Explosion sogar gestanden.« Er hörte auf zu sprechen, als er mich und den hochgehobenen Ausweis sah.

»Was will denn Scotland Yard hier?«

»Zuschauen.«

Der Mann vor mir rieb seine große Hakennase und nahm die Mütze ab. Er hatte kaum Haare auf dem Kopf, nur ein paar dunkle Strähnen, die sich wirr verteilten. »Ist es Zufall, dass Sie vorbeigekommen sind, Sir?«

»Fast, wir wollten nach Pluckley.«

»Dienstlich?«

»Ja, Gespenster jagen.«

Der Mann schaute mich an, als hätte ich ihm etwas Verbotenes erzählt. »Das kann doch nicht Ihr Ernst sein.«

»Lassen wir das. Was ist mit dem Toten? Kennen Sie ihn, konnten Sie ihn überhaupt identifizieren?«

»Nein. Alles verbrannt. Sämtliche Papiere ebenfalls. Wir werden trotzdem anhand des Nummernschilds herausbekommen, auf wen der Wagen zugelassen war.«

»Kann ich den Toten sehen?«

»Auf Ihre Verantwortung.«

»Akzeptiert.«

Der Mann hob die Schulter. Der Tote lag noch nicht im Zinksarg, nur unter einer Decke. Der Mann im weißen Kittel rollte sie wieder auf, sodass ich auf die Leiche schauen konnte.

Ich möchte mir eine Beschreibung ersparen.

Nur eines wunderte, irritierte und störte mich gleichzeitig. Es war der rote Fleck an der Wange.

Ich bückte mich und schaute genauer hin. Aus der Nähe betrachtet, nahm der Fleck sogar eine Kontur an. Und zwar sah ich eine blutrote Narbe in Form eines Halbmonds. Wie sie dahin gekommen war und aus welchem Grund, konnte ich nicht sagen. Normal war dies meines Erachtens nicht.

Ich kam wieder hoch und drehte mich. »Haben Sie die Narbe auch gesehen?«, fragte ich den Mann im hellen Kittel.

»Ja.«

»Und Ihre Meinung?«

»Keine, Mister. Das ist ein Zeichen, das ist …«

Ich schüttelte so heftig den Kopf, dass der andere nicht mehr weitersprach. »Ich glaube, dass Sie sich irren, mein Guter. Ein Zeichen ist das schon, nur möchte ich es nicht als normal bezeichnen. Die Narbe hätte auch bei diesem Brand verschwinden müssen.«

»Da hat er Recht«, sagte Sergeant Everton.

Der Arzt fühlte sich in seiner beruflichen Ehre gekränkt.

»Gut, ich werde Ihnen Bescheid geben, sobald ich den Toten genauer untersucht habe. Klar?«

Wir waren einverstanden.

Mir kam der gesamte Fall rätselhaft vor. Das Auto war völlig ausgebrannt, es stand nicht im Graben, sondern auf der Straße. Reste einer Bombe waren nicht gefunden worden. Wie hätte der Brand entstehen können? Durch einen Kurzschluss? Möglicherweise. Aber dabei explodiert ein Auto nicht so schnell, dass dem Fahrer nicht die Zeit bleibt, sein Fahrzeug zu verlassen.

Es musste einen anderen Grund geben.

Magie!

Das war für mich keine Ausrede, sondern die Summe zahlreicher Erfahrungen, die ich im Laufe der Zeit gesammelt hatte. Wenn wir irgendwo unseren Einsatz fuhren, kämpften wir gegen schwarze Magie. Ob der Autobrand allerdings mit unserem Fall in einem Zusammenhang stand, wollte ich zunächst dahingestellt sein lassen.

Shao sprach mich an. Sie hatte ihre Hände in die Jackentasche gesteckt. Die Wangen zeigten eine Röte, die nur auf die strenge Kälte zurückzuführen war.

»Die Narbe ist doch nicht normal, John. Dieser Tote kam mir vor wie ein Gezeichneter.«

Ich wunderte mich. »Du hast ihn gesehen?«

»Ja, ich schaute über deine Schulter.«

»Wenn ja, wer hat ihn gezeichnet?«

»Das Gespensterdorf liegt in unmittelbarer Nähe. Du kannst dir den Gegner unter zwölf Wesen aussuchen. Ist doch was.«

»Danke, ich verzichte.«

Der Sarg wurde verschlossen. Die Untersuchungen würden sicherlich noch andauern. So lange wollten wir nicht warten. Ich hatte das Gefühl, schnell nach Pluckley kommen zu müssen. Immerhin wollte ich die Spur von Suko und Bill aufnehmen. Die beiden besaßen den Würfel und mussten zunächst einmal aus dem Käfig der Erdmagie befreit werden.

Der Sergeant stand in der Nähe. Er trank heißen Tee aus

der Thermoskanne. Als ich auf ihn zutrat, ließ er die Kanne sinken und wischte über seine Lippen.

»Können wir durch?«, fragte ich.

»Klar.« Er schraubte die Kanne mit bedächtigen Bewegungen zu. »Sie kennen ja das Spiel, Sir. Vorgesetzte brauchen einen Bericht.«

»Verstehe. Wir fahren auch nicht weit. Unser Ziel ist Pluckley.«

»Ja, ja, das Gespensterdorf.« Er lachte. »Ich kenne es, aber Gespenster sind mir noch nicht begegnet, das will ich Ihnen ehrlich sagen. Sie werden dort auch kein Glück haben.«

»Meinen Sie?«

»Klar. Das ist nur eine Sache für Touristen und Besucher. Ich glaube, Sie werden enttäuscht sein.«

Ich blickte den Sergeant an und sagte etwas, das er wohl nicht begriff. »Hoffentlich werde ich enttäuscht, hoffentlich.«

Bevor er noch eine weitere Frage stellen konnte, hatte ich kehrtgemacht und ging zum Bentley. Shao hatte sich bereits auf den Beifahrersitz gesetzt. Sie rieb ihre Hände. »Hier drin ist es wärmer.«

»Und wie.« Ich hämmerte die Tür zu, startete den Motor und schaltete die Heizung wieder hoch. Ein Polizist trat zur Seite, als ich vorsichtig anfuhr, über einen Eisbuckel rollte und weiter in die Kurve hineinstach, die einen großen Linksbogen beschrieb.

Der Ort des Geschehens blieb hinter uns zurück. Bald konnte ich auch im Rückspiegel nichts mehr von ihm sehen. Rechts und links säumten Pappeln den Straßenrand. Sie sahen aus wie abgemagerte Riesen und schienen in der Kälte erstarrt zu sein. Überhaupt kam mir vieles verändert vor. Die Luft war anders, die Kälte drückte, das Eis schien nicht allein auf dem Boden zu liegen, auch in der Luft.

Noch sahen wir von Pluckley kein Haus. Die hohen Bäume nahmen uns einfach die Sicht. Dahinter lagen die brettebenen, weiten Felder. Ab und zu stob eine dünne Schneewolke in die Höhe, wenn der Wind die kleinen Kristalle hochschaufelte.

Keiner von uns rechnete mit einer Gefahr oder mit einem außergewöhnlichen Ereignis. Zudem musste ich mich auf die glatte Fahrbahn konzentrieren und war umso überraschter, als ich, nicht einmal weit entfernt, zwischen zwei Bäumen eine Bewegung wahrnahm.

Dort erschien jemand.

»John, das ist eine Frau!« Shao hatte die Person zur gleichen Zeit entdeckt wie ich.

Sie stand so harmlos am Fahrbahnrand, trug nicht mal gefütterte Kleidung, nur Rock und Bluse. An der Zigarette, die sie zwischen den Fingern hielt, konnte sie sich auch nicht besonders wärmen. Die freie Hand hatte sie erhoben und winkte.

Eine Anhalterin.

Schwarzhaarig, mit Ohrringen, die wie goldene Kreise glänzten, und einem lockenden Lächeln auf den Lippen.

»Willst du anhalten?«

Das wollte ich, nur schaffte ich es auf diesem Boden nicht so leicht, deshalb rollte ich zunächst einmal weiter und trat erst dann vorsichtig auf die Bremse, als wir die Frau bereits passiert hatten.

»Und jetzt?«, fragte Shao.

»Bleiben wir sitzen.«

Sie räusperte sich. »Sag mal, John, fühlst du dich eigentlich wohl? Das ist doch mehr als ungewöhnlich, dass diese Person am Rand der Straße steht und winkt.«

»Finde ich auch.« Ich rührte mich nicht und schaute in den Spiegel. Shao hatte sich umgedreht und blickte durch das Heckfenster auf die sich nähernde Person.

»Ob die auf Männerfang ist? Hüftschwung, Ohrringe, Zigarette …«

Ich hörte Shaos Worte und hatte die Stirn gekraust. Natürlich beobachtete ich die Frau auch, und irgendetwas störte mich gewaltig an dieser Person. Leider konnte ich nicht genau sagen, was es war. Es fehlte einfach der zündende Funke, um die Wahrheit herauszufinden.

Eine rauchende Frau?! Rauchen … rauchen?!

Shao und ich hatten die Lösung fast zugleich gefunden. »John, das ist sie. Die gehört zu den zwölf Gespenstern aus Pluckley. Das ist die rauchende Zigeunerin …«

Sie war es in der Tat, sie musste es einfach sein, und ich dachte darüber nach, was wir vor einigen Minuten noch gesehen hatten. Einen ausgebrannten Wagen, der am Straßenrand stand und für den keiner eine Erklärung hatte.

Vielleicht sie. Möglicherweise war es die Schuld dieser Zigeunerin, dass der Wagen vernichtet und sein Fahrer dabei getötet worden war. Wir also konnten dies als eine Warnung auffassen.

Und das würden wir auch.

»John, was willst du unternehmen?«, fragte mich Shao.

»Erst mal die Nerven behalten«, erwiderte ich und zog mein Kreuz hervor. Kaum lag es frei, als es sich förmlich aufbäumen wollte und eine grünliche Färbung annahm.

Grün wie die Farbe der Hoffnung oder wie die Magie des Landes Aibon. Hatte nicht Suko davon gesprochen?

Plötzlich wurde auch ich gespannter. Meine Gelassenheit hatte ich verloren, auch deshalb, weil ich die Frau jetzt genauer sehen konnte und etwas auf ihrem Gesicht erkannte, das dunkelrot leuchtete und die Form eines Halbmonds aufwies.

Eine Narbe!

Die gleiche Narbe, die auch der verbrannte Tote noch in seinem Gesicht gehabt hatte.

Ich spürte den Magen wie einen Stein im Körper liegen, schaute mal auf das Kreuz, dann wieder in den Außenspiegel und wartete darauf, dass die Person an den Wagen herantreten würde.

Noch hatte sie ihn nicht erreicht, aber sie brauchte nur mehr wenige Schritte zu laufen.

Und schon merkte ich ihre Kraft. Etwas drang durch den Bentley und füllte ihn völlig aus. Eine fremdartige Magie, eine Macht, die Shao aufstöhnen ließ.

Ich warf einen schnellen Blick auf die linke Seite. Die Chinesin hatte das Gesicht verzogen. Im Gurt hängend bog sie ihren Oberkörper in die Höhe, wurde bleich, fiel zurück und rührte sich nicht mehr. Starr blieb sie neben mir hocken.

Ich hatte keine Zeit, mich um sie zu kümmern, denn auch mich wollte dieses Gefühl überfallen. Es war schwer zu beschreiben. Etwas zuckte durch meinen Körper, ein Rieseln, ein Stoßen, das die Kontrolle über meinen Kreislauf bekommen wollte, es aber nicht schaffte, denn ich besaß mein Kreuz, und es baute eine Gegenmagie auf.

Während Suko neben mir steif auf dem Sitz saß, konnte ich mich bewegen und wartete ab.

Sie kam näher.

Bei jedem Schwung bewegte sie sich nicht nur provozierend in den Hüften, auch die Ohrringe schwangen mit und leuchteten wie kleine Sterne auf. Gedreht hatte ich mich nicht, sondern schielte in den Spiegel, um sie sehen und beobachten zu können.

Sie hatte den Wagen erreicht, geriet mit dem nächsten Schritt in den toten Winkel und war wieder zu sehen, wenn ich nach rechts schaute.

Gleichzeitig hörte ich das Summen. Ein bekanntes Geräusch. Es entsteht, wenn eine Scheibe nach unten fährt. Da ich keinen Kontakt ausgelöst hatte, mussten die magischen Kräfte der Zigeunerin dafür gesorgt haben.

Kalte Luft strömte in das Fahrzeug. Ich saß da, lauerte auf irgendwelche Maßnahmen, die die Zigeunerin ergreifen wollte und tat so, als hätte sie mich auch geschockt.

Sie blieb für einen Moment stehen. Ich nahm einen beißenden, fremden Geruch wahr, den sie ausströmte. Dann bewegte sie ihren Kopf nach vorn und schaute durch die Scheibe in das Innere des Bentley. Mich starrte sie an, hob den rechten Arm, in dessen Hand sie die Zigarette hielt, und ich ahnte in diesem Augenblick, was sie vorhatte.

Sie wollte die Kippe in den Wagen werfen. Möglicherweise hatte sie auf diese Art und Weise auch die Explosion ausgelöst.

560

Bei mir nicht!

Plötzlich fuhr ich auf meinem Sitz nach rechts herum, hob auch die rechte Hand und sorgte dafür, dass sich das Kreuz genau in Höhe der nach unten gefahrenen Seitenscheibe befand.

Sie starrte es an.

Ich starrte sie an.

Zwischen uns befand sich das Kreuz, dessen Farbe aus einem fahlen Grün und einem Silberschimmer bestand.

Das Zeichen des Sieges, des Guten.

Der Gewinner!

Das wusste auch die Zigeunerin. Sie kannte die Macht des Kreuzes und sah, dass sie diesmal an den Falschen geraten war.

Ich wollte noch meine Hand durch das offene Seitenfenster stoßen, um sie zu erwischen, aber dieses so menschlich aussehende und doch spukhafte Wesen war schneller.

Es war kein Frauenschrei, der aus ihrem Mund drang. Dafür der Ruf eines Untiers. So kochend, grunzend und auch voll heißer Wut. Dabei warf sie sich zurück, die Zigarette flog wie ein Komet durch die Luft, landete auf dem Boden und verzischte.

Sie selbst warf sich auf dem Absatz herum, um zwischen den Bäumen verschwinden zu können.

Viel Platz für eine Deckung besaß sie nicht. Das wusste ich und handelte entsprechend.

Als ich den Gurt löste und die Tür auframmte, erinnerte ich mich daran, weshalb ich nicht mit der Beretta geschossen hatte. Vielleicht hätte sie eine geweihte Silberkugel ausgeschaltet, und dieses Risiko wollte ich nicht eingehen, da sie mir möglicherweise noch Informationen über Suko und dessen Schicksal geben konnte.

Auch Shao war aus ihrer magisch bedingten Erstarrung erwacht. Ich hörte ihren Ruf und kümmerte mich nicht darum, denn die Zigeunerin hatte bereits den Straßengraben übersprungen und war mit beiden Beinen zugleich auf der verharschten Schneefläche gelandet.

Dort rannte sie weiter.

Ich jumpte ebenfalls über eine auf der Fahrbahnfläche liegende Eisinsel, erreichte mit dem zweiten Schritt den Straßengraben und konnte ihn ebenfalls überwinden.

Vor mir lief die Zigeunerin.

Mir biss der Wind ins Gesicht. Er versuchte auch, durch die Kleidung zu dringen, und ich stemmte mich geduckt gegen die steifen, eiskalten Böen an.

Es glich schon einem kleinen Wunder, dass die Frau nicht vor Kälte erstarrte, aber die Erklärung war dennoch leicht und führte demnach auch das Wunder ad absurdum.

Sie war kein Mensch, auch wenn sie so aussah. In ihr wohnten Kräfte, die auf schwarzer Magie basierten, die vielleicht in der Hölle oder in einem anderen dämonischen Reich ihren Ursprung gehabt hatten, und deshalb machte ihr das nichts aus, was uns Menschen auf gewisse Art und Weise malträtierte.

Und sie war schnell.

Ich wunderte mich darüber, denn ich gehörte wirklich nicht zu den langsamsten Läufern und hatte doch Mühe, überhaupt einige Schritte aufzuholen.

Urplötzlich blieb sie stehen.

Sie rutschte noch ein Stück auf der harten, gefrorenen Fläche weiter, um sich sofort umzudrehen und mir entgegenzuschauen.

Ihr Gesicht hatte sich dabei verzogen. Obwohl uns eine relativ große Distanz trennte, entdeckte ich in ihren Augen das mir unheimlich vorkommende Leuchten.

Hatten sie nicht einen grünen Schimmer bekommen?

Und dann verschwand sie.

Für mich kam dieser Vorgang völlig überraschend. Ohne dass irgendetwas passiert war, löste sie sich auf. Wo sie noch vor Sekunden gestanden hatte, befand sich plötzlich eine grünliche Wolke, die am Erdboden begann und etwa in Kopfhöhe der Zigeunerin aufhörte. Sie erinnerte mich an eine grüne Nebelinsel, in der zahlreiche kleine Funken wirbelten und tanzten. Sie verschwanden, noch bevor ich die

Wolke erreicht hatte, und ich schaute auf die leere, weite Schneefläche. Nur im Hintergrund entdeckte ich einen kantigen Gegenstand. Es war eine einsam stehende Scheune oder irgendein Unterschlupf.

Die rauchende Zigeunerin hatte mich genarrt. Daran gab es nichts zu rütteln. Ich hatte das Nachsehen gehabt, aber ich beschloss, nicht aufzugeben. Die erste Runde hatte ich zwar verloren, rechnete jedoch damit, dass noch weitere folgen würden. Und aus ihnen wollte ich als Gewinner hervorgehen, das nahm ich mir fest vor.

Zunächst einmal musste ich zum Wagen zurück, wo Shao auf mich wartete. Der eiskalte Wind blies mir jetzt in den Rücken.

Shao hatte die Fahrertür geöffnet, sodass ich mich sofort auf den Sitz fallen ließ.

»Und?«, fragte sie.

»Wie geht es dir?«

Sie lächelte. »Gut. Ich war wohl etwas von der Rolle.«

»Kann man sagen, Shao. Die Kraft einer von mir noch nicht zu kontrollierenden Magie hat dich getroffen und gelähmt.«

»Ist die Zigeunerin so stark?«

»Wir müssen davon ausgehen. Ich weiß nicht, ob du es gesehen hast, aber bevor ich sie erreichen konnte, wurde sie zu einer nebelartigen, grünen Wolke, die sehr schnell verschwand.«

Shao nickte. »Das habe ich gesehen.«

Ich startete wieder. Bevor ich anrollte, legte mir Shao ihre Finger auf meine Hand. »John, eine Frage hätte ich.«

»Bitte.«

»Glaubst du noch immer, dass die Gespenster von Pluckley in das Reich der Legende gehören?«

»Nein, jetzt nicht mehr!«

Auf der weiteren Strecke geschah nichts mehr. Wir rollten dem Ort entgegen, sahen das stinknormale Eingangsschild am Straßenrand und fuhren nach Pluckley hinein.

Es war kein enges Dorf. Viel Platz befand sich zwischen den netten, kleinen Häusern. Im Sommer sah es bestimmt idyllisch und herrlich aus, jetzt lag alles unter einer Schneedecke. Mir fiel auf, dass die Häuser allesamt einen gepflegten Eindruck machten, manche glichen schon kleinen Gutshöfen, und als wir über eine Brücke über einen kleinen Fluss fuhren und eine Straßenkreuzung erreichten, sahen wir weiße Hinweisschilder, die auf einem ebenfalls hellen, ausgeblichenen Pfahl standen.

»Hier war es der Legende nach«, erklärte Shao.

»Was?«

»Hier soll sich die rauchende Zigeunerin zeigen.«

»Dann scheint sie jetzt ihren Standort gewechselt zu haben«, erwiderte ich und fuhr vorsichtig weiter, da auch auf den Dorfstraßen eine Eisschicht lag.

Ich schaute mir jedes Haus an, jede Ruine. Alles strömte einen gewissen Atem aus, eine spukhafte Vergangenheit oder Gegenwart. Vielleicht bildete ich mir diese Dinge auch nur ein.

»Wo willst du denn hin?«, fragte Shao.

»Suko und Bill suchen.«

Sie lachte. »Das möchte ich auch. Nur werden sie dir kaum den Gefallen tun und sich so einfach zeigen.«

»Daran glaube ich auch nicht. Deshalb möchte ich gern mit jemandem reden, der über den Spuk Bescheid weiß.«

»Und wer kann das sein?«

»Vielleicht die Dorfklatschtante. Man kann nie wissen.«

»Die müsste man kennen.«

»Ich nenne sie zumeist Bürgermeister oder Wirt, Friseur …«

»Entscheide dich für einen.«

Während unseres Gesprächs hatten wir das Zentrum des kleinen Städtchens erreicht. Es gab tatsächlich so etwas wie eine Hauptstraße. Wagen waren an den Straßenrändern abgestellt. Fast alle Fahrzeuge zeigten auf der Karosserie eine gefrorene, harte Schneeschicht. Wer unterwegs war, ging entweder zu Fuß oder fuhr trotz beißender Kälte mit dem Fahrrad. Das war auch gesünder.

Wir wurden kaum beachtet. Anscheinend hatte man sich an Fremde gewöhnt. Wer so berühmt war wie dieser Ort hier, kein Wunder.

Bisher war uns nichts Verdächtiges aufgefallen, bis wir vor einem etwas größeren Gebäude mit Backsteinfassade und Sprossenfenster eine Menschenansammlung entdeckten. Es waren nicht sehr viele Leute, doch sie fielen im ruhigen Gesamtbild des Dorfes auf.

»Ob da etwas passiert ist?«, fragte Shao.

»Werden wir gleich haben«, gab ich zurück und wechselte die Fahrbahnseite.

Einen Parkplatz fand ich leicht, und als wir ausstiegen, wandten sich die Köpfe der Anwesenden uns zu. Man starrte uns an. Nicht sehr freundlich, eher abweisend und auch desinteressiert.

Besonders die Chinesin Shao wurde wie ein exotischer Gegenstand betrachtet.

Wir schlenderten auf die Versammelten zu. Beide grüßten wir freundlich, ohne dass der Gruß erwidert wurde. Durch meine Körpergröße konnte ich über die meisten Köpfe hinwegschauen und entdeckte dort, wo sich der Eingang des Hauses befand, zwei Jugendliche, die sehr erregt waren und heftig lamentierten.

Der Junge und das Mädchen sprachen zur gleichen Zeit. »Und wir haben die Zigeunerin gesehen. Sie stand da, nachdem sie aus dem Fluss geklettert war, rauchte und wollte uns …«

»Das habt ihr euch eingebildet!«, rief jemand.

»Nein, das haben wir nicht.« Der Junge war wütend und stampfte hart mit dem Fuß auf.

Auf das Mädchen trat ein Mann zu. Er legte seinen Arm um ihre Schultern und sagte: »Margie, komm erst mal mit rein und trink einen heißen Tee. Dann sehen wir weiter.«

»Aber Larry muss mit.«

»Meinetwegen.«

Ich hatte genug erfahren. Wir waren also nicht die einzigen Zeugen, die die rauchende Zigeunerin gesehen hatten. Es gab noch zwei, und mit ihnen wollte ich mich gern unterhalten.

Deshalb drängte ich mich vor. Shao blieb dicht hinter mir. Wir erregten natürlich Unwillen, das kümmerte uns nicht, und als sich der Mann mit dem Mädchen in Bewegung setzen wollte, sprach ich ihn an. »Moment noch, Mister.«

Er blieb stehen, drehte den Kopf. Seine dunklen Augenbrauen schoben sich zusammen, sodass sein Gesicht einen unwilligen Ausdruck annahm. Die Lippen hoben sich von seiner Haut kaum ab. Man sah ihm an, dass er ziemlich durchgefroren war.

»Was ist denn?«

»Ich möchte gern mit Ihnen über diese Zigeunerin reden.«

Aggressiv reckte er sein Kinn vor. »Wer sind Sie überhaupt? Ich habe Sie hier nie gesehen.«

»Ich komme aus London. Mein Name ist John Sinclair.« Shao stellte ich ebenfalls vor.

»Ja und?«

»Wir sind von Scotland Yard.« Ich erklärte es lächelnd, die meisten hörten mit, und einige erschraken sogar. Das musste zu bedeuten haben, auch Menschen mit einem reinen Gewissen wurden öfter bleich, wenn sie so plötzlich mit der Polizei konfrontiert wurden.

»Wirklich?«

»Ja, Mister …«

»Tenbroke. Jerry Tenbroke. Ich bin hier der stellvertretende Bürgermeister. Der erste ist in Urlaub.«

»Dann bin ich genau richtig.«

Jerry Tenbroke schaute mich für einen Moment nachdenklich an, bevor er nickte. »Ja, kommen Sie.«

Die beiden jungen Leute gingen mit. Ich erfuhr noch auf der Eingangstreppe, dass der Junge Larry Gold hieß.

»Ist Margie deine Freundin?«, fragte ich.

»Ja«, hauchte er.

Im Haus roch es nach Bohnerwachs. Der Boden war so blank gewienert worden, dass er mit dem Eis draußen konkurrieren konnte. Wir mussten durch einen Gang, hörten hinter den Türen Schreibmaschinengeklapper oder Stimmen und landeten schließlich in Tenbrokes Büro.

»Ich mache das ja nur ehrenamtlich«, sagte er, als er auf Besucherstühle deutete. »Normalerweise bin ich Geschäftsmann. Mir gehört hier ein Lebensmittelladen.«

»Den führt jetzt meine Mutter«, sagte Margie.

»Kann ich Ihnen etwas zu trinken anbieten?«, fragte er.

Tenbroke hatte draußen von heißem Tee gesprochen. Den konnten wir jetzt vertragen und entschieden uns dafür.

Er telefonierte nach nebenan. Eine ältere Frau erschien und brachte das Gewünschte.

Als wir den ersten Schluck genommen hatten, fragte Tenbroke: »Ist es Zufall, dass Sie hier sind?«

»Nein«, erwiderte ich.

»Welcher Grund führt Sie dann her?«

»Darauf werden wir gleich kommen. Ich hätte gern gehört, was uns die beiden zu berichten haben.«

Margie und Larry schauten sich an. Keiner wollte so recht den Anfang machen, sie hoben die Schultern, bis ich mich an den Jungen wandte. »Los, Larry, reißen Sie sich zusammen! Spielen Sie mal Kavalier und Beschützer. Wir hören.«

Er begann zu reden. Es war ihm unangenehm, dass er über ein Thema sprechen musste, von dem der stellvertretende Bürgermeister nichts wissen sollte. Er schaffte die Hürde, ohne dass der Mann reagierte. Und er berichtete anschließend, was die beiden erlebt hatten.

Es hörte sich unwahrscheinlich an, wie ein Märchen, eine Ausrede, um irgendetwas anderes verbergen zu können, ich aber wusste, dass dem nicht so war.

Nur Tenbroke wollte es nicht glauben. »Das ist doch Unsinn«, sagte er. »Nie kann man so etwas ...«

Ich hob die Hand und brachte ihn durch diese knappe Bewegung zum Schweigen. »Das stimmt nicht, Mr. Tenbroke. Ich glaube dem Jungen.«

Seine Hände fielen auf die Platte des dunklen Holzschreibtischs. »Wie sagten Sie?«

»Er hat Recht.«

»Können Sie das beweisen?«

»Ja.« Ich deutete auf Shao. »Wir beide haben das gleiche Phänomen erlebt. Uns ist die rauchende Zigeunerin ebenfalls begegnet, und sie hatte eine blaurote Narbe auf der Wange. Ein Sigill, das wir einfach nicht übersehen konnten. Und auch die verbrannte Leiche, auf die wir zuvor stießen, hatte dieses Zeichen.«

Mit der letzten Information hatte ich die Anwesenden, bis auf Shao, überrascht. Sie schauten mich verdutzt an, sodass ich mich gezwungen sah, eine Erklärung zu geben.

Atem- und sprachlos hörten sie zu. Dem Mädchen lief ein Schauer über das Gesicht. Sie legte ihre Hand auf Larrys Arm.

»Das ist doch nicht möglich«, flüsterte Jerry Tenbroke und wischte über seine Stirn. »Wenn Sergeant Everton nicht dabei gewesen wäre, würde ich Ihnen nicht glauben.«

»Moment, er hat die Zigeunerin nicht gesehen«, stellte ich richtig.

»Aber die Leiche.«

»Ja, und die blutrote Narbe.«

»Jetzt suchen wir natürlich nach einer Erklärung für die Vorfälle«, sagte Shao, »wobei wir hoffen, von Ihnen entsprechende Hinweise zu bekommen, Mr. Tenbroke.«

Der Mann lachte. »Hinweise ist gut«, murmelte er. »Was soll ich Ihnen denn sagen?«

»Ihr Dorf hat Geschichte gemacht.«

Er schaute mich starr an. »Geschichte, sagen Sie? Das stimmt. Es hat Geschichte oder Legende gemacht. Daran ist doch nichts wahr. Ich habe noch keines der zwölf Gespenster gesehen. Früher waren es elf, aber jetzt soll ein neues hinzugekommen sein.«

»Davon hörten wir. Wissen Sie mehr darüber?«

»Nein. Ich habe weder das neue noch die elf anderen gesehen.«

»Und wer ist Zeuge?«

»Ah, da gibt es viele. Es kommen auch immer neue hinzu, je mehr Touristen hier sind und je mehr Whisky und Bier fließen. Darauf können Sie nicht bauen!«

»Ihre Tochter hat die Zigeunerin gesehen. Wir ebenfalls. Es muss sie geben!«

Der Stellvertreter des Bürgermeisters stöhnte auf. »Es fällt mir verdammt schwer, daran zu glauben«, sagte er. »Ich sehe auch kein Motiv für das Erscheinen der Frau.«

»Wie und wann ist die Legende der rauchenden Zigeunerin überhaupt entstanden?«, hakte ich nach.

»Das ist die Frage.«

»Wieso?«

»Über die meisten Spuks weiß man Bescheid, aber nicht über den. Darauf liegt ein Geheimnis.«

»Erzählen Sie trotzdem«, bat ich.

Er hob die Schultern. »Sie bringen mich in eine Zwickmühle, Mr. Sinclair. Niemand weiß etwas Genaues über diese Frau. Der Legende nach soll sie an einer Straßenkreuzung erscheinen, wo sie auch verbrannt wurde. Die Umstände, die zu dieser Verbrennung führten, sind nie ganz geklärt worden. Das liegt irgendwo in der Vergangenheit begraben. Keiner hat sich auch darum gekümmert. Angebliche Zeugen wollen sie gesehen haben, wenn sie an der Straßenkreuzung erschien und rauchte.«

»Und?«

»Nichts und. Das war alles.«

»Hat es Tote gegeben wie in unserem Fall?«

»Nein, nie.« Er lachte auch. »Hören Sie, Mr. Sinclair, wir sind ein Gespensterdorf. Gespenster erschrecken nur, sonst passiert nichts.«

Ich runzelte die Stirn. »Bis zum heutigen Tage, würde ich sagen. Da hat sich dann alles verändert.«

»Sie reden von der Leiche im Wagen?«

»Richtig.«

Jerry Tenbroke stöhnte auf. »Nichts, aber auch gar nichts ist bewiesen worden.« Er rang die Hände. »Machen Sie uns um Himmels willen doch nicht unser Dorf kaputt. Der Ruf wird geschädigt, wenn Sie so etwas behaupten. Bisher haben uns die Leute besucht, weil sie einen Schauer bekamen, ein leichtes Angstgefühl, aber passiert ist doch nichts. Die Gespenster erschrecken höchstens, falls es sie überhaupt gibt. Aber mehr geschieht nicht, glauben Sie mir. Und die Touristen wollen nur schauen und sich Geschichten anhören. Wir haben hier eine große Kneipe, da sitzen sie dann am Abend zusammen ...«

Ich winkte ab und unterbrach den Mann damit. »Das können Sie alles den Touristen erzählen, Mr. Tenbroke. Wir waren Zeugen, als die rauchende Zigeunerin erschien. Hat sie überhaupt einen Namen?«

»Carmen sagen wir.«

»Okay, Mr. Tenbroke. Der Scherz ist zu Ende. Wir sind gekommen, um Carmen einzufangen.«

»Und dann?«

»Werden wir sie vernichten!«

Meine entschlossen gesprochenen Worte erzeugten bei dem Mann einen Schauder. Er schluckte, schüttelte den Kopf und flüsterte: »Sie wollen dieses Gespenst, das es überhaupt nicht gibt ...«

»Dad, es gibt die Zigeunerin!«, erklärte Margie. »Wir haben sie selbst gesehen.«

»Das habt ihr euch eingebildet.«

»Nein, wir haben sie gesehen!«

Der Stellvertreter des Bürgermeisters wollte es nicht einsehen und schlug mit der Faust auf den Tisch. »Es gibt keine Gespenster und auch keine rauchende Zigeunerin.«

Ich sah ein, dass es keinen Sinn hatte, mit ihm weiter über den Fall zu diskutieren. Ich blieb zwar beim Thema, erkundigte mich aber nach dem neusten Spuk, der noch keinen Namen bekommen hatte und nicht richtig ergründet worden war.

»Was meinen Sie denn damit?«

»Der zwölfte Spuk ist was?«

Tenbroke verdrehte die Augen. »Es soll eine Frau sein, sehr geheimnisvoll, und sie hält sich zumeist nahe der Kirche oder in den Räumen auf. Eine geheimnisvolle Gestalt, die ich auch noch nicht zu Gesicht bekommen habe.«

»Wer dann?«

»Der Pfarrer hat davon gesprochen. Nein«, er berichtigte sich. »Nicht der Pfarrer, sein Küster.«

»Und der hat die Frau in der Kirche gesehen.«

»Ja, es war eine grünliche Gestalt, die durch das Kirchenschiff schwebte.«

»Grünliche Gestalt, John«, sagte Shao.

Auch ich hatte gestutzt. Grünliche Gestalten kamen nicht oft vor. Auch die Zigeunerin hatte sich in einen grünlichen Nebel aufgelöst, bevor er völlig verschwand.

Ich überlegte. Hatte dieser neue Spuk, der noch keinen Namen hatte, möglicherweise etwas mit unserem Fall zu tun? Wenn ich die Tatsachen zusammenzählte, die uns bisher bekannt waren, konnte man davon ausgehen. Deshalb wollte ich mich um den neuen Spuk noch genauer kümmern. Eine Spur hatten wir schon.

Es war der Küster.

»Dieser Zeuge, Mr. Tenbroke, von dem Sie gesprochen haben, wie heißt er denn?«

»Sie meinen den Küster.« Tenbroke lachte. »Der erzählt Ihnen jede Geschichte, die Sie wissen wollen. Er hat die meisten der elf anderen Gespenster schon gesehen. Drei Whisky oder eine Pfundnote machen den Mann gesprächig.«

»Den Namen.«

»Winston. Einfach nur Winston. Er wird zwar noch einen Nachnamen besitzen, aber der ist uns unbekannt. Ihm selbst wahrscheinlich auch. Sie können es drehen und wenden, Sir ...«

Ich stand auf. »Für Ihre Informationen bedanke ich mich. Wenn Sie mir noch sagen könnten, wo ich den Küster finde, wäre ich Ihnen sehr verbunden.«

»Er wohnt neben der Kirche.«

»Danke sehr.«

Auch Shao hatte sich erhoben. Der Vertreter des Bürgermeisters war sprachlos. Und so blieb er auch sitzen. Keinerlei Anstalten traf er, um uns zu begleiten, den Weg wussten wir auch allein. Als wir die Tür aufziehen wollten, hörten wir vom Gang her hastige Schritte. Und schon wurde die Tür aufgestoßen. Zum Glück standen wir weit genug von ihr entfernt, sodass wir sie nicht vor den Körper bekamen.

Ein Mann stürmte in das Büro. Uns übersah er. Er schaute allein Tenbroke an. »Verdammt, wir haben es gesehen!«

»Was gesehen?«

Der Ankömmling, er trug Arbeitskleidung, musste erst ein paarmal Luft holen. »Es ist schlimm, und es ist unerklärlich. Wir können überhaupt nichts …«

»Was ist los?«

»Über dem Dorf liegt ein Schatten. Der Schatten einer Frau. Und er bedeckt die Häuser wie ein Todesschleier …«

Jetzt war ich froh, das Büro noch nicht verlassen zu haben. Auf der Türschwelle blieb ich stehen, hatte meine Stirn in Falten gelegt und dachte nach.

Ein Schatten also.

War das der Schatten dieser Zigeunerin? Hatte sie sich verändert, vielleicht zu einer gewaltigen Gestalt, die das Dorf vernichten wollte? Möglich war alles. Aber ich wollte mehr wissen und kümmerte mich deshalb um den Mann. Meine Hand legte ich auf seine Schultern. Tenbroke sagte gar nichts, dafür erschreckte sich der Knabe und fuhr herum. Erstaunt schaute er mich an.

Ich lächelte. »Dieser Schatten«, sagte ich. »Wo nimmt er seinen Anfang und sein Ende?«

»Im Dorf …«

»Okay, das haben sie gesagt. Aber ich möchte mehr wissen. Wo genau steht er?«

»Er fällt schräg in den Ort. Sein Ende ist wohl da, wo die Kirche steht, meine ich.«

Mein Blick traf den des 2. Bürgermeisters. Plötzlich schwieg Tenbroke. Ihm schien die Sache nicht mehr geheuer zu sein. Den Worten seiner eigenen Tochter und auch unseren Zeugenaussagen hatte er nicht getraut, dafür aber dem Ankömmling.

»Und du hast dich nicht getäuscht, Burns?«

»Nein!«

Tenbroke stand auf. Er brauchte nur einen großen Schritt, um das Fenster zu erreichen. Eine leichte Gardine verdeckte die Scheibe. Er zog den Stoff zur Seite, brachte sein Gesicht nahe an das Glas und schaute nach draußen. Sekundenlang sagte er nichts. Erst danach drehte er sich um. Seine Gesichtsfarbe hatte sich verändert. Sie war sehr blaß geworden, und die Handbewegung des Mannes wirkte fahrig.

»Stimmt es?«, fragte ich.

Er nickte. »Ja, da liegt tatsächlich ein Schatten über dem Dorf. Von der Sonne kann er nicht stammen, denn die ist nicht zu sehen. Nur eine Wolkendecke befindet sich am Himmel.«

»Ich lüge nicht, Jerry!«, erklärte Burns.

Wir hatten hier nichts mehr verloren. Deshalb stieß ich die neben mir stehende Shao an. »Komm, lass uns verschwinden.«

»Gehen Sie zur Kirche?« Wir hörten die Frage des Bürgermeisters auf dem Flur, eine Antwort bekam er von mir nicht. Es war viel wichtiger für uns, die Kirche und somit auch den Küster zu erreichen, der uns mehr sagen konnte.

Ich ahnte inzwischen, dass dieses neue, noch nicht namentlich bekannte Gespenst unmittelbar mit unserem Fall zu tun hatte, und ich würde alles daransetzen, um das auch herauszufinden.

Die kleine Menschenmenge vor dem Haus hatte sich noch nicht aufgelöst. Nach wie vor standen die Leute da und schauten in den Himmel, wo sich tatsächlich der unheimliche Schatten abmalte. Ich lief bis auf die Straße und sah ihn so, wie Burns ihn beschrieben hatte.

Diagonal fiel er über das Dorf. Wie eine breite, unheimliche Warnung kam er mir vor, und von ihm ging eine Drohung aus, die auch die Einwohner spürten, denn keiner von ihnen wagte es, auch nur ein Wort zu sagen. Sie blieben stumm und schauten gegen die bleigraue Wolkendecke, da niemand etwas mit diesem Schatten und dessen Herkunft anfangen konnte. Er hatte tatsächlich die Umrisse eines Menschen. Ja, das war eine Frauengestalt, die sich dort abzeichnete. Den Kopf sah ich nicht, erkannte allerdings an den dunklen Konturen die Umrisse eines gut proportionierten Körpers. So wie ihn auch die Zigeunerin gehabt hatte.

War sie es wirklich?

Ich konzentrierte mich auf mein Kreuz. Wenn die große Bedrohung vorhanden war, musste doch von ihm eine Reaktion erfolgen, aber da tat sich überhaupt nichts.

Es blieb ruhig und glänzte silberfarben. Grünliches Licht, das eventuell auf eine Druidenmagie hingewiesen hätte, entdeckte ich nicht.

Allmählich wurde ich nervös.

»Wollten wir nicht zur Kirche?«, fragte Shao.

»Natürlich.« Ich kannte mich in Pluckley nicht aus. Den Kirchturm hatte ich zwar bei der Herfahrt gesehen, wusste jedoch nicht, wie ich auf dem schnellsten Weg zu ihm kommen konnte. Deshalb wandte ich mich an die Dorfbewohner und erkundigte mich nach dem Ziel.

»Zur Kirche?«

»Ja.«

Man erklärte uns den Weg. Die Hälfte vergaß ich, weil wir durch zahlreiche Gassen mussten. Ich bedankte mich dennoch, denn irgendwie würde ich den Bau schon finden.

Als wir gingen, sagte Shao leise: »Jetzt fehlen uns nur noch Suko und Bill …«

Die Stadt hatte sich verändert. Nicht äußerlich, die Atmosphäre war eine andere geworden. Man konnte sie als bedrückend, als schaurig, als unheimlich bezeichnen, und dafür trug dieser überdimensionale menschliche Schatten Sorge, der wie ein breites Band die Stadt zerschnitt.

Auf unserem Weg zum Ziel waren wir einige Male in seine direkte Nähe gelangt und hatten ihn auch durchschritten. Beim ersten Mal war es mir gar nicht so aufgefallen, bei der zweiten Durchquerung aber merkte ich es genau.

Da tat sich etwas.

Innerhalb des Schattens lauerte eine gefährliche Magie, die auch an meinem Kreuz nicht spurlos vorüberging, denn ich merkte, dass es anfing, sich zu erwärmen.

Ich wollte Genaueres wissen, holte mein Kreuz aus der Tasche hervor und schaute es mir an.

Da ich innerhalb des Schattens stehen geblieben war, sah ich sehr deutlich die Veränderung. Seine silberne Farbe war von der einer grünen zurückgedrängt worden! Es gab keinen Zweifel mehr, ich hatte es hier mit einer Druidenmagie zu tun!

Das sagte auch Shao, die ebenfalls über den Dunklen Gral oder Aibon Bescheid wusste.

»Sie ist gefährlich, nicht wahr?«

»Ja. Ich weiß nie, woran ich bei ihr bin«, erwiderte ich. »Das Gebiet ist einfach zu unerforscht.«

»Und was können Bill und Suko damit zu tun haben?«

»Möglicherweise sind sie auf ihrer seltsamen Reise auf die Druidenmagie gestoßen. Das werden wir hoffentlich von ihnen selbst erfahren.«

Shao hob die Schultern. »Ich hoffe, dass ich es schaffe. Weißt du, John, bisher habe ich mir nie etwas darauf eingebildet, die Letzte aus der Ahnengalerie der Sonnenkönigin Amaterasu zu sein. Nun hoffe ich, dass mir dieses Erbe helfen wird.«

»Ich auch.«

Wir waren während unseres letzten Gesprächs weitergegangen und konnten in einer großen Lücke zwischen zwei Gehöften den schlanken Kirchturm erkennen.

Es war nicht mehr weit.

Wir gingen die Straße durch und erreichten schließlich das Ziel. Vor uns öffnete sich ein ziemlich großer Platz. An den Rändern wurde er von kahlen Bäumen gesäumt, deren Astwerk eine weiße, dünne Schnee- oder Frostschicht zeigte.

Auch an den Stämmen hatte sich das Eis regelrecht festgefressen, und wir gingen quer über den Kirchplatz auf die Kirche zu. Sie war nicht sehr groß. Das Tor glänzte. Es bestand aus dickem, hell lackiertem Eichenholz.

Als unser Blickwinkel besser wurde, sahen wir neben der

Kirche ein kleines Haus. Selbst im Winter waren die Efeuranken nicht abgefallen, die an der Hauswand hochwuchsen.

»Da muss der Küster wohnen«, sagte Shao.

»Und auch der Pfarrer.« Ich hob den Kopf und hielt nach dem großen Schatten Ausschau.

Er war noch vorhanden, und er endete direkt an der Kirche, wo er mit seinem Kopfende über das Gebäude fiel.

Bewegungslos stand er. Nicht mal seine Konturen zitterten. Ich trat einige Schritte nach links, sodass ich abermals in den Schatten hineingeriet.

Wieder reagierte mein Kreuz. Es zeigte einen grünen Schimmer, wie es nur bei einer Druidenmagie der Fall war. Hier musste also etwas von dieser alten Kunst der Eichenkundigen vorhanden sein.

Shao drängte: »Willst du nicht in die Kirche hineingehen?«

»Im Prinzip schon. Nur würde mich mal interessieren, wie der Beginn des Schattens aussieht. Und wie er entstanden ist. Schatten und Licht wechseln sich ab. Schatten kann nur dort sein, wo es auch Licht gibt. Aber welches Licht zeichnete dafür verantwortlich? Das frage ich mich?« Noch während der Worte hatte ich mich auf der Stelle gedreht und suchte nach der hellen Quelle.

Sie war nicht zu sehen.

»Es könnte natürlich sein, dass nicht allein der Schatten eine immense Größe besitzt, sondern auch das Original«, meinte Shao und schaute mich stirnrunzelnd an.

»Mach keine Witze.«

»Ich wollte, es wäre einer.«

»Auf jeden Fall werden wir uns das Innere der Kirche anschauen. Vielleicht sehen wir dort den Spuk.« Ich hatte mich lange genug auf dem Vorplatz aufgehalten. Er war mit dünnem Kies bestreut worden. Wege gab es nicht. Wir erreichten die Tür, ich fasste nach der Klinke und drückte das eiskalte Metall nach unten. Die alte Kirchentür quietschte erbärmlich in den Angeln, als ich sie nach innen schob und als Erster das Kirchenschiff betrat.

Jedes Mal, wenn ich in eine Kirche gehe, überkommt mich

ein gewisses Gefühl der Ehrfurcht. Mir gefällt die Stille im Gotteshaus, deshalb störte es auch, als Shao die Tür schloss und sich das Quietschen der Angeln wiederholte.

Vor uns befanden sich die beiden Bankreihen. Dazwischen sah ich den breiten Mittelgang, der bis hin zum Altar führte. Ich entdeckte keinen Prunk, auch der Altar war mehr ein schlichter Gabentisch. Das schmückende Beiwerk der oft prachtvollen katholischen Kirche fehlte völlig.

Wo war der Schatten?

Ich blickte wieder in die Höhe, auch auf die Fenster in den Seitenteilen, sah aber nichts. Das Mauerwerk schien ihn verschluckt zu haben.

Shao und ich blieben dort stehen, wo die hinterste Bankreihe begann. Ich überlegte laut: »Wenn kaum jemand dieses seltsame Gespenst bisher gesehen hat, weshalb sollen gerade wir das Glück haben?«

Ungefähr eine Minute verging, in der weder Shao noch ich ein Wort sprachen. Die Chinesin unterbrach das Schweigen. Als sie die Worte flüsterte, sah ich die Atemfahne vor ihrem Mund, so kalt war es auch innerhalb der Kirchenmauern. »Ich müsste mal versuchen, mit Suko Kontakt aufzunehmen.«

»Wie denn?«

»Ich könnte ihn rufen.«

»Gedanklich oder …«

»John, das weiß ich ja eben nicht.« Ihre Stimme klang gequält. »Jetzt sind wir hier in Pluckley, sogar in einer Kirche, und bisher haben sich die beiden nicht gezeigt. Weshalb lenkten sie uns auf diese Spur, John? Da muss es einen Grund geben.«

»Sei mal still!«, zischte ich.

Shao hielt sofort den Mund. Sie lauschte ebenso wie ich, aber ich hatte es früher vernommen.

Es war ein Geräusch, das man als Gänsehaut erzeugend bezeichnen konnte. Ein hohes Wimmern und Klagen, in schrillen, jedoch leidenden Tönen ausgestoßen. Woher es kam, konnte keiner von uns feststellen. Es war einfach da und drang von allen Seiten an unsere Ohren.

Shao schaute mich an. »Das Wimmern kann einem Angst machen.«

»Nein, junge Frau, Sie brauchen keine Angst zu haben. Es ist schon okay.« Nach diesen Worten hörten wir ein leises Lachen und gleichzeitig schlurfende Schritte.

Er kam aus dem Dunkeln einer Nische und wirkte selbst wie ein Gespenst. Sein Gesicht war bleich. Hinzu kamen der krumme Gang des Mannes, die dunkle Kleidung und auch der schwarze Pullover, den er trug. Auf seinem gebogenen Nasenrücken saß das Gestell einer einfachen Nickelbrille. Unnatürlich blasse Augen schauten uns durch die Ränder an. Mund und Kinnpartie gingen ineinander über. Seine Hände, die er übereinander gelegt hatte, erinnerten an knotige, kleine Zweige. Die weißen Haare standen von seinem Kopf ab wie lange Federn.

Wir ließen ihn kommen. Dicht vor uns blieb er stehen. »Es ist eine schöne Kirche, nicht wahr?«, fragte er flüsternd.

»Ja, das ist sie«, sagte ich.

Er nickte, schaute in die Runde, auch gegen die gewölbte Decke und sagte: »Ich hoffe, dass es auch so bleibt.«

»Wie meinen Sie das?«

Er löste die Hände voneinander und winkte ab. »Ach, nicht der Rede wert.«

»Sind Sie der Küster?«

Der Mann hob den Kopf. »Interessiert Sie das?«

»Ja. Wenn Sie es sind, dann haben wir den gefunden, den wir suchten.«

Der Mann nickte. »Ich bin Winston, der Küster, das Faktotum und auch der Einzige, der Bescheid weiß. Nur wollen die Leute im Ort nicht an mich glauben.«

»Wir sind anders.«

»Ihr seid fremd.«

»Sogar aus London«, sagte Shao.

»Von der Zeitung?« Er stellte die Frage lauernd. Wahrscheinlich hatte er mit Reportern üble Erfahrungen gemacht.

»Keine Sorge. Sehen wir so aus?«

»Nein, aber das hat nichts zu sagen. Viele kommen her, tun interessiert und lachen mich anschließend aus.«

»Wir sind wegen des Schattens gekommen.«

»Ihr habt ihn gesehen?«

»Natürlich. Sie nicht?«

»Nein, mein Freund, ich habe ihn nicht gesehen. Dafür gespürt. Er ist da, der Fluch hat sich erfüllt. Habt ihr nicht das Wimmern vernommen?«

»Es war deutlich genug.«

»Das ist der alte Geist, der tief in den Mauern wohnt. Auch er merkte, dass etwas nicht stimmte.« Winston, der Küster, atmete schwer. »Es wird wohl das Ende dieser Kirche sein. Ihr Bau stand unter keinem guten Stern.«

»Dieser Geist«, sagte ich. »Zu wem gehört er?«

»Das war eine alte Nonne, die hier lange Zeit gewohnt hat und jeden Tag beten ging. Irgendwann einmal ist sie in der ersten Bank dort umgebracht worden. Man hat sie erdrosselt. Seit dieser Zeit findet ihr Geist keine Ruhe mehr …«

»Und weshalb wurde sie erdrosselt?«, fragte ich.

»Das weiß ich auch nicht genau. Vielleicht hat sie das Geheimnis gelüftet und musste deshalb sterben.«

»Sie können nicht mehr darüber sagen?«

»Ich will nicht.«

»Hängt es vielleicht mit der Zigeunerin zusammen?«, erkundigte sich Shao.

Der alte Küster schaute die Chinesin schräg an. »Sie haben davon gehört?«

»Nicht nur das, wir haben sie sogar gesehen.«

Winston verzog die Lippen in die Breite. »Ihren Schatten, nicht?«

»Nein, nicht ihren Schatten. Das heißt, den auch. Er fällt über das Dorf. Aber zuerst haben wir sie rauchend am Straßenrand gesehen.«

»Und ihr lebt noch.« Der Küster wurde noch bleicher und trat einen Schritt zurück, wobei er sich hastig bekreuzigte.

»Weshalb nicht?« Ich lachte leise.

»Weil die Legende davon berichtet, dass niemand, der sie je sieht, überleben kann.«

»Wir aber.«

»Dann seid ihr etwas Besonderes«, erklärte der Küster. »Das müsst ihr einfach sein.«

»Vielleicht.«

»Wer seid ihr?«

Ich wollte es ihm nicht zu leicht machen und forderte ihn auf, uns über das Geheimnis der Kirche aufzuklären.

Der Küster überlegte: »Ich weiß nicht, ob ich euch vertrauen kann …«

»Doch.« Ich hatte mich entschlossen, die Katze aus dem Sack zu lassen und zeigte ihm meinen Ausweis. Er hielt ihn dicht vor seine Augen, um besser lesen zu können, verglich das Bild im Dämmerlicht der Kirche mit meinem Aussehen und gab mir das Dokument zurück.

»Ja, ich glaube, dass ihr gut seid.«

»Dann bitte!«

Er bewegte seine Hand. »Ich führe euch hin«, flüsterte er. »Wir müssen in die Tiefe gehen, denn es gibt ein Gebiet, das unter der Kirche liegt. Dort ist das Zentrum, und da hat man auch die Nonne begraben.«

»Liegen da noch mehr Tote?«, wollte ich wissen.

»Nein, nur sie. Für die normalen Toten haben wir ja einen Friedhof. Er befindet sich jenseits der Mauer, aber die Nonne wurde hier erwürgt.«

»Was ist dort noch?«

»Alles«, gab er leise zurück. »Da ist der Anfang überhaupt. Etwas Fremdes lauert in der Tiefe. Es muss lange geschlummert haben. Erst jetzt sind seine Kräfte wirksam geworden. Das Auftauchen der rauchenden Zigeunerin hat es drastisch bewiesen. Ihr Schatten des Bösen fällt über unser Dorf und hüllt es ein.«

Mir dauerte die Rede des Küsters zu lange. Konkrete Dinge wusste er nicht zu sagen, und auf Vermutungen wollte ich nicht bauen. Aus diesem Grunde forderte ich ihn auf, uns endlich den Einstieg in die Gewölbe unter der Kirche zu zeigen.

»Wir müssen erst in die Sakristei«, sagte er schon beim Umdrehen.

»Gehen Sie vor.« Ich verdrehte die Augen. Auch Shao bemerkte meine Reaktion und lächelte.

Winston schob seine Brille wieder höher und ging vor. Wir wanderten quer durch die Kirche.

Ich lauschte auf die Geräusche. Sie waren nach wie vor vorhanden. Nur glaubte ich, dass sie leiser geworden waren, und das meinte auch Shao zu mir.

»Da scheint sich der Geist zurückgezogen zu haben«, erklärte sie.

»Hoffentlich. Mir reicht die Zigeunerin.«

Kurz vor dem schlichten Altar bogen wir nach rechts ab. Einen letzten Blick warf ich noch auf die Fenster. Ob das Glas von einem Schatten berührt wurde, konnte ich hier im Innern der Kirche nicht erkennen. Ich ging allerdings davon aus.

Die schmale Tür neben dem Altar hatte ich zuvor nicht gesehen. Erst als wir dicht davor standen, erkannte ich sie. Zudem lag sie im Schatten einer Nische.

Der Küster drückte sie auf.

In einen kahlen Raum gerieten wir. Auch ihn mussten wir durchqueren und erreichten eine kleine Kammer. An der Wand befand sich ein Lichtschalter, den Winston betätigte.

»Da ist er«, sagte er. »Der Einstieg.« Er deutete mit seinem rechten Zeigefinger schräg nach unten. Sein Gesicht hatte abermals die unnatürliche Blässe angenommen. Wir sahen ihm an, dass er sich nicht wohl in seiner Haut fühlte.

Ich bückte mich schon und zog die Eisenklappe mit beiden Händen auf. Dazu gehörte eine gewisse Kraftanstrengung, und ich war froh, als der Einstieg freilag.

Wir schauten in die Dunkelheit. »Gibt es kein Licht?«, fragte ich den Küster.

»Schon. Wir müssen Kerzen nehmen.« Er drehte sich um. Mit drei Kerzen kam er zurück. Sie standen auf kleinen Eisentellern. »Ich hatte ja nicht gewusst, dass Sie es so ernst meinen.«

»Spaßvögel sind wir nur zu Karneval«, erwiderte ich.

Shao zündete die Dochte an. Ich wollte meine Hände frei haben. Die anderen konnten mir leuchten, dafür stieg ich als Erster in die Tiefe.

Die Treppe nach unten sah relativ bequem aus. Auch sicher, denn die Stufen bestanden aus Stein.

»Diese Katakomben stammen aus einer Zeit, als man Gläubige verfolgte«, erklärte der Küster.

»Waren es Anhänger der Maria Stuart?«

»Nein, viel früher. Vielleicht auch Sektenmitglieder. So genau ist das nie erforscht worden.«

Ich verschwand bereits in der Tiefe. Hinter mir ging der Küster, den Schluss bildete Shao. Sie hielten ihre Kerzen, und die sich bewegenden Flammen erzeugten einen flackernden Schein, der auch über die mit Spinnennetzen bedeckten Wände fuhr und die dünnen Fäden an manchen Stellen silbrig glänzen ließ.

Ich war oft genug in alte Stollen oder Grüfte gestiegen, und wie immer spürte ich das Schlechterwerden der Luft. Auch in diesem Fall roch ich den Moder, der mit einer gewissen Feuchtigkeit und Kühle vermischt war.

Den Mund öffnete ich nicht. Nur flach holte ich durch die Nase Luft, spürte manchmal die hauchzarten Berührungen auf meiner Haut und erreichte als Erster die Gruft, in der die Nonne ihre letzte Ruhestätte gefunden hatte.

Ich ging zur Seite, damit ich nicht den Platz vor dem Ende der Treppe versperrte.

Shao und der Küster ließen die Stufen ebenfalls hinter sich und blieben so neben mir stehen, dass wir drei einen kleinen Halbkreis bildeten. Sie schauten sich um.

Der Küster hob die linke Hand. In der rechten hielt er die Kerze. »Hört ihr es?«

Es war nicht zu überhören. Das Klagen, Wimmern und Schreien war hier wesentlich lauter als oben in der Kirche. In dieser Tiefe musste sich das Zentrum befinden.

Ich hatte eigentlich damit gerechnet, eine schmale Grabkammer zu finden und wunderte mich jetzt über die Größe. Hier konnte man zahlreiche Särge nebeneinander stellen.

Im Kerzenlicht des Küsters, der vorgegangen war, sah ich den ersten Sarkophag. Ein Holzsarg wäre längst vermodert, aus diesem Grunde hatte man sich für einen Sarg aus Stein entschieden.

Er stand auf dem Boden, sah sehr wuchtig aus, und wir traten langsam näher.

Winston stand neben ihm. Das Kerzenlicht fiel auch über sein Gesicht und gab ihm einen schaurigen Touch. Dazu der Sarg, dann die geisterhafte, jammernde Stimme, das passte alles zu einer Gruselatmosphäre.

»Von den beiden habe ich noch nichts gesehen«, flüsterte Shao.

Klar, dass sie mehr an Suko und auch Bill dachte. Sie schaute sich auch um, sah die dicken Mauern, die alten, vom Licht umflackerten Steine, die Spinnweben, aber keine Gesichter oder Gestalten, die Ähnlichkeit mit unseren beiden Freunden gehabt hätten.

Auch von der Nonne entdeckten wir nichts, oder vielmehr von ihrem Geist.

»Liegt sie im Sarg?«, fragte ich.

Der Küster nickte.

»Dann werden wir sie uns anschauen.«

Für einen Moment hatte ich das Gefühl, als wollte der Mann widersprechen, denn er schüttelte den Kopf.

»Wieso nicht?«

»Ich weiß es nicht«, hauchte er. »Man sollte den Toten doch ihre Ruhe lassen.«

»Der Geist findet auch keine Ruhe.«

»Das muss an der Zigeunerin liegen. Wenn ihr Schatten nicht mehr ist, wird auch das Wimmern verstummen. Ich wollte Ihnen nur das Grab zeigen, mehr nicht. Gehen Sie lieber wieder hoch und kümmern Sie sich um die Zigeunerin. Das ist besser.«

»Warum sagen Sie uns das?«

»Ich kann es Ihnen nicht erklären, aber ich habe ein so seltsames Gefühl. Hier braut sich etwas zusammen. Da ist nicht nur eine Magie, die wir …«

»Mal sehen.«

»John, mach schon.« Auch Shao drängte. »Wenn du es nicht schaffst, helfe ich dir.«

Die Chinesin wusste genau, was ich vorhatte, und sie sollte sich auch nicht getäuscht haben.

Ich trat auf den Sarg zu. Es würde schwer werden, den steinernen Deckel vom Unterteil wegzuschieben. Beide Hände brauchte ich dafür. Das Kreuz hatte ich offen vor meiner Brust gehängt. Bisher tat sich bei ihm nichts. Es blieb matt silbern. Kein grünes Flimmern, kein Leuchten oder Strahlen, nicht die geringste Warnung.

Niemand sprach mehr. Shao und der Küster standen so, dass sie mir leuchten konnten. Ohne dass wir darüber gesprochen hatten, spürten wir alle die Nervenanspannung, die uns umklammert hielt. Zudem blieben auch das Jaulen und Wimmern. Von mehreren Seiten drang es auf uns zu, als wäre es in einer Musikanlage geboren worden.

Dabei drang es irgendwo aus dem Gemäuer.

Ich stemme mich gegen den Deckel. Der Anfang war immer am schwersten, aber ich musste den Sarkophag einfach aufbekommen, denn er hatte etwas mit der Lösung des Falles zu tun, so glaubte ich.

Die Nonne war in der Kirche erdrosselt und im Kellergewölbe begraben worden. Möglicherweise gehörte sie zu den Auslösern einer fremden Magie.

»Soll ich helfen?«, vernahm ich Shaos Flüstern.

Ich schüttelte verbissen den Kopf und konnte aufatmen, nachdem ich den ersten Punkt überwunden hatte.

Der Deckel ließ sich bewegen.

Endlich!

Er schrammte über das Unterteil. Ich vernahm die knirschenden Geräusche, die mir nicht allein in die Ohren, auch unter die Haut drangen und einen Schauder auf meinem Körper hinterließen.

Es gelang mir, den Deckel ziemlich gleichförmig nach vorn zu drücken, sodass er bei dieser Schieberei nicht in Gefahr geriet, zur Seite zu kippen.

Ich drückte mir selbst die Daumen, an der richtigen Seite zu schieben.

»John, du schaffst es!«, flüsterte Shao.

Auch der Küster sagte etwas. Stotternde Worte drangen aus seinem Mund. Eine Kerze hatte er auf den Boden gestellt, sodass er ein Kreuzzeichen schlagen konnte.

Shao hielt sich dicht neben mir. Sie schob ihre Arme noch weiter vor und leuchtete.

Ich richtete mich auf. Der Atem drang schwer aus meinem Mund. Schweiß bedeckte die Stirn. Meine Stimme zitterte unmerklich, als ich die Chinesin bat, die Kerze noch ein wenig tiefer zu senken, damit ihr Licht auch in den Sarg fiel.

Shao konnte einen leisen Schrei nicht vermeiden. Auch ich war für einen Moment geschockt. Im zitternden Licht der Flamme sah ich, dass mir das Glück hold gewesen war. Ich hatte genau an der richtigen Seite geschoben.

Vor mir lag der Kopf der toten Nonne.

Ein noch mit dunkler, aber sehr dünner Haut bedeckter knochiger Schädel, der zudem eingehüllt war in einen Kokon von Spinnweben. Zum Glück gab es genügend freie Stellen, durch die ich schauen konnte und auch bleiche Knochen erkannte, denn nicht überall hatte die dünne Haut gehalten.

Jetzt kam auch der Küster näher. Er schaute ebenfalls in den Sarg. Ich vernahm seine glucksenden Geräusche und sah, dass er ein Kreuzzeichen schlug.

»Ja!«, hauchte er. »Ja, das muss sie sein. Es ist einfach furchtbar.«

»Gehen Sie zurück!«, bat ich ihn.

»Was wollen Sie denn noch?«

»Ich möchte den Deckel weiter aufschieben, weil ich die Tote ganz sehen will.«

Er nickte. Sein Gesicht blieb dabei verbissen, und ich machte mich wieder an die »Arbeit«.

Diesmal hatte ich mehr Glück. Ich brauchte nicht erst lange zu schieben, sodass es nur mehr wenige Sekunden dauerte, bis ich den Sarg offen hatte.

Jetzt starrten wir hinein.

Zur Hälfte konnten wir den Körper sehen. Man hatte der Nonne das Gewand gelassen. Davon waren nur mehr Fetzen übrig, die an ihrem Körper klebten, der nur noch aus bleichen Knochen bestand. Er war stärker verwest als ihr Gesicht.

Keiner von uns redete. Wir alle lauschten wie auf ein geheimes Kommando. Ein jeder von uns hatte das Gefühl, dass die jammernde Stimme lauter geworden war, und sie konzentrierte sich auch mehr über dem Sarg. Mit ihr musste es eine besondere Bewandtnis haben, über die ich jetzt nicht näher nachdachte.

Dafür tat ich etwas anderes.

Ich streifte die Kette über den Kopf, an der mein Kreuz hing. Noch einen kleinen Schritt ging ich auf den Sarg zu und ließ das Kreuz hineinbaumeln.

Es schwebte über dem Skelett, glitt noch tiefer, und dann berührte es den Knochenkörper.

Niemand hatte mich aufgehalten, weil ich einfach zu schnell gehandelt hatte.

Kaum bekam das Kreuz mit der Leiche Kontakt, als das Jammern und Wimmern innerhalb der Wand verstummte.

Stille hüllte uns ein.

Sekunden vergingen. Wir wagten kaum, Luft zu holen. Nur Winston musste etwas sagen. »Jetzt haben Sie den Geist vernichtet!«, hauchte er. »Er schreit nicht mehr.«

Ich schwieg. Dafür schaute ich mein Kreuz sehr genau an und lauerte auf eine Reaktion.

Es tat sich nichts.

Mein Talisman blieb völlig normal. Nicht einmal ein Blitzen sah ich an seinen Enden, wo die Erzengel ihre Zeichen hinterlassen hatten.

War das möglich?

Ich verstand es nicht. Wir waren von einer fühl- aber nicht sichtbaren Magie umgeben, das wusste ich genau. Und das Kreuz, ansonsten ein verlässlicher Indikator, blieb »stumm«.

Auch die Tote regte sich nicht. Sie war ebenfalls von keiner Kraft erfüllt worden, sie wurde auch nicht zerstört, lag bewegungslos, aber in die lastende Stille hinein klang Shaos Stimme.

»John, ich habe Kontakt!«

»Mit wem?«, fragte ich automatisch.

Die Antwort riss mich fast von den Füßen. »Mit Suko!«

•

Trotzdem blieb ich stehen. Wie erstarrt wirkte ich und spürte nur, wie etwas über meinen Rücken immer weiter nach unten kroch und auch den letzten Wirbel erreichte.

Ich wollte das Kreuz wieder in die Höhe nehmen, aber Shao hatte etwas dagegen.

»Lass es so, John.«

»Okay, und jetzt? Hast du dich nicht getäuscht?«

»Nein, ich spürte ihn. Er befindet sich in der Nähe, John. Er ist bei uns, nur eben nicht sichtbar. Du weißt selbst, diese Erdmagie hat ihn umklammert …«

»Wie hast du mit ihm gesprochen?«

»Ich hörte plötzlich seine Stimme. Sie klang in meinem Hirn auf.« Shao war noch von dem plötzlichen Eindruck überwältigt. »Er kann noch nicht freikommen, denn er und Bill sind in einen magischen Bannkreis hineingeraten.«

»Druiden?«

»Ja. Das muss mit Aibon zu tun haben, glaube ich. Hier ist eine Druidenmagie vorhanden, die alles andere überlagert und dafür sorgt, dass die Freiheit begrenzt bleibt.«

»Was können wir tun?«, fragte ich.

»Es ist nicht einfach, John. Aber du kannst es.«

»Wie denn?«

»Baue eine Gegenkraft auf. Es genügt ein Satz, John. Sprich die Formel aus. Aktiviere dein Kreuz!«

Es war nicht einmal überraschend, was Shao mir da mitgeteilt hatte, dennoch wollte ich nicht so recht daran glauben. »Gut, Shao, ich kann es machen, aber ich habe schon erlebt, dass die Magie der Druiden stärker war als mein Kreuz. Verstehst du, die Magie hat dann das Kreuz übernommen und für sie dienstbar gemacht.«

»Man wird dir helfen.«

»Wer?«

»Suko und Bill versuchen es. Vergiss nicht, sie besitzen den Würfel. Und auch der Geist der Nonne will endlich seine Ruhe finden, glaube ich. Du solltest es wagen.«

»Und die Zigeunerin?«, fragte ich.

»Über sie weiß ich nicht Bescheid, dennoch ist es möglich, dass sie ebenfalls eingreift.«

»Zu unseren Gunsten?«

»Versuch es, John. Bitte!« Shaos Stimme hatte bei den letzten Worten flehend geklungen.

In Windeseile ließ ich mir ihre Vorschläge noch einmal durch den Kopf gehen. Möglicherweise hatte sie Recht. Vielleicht war es gerade die Formel, die dafür sorgte, dass alles anders wurde.

»Ja, ich mache es.«

»Danke.«

»Wovon redet ihr überhaupt?«, fragte der Küster. »Was soll das alles? Ich sehe die Personen nicht, von denen ihr gesprochen habt. Ich …«

»Bitte, seien Sie ruhig!« Shao hatte gesprochen. Sie wollte ebenso keine Störung wie ich.

Beide standen wir vor dem entscheidenden Punkt. Durch die weißmagische Kraft der Formel konnte ich hier einiges radikal verändern. Und höchstwahrscheinlich würde sie mit der des Würfels zusammentreffen, sodass sich die beiden verbünden und noch stärker werden konnten.

Auf mich allein kam es an.

Und ich rief die Formel. Nicht sehr laut, aber Shao und der Küster konnten sie verstehen.

»Terra pestem teneto – Salus hic maneto!«

Bei diesen Worten war ich innerlich zum Zerreißen gespannt. Tat sich etwas? Würde ich Erfolg haben und die andere Magie zurückdrängen können?

Das Kreuz hatte ich nicht weggenommen. Es blieb nach

wie vor in Kontakt mit der toten Nonne, deren Körper sich auch nach dem Aufsagen der Formel nicht veränderte.

Dafür geschah etwas anderes.

Die Umgebung war auf einmal nicht mehr dieselbe. Hatten wir vorhin noch auf dunkle Wände geschaut, auf mit Spinnweben bedeckte, unheimlich wirkende Gruftmauern, so erlebten wir nach dem Sprechen der Formel eine radikale Änderung.

Aibons Erbe erwachte. Die Folgen eines Landes, das ich kaum kannte, über das ich aber immer wieder stolperte, und dieses Erbe drang aus den Wänden hervor.

Seine Magie fand ihren Weg in diese Gruft.

Wir sahen den grünen Schein, der nicht allein in den Mauern konzentriert blieb, sondern sich so ausbreitete, dass er lautlos wie normales Licht in die Gruft hineindrang und alles überdeckte. Auch uns. Wir bekamen eine grüne Gesichtsfarbe, ich merkte, wie das Kreuz in meiner Hand zu vibrieren anfing und vernahm den erschreckten Ruf des alten Küsters, der zurücktaumelte, als hätte er Angst, in der Nähe des Sarges stehen zu bleiben.

Aibon schickte seine Boten.

Und noch zwei andere erschienen.

Ich selbst sah sie nicht, weil ich nach unten auf das Skelett der Nonne schaute.

Dafür hatte Shao sie entdeckt. Ich hörte ihren Schrei: Sie rief den Namen ihres Freundes.

»Suko!«

Jetzt hielt mich nichts mehr in meiner Lage. Ich hob das Kreuz an, achtete dabei nicht auf sein grünes Funkeln und starrte, wie auch Shao, auf die Wand direkt gegenüber.

Sie standen innerhalb des Gesteins wie zwei Figuren. Und es war keine Täuschung.

Vor uns hielten sich Bill Conolly und Suko auf!

Und sie hatten den Würfel!

Wie schon in der Höhle in Maastricht hielt Suko den

Quader zwischen seinen Handflächen, als wollte er ihn nie mehr in seinem Leben loslassen. Im Moment erinnerte nichts bei ihnen an lebende Menschen.

Das grüne Licht umflutete sie wie ein gefärbtes Schattenmeer, und auch ihre Haut hatte diesen leichengrünen Schein angenommen, der sie so aussehen ließ, als wären sie tot.

Aber sie lebten.

Suko zumindest hatte mit Shao auf telepathischem Weg gesprochen. Ich hielt mich zurück, denn ich sah, dass etwas in Shao vorging. Auch der Küster wusste nicht, woran er war.

Nur seine Schritte vernahm ich. Sie wurden leiser, ein Zeichen, dass er sich zurückzog.

Shao ging auf die Wand zu. Im Profil sah ich sie und erkannte das Zucken ihres Mundwinkels.

Vor der Wand blieb sie stehen.

Ich warf einen schnellen Blick auf mein Kreuz. Es hatte die grüne Farbe übernommen, und nichts deutete darauf hin, dass es sich so schnell wieder normalisieren würde.

Die beiden Freunde hatten mich nach Pluckley gerufen. Es musste einen Grund geben. Vielleicht gelang es ihnen in diesem Gespensterdorf endlich, das Gefängnis zu verlassen.

Ich wartete.

Was jetzt zu tun war, musste Shao einfach übernehmen, denn sie und Suko verband mehr als Freundschaft.

Liebe kann Berge versetzen – aber auch Mauern?

Mit mir hatte Suko in der Grotte gesprochen. Seine Stimme war deutlich zu vernehmen gewesen, und es musste wirklich mit mehr als mit dem Teufel zugehen, wenn sie es nicht schaffte, auch mit ihrem Freund und Partner Suko zu sprechen.

Noch waren die beiden Gefangene der Druidenmagie, von der ich so stark hoffte, dass sie nicht unbedingt zu meinen Gegnern zählte und sich auch nicht gegen den Würfel stellte.

Aber was wusste ich schon von Aibon, diesem geheimnisvollen Land? Viel zu wenig …

Es sollte für einen nicht Geweihten keine Rückkehr geben,

hieß es. Zudem waren in diesem Land die Dolche des Mandra Korab verschollen. Seine letzten beiden Waffen, die er ebenfalls unbedingt zurückhaben wollte. So viel schoss mir durch den Kopf, dass ich es zunächst einmal nicht begreifen konnte.

Shao blieb dicht vor den Steinen stehen. Sie streckte ihre Arme aus, die Hände waren gespreizt, und sie fuhr mit den Flächen über das Mauerwerk. Dabei bewegte sie auch den Mund. Leider konnte ich nicht hören, was sie sagte, denn sie redete stumm. Möglicherweise nahm sie einen gedanklichen Kontakt auf. Sollte dies den Tatsachen entsprechen, wusste ich nicht, worüber sich die beiden unterhielten, und das gefiel mir nicht. Aus diesem Grunde sprach ich sie an.

»Shao, du musst es laut sagen. Bitte …!«

Sie drehte noch einmal den Kopf. Das grüne Licht hatte sich auf ihre Züge gelegt und ließ sie aussehen wie geschminkt.

Ich nickte ihr auffordernd zu.

»Ja!«, flüsterte sie. »Ich werde es versuchen. Ich mache es, ich …« Sie drehte sich wieder den beiden Freunden entgegen und blieb so stehen, dass sich ihr und deren Blick trafen.

Geschah endlich etwas?

An ihrer Aussprache merkte ich, wie schwer es ihr fiel, die Hemmschwelle zu überwinden.

»Kannst du mich hören, Suko?«

Ja, er hatte die Worte verstanden, aber er gab keine akustische Antwort, dafür nickte er leicht.

»Bitte, du musst reden!«

»Ich sehe dich, Shao …«

Flüsternde Worte, die auch ich vernehmen konnte. Mir lief es kalt über den Rücken, aber Shao stieß einen erstickt klingenden Jubelschrei aus. Sie hatte alles verstanden, und ihr war damit bewiesen worden, dass ihr geliebter Suko noch lebte.

Er war da!

»Weiter, Shao, weiter!«, drängte ich. »Jetzt darfst du dich nicht ablenken lassen.«

»Es ist es ist so schwer …«

»Sprich ihn an und frag ihn, ob es eine Chance gibt, dass die beiden die Wand verlassen können. Bitte!«

Die Chinesin nickte. Sie tat ihr Bestes, das wusste ich, aber auch sie musste sich erst überwinden, denn es war einfach zu schwer, eine solche Hemmschwelle hinter sich zu lassen.

»Suko und Bill. Ihr seht, dass wir auf euch warten. Bitte, gebt uns ein Zeichen. Kommt hervor, verlasst dieses schreckliche Gefängnis. Ihr seid dafür nicht geschaffen. Wir brauchen euch. Wir …« Shao rang die Hände, denn sie konnte einfach nicht mehr sprechen. Ihre folgenden Worte waren nicht mehr zu verstehen, weil sie in einem trockenen Schluchzen erstarben.

Wenn jemand in der Wand stehend bisher gesprochen hatte, war es immer Suko gewesen, das änderte sich plötzlich, denn Bill übernahm es, die Antwort zu geben.

»Es tut uns Leid, wir können nicht!«

»Wieso nicht?«

»Es ist die Magie der Druiden, die uns nicht freilassen will. Aibon ist stark …«

Der Reporter hatte den Namen erwähnt, ich wollte endlich wissen, was es damit auf sich hatte. Bisher hatten wir Aibon nur berührt, es war uns nicht gelungen, tiefer in das geheimnisvolle Land und dessen Geheimnisse einzudringen.

Hatten Bill und Suko möglicherweise einen winzigen Schleier lüften können?

»Wie seid ihr dorthin gelangt?« Während meiner Worte war ich vorgegangen und blieb neben Shao stehen.

»Aibon ist überall.«

»Wo überall?«

»Es hat sich fast auf der ganzen Welt verteilt, wenn ich so sagen darf, und es ist eine Welt für sich. Eine Parallelwelt, in der Druiden leben, aber keine Menschen. In langen Jahrhunderten haben sie das Land erforscht, seine Lage erkundet, und dort nur fühlen sie sich wohl. Wir Menschen aber müssen Abstand nehmen, sollen sogar Distanz bewahren, denn zwischen den Druiden und den Menschen gibt es zwar

Gemeinsamkeiten, die aber sind oft genug gestört. Aibon hat vieles übernommen, auch von der Menschheit und ihrem Glauben. Der Dunkle Gral hängt eng mit unserer christlichen Lehre zusammen. Es gibt Stellen auf der Welt, wo man noch Spuren finden kann, aber ich weiß nicht, wo dies zu finden ist. Auch dein Kreuz hat damit zu tun, John …«

Ich war von diesen Worten überrascht worden. »Und das hast du alles erfahren?«, hauchte ich.

»Ja, mein Freund, das habe ich erfahren. Mehr ist es nicht gewesen, und es waren auch nur mehr huschende Eindrücke, die vorbeizogen wie ein Windhauch.«

Ich musste mir die Kehle freiräuspern, um die nächste Frage stellen zu können. Shao stand mit offenem Mund neben mir. Auch sie war völlig perplex.

»Wenn Aibon etwas mit meinem Kreuz zu tun hat, was immer es auch sein mag, wie steht es dann zu dem Würfel des Unheils, der sich in eurem Besitz befindet?«

»Auch er wurde beeinflusst.«

»Trotz seiner Stärke?«

»Die Macht der Eichenkundigen ist eben zu groß, John. Sollte es uns je gelingen, dieses Gefängnis zu verlassen, werden wir bestimmt noch große Überraschungen erleben. Aibon hat uns gestreift, der Dunkle Gral wird sich irgendwann melden. Und die Spuren, die er seit Jahrhunderten gelegt hat, es gibt sie noch, es gibt sie …« Ich merkte Bill an, dass ihm das Sprechen Mühe bereitete. Sein Gesicht verzog sich, er kam mir so vor, als würde er nach Luft ringen, dennoch konnte er mir die nächsten Worte sagen.

»Aibon sendete wieder seine Kraft aus. Sie umfängt mich. Man will nicht, dass ich zu viel verrate …«

»Könnt ihr denn freikommen?«

»Wir wissen es nicht«, erwiderte Suko.

»Aber ihr habt den Würfel!«, rief ich verzweifelt. »Er muss euch doch helfen können.«

»Ja, das müsste er.«

»Dann los!«

»Und wie?«

593

Bisher hatte ich schon fast alles auf eine Karte gesetzt. Das war meine Einstellung. Wenn nichts mehr half, musste man eben klotzen. Und dies voll, ohne Rücksicht auf Verluste.

»Suko, du hast den Würfel. Du weißt, dass derjenige, der ihn besitzt, ihn auch beeinflussen kann. Sorge dafür, dass die Magie des Druidenlands zurückgedrängt wird. Tue dir, Bill und mir den Gefallen, dann könnte es zu einem guten Abschluss kommen.«

Ich sah Zweifel im Gesicht meines chinesischen Freundes. Auch Shao hatte dies festgestellt, und sie stand mir in diesen Augenblicken bei, als sie Suko bat, das zu tun, was ich von ihm verlangt hatte.

»Reiß dich zusammen, bitte! Spring über deinen eigenen Schatten. Drücke Aibon zurück. Denke nicht mehr daran, das wird am besten sein. Ich flehe dich an, Suko! Es geht um mehr, als nur um uns. Wir müssen wieder zusammenkommen. Die Gegenkräfte dürfen keine Chance kriegen, sich zu formieren, sonst triumphiert die Hölle letzten Endes doch noch.«

Suko hatte die Worte seiner Freundin verstanden. Auch er musste es einfach leid sein, als Gefangener einer Magie zu gelten, die ihn vollkommen beherrschte.

»Wie sollen wir es versuchen?«

»Konzentriere dich auf den Würfel. Ich werde versuchen, meine Gedanken auf das Kreuz einzupendeln. Beides muss eine Verbindung eingehen. Wir machen aus dem Würfel des Unheils den Würfel des Heils. Das und nichts anderes ist unsere einzige Chance.«

»Ich weiß.«

»Dann bitte!«

Nach den letzten beiden Worten hob ich den rechten Arm an. Noch immer hielt ich das Kreuz. Ich »stemmte« es so weit hoch, dass es sich in einer Linie mit dem Würfel des Unheils befand. Sollte er reagieren, würde sein Schein das Kreuz treffen, sodass eine Brücke entstand.

Hoffentlich …

Auch mein Gesicht war angespannt. Sukos Züge zeigten

594

ebenfalls den harten Ausdruck der Konzentration. Seine Augen schienen immer dunkler zu werden und trotzdem zu glühen.

Ich spürte, dass wir vor einer wichtigen Entscheidung standen. Wenn wir es jetzt nicht packten, dann würde es uns vielleicht überhaupt nicht mehr gelingen, hier freizukommen.

Sogar Sukos Lippen bewegten sich, als wollte er durch leise gesprochene Worte seine eigenen Gedanken unterstützen. Neben ihm stand Bill. Seine Haltung kam mir verkrampft vor. Natürlich wusste auch er, dass der Fall in die alles entscheidende Phase getreten war.

Ich vernahm Shaos Stöhnen. Er war mehr eine Mischung aus Atmen und Seufzen. Sie hatte die Hände zu Fäusten geballt, die Arme halb erhoben und schaute starr auf ihren Freund, als wollte sie ihn mit jedem Gedanken zu noch größeren Taten anfeuern.

Mein Blick hatte gewechselt. Ich starrte auf den Würfel, da sich bei einem magischen Vorgang der Würfel zuerst regte.

Seine Farbe hatte sich nicht verändert. Nach wie vor zeigten seine Seiten ein kräftiges Rotblau. Violett.

Seine Seiten besaßen einen Milchglasschimmer. Trotzdem konnte ein Betrachter in ihn hineinschauen. Schlieren waren zu sehen. Sie mussten Beschleuniger sein, Gedankenträger, die schlummernde, magische Kräfte erweckten und ihnen eine Macht über Dinge gaben, die wir nicht hatten.

Die Schlieren bewegten sich …

Ein erster Erfolg. Trotz der starken abwehrenden Druidenmagie hatte es Suko geschafft, als Träger des Würfels zu dieser Waffe einen Kontakt aufzubauen. Er brauchte sie jetzt nur mehr in die konkrete Richtung zu lenken, um sich befreien zu können.

Und ich konzentrierte mich auf mein Kreuz. Würde es helfen, noch einmal die Formel zu rufen? Sie hatte ihre Pflicht getan und eine unter der Kirche lauernde Magie sichtbar gemacht. Mehr konnte ich einfach nicht verlangen.

Dennoch vertraute ich meinem Talisman. Ich konzentrierte mich darauf, ich sorgte dafür, dass es ein Stück von mir wurde, und meine Gedankenströme versuchten, das Gehirn zu verlassen und einen anderen Punkt zu finden, das Kreuz.

Leider gehörte ich nicht zu den Menschen, die geistige Gaben beherrschten. Ich war kein Telepath, beherrschte auch nicht die Telekinese. Da waren Kara und Myxin schon besser, aber sie befanden sich ganz woanders, auf ihre Hilfe konnte ich nicht zählen.

Plötzlich durchlief ein Ruck die Gestalt meines Freundes. Für einen Moment sah es so aus, als könnte er es schaffen, sein rechtes Bein vorzusetzen, um die dicke Mauer zu verlassen. Die Spannung verdichtete sich noch mehr. Sie lastete wie ein starker Druck auf meinem Körper. Ich wollte auch nicht dagegen ankämpfen, da ich Angst hatte, sie zu vertreiben.

»Er schafft es nicht!« Schluchzend stieß Shao die Worte aus, schüttelte den Kopf und sah so aus, als würde sie jeden Augenblick in sich zusammensinken.

Ihre Worte bestätigte auch Suko. »Die andere Macht ist einfach zu stark. Uns Menschen gelingt es einfach nicht, Aibon zu überwinden. Die Druiden besitzen das Wissen der Zeit. Wen sie haben, den wollen sie nicht abgeben. Es tut mir Leid, John. Ich hatte gedacht, es hier zu schaffen, denn ich sah bei unserer letzten Begegnung den Weg genau vor mir. Und ich hoffte auch, dass du mir helfen könntest. Du hast alles versucht, es war zu wenig, mein Freund …«

War es wirklich zu wenig?

Ich stand da, fühlte die Depression in mir, hatte den Mund geöffnet und die Augen geweitet.

Mich durchfluteten Gedanken. Ich dachte daran, dass ich schon sehr lange den Job als Geisterjäger ausübte, und ich dachte wieder weit, weit zurück. Es hatte Situationen gegeben, die verdammt haarig gewesen waren, aber immer war es mir gelungen, einen Weg aus lebensbedrohenden oder magisch gefährlichen Situationen zu finden.

Hier erlebte ich zum ersten Mal die große Verzweiflung, die mich überkam, obwohl ich mich selbst nicht in unmittelbarer Lebensgefahr befand. Wenn wir es an diesem Ort nicht schafften, die beiden Freunde zurückzuholen, würde uns dies nie mehr gelingen. Hier konzentrierte sich eine Magie, auch hervorgerufen durch den nicht sichtbaren Geist der erwürgten Nonne.

Möglicherweise gab es noch weitere Orte auf der Welt, wo Ähnliches geschehen konnte, aber daran wollte ich gar nicht denken. Sie zu finden, hätte einen zu großen Zeitverlust für uns bedeutet. Damit wäre weder Bill noch Suko geholfen.

Gab es wirklich keinen Ausweg?

Das fragte mich auch Shao. Sie hatte sich gedreht und schaute mich dabei an. In ihren großen, dunklen Augen hatte sich das Tränenwasser gesammelt. »John!«, flüsterte sie. »Jetzt bist du an der Reihe. Wirklich, John. Ich kann es nicht. Ich stamme zwar von der Sonnengöttin ab, aber diese Mythologie ist einfach zu weit entfernt. Dazwischen liegen Zeiten, vielleicht sogar Dimensionen …«

Es lag an mir.

Und an meinem Kreuz!

Mein Gott, es hatte lange Reisen durch die Jahrhunderte hinter sich. Was genau auf dieser Odyssee geschehen war, konnte ich nicht sagen. Zu groß war noch das Geheimnis, das diesen so wertvollen Gegenstand umgab. Ich setzte mein vollstes Vertrauen darin, hatte es schon einmal schmelzen sehen, als ich gegen die Große Mutter antrat, aber es war diesem Kreuz gelungen, sich immer wieder zu erholen und seine eigenen Kräfte auszuspielen, auch wenn es die Hölle geschafft hatte, die Zeichen in der Mitte einfach herauszubrennen.

Hesekiel, der Prophet und Erbauer des Kreuzes, hatte genau gewusst, was er da tat und es in seiner weisen Voraussicht als Zeichen der Hoffnung erkannt.

Sollte das nicht mehr stimmen? Gab es wirklich Kräfte auf dieser Welt oder in einer anderen Dimension, die das Fanal der Hoffnung durch ihre magische Stärke zertrümmern konnten?

Es viel mir schwer nach all den guten Erfahrungen, die ich gemacht hatte, daran zu glauben.

»John, bitte, gibt es denn keinen Weg, den du noch ein-

schlagen kannst. Schau hin. Sieh dir Suko und Bill an. Die
beiden quälen sich, die spüren die Magie. Aibon wird sie
erdrücken, es wird …«

»Was soll ich noch tun, Shao?«

»Du musst es wissen!«

Klar, ich musste es wissen. Dabei traute ich mich nicht einmal, auf Suko und Bill zu schauen. Aus Erfahrung wusste
ich, dass es keinen Sinn hatte, das Kreuz gegen die Wand zu
drücken. Damit konnte ich die Magie nicht zerstören.

Auch Luzifer war durch das Kreuz nicht vernichtet worden, ebenso die Große Mutter nicht, die es fast zerstört hatte.
Es war ihr nicht gelungen, weil mir Helfer zur Seite getreten
waren.

Helfer?

Selbst Shao merkte, wie es mich durchzuckte und mir der
Schauer über das Gesicht lief.

»Was ist los, John?«, hauchte sie.

»Ich hab's, glaube ich.«

Shao war einfach zu verwirrt, um diese Antwort überhaupt
richtig fassen zu können. »Wie meinst du das?«

»So wie ich es dir gesagt habe. Ich glaube daran, dass ich es
habe. Es ist die letzte, die entscheidende Möglichkeit. Die
sich bietende Chance muss ich ergreifen.«

»Und wie?«

Ich lachte leise. »Wie früher, Shao, wie früher.« Mehr sagte
ich zunächst nicht, weil ich nicht noch weitere unnötige Hoffnungen in ihr erwecken wollte.

Vielleicht hatte ich auch Pech. Dann war natürlich alles
vorbei und verloren.

Zwei Schritte ging ich zurück. Ich brauchte eine genügende
Distanz. Zudem gefiel es mir nicht, dass sich Shao noch zu
nahe an meiner Seite befand. Deshalb streckte ich einen Arm
aus und drängte sie ein wenig zurück. »Bitte, bleib hinten.«

»John, sag mir doch …«

»Nein!« So hart hatte ich eigentlich nicht sprechen wollen,
aber das Wort war mir nun hervorgerutscht, und Shao richtete sich danach.

Ich fühlte mich jetzt besser. Meinen Blick richtete ich nach vorn. Nicht so klar wie sonst sah ich die Umrisse meiner beiden Freunde. Sie hatten voll auf mich gebaut und auch vertraut, aber ich hatte sie enttäuschen müssen. Auch an dieser Stelle war es mir nicht gelungen, sie aus dem »Gefängnis« zu befreien.

Drei Dinge zählten jetzt: Das Leben von Suko und Bill, der Würfel und mein Kreuz.

Ja, ich wollte es so wie früher machen.

Es gelang mir, kalt zu bleiben. Diese innerliche Kälte musste einfach sein, sonst drehte ich noch durch.

Noch einmal vernahm ich Sukos Stimme. »John, du hast alles versucht. Wir danken dir. Die Druidenmagie, die Erdgeister, die …«

»Nein!«, schrie ich so laut, dass das mit grünem Druidenlicht erfüllte Gewölbe erzitterte. »Ich habe nicht alles getan. Jetzt erst starte ich einen letzten Versuch.«

Dann rief ich die vier Namen.

Es waren die, die mein Kreuz gezeichnet und gesegnet hatten.

Die Erzengel!

»Gabriel! Michael! Raffael! Uriel!«

In wirklich höchster Verzweiflung brüllte ich die Namen hinaus, hielt mein Kreuz dabei wie einen rettenden Anker fest, hatte auch die Augen weit aufgerissen, fiel dabei auf die Knie und wartete in der Hoffnung, dass die Kräfte des Lichts mich nicht im Stich ließen.

Sie mussten einfach stärker sein als die verdammte Druidenmagie. Sonst wäre unsere Welt doch längst zusammengebrochen oder hätte aufgehört zu existieren. Irgendwo gab es Bänder, die niemand sah, die aber alles zusammenhielten. Während unzähliger Jahre hatten sie sich gefestigt, sodass sie auch heute nicht zerrissen werden durften.

Vielleicht machte ich mir Aibon und den Dunklen Gral für immer zum Feind, das war jetzt egal. Das Leben meiner

Freunde und ihre Rückkehr in die normale Welt zählten mehr.

»John, da ist was!«

Shao hatte geschrien. Ich hörte noch einmal ihre Stimme, verstand die Worte nicht und schloss die Augen.

Es war die alles überstrahlende Helligkeit, die auch das grüne Licht verdrängt hatte. An vier Stellen in der Grotte konzentrierte sie sich, strahlte auch ab, sodass sich vier Strahlen kreuzen konnten und ein Zentrum der reinen weißen Kraft bildeten.

Obwohl ich die Augen geschlossen hatte, fühlte und sah ich es. Die Magie war da, sie half mir aus meiner schrecklichen Lage, auf einmal durchtoste mich ein Gefühl, das unbeschreibbar war.

Es war einfach gut …

Sah ich Schatten, sah ich Gestalten? Lichterfüllte Wesen vielleicht? Ich merkte kaum, dass ich noch kniete und mein Kreuz hochhielt, das mir als rettender Anker diente. Dabei pendelte mein Kopf von einer Seite auf die andere.

»… Aibon darf nicht stärker sein …«

Wer diese Worte ausgesprochen hatte, wusste ich nicht. Auf keinen Fall Suko oder Bill. Wahrscheinlich einer meiner Helfer. Ich fasste wieder neuen Mut.

Ich hob den Kopf und öffnete die Augen.

Das Licht war verschwunden, sowohl das grüne als auch das strahlende. Dafür sah ich eine blasse, künstliche und zuckende Helligkeit: Es war der Schein dreier Kerzen.

Sie standen in der Gruft verteilt, gaben ihr wieder den unheimlichen Ausdruck, und ich hielt den Atem an, als ich vor mir Bewegungen vernahm. Leider konnte ich nicht erkennen, ob es außerhalb oder innerhalb der Mauern geschah.

Ich stemmte mich hoch.

Schritte näherten sich mir von der Seite. Sie waren leicht, dennoch wirkten sie schwer und schleppend.

Bei meiner Kopfdrehung erkannte ich Shao, die herankam und mich überhaupt nicht wahrnahm. Sie hatte nur mehr

Augen für die Wand, in der Suko und Bill stecken mussten, aber nicht mehr steckten.

Beide waren herausgetreten!

Und beide standen innerhalb der Gruft, starrten sich an, wollten gehen, versuchten die ersten Schritte, wobei ich ihr Taumeln bemerkte, denn es war nach so langer Zeit des Gefangenseins für sie äußerst ungewohnt, sich wieder auf festem Boden zu bewegen.

Sie fielen nach vorn.

Shao und ich reagierten zur gleichen Zeit. Die Chinesin vielleicht um eine Idee schneller, als sie vorsprang und den fallenden Suko mit ausgebreiteten Armen auffing.

Bill, der sich ebenfalls nicht mehr halten konnte, wurde von mir umklammert. Er war ein schwerer Brocken, ich musste einige Schritte zurückgehen, aber ich konnte ihn halten.

»John, ich bin frei …«

Himmel, was freute ich mich über die Worte meines ältesten Freundes. Ich klopfte ihm auf die Schulter, gab eine Antwort – und, hol's der Teufel, meine Stimme klang verdammt erstickt, aber ein Mann darf ja wohl nicht weinen – oder?

»Ja, Bill, du bist frei. Du hast es geschafft, mein Alter. Du brauchst nicht mehr zurück. Wir haben Aibon überwunden. Es gibt doch noch stärkere Kräfte …«

Auch er redete, aber ich verstand nicht, was er sagte. Wir waren einfach glücklich, auch in dieser alten, unheimlichen Gruft, die sich zu einem Zentrum der Magie gemausert hatte.

Geschafft!

Welch ein Wort, welch eine herrliche Tatsache.

Bill Conolly stemmte sich von mir weg. Er schaute mich an und schüttelte den Kopf. »John, ich weiß überhaupt nicht, was ich sagen soll«, stotterte er. »Das war alles wie ein gewaltiger böser Traum. Du kannst dir nicht vorstellen, wie es ist, wenn man in der Erde gefangen gehalten und dabei noch transportiert wird. Das ist einfach unfassbar, nicht zu erklären. Ich jedenfalls weiß nichts …«

»Jetzt sind wir wieder zusammen. Bill, wir haben einen Sieg errungen. Wieder einmal …«

Oder hätte ich sagen sollen, endlich? Es hatte tatsächlich eine Zeit der Niederlagen gegeben, aber nun hatten wir bewiesen, dass es zum Glück noch Dinge gab, die stärker waren als die Hölle, auch stärker als das geheimnisvolle Land Aibon, denn ich zählte Janes Herzverpflanzung ebenfalls mit dazu.

Shao und Suko standen etwas von uns entfernt. Aus zwei Schatten war einer geworden. Sie umklammerten sich, als würde einer dem anderen das Leben geben.

Erst jetzt gab ich zu, dass es richtig gewesen war, die Chinesin mitzunehmen.

Bill und Suko waren frei – ebenso der Würfel!

Daran hatte ich in den letzten Sekunden überhaupt nicht gedacht. Die Hetzjagd, die verzweifelte Suche war beendet. Sie hatte so viele Opfer gekostet, das war nun vorbei.

Niemand würde mehr wegen des Würfels sein Leben verlieren. Ich wollte ihn zu einem Würfel des Heils machen. Und nicht allein ich, auch Suko und Bill dachten bestimmt ähnlich.

Es fiel mir schwer, die lockeren Worte zu sprechen, dennoch sprach ich die zwei an. »Na, ihr beiden?«

Zuerst hörten sie nicht oder wollten nicht hören, dann lösten sie sich voneinander und schauten uns an.

Selten oder noch nie habe ich eine so glückliche Shao gesehen. Sie blieb stehen, wischte sich die Tränen aus den Augen. Suko kam vor.

Allmählich nur schälte sich sein Gesicht aus dem tanzenden Wirrwarr von Licht und Schatten. Es gab kaum Worte, um den Ausdruck zu beschreiben, mein Freund schaute mich nur an.

Bill stand daneben und räusperte sich die Kehle frei.

Dann war Suko bei mir.

Ich nickte nur, er nickte plötzlich, sagte: »John, verdammt, du alter Hundesohn …!« Wir lagen uns im nächsten Augenblick in den Armen. Keiner sprach, es war ein Wiedersehen, eine Begrüßung, wie es sie nur unter Freunden gab, bei denen sich einer auf den anderen verlassen konnte und wo einer bereit war, für den anderen sein Leben einzusetzen.

Wir alle hatten den höchsten Einsatz gestartet – und gewonnen!

Bisher waren wir zu viert gewesen, doch Schritte schreckten uns hoch. Sie klangen auf der Treppe auf und wurden lauter. Sehr schnell erschien der geduckte Schatten.

Shao und ich kannten den lauten Küster, Suko und Bill schauten ihn skeptisch an.

Winston betrat erst gar nicht die Gruft. Er blieb auf der obersten Stufe stehen, seine Augen glänzten vor Angst.

»Ihr müsst … ihr … kommt!«

Ich lief vor. »Was ist geschehen?«

Er senkte seinen Kopf noch tiefer. »Die rauchende Zigeunerin, Sir. Der Schatten …« Er schüttelte den Kopf und drückte sich gegen die Wand.

»Was ist denn los?«

»Er lebt«, stöhnte Winston …

Wie ein Lauffeuer hatte es sich in Pluckley herumgesprochen. Jeder Einwohner wusste Bescheid, und ein jeder war auch von der schaurigen Tatsache überzeugt worden.

Es gab die rauchende Zigeunerin. Selbst die ältesten Skeptiker konnten sich gegen diese Tatsache nicht mehr wehren und nahmen sie auch hin.

Diagonal lag der Schatten über dem Ort. Gewaltig, unheimlich und nicht erklärbar. Eine finstere Gestalt, schauriger als alles bisher Dagewesene.

Ohne dass er etwas tat oder sich bewegte, verbreitete er eine Aura des Schreckens, sodass es den meisten Menschen nicht mal gelang, richtig Atem zu holen.

Niemand wollte mehr allein bleiben. Man hatte sich an zahlreichen Orten getroffen und beobachtete.

Der Vizebürgermeister stand am Fenster. Er wandte den Leuten, die sich in seinem Büro zusammengefunden hatten, den Rücken zu und schaute nach draußen.

Auch die beiden Jugendlichen befanden sich unter den Anwesenden und hielten sich an den Händen fest.

Tenbroke drehte sich wieder um. Sein Gesicht sah aus wie alter Schimmelkäse.

»Wir müssen etwas tun, Jerry!«, sagte jemand. Es war der Leiter der Freiwilligen Feuerwehr.

»Und was? Willst du ihn mit Schaum weglöschen?«

Jemand lachte unecht. Der Angesprochene schüttelte heftig den Kopf. »Das ist Unsinn. Lass dir aber etwas einfallen, schließlich hast du die Verantwortung über das Dorf und seine Menschen.«

»Ich bin machtlos. Gegen Geisterspuk kann man nichts unternehmen. Außerdem habe ich nie daran geglaubt.«

»Das war ein Fehler.«

»Den sehe ich ein.«

»Es hat jedenfalls keinen Sinn, hier noch länger herumzustehen«, sagte der Feuerwehrmann.

»Wo willst du hin?«

»Auf die Straße, und wenn du nicht feige bist, Jerry, gehst du mit mir und stellst dich den Dingen.«

Tenbroke überlegte einen Moment. Margie wollte etwas dagegen sagen, ihr Vater schüttelte den Kopf und setzte sich in Bewegung. Die anderen machten ihm bereitwillig Platz, damit er die Tür erreichen konnte.

Die beiden Männer verließen das Gebäude und sahen die Polizeiwagen mitten auf der vereisten Fahrbahn stehen. Auch Sergeant Everton war da. Er stand neben dem Einsatzwagen, schaute in die Höhe und schüttelte dabei ununterbrochen den Kopf.

Als er Tenbroke sah, lief er sofort auf ihn zu. »Was hat das zu bedeuten, verdammt?«

Tenbroke hob die Schultern, als er stehen blieb. »Ich kann es Ihnen nicht genau sagen, aber das muss der Geist der rauchenden Zigeunerin sein.«

Der Sergeant lachte. »Ein Geist kann keinen Schatten werfen. Außerdem ist diese Zigeunerin Legende.«

»Das habe ich auch gedacht«, erwiderte der Stellvertreter

des Bürgermeisters. »Man hat mich leider eines Besseren belehrt. Sorry, ich hätte Ihnen gern eine andere Nachricht überbracht.«

»Shit!«, fluchte Everton. »Erst der Tote auf der Landstraße, jetzt das hier. Das kann man ja nicht aushalten, verflucht! Ich glaube, ich drehe hier noch durch.«

»Da, der Schatten!«

Larry Gold, den es ebenfalls nicht innerhalb des Hauses gehalten hatte, stand auf der Treppe und deutete in die Luft. Seine Stimme hatten zahlreiche Menschen gehört.

Und jeder, der hinschaute, sah deutlich die Veränderung. Der Schatten begann zu vibrieren, als hätte ihm jemand Leben eingehaucht. Seine Umrisse blieben, aber sein Inneres veränderte sich. Es nahm eine giftgrüne Farbe an, die gleichzeitig aufleuchtete, das gesamte Dorf mit einem unnatürlichen Licht überdeckte.

Gleichzeitig blieb das Wesen auch nicht in seiner Lage. Es wurde gekippt.

Vor den Augen der staunenden und entsetzten Bewohner stemmte es sich in die Höhe, als wollte es in die Wolke hineinstoßen. Das geschah nicht, denn der Schatten schrumpfte.

Dennoch blieb er groß.

Hoch wie der Kirchturm, und er stand wie eine gewaltige Säule inmitten des Dorfes.

Niemand gab seinen Kommentar ab. Ein jeder musste erst das Entsetzen überwinden, das ihn befallen hatte. So etwas durfte doch nicht wahr sein, das gehörte in einen Film, aber nicht in die Wirklichkeit.

Und doch konnte niemand die schaurige Tatsache hinwegleugnen. Der Schatten war da und blieb auch.

Stumm, drohend, gefährlich …

Und er besaß die Umrisse eines Menschen. Sogar die einer Frau, eben der Zigeunerin.

Kaum hatten sich die Menschen an das in seinem Innern flimmernde grüne Licht gewöhnt, als abermals eine Veränderung eintrat. Aus dem Schatten wurde Carmen, die rauchende Zigeunerin.

Trotz ihrer überdimensionalen Größe verwandelte sie sich in einen Menschen, und sie blieb auch dabei so groß.

Ein Riese war geboren.

Lackschwarz das Haar. Wie goldene Monde glänzten die Ringe in beiden Ohrläppchen. Sie trug einen blauen Rock und eine grüne Bluse, so stand es auch in den alten Überlieferungen und Legenden, die nun keine mehr waren.

Und sie hatte das Gesicht verzogen. Es war ein Lächeln, mit dem sie auf die Menschen herabschaute, dennoch sehr gefährlich, wissend und auch hinterhältig.

Noch hatte sie kein Wort gesprochen, sie bewegte sich auch nicht, aber jeder konnte auch die dünne Qualmfahne erkennen, die von einer Zigarette in die Höhe stieg.

Die rauchende Zigeunerin.

Manche hatten ihr eine Pfeife angedichtet, andere wiederum eine Zigarre, aber sie rauchte eine Zigarette, hob den rechten Arm und führte den Glimmstengel zum Mund.

Sie nahm einen Zug.

Vor den Lippen glühte es dunkelrot auf, dann entließ sie den Qualm, der ihr Gesicht für einen Moment einnebelte. Aus dem Nebel drang die laute Stimme.

»Ihr habt es nicht anders haben wollen«, erklärte sie. »Mich habt ihr verbrannt. Ihr, die Menschen, und deshalb wird meine Rache euch jetzt treffen.«

Die Bewegung, die sie vollführte, war kaum zu erkennen, aber es flog etwas durch die Luft.

Eine glühende Kippe.

Und sie fiel genau auf die Hauptstraße …

Ich hatte keinen Grund, den Angaben des Küsters zu misstrauen, raste wie ein Irrwisch die Treppe hoch, gelangte in die Kirche, durchquerte sie und riss die Tür auf.

Kalte Luft traf mich. Sie wehte eisig in mein Gesicht. Ich schob den Kopf in den Nacken, schaute zum Himmel hoch und sah die Gestalt, die etwa die Höhe des Kirchturms erreichte.

Das genau war sie.

Aber vergrößert, angewachsen zu einer Höhe, die für mich nicht erklärbar war. Ich hörte sie sprechen, sie redete von einer Rache und nahm anschließend einen Zug aus ihrer Zigarette.

Ich wusste, was kam. Wenn die Zigarette den Boden berührte, kam es zu einer schwarzmagischen Entladung, die keinem von uns und auch keinem Menschen gedient war.

Sie würde das Grauen verbreiten.

Ich stellte fest, dass ich diesmal zu spät gekommen war, und hoffte nur, dass sich keine Menschen in der Nähe aufhielten.

Fast im Zeitlupentempo senkte sich die brennende Kippe dem Boden entgegen, und ich spürte plötzlich einen noch kälteren Hauch, der über meinen Nacken strich.

Er war unsichtbar und musste schnell wie das Licht sein, denn urplötzlich verlöschte die Kippe.

Mir kam es vor, als würde sich mitten in der Luft ein Bottich mit Wasser befinden, und als ich das Glühen nicht mehr sah, vernahm ich die flüsternde, dennoch laute Stimme, die über den Ort hallte.

»Mich hat man an einer heiligen Stätte getötet. Ich will nicht, dass noch mehr Unrecht geschieht …«

Ein Heulen erklang. Aus dem Unsichtbaren kam es, brauste auf zu einem Sturm, der Schneewolken von den weiten Feldern hochfegte und sie über das Dorf trieb.

Der Schnee verdeckte alles, auch die Zigeunerin.

Als die feinen Körner verschwanden, sah ich auch nichts mehr von der übergroßen Gestalt.

Sie war verschwunden, wie der Geist der Nonne …

»Ist sie das gewesen?«, hörte ich hinter mir die Stimme meines Freundes Bill Conolly.

»Ja«, erwiderte ich, »das war sie …«

Natürlich hatte man Gesprächsstoff für die nächsten Wochen. Jetzt wusste wohl doch jeder in Pluckley, dass er in einem Gespensterdorf wohnte. Ob sich jemals ein Gespenst wieder zeigen würde, war die große Frage.

Fast noch mehr wunderten sich die Menschen über die beiden fremden Männer. Sie wurden gefragt, wo sie herkamen, aber Antworten bekamen sie nur ausweichende.

Zudem hatte der gute Bill etwas anderes zu tun. Er telefonierte mit Sheila, um von seiner glücklichen Rückkehr zu berichten.

Es wurde schon dunkel, als wir wieder losfuhren. Keiner hatte Lust, in Pluckley zu übernachten.

Wieder einmal fuhr ich mit meinen Freunden, und darüber war ich mehr als froh.

Auch Shao freute sich. Sie saß neben Suko im Fond und hatte sich so eng an ihn geschmiegt, als wollte sie ihn nie mehr im Leben loslassen. Auf seinen Knien stand etwas, nach dem wir so lange gesucht und es endlich gefunden hatten.

Der Würfel des Unheils.

Nein, der Ausdruck war jetzt falsch. Für uns sollte er zum Würfel des Heils werden …

ENDE

Schreckenstag

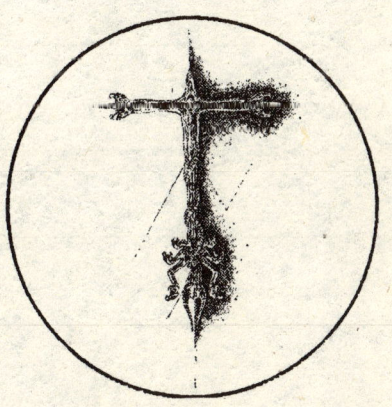

Das Grauen schlug in der Regent Street zu!

Von einem Augenblick zum anderen verwandelte es einen kleinen Teil der Straße in eine tobende Hölle. Und es geschah zu der Zeit, als trotz der unerträglichen Kälte Betrieb auf den Gehsteigen herrschte.

Sonderangebote waren Trumpf in der Regent Street. Winterware musste weg, der Frühling lockte, danach der Sommer, da sollten die Lager geräumt werden. Ein Geschäft unterbot mit seinen Tiefstpreisen das andere.

Auch die Boutique, die sonst nur sehr teure Kleidung anbot, hatte sich umgestellt. Preiswert musste man sein, um nicht im Konkurrenzkampf unterzugehen.

Vor dem Eingang dieser Boutique drängten sich besonders viele Schaulustige.

Man diskutierte, man verglich, man kaufte.

Und niemand ahnte etwas …

Vielleicht hätte es bemerkt werden können, aber die äußeren, die angeblich wichtigen Dinge nahmen einfach zu viel Zeit in Anspruch.

Niemand sah das Glühen.

Zwischen den Dekorationen in einem der Schaufenster nahm es seinen Anfang. Zuerst war es nur ein kleiner Punkt, der sich aber stetig vergrößerte.

Aus dem Punkt wurde ein Fleck.

Breiter, dicker und auch grüner. Er fand seinen Weg zwischen den Füßen der Schaufensterpuppen und vergrößerte sich zu einer Lache, die sich auch von den herumliegenden Kleidungsstücken nicht aufhalten ließ, sich in Pullovern festsaugte, Jeans ebenfalls nicht ausließ und dünne Blusen mit seiner grünen Farbe tränkte.

Niemand schenkte der Lache Beachtung.

Die Käufer und Schauer drängten sich in der engen Passage, sie redeten, verglichen. Die Verkäuferinnen bekamen trotz der Kälte rote Köpfe und kamen mit dem Kassieren kaum nach.

Schließlich war es etwas Besonderes, ein Kleidungsstück aus dieser Boutique zu erwerben.

Und die Lache wurde mittlerweile zu einem kleinen See.

Sie bekam zudem noch Nachschub, denn etwas drängte sich von unten her in sie hinein und ließ sie in die Höhe steigen, sodass eine Blase entstand.

Dünnhäutig, halbrund, aber nicht leer. Denn in der Blase formierte sich etwas, das Ähnlichkeit mit kleinen Figuren aufwies und auch weiterhin nicht beachtet wurde.

Nur einem kleinen Jungen fiel dies auf. Seine Mutter hatte ihn zum Bummeln oder Einkaufen mitgenommen. Beide standen vor der Scheibe. Die Frau schaute voller Interesse auf die Auslagen hinter dem Glas, der Junge mehr gelangweilt. Hin und wieder blickte er auf seine Zehenspitzen, wurde von den hinter ihm stehenden Erwachsenen gestoßen und gedrängt, vor die Scheibe gedrückt und so gezwungen, auch in das Schaufenster zu blicken.

Er sah die Lache.

Für einen Moment grinste er, denn er glaubte, dass jemand Farbe hineingekippt hätte. Aber er sah auch die halbrunde Blase über der Lache, die ständig größer wurde. Zudem beinhaltete sie etwas, das sich bewegte und von innen her gegen die Haut drückte.

Das war interessant ...

Der Junge wollte natürlich weiterschauen. Er stellte sich vor, dass die Blase platzte und die Flüssigkeit über die Auslagen spritzte.

Jemand kam.

Die Verkäuferin hatte ihre Schuhe ausgezogen. Sie zwängte sich zwischen den aufgestellten Schaufensterpuppen hindurch, suchte immer wieder Lücken, denn die Kostümjacke, die sie holen wollte, lag an einer ziemlich ungünstigen Stelle.

Dementsprechend wütend war auch ihr Gesichtsausdruck, und er wurde noch wütender, als sie vor sich schaute und die grüne Lache auf dem Boden entdeckte.

Der Junge grinste.

Plötzlich war es für ihn spannend geworden, mit der Mutter einkaufen zu gehen. Er wartete auf die Reaktion der Verkäuferin. Vielleicht ekelte sie sich auch davor, jedenfalls blieb sie stehen, drehte den Kopf, rief etwas nach hinten und bekam nicht mit, wie die auf dem Boden liegende Lache reagierte.

Für den Bruchteil einer Sekunde wuchs sie noch weiter, dann erfolgte die Explosion.

Lautlos, denn der Junge vernahm nichts. Auch nicht die übrigen vor dem Schaufenster stehenden Zuschauerinnen, selbst die Verkäuferin im Innern war überrascht.

Bis die unheimliche Kraft sie als Erste packte.

Es war keine Puppe, die da in die Höhe geschleudert wurde und mit dem Kopf irgendwo gegenstieß. Den Schrei vernahmen selbst die Menschen auf dem Gehsteig.

Im nächsten Augenblick kippten die Puppen. Sie fielen hinein in den grünen, schleimigen Nebel, der mit so viel Kraft gegen die Scheibe drückte, dass das Glas zerbrach.

Schlagartig war der Horror da. Zum Glück hatte der kleine Junge instinktiv die Gefahr erkannt und sich auch nicht gewehrt, als er von seiner Mutter zurückgezogen wurde.

Leider traf es andere.

Zuerst kam der Splitterregen. Glitzernd und scharf jagte er den Menschen entgegen. Wie kleine Messer wirkten die einzelnen Teile, sie trafen Körper, steckten plötzlich in der Kleidung und der Haut.

Erst jetzt begriffen die Menschen, dass etwas geschehen war. Ihr Entsetzensschrei raste über die Straße. Im Nu war die Panik da. Jeder wollte sich in Sicherheit bringen.

Der Ständer zwischen den beiden Fensterscheiben und in der Eingangspassage kippte um. Er behinderte die Flüchtenden, die erst über den umgekippten, sperrigen Gegenstand springen mussten, es zumeist nicht schafften und sich gegenseitig behinderten, sodass es zu einem weiteren Chaos kam, in das auch die Käufer aus dem Geschäft hineindrängten, denn sie hatten ebenfalls Angst bekommen.

Wenige Sekunden nur waren seit der Explosion vergangen, aber sie hatten gereicht, um alles zu verändern. Eine völlig neue Lage war entstanden, und sie veränderte sich auch weiterhin, denn der Auslöser, dieser grüne Schleim, war endlich befreit worden. Jetzt konnte er sich weiterentwickeln, und zwar zu Monstren, denn dafür war er geschaffen worden!

Sie waren auf einmal da, grün, widerlich, groß wie Menschen, mit gefährlichen Mäulern, Krallenhänden, tief in die Höhlen gedrückten Augen und bösen Blicken.

Für einen Moment standen die Monstren so, wie sie geboren worden waren. Dann fächerten sie auseinander, als wollten sie einen Blumenstrauß bilden, der im nächsten Moment Schwung und Fahrt bekam, sodass sie auf die zerstörte Fensterscheibe zuschießen konnten.

Raketenartig schossen sie hinaus, kamen wie ein plötzlicher Überfall, jagten in die entsetzten Menschen hinein, die nicht schnell genug fliehen konnten, hinterließen Wunden und Verletzungen, brachten Scherben mit und trieben die Panik noch höher.

Auf der Regent Street war plötzlich der Teufel los. Wagen krachten ineinander, verkeilten sich, stellten sich quer. Es gab Blechschäden und Verletzte, als die über die Fahrbahn wirbelnden Gestalten alles angriffen, was sich ihnen in den Weg stellte.

Dann waren sie weg.

So plötzlich, wie sie gekommen waren, verschwanden sie auch wieder. Kein grünes Monster, kein grüner Streifen, nichts hinterließen sie, das auf ihre Anwesenheit hingedeutet hätte.

Dennoch war es schlimm.

Verletzte Menschen, zerstörte Fahrzeuge und eine Tote.

Es war die Verkäuferin, die es zuerst getroffen hatte und die von der Explosionswucht in die Höhe geschleudert worden war.

Sie war wieder zurückgefallen und lag mit verrenkten Gliedern innerhalb der zerstörten Auslage. Dabei ähnelte sie den Schaufensterpuppen, bis auf die beiden schmalen Blutstreifen, die aus den Nasenlöchern rannen, über die Lippen liefen und erst am Kinn gestoppt wurden …

Der Würfel des Unheils!

Nein, dieser Ausdruck war falsch. Ich wollte ihn zu einem Würfel des Heils machen, und wir hatten es endlich geschafft, ihn in unseren Besitz zu bringen.

Nach all den Mühen und Aufregungen, nach den schrecklichen Vorkommnissen, die sich um den Würfel gedreht hatten, konnte ich die gesamte Situation für mich persönlich mit einem Wort treffend beschreiben.

Ich war glücklich!

Wirklich glücklich, denn nun konnte ich endlich mit dem Würfel agieren. In Pluckley, dem bekannten Gespensterdorf, hatten wir ihn gefunden. Nach Irrwegen und Odysseen, die schon unwahrscheinlich waren und die derjenige, der nicht dabei gewesen war, mir kaum geglaubt hätte.

Doch der Würfel existierte. Er stand sogar zwischen uns, und wir starrten ihn beinahe andächtig an.

Wir, das waren Suko, Shao und ich.

Versammelt hatten wir uns in meiner Wohnung, um über die Vorgänge zu diskutieren, denn durch den Besitz des Würfels würde sich in Zukunft einiges verändern, daran glaubte ich felsenfest.

Wir waren stärker geworden und konnten endlich den Mächten trotzen, die sich ebenfalls so sehr um den Würfel bemüht hatten. Der Teufel hatte ihn nicht bekommen, der Spuk ebenfalls nicht. Wir waren tatsächlich die lachenden Dritten gewesen, denn unsere beiden Hauptgegner, was den Würfel anging, hatten sich praktisch selbst eliminiert.

Man konnte diesen Tag als Meilenstein auf dem Weg zur Bekämpfung finsterer Mächte bezeichnen. Er war ungeheuer wichtig, das sahen nicht allein wir ein, sondern auch unser Chef, Sir James Powell. Er hatte sich vorgenommen, etwas zu tun, das man bei ihm als phänomenal bezeichnen konnte.

Sir James wollte uns besuchen. Wir erwarteten ihn, und ich hatte ihm sogar sein Magenwasser besorgt. Nicht zu kalt und nicht zu warm, gerade richtig.

Shao kam aus der Küche. Auf den Händen balancierte sie ein Tablett. Eine Kanne und drei Tassen standen darauf. Wir alle hatten uns diesmal für Kaffee entschieden, sogar Suko, der ansonsten fast nur Tee trank.

Sie stellte das Tablett ab, schaute auf den Würfel und schüttelte den Kopf.

»Was ist?«, fragte ich.

»Glaub mir, John, ich kann es noch immer nicht fassen, dass es euch gelungen ist, den Würfel zu bekommen, und auch dass Bill und Suko wieder freigekommen sind.«

Mein Lächeln fiel hintergründig aus. »Damit musst du dich nun mal abfinden, liebe Shao.«

»Es ist trotzdem schwer.«

»Glaube ich nicht. Denk daran, dass es stets leichter ist, sich mit positiven Dingen abzufinden, als mit negativen. Wir haben es endlich geschafft und können den Würfel für uns einsetzen.«

Shao verteilte die Tassen. »Noch habt ihr nichts getan.«

»Hättest du das denn?«

Sie nahm das Tablett vom Tisch und lehnte es gegen die Wand, direkt neben den Heizkörper. »Nein, ich hätte mich erst gar nicht getraut, wenn ich ehrlich bin.«

»Mir geht es fast ebenso.« In der Tat betrachtete ich den Würfel von zwei Seiten. Einerseits freute es mich, dass ich ihn hatte, andererseits schreckte ich ein wenig davor zurück, ihn einzusetzen. Ich fühlte mich fast wie ein Kind, das sich so sehr auf das Weihnachtsgeschenk gefreut hatte, es bekommt und sich dann nicht traut, damit zu spielen. Komisch, nicht?

Suko mischte sich erst jetzt ein. »Mach keinen Ärger, John. Wofür haben wir die Jagd nach dem Würfel denn auf uns genommen? Traust du dich tatsächlich nicht, ihn einzusetzen?«

»Im Moment jedenfalls bin ich skeptisch.«

»Das kann ja heiter werden«, sagte mein Partner.

Ich schlug ihm auf die Schulter. »So weit sind wir ja noch nicht. Vielleicht brauche ich auch einen konkreten Fall, damit ich von der Kraft Gebrauch machen kann.« Ich rückte meinen Stuhl etwas zur Seite, weil Shao den Kaffee einschenkte. »Da fällt mir noch etwas ein«, sagte ich.

»Zu dem Würfel?«

»Nein, Suko, zum Kaffee.« Ich stand auf und ging dorthin, wo der Whisky stand. Zu einem Drittel war die Flasche noch gefüllt. Meine Freunde wollten keinen Schluck, ich aber schenkte mir einen Doppelten ein. Den brauchte ich jetzt.

Mit dem Glas in der Hand wanderte ich wieder zum Tisch, ließ die goldbraune Flüssigkeit kreisen und nahm erst dann den ersten Schluck, nachdem ich mich gesetzt hatte.

Ich hatte ihn kaum genossen, als die Türglocke anschlug. Das konnte nur Sir James sein.

Shao wollte öffnen, ich winkte ab, stand auf und lief zur Tür. Der Superintendent hatte bereits den Weg zu uns gefunden, und er sah so aus, wie ich ihn schon lange nicht mehr erlebt hatte.

So richtig gelöst. Das Lächeln auf seinem Gesicht wirkte nicht verkrampft. Es war echt, ehrlich und wurde von der inneren Freude bestimmt. Er drückte mir sogar die Hand und gratulierte mir noch einmal, als ich ihm aus dem Mantel half.

»Da haben Sie tatsächlich etwas Außergewöhnliches geleistet, John. Alle Achtung!«

»Nicht ich allein, Sir, meine Freunde waren auch zu einem großen Prozentsatz daran beteiligt.«

»Trotzdem, alle Achtung.« Vor mir betrat er den Wohnraum und steuerte sofort den Tisch an, an dem Shao und Suko sich erhoben hatten, um Sir James zu begrüßen.

Auch für die beiden hatte er sehr freundliche Worte. Erst dann schaute er auf den Würfel.

Wir standen schweigend neben ihm und schauten ihn an. Auch Sir James wusste, was alles an Aufregungen, Kämpfen und Abenteuern hinter uns lag, bis wir in den Besitz des Würfels gekommen waren. Den alten Polizeioffizier konnte nicht viel erschüttern, in diesem Fall allerdings zeigte auch er sich überwältigt. Er ging sogar um den Tisch herum, damit er sich den Würfel von allen Seiten anschauen konnte.

»Ich kann es noch immer nicht glauben«, flüsterte er. »Verdammt, es ist mir unbegreiflich.« Sir James stand da wie ein Zinnsoldat und bewegte sich nicht.

Suko blinzelte mir zu. Wie auch ich, so weidete er sich ebenfalls an dem überraschten Gesicht unseres Chefs. Sir James war zwar nie direkt an einem Fall beteiligt gewesen, dennoch hatte er die lange Jagd nach dem Würfel hautnah miterlebt und auch mit uns zusammen immer wieder gehofft, dass wir es irgendwann einmal schaffen würden.

Das war nun geschehen.

Ich rückte meinem Chef einen Stuhl zurecht und füllte auch ein Glas mit kohlensäurefreiem Wasser. Dann bat ich Sir James, Platz zu nehmen.

»Danke.« Im Zeitlupentempo drückte er sich in die Knie und fügte sich als vierte Person in unsere Runde ein.

Wir prosteten uns zu.

»Worauf?«, fragte der Superintendent.

»Darauf, dass wir es endlich geschafft haben«, erwiderte ich und erntete für meine Worte ein Nicken.

Mir mundete der Whisky an diesem Tag besonders gut. Auch Sir James zeigte sich sehr zufrieden, als er sich zurücklehnte und die Arme vor seiner Brust verschränkte. Der Reihe nach schaute er uns an und bedankte sich für unsere Mühen.

»Eigentlich fehlt noch Bill Conolly, Sir.«

Unser Chef grinste verschmitzt. »Der wird bei seiner Familie sein. Dort ist er auch gut aufgehoben.«

Wir gaben ihm Recht.

»Dennoch schmälert nichts Ihre Leistung«, fuhr er fort. »Es ist schon unwahrscheinlich, was Sie da geleistet haben, meine Herren. Ich bin sehr beeindruckt.« Er legte eine kurze Pause ein. »Wir stehen damit wieder an einem Beginn. So jedenfalls sehe ich es. Der Würfel bedeutet Macht. Diese Machtfülle in unseren Händen müssen wir jetzt in die richtigen Kanäle leiten, wobei ich hoffe, dass dieser Gegenstand auch endgültig in Ihrem Besitz bleiben wird.« Er schaute Suko und mich dabei an.

»Dafür werden wir sorgen, Sir«, versprach ich, Sukos Einverständnis voraussetzend.

»Ja, das dachte ich mir. Dennoch wird es Schwierigkeiten

geben. Oder glauben Sie, dass der Spuk oder Asmodis sich mit diesen Tatsachen abfinden werden?«

»Nein.«

»Gut. Was wollen Sie dagegen unternehmen?«

Diesmal überließ ich Suko die Antwort. »Darüber habe ich mir noch keinerlei Gedanken gemacht. John sicherlich auch nicht, wie ich das sehe. Für uns steht nur fest, dass wir alles daransetzen wollen, um ihn zu behalten.«

»Sie haben ihn noch nicht ausprobiert?«

»Nein, Sir.« Diesmal redete ich. »Nicht einmal erforscht. Der Würfel ist für uns noch ein unbekanntes Wesen, wenn ich das mal so sagen darf. Nichts haben wir bisher verändert und auch noch nicht damit in den Kampf eingegriffen.«

Unser Chef nickte und schaute sich den Würfel an. Es sah so aus, als wollte er ihn prüfen. Seine Stirn hatte er dabei in Falten gelegt. Mehrmals räusperte er sich, streckte dann die Arme aus und umfasste den Würfel vorsichtig mit beiden Händen. Er hob ihn so behutsam an, als hätte er Angst, ihn zu zerbrechen. »Es ist wirklich kaum zu begreifen«, murmelte er, »man kann ihn sehen, anfassen und doch nicht erkennen, welch eine Kraft in ihm steckt.« Er stellte ihn wieder hin. »Was meinen Sie dazu? Wie kann man die Kräfte des Würfels richtig in den Griff bekommen? Haben Sie eine Ahnung oder einen Plan?«

Da mussten wir verneinen.

»Aber er kann Ihre Gedanken zur Tatsache werden lassen«, fuhr Sir James fort.

»Wie meinen Sie, Sir?«

»Wenn Sie den Würfel besitzen, können Wünsche erfüllt werden. Ist das nicht wie im Märchen?«

An diese Möglichkeit hatte ich gar nicht gedacht. Suko auch nicht, wie ich seinem Gesichtsausdruck entnehmen konnte. Ein Wunschwürfel. Das war tatsächlich wie im Märchen. In unserem Fall sah ich es anders. »Sir, wir sind nicht der Ansicht, dass man den Würfel auf diese Art und Weise einsetzen kann. Ich würde ihn nehmen und mir wünschen, dass Asmodis vernichtet wird.«

»Ja, so meinte ich es.«

Ich schüttelte den Kopf. »Ist nicht drin. Dann könnte ich mir ebenso wünschen, Millionär zu sein, und würde es werden. Nein, Sir, das sind Dinge, die wohl immer Wunschträume bleiben werden. Ich bin der Ansicht, dass der Würfel erst dann reagiert, wenn etwas Böses in der Nähe ist und wenn er sich vielleicht angegriffen fühlt. Das genau zu erforschen, kostet natürlich Zeit.«

Anscheinend schienen meine Worte den Superintendent überzeugt zu haben, denn er nickte einige Male. »Ja, so könnte es auch sein.«

»Das ist sogar wahrscheinlich, Sir.«

»Werden Sie ihn denn immer bei sich tragen wollen? Wenn ich ihn mir so ansehe, ist er ziemlich sperrig.«

»Zunächst einmal behalten wir ihn«, meinte Suko.

»Und dann?« Sir James hatte sehr wohl den Hintersinn dieser Antwort bemerkt und hakte deshalb nach.

»Was ist dann? Wenn Kara und Myxin mit dem Würfel agieren wollen, hätten wir auch nichts dagegen.«

»Es ist gut, wenn Sie so denken.«

»Sie könnten ihn auch nehmen, Sir«, sagte Shao.

Der Superintendent lachte. »Da halte ich mich raus. Na ja, man wird sehen.« Sir James wechselte das Thema. »Dieser Gegenstand hat eine weite Reise hinter sich, wie ich weiß. Was kann ihm auf dem Weg alles passiert sein?«

Ich runzelte die Stirn. »Wir wissen es nicht, Sir. Aber denken Sie an eine gewisse Manipulation?«

»So ungefähr. Ich befürchte, dass er sich mit Kräften aufgeladen hat, die uns überhaupt nicht gefallen werden.«

»Noch hatte ihn der Spuk nicht.«

Sir James wollte die Antwort nicht gelten lassen. »Denken Sie daran, dass Sie ihn nicht immer unter Kontrolle hatten. Da kann schon einiges passiert sein. Ich an Ihrer Stelle wäre da vorsichtiger.«

»Und was sollten wir Ihrer Ansicht nach tun?«, fragte ich.

»Sehr vorsichtig mit dem Würfel umgehen. So froh ich bin,

ihn endlich in guten Händen zu wissen, so ganz traue ich dem Gegenstand nicht. Er lässt sich manipulieren und hat nicht umsonst Würfel des Unheils geheißen. Denken Sie allein daran, dass er es geschafft hat, Jane Collins am Leben zu erhalten. Das ist schon mehr als unwahrscheinlich, sagenhaft oder unerklärlich. Wie schnell hat Jane es danach geschafft, sich an ihr Kunstherz zu gewöhnen. Ein Herz aus Aluminium! Der Würfel hat ihr zuvor sogar Lebenskraft gegeben, und so etwas ist auch für mich unbegreiflich. Da komme ich einfach nicht mit.«

Ich hob die Schultern. »Wir werden uns daran gewöhnen müssen, Sir. Wirklich.«

»Ich weiß nicht so recht. Seien Sie nur sehr vorsichtig mit allem, was diesen Würfel angeht!«

Shao beugte sich vor. »Darf ich?«, fragte sie.

Ich lachte. »Natürlich.«

Vorsichtig legte sie beide Hände um die Flächen und hob den Würfel an. Auf ihren Lippen lag ein stolzes Lächeln, als sie auf die rotvioletten Seiten schaute und in das milchige Innere sah, indem die geheimnisvollen Schlieren wie kleine, erstarrte Stücke aus Eis lagen.

Dieser Würfel würde wohl immer ein Phänomen bleiben. Wir wussten zwar, woher er stammte, aber seine genauen Kräfte mussten wir erst noch entdecken. So wie Shao es versuchte.

Der Würfel stand noch auf dem Tisch, diesmal näher an der Kante, sodass Shao sich nicht vorzubeugen brauchte. Mit beiden Händen strich sie über die Oberfläche, und ihre Lippen bewegten sich dabei.

»Was hast du?«, fragte Suko.

»Weißt du, es ist ein ganz eigenes Gefühl, den Würfel ertasten zu können. So etwas habe ich noch nie erlebt.«

»Wieso?«

Shao hob die Schultern. »So komisch, so anders. Ich habe das Gefühl, als wäre ich leichter geworden.«

»Das bildest du dir ein«, sagte ich.

»Nein, John, nein. Es ist so. Ich bin fest davon überzeugt,

leichter geworden zu sein. Als würde ich über den Wolken schweben.«

»Höchstens über der Stuhlfläche«, sagte Suko und konnte sich ein Lächeln nicht verkneifen.

Shao achtete nicht darauf. Sie kam mir irgendwie versunken vor. Der Würfel übte eine Faszination auf sie aus, die bei uns nicht so zu erkennen gewesen war, denn auch wir hatten den Würfel schließlich schon oft genug in den Händen gehalten.

Hatte sich der Gegenstand vielleicht verändert? War auf seiner letzten Reise durch die geheimnisvolle Erdmagie irgendetwas mit ihm geschehen?

Genaueres wusste ich nicht, aber Shao schien dies anders zu empfinden, jedoch nicht negativ. Sie machte mir den Eindruck eines glücklichen Menschen, denn das Lächeln auf ihren Lippen wirkte wie festgefroren. Dabei schaute sie so starr auf den Würfel, als würde sie in seiner Fläche etwas erkennen. Ein Bild, das uns verschlossen blieb und nur ihr allein zugänglich war.

»Was ist denn, Shao?«, erkundigte sich jetzt auch Suko.

»Es ist wunderbar«, hörten wir sie flüstern. »Alles wunderbar. Ich habe das Gefühl, in den Würfel eintauchen und wegfliegen zu können. Alles ist so leicht, so überschaubar, als hätte ich tatsächlich Flügel bekommen.«

»Lass es lieber sein.«

»Wie meinst du?«

»Stell bitte den Würfel weg.«

Shao schüttelte den Kopf. »Dann ginge das Gefühl ja verloren. Ich genieße es, denn ich bin eingebettet. Es ist wunderbar, den Würfel haben zu dürfen. Einfach fantastisch.«

Das gefiel mir gar nicht. Suko hatte ebenfalls einen skeptischen Blick bekommen. Auch wir hatten den Würfel während unserer Fahrt nach London getragen. So etwas, wie Shao es jetzt erlebte, war bei uns nicht vorgekommen. Klar, auch ich hatte mich gefreut. Das Gefühl jedoch entstammte einem völlig anderen Motiv. Es war die große Freude nach der langen Suche gewesen, während Shao einen anderen Grund haben musste, der nicht unbedingt allein auf den Besitz des Würfels zurückzuführen war.

Vielleicht hätten wir ihn ihr wegnehmen müssen, aber das wollten wir auch nicht. So warteten wir zunächst einmal ab.

Noch immer schaute sie auf die Fläche. Verändert hatte sie sich äußerlich nicht. Nach wie vor zeigte sie uns das rot-violette Schimmern. Auch die Schlieren lagen unbeweglich in seinem Innern.

Weshalb diese Euphorie bei Shao?

Auch Suko und Sir James Powell blickten sie voller Skepsis an. Shaos Augen bekamen einen gewissen Glanz, als würde sie Bilder sehen und erleben, die ihr etwas ungewöhnlich Schönes mit auf den Weg gaben.

»Der Würfel ist herrlich«, flüsterte sie. »Er ist wie ein Gegenstand aus dem Märchen.«

»Macht er dich glücklich?«, fragte Suko.

»Ja, so ist es richtig.«

»Und weshalb?«

»Ich kann es nicht so genau sagen, aber ich erlebe und sehe Bilder, die mir Spaß machen.«

»Welche?«

»Es ist nicht einfach, das zu erklären. Ich dachte vorhin an etwas für euch völlig Banales, aber für uns Frauen ist es wichtig, meine ich jedenfalls …«

»Woran denn?«

»An die Garderobe …«

Selbst Sir James, der eigentlich auf alles eine Antwort wusste, schaute überrascht. Er war es auch, der murmelte: »Garderobe? Das kann doch nicht wahr sein.«

»Es ist wahr«, flüsterte die Chinesin. »Neue Kleidung ist für mich wichtig. Ich bin eine Frau …«

»So meinst du das!«, rief Suko. Er gab sich erleichtert.

Ich war es nicht, da ich darüber nachdachte, aus welchem Grund Shao, den Würfel und ihre Kleidung miteinander in Verbindung brachte. Da stimmte etwas nicht.

»Was ist mit dieser Kleidung? Wie kommst du gerade darauf?«

»Ich musste an das Geschäft denken. In der Regent Street. Ich kenne es gut. Da ist eine Boutique. Ich hatte eigentlich hingewollt, um mir noch etwas für den Winter zu kaufen. Und jetzt komme ich mir vor, als wäre ich da. Das ist ein Gefühl wie …« Bisher hatte sie gelächelt. Schlagartig änderte sich ihr Gesichtsausdruck.

Ohne dass ein für uns erkennbarer Grund vorhanden war, wurden ihre Züge auf einmal starr. Die Augen schienen einzufrieren. Sie lagen in den Höhlen wie Klumpen, das Blut war aus den Wangen gewichen. Bleich wie eine Leiche hockte sie zwischen uns.

Das war natürlich auch Suko aufgefallen. »Was ist los?«, rief er. »Shao, bitte, antworte!«

»Alles ist anders.«

»Wie anders?«

»Ja, nur so. Ich merke etwas, das mich stört. Da ist eine andere Kraft. Ich weiß von ihr, aber …« Shao sprach nicht mehr weiter. Für einen Augenblick noch saß sie starr auf dem Stuhl. Dann ließ sie den Würfel so hastig los, als wäre er glühend heiß geworden, schüttelte den Kopf und presste ihre Handflächen gegen die Wangen.

Suko war aufgesprungen. Er beugte sich über den Tisch. Ich schaute auf den Würfel, der keinerlei Zeichen irgendeiner Veränderung aufwies.

»Shao, was ist denn los?«, rief mein Freund.

»O Gott«, stöhnte sie, und eine Gänsehaut rann über ihr Gesicht. »O Gott, es ist schlimm.«

»Was ist schlimm?«

»Der Würfel hat mich betrogen. Er zeigte mir etwas Schreckliches. Es ist Schlimmes passiert!«

»Und wo?«, fragte ich.

»In dem Laden, glaube ich. Ja, in dem Laden. Da ist plötzlich alles so anders.« Sie sprang in die Höhe. »Verletzte, Tote …« Ihr Gesicht verzerrte sich voller Abscheu, als sie den rechten Arm ausstreckte und der vorgeschobene Zeigefinger wie die Spitze eines Messers auf den Würfel deutete. »Er!«, schrie sie. »Er ist schuld …«

Wir konnten es noch immer nicht fassen oder glauben. Shao schien wie von Sinnen zu sein. Wie konnte sie so etwas behaupten oder Lügen in die Welt setzen?

Waren es tatsächlich Lügen?

Ich wollte nicht daran glauben, da sie so echt reagiert hatte. Die Chinesin musste etwas gesehen oder bemerkt haben, was uns verborgen geblieben war.

Dafür gab es nur einen Grund. Sie hatte den Würfel besessen, und er hatte ihr diese Dinge gezeigt.

Shaos Erklärungen hatten sich um Mode gedreht, um Kleider, und plötzlich war dieser Sinneswandel gekommen, der auch für mich unerklärbar war. Keiner verstand ihn.

Suko hatte es nicht an seinem Platz gehalten. Er war um den Esstisch herumgegangen und gerade noch rechtzeitig gekommen, um Shao aufzufangen, die nach hinten kippte.

So hielt er sie fest.

Sie blickte ihn an. Von unten her sah sie in sein Gesicht und schüttelte den Kopf. Dabei bewegten sich ihre Lippen. Doch sie schwieg, obwohl es für uns wichtig war. Nur sie allein konnte uns eine Erklärung geben!

Ich holte ein zweites Glas, das ich mit Whisky füllte.

»Wenn man nur wüsste, welches Geschäft sie gemeint hat«, sagte Sir James, wobei seine Worte mehr an Suko gerichtet waren. »Sie leben doch mit ihr zusammen. Wissen Sie es nicht?«

»Nein, tut mir Leid. Shao kauft öfter ein …«

Ich reichte Suko das Glas, damit Shao mit seiner Hilfe einige Schlucke nehmen konnte. »Vielleicht weiß es Sheila. Die beiden gehen öfter zusammen einkaufen.«

»Das wäre eine Möglichkeit«, stimmte der Inspektor zu.

Bevor wir zum Telefon gingen, wollte ich abwarten und Shao erst richtig zur Besinnung kommen lassen. Möglicherweise konnte sie uns bessere Infos geben.

Sie schluckte den Whisky, hustete dabei, und das Zeug sprühte wieder aus ihrem Mund. Schließlich drückte Suko sie zurück und setzte sie wieder auf einen Stuhl. »Geht es dir jetzt besser?«, fragte er.

Da Shao nur genickt hatte, gab ihr der Chinese noch einen Schluck zu trinken. Danach nahm sie wieder Platz. »Es ist furchtbar«, flüsterte sie. »Ich habe es nicht nur gesehen, es kam mir vor, als hätte ich alles selbst erlebt.«

»Das Grauen?«

»Ja, so ist es.« Sie schüttelte sich. »Es war einfach unheimlich. Plötzlich erlebte ich …«

»Welches Geschäft war es?«, wollte Sir James wissen.

»The Shop.«

Wir schauten uns an. Suko hob die Schultern. Ein Zeichen, dass er den Laden nicht kannte.

»Kennen Sie ihn?«, fragte mich Sir James.

»Mich dürfen Sie nicht fragen.« Ich winkte ab und war schon auf dem Weg zum Telefon. Läden, die Klamotten verkauften, waren mir nicht nur egal, auch unbekannt. Ich war immer froh, wenn ich keinen Fuß dort hineinzusetzen brauchte.

Leider vergingen Minuten, bis es mir gelang, die Nummer des Geschäfts aus dem Telefonbuch zu finden. Sir James stand neben mir. Sein Gesicht zeigte ebenfalls einen gespannten Ausdruck.

Ich wählte. Niemand hob ab. »Eine tote Leitung.«

»Also doch.«

»Es sieht ganz danach aus, als hätte sich Shao nicht getäuscht. Irgendetwas muss dort vorgefallen sein.«

»Dann müssen wir hin!«, erklärte Sir James.

Der Meinung war ich ebenfalls. Nur wollte ich Shao nicht allein lassen. Wer konnte wissen, was noch passierte. Ich wollte Suko gerade ansprechen, als mein Apparat klingelte.

Da ich noch neben ihm stand, hob ich sofort ab.

Es war ein Kollege vom Yard. »Gut, dass ich dich erreiche, John. Es ist etwas passiert, das du …«

»Regent Street?«, fragte ich.

»Ja.« Die Antwort klang erstaunt. »Woher weißt du das?«

»Nur so. Und was ist da los?«

»Man spricht von einer Explosion. Aber deshalb rufe ich nicht an. Die Explosion hat irgendwelche Monstren freigesetzt, die sich verteilt haben. Soviel ich weiß, ist jemand umgekommen, es hat auch Verletzte gegeben. Auf der Straße stauen sich die Wagen, es hat auch Zusammenstöße gegeben. Ein kleines Chaos. Ich hätte Sir James ja angerufen …«

»Der ist hier.«

»Gut, dann könnt ihr euch die Sache einmal ansehen?«

»Machen wir.«

Da der Superintendent nicht von meiner Seite gewichen war, hatte er das Gespräch mit anhören können.

»Natürlich werden wir sofort fahren«, erklärte er. »Ich bin auch dafür, dass wir Shao mitnehmen.«

»Wirklich?«

»Ja, sie muss dabei sein. Und der Würfel ebenfalls.«

Den hatte Suko bereits an sich genommen. Sein Blick war skeptisch, als er auf den Gegenstand schaute. Beide hatten wir von einem Würfel des Heils gesprochen. Das allerdings schien sich nicht zu bestätigen, wie die Vorkommnisse bewiesen.

Sir James wartete bereits im Fahrstuhl, als wir zu dritt meine Wohnung verließen.

Suko redete so leise zu mir, dass nur ich es verstehen konnte. »Hoffentlich haben wir uns da kein Kuckucksei ins Nest gelegt«, meinte er und hob die Schultern.

»Und wieso?«

Er lachte auf. »Wahrscheinlich war der Würfel zu lange außer unserer Kontrolle. Wer weiß, was mit ihm geschehen ist. Möglicherweise hat ihn eine völlig andere Seite oder Kraft, die wir bisher nicht einkalkuliert haben, manipuliert.«

»Und welche soll das sein?«

Die Antwort gab der Inspektor, als sich vor uns die Fahrstuhltür öffnete. »Aibon, zum Beispiel …«

Der Kollege, der mich angerufen hatte, war schon von den richtigen Voraussetzungen ausgegangen. In der Tat zeichnete sich auf der Regent Street ein Chaos ab, das man als ruhendes bezeichnen konnte, da in einem gewissen Abschnitt der Straße überhaupt nichts mehr ging. Da standen viele Wagen schräg, manche hatten sich ineinander verkeilt, und einige waren auf die Gehsteige gefahren, wo sie den Polizeifahrzeugen die Durchfahrt versperrten.

Sir James fuhr in seinem Dienstwagen. Der Chauffeur brachte ihn bis an den Rand des Chaos, wo es für uns ebenfalls kein Durchkommen mehr gab. Sir James stieg aus.

Ich parkte den Bentley dicht hinter der Dienstlimousine und stieg aus.

Suko blieb stets dicht bei Shao. Sein Gesicht zeigte einen besorgten Ausdruck, ihm gefiel die ganze Geschichte nicht. Vielleicht auch deshalb nicht, weil er plötzlich bestätigt sah, was Shao schon zuvor entdeckt hatte.

Das Geschäft lag auf der linken Seite, und von seinen beiden Schaufensterscheiben war nicht mehr viel zurückgeblieben. Nur mehr ein paar Reste hingen an den Rändern fest und schauten wie gekrümmte Dolche hervor.

Wir drückten uns an den sträflich falsch abgestellten Fahrzeugen vorbei. Den Ausweis hielt ich in der Hand, denn einige Polizisten hatten eine Sperre gebildet, um keinen durchzulassen. Uns ließen sie.

Suko und Shao folgten mir. Ich hörte die Chinesin mit leiser Stimme sagen: »Es sieht alles so aus, wie ich es vorher in Gedanken erlebt habe.«

»Keine Veränderungen?«

»Nein.«

Vor mir ging Sir James. Neben einem umgestürzten Kleiderständer blieb er stehen. Das Ding war von der Wucht der Explosion aus einem Zugang zwischen zwei Schaufenstern geschleudert worden und lag umgekippt am Boden. Die Kleider bildeten einen Teppich, über den die Menschen schon gelaufen waren.

In der Einfahrt und auch im Geschäft herrschte das Chaos.

Mit einem Blick erkannte ich es. Und ich sah auch die Kollegen der Mordkommission, die sich in einem der beiden Schaufenster aufhielten. Dort musste der Mord oder der Unfall geschehen sein.

Trotz dieser ernsten Situation zuckte über meine Lippen ein Lächeln, denn ich hatte jemanden gesehen, den ich zu meinen alten Bekannten zählte.

Das heißt, zuerst sah ich nur den alten speckigen Hut, in dem er wahrscheinlich schon Suppe oder Kaffee geholt hatte. Der Hut gehörte Chief Inspector Tanner. Sich diesen Mann ohne Filz vorzustellen, war einfach unmöglich. Die Kopfbedeckung war Tanners Markenzeichen. Immer wenn er wütend oder ratlos war, hatte er seinen Hut weit in den Nacken geschoben. Diesmal allerdings nicht, für ihn schien der Fall bereits klar zu sein.

Er regte sich auch nicht auf, als er mich sah. Ansonsten machte er immer einen mittleren Zwergenaufstand, diesmal glättete sogar ein breites Grinsen seine zerknitterten Züge.

»Ach, Sinclair, der letzte Nagel zu meinem Sarg. Haben Sie sich verlaufen?«

»Nein.«

Tanner schaute an mir vorbei. »Oh, Ihr Freund und Kupferstecher ist auch dabei, ebenso Shao. Und sehe ich richtig? Ist das nicht der alte Sir James, der sich dort hinten herumtreibt?«

»Ja.«

»Haben euch die Geister entlassen? Wollt ihr jetzt in den Kreis anständiger Polizisten eintreten?«, erkundigte er sich.

»Nein, wieso?«

Tanner schüttelte den Kopf: »Das hier ist nichts für euch.«

»Ach.«

»Klar, John. Ich habe festgestellt, dass es hier eine Explosion gegeben hat. Zudem haben wir Zeugenaussagen, die meine Ansicht ebenfalls untermauern.«

»Und wie ist die Explosion zustande gekommen?«, fragte Suko.

»Darum kümmern sich noch die Experten.«

»Es hat eine Tote gegeben«, sagte ich.

Tanners Gesicht wurde ernst. »Leider.« Er trat einen Schritt zur Seite, sodass sich Suko und ich die Leiche anschauen konnten.

Mir versetzte es einen Stich. Die Frau war noch so verdammt jung gewesen. Sie lag da, als wollte sie schlafen. Nur die gebrochenen Augen deuteten darauf hin, dass kein Leben mehr in ihr steckte. Ansonsten war ihr Körper unversehrt, sie hatte also nicht in der Nähe der Bombe gestanden, falls es diese überhaupt gab.

»Und ihr habt keine Sprengstoffreste gefunden?«

»Nein, noch nicht.«

»Seltsam.«

Tanner zog ein zerknirschtes Gesicht. Ich kannte ihn lange genug und wusste, was kam. »Was ist denn noch geschehen? So normal scheint mir das alles nicht zu sein.«

»Ja, das stimmt«, gab er zu. »Es fehlte zum Beispiel der Explosionskrach. Es gab keinen, wenn ich den Zeugen glauben soll.«

»Und die Gestalten?«

Tanner schaute mich scharf an. »Ihr wisst verdammt viel.«

»Sonst wären wir nicht gekommen«, meinte Suko.

»Davon habe ich nichts gesehen. Es gibt allerdings Zeugen, die von den Gestalten sprachen.«

»Wo sind sie hin?«

Tanner hob die Schultern. »Keine Ahnung. Das ist eben das Rätsel.«

»Und deshalb sind wir hier«, sagte ich.

»Ihr glaubt also, dass irgendwelche magischen Kräfte ihre Hände mit im Spiel haben.«

»So ist es.«

Tanner holte tief Luft. Er blickte mich an, und es sah so aus, als wollte er mir etwas sagen.

»Spucken Sie's schon aus, Kollege.«

»Ach, hört auf. Ihr glaubt mir ja doch nicht. Kümmert ihr euch um den Fall, ich gönne ihn euch.«

»Das werden wir auch«, sagte ich und deutete auf den zerstörten Eingang. »Ist noch jemand im Laden?«

»Nein, vom Personal nicht. Das erschien uns als viel zu gefährlich.«

»Gut, schauen wir uns mal um.«

Wir mussten wieder über die auf dem Boden liegenden Gegenstände steigen, bis wir das Geschäft erreicht hatten. Die Eingangstüren standen offen. Sie hatten sogar noch gehalten, auch wenn die Scheiben große Risse zeigten.

Im Geschäft war das Durcheinander perfekt. Der Laden war modern eingerichtet worden, mit hellen Regalen, Glasvitrinen, kleinen Ecken und Verkaufsnischen, aber jetzt stand nichts mehr. Die zahlreichen Kleidungsstücke lagen verstreut zwischen blitzenden Glasscherben, und bei jedem Schritt knirschte etwas unter meinen Schuhsohlen.

Suko hielt jetzt den Würfel. Shao war an der Wand stehen geblieben. Aus weit geöffneten Augen schaute sie sich das Durcheinander an. Die Hände hatte sie zu Fäusten geballt. In ihr musste es schlimm aussehen, denn es war genau das eingetreten, was sie zuvor gesehen hatte.

Trug der Würfel daran die Schuld? Hatten wir uns wirklich ein Kuckucksei ins Nest gelegt? Oder hielten wir nun eine magische Zeitbombe in den Händen, die außer Kontrolle geraten war?

Wir wussten es noch nicht und hofften, ohne uns abgesprochen zu haben, dass dies auch nicht eintreten würde.

Ich suchte das Zentrum der Explosion. Meiner Ansicht nach musste es so etwas geben, davon war nur nichts zu bemerken. Überall sah es gleichermaßen wüst aus, und auch auf dem Boden zeichnete sich kein Explosionstrichter ab.

Am Eingang entstand Bewegung. Chief Inspector Tanner kam. In seiner Begleitung befanden sich eine Frau und ein Junge. Vielleicht etwas älter als der kleine Johnny Conolly.

»He, John.« Tanner winkte mir. Ich ging zu ihm. Auch Suko und Shao wandten sich ihm zu.

»Ich glaube fest daran, dass wir hier einen guten Zeugen haben.« Er deutete auf den Jungen, der sich nicht so verlegen gab wie seine Mutter, denn sie hatte ihre Hände um die Handtasche gekrallt und bewegte die Finger, als wollte sie Klavier spielen.

Da ich mit dem Jungen reden wollte, ging ich in die Hocke und erkundigte mich zunächst nach dem Namen des Kleinen.

»Ich heiße Billy.«

»Okay, Billy, du hast also etwas gesehen?«

»Ja.«

»Und was?«

Er hob seine schmalen Schultern. »Das war so komisch. Wir standen vor dem Schaufenster und guckten. Dann sah ich die Verkäuferin in die Auslage kommen. Wenig später den grünen Punkt.«

»Welchen Punkt?«

Billy schaute mich erstaunt an. »So einen Punkt. Der war plötzlich da. Er kam von oben.«

»Aha – und?«

»Er fiel und wurde größer. Eine Lache lag auf einmal im Schaufenster. Grün, so richtig komisch …«

Ich fragte und erfuhr weiterhin, dass sich aus dieser Lache die »Bombe« gebildet hatte, die die Schuld an dem Chaos trug.

»Hast du auch die Gestalten gesehen?«, wollte ich wissen.

»Die grünen Geister?« Er nickte heftig. »Klar, die habe ich ganz genau erkannt.«

»Wie sahen sie denn aus?«

»Wie Geister.«

Ich lächelte. »Hatten sie nicht trotzdem eine Gestalt? Erinnerten sie dich vielleicht an Menschen?«

»Das stimmt.« Er beschrieb sie mir. Da auch Suko und Shao zuhörten, konnten sie einen Kommentar abgeben. Weder die beiden noch ich hatten diese Geister jemals zuvor gesehen. Das mussten völlig neue Dämonen sein. Irritiert wurde ich von ihrer Farbe, denn alles, was irgendwie mit der Farbe Grün zu tun hatte und auch mit Magie in Verbindung stand, führte ich auf das geheimnisvolle Land Aibon zurück.

Meine Gedanken wanderten zurück nach Pluckley. Auch in dem Dorf der zwölf Gespenster hatte die Aibon'sche Magie eine große Rolle gespielt. Suko und Bill hatten sich dort mit Hilfe der Erzengel befreien können und auch den Fluch der rauchenden Zigeunerin gelöscht. Während der Irrfahrt musste der Würfel des Unheils mit der Magie aus Aibon in Berührung gekommen sein. Anders konnte ich mir die jetzigen Vorgänge nicht erklären.

»Haben Sie sonst noch Fragen, John?«, erkundigte sich der Chief Inspektor.

»Nein. Ich danke dir, Billy. Du hast mir sehr geholfen.«

»Und Sie glauben mir, Sir?«

»Ja.«

»Meine Mummy nicht.«

Ich schaute die Frau an. Sie bekam einen roten Kopf und zuckte mit den Achseln. »Es ist schwer, Sir, dem Jungen zu glauben. Er hat eine große Fantasie. Er liest viele Abenteuergeschichten. Da kommt es vor, dass er mal mehr sieht oder sehen will als andere.«

»Trotzdem bin ich davon überzeugt, dass er mit seiner Aussage auf dem richtigen Weg ist.«

»Wenn Sie das meinen, Sir.« Sie verabschiedete sich und zog ihren Sohn mit. Als sie gingen, vernahmen wir noch Billys Stimme. »Mummy, wenn ich groß bin, werde ich auch Polizist. Da erlebt man ja so richtig spannende Sachen. Wie …«

Suko und ich konnten uns ein Lächeln nicht verkneifen, während Tanner über sein Kinn schabte. »Wollen wir dem Jungen die Illusion lassen«, meinte er. »Die Ernüchterung kommt noch früh genug. Meine Frau würde mich bei dem Beruf nicht noch einmal heiraten. Wann bin ich schon mal zu Hause?«

»Und wenn Sie sich pensionieren lassen?«, fragte ich.

Tanner schaute mich an, als wollte er mich verprügeln. »Was soll ich denn den ganzen Tag bei meinem Ehedrachen? Nee, dann lieber auf Achse.« Er wechselte das Thema. »Habt ihr etwas gefunden, das uns weiterhelfen könnte?«

»Leider nein«, sagte Suko.

»Dann war der Junge die einzige Spur?«

Mein Freund nickte.

»Gehen wir davon aus, dass es diese grünen Gestalten tatsächlich gegeben hat. Wo könnten sie sich dann versteckt halten? Wohin könnten sie verschwunden sein?«

Die Frage war so gut, dass weder Suko noch ich eine Antwort darauf wussten.

»Habt ihr schon den Keller durchsucht?«

»Gibt es den?«

»Klar, Sinclair. Jedes Haus hat einen Keller. Dieser hier wird, so habe ich gehört, als Lager benutzt.«

Ich war einverstanden. »Okay, schauen wir uns das Ding mal an.«

»Auf mich müsst ihr verzichten«, sagte Tanner. »Ich habe noch einiges zu tun. Ihr könnt mir ja später Bescheid geben.«

»Machen wir.«

Tanner dampfte ab. Ich wandte mich an Shao. »Wie fühlst du dich, Mädchen?«

»Nicht gut.«

»Wegen dieser Sache hier?«

»Klar, John.« Ihre Stimme zitterte ein wenig. »Aber das ist es nicht allein. Wenn ich mir vorstelle, was und wieso das geschehen ist, kann ich Angst bekommen.« Sie schielte dabei auf den Würfel, den Suko wieder hervorgeholt hatte. Bei unserem Gespräch mit Tanner war er unter der Jacke verborgen gewesen.

»Gehst du davon aus, dass der Würfel diese schreckliche Tat hier beeinflusst hat?«

»Mittlerweile schon.«

Das hörte sich zwar weit hergeholt an, musste es aber nicht sein. Wenn ja, reagierte der Würfel nicht so, wie wir es uns vorgestellt hatten. Dann stellte er sich sogar gegen seine Besitzer. Das war für mich nicht einfach zu begreifen.

»Gut!«, schlug ich vor. »Lass uns nach unten gehen! Vielleicht finden wir dort tatsächlich die Lösung.«

Wir mussten über eine mit Teppichboden belegte Treppe

steigen, die in den Keller führte. Zudem war es eine enge Wendeltreppe, sodass wir nur hintereinander gehen konnten.

Im Keller sah alles normal aus. Keinerlei Spuren einer Explosion. Hatte oben nur die Notbeleuchtung gebrannt, so war es hier unten heller. Als ich den Schalter umdrehte, flackerten die Leuchtstoffröhren auf.

Wir befanden uns in einem langen Gang, dessen Wände glatten Beton zeigten. Einige Türen zweigten ab, die zu den verschiedenen Lagerräumen führten.

Sehr groß waren sie nicht. Alles wirkte sehr ordentlich, auch wenn in einem Raum, dem größten, noch zahlreiche nicht ausgepackte große Kartons standen.

»Das wird schon die Sommerware sein«, meinte Shao.

Mich interessierte es nicht. Ich bekam höchstens einmal im Jahr eine neue Bügelfalte, dann war ich fertig. Dafür suchte ich nach irgendwelchen Überresten einer gefährlichen Magie und auch nach den grünen Gestalten, die Billy gesehen haben wollte.

Von beiden entdeckte ich nichts.

Weder Magie noch Gestalten. Der Horror war wie ein Spuk gekommen und ebenso verschwunden.

Diese Suche hätten wir uns ersparen können.

Suko beschäftigte sich mit dem gleichen Gedanken wie ich, denn er fragte: »Sollen wir wieder verschwinden?«

»Eigentlich ja.«

»Und was hindert dich daran?«

»Er.« Ich deutete auf den Würfel. »Kannst du ihn mir mal überlassen, Suko?«

»Ja, natürlich. Aber was hast du vor?«

»Das wirst du schon sehen, Alter.« Ich nahm ihm den Würfel aus den Händen. »Er hat dafür gesorgt, dass die Magie entstanden ist. Und er soll auch dafür sorgen, dass wir sie sehen können.«

»Du willst sie herbeilocken?«

»Genau. Denk daran, dass es uns schon gelungen ist, den Würfel zu manipulieren. Das will ich auch hier machen. Er soll mir gehorchen, denn ich bin in diesem Augenblick sein Besitzer. Hast du kapiert?«

»Heiße ja nicht Sinclair!«

»Gut.« Ich ging zwei Schritte zurück und ließ mich auf einem stabilen Karton nieder.

Shao schaute mich skeptisch an. »Sei nur vorsichtig, John«, flüsterte sie. »Der Würfel hat es in sich. Er muss einfach fremde Magie beinhalten, etwas anderes kann ich mir nicht vorstellen.«

»Das bekomme ich schon heraus.«

Ich legte den Würfel auf meine Oberschenkel und drückte beide Handflächen leicht gegen die Außenseiten, sodass ein Kontakt hergestellt war. Wie immer war der Quader handwarm. Er nahm keine Kälte auf, auch wenn die äußere Temperatur einen winterlichen Anstrich besaß. Dieser Würfel war schlichtweg ein Phänomen.

Er stammte aus uralter Zeit. Von dem Eisernen Engel wusste ich, dass die stummen Götter dem Würfel ihren Stempel aufgedrückt hatten. Durch sie war praktisch das Gute in ihn hineingeströmt, während die Großen Alten und der Schwarze Tod, als er damals noch zu den Dienern zählte, sich für das Böse verantwortlich zeigten. So konnte man den Würfel als ein geometrisches magisches Zwitterwesen bezeichnen.

Eine bessere Erklärung wusste ich auch nicht und dachte daran, dass er mich nicht im Stich lassen sollte, als ich auf seine obere Fläche schaute und auch hindurchblickte, hinein in die violette Farbe, in der sich die Schlieren nicht bewegten.

Und doch hatten sie etwas mit dem Geheimnis des Würfels zu tun. Auch darüber hatte ich nachgedacht und ging davon aus, dass es sich bei diesen Schlieren um Informationsträger handelte, die das Wissen einer alten Zeit beinhalteten.

Zu vergleichen vielleicht mit den Mikrochips der modernen Computer. Das konnte durchaus die Lösung sein, aber hinter das Geheimnis dieser Schlieren zu gelangen würde viel Zeit kosten. Vielleicht bekam ich es auch nie heraus.

Ich schaute noch einmal hoch. Suko und Shao standen vor

mir. Ihre Gesichter zeigten einen interessierten, angespannten Ausdruck. Er bewies mir, dass sie auf mich allein ihre Hoffnungen gelegt hatten. Was hatte ich mich danach gesehnt, den Würfel endlich zu besitzen! Nun war es zwar so weit, aber ich musste dauernd an die Gefahren denken, die unsichtbar den Würfel umlagerten oder in ihm verborgen waren.

»Traust du dich nicht, John?«

»Doch, Shao.«

»Dann bitte! Ich möchte endlich sehen, ob ich allein die Schuld an den Vorgängen hier habe. Oder hast du …?«

»Warten wir es ab«, sagte Suko. Er legte einen Arm um seine Partnerin. Beide hielten ihre Blicke starr auf mich gerichtet.

Einige Male atmete ich tief durch und konzentrierte mich, denn ich wusste nun, was auf mich zukam.

Diesmal sollte der Würfel des Unheils mir gehorchen!

Bis zum Mittag hatte der Reporter Bill Conolly im Bett gelegen. Es war ein totenähnlicher Schlaf gewesen, und irgendwann kam Sheila in das gemeinsame Schlafzimmer. Sie trat ziemlich laut auf, ging durch bis zum Fenster, wo sie das Rollo in die Höhe zog.

Eine weiße, strahlende Helligkeit flutete in den Raum. Hervorgerufen durch das Sonnenlicht, das von einem wolkenlosen, hellblauen Himmel auf den gefrorenen, verharschten Schnee fiel und dort reflektiert wurde. Dieses Licht leuchtete durch die blanke Scheibe in das Zimmer hinein und weckte Bill aus seinem Schlaf.

Er stöhnte, zog die Bettdecke bis über den Kopf und lag höchstens zwei Sekunden in der Dunkelheit, da hatte Sheila ihm schon die Decke weggezogen.

»Aufstehen, du Faulpelz!«

Bill zog die Beine an. »Ich will aber nicht«, grummelte er und deckte seinen Kopf ab.

Sheila lächelte verschmitzt. Auf Zehenspitzen ging sie zum

Fenster und öffnete es spaltbreit. Leise, damit ihr Mann nicht gewarnt wurde. Durch den Spalt angelte sich Sheila einen Eiszapfen von der Fensterbank. Er sah aus wie eine Dolchklinge.

Bill lag im Bett und hatte Sheila den Rücken zugewandt. Das war genau die richtige Position.

Bevor der Reporter irgendetwas merkte, hatte ihm Sheila gedankenschnell den Eiszapfen unter den Kragen und auf den Rücken geschoben.

»Uuuaaahhh!«

Ein Urschrei drang aus Bills Kehle. Im nächsten Augenblick sprang er hoch, wie von der Tarantel gestochen, drehte sich noch in der Luft und stand neben dem Bett.

Sheila musste laut lachen, denn Bill sah aus, als hätte er in eine Zitrone gebissen. Eine Gänsehaut schüttelte ihn zusätzlich durch.

»Nein, nein!«, schrie er und suchte nach dem Eiszapfen. »Wo ist das Folterinstrument?«

Sheila lachte weiter. Dann musste sie schnell die Flucht ergreifen, da Bill den Eiszapfen gefunden hatte und ihn Sheila in den Ausschnitt schieben wollte.

Sie war zu schnell. »In fünf bis sieben Minuten gibt es Frühstück. Dann bist du fertig!«

»Du Folterknecht!«, schrie Bill. Er nahm den allmählich tauenden Eiszapfen mit in das Bad, wo er ihn ins Duschbecken legte, bevor er die Brause andrehte.

Drei Minuten nahm sich der Reporter Zeit. Dann war er endgültig wach. Er frottierte sich ab, eine kurze Rasur folgte, danach schlüpfte er in die bequeme Hauskleidung.

Cordhose, Hemd und Pullover.

Mit gekämmten, aber noch nassen Haaren ging er zum Frühstückstisch und ließ sich Sheila gegenüber nieder. Es roch nach Kaffee. Bill trank zuerst den frisch gepressten Orangensaft und deutete durch das Fenster nach draußen.

»Ein herrlicher Tag.«

»Den du verschlafen wolltest.«

»Nein, so ist das auch nicht. Ich wäre schon früh genug

aufgestanden. Wir könnten mal wieder eine Rodelpartie machen.«

»Oder in Urlaub fahren.«

Bill hielt die Tasse in der Hand, trank aber nicht. »Ich glaube, du hast vergessen, dass wir nicht allein sind, Sheila. Wir haben schließlich einen Sohn, und der hat keine Ferien, wie mir scheint.«

»Johnny ist ein Grund, aber kein Hindernis. Vielleicht wohnen Shao und Suko währenddessen hier.«

»Dann muss Suko jeden Tag zu weit bis zum Yard fahren. Das ist auch nichts.«

»Er würde das schon machen. Du hast nur keine Lust, das ist es, mein Lieber.«

»Möglich.« Bill trank den ersten Schluck Kaffee und griff zum Toast, auf das er Rührei häufte. Ihm jedenfalls schmeckte es gut. Er fühlte sich auch ausgezeichnet, seitdem er wieder zu Hause war und die schreckliche Reise durch eine Unterwelt vorbei war.

An eine Rettung hatte er kaum noch geglaubt, aber jetzt war alles wieder normal.

Zum Glück …

Auch Sheila war froh. Sie dachte nur ungern an die Tage zurück, als Bill verschwunden gewesen war. Stunden voller Verzweiflung und Depression lagen hinter ihr.

Sie hatte zwar schon zusammen mit Johnny gefrühstückt, aber der zweite Appetit kam, als sie ihren Mann essen sah. Auch sie griff zum Toast. Bill nahm die Zeitung.

»Musst du wieder lesen?«

»Warum nicht?«

»Das kannst du auch nach dem Frühstück machen.«

»Wie du willst, Darling.« Bill faltete die Zeitung zusammen und legte sie weg. Anschließend nahm er die Orangenkonfitüre und häufte sie auf die nächste Toastscheibe. »Ich muss immer an John und Suko denken.«

»Das hatte ich mir gedacht.«

»Sei doch nicht so eklig. Stell dir vor, alles kann anders werden.«

»Wieso?«

Bill biss in den Toast. »Denk mal nach, die beiden besitzen jetzt den Würfel. Weißt du, was das bedeutet?«

»Ich kann es mir zumindest vorstellen.«

»Kaum.« Bill schluckte zweimal und nahm noch einen Schluck Kaffee. »Ich habe schon des Öfteren gehört, dass der Würfel des Unheils die Kraft besitzt, um die Welt zu verändern.«

Bill ließ seine Worte wirken und sah, dass sich die Skepsis auf dem Gesicht seiner Frau ausbreitete. »Glaubst du das wirklich? Oder ist das nicht etwas übertrieben?«

»Bestimmt nicht.«

»Welche Welt denn? Die unserige?«

»Das ist eben die Frage. Obwohl es unsere Welt manchmal bitter nötig hätte, wäre ich doch dafür, dass der Würfel darangeht, andere Welten und Reiche zu verändern. Die metaphysischen, die dämonischen, die Welten anderer Dimensionen. John und Suko könnten Siege auf der ganzen Linie erringen. Das wäre fantastisch.«

»Und du bist sicher, dass so etwas eintritt?«

»Immer.«

»Ich weiß nicht so recht. Viel verstehe ich von eurem Würfel nicht, aber ich kann mir vorstellen, dass in ihm Kräfte wohnen, die noch gar nicht erfasst worden sind.«

»Das glaube ich auch.«

»Und denk mal an Jane«, fuhr Sheila fort. »Sie hat für eine Weile ohne Herz gelebt. Sie verdankte dem Würfel ihr Leben. Und weil das so war, muss der Würfel Kräfte besitzen, die fast göttergleich sind.«

Bill nickte. »Nicht umsonst haben die stummen Götter ihm ihren Stempel aufgedrückt. Da ist schon was dran.«

»Weiß der Eiserne Engel eigentlich von den neuen Tatsachen?«

»Nein, er wird auch deprimiert sein, da er seinen Stein verloren hat. Es gibt das magische Pendel nicht mehr. Er hat es opfern müssen, um John und Ali zu befreien.«

»Müsste er den Würfel dann nicht bekommen?«

Bill schaute seine Frau überrascht an. Der Kaffee hatte ihre Wangen gerötet. Sie trug einen bunten Pullover in dunklen Farben, der ausgezeichnet zu ihrem weizenblonden Haar passte. »Wie kommst du denn darauf, Sheila?«

Sie spielte mit dem Messer. »Das ist ganz einfach. Schließlich hatten die stummen Götter etwas mit ihm zu tun. Deshalb müsste eigentlich dem Eisernen der Würfel gehören. Gewissermaßen als sein Erbe.«

Bill dachte eine Weile nach. »Wenn du es so siehst, kann ich dir Recht geben. Ich wäre nur mal gespannt, was John und Suko dazu sagen würden.«

»Die sind verständig, wenn man ihnen die Sachlage richtig erklärt. Das glaube ich.«

Das Tappen leiser Schritte unterbrach ihre Unterhaltung. Ihr zweites »Kind« kam. Es war die Wölfin Nadine. Ein Tier mit der Seele eines Menschen.

Bill lachte, als er die Wölfin sah. Sie kam zu ihm, hob den Kopf und rieb ihre Schnauze an seiner Wade. »Ja, ich weiß, du hast wieder was gerochen …«

»Nein, sie hat ihr Futter bekommen«, unterbrach Sheila.

»Sei doch nicht so hart.«

»Nicht zu sehr verwöhnen. Johnny macht das schon.«

Bill hob die Schultern, bevor er mit Nadine redete. »Du hast gehört, was gesagt worden ist. Hier im Haus hat Sheila die Hosen an, daran kann ich leider nichts ändern.«

Das ärgerte Bills Frau. »Lass das ja keinen hören, sonst glaubt der das noch.«

»Stimmt es denn nicht?«

»Ach, hör doch auf!«

Nadine wandte sich ab. Aus ihren menschlichen Augen warf sie Sheila einen beinahe bettelnden Blick zu, aber die ließ sich nicht erweichen, schüttelte den Kopf, und die Wölfin trollte sich. Sie schritt in die Mitte des großen Wohnraums und ließ sich auf dem von der Sonne beschienenen Teppich nieder. Draußen war es sehr kalt, aber auf dem Teppich warm, und die Wölfin fühlte sich wohl.

Bill schenkte Sheila und sich Kaffee nach. Er hatte die

Kanne wieder hingestellt, als er Sheilas starren Blick bemerkte.

»Was ist los?«

»Schau dir Nadine an.«

Bill musste sich auf seinem Stuhl nach links drehen, um sie sehen zu können.

Die Wölfin hatte ihr Sonnenbad schon beendet und war aufgestanden. Das hätte beide an sich nicht irritiert, es war die Haltung, die Sheila und Bill störte.

Nadine stand steif da, wie unter Strom. Sie schien etwas gewittert zu haben.

Eine Gefahr …

Bill legte seine Serviette neben den Teller und wollte aufstehen.

»Lass mal«, sagte Sheila. »Vielleicht reagiert sie noch anders.«

In der Tat bewegte sie sich, drehte ihren Kopf und zielte mit der geöffneten Schnauze gegen die Decke.

Urplötzlich drang aus ihrer Kehle ein Heulen. Es war tief im Rachen geboren, schwang durch den Raum und endete in einem scharfen Knurren, wobei sie gleichzeitig mit drei Sätzen in Richtung Tür sprang, als hätte sie vor irgendetwas Angst bekommen.

Die Gefahr war vorhanden!

Nur bemerken Tiere sie früher als Menschen, und so erging es auch der Wölfin.

Sie stand noch in der Tür, als es für einen Moment stockfinster im Haus wurde, ein Knattern erklang und sich in der Finsternis wie ein aus grünen Blitzen bestehendes Netz abzeichnete, das das gesamte Zimmer einnahm.

Dann war es wieder hell.

Sheila schluckte. Sie schaute Bill starr an. »Was kann das gewesen sein?«

Der Reporter hob die Schultern. So ratlos war er …

Shao und Suko wussten, was mir bevorstand. Deshalb hielten sie sich auch zurück und sprachen kein Wort, damit ich die Gelegenheit bekam, mich auf den Würfel zu konzentrieren.

Er sollte mir den Weg aus dieser Misere zeigen. Das heißt, ich wollte wissen, ob hier innerhalb des Lagers noch Reste der Magie bestanden, die für die Zerstörung gesorgt hatte.

Den Kopf hielt ich gesenkt. Mein Blick war voll auf die Würfelfläche konzentriert. Ich wusste genau, dass er sich manipulieren ließ, es musste mir nur gelingen, die Brücke zwischen ihm und mir zu bilden.

Suko hatte die Lagertür geschlossen, sodass wir gewissermaßen von der Stille eingeschlossen waren. Aus der oberen Etage drang kein Laut mehr an unsere Ohren.

Die nötige Ruhe hatte ich also. Konnte ich es auch schaffen, den Würfel zum »Reden« zu bringen?

Ich konzentrierte mich so stark, dass mir der Schweiß auf die Stirn trat. Dabei dachte ich an das, was man mir berichtet hatte. Wenn der Junge sich nicht getäuscht hatte, musste eine Reaktion erfolgen.

Sie kam nicht.

Stattdessen spürte ich, dass ich mich überhaupt nicht auf das eigentliche Ziel einpendeln konnte. Meine Gedanken wurden immer abgelenkt. Sosehr ich mich auch bemühte, es gelang mir nicht, das zu erreichen, was Kara, die Schöne aus dem Totenreich, schaffte, wenn sie sich auf ihr Schwert konzentrierte.

Meine Gedanken zerfaserten.

Ungewollt schüttelte ich den Kopf. Das bemerkten auch meine beiden Freunde. »John, was ist geschehen?«, hörte ich Sukos Frage.

»Ich weiß es auch nicht genau, aber ich komme einfach nicht durch.«

»Wie?«

Ich hob die Schultern und wischte Schweiß von meiner Stirn. »Der Würfel will mir nicht gehorchen. Er macht, was er will. Das ist sonst nie vorgekommen.«

»Wie meinst du?«

»Früher. Du weißt, wenn man sich auf eine Sache konzentriert, hat der Würfel reagiert. Und wenn es der Todesnebel gewesen ist. Ich habe das Gefühl, als würde sich eine Sperre zwischen ihm und meinen Gedanken befinden. Er gehorcht mir nicht.«

»Verflucht auch!«, flüsterte der Inspektor. »Das hat uns gerade noch gefehlt.«

Da hatte Suko ein wahres Wort gesprochen. Was waren wir froh gewesen, den Würfel zu haben und jetzt …

»Wie sehr hat euch denn die Erdmagie beeinflusst? Wie ist es euch dabei ergangen?«

Suko lachte auf. »Da hat er das getan, was er tun sollte. Er hat uns nicht im Stich gelassen.«

»Vielleicht wegen Aibon!«, flüsterte Shao.

»Und bei dir hat er auch reagiert!«, rief ich.

Die Chinesin nickte. »Das stimmt schon. Nur nicht so, wie ich es gewollt habe.«

Der letzte Satz war genau richtig gewesen. Nur nicht so, wie sie es gewollt hatte, denn der Würfel des Unheils stellte sich auch bei meinen Bemühungen quer.

»Versuche es noch einmal«, schlug Suko vor. »Es muss doch einfach klappen, verdammt!«

»Normalerweise.« Die Worte meiner Freunde hatten mich überzeugt, deshalb startete ich einen erneuten Versuch.

Ich dachte nicht an den Todesnebel, auch nicht an andere Geschöpfe, gegen die wir bisher gekämpft hatten, sondern einzig und allein an die grünlichen Monstren, die der Junge gesehen hatte, da ich wissen wollte, wo ich sie finden konnte.

Und das gelang mir nicht.

Kaum hatte ich mich auf die Dinge konzentriert, als etwas Fremdes in mein Gehirn schlüpfte und die Gedanken verdrängte. Dieses Fremde schaffte sie in eine andere Richtung, in die ich überhaupt nicht hineinwollte. Meine Gedanken beschäftigten sich plötzlich mit der Person, die zusammen mit Suko innerhalb der fremden Erdmagie eingeschlossen gewesen war.

Mit Bill Conolly!

Ich sah ihn nicht direkt und sah ihn trotzdem, denn innerhalb der oberen Würfelfläche zeigte sich sein so bekanntes Gesicht, als mich Bill anschaute.

Unsere Blicke trafen sich.

Er musste mich sehen, ich sah ihn, aber er zeigte keine Reaktion. Auch kam mir die Würfelfläche nicht mehr so gerade vor, sondern mehr wie eine Kugel.

Ein nach oben gewölbter Halbkreis, der die Perspektive so sehr verzerrte, sie dabei enger machte und dennoch weiter, sodass auch andere Personen zu erkennen waren.

Sheila, Nadine …

Sie befanden sich in der Conolly'schen Wohnung. Alles war so friedlich, so nett irgendwie …

Weshalb sah ich das Bild?

Ich wollte mich dagegen wehren, die Gedanken ausschalten, die andere Kraft ließ es nicht zu. Sie drückte wie ein schweres Eisen auf mich und prägte meine Gedanken fest ein.

Das Bild konnte ich einfach nicht verscheuchen!

Dieser Druck machte sich auch anders bemerkbar. Ich musste einfach die Atemluft ablassen, und sie floss stöhnend über meine Lippen, sodass die beiden Freunde zusammenzuckten.

Ihre Frage hörte ich zwar, kümmerte mich nicht darum, weil es andere Dinge gab, die wichtiger waren.

Und sie geschahen in der Würfelfläche.

Schreckliche Dinge: ein Gewitter aus Blitzen, Dunkelheit und Licht, außerdem das herbeieilende Grauen.

Es überfiel meine Freunde, die Conollys.

Und ich trug daran die Schuld!

❦

Erst dunkel, dann das grüne Licht, das sich aus dünnen Blitzen zusammensetzte, und jetzt war wieder alles normal.

Bill begriff es nicht, Sheila ebenfalls nicht, aber beide wussten, auch ohne darüber gesprochen zu haben, dass sie einer Gefahr begegnet waren, die sie nicht unterschätzen durften.

Sie befand sich in der Nähe. Sogar innerhalb der Wohnung lauerte sie, aber sie war nicht zu greifen.

Sheila fand ihre Sprache als Erste zurück. »Verstehst du das, Bill?«, hauchte sie.

»Nein.« Der Reporter ging einen Schritt vor. Zögernd gelangte er in die Mitte des Zimmers.

Nadine hielt sich zurück. An der Tür war sie stehen geblieben, kratzte dort mit den Hinterläufen und hatte eine gespannte Haltung angenommen. Für Sheila und Bill ein Zeichen, dass die Gefahr nach wie vor bei ihnen lauerte.

»Wir müssen herausfinden, wer uns da an den Kragen will«, hauchte der Reporter. »Verdammt, das müssen wir.«

»Und wie?«

Nach Sheilas Frage verlöschte abermals das Licht. Wiederum war es stockfinster im Raum, als hätte jemand von innen das Fenster mit dunkler Farbe beschmiert.

»Bill!« Der Reporter hörte Schritte. Er konnte nichts sehen, nur fühlen und dabei hielt er seine Frau fest.

»Ich wusste, dass es noch nicht zu Ende ist«, flüsterte sie. »Ich wusste es ganz genau. Da kommt noch was nach …«

»Bitte, sei ruhig!«

Allmählich lichtete sich das Dunkel ein wenig. Sheila und Bill standen so, dass sie auf das große Wohnzimmerfenster schauen konnten. Hinter ihnen lag eine Terrasse, an die sich der Garten anschloss, zur Zeit eine einzige weiße Fläche.

Das alles sahen sie nicht. Sie schauten nur auf die dunkle Scheibe und sahen einen Kreis.

Er war ein wenig heller, deshalb stach er auch ab. Es war die am Himmel stehende Sonne, die ihre Strahlen normalerweise in das Zimmer schickte, nun aber nur mehr als Ball zu sehen war. Von den Strahlen entdeckten sie nichts. Die wurden absorbiert.

Eine lastende Stille lag über der Wohnung. Jeden Augenblick konnte sie durch irgendein Ereignis unterbrochen werden, aber es tat sich nichts. Die Ruhe blieb, nur gestört durch Sheilas heftige Atemzüge, während Bill nur mehr flach die Luft ausstieß.

Und so verging Zeit.

»Hast du eine Erklärung?«, wisperte Sheila.

»Es kann sein, dass wir in einer magischen Falle stecken«, erwiderte der Reporter.

»Dann müssen wir doch raus!«

»Sicher, Mädchen, sicher. Das hatte ich auch vor. Ich werde jetzt mal zur Tür gehen.«

»Und dann?«

»Frag mich nicht. Ich hoffe nur, dass die Tür nicht verriegelt ist. Sonst sitzen wir tatsächlich fest.«

»Ja, tu das.«

Bill löste sich von seiner Frau. Er wollte die Stille auch nicht stören und ging auf Zehenspitzen.

Der Reporter kannte sein Haus so gut, dass er sich auch im Finstern zurechtfand.

In der Nähe hörte er das leise Tappen schneller Pfoten. Ein Zeichen, dass Nadine ihm folgte.

»Komm her, Nadine!« Sheila hatte gerufen. Es war besser so, wenn sie bei ihr blieb, so konnte sie einen Schutzfaktor bilden, denn die Wölfin stellte sich jeder magischen Gefahr in den Weg.

Bill bewegte sich durch die Diele. Er schaute nach rechts und links. Sein Blick glitt über die Wände, obwohl er dort kaum etwas erkennen konnte, denn die dort hängenden Bilder wirkten in der Finsternis wie zusammengeschmolzen und bildeten mit der Wand eine Einheit.

Sie blieb nicht ruhig.

Das irritierte Bill. Bei jedem Schritt glaubte er, dass sich auch die Wände bewegten, dass in den Mauern seines eigenen Hauses etwas lauerte.

Es war schlimm, von diesem Gefühl durchtost zu werden, aber Bill ging weiter.

Die Tür erreichte er nicht.

Sheilas Schrei alarmierte ihn zuvor.

»Bill …!«

Der Reporter wirbelte herum. Gleichzeitig vernahm er auch das Knurren der Wölfin und hörte auch Laute, die ihn

an ein heiseres Bellen erinnerten, so hart waren sie ausgestoßen worden.

Er rannte zurück.

Es war Glück, dass er in der Dunkelheit nicht vor irgendwelche Gegenstände lief, den Wohnraum auch erreichte und
dicht hinter der Schwelle stehen blieb.

Sheila und Nadine waren nicht mehr allein.

Innerhalb der Finsternis hatte sich ein weiteres Wesen zu
ihnen gesellt.

Ein grünes Geschöpf, schleimig wie ein Ghoul wirkend,
stand mitten im Raum. Es erreichte nicht ganz die Größe
eines Menschen und hatte ein Maul, in dem zwei spitze
Zähne blinkten.

»Bill?« Sheila musste ihn bemerkt haben.

»Ja, ich bin hier.«

»Es war plötzlich da und kam aus dem Nichts. Erst sah ich
den Blitz, dann das Wesen.« Sheila kam schleichend auf ihren
Mann zu. »Was ist das denn nur?«

Was konnte das sein? Auch Bill dachte hin und her, zu
einem Ergebnis kam er nicht. Er starrte ebenso wie seine Frau
dieses Wesen nur an, das in der Mitte des Zimmers stand
und überhaupt nicht reagierte. »Und es ist tatsächlich aus
den Blitzen entstanden?«, fragte Bill.

»Ja, wenn ich es dir sage.«

Der Reporter wollte auf die Gestalt zugehen. Dagegen
hatte Sheila etwas, denn sie hielt ihn am Arm zurück. »Um
Himmels willen, mach dich nicht unglücklich.«

»So schlimm wird es nicht werden.«

»Bill, ich bitte dich!«

Der Reporter blieb stehen. Ein anderes Wesen dafür nicht.
Es war die Wölfin, die diese Gefahr viel früher wahrgenom-
men hatte und etwas unternehmen wollte.

Zu sehen war sie noch nicht. Sheila und Bill hörten nur
mehr ihre Schritte, die allmählich lauter wurden. Dann
schälte sich auch ein Schatten hervor, und die zwei Menschen
sahen die Wölfin in die Richtung laufen, in der auch das
Wesen stand.

»Bill, wir müssen sie zurückhalten …«

»Nein, das ist nicht …«

Das Knurren erstickte die nächsten Worte des Reporters. Mit einem Sprung stemmte sich die Wölfin ab und überwand die trennende Distanz. Sie war urplötzlich am Gegner, tauchte vor ihm auf und warf sich mit weit aufgerissenem Maul und gebleckten Zähnen über ihn.

Das Monstrum wurde voll erwischt. Von dem Druck des Körpers wurde es nach unten geschleudert. Jetzt musste es auf dem Boden liegen, und Bill Conolly hatte sich nach vorn gebeugt, weil er besser sehen wollte.

»Verdammt, sie hat ihn!«, flüsterte er und lachte. »Sie hat es erwischt.« Auch von Sheila wollte er sich nicht mehr aufhalten lassen und startete.

Bill kam nicht mal zwei volle Schritte weit, denn plötzlich entfaltete das Monstrum seine Kraft und degradierte die so starke Wölfin zu einem Spielball.

Nadine wurde in die Höhe geschleudert, und sie überschlug sich in der Luft. Mit den Pfoten kratzte sie noch über die Decke, bevor sie wieder dem Boden entgegenfiel, zum Glück aber auf den Beinen landete.

Für einen Moment nur, dann griff das Wesen abermals an. Vielleicht wollte es Nadine töten. Bill Conolly jedenfalls sah es so und nicht anders. Sheila konnte ihn nicht mehr zurückhalten. Er startete mit einem gewaltigen Satz und jagte auf die Wölfin zu, um sie vor dem angreifenden grünen Wesen in Sicherheit zu bringen.

Noch in der Bewegung sah er das grüne Netz, das plötzlich im Zimmer stand.

Woher es gekommen war, wusste er nicht, er spürte nur, wie dieses Netz seine Kraft ausspielte, und der hatte der gute Bill Conolly nichts mehr entgegenzusetzen.

Er lief gegen die ersten Fäden, als wären sie eine geschmeidige, widerstandsfähige und dennoch sehr wacklige Wand. Es war ein Volltreffer. Bill selbst spürte den Schlag der Gegenwirkung, wurde zurückkatapultiert und hörte Sheila seinen Namen schreien.

Sie selbst konnte nicht eingreifen, denn die Magie tobte sich plötzlich aus.

Bevor sich der Reporter versah, wurde ihm schon der Boden unter den Beinen weggerissen. Einen Lidschlag später wusste er nicht mehr, wo oben und unten war. Er geriet in ein mörderisches Karussell und sah, da er die Augen weit geöffnet hatte, die Fäden des Netzblitzes wie ein Muster im Raum stehen.

Bill bekam Angst, denn er merkte nun, in welch einer fatalen Lage er sich befand.

Er lag schräg, aber mit dem Kopf nach unten. Und er blieb nicht lange so liegen, da sich die magische Kraft entschlossen hatte, den Menschen Bill Conolly zu einem Spielball zu degradieren.

Und nicht allein ihn. Auch die Wölfin hatte sie sich vorgenommen. Nadine hatte sich noch zurückziehen wollen, was ihr nicht mehr gelungen war. Zudem schlug die andere Kraft hart zu.

Nadine wurde abermals in die Höhe geschleudert. Ihr Körper malte sich vor dem grünen Netz für einen Moment ab, und so bekam auch Sheila optisch mit, was sich weiterhin ereignete.

Der Wolfskörper drehte sich, als läge er auf breiten Händen. Er war langsam, wurde schneller, die Geschwindigkeit steigerte sich von Sekunde zu Sekunde, und Sheila, die Zuschauerin, schrie plötzlich auf, als der Körper Fahrt bekam.

Sein Ziel war die Scheibe!

Kein Netz hielt ihn mehr auf. Der Wolfskörper jagte voll hinein. Sheila sah ihn fliegen, sie hörte das Geräusch des platzenden Glases, sah zahlreiche Splitter, auch Helligkeit und konnte sehen, wie Nadine im verschneiten Garten landete.

Sheila wollte eingreifen, sie war einfach nicht mehr in der Lage. Die Vorgänge hatten sie zu stark gebannt, denn mit Nadine, der Wölfin, war erst der Anfang gemacht worden.

Bill folgte.

Bisher war Sheilas Aufmerksamkeit von ihrem Mann

durch die Aktionen der Wölfin abgelenkt worden. Nun musste sie sich einfach um ihn kümmern und bewegte sich auf ihn zu.

Das Zimmer war eine Insel aus magischer Dunkelheit und normalem Licht. Letzteres flutete durch das Loch in der Scheibe. Es schuf einen breiten Streifen und war so hell, dass die Frau jedes Detail sehen konnte.

Auch das magische Netz.

Darin hatte sich Bill verfangen. Bewusstlos war er nicht geworden. Nach wie vor hing er in seiner schrägen Haltung und hatte den Kopf dem Boden zugewendet.

Verzerrt war sein Gesicht. Die Angst vor diesen nicht erklärbaren, unheimlichen Vorgängen stand darin zu lesen. Er versuchte, sich zu bewegen, was die anderen Kräfte nicht zuließen.

Eisern hielten sie ihn fest.

Auf dem Weg zu ihrem Mann warf Sheila noch einen Blick in den Garten. Einige Yards vom Haus entfernt sah sie den dunklen Tierkörper. Nadine lag still, nichts an ihr deutete darauf hin, dass sie noch lebte.

Es kostete sie Überwindung, ihren Bill anzusprechen. »Hörst du mich?«, fragte sie flüsternd und streckte dabei die Arme aus, als wollte sie nach ihm greifen.

Hinter ihm funkelte das grüne Netz. Entstanden aus dem Unsichtbaren, vielleicht gekommen aus einer anderen Welt, hineingestoßen in die sichtbare und wie ein zerrissener Vorhang wirkend, in dem sich der Reporter gefangen hatte.

Er wusste, was seine Frau vorhatte. Aber er kannte auch die Gefahr und die Gefährlichkeit des Netzes. Deshalb sprach er zu ihr. »Nein, Sheila, nicht. Bleib da, ich bitte dich! Du darfst jetzt nicht ...«

»Ich hole dich raus!«, erklärte sie entschlossen. »Ich werde ...«

Was sie wollte, konnte sie nicht mehr sagen, denn die anderen Kräfte übernahmen die Regie.

Sheila berührte ihren Mann zwar noch, ihn festzuhalten gelang ihr nicht mehr, denn er begann damit, sich in der Luft und in seiner schrägen Lage schwebend zu drehen.

Der erste Schwung schleuderte seine Beine in Sheilas Richtung. Ihr Zurückzucken war mehr ein Reflex, deshalb wurde sie auch nicht voll erwischt, nur gestreift. Die Füße berührten ihre Schulter, Sheila wankte zurück, hob noch schützend einen Arm, schaute über ihn hinweg und sah, dass sich ihr Mann löste.

Er jagte davon.

Den gleichen Weg wie Nadine nahm er. Urplötzlich wurde er schnell, und innerhalb von Sekunden kam die große Scheibe immer näher.

»Bill …!« Auch Sheilas Ruf konnte die anderen Kräfte nicht stoppen. Sie hatten sich einmal auf den Reporter eingeschossen und sorgten dafür, dass mit ihm das Gleiche geschah wie mit der Wölfin.

Bill jagte durch das Fenster.

Zum Glück genau dort, wo sich das große Loch in der Scheibe befand. Er riss keine weiteren Splitter mehr heraus und fand seinen Weg in den Garten und die Kälte.

Sheila schaute ihm nach. Den Atem hielt sie an. Die Angst um Bill schnürte ihr die Kehle zu. Als er im Garten aufschlug, zuckte Sheila zusammen, als wäre der gleiche Vorgang auch mit ihr geschehen. Durch das Loch in der Scheibe hatte sie den Aufprall gehört und auch den Stöhnlaut, der aus Bills Kehle gedrungen war.

Im selben Augenblick brach auch das magische grüne Netz zusammen. Sheila hatte kaum darauf geachtet. Es fiel ihr erst auf, als sie sich frei bewegen und nicht mehr aufgehalten werden konnte.

Durch das Loch in der Scheibe zu klettern, traute sie sich nicht. Sie öffnete die Tür und stürmte in den Garten. Dort sah sie die beiden Körper, die sich deutlich von der hellen Schneefläche abhoben.

Sheilas Puls raste. Ihre Angst wurde immer größer, und als sie neben Bill in die Knie sank, dabei seinen Kopf nahm, die Kälte spürte, gleichzeitig in der wärmenden Februarsonne hockte, hatte sie auf einmal das Gefühl, der einsamste Mensch auf der Welt zu sein.

»Bill, bitte …!« Sie schaute auf seinen Hinterkopf, das Gesicht lag im Schnee. Bill wälzte sich auf die rechte Seite, in seinem Gesicht klebten die Eiskristalle. Er atmete schwer, und kleine Blutperlen rannen aus winzigen Splitterwunden in den Schnee, wo sie ihn dunkelrot färbten.

Behutsam wischte Sheila ihm den Schnee aus dem Gesicht, entfernte ihn auch von den Augenbrauen und schaute ihn bittend an.

»Bist du es, Sheila?«

Ihr fiel ein Stein vom Herzen, als sie seine Stimme hörte. »Wie geht es dir, Bill?«

»Beschissen.«

Wenn der Reporter so etwas sagte, schien er keine Schmerzen zu verspüren. Sheila unterstützte ihn bei seinen Bemühungen, sich aufrecht hinzusetzen. Das gelang sehr gut, als wäre praktisch nichts geschehen, und der Reporter schüttelte den Kopf.

»So was«, murmelte er, »das war ja eine klassische Bruchlandung.«

»Hast du denn etwas abbekommen?«, fragte Sheila. »Kannst du laufen?«

»Das hoffe ich doch.« Bill drehte sich, stützte sich ab und stemmte sich auf die Füße. »Ja«, sagte er. »Es zieht noch überall, aber ich glaube, wir packen es.«

Er humpelte zum Haus, verfolgt von Sheilas besorgten Blicken. Sie merkte nicht mal die Kälte, blieb nur stehen und schaute ihrem Mann nach, der neben Nadine stehen blieb und sich bückte.

Gott, die Wölfin! An sie hatte Sheila nicht mehr gedacht. Die Sorge um Bill war einfach zu groß gewesen.

Auch sie lief auf das Tier zu, das von Bill gestreichelt wurde.

Nadine war nichts passiert. Mensch und Tier hatten diesen magischen Angriff, ohne Schaden zu nehmen, überstanden. Nadine suchte den Weg zum Haus und verschwand auch als Erste durch die offene Tür in den Wohnraum.

Erst jetzt, wo die Spannung nachgelassen hatte, fühlte Bill die Reaktion.

Kaum hatte er die Wohnung betreten, als er sich regelrecht schüttelte und auch spürte, dass seine Knie weich wurden. Gleichzeitig wurde er blass. So rasch wie möglich wankte er zu einem Sessel und ließ sich hineinfallen. »O Gott«, sagte er, »das möcht' ich nicht noch einmal erleben!« Er schüttelte sich.

Sheila ließ das Rollo nach unten fahren, damit nicht zu viel Kälte durch die zerstörte Scheibe in den Raum drang. Zwei Lampen schaltete sie ein, sodass Lichtinseln entstanden.

»Kann ich dir etwas zu trinken bringen?«, fragte Sheila.

»Ein Glas Wasser.«

»Okay.« Sheila ging in die Küche. Als sie wieder zurückkehrte, hatte Bills Gesicht mehr Farbe bekommen. Sheila tupfte mit einem Tuch das Blut von den Wangen und entfernte auch Splitter.

Bill stöhnte leise. »Das ist schrecklich«, flüsterte er. »Ich fühle mich wie gerädert.«

»Kann ich mir vorstellen. Und du hast wirklich nichts abbekommen von diesem Aufprall?«

»Doch, mir tun alle Knochen weh.«

»Und?«

Bill verzog das Gesicht und nahm noch einen Schluck Wasser. »Dazu kann ich nichts sagen, Liebling. Mich hat es einfach umgehauen, und daran war ich nicht mal Schuld.«

»Wer denn?«

Der Reporter stellte das halb leere Glas zur Seite. »Ich weiß es nicht, Sheila …«

»Das grüne Netz ist auch verschwunden.«

»Ja, ich sehe es.« Bill fuhr über sein Haar. »Sag mal, hast du eigentlich gesehen, woher es stammt oder wer es geworfen hat?«

»Nein, nichts. Es war urplötzlich vorhanden. Du bist dagegengelaufen, es hat dich eingefangen und weggeschleudert.«

»Ja, verdammt. Und dabei ist unser Haus magisch gesichert!«

Als Bill das gesagt hatte, fing er einen starren Blick seiner

Frau auf. »Meine Güte, daran habe ich ja gar nicht mehr gedacht. Pater Ignatius hat es abgesichert.«

»Genau.«

»Dennoch hat es die andere Seite geschafft, hier ihre Magie aufzubauen.« Sheila ließ sich in den Sessel sinken, der hinter ihr stand. »Das ist unbegreiflich.«

Bill hob nur mehr die Schultern. Sein nächster Griff galt dem in der Nähe stehenden Telefonapparat. »Zwei Leute muss ich anrufen. John Sinclair und den Glaser.«

»Und wen zuerst?«

»Den Geisterjäger.« Bill versuchte es zweimal. Im Büro und auch bei John zu Hause. Niemand wusste, wo sein Freund war. Auch Glenda konnte ihm nicht helfen. Sie wusste nur, dass John und Suko sich angeblich in der Wohnung aufhielten.

»Na ja, ich danke dir.« Bill legte auf. »Pech«, sagte er, »wir bekommen ihn nicht zu fassen.«

»Ob ihm das Gleiche passiert ist?«, fragte Sheila und schaute Bill starr an. »Kann ja sein, nicht?«

»Und weshalb ist das mit uns hier geschehen?«, führte Bill die Ausführungen seiner Frau fort.

»Ich kann es nicht sagen.« Sheila hob die Schultern. »Das müsstest du wissen. Mit mir hat das sicherlich nichts zu tun«, erklärte sie.

Bill stützte seinen Kopf mit den Händen ab. Er sah noch immer sehr blass aus. »Das ist alles nicht einfach«, murmelte er. »Da werden wir aus dem Nichts attackiert. Völlig grundlos, wie mir scheint, aber alles, was die andere Seite unternimmt, hat einen Sinn. Nichts geschieht ohne Motiv, auch bei ihr nicht.«

Sheila nickte. »Ja, stimmt. Und ich habe nachgedacht.«

»Ist etwas dabei herausgekommen?« Bills Stimme klang müde bei dieser Frage.

»Ich hoffe sehr, denn ich glaube, dass alles, was wir hier erlebt haben, irgendwie mit dem Würfel des Unheils in Verbindung steht, den John an sich genommen hat.«

»Wie kommst du darauf?«

»Nur so. Oder doch nicht? Ich weiß es nicht genau, Bill, ich kann mir aber gut vorstellen, dass du und Suko die Reise nicht so gut überstanden habt, wie ihr gern gewollt hättet.«

»Zumindest, ohne körperlichen Schaden zu nehmen«, schränkte der Reporter ein.

»So sieht es aus. Aber was ist wirklich passiert?« Sheila beugte sich vor. Unwillkürlich senkte sie ihre Stimme zu einem Flüstern. »Ich glaube, Bill, dass es nicht gut für uns ist, den Würfel zu besitzen. Nein, das kann gefährlich sein. Ohne es genau zu wissen, würde ich rein gefühlsmäßig sagen, gebt ihn ab. Schleudert ihn meinetwegen in die Hölle, aber behaltet ihn nicht …«

Ich habe zwar noch nie auf dem elektrischen Stuhl gesessen, aber so ähnlich wie mir musste es einem Delinquenten ergehen, der auf die letzte Minute seines Lebens wartet.

Ich hockte auf dem Karton, hielt den Würfel fest, sah schreckliche Szenen und hatte das Gefühl, dass Stromstöße durch meinen Körper jagten.

Der Würfel zeigte mir schreckliche Szenen, die sich bei meinen Freunden, den Conollys, abspielten. Jemand schrie laut. Zuerst wusste ich nicht, wer es war, bis mir einfiel, dass ich es ja gewesen war, der so laut gebrüllt hatte.

Den Kopf zurückgelegt, bekam ich mit, wie die Angst in mir allmählich wuchs. Wie eine gewaltige Woge überschwemmte sie mich.

Vor meinen Augen verschwammen die Konturen. Shao und Suko wurden zu zerfließenden Schatten, die sich immer weiter auflösten, und ich spürte weiterhin den Würfel zwischen meinen Handflächen.

Er war der springende Punkt.

Allein durch ihn war ich in diese prekäre Lage geraten. Wenn ich etwas erreichen wollte, musste ich den Würfel wegschleudern.

Konnte ich das?

Ja, ich schaffte es. Gleichzeitig löste sich ein letzter lauter

Schrei aus meiner Kehle. Der Würfel flog wie ein Ball durch die Luft, überschlug sich auch und prallte zu Boden, wo er liegen blieb.

Sofort verschwanden die Bilder. Ich blieb weiterhin auf dem Karton hocken und atmete schwer. In meinem Kopf hämmerte ein dumpfer Druck. Er breitete sich aus, sodass er auch die Stellen hinter den Schläfen erfasste und dort nachwirkte.

»John?«

Suko hatte meinen Namen gerufen. Als ich die Augen öffnete, sah ich den Freund auf mich zukommen. »Was hast du gesehen, John? Was ist los?«

Bevor ich eine Antwort geben konnte, hob ich mit einer müden Bewegung meinen rechten Arm und wischte mir den Schweiß aus der Stirn. »Es war schrecklich«, flüsterte ich kopfschüttelnd. »Ich habe die Conollys gesehen.«

»Und?«

Mein Lächeln fiel schmal aus. »Nichts und«, sagte ich. »Oder doch. Sie befanden sich in Gefahr. Da gab es plötzlich eine Kraft, die sie gepackt hielt und nicht mehr loslassen wollte. Bill und Sheila wurden zu Spielbällen degradiert.«

»Und wer zeichnete dafür verantwortlich?«

»Das ist die Frage, Suko. Ich habe das Gefühl, dass es unmittelbar mit dem Würfel zu tun hat.«

»Wie?«

»Aibon vielleicht.« Ich hob die Schultern. »Es ist etwas mit dem Würfel geschehen, ohne dass ihr etwas davon bemerkt habt. Das muss auf eurer Reise passiert sein.«

Suko sah zu Boden. »Ich kann mich an nichts erinnern.«

»Auch nicht, wenn du genau überlegst?«

»Nein. Wir haben ja nichts steuern oder leiten können. Das übernahmen andere Kräfte. Es war die reine Erdmagie, unerforscht, was weiß ich alles. Sie hat doch die Kontrolle übernommen und sich möglicherweise mit der Magie des Druidenlands Aibon abgewechselt. Das jedenfalls ist meine Erklärung.«

»Damit müsste Aibon stärker gewesen sein als der Würfel«, behauptete ich.

»Das ist möglich.«

Shao unterbrach unser Gespräch. »Wollt ihr euch nicht mal um die Conollys kümmern?«, fragte sie. »Ihr sitzt hier und diskutiert, als wäre nichts geschehen.«

Klar, die Chinesin hatte Recht. Den Conollys ging es am schlechtesten. Sie waren hart getroffen worden. Einen Telefonapparat würden wir zwar finden, ich glaubte jedoch nicht, dass er auch funktionierte. Deshalb mussten wir nach draußen.

Den Würfel nahm Suko mit. Bevor er ihn aufhob, zögerte er für einen Moment, dann packte er entschlossen zu und nahm ihn an sich. »Liegen lassen können wir ihn ja nicht«, erklärte er. Suko hatte in einem Tonfall gesprochen, der anzeigte, wie sehr ihm der Würfel schon zu einer Last geworden war.

Ich war schon an der Treppe. Suko und Shao folgten mir etwas langsamer. Als ich durch den Laden lief, sah ich Chief Inspector Tanner, der sofort auf mich zukam und mich fragend anschaute.

»Es ist nichts geschehen«, log ich. »Wir haben da unten keine Spuren irgendeiner fremden Kraft entdeckt.«

Er nickte. »Das habe ich mir gedacht. Bleiben Sie noch hier?«

Ich schüttelte den Kopf. »Nein, wir müssen weiter. So long, Tanner, und geben Sie auf Ihren Hut Acht!«

»Das mache ich auch«, erwiderte er wütend, da er es nicht haben konnte, wenn er auf seinen Hut angesprochen wurde.

Ich eilte nach draußen. Der Verkehr lief wieder, zwar noch nicht normal, aber man hatte wenigstens eine Seite der Fahrbahn zur Verfügung gestellt.

Ich ging zu meinem Wagen. Als ich hinter dem Lenkrad saß und die Nummer in den Apparat tippte, bekam ich leichtes Herzklopfen. Vielleicht war es doch nicht so gut ausgegangen, wie ich es mir vorgestellt hatte. Schon machte ich mir Vorwürfe, bis ich Bills Stimme vernahm.

»Du, John?«

»Ja.«

»Himmel, ich habe versucht, dich anzurufen. Hier war der Teufel los! Man wollte unsere Wohnung verwüsten oder das Haus zerstören …«

»Ich weiß.«

Bill schwieg überrascht. »Wieso das denn?«

»Das erzähle ich dir später, sobald ich bei dir eingetroffen bin. Ich bringe Suko und Shao noch mit.«

»Okay. Wann kommt ihr?«

»So schnell wie möglich.« Damit hatte ich das Gespräch beendet, stieß die Wagentür auf und sah einen Mann neben dem Bentley stehen. Es war Superintendent Sir James Powell.

»Haben Sie etwas erreichen können, John?«, fragte er mich.

»Eigentlich nicht, aber trotzdem können wir von einem gewissen Erfolg sprechen.«

»Und?«

Ich hob die Schultern. »Die ganze Sache ist die, Sir. Der Würfel spielte plötzlich verrückt.«

»Wie das?«

Ich lachte bitter. »Das frage ich mich auch, aber es ist nun mal so. Ich bekam ihn einfach nicht mehr unter Kontrolle. Er machte, was er wollte …« Mein Chef hörte gespannt zu, als ich ihm von den Vorgängen erzählte. Aus dem Hintergrund näherten sich Suko und Shao. Sie gesellten sich zu uns.

»Das ist wirklich allerhand«, flüsterte der Superintendent. »Meine Güte, wer konnte das ahnen?«

»Da sagen Sie was, Sir.«

»Ich glaube, John, Sie waren zu voreilig, als Sie den Würfel umtauften. Mit ihm ist im Laufe der Zeit zu viel geschehen. Es kann durchaus sein, dass es bei dem Namen Würfel des Unheils bleibt. Vielleicht müssen Sie ihn sogar loswerden.«

Ich runzelte die Stirn. Loswerden hatte Sir James gesagt. Verdammt, da konnte er sogar Recht haben. Wenn das so weiterging, wurde der Würfel tatsächlich für uns zu einer unerträglichen Belastung.

Ich jedoch wollte die Flinte nicht schon vorher ins Korn werfen und winkte ab. »Lassen wir das alles erst einmal dahingestellt sein. Irgendwie fällt uns eine Lösung ein.«

»Und Sie wollen jetzt zu den Conollys?«

»Ja, ich hoffe, dass wir dort so etwas wie eine Erklärung finden. Meiner Ansicht nach hängt alles von den beiden Personen ab, die den Würfel in Besitz hatten.«

Sir James' Blick traf Suko. »Ich will Sie noch für eine ganze Weile behalten«, sagte er. »Und Sie doch sicherlich auch, Shao – oder?«

»Da haben Sie ein wahres Wort gesprochen, Sir …«

Beide Conollys sahen bleich aus, als wir vor der Haustür standen und Bill öffnete.

»Kommt rein«, sagte er und schaute uns suchend an.

»Was hast du?«, fragte ich.

»Habt ihr den Würfel nicht mitgebracht?«

»Doch, Suko trägt ihn bei sich. Aber nicht sichtbar.«

»Ist vielleicht auch besser so.«

Ich horchte auf. Auch unser Freund Bill schien von dem Würfel nicht mehr begeistert zu sein.

Bill hatte mein Gesicht gesehen. »Ja, es stimmt, ich freue mich nicht mehr über unseren Fund.«

»Dafür habe ich Verständnis.«

Sheila erwartete uns im Vorraum. Ihr Lächeln fiel ein wenig schmal aus. Die unheimlichen Vorgänge steckten ihr noch immer in den Knochen. Mir fiel sofort die Kälte auf, ich sah auch das Loch in der Scheibe und das nach unten gezogene Rollo.

Es hatte sich alles so abgespielt, wie ich es auch in der Würfelfläche gesehen hatte.

»Überrascht?«, fragte Sheila.

»Nicht sehr.«

»Habt ihr den Würfel bei euch?«

»Sicher.«

Ihr Blick vereiste für einen Moment. »Das halte ich nicht für eine so gute Idee. Ich habe das Gefühl, als wäre der Würfel zu einer Zeitbombe geworden, die jeden Augenblick explodieren und uns mit in die Hölle reißen kann.«

»Du hast Angst vor ihm«, stellte ich fest.

»Das ist es. Dieser seltsame und unerklärliche Vorfall muss etwas mit dem Würfel zu tun gehabt haben. Mir fehlen zwar die genauen Beweise, aber …«

»Die brauchst du nicht«, begann ich. »Der Würfel hat etwas damit zu tun, sage ich dir.«

»Sollen wir nicht in einen anderen Raum gehen?«, schlug Shao vor. »Auf die Dauer wird es mir zu kalt.«

Dafür stimmten auch wir.

Bill wollte in sein Arbeitszimmer, das gleichzeitig auch als Bibliothek diente. Er selbst ging vor und sprach über die Schulter zu mir. »Nadine hat es auch überstanden, aber es hätte für uns böse ins Auge gehen können.«

Ich widersprach nicht.

»Und Sheila hat auch etwas gesagt, das mir zu denken gab.«

»Was denn?«

Bill öffnete die Tür und betrat das Zimmer. »Wir sollten das verdammte Ding nicht behalten, sondern abgeben.«

Suko hatte Bill ebenfalls verstanden. »Kannst du mir sagen, wem wir es geben sollen?«

»Darüber haben wir auch gesprochen.«

»An den Eisernen Engel!«, meldete sich Sheila.

Diese Antwort mussten wir erst einmal verdauen. Das taten wir, indem wir uns in die schweren Sessel fallen ließen und darüber nachdachten. Sheila war noch stehen geblieben. Sie erwartete von uns eine Antwort.

Suko fragte sie stattdessen. »Und weshalb gerade an den Eisernen?«

»Weil die stummen Götter dem Würfel ihren Stempel aufgedrückt haben. Eigentlich gehört er zu ihnen. Sie aber können sich nicht rühren, sind Gefangene, also muss ihn der Sohn, der Eiserne Engel, bekommen.«

Das alles war logisch und von Sheila auch sehr gut durchdacht worden. Ich konnte nicht einmal sachlich widersprechen. Dennoch hatte ich Einwände, die allerdings durch keine Logik gerechtfertigt waren, sondern nur auf Gefühlen basierten.

»Sheila, ich kann mir gut vorstellen, wie du denkst, aber so einfach ist das nicht.«

»Weshalb?«

»Denk daran, wie wir gekämpft haben, um den Würfel in Besitz zu bekommen. Es hat Tote gegeben, Menschen ließen deswegen ihr Leben. Da kann ich ihn doch nicht einfach weggeben. Es besteht auch noch kein Grund.«

»Kein Grund, sagst du?« Sheila lachte auf. »Du hast doch gesehen, was geschehen ist. Das hätte sehr schlimm kommen können. Wir haben nur Glück gehabt, das ist alles.«

»So völlig hilflos sind wir nicht.«

»Wenn es um Aibon geht, ja!«, stand Shao ihrer Freundin Sheila bei. »Davon bin ich überzeugt.«

Die beiden hielten zusammen. So völlig absurd war es ja nicht, was sie da sagte, aber ich wollte nicht aufgeben. Der Würfel war manipulierbar. Er musste einfach auf unserer Seite stehen, wenn wir es richtig anfingen.

»Du überzeugst mich nicht, Sheila.«

Nadine sah mich an und sprang an mir hoch. Erst als sie ihre Streicheleinheit bekommen hatte, blieb sie neben dem Sessel liegen und beobachtete stumm.

Plötzlich knurrte sie.

Sofort waren wir angespannt. Sie sah, dass Suko den Würfel hervorgeholt hatte, und Nadine erkannte in ihm augenblicklich den Feind. Sie stand auf, das Fell auf dem Rücken sträubte sich, auch wir wurden sehr misstrauisch.

Ich schaute Suko an.

Der Inspektor legte den Würfel auf den Tisch. Er sah wieder völlig normal aus, auch zeigte sich keine Szene in seiner Fläche. Man hätte ihn als harmlos bezeichnen können.

Nadine hielt es nicht an ihrem Platz. Sie lief auf den Tisch zu, und es sah für einen Moment so aus, als wollte sie am Rand hochspringen, um nach dem Würfel zu schnappen.

Doch sie zog sich zurück und umkreiste den Tisch misstrauisch in einem großen Bogen.

Wir hielten uns jetzt an die Fakten. Ich war es, der auf die grüne Gestalt zu sprechen kam.

662

»Was kann das gewesen sein?«

»Es sah aus wie ein Ghoul!«, erwiderte Sheila.

»Auch so schleimig?«

»Das habe ich nicht feststellen können, aber ich rechne damit.«

»Ihr seid nicht die Einzigen, die damit Bekanntschaft gemacht haben«, meinte Suko.

Nach diesen Worten musste er eine Erklärung geben, was er auch tat. Er berichtete von unseren Erlebnissen, und die Conollys konnten es kaum fassen.

Das war natürlich Wasser auf Sheilas Mühle. »Ich habe euch doch gesagt, dass dieser verdammte Würfel nur Unheil bringt. Er trägt seinen Namen zu Recht. Gebt ihn ab.«

Es war eine Forderung, und Sheila meinte es verdammt ernst. »Oder ist euch euer Leben nichts mehr wert?«, hakte sie nach.

»Natürlich hängen wir an unserem Leben«, sagte ich.

»Das scheint mir nicht so.« Sie nahm auf der Sesselkante Platz. »Ihr müsst den Würfel abgeben. Er kann euch alles kosten, was ihr bisher aufgebaut habt.« Sie drehte sich um, weil sie Shao anschauen wollte. »Was sagst du denn dazu?«

Shao ließ sich ein wenig Zeit, bevor sie sprach. »Im Prinzip gebe ich dir Recht, Sheila, aber ich muss auch an John und Suko denken. Was haben sie sich eingesetzt, um den Würfel zu bekommen! Was liegt alles hinter den beiden! Auch Bill war hin und wieder dabei. Ich finde, du solltest ihnen eine Chance geben.«

»Wie meinst du das?«

»Ganz einfach. Lass ihnen Zeit, damit sie den Würfel untersuchen können. Wir wissen ja nicht genau, wie er funktioniert und auch reagiert. Alles liegt in der Schwebe, ist nicht zu durchschauen. Ich meine schon, dass wir ihnen die Chance geben sollten.«

Hatten die Worte der Chinesin Sheila beeindruckt? Sie jedenfalls schaute zu Boden. Dabei schüttelte sie den Kopf. Uns war klar, dass sie bei ihrem Entschluss geblieben war.

»Ich verstehe dich, Shao. Ich verstehe euch alle, aber ihr

habt nicht das erlebt, was hinter Bill und mir liegt. Es ist furchtbar, es hätte tödlich enden können. Bill ist durch die Scheibe gerast wie Nadine. Beide blieben bis auf einige Schrammen unverletzt. Ich fasse es als eine erste Warnung auf. Was passiert noch? In diesem Würfel stecken doch Kräfte, die wir nicht kontrollieren können. Er kann nicht nur manipuliert werden, er ist schon manipuliert worden. Die andere Seite hat ihn lange genug gehabt.«

»Wen meinst du denn?«, fragte Bill.

»Vielleicht Aibon. Du hast selbst berichtet, dass er sich auf eurer Reise veränderte.«

»Sheila, so kommen wir nicht weiter«, sagte ich. »Denk mal nach. Ich kann den Würfel nicht einfach wegwerfen.«

»Das sollst du auch nicht.«

»Sondern?«

»Ich sprach vorhin vom Eisernen Engel. Ihn kannst du einschalten. Bei ihm ist der Würfel so gut aufgehoben, dass er uns nicht stört. Trotzdem werdet ihr ihn sehen, wenn die Wege des Engels und eure sich kreuzen. Diesen Schreckenstag will ich kein zweites Mal erleben.«

»Sollen wir mit dem Finger schnippen und den Engel herholen?«, fragte ich.

»Werde doch nicht kindisch, John.« Sheila erhob sich und lief auf und ab. »Es wird doch eine Möglichkeit geben, um mit dem Eisernen Engel in Kontakt treten zu können.«

»Mag sein, aber welche?«

»Bin ich Geisterjäger oder du?«

Ich hob die Schultern. »So kommen wir nicht weiter, Sheila. Außerdem, was habt ihr mit dem Würfel zu tun, wenn Suko und ich ihn an uns nehmen? Nichts, gar nichts.«

»Irrtum, John.« Sheila drehte sich so, dass sie mich anschauen konnte. »Wir haben einiges damit zu tun, das kann ich euch versprechen. Hat Suko die Erdmagie allein erlebt, oder war Bill mit dabei? Wenn irgendwelche Kräfte sich gestört gefühlt haben, werden sie versuchen, sich zu rächen. Und davon bleibt auch Bill nicht ausgeschlossen. John, es ist euer Beruf, aber nicht der meines Mannes.«

»So kannst du das nicht trennen!«, widersprach Bill. »Mitgefangen, mitgehangen.«

»Das weiß ich. Man soll es auch nicht übertreiben, sondern Chancen nutzen, die sich einem bieten. Das ist hier der Fall.«

Wir wussten alle, dass wir Sheila nicht vom Gegenteil überzeugen konnten. Was sie sich einmal in den Kopf gesetzt hatte, führte sie auch durch. Koste es, was es wolle.

Ich übernahm wieder das Wort. »Okay, Sheila, du hast uns eine Lösung genannt. Aber der Eiserne Engel ist für uns nicht greifbar. Weißt du auch eine zweite?«

»Ja, die weiß ich …«

»Dann bitte …«

Sheila ließ sich mit der Antwort ein wenig Zeit. Sie zögerte die Spannung hinaus, löste sich sogar von ihrem Standort und schritt langsam auf den Tisch zu.

Auch die Wölfin kam zu ihr. Nadine blieb stehen, als auch Sheila ihren Schritt stoppte.

Unsere Augen waren auf sie gerichtet. Wir bekamen mit, wie sie den Arm ausstreckte. Der Zeigefinger deutete auf den Würfel. »Es gibt eine Lösung«, wiederholte sie. »Sogar eine noch bessere. Eben ist sie mir eingefallen.« Ihr Kopf drehte sich nach rechts, damit sie mich direkt anblicken konnte. »Zerstöre ihn, John! Zerstöre den Würfel!«

Die Forderung stand im Raum. Es war niemand da, der widersprach. Zu hart waren ihre Worte ausgesprochen. Zu unmöglich auch, das ging einfach nicht, das überstieg unser Begriffsvermögen.

Wir schwiegen.

Sheila hob die Schultern. »Habt ihr nicht gehört? Ihr sollt den Würfel zerstören!«

Ich holte tief Luft. Eigentlich hätte ich mir denken können, auf was Sheila hinauswollte, dennoch lag in meinem Magen der Klumpen einer dicken Überraschung, und mir hatte es buchstäblich die Sprache verschlagen.

Bill Conolly dafür nicht. Er schoss förmlich in die Höhe.

»Das kann doch nicht dein Ernst sein, Sheila. Weißt du überhaupt, was du da von uns verlangst?«

»Ja, ich rette vielleicht euer Leben!«

Das Argument saß. Auch Bill konnte nichts Gegenteiliges erwidern. Ich war auf Suko fixiert, der den Kopf schüttelte und eine Ansicht dokumentierte, die auch ich hatte.

Auf keinen Fall wollte ich den Würfel zerstören. So etwas wäre nicht schöner gewesen. Nein, das kam nicht in Frage. Da konnte sich Sheila auf den Kopf stellen und auch weitere Forderungen aufstellen. Ich gab ihr nicht nach.

Sie lächelte hart. »Ihr scheint nicht begeistert davon zu sein, wie ich sehe.«

»Hast du das erwartet?«, fragte ich.

»Nein, aber wenn ihr zu feige seid, den Würfel zu vernichten, werde ich es in die Hand nehmen. Er muss zu zerstören sein, und ich wage den Versuch.«

»Wie denn?«, fragte ich.

»Ganz einfach, John. Ich hole mir eine Axt und werde auf das verdammte Ding einschlagen. Der Würfel ist nur mit Gewalt zu vernichten.«

»Nein, das wirst du nicht!« Bill hatte gesprochen. Er stand auf und hielt Sheila fest.

Sie schauten sich gegenseitig an. »Und was sollte mich daran hindern?«, erkundigte sich Sheila gefährlich sanft.

»Ich!«

»Nein, Bill. Das kannst du nicht. Zudem bist du ein Geschädigter. Du musst mir beistehen, du hast Familie, einen Sohn, willst du ihn weiterhin in Gefahr bringen. Der Würfel ist verdammt mächtig, zu mächtig, wie mir scheint. Auf magische Attacken reagiert er wohl nicht, da kann man es eben nur mit der Brechstange versuchen.«

»Wahrscheinlich würdest du dich unglücklich machen«, warf ich ein und stand ebenfalls auf. »Sheila, der Würfel ist gefährlich. Obwohl er wie tot aussieht, steckt dennoch Leben in ihm. Ein Leben, das auch reagieren und agieren kann. Du glaubst doch nicht im Ernst, dass die Kräfte, die den Würfel leiten, eine Zerstörung zulassen.«

»Es kommt auf einen Versuch an.«

»An dem ich dich hindern werde.«

»Mit Gewalt?«, fragte sie lauernd.

Ich schüttelte den Kopf. »Sheila, schweife doch nicht vom Thema ab. Behalte einen kühlen Kopf.«

»Den habe ich, John. Kein Wort, das ich sage, war bisher unüberlegt. Ich kenne das Grauen, ich habe die Nase gestrichen voll. Dass wir nicht mehr aus diesem teuflischen Kreislauf herauskönnen, weiß ich selbst. Ich möchte ihn auch nicht weiter verschlimmern. Wenn dir eine bessere Lösung einfällt, um den Würfel zu zerstören, bitte, sage sie! Ich habe nichts dagegen.«

»Ich werde nichts dergleichen tun.«

»Dann kann ich dir auch nicht helfen«, erklärte sie lakonisch.

Jetzt meldete sich Suko. »John und Sheila, hört auf, euch zu streiten. Schließen wir doch einen Kompromiss.«

»Und wie sähe der aus?«, fragte ich.

»Um die Kraft oder Macht des Würfels zu testen, gibt es eine ganz simple Lösung. Wenn du dein Kreuz nimmst und es mit dem Würfel in Kontakt bringst …«

»Das ist es!« Sheila hatte die Worte gesprochen, blickte mir fragend ins Gesicht und wartete auf eine Antwort.

Ich dachte nach. Was sollte ich ihr dazu sagen? Wie konnte ich in so einer Lage reagieren? Es war ein Kompromiss. Auch ich traute dem Würfel mittlerweile nicht. Er hatte sich auf dem Weg zu uns mit einer Magie aufgeladen, die uns über war. Wenn wir ihn so haben wollten, wie er einmal gewesen war, mussten wir eben alles versuchen.

»Gut.«

»Du machst es?«, fragte Sheila.

»Das werde ich.« Gleichzeitig griff ich unter meinen Pullover und zog das Kreuz hervor.

Jeder kannte es, und ein jeder wusste auch, dass es das Kreuz gewesen war, das Suko und Bill praktisch zurückgeholt hatten, wobei die vier Erzengel, die auf dem Kreuz ihre Insignien hinterlassen hatten, die eigentliche »Schuld« daran trugen.

Es hatte die Druidenmagie in Pluckley überlisten können. Würde sie auch den Würfel schaffen?

»Weshalb zögerst du?«, fragte Sheila. »Je eher, desto besser. Warte nicht zu lange.«

Ich schaute sie ein wenig hochmütig an, bevor ich mich in Bewegung setzte. Sie verlangte verdammt viel von mir. Wenn das Kreuz tatsächlich stärker war, würde es auch den Würfel zerstören.

Ließ ich es bleiben, würde mir Sheila die Freundschaft kündigen. Es war ein Kompromiss, allerdings kein schlechter, wie ich zugeben musste. So konnten wir die Stärke des Würfels prüfen.

Ich trat an den Tisch.

Wieder einmal umgab mich atemloses Schweigen. Ein jeder wollte sehen, was geschah, und starrte auf den Würfel.

So völlig harmlos lag er da. Nichts deutete auf die Kraft, die in ihm steckte. In seinem Innern waren die Schlieren erstarrt, es gab kein Leben mehr in ihm.

Für einen Moment dachte ich an die grünen Monstren, die erschienen waren. Von ihnen hatte ich bisher nichts gesehen.

»Bitte, John …« Sheila hatte sich aus dem Hintergrund gemeldet und wartete voller Spannung.

Lange nachdenken wollte ich nicht mehr, näherte das Kreuz dem Würfel und legte es genau auf die oberste Fläche …

Das Kreuz fand auf der Würfelfläche haargenau seinen Platz. Zwar wusste ich nicht, was geschehen würde, dennoch war ich nicht zurückgetreten und behielt meinen Platz bei.

Jeder schaute hin. Die nächsten Sekunden gehörten mit zu den spannendsten in meinem Leben. Es konnte sich vieles, vielleicht alles entscheiden. Möglicherweise sorgte das Kreuz auch dafür, dass die Kräfte aus dem Würfel herausgetrieben wurden, die nicht in ihn gehörten.

Geschah etwas?

Unser Atmen drückte in die Stille hinein. Schweiß stand

auf unseren Gesichtern, und er hatte sich außerdem auf meinen Handflächen gesammelt.

Noch blieb ich ruhig, das allerdings änderte sich, als ich die Reaktion sah. Ohne es aktiviert zu haben, spielte das Kreuz seine Magie aus.

Auf einmal strahlte es auf. Von der Spitze bis zum Ende bekam es den grünen Glanz der Druidenmagie, und auch der Würfel veränderte seine Farbe.

Er wurde grün!

Ich stand da und staunte. Tief in seinem Innern begann es. Die Farbe breitete sich allmählich aus, um eine Seite nach der anderen zu erfassen. Auch die wie Eis wirkenden Schlieren veränderten sich, denn sie wurden noch dunkler als die übrigen Seiten des Würfels.

»Das Kreuz schafft es! Das Kreuz schafft es!« Wir hörten Sheilas Stimme, die lauter wurde und einen Moment später abbrach, denn der Würfel jagte, wie von einem Katapult geschleudert, in die Höhe. Wir alle verfolgten seinen Flug, der bis gegen die Decke des Zimmers ging, dort zum Stillstand kam und wenig später zu einer sprühenden, zischenden Masse wurde.

Ein jeder von uns bekam die fremde Magie mit. Wir waren nicht mehr Herr unserer Sinne. Ich konnte mich nicht mehr halten. Der Boden wurde unter meinen Füßen weggezogen. Aus weit aufgerissenen Augen sah ich die anderen fallen, auch Sheila, und sie kippte mir genau in die Arme, die ich blitzschnell vorgestreckt hatte.

Ich hörte sie sprechen. »Was habe ich getan? Was habe ich ...?«

Dann vernahm ich nichts mehr.

Die plötzliche Dunkelheit löschte alles aus und riss uns wie ein Strudel mit sich fort.

Zurück blieb – ein leeres Zimmer!

Eine Zeitreise in Sekunden, Minuten oder Stunden zu fassen, ist wohl so gut wie unmöglich. Mir jedenfalls gelang es nicht.

Deshalb wusste ich auch nicht, wie lange ich unterwegs gewesen war. Jedenfalls hatte sich die Umgebung verändert, als ich die Augen aufschlug und mich umschaute.

Ich befand mich in einem anderen Land, in einer anderen Zeit und in einer anderen Dimension.

Davon jedenfalls ging ich aus, und unter meinen Füßen befand sich ein karger Boden.

Ich drehte mich um.

Wir hatten es alle hinter uns gebracht. Ich sah Sheila, Shao, Bill und Suko.

Nur die Wölfin Nadine hatte diese gefährliche Reise nicht mitgemacht, da sie sich nicht im Zimmer aufgehalten hatte.

»Und das muss ausgerechnet uns passieren!«, hörte ich die Stimme meines Freundes Bill. »Verdammt auch!« Er wandte sich ab und ging zu seiner Frau, die nicht wusste, wie sie sich verhalten sollte, denn die Umgebung war uns allen unbekannt.

Ein leichter Druck war in meinem Kopf zurückgeblieben. Er verschwand sehr schnell, sodass ich wieder klare Gedanken fassen konnte. Die Frauen redeten mit ihren Männern, so bekam ich Zeit, mich ein wenig zu orientieren.

All right, wir befanden uns in einer völlig fremden Welt. An die Erde glaubte ich nicht, auch wenn ich eine in der Nähe liegende hohe Gebirgskette sah, die auch auf der normalen Welt hätte sein können.

Dafür konnte man den Himmel als urirdisch oder nicht irdisch bezeichnen.

Er zeigte eine düstere Farbe, die aus vielen Tönen gemischt zu sein schien. Sie lag hoch über uns wie eine glatte Fläche, die von einer Unendlichkeit zur anderen zu reichen schien.

Dies hier war eine stumme, schweigende Welt. Selbst unseren Atem empfanden wir als störend. Sukos Schritte erzeugten seltsam dumpfe Geräusche, als er sich mir näherte.

Nickend blieb er vor mir stehen. »Keine Vorwürfe, John, nicht wahr?«

»Nein.«

»Danke.« Das hatte Sheila gesagt, die sich mit ihrem Mann im Hintergrund aufhielt.

»Und wo könnten wir hier sein?«, fragte Bill.

Ich hob die Schultern, während Suko die gleichen Drehbewegungen durchführte, wie ich es vorhin getan hatte. »Auf jeden Fall nicht mehr in unserer Zeit oder unserer Dimension«, erklärte er. »Da muss etwas anderes passiert sein.«

»Klar, der Würfel hat seine Macht ausgespielt.«

»Und wo ist er jetzt?«

Ich hätte mich selbst ohrfeigen können, als ich Sukos Frage hörte. Natürlich, er hatte völlig Recht. Niemand wusste genau, wo sich der Würfel momentan befand.

Eines stand fest.

Wir sahen ihn nicht mehr. Und keiner von uns hielt ihn auch fest. Er und das Kreuz waren verschwunden.

Plötzlich rann es mir kalt den Rücken hinab. Ich fühlte mich so verdammt hilflos. Ohne das Kreuz war ich praktisch nur mehr ein halber Mensch und kaum fähig, exakt zu handeln.

Da war guter Rat teuer, das erkannte ich auch an den Gesichtern meiner Freunde. Wahrscheinlich sah ich ebenfalls nicht anders aus, aber eine Erklärung hatte ich trotzdem nicht.

»Das ist natürlich nicht gut«, murmelte ich und schüttelte den Kopf. »Man hat uns kalt erwischt.«

»Und wer?«

»Wenn ich das wüsste.«

»Die Druidenmagie«, sagte Bill.

»Nein«, widersprach ich. »Ich möchte wetten, dass wir uns nicht in Aibon befinden.«

»Was macht dich so sicher?«

»Aibon ist ganz anders, ganz anders. Es ist das Land der Druiden. Für die Eichenkundigen aus alter Zeit die Erfüllung überhaupt, und es ist so, wie sie sich das Paradies vorstellen. Auch Berge, aber nicht so schroff und kantig. Eher weicher und hügeliger. Das hier ist nicht Aibon!«, wiederholte ich.

»Aber eine andere Dimension!«, hielt Bill fest. »Und die Geländeform hat Ähnlichkeit mit der auf unserer Erde.«

Niemand widersprach ihm. Nur Suko blieb nicht still. Er gab brummende Laute von sich, die mich stutzig werden ließen.

»Was hast du?«

»Im Prinzip nicht viel. Nur habe ich mir die Berge mal genauer angeschaut, und da ist mir etwas aufgefallen. Irgendwie habe ich das Gefühl, sie zu kennen.«

»Dann warst du schon mal hier?«, fragte Bill.

»Nein, nein, das ist anders.« Suko überlegte kurz. »Ich glaube, dass mir diese Gegend schon mal beschrieben worden ist. Und zwar von einer Person, die neben mir steht.«

»Du meinst mich?«

»Genau, John.«

Ich hob die Schultern. »Wann soll ich dir diese Gegend schon beschrieben haben? Das ist …«

Suko ließ mich nicht ausreden. »Schau dir die Berge genau an. Zeichne mit deinen Blicken ihre Formation nach. Die Hügel, die Täler, die Buchten und Einschnitte. Fällt dir dabei wirklich nichts auf? Du musst sie doch gesehen haben!«

Was blieb mir anderes übrig, als dem Ratschlag meines Freundes zu folgen. Bei meinem Rundblick ging mir ein Licht auf. Verdammt, ich war tatsächlich wie blind gewesen! Natürlich kannte ich das Land, in dem wir uns befanden. Ich kannte auch die Berge, die Kuppen und Spitzen genau, und ich wusste, was zwischen ihnen lag.

»Na, hast du es?«, fragte Suko, der bemerkt hatte, was in mir vorgegangen war und noch vorging.

»Ja!«, hauchte ich. »Ich weiß es jetzt. Ich kenne es auch. Wir befinden uns direkt in der Nähe. Es ist die Schlucht der stummen Götter …«

Leise, dennoch für alle verständlich, hatte ich den letzten Satz ausgesprochen. In meiner Stimme hatte so etwas wie Ehrfurcht mitgeschwungen.

»Die Schlucht der stummen Götter«, wiederholte Bill Conolly flüsternd. »Es ist kaum zu glauben.«

Sheila sah es praktischer. »Dann wären wir ja in der Nähe des Eisernen Engels.«

»Das ist möglich«, gab ich zu.

»Und wir könnten ihm den Würfel …« Sheila schwieg und schüttelte den Kopf. »Es geht ja nicht. Er ist nicht da.«

»Ich frage mich, wer dafür gesorgt hat, dass wir überhaupt hierher kommen konnten«, meinte Shao.

Meine Antwort klang spontan. »Die stummen Götter.«

»Wieso?«

»Haben Sie nicht dem Würfel ihren Stempel aufgedrückt?«

»Das schon. Aber es ging alles so plötzlich, so unerwartet. Vorhin haben wir noch von ihnen gesprochen, und jetzt sind wir auf einmal da …«

»Noch nicht«, widersprach ich, »aber wir werden in die Schlucht hineingehen. Vielleicht erfahren wir dort mehr.«

»Kannst du denn mit Stummen reden?«, wollte Sheila wissen.

»Das ist möglich. Wenn sie in Gedanken zu mir sprechen, gelingt mir dies auch.«

»Dann los!«

Wir formierten uns. Suko hielt sich zunächst an meiner Seite. »Soll ich sagen, dass wir Glück im Unglück gehabt haben?«

»Weiß ich noch nicht.«

»Ich wäre dafür. Wenn die Schlucht der stummen Götter in der Nähe ist, kann eigentlich auch der Eiserne Engel nicht weit sein, wenn du verstehst, Alter.«

»Du hoffst auf jemanden, der mithilft, den Würfel und das Kreuz zu suchen.«

»So ähnlich.«

»Ich hoffe nur, dass du nicht irrst.«

Wir gingen durch eine schweigende Landschaft. Die Schlucht der stummen Götter machte ihrem Namen schon hier alle Ehre, obwohl wir sie noch nicht erreicht hatten.

Die dunkle Farbe des Himmels blieb, auch die langen

Schatten der Berge, in die wir eintauchten. Sie waren starr, lebten nicht wie die Schatten des Spuks.

Als ich daran dachte, hatte ich mir selbst ein Stichwort gegeben. Ich wusste, dass der Spuk ebenfalls hinter dem Würfel her war, und ich fragte mich, aus welchem Grunde er noch nicht angegriffen hatte. Es wäre für ihn, den Letzten der Großen Alten, ein Leichtes gewesen, in den Besitz des Würfels zu gelangen.

Hier, nahe der Schlucht, wo seine Todfeinde lauerten, würde er es viel schwerer haben. Für mich gab es einen triftigen, wenn auch noch unbekannten Grund, weshalb der Spuk sich bisher so zurückgehalten hatte.

Das Gleiche galt für Asmodis. Was hatte er nicht alles versucht, um den Würfel in seinen Besitz zu bringen! Erreicht hatte er nichts, da ihm der Spuk in die Quere gekommen war und sie sich gegenseitig aufrieben. Nur konnte ich mir gut vorstellen, dass beide den Würfel nicht aus den Augen verloren hatten und genau wussten, wo er sich befand.

Wie ich es auch drehte und wendete, zu einem Resultat gelangte ich nicht. Ich musste mich einfach mit den Tatsachen abfinden und auch abwarten, was die nahe Zukunft bringen würde.

Bisher hatten wir nur einstecken und die andere Seite agieren lassen müssen. Das würde sich hoffentlich ändern. Irgendwann mussten unsere Gegner aus der Reserve kommen.

Vielleicht wurden meine Freunde von ähnlichen Gedanken geplagt. Sie sprachen nicht darüber.

Um den Eingang der Schlucht zu erreichen, mussten wir einen Bogen gehen. Suko und ich schauten hin und wieder hoch zum Himmel. Abgesprochen hatten wir uns nicht, jedoch blieben unsere Gedanken gleich.

Wir suchten den Eisernen Engel!

Es war sein Land, er musste hier leben, aber ich dachte auch daran, dass er seine starke Waffe, das magische Pendel, verloren hatte, als er Alis und mein Leben rettete.

Der Eiserne war sehr traurig gewesen, und ich wusste bis heute nicht, wie er diese Tatsache überhaupt überwunden hatte. Gemeldet hatte er sich bei uns jedenfalls nicht.

Alles blieb gleich. Die Schatten, der Boden, der Himmel. Nur die Ansicht der Berge änderte sich.

Da wir einen Bogen geschlagen hatten, näherten wir uns direkt dem Eingang der Schlucht.

Das heißt, wir konnten bereits hineinschauen.

Obwohl keiner darüber redete, musste es für meine Freunde ein besonderes Gefühl sein, dies erleben zu können. Mir war es bei meiner ersten Begegnung auch nicht anders ergangen, als mich das Gefühl einer Ehrfurcht durchflutete.

Hatte uns bisher das Schweigen umgeben, so änderte sich dies, als wir den breiten Schluchteingang hinter uns ließen. Das Schweigen war nach wie vor vorhanden, nur empfanden wir es zwischen den hohen Felsen wesentlich intensiver als zuvor.

Greifen oder fühlen kann man das Schweigen nicht. Doch ein anderer Begriff fiel mir dafür nicht ein. Es lastete glockenartig über unseren Köpfen, und meine Freunde setzten ihre Schritte längst nicht mehr so forsch wie noch zuvor.

Sie gingen vorsichtiger, irgendwie verhalten, wobei ihre Blicke sowohl nach rechts als auch nach links glitten.

Dort sahen sie nicht allein die zerklüfteten Felsen mit den Spalten, Vorsprüngen, Rissen und Einkerbungen, nein, wenn sie genauer hinschauten, erkannten sie Gesichter im Gestein.

Weise, alte, gütige Gesichter. Sogar mit angedeuteten Augen versehen, die vieles zu wissen schienen, sich aber nicht mehr in der Lage befanden, das Wissen weiterzugeben.

Hinter mir vernahm ich eine flüsternde Stimme. Wer von den beiden Frauen gesprochen hatte, wusste ich nicht. Wahrscheinlich war es Sheila gewesen. »Das ist die Schlucht, da sind die Götter …«

Sie beobachteten uns. Sie mussten uns einfach sehen, aber sie taten nichts und ließen uns tiefer in die Schlucht hineinkommen, die normalerweise für Menschen nicht begehbar war.

Ein Beweis, dass uns die Götter nicht zürnten.

Und so gingen wir weiter, bis ich plötzlich meinen Schritt verhielt und auch die anderen stehen blieben. Wir hatten ungefähr die Mitte der Schlucht erreicht.

Hier war sie sehr eng. Wenn ich den Weg weiter vorschaute, kam er mir wie ein Tunnel vor. Aber dieser Punkt, an dem ich gestoppt hatte, war mir kein unbekannter mehr. Hier hatten schon der Eiserne Engel und auch die stummen Götter mit mir geredet, sodass ich davon ausgehen konnte, an einer neuralgischen Stelle zu stehen.

Weder der Würfel noch das Kreuz waren uns bisher unter die Augen gekommen. Allmählich schwand meine Hoffnung, es hier zu finden. Auf jeden Fall aber wollte ich einige Worte mit dem Eisernen Engel wechseln, vorausgesetzt, er hielt sich in der Nähe auf.

Ich schaute nach links.

Ein weises Gesicht sah ich innerhalb der Felswand abgebildet. Alle Götter waren die Väter des Eisernen Engels, der auch einen Zwillingsbruder gehabt hatte, wobei der andere genau den entgegengesetzten Weg als der Eiserne eingeschlagen hatte.

Der Zweite hatte dem Bösen gedient und dafür mit seiner Existenz bezahlen müssen. Von seinem eigenen Bruder war er vernichtet worden, und so gab es nur mehr einen.

Meine Begleiter hielten sich zurück. Sie ahnten wohl, dass ich an einem entscheidenden Punkt angelangt war, sie wollten mich deshalb nicht stören. Ich versuchte, Zwiesprache mit der Gestalt zu halten, die ich vor mir im Felsen sah.

Hatte sich das Gesicht bewegt? Gab mir der stumme Gott ein Zeichen? Mein Innerstes war aufgewühlt. Diese Dimension war nicht für Menschen, hier regierten und lebten Götter und Menschen. Die trotzdem herkamen, durften nicht anmaßend sein.

Deshalb hoffte ich so sehr, dass der andere redete und mich zuerst ansprach.

Die Hoffnung wurde nicht enttäuscht. Ich vernahm seine Stimme, aber sie war nur für mich zu hören und zu verstehen, da sie allein in meinem Hirn aufklang.

»Ich grüße dich und heiße dich willkommen in der Schlucht der stummen Götter, Geisterjäger. Wir alle grüßen dich und deine Freunde, denn es war ein schwerer Weg, der dich zu uns geführt hat. Ein sehr schwerer, wie du weißt.«

»Es stimmt.«

»Wir sind zwar nicht allwissend, aber wir haben erfahren, dass es dir gelungen ist, den Würfel des Unheils zu bekommen. Dazu möchten wir dir gratulieren.«

»Nein!«, rief ich in Gedanken. »Den Würfel besitze ich nicht mehr. Man hat ihn mir und meinen Freunden weggenommen …«

»Ja, auch das ist uns bekannt.«

»Mein Kreuz …«

»Wir wissen vieles, Geisterjäger.«

»Auch, wo sich beide Dinge befinden?«, fragte ich.

»Das kann sein.«

»Führe mich bitte zu der Stelle!« Die Hände hielt ich hoch seit dieser Bitte.

Meine Freunde hörten zwar nichts, aber sie verhielten sich ruhig, da sie erkannt hatten, dass ich in diesem Fall die Fäden in der Hand hielt.

Man gab mir eine Maßregelung. »Die Schlucht der stummen Götter ist eine Oase des Schweigens. Wer hier lebt, wer hier existiert, hat es gelernt, abzuwarten und ruhig zu sein. So lange, bis man ihm die Dinge eröffnet und mitteilt. Geduld gehört zu den wichtigsten Tugenden.«

»Ich weiß«, antwortete ich. »Aber ich bin ein Mensch. Für mich geht es um viel.«

»Wie für unseren Sohn, den Eisernen Engel.«

»Und ihn suchen wir auch.«

Wieder hörte ich die Stimme in meinem Kopf. »Es ist dem Eisernen nicht gut gegangen«, hörte ich. »Er hat es schwer gehabt, denn er musste, wie du weißt, gegen Hemator antreten. Um ihn zu besiegen, reichte sein Schwert nicht aus. Er nahm die andere Waffe, das magische Pendel. Leider war Hemator sehr stark, seine Kräfte überstiegen die des Pendels, und es schmolz zusammen, wie du gesehen hast. Dadurch erlitt unser Sohn eine schwere Niederlage. Ihr Menschen nennt es Depressionen, so etwas Ähnliches überfiel auch den Engel. Er wollte nicht mehr, weil ihm das genommen worden war, wonach er so lange gesucht hatte. Der Eiserne Engel war des Kämpfens müde.«

»Und?«, fragte ich. »Hat er es durchgehalten?«

»Ja, auch uns gelang es nicht, ihn wieder aufzurichten. Er verfiel in einen schlimmen Zustand. Er sah in seiner Existenz keinen Sinn mehr. Deshalb hast du auch nichts mehr von ihm gehört.«

Die Stimme war leiser geworden. Sie pausierte jetzt. Ich wagte auch nicht, eine neue Frage zu stellen, stattdessen vernahm ich hinter mir das Flüstern.

»John, was hast du?«

Ich drehte den Kopf. Bill hatte sich vorgebeugt. Er starrte mich fragend an.

»Man hat mit mir geredet.«

»Der Gott?«

»Ja, nur für mich war die Stimme zu hören. Und es ging um den Eisernen Engel. Es muss viel passiert sein, er will nicht mehr kämpfen. Wahrscheinlich können wir auf seine Hilfe nicht rechnen, aber das werde ich bestimmt noch erfahren.«

Bill war erstaunt. Desgleichen Suko. Beide konnten sich das nicht vorstellen. Auch für mich war es schwer, denn der Eiserne Engel war ein Bündel an Energie und Kampfeswillen gewesen. Sollte das jetzt vorbei sein? Das konnte ich nicht glauben.

Ich starrte wieder auf das große Gesicht in der Felswand. Hatte es sich verändert? War der Ausdruck ebenfalls traurig oder deprimiert geworden?

Das alles lag im Bereich des Möglichen. Nur war ich nicht hergekommen, um Rätsel zu lösen. Ich wollte Informationen haben, und die konnte mir nur der stumme Gott gedanklich übermitteln.

Er meldete sich wieder. »Ich kann deine Überraschung verstehen, auch für uns war es nicht leicht, die beiden Söhne zu verlieren …«

Ob es höflich war oder nicht, spielte jetzt keine Rolle. Ich unterbrach ihn einfach. »Moment, bitte! Beide Söhne. Der eine diente dem Bösen ...«

»Das wussten wir. Dennoch schmerzt es immer, jemanden zu verlieren, der ein Teil des Erschaffens ist. Durch den bösen Zwilling hatten wir auch die Möglichkeiten zu erfahren, was die andere Seite, die Großen Alten, taten. Das ist nun vorbei. Fünf Große Alte sind vernichtet. Einer lebt noch, der Namenlose, der seinen Namen trotzdem preisgegeben hat. Hinter ihm verbirgt sich der Spuk.«

»Er ist auch mein Feind«, sagte ich sofort. »Denn der Spuk möchte das besitzen, was mir verloren ging.«

»Ja, der Spuk ist mächtig. Er lauert, aber er hat euch nicht angegriffen, um dir den Würfel wieder zu entreißen.«

»Und das wundert mich.«

»Du wirst es vielleicht noch erfahren. Es gibt einen Grund, aber du wolltest etwas von dem Eisernen Engel.«

Mir fiel wieder ein, dass der Stumme von zwei Söhnen gesprochen hatte! Ich kam wieder auf das Thema und erfuhr Schreckliches.

»In der Tat wollte auch der Eiserne Engel nicht mehr kämpfen. Er hatte das magische Pendel verloren und wurde immer depressiver, bis er nur mehr ein Schatten seiner selbst war. Da geschah es, dass er noch einmal mit uns sprach und uns bat, in die Zone der alten Göttermagie eintreten zu dürfen. Gewissermaßen in seine Geburtsstätte.«

»Habt ihr es ihm erlaubt?«

»Das taten wir, denn wir können nur beratend zur Seite stehen, aber keinen hindern, das zu tun, was er für richtig hält. So war es auch bei unserem Sohn. Er ging also in den Berg und legte sich nieder ...«

»Schlief er?«

»Es sollte ein Schlaf werden, aber ein ewiger. Der Eiserne Engel hat sich niedergelegt, um zu sterben ...«

Ich war wie vor den Kopf geschlagen, als ich diese Nachricht erfuhr. Plötzlich drehte sich alles vor meinen Augen. Ich konnte es einfach nicht fassen. Eine Gestalt wie der Eiserne, der so hart gekämpft und sich seinen Feinden in den Weg gestellt hatte, ging einfach hin und legte sich nieder, um zu sterben.

Mich schwindelte. Ich hatte das Gefühl, mich festhalten zu müssen, holte tief Luft und schluckte meine Überraschung runter. Jetzt musste ich ruhig Blut bewahren. Der stumme Gott hatte davon gesprochen, dass sich sein Sohn zum Sterben niederlegen wollte. War er vielleicht schon tot, oder lebte er noch?

Danach fragte ich.

»Wir haben es nicht kontrolliert.«

»Dann lasst mich zu ihm!«, forderte ich.

»Du willst wirklich in die Zone der Göttermagie hineingehen? Dort, wo vieles begann?«

»Ja.«

»Noch nie hat ein Mensch sie betreten, aber ich erlaube es dir, da sie schon entweiht worden ist, denn ich glaube, dass du dort nicht nur den Engel finden wirst, sondern auch das, was du so sehr suchst. Der Spuk schläft nicht, Geisterjäger. Ihr habt zwar den Würfel besessen, kontrolliert aber hat er ihn. Und er wird versuchen, in unser Refugium einzudringen. Durch den Würfel könnte er es schaffen.«

»Bitte, zeig mir den Weg. Jetzt und sofort!«

Der stumme Gott schwieg. Wahrscheinlich war er von seinen eigenen Plänen nicht so sehr überzeugt.

Obwohl in dieser Welt Zeit keine Rolle spielte, hatte ich das Gefühl, die Minuten würden zwischen meinen Fingern zerrinnen. Ich ließ mir auch die letzte Antwort durch den Kopf gehen. Der Spuk also hockte wieder einmal im Hintergrund. Klar, dass er den Würfel nicht aufgegeben hatte, und er versuchte, auf einem raffinierten und getarnten Umweg wieder voll in den Kampf einzusteigen.

Gar nicht schlecht. Aber was hatte Aibon mit dieser Geschichte zu tun? Das Land der Druiden und den Spuk konnte ich auf keinen gemeinsamen Nenner bringen. Obwohl beide von der Magie lebten, waren sie doch sehr unterschiedlich.

Suko kam zu mir. Auch hörte ich die leisen Gespräche der drei anderen Freunde. Sie fühlten sich innerhalb der Schlucht ein wenig unwohl. Verständlich, denn dieses Land war nicht für Menschen gedacht. Hier wurde Wissen konzentriert, hier befand sich die Geburtsstätte einer Magie, die für Menschen oft genug unbegreiflich war.

»Du zögerst?«, fragte mich mein Freund.

»Ja.«

»Willst du mir den Grund nennen?«

»Ich weiß nicht, ob mir dazu die Zeit bleibt. Nur so viel, Suko. Der Eiserne Engel scheint sich aufgegeben zu haben. Er zieht es vor, sein Leben zu beenden.«

»Will er sterben?«

»So sehe ich es.«

Suko schaute sich um. »Und wo will er sein Leben beenden? Vielleicht hier in der Schlucht?«

»Nein, in der Zone der alten Göttermagie, wie man mir gedanklich versicherte.«

»Und wo befindet sie sich?«

Ich hob die Schultern. »Das werde ich erst noch feststellen.«

»Es ist doch klar, dass ich dich begleite«, erklärte mein Freund und Kollege. »So ohne weiteres lasse ich dich nicht ...«

Die Worte des Inspektors waren auch von dem stummen Gott gehört worden, denn er mischte sich ein. Auf einmal nahm ich seine Botschaft wieder auf, nur für mich verständlich.

»Nein, du darfst niemanden mitnehmen. Allein musst du gehen. Lass deine Freunde in der Schlucht warten. Das Kreuz gehört dir, du hast den Würfel gejagt, und du sollst auch dafür belohnt werden ...«

Ich nickte.

Auch Suko hatte die Bewegung gesehen. »Er sprach wieder mit dir?«

»Genau.«

»Was wollte er?«

»Dass ihr in der Schlucht bleibt!«

Sukos Mimik wurde ernst. Er ärgerte sich für einen Moment, sah meinen bittenden Ausdruck in den Augen, hob die Schultern und trat zurück. »Ich wünsche dir viel Glück. Wir halten hier die Stellung. Was wir tun können, werden wir. Na ja, du weißt schon.«

»Alles klar«, erwiderte ich, um einen Moment später wieder die Stimme zu empfangen.

»Es ist gut, dass du auf mich gehört hast. Deshalb will ich dich auch nicht länger aufhalten. Reinige deinen Geist, reinige deine Seele, denke nur an deine Aufgabe und lass alles andere zurück, denn du brauchst einen freien Geist und einen klaren Blick, um die schweren Probleme lösen zu können.«

Es war die letzte Botschaft, die ich empfing, dafür veränderte sich der Felsen vor mir. Es war genau der hohe Berg, in dessen Außenseite ich das Gesicht hatte schimmern sehen.

Ungefähr dort, wo die harten Linien des Kinns ausliefen, veränderte sich das Gestein. Es knackte und knirschte nicht, aber tief in seinem Innern begann ein geheimnisvolles rotes Glühen. Es war zunächst nur ein kleiner Punkt, der sich schnell zu einem Kreis vergrößerte und einen bogenförmigen Umfang annahm.

Die Umrisse eines Tores.

Gleichzeitig breitete es sich aus. Seine Seiten wurden verlängert und dem Grund der Schlucht entgegengedrückt, sodass es mir vorkam wie eine rote Tür.

Noch war sie geschlossen, aber ich ging davon aus, dass sie sich bald öffnen würde.

Das tat sie auch.

Staunend schaute ich zu, wie das rote Licht allmählich zurückfloss und sich dabei wie eine Spirale in die Tiefe des Berges hineindrehte. Es schuf mir einen Tunnel.

Zurückgelassen hatte es einen Eingang. Das Tor im Fels. Die Tür in die Zone der Göttermagie, die auf mich, den Menschen, wartete.

In meinem Hals spürte ich ein Kratzen. Der stumme Gott

meldete sich nicht mehr. Er hatte gesagt, was gesagt werden musste. Nun gab er mir die Chance zu handeln.

Ich nahm sie wahr.

Vorsichtig setzte ich einen Fuß vor den anderen. Dabei spürte ich das Vibrieren meiner Nerven. Sie glichen kleinen Stromkabeln, die durch meinen Körper peitschten.

Schweiß lag auf meiner Stirn. Auch mein Herz schlug schneller. Ich dachte wieder an die Worte des stummen Gottes. Er wusste Lösungen, aber er konnte nicht handeln. Solange der letzte Große Alte noch existierte, waren auch die Stummen Gefangene.

Auf mich, einen Menschen, hatte er gesetzt. Ich hoffte, dass ich ihn nicht enttäuschen würde.

Der Eingang war so hoch, dass ich mich nicht zu bücken brauchte. Mit steifen Schritten ging ich weiter und schaute wieder hinein in den roten Tunnel.

Er stach in den Felsen, war lichterfüllt und musste bereits zur Zone der Götter gehören.

In der Schlucht hatte das andächtige Schweigen gelegen. Dies änderte sich. Zwar vernahm ich keine Geräusche, aber im Innern des Berges waren trotzdem Laute vorhanden.

Ein fernes Singen oder Summen hörte ich. Wo es seinen Ursprung hatte, war nicht festzustellen. Irgendwo vor mir in der Tiefe dieses ungewöhnlichen Berges.

Das Summen steigerte sich nicht, auch als ich tiefer in den Berg hineindrang. Es blieb gleich, es begleitete und führte mich meinem Ziel entgegen.

Davon sah ich noch nichts. Mich hielt der geheimnisvolle Tunnel umschlossen, dessen Wände rot glühten und der kein Ende zu nehmen schien, denn mit jedem Schritt, den ich vorging, verlängerte er sich ebenfalls.

Auch wieder ein Phänomen, über das ich nicht nachdenken musste, es auch nicht wollte, andere Dinge waren wichtiger.

Auf einmal hatte ich das Gefühl, einfach zurückschauen zu müssen. Ich drehte mich um und glaubte, einen Schlag in den Magen bekommen zu haben.

Die Wand schloss sich.

Nein, die hatte sich schon geschlossen. Vielleicht eine Armlänge von mir entfernt glitt sie zu, ohne dass dabei auch nur das leiseste Geräusch entstand.

Ich war ein Gefangener des Berges, des Felsens und dieser alten Magie der stummen Götter.

In meinem Hals hatte sich ein trockenes Gefühl ausgebreitet. Davon war mir nichts gesagt worden. Unwillkürlich warf ich einen Blick der halbrunden Decke entgegen, aber es zeigte sich kein Gesicht wie draußen, als ich noch in der Schlucht stand.

Dennoch war ich der Kontrolle des stummen Gottes nicht entwichen, da ich wieder seine Stimme vernahm.

»John Sinclair, du hast das Glück gehabt, die Göttermagie sehen zu dürfen. Du bist so etwas wie ein Entdecker. Jeder, der diese Höhle betritt, die nicht für Menschen gemacht worden ist, wird Erfolg haben müssen, da es sonst keinen Rückweg mehr gibt. Hast du keinen Erfolg, bleibst du für alle Zeiten im Stein eingeschlossen. Dann ergeht es dir wie uns, und du wirst erst befreit werden können, wenn auch das letzte Mitglied der Großen Alten vernichtet wurde.«

»Und das ist wahr?«

»Die stummen Götter haben es nicht nötig, die Unwahrheit zu sprechen. Wir sind keine Menschen …«

Ich hob die Schultern. Mehr konnte ich nicht erwidern. Er hatte ja Recht. Nur Menschen logen, um ihre Vorteile herauszuholen.

Ich hatte mittlerweile den ersten Schock überwunden. Zum Erfolg war ich also verdammt worden. Eine harte Sache, eine verdammt harte und unmenschliche sogar. Erlaubte ich mir eine Niederlage, konnte ich es bis in alle Ewigkeiten büßen.

Plötzlich wurde mir der Magen zu eng. Schweiß strömte aus allen Poren, und erst jetzt spürte ich die Hitze, die in dem Berg lauerte.

Ich ging weiter. Nach vorn schauen, nicht mehr zurück und nicht mehr an die Schrecken erinnert werden. Nur auf das Ziel konzentriert sein, das allein zählte.

Überrascht weiteten sich meine Augen. Was ich vor mir sah, war wiederum so gut wie unglaublich, denn der Tunnel hatte plötzlich sein Ende gefunden.

Das rote Licht hatte mehr Fülle bekommen. Es war breiter, größer und auch höher geworden.

Aus all diesen Maßen resultierte die große Grotte inmitten des Felsens.

Ich ging einige tappende Schritte auf sie zu, räusperte mich und stellte fest, dass die Luft allmählich klarer wurde und die Schleier in der Höhle verschwanden.

Es klärte sich.

Freies Schauen für mich.

Nein, die Höhle war nicht leer. Jemand hatte mitten in ihr auf mich gewartet.

Er lag auf einem steinernen Bett oder Lager. Dabei sah er aus wie tot, und ich wusste auch nicht, ob er mit dem Leben abgeschlossen hatte oder noch existierte.

Auf jeden Fall kannte ich ihn.

Es war der Eiserne Engel!

Von dem stummen Gott hatte ich ja erfahren, was mit dem Engel passiert war. Dass er sich hatte zum Sterben hinlegen wollen. Das war nun geschehen, und trotzdem konnte ich es nicht fassen. Ich wollte nicht, dass er vernichtet war, denn ich verdankte ihm mein Leben. So einen Tod hatte er nicht verdient.

Bisher hatte ich nicht diese Angst gespürt, wie sie mich plötzlich überfiel, als ich mich dem Engel näherte. In meinen Knien spürte ich das Zittern. Ich schwitzte, hatte Herzrasen und überlegte jetzt schon, wie ich reagieren würde, wenn ich tatsächlich einem Toten gegenüberstand.

Wahrscheinlich überhaupt nicht.

Je näher ich dem Lager aus Stein kam, umso unwohler wurde mir. Aber ich musste mich den Tatsachen stellen. Hier konnte ich nichts verdrängen oder abwehren.

Der Eiserne lag auf dem Rücken. Durch das Licht hatte

seine Gestalt einen rötlichen Schimmer bekommen, der das normale Grau überdeckte. Mein Blick glitt sofort an seine linke Seite, wo ich den Griff des Schwertes aus der Scheide ragen sah.

Die Waffe hatte er also noch. Nur, was nutzte sie ihm, wenn er seine Existenz aufgegeben hatte?

Ich kniete mich neben ihn. Selbst diese Bewegung führte ich langsam durch. Wenn ich mich zu schnell bewegte, hatte ich stets das Gefühl, die ehrfürchtige Stille im Innern des Berges zu stören.

Einen flüchtigen Gedanken verschwendete ich auch an den Würfel und das Kreuz. Beide Dinge waren für mich sehr wichtig, im Augenblick jedoch zählte allein der Eiserne Engel.

Noch hatte ich ihn nicht berührt. Mein Blick glitt über sein Gesicht. Ich suchte nach Anzeichen von Leben in den Zügen. Sosehr ich auch schaute, ich fand keines.

Wie eine Statue lag die große Gestalt auf dem Rücken.

Hatte sie sich verändert? War der Eiserne durch die seelische Qual auch körperlich gezeichnet worden? Mir fiel im ersten Augenblick nichts auf. Weiterhin blieben seine Gesichtszüge so grau, so ausdruckslos und unbeweglich.

Wenn ich daran dachte, wie dieses Relikt aus uralter Zeit kämpfen konnte und ich den Eisernen jetzt liegen sah, wurde mir ganz anders zumute. Ihn so zu sehen, war für mich schon depressiv.

Behutsam hob ich den rechten Arm. Mit den Kuppen der Finger strich ich über die Haut. Sehr vorsichtig fuhr ich an den Wangen des Eisernen entlang, suchte nach einer Spur von Leben, aber ich ertastete nur mehr die ziemlich glatte Haut.

Ohne Einkerbungen, ohne Buchten, Erhöhungen. Nur die typischen Gesichtsmerkmale stachen hervor.

Der Engel hatte, wie auch wir Menschen, einen Mund, eine Nase, Augen und Ohren.

Die Hände lagen auf dem Bauch übereinander. Nicht den kleinsten Finger rührte er, kein Atemhauch wehte über seine Lippen. Da ich ebenfalls regungslos vor der steinernen Liege hockte, umgab uns beide die Stille des Todes, denn auch das Summen war verstummt.

Wenn er nur schlief und nicht gestorben war, wie konnte ich es dann schaffen, ihn zu wecken? Vielleicht wenn ich ihn ansprach. Ich bewegte meine Lippen, um die ersten Worte zu sagen.

»Mein Freund, kannst du mich hören?«

Keine Reaktion.

»Bitte, gib eine Antwort, auch wenn es dir schwer fällt. Es ist nicht alles verloren. Ich bin gekommen, um dir zu helfen, wie du mir damals geholfen hast, als ich in Lebensgefahr schwebte, da mich Hemator töten wollte.«

Der Engel rührte sich nicht.

Allmählich verzweifelte ich. Mein Kreuz hatte ich noch nicht zurück, der Würfel war auch verschwunden, und die letzte Hoffnung in der Schlucht der stummen Götter lag da wie tot.

War wirklich alles zu Ende? Hatte die andere Seite, mit dem Spuk als Führer, es geschafft?

Ich stand auf, blieb in der gebückten Haltung und streckte die Arme aus. Mit beiden Händen umfasste ich den Kopf des Eisernen an den Wangen, um ihn hochzuheben. Vielleicht regte er sich, wenn er spürte, dass ihn jemand aufrichtete.

Es fiel mir nicht leicht. Ich musste auch meine Stellung verändern und hinter ihn treten. Der Eiserne war sehr schwer. Woraus sein Körper bestand, konnte ich nicht sagen, auf jeden Fall nicht aus Fleisch und Blut.

Unter großen Mühen schaffte ich es schließlich, ihn in eine sitzende Lage zu drücken.

Und so sollte er auch bleiben.

Mit den Händen stützte ich seinen Rücken. Ich wollte auf keinen Fall, dass er wieder umkippte. Plötzlich vernahm ich das Geräusch.

Es war ein leises, dennoch schwer klingendes Stöhnen. Da ich es nicht ausgestoßen hatte und sich auch sonst niemand in der Nähe befand, konnte es nur von dem Eisernen stammen.

Er war – nicht tot!

Mir fiel eine Zentnerlast vom Herzen. Ich ließ ihn los und trat wieder an die Seite seines steinernen Sterbebetts. Scharf schaute ich ihn an. Mein Blick fraß sich in sein Gesicht, ich suchte nach einer Regung in den Zügen, aber sie blieben ausdruckslos.

Dafür passierte etwas anderes.

Der Eiserne öffnete die Augen!

Es waren lange Augenlider, die seine Pupillen bisher vor mir verborgen gehalten hatten. Nun schaute ich direkt auf sie und sah die ebenfalls graue Farbe.

Grau wie Gußeisen oder alte Bronze, jedenfalls nicht normal und nicht so klar wie bei einem Menschen. Hoffentlich erkannte er mich. Ich setzte mich ebenfalls auf die steinerne Unterlage und umfasste mit beiden Händen seine Schulterseite.

»Ich bin es, Eiserner. Ein Freund. Dein Freund, John Sinclair!« Laut hatte ich gesprochen und hörte das Echo meiner eigenen Stimme durch die Höhle hallen.

Im Gesicht des Eisernen Engels zuckte es. Er bewegte die Lippen, öffnete den Mund und flüsterte die ersten Worte. »Ja, ich habe dich erkannt, John Sinclair, aber ich möchte nicht, dass du bei mir bleibst.«

»Und weshalb nicht?«

Ein tiefes Seufzen drang über seine Lippen. »Das will ich dir sagen, John. Wir werden sterben. Beide werden wir sterben. Es ist die Zeit, um dem Leben adieu zu sagen …«

Ich erschrak nicht über seine Worte, obwohl sie für den Eisernen mehr als ungewöhnlich waren. Ich saß nur für eine Zeit still und ließ mir das Gehörte noch einmal durch den Kopf gehen. Dann widersprach ich ihm.

»Nein, mein Freund, zu spät ist es nicht. Frage dich nur, aus welch einem Grunde ich zu dir gekommen bin. Wer hat mich denn in den Berg hineingelassen? Das waren die stummen Götter, denn auch sie, deine Väter, wollen, dass du überlebst.

Hast du verstanden? Sie wollen nicht, dass du stirbst. Du sollst weiter an ihrer Seite kämpfen, und du darfst auch nicht aufgeben. Wir haben es fast geschafft.«

»Was haben wir geschafft?«

»Die Großen Alten zu vernichten.«

»Aber der Namenlose existiert noch.«

»Es ist nur einer!«, widersprach ich. »Fünf sind vernichtet. Das ist schon ein Erfolg.«

»Als meine Väter mit mir sprachen, habe ich ähnliche Worte gehört. Auch sie wollten nicht, dass ich meine Existenz beende oder für immer begrabe. Selbst sie haben mich nicht überzeugen können. Zwei schwere Niederlagen sind zu viel.«

Ich lachte auf. »Denkst du auch daran, wie viele Niederlagen ich habe einstecken müssen?«

»Du bist ein anderer, ein Mensch, und als Mensch muss man es gewohnt sein, Niederlagen hinzunehmen. Bei mir aber ist das nicht der Fall. Mich hat keine Mutter geboren, ich habe schon im alten Atlantis existiert. Dort traf mich die Bitterkeit zum ersten Mal, als es mir nicht gelang, die Kräfte des Bösen zu stoppen. Der Kontinent ist versunken. Die Elemente haben ihn geschluckt, gefressen, nur wenige konnten sich retten, aber das Böse hat überlebt. Es ist einfach zu schwer für mich, mit diesen Dingen fertig zu werden.«

»Und deine zweite Niederlage?«

»Die hast du miterlebt. Als wir gegen Hemator antraten, schaffte ich es nicht …«

Jetzt wurde ich ärgerlich. »Was redest du denn da? Hemator gibt es nicht mehr. Du hast ihn vernichtet!«

»Um welch einen Preis. Ich verlor das magische Pendel!«

»Aber du hast Menschenleben gerettet!«, hielt ich ihm entgegen. »Den Jungen Ali und mich. Und jetzt will ich dir mal etwas sagen. Auch ich habe verloren. Freunde von mir sind gestorben, Jane Collins wurde von Dämonen manipuliert. Ich habe meinen Dolch verloren, eine sehr starke Waffe übrigens, aber ich habe nicht aufgegeben. Ich legte mich nicht nieder, um zu sterben. Dass du so etwas tun konntest, begreife ich nicht, da du dich schließlich immer stärker gefühlt hast als ein normaler Mensch. Du hast das Schwert, du kannst kämpfen, mir ergeht es da schlechter, denn seit kurzer Zeit habe ich einen noch härteren Verlust zu beklagen. Mein Kreuz wurde mir genommen, ebenso der Würfel des Unheils, den ich nach langer Suche endlich in den Händen halten konnte. Alles verschwunden …«

»Und dann bist du hier?«, fragte er.

»Ja, weil mir deine Väter, die anders denken als du, die Chance gegeben haben. Sie wollen nicht aufgeben, und sie würden anders reagieren als du, das kannst du mir glauben. Sie können es leider nicht, weil ein Fluch sie gebannt hat.«

Der Eiserne seufzte abermals. »Wenn sie dich in die Zone der Göttermagie gelassen haben, muss es schlimm stehen. Dann ist er dabei, in diese Welt einzudringen.«

»Wen meinst du?«

»Den Spuk. Oder glaubst du, dass er aufgegeben hat? Nein, der nicht. Es läuft alles nach seinem Plan. Wahrscheinlich hat er den Würfel an sich reißen wollen, es aber gelassen und ihn aus gewissen Gründen geführt, um durch ihn in die Schlucht der stummen Götter gelangen zu können, da ihm der normale Weg wegen starker Gegenmagie versperrt ist. Begreifst du das, John Sinclair?«

»Ja, ich verstehe. Ich habe schon zuvor verstanden. Und deshalb fände ich es schade, wenn du dich nicht aufraffen könntest. Lass uns gemeinsam den schweren Kampf durchstehen.«

»Ohne das Pendel?«

»Bist du nicht früher auch ohne ausgekommen? Als wir uns trafen, hast du es noch nicht besessen. Wir haben es dir besorgt und es dir überlassen. Du besitzt noch ein Schwert. Ich habe dich kämpfen sehen, keiner kann sich dir entgegenstellen, ohne zu verlieren. Du bist über deinen eigenen Schatten gesprungen und hast deinen Zwillingsbruder getötet, der auf der Seite des Bösen stand. Und jetzt, wo wir vielleicht eine Möglichkeit hätten, alles zu bereinigen, willst du kneifen?« Ich schüttelte den Kopf. »Damit hast du mich enttäuscht, Eiserner. Du hast einen Freund enttäuscht!«

Plötzlich funkelte er mich an. In seinen Augen sah ich wieder so etwas wie die alte Kampfkraft früherer Tage. »Wie kannst du nur so mit mir reden?«, fuhr er mich an.

»Hast du es anders verdient?«

»Du bist ein Mensch!«

Ich nickte und lachte gleichzeitig. »Das weiß ich, und darauf bin ich auch stolz.«

»Aber ich bin keiner!«, sagte er und deutete auf seine Brust.

»Darauf würde ich jetzt nicht mehr stolz sein«, bemerkte ich.

Der Eiserne sprang in die Höhe. Wahrscheinlich hatte ich ihn zu stark beleidigt. Er ging einige Schritte zur Seite, und ich stellte fest, dass er sich unsicher auf den Beinen bewegte, er schwankte regelrecht.

Dennoch zog er sein Schwert gegen mich!

Als ich das sah und nichts dagegen unternehmen konnte, wurde mir im ersten Augenblick ein wenig anders, denn wer sein Schwert zieht, will es auch einsetzen.

Ich blieb dennoch ruhig, stand nur auf und schaute auf die Klinge der schweren Waffe, die ein normaler Mensch kaum festhalten konnte. Dazu musste man schon über die Kräfte des Eisernen verfügen.

»Willst du mich töten?«, fragte ich ihn.

»Du hast mich beleidigt. Du hast mich lächerlich machen wollen, John Sinclair.«

»Nein, ich habe dir nur Tatsachen gesagt. Es war keine Beleidigung, davon kannst du ausgehen. Und lächerlich gemacht habe nicht ich dich, sondern du dich selbst. Du darfst nicht vergessen, ich bin gekommen, um dich an meiner Seite zu wissen, damit wir den Kampf gegen unsere Feinde zu zweit aufnehmen können. Aber ich hätte nie von dir gedacht, dass du so schnell aufgeben würdest.«

»Ich habe nicht aufgegeben.«

»Was ist es denn?«

»Ich zog mich nur zurück.«

»Ja, ich weiß.« Mein Nicken fiel heftig aus. »Du hast dich nur zurückgezogen.« Ich deutete in die Höhe. »Das wurde mir auch von deinen Vätern berichtet. Sie sprachen sogar davon, dass du sterben wolltest. Einfach hinlegen und warten, bis derjenige kommt, der alles Leben, das je existiert hat, auslöscht. Das ist feige.«

»Nein!«, widersprach er. »Es gehört Mut dazu.«

»Zum Sterben, ja. Aber es ist dennoch feige deinen Vätern gegenüber, die auf dich, ihren Sohn, all ihre Hoffnungen gesetzt haben. Sie hast du schwerer enttäuscht als mich.«

Der Eiserne dachte nach. Fast unmerklich sank dabei sein Schwert nach unten, und ich atmete auf. Hatte ich schon gewonnen?

»Sie haben mich nicht an meinen Taten gehindert«, erklärte er. »Sie hätten es ja tun können.«

»Sicher. Den genauen Grund kenne ich auch nicht. Ich kann mir aber vorstellen, dass sie dir keine Vorschriften machen wollten. Du bist erwachsen, kein Vater will seinen Sohn beeinflussen, wenn er so weit wie du gekommen ist. Dennoch durchflutete Trauer sie. Hast du das nicht bemerkt oder gespürt? Wären sie mächtiger gewesen, hätten sie eingegriffen, davon bin ich fest überzeugt.«

Der Eiserne senkte den Kopf. Vielleicht schämte er sich, so etwas von einem Menschen gesagt bekommen zu haben. Auch das Schwert sank so weit nach unten, bis seine Spitze den Boden berührte und er sich auf die Klinge stützen konnte.

Jetzt war ich gespannt, und ich hoffte, dass meine Rede bei ihm auf fruchtbaren Boden gefallen war.

Und wieder meldeten sich die stummen Götter. Ich hörte die Stimme wie fernen Glockenklang in meinem Gehirn. »Es waren gute Worte, John Sinclair, und wir hoffen, dass sie auch auf fruchtbaren Boden gefallen sind. Der Eiserne muss sich einfach den Tatsachen stellen. Er kann ablehnen, es sei denn, er will sein Gesicht verlieren und von unseren Feinden für alle Ewigkeiten ausgelacht werden. Dabei ist er ein Kämpfer. Ein Wesen, das nie aufgeben will …«

Die Stimme verstummte, denn der Eiserne hob in diesem Augenblick den Kopf, sein Schwert aber behielt er in der Hand.

»Hast du dich entschieden?«, wollte ich wissen.

»Das habe ich.«

»Dann wirst du dich wieder hinlegen und dich selbst dem Schicksal überlassen?«

»Nein!« Hart und klar klang diese Antwort. Ich atmete tief ein. Damit hätte ich nicht gerechnet, obwohl ich es mir immer gewünscht hatte. Auch um meine Lippen zuckte ein Lächeln. Gleichzeitig drang über meine Lippen ein befreiender Atemzug. Ich hatte es also geschafft, ihn zu überzeugen. Vielleicht war er noch etwas geschwächt, aber er würde an meiner Seite stehen und sein Schwert schwingen, falls dies nötig war.

Noch trennte uns seine Liegestatt. Ich wollte um sie herumgehen, als der Eiserne die rechte Hand vom Schwertgriff löste und sie so ausstreckte, dass sie über dem steinernen Bett schwebte und ich sie ergreifen konnte.

Es war ein harter Druck, und wir schauten uns bei dieser Aktion direkt in die Augen.

Weder in seinem noch in meinem Blick lauerte Falschheit. Der Eiserne war fest entschlossen, den Weg mit mir gemeinsam zu gehen. Sein Nicken deutete dies ebenfalls an.

»Nur werden wir es schwer haben«, sagte er. »Du hast weder dein Kreuz noch den Würfel.«

»Wir müssen ihn finden.«

»Und wo?«

»Er muss hier irgendwo sein. Deine Väter haben davon gesprochen. Beiden ist es gelungen, in die Zone der Göttermagie einzudringen. Der Spuk hat genau gewusst, was er tat, nur hat er sich bei seinem Plan ein wenig verrechnet.«

»Wieso?«

»Ganz einfach. Auch andere Mächte sind hinter dem Würfel des Unheils her. Und sie haben ihn beeinflussen können. Eine Druidenmagie, die aus dem geheimnisvollen Lande Aibon stammt. Ich spürte es, als ich den Würfel und mein Kreuz zusammenbrachte, denn es nahm einen grünen Schein an. Das passiert nur, wenn sich diese fremde Magie in der Nähe aufhält.«

»Dann haben wir es mit einem weiteren Feind zu tun.«

Ich hob die Schultern. »Ob es ein Feind ist, weiß ich nicht. Ich bin hinter das Geheimnis von Aibon nicht gekommen, aber wir sollten versuchen, den Würfel und mein Kreuz zu finden. Es muss hier irgendwo sein. In der Zone der Göttermagie.«

Ich hatte so überzeugend gesprochen, dass auch der Eiserne keine Widerrede wagte.

»Kennst du dich hier genau aus?«, wollte ich von ihm wissen.

»Fast.«

»Gibt es einen besonderen Platz, wo sich beide Dinge aufhalten könnten. Einen Ort, der wichtig ist?«

Er nickte. »Es kann sein, dass sie direkt in das Zentrum vorgestoßen sind.«

»Dann lass uns hingehen!«

Da der Eiserne Engel zögerte, verhielt auch ich meine Bewegung. »Was hindert dich?«

»Du wirst es gleich sehen. Man kann die Zone der Götter eigentlich nicht unterteilen, weil sich überall das Zentrum befindet. Dieser Berg ist von außen her fest und hart, aber von innen eine gewaltige Höhle, die durch die Magie meiner Väter erschaffen wurde und wieder zuwachsen kann.«

»Das habe ich bemerkt. Es gibt keinen Rückweg mehr für uns.«

»Für dich gäbe es keinen, wenn du erfolglos bleiben würdest. Für mich gibt es ihn, aber das ist nicht wichtig. Wir wollen den Würfel und auch dein Kreuz.« Er hob seine freie Hand und bedeutete mir so, stehen zu bleiben.

Ich tat ihm den Gefallen.

Der Eiserne entfernte sich noch ein wenig von mir, um auf die Knie zu fallen. Dabei hob er die Arme, sein Schwert machte die Bewegung mit, und er sprach mich auch an. »Mit diesem Schwert kann ich nicht allein meine Feinde bekämpfen, es ist eine Waffe, die man als göttergleich bezeichnen kann, und auf die auch die stummen Götter ihr Vertrauen stützen können. Ich hoffe, dass ihr mir helft und mich nicht im Stich lasst. Vergesst, was geschehen ist. Ich nehme den Kampf wieder auf und will alles tun, um euch zu befreien!«

Wieder hatte ich das Gefühl, als wäre die Höhle dreimal so groß, so sehr hallten seine Worte, und ich hoffte auch, dass sie an die richtige Adresse kamen.

Eine Antwort seiner Väter bekam der Eiserne nicht. Niemand redete mit ihm. Es geschah dennoch etwas.

Sein Schwert wurde zu einem rot glühenden Gegenstand. Zu einer Lanze, die in die Höhe wies und von deren Spitze sich kleine Teile lösten, die mich an heißes, flüssiges Metall erinnerten und sich blitzschnell innerhalb der Höhle verteilten.

Gleichzeitig sprengten von den kleinen Teilen glühende Fäden ab, sodass ein rotes Netz entstand. Prall gefüllt mit Magie zog es sich durch die Höhle, in der ich stand, gegen die Decke schaute und nur mehr staunen konnte.

So wie ein grünes Netz entstanden war, in dem sich die Conollys hatten fangen lassen, geschah hier das Gleiche, nur in einer anderen Farbe. Es war für den Eisernen schwer, die Magie aufrechtzuerhalten, aber er bekam die Unterstützung seiner Väter, da sich in der Decke das Gesicht abmalte, das auch ich in der Schlucht und im Fels gesehen hatte.

Und ich sah noch mehr.

Würfel und Kreuz!

Wo sie sich bisher versteckt gehalten hatten, konnte ich nicht sagen. Vielleicht im Unsichtbaren, damit sie die Zeit abwarten konnten, um eingreifen zu können.

Doch der Eiserne hatte sie geholt.

Ich stellte fest, dass sein magisches Netz sehr stark aufgeladen war. Es hatte mehr Kraft als der Würfel und das Kreuz zusammen, wobei ich das Kreuz nicht als Gegner ansehen wollte, da es trotz seiner Veränderungen auf meiner Seite stand.

Beide schwebten näher.

Sie fielen sehr langsam nach unten. Je tiefer sie kamen, desto mehr konnte ich erkennen und feststellen, dass mein Kreuz seinen Platz nicht verändert hatte.

Nach wie vor lag es auf der obersten der Würfelflächen, als wäre es dort festgeleimt worden.

Obwohl die roten Netzfäden abstrahlten, wurden sie doch von der grünen Farbe überdeckt. Der Würfel hatte seine ursprüngliche Farbe verloren. Er leuchtete in diesem satten Ton, den ich durchaus als Aibon-Grün bezeichnen konnte.

Die Druidenmagie, der Spuk und wir. Wo gab es da die Verbindung?

Tiefer und tiefer sanken beide Gegenstände. Schon jetzt konnte ich erkennen, wo sie landen würden. Es war genau der Platz, auf dem zuvor der Eiserne Engel gelegen hatte.

Meine Spannung erhöhte sich. Ich dachte daran, dass die stummen Götter dem Würfel ihren Stempel aufgedrückt hatten, und mir fielen wieder Sheilas Worte ein.

»Gib den Würfel ab!«, hatte sie gesagt. »Gib ihn einer Person, die ihn besser gebrauchen kann. Dem Eisernen Engel!«

Freiwillig hatte ich dies nicht getan, aber durch die Umstände konnte es sein, dass der Würfel tatsächlich in den Besitz des Eisernen Engels geriet.

Ich überlegte, wie ich dann reagieren sollte. Ihm den Würfel überlassen …?

Noch war es nicht so weit, denn nach wie vor befanden sich er und mein Kreuz zwischen Boden und Decke. Auch wurde er von dem roten, magischen Netz umhüllt. Wahrscheinlich sorgte es dafür, dass er seine Kräfte nicht entfalten konnte.

Dann bekam er Kontakt.

Ein Geräusch entstand nicht, so sacht und seicht berührte er die Steinfläche und blieb auf ihr liegen.

Auch der Eiserne hatte sein Schwert sinken lassen. Es sah wieder normal aus, und auch das rote Licht, das den Würfel bei seiner Reise von der Decke her begleitet hatte, war verschwunden.

Im Gesicht des Eisernen las ich die Anspannung, als er mir einen Blick zuwarf. »Der Würfel ist gefährlich«, flüsterte er. »Ich spüre es. Er und seine Beherrscher warten nur darauf, dass wir uns ihm nähern.«

»Sollen wir es denn bleiben lassen?«, fragte ich. »Denk daran, ich brauche mein Kreuz zurück.«

»Das weiß ich, aber sei auf der Hut, John! Er hat sich aufgeladen. In seinem Innern befinden sich jetzt mehrere Kräfte, die versuchen werden, die ureigensten zurückzudrücken. Es sind die Kräfte des Guten, die meiner Väter.«

»Danke für den Rat«, erwiderte ich und näherte mich dem Würfel mit vorsichtigen Schritten.

Auch der Eiserne blieb nicht mehr stehen. Er bewegte sich zur Seite hin, damit er einen Standort erreichte, von dem aus er den Würfel und auch mich im Auge behalten konnte.

Ich hatte mich der steinernen Liegestatt bis auf einen halben Schritt genähert. Jetzt blieb ich stehen, drehte ein wenig den Kopf und versuchte, von der Seite her in den Würfel hineinzuschauen. Wenn in seinem Innern sich mehrere Magien austoben wollten, konnte sich dort durchaus etwas verändert haben.

Die Schlieren waren geblieben. Von der Form her hatten sie sich nicht verändert. Dafür von der Farbe. Nicht alle zeigten mehr den rotvioletten Schein, einige von ihnen, ungefähr die Hälfte, hatte das satte Grün des Druidenlands angenommen. Es wurde von Aibon beherrscht.

Und mein Kreuz schimmerte ebenfalls grün.

Das wollte ich erst einmal haben.

Ich streckte meinen Arm aus. Es waren nur mehr wenige Zentimeter, bis ich es greifen konnte, und in dem Augenblick, als sich meine Finger um das Kreuz schlossen, vernahm ich den warnenden Schrei des Eisernen Engels.

»Nein, John nicht!«

Zu spät, ich hatte es schon an mich gerissen!

Und da reagierte auch der Würfel!

Was ich bisher nur aus Erzählungen der Conollys kannte, traf mich nun selbst. Der Würfel verwandelte sich innerhalb einer Sekunde in einen tanzenden, zischenden Gegenstand, der gleichzeitig aufsprühte.

Durch den plötzlichen Schock sprang ich zurück, riss die Arme vor mein Gesicht, um der Blendung zu entgehen. Ich drehte mich erst um, als ich das schaurige Heulen hörte.

Sie waren da!

Zum ersten Mal sah ich die grünen Gestalten mit den großen Mäulern, von denen mir Bill erzählt hatte. Wie lange Gespenster waren sie aus dem Innern des Würfels gestiegen und hatten sich materialisiert.

Auch mein erster Eindruck glich dem meines Freundes Bill. Ich glaubte es hier mit einer besonderen Ghoulsorte zu tun zu haben, da diese Wesen einen schleimigen Körper besaßen, den sie auch in die Länge ziehen konnten.

Und sie griffen an.

Mein Kreuz befand sich in einer defensiven Lage. Ich bekam auch nicht Zeit, um es zu aktivieren, denn ich sah mich plötzlich zwei gefährlichen Angreifern gegenüber, die sich auf mich stürzen und mich umbringen wollten.

Ihre Kraft spürte ich bereits, bevor sie mich erreicht hatten. Mir kam es vor, als wollten sie mich vom Boden in die Höhe reißen, und ich kippte schon zur Seite.

Da kam der Eiserne.

Ich hörte das Fauchen und wusste, dass er mit seinem Schwert zugeschlagen hatte, und dieser Waffe hatten auch die beiden Monstren nichts entgegenzusetzen.

Mit einem Streich teilte er sie. Vier Teile flogen weg. Sie befanden sich noch in der Luft, als sie bereits vertrockneten und als Staub zu Boden fielen.

»Geh weg, John!«

Ich folgte dem Rat. Vorhin hatte ich nicht auf den Eisernen gehört, es war besser, wenn ich jetzt tat, was er verlangte. Außerdem verfolgte ich einen anderen Plan.

Geduckt huschte ich voran. Mein Ziel war die Liege aus Stein, denn dort stand der Würfel. Ob es gefährlich für mich war, ihn an mich zu nehmen, darüber dachte ich nicht nach. Ich wollte ihn behalten, denn ich hatte ihn auch nach dieser langen Jagd bekommen und vertraute ihm weiterhin.

Einen Bogen musste ich schlagen. Die grünen Gestalten, es

waren noch fünf, kümmerten sich nicht um mich, da sie einen neuen Feind entdeckt hatten.

Sie griffen den Eisernen an, der wie ein Fels in der Brandung stand, sein Schwert schwang und dabei Worte schrie, um sich selbst noch zu motivieren.

»Wo immer ihr herkommt, wer immer ihr seid, ihr werdet es nicht schaffen, die Gesetze der stummen Götter zu brechen. Sie regieren in diesem Land, auch wenn sie nicht kämpfen können. Und keinem anderen Reich soll es gelingen, uns zu vernichten. Auch nicht dem Letzte der Großen Alten, und Aibon ebenfalls nicht. Das ist unsere Welt!«

Ich hörte ihn, und ich vernahm gleichzeitig eine andere Stimme. Zurückgegangen war ich, weg aus der unmittelbaren Kampfzone, sodass mich nicht allein die lauten Worte des Engels erreichten. Doch die Stimme, die zu mir sprach, war auch nicht die des stummen Gottes.

Dieses Krächzen, dieses Hohnlachen dabei war mir nicht unbekannt. Nur lag es lange zurück, dass die Person mit mir geredet hatte.

»Glaubst du denn, dass du es geschafft hast, Geisterjäger?«

Zuerst zuckte ich zusammen, danach blickte ich in die Runde, um den Sprecher finden zu können, aber ich sah ihn nicht.

»Du starrst in die falschen Richtungen. Schau nach unten auf den Würfel!«

Ich traute mich kaum, den Blick zu senken. Als ich die obere Kante endlich betrachtete, entdeckte ich auch den Sprecher.

Er war klein, hatte keine Gestalt und war trotzdem vorhanden, denn in der Fläche schimmerte und bewegte sich ein schwarzes Etwas von einer Seite auf die andere.

Eine winzige Wolke nur, aber ich ließ mich von dieser Gestalt nicht täuschen. Diese Wolke hatte ich riesengroß und gewaltig erlebt. Sie konnte Welten beherrschen, sie konnte vernichten, töten, morden, und sie hatte einen Namen.

Es war der Spuk!

»Weißt du nun Bescheid?«, hörte ich ihn.

»Ja, ich sehe dich.«

»Dann bin ich beruhigt. Ich sorge stets dafür, dass die großen Überraschungen erst zum Schluss aufgeklärt werden.
Denk darüber nach, wie ich es geschafft habe. Ich, als der
Letzte der Großen Alten, habe es fertig gebracht, in die Welt
meiner absoluten Todfeinde einzudringen, ohne dass die
stummen Götter etwas davon merkten. Ist das nicht phänomenal? Und du, John Sinclair, hast mir praktisch den Weg
hierher gewiesen, denn die Jagd nach dem Würfel war in
Wirklichkeit von mir organisiert worden. Ich habe ihn so
geführt, und auch deine Freunde …«

»Ja, das weiß ich inzwischen. Nur bist du einer anderen
Magie in die Quere geraten.«

»Was ist schon Aibon?«

»Ich würde an deiner Stelle anders darüber reden. Aibon
ist das Paradies der Druiden. Man kann es mit gutem Gewissen als göttergleich bezeichnen. Da wirst es auch du schwer
haben.«

»Solange andere für mich kämpfen, nicht.« Damit meinte
er den Eisernen, der sich noch immer mit den Wesen herumschlug, die ich mittlerweile als Druiden-Ghouls ansah. Die
Geschöpfe ließen sich jetzt nicht mehr so einfach töten oder
niederringen, sie bewegten sich wesentlich geschickter als
zuvor.

Der Spuk ließ mir keine Zeit, deshalb trennte ich mich vom
Anblick der Kämpfenden und schaute wieder auf den Würfel, wo sich das Abbild der kleinen, zitternden Wolke zeigte.

»Aibon kann mir nicht gefährlich werden, Geisterjäger. Diese
Magie hat ebenso wie Asmodis versucht, nach dem Würfel
zu greifen, beiden ist es nicht gelungen, ihn zu packen, da ich
erstens schneller war und zweitens stärker bin. So einfach
mache ich es meinen Feinden nicht. Der Würfel wird mir
gehören, auch wenn du darüber anders denkst und es nicht
zulassen willst.«

»Noch habe …iich … ihn!« Diesen Satz konnte ich mir einfach nicht verkneifen, aber der Spuk ließ sich davon nicht
beeindrucken, denn er schickte mir als Antwort ein krächzendes Lachen entgegen.

»Du hältst ihn zwar fest, aber ich beherrsche ihn, das ist der Unterschied.«

»Noch nicht!«

»O doch. Versuche es!«

Ich zögerte.

Inzwischen kämpfte der Eiserne weiter. Als ich einen schnellen Blick in seine Richtung warf, erkannte ich, dass die Gewalt dieser grünen Monstren ihn, den Schweren, in die Höhe gerissen hatte und er jetzt über dem Boden schwebte.

Sein Schwert konnte er kaum richtig einsetzen, aber einen erwischte er und spießte ihn auf.

»Da brauchst du nicht hinzuschauen. Die Druidendiener taugen nichts, auch wenn sie sich für stark halten. Sie sind für mich nur mehr Abschaum des Landes Aibon. Mich können sie nie besiegen, weil ich einfach zu mächtig bin. Versucht haben sie es, ich ließ ihnen auch die Chance, weil sie ja auch gegen die kämpfen, die meine Feinde sind. Aber das ist auch alles. Besiegen können sie mich nicht.«

Ich war zwar kein Freund des Spuks, aber belogen hatte er mich nicht. Er war tatsächlich sehr mächtig. Der Letzte der Großen Alten hatte noch das, was seine Brüder besessen hatten. Nun konzentrierte sich alles in diesem amorphen Wesen.

»Du reagierst nicht?«

»Wie meinst du?«

»Geisterjäger, du wirst schlechter. Hatte ich dir nicht geraten, die Kraft des Würfels für deine Zwecke auszunutzen? Los, entscheide dich! Mach es! Der Würfel befindet sich jetzt in deinem Besitz. Er soll dir gehorchen, er muss dir gehorchen, wenn du dir so sicher bist. In Pluckley hat er dir doch auch zur Seite gestanden …«

Verdammt, dieser widerliche Dämon verhöhnte mich noch. Und er musste sich seiner Sache sehr sicher sein, wenn er sprach. Okay, ich hatte den Würfel, aber der Spuk steckte in ihm. Was ich auch versuchte, ich würde immer gegen seine starke Magie zu kämpfen haben.

»Traust du ihm plötzlich nicht mehr? Ich kann mich daran erinnern, wie sehr du dich angestrengt hast, ihn zu bekommen. Jetzt beweise und zeige endlich, was er wert ist. Sonst reagiere ich, Geisterjäger, und das würde dir möglicherweise nicht gefallen.«

Da hatte er Recht, es würde mir auch nicht gefallen. Nur, was sollte ich tun? Wie konnte ich den Würfel dazu bringen, dass er mir, nur mir allein gehorchte?

Mir kam eine Idee!

Im Prinzip war sie wahnsinnig, aber mir fiel wirklich in diesen Augenblicken nichts anderes ein. Und vielleicht klappte es auch. Nach zwei Seiten hin war der Würfel gewissermaßen offen. Er konnte dem Bösen als auch dem Guten gehorchen, und ich wollte dafür sorgen, dass er dem Guten gehorchte.

Bisher hatte es mich nicht im Stich gelassen, auch wenn es Niederlagen gegeben hatte, summa summarum jedoch hatte ich die Erfolge verbuchen können.

Weshalb nicht auch hier?

Also setzte ich meine Idee gedanklich in die Tat um. Ich konzentrierte mich auf die Kraft des Würfels, und ich versuchte dabei, meine Gedanken in nur eine Richtung zu lenken.

Der Spuk musste weg!

Vielleicht half mir jemand. Wir befanden uns hier im Berg der stummen Götter. Jeder Stück Felsen war von ihrer Magie erfüllt. Ihre Kraft durchwehte das Gestein. Man hatte sie mit einem schlimmen Fluch belegt, aber sie waren nicht ausgeschaltet worden, sie konnten Ratschläge geben, helfen und somit eingreifen.

Aber sie taten nichts.

Ich schrie gedanklich nach ihnen und lauschte verzweifelt nach einer Antwort.

Dabei horchte ich nur ins Leere. Selbst in ihrem ureigensten Reich konnten sie mir keine Antwort mehr geben, dazu war die Kraft des anderen einfach zu groß.

Nach kurzer Zeit schon gab ich auf und starrte wieder die kleine schwarze Wolke an, die sich innerhalb der Würfelfläche bewegte und selbst die erstarrten Schlieren überdeckt hatte.

Ich hielt ihn fest. Meine Hände drückten von zwei verschiedenen Seiten dagegen und schienen fast an den Flächen angeleimt zu sein. Ich zitterte innerlich, ich hoffte und bebte, dass es mir gelingen würde, die Kraft des Würfels in meine ureigenste Richtung zu lenken und den Spuk zu vertreiben.

Es war eine harte, schon beinahe übermenschliche Konzentration, die mich umklammert hielt. Sehr deutlich spürte ich den Druck in meinem Kopf. Besonders stark hinter den Augen, wo Kräfte zu sitzen schienen, die mir die Augäpfel nach vorn drücken wollten.

Nur der Würfel zählte. Das Kreuz hatte ich vergessen. Es musste mir einfach durch die reine Gedankenkraft gelingen, den Würfel des Unheils umzukehren.

»Geh weg! Geh weg!« In Gedanken schrie ich diese Befehle mehrmals hintereinander und meinte damit einzig und allein den Spuk. Er sollte den Würfel verlassen, sich herauswinden aus der Fläche und zurück in das Reich der Schatten kehren, in das er gehörte und in dem er der große Herrscher war.

Der Spuk widerstand!

Sosehr ich mich konzentrierte und anstrengte, es gelang mir nicht, ihn aus dem Würfel zu verbannen. Es blieb innerhalb der jetzt nach dem Verlassen der Druiden-Ghouls wieder rotviolett schimmernden Fläche, und es gelang ihm sogar, sich meinen Befehlen zu widersetzen.

Der Dämon breitete sich aus.

War er bisher nur auf eine Würfelseite beschränkt gewesen, so nahm er nun auch die anderen in Anspruch. Gleichzeitig verringerten sich die Chancen, den Würfel zu meinen Gunsten zu manipulieren.

Und er verhöhnte mich.

»Na, Sinclair, du großer Geisterjäger? Wie fühlst du dich jetzt, wo du doch den Würfel besitzt. Los, lass ihn für dich arbeiten, das wird er bestimmt. Sicherlich freut er sich darauf, dem Guten dienen zu können, oder sollte ich letztendlich trotzdem stärker sein? Möglich ist alles. Die schwarze Magie wird überleben, das solltest du doch wissen.«

Es war zum Verzweifeln. Ich beugte mich nach hinten, als

hätte mich eine Kraft dazu gezwungen. Ich verzog das Gesicht, die Anstrengung war ungeheuer, und der geistige Druck nahm von Sekunde zu Sekunde weiter zu.

Dazwischen sprach der Spuk. »Ja, ich sehe deine Niederlage. Dieser Würfel ist nicht für dich bestimmt. Er gehört mir. Auch ich habe länger gebraucht, ihn zu bekommen. In der Gruft der wimmernden Seelen hätte ich es fast geschafft, aber da wart ihr schneller. Jetzt bin ich es. Auch du schaffst es nicht mehr. Im Gegenteil, der Würfel des Unheils wird auch zu deinem Schicksal, Geisterjäger. Ich habe mir dies vorgenommen, und ich werde auch weiterhin dafür sorgen.«

Was konnte ich denn noch tun?

Ich schrie, hörte dies selbst, vernahm auch das Echo und plötzlich wieder die Stimme des stummen Gottes.

»Ich bin noch hier, John Sinclair, du kannst mich hören, aber es gelingt mir nicht mehr, dir zu helfen. Das ist leider unmöglich. Ich kann nichts für dich tun. Das Zentrum der Götter besteht nur mehr äußerlich. Der mächtige Dämon, dem es gelungen ist, in diese Welt zu kommen, hat auch die Kontrolle übernommen. Du musst dich selbst wehren. Er hat Recht. Der Würfel kann dir zum Schicksal werden …«

Mehr hörte ich nicht, aber gerade die letzten Worte jagten mir eine schreckliche Angst ein.

Was sollte ich tun?

»Siehst du nun ein, dass du verloren hast, Geisterjäger?« klang das Organ des Spuks wieder durch. »Du hast versucht, den Würfel für deine Zwecke einzuspannen. Er gehorchte dir nicht, er wird dir niemals gehorchen, deshalb musst du endlich die Konsequenzen ziehen. Du wirst es erleben, schon sehr bald, jetzt …«

Das letzte Wort lag noch als Schrei in der Luft, als der Würfel, vom Spuk manipuliert, tatsächlich seine gewaltige und gefährliche Kraft ausspielte.

Ich fühlte mich von einem Moment zum anderen so unendlich leicht, als hätte ich den Boden unter meinen Füßen verloren. Als ich nach unten schaute, stellte ich tatsächlich fest, dass ich keinen Kontakt mehr hatte.

Ich schwebte.

Höher, tiefer, seitlich, das war nicht festzustellen. Nur eines wunderte mich.

Die Perspektiven verzerrten sich. Alles wurde so groß, viel größer als normal, und dann raste plötzlich mit einer wahnsinnigen Geschwindigkeit die Wand der Höhle auf mich zu.

Einen Stopp würde es nicht geben. Mein Körper würde zerschmettert werden …

Obwohl der Eiserne Engel es zunächst nicht glauben wollte, musste er trotzdem einsehen, dass er die Kräfte der Wesen unterschätzt hatte. Diese grünen Druiden-Ghouls waren nicht nur schnell, sie besaßen auch eine ungewöhnliche Kraft, die der Eiserne zu spüren bekam, denn selbst mit seinem Gewicht gelang es ihm nur unvollkommen, sich auf den Beinen zu halten, sodass er hin und wieder in die Höhe gerissen wurde.

Und das genau behinderte ihn.

Erst wenn er mit beiden Beinen auf der Erde stand, gelang es ihm, sein Schwert richtig einzusetzen. Dann konnte er kämpfen und wirbeln.

Zwei Gegner waren noch übrig, und sie hatten es geschafft, ihn bis gegen die Wand zu drücken. Im ersten Moment sah es nicht gut für den Eisernen aus, denn es war den beiden gelungen, ihm durch ihre Kräfte den Boden unter den Füßen zu entziehen.

Er schwebte.

Aber er kämpfte.

Zugleich jagten sie auf ihn zu. Seine Schwertklinge zeigte noch immer die Nässe des Schleims, als er den letzten Ghoul aufgespießt hatte. Das Zeug rann träge dem Griff entgegen, wenn er die Klinge hochhielt.

Dicht vor seinem Gesicht erschienen die Gestalten. Er schaute direkt hinein in die widerlichen Fratzen mit den langen Reißzähnen. Er hörte auch ein Schmatzen, das in wilder Vorfreude aus ihren Mäulern drang, und er nahm einen widerlichen Geruch wahr, wie ihn auch normale Ghouls verströmten.

Das alles störte ihn nicht. Er riss stattdessen den Arm herum, und genau im richtigen Moment bildete das Schwert eine waagerechte Linie, die gleichzeitig eine Grenze war.

Gegen sie stießen die Druiden-Ghouls mit ihren weichen, nachgiebigen Körpern.

Zuerst sah es so aus, als würden sie wieder zurück-geschleudert, dann machte sich die Schärfe der Schwert-klinge bemerkbar.

Sie teilte die Wesen.

Im gleichen Moment erlosch auch ihr Bann. Der Eiserne Engel fiel wieder dem Boden entgegen und kam so auf, dass er sich auch gut halten konnte. Neben ihm verging Aibons Erbe, das der Würfel geschluckt hatte. Nie mehr würden diese Gestalten in den Quader zurückkehren können, um ihn für Aibon zu gewinnen.

Aber wer hatte ihn dann?

Der Eiserne schaute nach vorn. Er sah John Sinclair, der den Würfel hielt, und für einen flüchtigen Moment glitt über die wie erstarrt wirkenden Züge des Engels ein Lächeln.

Im nächsten Augenblick zerfaserte es, denn er bekam mit, dass nicht der Würfel dem Geisterjäger gehorchte, sondern der Geisterjäger dem Würfel.

John Sinclair gehorchte dem Würfel!

Und dessen Kräfte waren gewaltig. John konnte nichts dagegen unternehmen, als es ihn vom Boden in die Höhe riss und er mit wahrer Brachialgewalt und einer nicht mehr zu stoppenden Geschwindigkeit auf die Wand zuraste.

Der Engel streckte noch einen Arm aus. Es war eine hilflos anmutende Geste, da nichts mehr gelang, den Flug des Geisterjägers zu unterbrechen.

Die Wand würde ihn vernichten.

Sie vernichtete mich nicht!

Ich hatte damit gerechnet und auch schon die Augen

geschlossen, als ich das Ziehen in meinem Körper spürte und das Schweben einer nie erlebten Leichtigkeit wich.

Ich raste hindurch!

Weshalb wusste ich nicht. Jedenfalls war ich nicht zerschmettert worden und tauchte in das harte Gestein ein, wie ein Schwimmer ins Becken.

Für einen kurzen Gedankensprung dachte ich an die stummen Götter, deren Geist innerhalb der Berge steckte, aber sie halfen mir nicht, und das Gestein sah auch nicht so rotviolett aus wie die Farbe, die mich neuerdings umgab.

Ich hörte ein Lachen. Laut, gellend, triumphierend …

Danach die Stimme des Spuks. »Weißt du, wo du steckst, John Sinclair?«

»Nein …«

Er sagte es mir, und ich bekam den Schreck meines Lebens!

Der Eiserne Engel stand und sah ein, dass er verloren hatte. Dieser Würfel, gefüllt mit der Macht des Spuks, war einfach zu stark gewesen. Er hatte selbst in dieser Umgebung die andere Magie überwinden können und noch den Geisterjäger besiegt.

Langsam sank der rechte Arm mit dem Schwert nach unten. Der Engel schüttelte den Kopf. Dass neben ihm die grünlichen Staubreste seiner Gegner lagen, kümmerte ihn nicht mehr. Mit unsicheren Schritten durchquerte er das entweihte Zentrum der Göttermagie.

Auch er hatte es nicht geschafft. Das fraß in ihm wie eine scharfe Säure.

»Ja, auch wir sind nicht allmächtig.« Die Stimme war plötzlich da und hallte auf ihn nieder.

Der Eiserne hob seinen Kopf. Er glaubte, unter der Decke das Gesicht seines Vaters zu erkennen. Die anderen fünf hielten sich zurück, obwohl er sie alle als seine Väter bezeichnete.

»Das weiß ich, aber ich habe alles versucht!«

»Eines wissen wir, mein Sohn. Die Kraft des Letzten

Großen Alten hat es nicht geschafft, unser Refugium zu zerstören. Es besteht nach wie vor, und das gibt mir Hoffnung.«

»Wie kannst du so reden! Jetzt, wo auch John Sinclair verschwunden ist und sich in der Gewalt des Spuks befindet.«

»Du musst ihn suchen! Und damit hast du auch schon einen neuen Auftrag bekommen. Versuche bitte, beide zu finden! Und nimm, wenn es eben geht, den Würfel an dich! Ich glaube, dass die Menschen einfach zu schwach für eine so starke Waffe sind. Wir haben ihr das Leben mit eingehaucht. Der Würfel gehört zur Hälfte auch uns. Denke immer daran, mein Sohn.«

»Ich weiß, Vater, ich weiß …« Der Eiserne nickte. Er wusste, dass alles gesagt worden war. Deshalb ging er auch. Er schritt direkt auf die Wand zu, in die einmal ein Tunnel hineingestochen hatte. Und wie von Geisterhänden bewegt, öffnete er sich wieder, sodass der Eiserne hindurchschreiten konnte.

Hinter ihm aber schloss sich das Gestein fugendicht zusammen …

Shao, Sheila, Bill und Suko warteten erst voller Spannung, anschließend, als mehr Zeit vergangen war, mit wachsender Verzweiflung.

John kam einfach nicht zurück.

»Vielleicht hat er es doch nicht geschafft!«, flüsterte Sheila. Sie zog wie fröstelnd ihre Schultern zusammen.

»Gib ihm Zeit!«, forderte Suko, »er packt es schon.«

»Da, was ist das!« Shao hatte gerufen, entfernte sich von Suko und drehte sich.

Sie alle sahen für einen Moment das rote Glühen in der Wand. Aber kleiner als zu dem Zeitpunkt, wo John Sinclair in den Felsen hineingeschritten war.

Niemand wusste eine Antwort. Außerdem war das Glühen nur für einen kurzen Moment zu sehen gewesen, bis es sich plötzlich löste und schräg an ihnen vorbei in die Luft stieg.

»Das ist der Würfel!«, rief Bill. »O Gott …«

Atemlos und in versteift wirkenden Haltungen standen sie da, um in die Höhe zu schauen.

Ja, es war der Würfel. Vielleicht drei Körperlängen entfernt schwebte er über ihnen. Wie zum Hohn.

Suko sah es zuerst. »Das kann nicht wahr sein«, hauchte er. »Nein, das ist Wahnsinn …«

»Was denn?«, schrie Bill.

»Da, John Sinclair!«

»Und wo? Mensch, rede endlich!«

Suko senkte seine Stimme. Die anderen mussten schon sehr genau hinhören, um ihn überhaupt verstehen zu können. »Im Würfel, Freunde. John ist ein Gefangener des Würfels …«

ENDE

Samarans
Todeswasser

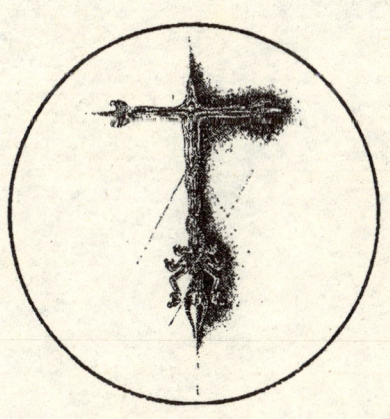

Ich war ein Gefangener des Würfels!

Eingeschlossen in einen Quader, der bequem von zwei Handflächen umfasst werden konnte. Dementsprechend war ich auch verkleinert worden, obwohl ich davon nichts merkte, denn noch sah ich von den Proportionen her kaum einen Unterschied.

Der Würfel schwebte in der Luft. Ich hatte ihn zum Würfel des Heils machen wollen, es war mir nicht gelungen, denn es gab eine Kraft, die wesentlich stärker war als ich und der Würfel zusammen.

Es war der Spuk!

Wie sein Name schon sagte, war er urplötzlich erschienen, hatte den Würfel für seine Zwecke manipuliert, sodass es ihm gelingen konnte, mit Hilfe dieses Quaders in das Reich der stummen Götter, seiner Todfeinde, einzudringen.

Auf die stummen Götter hatte ich mich verlassen und war verlassen worden. Auch ihren Kräften konnte der Spuk trotzen und den Würfel des Unheils so manipulieren, wie er es wollte.

Ich steckte darin. Gleichzeitig schwebte ich in der Luft. Das alles konnte ich trotz der rotvioletten Schlieren, die mich umgaben, erkennen, und es gelang mir sogar, nach vorn zu gehen.

Weit kam ich allerdings nicht, denn als erstes Hindernis stellte sich mir eine der seitlichen Würfelwände in den Weg.

Ich streckte die Hände aus, legte sie auf das »Glas« und schaute nach vorn. Den Spuk wusste ich zwar in meinem Rücken, es war mir aber egal.

Der Blick fiel schräg in die Tiefe.

Es war nicht so, dass ich nichts erkannt hätte. Es kam mir nur vor, als würde ich durch die Scheibe eines mit rotem Wasser gefüllten Aquariums schauen, sodass sich die Konturen der sich in der Nähe befindlichen Gegenstände nie klar abzeichneten und wie verschwommene Schemen wirkten.

Schnell hatte ich herausgefunden, wo ich mich befand. Und zwar in oder über der Schlucht der stummen Götter. Wenn ich hineinsah, erkannte ich deutlich den schmalen

Schluchtboden zwischen den beiden Bergwänden, in denen ich die Gesichter der stummen Götter erkannt hätte, wenn das Glas durchsichtig gewesen wäre.

Aber ich sah andere.

Meine Freunde standen unter mir. Suko, Bill, die beiden Frauen Sheila und Shao. Sie hatten in der Schlucht auf meine Rückkehr warten sollen. Nun war ich zurückgekehrt, steckte aber in diesem verfluchten Gefängnis und wusste nicht, wie ich es schaffen sollte, aus dem Quader je wieder herauszukommen.

Es war zum Heulen.

Die Zurückgebliebenen sahen mich.

Ich erkannte ihre Reaktion. Sie sprachen heftig aufeinander ein, deuteten schräg in die Höhe, und ich konnte mir gut vorstellen, wie sehr sie nach einer Lösung suchten.

Die Gesten, das für mich stumme Sprechen regte mich nur noch mehr auf. Meine Knie wurden weich, und die Augen brannten.

Dabei wollte ich nicht zugeben, dass sich in den Winkeln auch die Tränen der Hoffnungslosigkeit eingenistet hatten.

Konnten sie etwas tun?

Bill war es, der seine Waffe zog, von Suko aber abgedrängt wurde. Kein Schuss sollte auf den Würfel abgefeuert werden. Vielleicht wäre die Kugel auch nur stecken geblieben, aber das Risiko war eben zu groß.

»Sie haben dich entdeckt, Geisterjäger!« So höhnisch und gemein konnte nur der Spuk reden. Seine Stimme drang von allen Seiten auf mich ein und kam mir vor, als würde sie aus mehreren Lautsprechern dringen.

»Ja, das wolltest du wohl, nicht?«

»Natürlich hatte ich das vor.«

»Und was passiert jetzt, nachdem du deinen verdammten Spaß gehabt hast?«

»Es wäre Unsinn, dich länger an dieser Stelle zu lassen. Ich habe etwas anderes vor.«

»Mit dem Würfel.«

»Genau.«

»Und auch mit mir in seinem Innern.«

»Ganz recht, Geisterjäger.«

Ich drehte mich um, weil ich meine Freunde einfach nicht mehr sehen konnte. Dabei dachte ich daran, dass Bill und Suko für eine Weile wegen des Würfels verschwunden gewesen waren. Aber nicht eingeschlossen, wie ich es in diesem verfluchten Quader war. Im Gegenteil, meinen beiden Freunden hatte der Würfel noch geholfen. Bei mir aber würde genau das Gegenteil eintreten, davon war ich überzeugt.

Vor mir schwamm die Schwärze. Es war der Spuk, der sich ausgebreitet hatte. Ebenfalls innerhalb einer Wolke, so wie ich ihn kannte, allerdings verkleinert. Im Gegensatz zu mir jedoch würde er sich blitzschnell zu einer gewaltigen Größe aufblasen können, was mir leider verwehrt blieb.

»Wirf noch einen letzten Blick auf deine komischen Freunde, denn für dich ist die Uhr abgelaufen.«

»Ich habe sie bereits gesehen!«

»Dann können wir ja.«

»Wohin?«

Er lachte. Und er lachte so höhnisch und gemein, dass mein Trommelfell malträtiert wurde und ich das Gefühl hatte, die Wände des Würfels würden gesprengt.

Einen Moment später wurde ich von den Beinen gerissen. Schnell wie ein Komet jagte der Würfel los und verschwand mit mir und dem Spuk irgendwo zwischen den Dimensionen …

Sie hatten Tränen vor Wut und Enttäuschung in den Augen, als sie den Würfel des Unheils anschauten, wie er über ihnen schwebte, nicht mal sehr weit entfernt, aber dennoch für sie unerreichbar war.

Wie auch John Sinclair!

Der Spuk hatte diesmal gewonnen!

Das dachte auch Suko, als er in die Höhe schaute. In der Gruft der wimmernden Seelen, als er in die Gewalt des Spuks geraten war, hatten sie ihn zurückschlagen können, doch nun war ihm der große Fischzug gelungen. Und es hatte ausgerechnet den Geisterjäger erwischt.

Bill zog seine Waffe. Suko nahm es aus dem Augenwinkel wahr und drückte den Arm des Reporters sofort nach unten.

»Verdammt, weshalb nicht?«

»Sei vernünftig, Bill! Stell dir vor, die Silberkugel geht durch. Dann triffst du John.«

»Und wenn nur der Würfel zerstört wird?«

»Ist es fraglich, ob unser junger Freund jemals wieder seine normale Größe erreichen wird.«

Der Reporter nickte. »Wie damals vor Jahren!«, hauchte er. »Als wir gegen den Hexer von Paris antreten mussten. Da sind wir auch geschrumpft, ach verdammt, es ist alles so …«

»Können wir denn nichts tun?« Zum ersten Mal hatte sich eine der beiden Frauen gemeldet. Es war Shao, die die Worte voller Angst und Verzweiflung hervorstieß.

»Im Augenblick wohl nicht«, erwiderte Suko.

»Und ich habe es geahnt!«, flüsterte Sheila. »Ich wusste es einfach, dass dieser verfluchte Würfel nur mehr Unglück bringt. Er gehört nicht zu uns, nicht in unsere Hände. Ein anderer soll ihn behalten und sich um ihn kümmern.«

»Nur nicht der Spuk«, sagte Bill.

»Nein, der nicht, aber es gibt auch noch den Eisernen Engel.«

Bill lachte auf. »Siehst du ihn? John ist in den Berg gegangen, um ihn zu treffen. Vielleicht ist er schon tot, denn er hatte sich ja hinlegen wollen, um zu sterben. Selbst er musste aufgeben, weil die anderen …«

»Er ist nicht tot!«, bemerkte Shao und zog somit die Aufmerksamkeit der anderen auf sich.

Auf den Würfel achtete keiner mehr, man schaute jetzt auch nicht Shao an, sondern die Felswand, in der es so aufglühte wie zu dem Zeitpunkt, als John in den Berg hineingetreten war.

Diesmal trat jemand heraus.

Es war der Eiserne Engel.

Und genau in dem Augenblick setzte sich auch der Würfel

in Bewegung, als hätte er vor der mächtigen Gestalt des Eisernen eine plötzliche Angst bekommen.

Er jagte weg.

Lautlos stieg er in die Schwärze hinein, wurde zu einem Punkt und verglühte einfach.

»Das war es dann wohl«, sagte Bill mit einer Stimme, wie er sie bei sich noch nie gehört hatte.

Die anderen standen da, blickten zu Boden und konnten nicht reden. Sheila und Shao wischten sich verstohlen über die Augen, während das Gesicht des Chinesen einem Granitblock glich, so hart und kantig war es geworden. Er flüsterte einige Worte, aber niemand hörte auf ihn.

»Ich habe es nicht verhindern können.« Der Eiserne hatte gesprochen und trat langsam an die vier Personen heran.

Sie schauten ihn an. Vielleicht dachte jeder von ihnen an John Sinclairs Erklärungen, der darüber gesprochen hatte, dass sich der Engel zum Sterben niederlegen wollte.

So sah er nicht aus. Nach wie vor wirkte er sehr groß, auch kantig, und in seinen Augen stand etwas zu lesen, das man als ehernen Willen deuten konnte.

Auch der Eiserne sagte nichts. Er schaute in die Richtung, in die der Würfel so kometengleich verschwunden war. Nichts mehr sahen sie von ihm. Kein Leuchten, kein Flackern, keinen Widerschein. Allein die Schwärze des Himmels bedeckte das Land, in dem die Götter schliefen.

»Und du bist nicht tot?«, übernahm Bill Conolly wieder den Gesprächsfaden.

Der Engel schüttelte den Kopf. »Sonst hätte ich nicht vor euch stehen können.«

»Dann hat sich John geirrt?«

»Nicht ganz«, erwiderte der Eiserne. »Ich hatte tatsächlich vor, mit dem Leben abzuschließen, denn mir kam alles so sinnlos vor. Dann habe ich mich entschlossen, es nicht zu tun. Versteht ihr? Ich wollte nicht mehr.«

»Vielleicht«, murmelte Suko. »Spielt es für Johns Verschwinden eine Rolle?«

»Nein.«

»Dann braucht es uns auch nicht zu interessieren. Wir möchten dich nur noch fragen, ob du jetzt wieder okay bist?«

»Darauf könnt ihr euch verlassen. Ich mache weiter. Es geht kein Weg daran vorbei.«

»Wie sieht denn dieser Weg aus?« Bill hatte gefragt und deutete in die Runde. »Wenn ich mich hier umschaue, sehe ich allein die Schlucht. Sie ist ein Gebiet für sich. Weit und trotzdem eng. Ich finde mich nicht zurecht. Ich spüre die Magie, aber es ist eine andere, als die, die ich kennen gelernt habe. Kann sie uns weiterhelfen?«

»Es ist die Magie der Mythen«, erwiderte der Engel leise. »Was hier geschah, spiegelt sich oft in Legenden und Sagen wider. Selbst die alten Atlanter hielten die Schlucht der stummen Götter manchmal für eine Sage. Man sprach davon flüsternd, man erzählte sich von denen, die bereit waren, den Kampf gegen die Großen Alten aufzunehmen, die es aber nicht schaffen konnten, weil sie im Gestein eingeschlossen waren und ein Fluch sie verbannt hatte.«

»Ja, das sehe ich.« Bill nickte. »Wie können sie uns helfen? Gibt es eine Chance? Wissen sie, wo sich John Sinclair befindet?«

»Im Würfel!«

»Das ist uns bekannt, aber der Würfel muss ein Ziel gehabt haben. Überall kann er hingeflogen sein.«

Suko mischte sich ein und legte dem Reporter eine Hand auf die Schulter. »Es hat keinen Sinn, dass du dich einmischst und dir den Kopf darüber zerbrichst. Wir müssen uns den Tatsachen stellen. John Sinclair ist verschwunden, dabei bleibt es.«

»Für immer?«, hauchte Sheila.

Sie und Shao schauten den Engel an, als könnte nur er ihnen die Lösung verraten. Er sah sich auch genötigt, eine Antwort zu geben, und hob die Schultern. »Das kann ich nicht sagen. Wir müssen denjenigen fragen, der John gefangen hält.«

»Der Würfel redet nicht«, erklärte Shao.

»Ich meine den Spuk!«

Damit hatte er die Freunde überrascht. Sie wurden bleich,

ohne dass sie es verhindern konnten. Der Eiserne hatte den Namen eines mächtigen Gegners ausgesprochen. Wenn sich John tatsächlich in dessen Hand befand, war leicht auszurechnen, was geschah. Der Spuk würde es genießen, den Geisterjäger als Gefangenen zu halten oder zu töten. Und nicht nur die beiden Frauen bekamen das kalte Gefühl.

»Wieso der Spuk?«, hauchte Bill.

»Weil er derjenige war, der den Würfel manipulierte. Er hat ihn nie aus den Augen gelassen. Seine Raffinesse ist unbeschreiblich. All das, was mit euch geschah, hat der Spuk mitbekommen. Ihr habt immer unter seiner Kontrolle gestanden. Er war die Person, die euch an der langen Leine führte, daran ist nichts zu ändern.«

»Das verstehe ich nicht«, sagte Sheila.

»Ja«, meinte auch Bill. »Ich glaube, du bist uns eine Erklärung schuldig, Eiserner.«

Der Engel tat es. Er berichtete von den Vorkommnissen innerhalb des Berges – und dass es nur ihm gelungen war, die Ghoul-Diener des Landes Aibon zu vernichten.

Aufmerksam lauschten die Freunde. Sie sahen jedoch keinen Sinn in den Aktivitäten. Erst nach einer kurzen Diskussion kam heraus, dass Aibon versucht hatte, nach dem Würfel zu greifen.

»Es war eine erste Attacke gewesen«, erklärte der Engel. »Geschafft haben die anderen es nicht. Der Spuk hat auch ihnen widerstanden. Jetzt gehört ihm der Würfel allein.«

»Und mit ihm John«, fügte Suko hinzu.

»Leider.«

»Damit will ich mich nicht abfinden«, erklärte der Inspektor. »Schließlich weiß auch ich, woher der Würfel stammt und was mit ihm alles passiert ist. Haben nicht die stummen Götter dem Quader ihren Stempel aufgedrückt? War es nicht so?«

Der Engel nickte.

»Dann müssten sie auch erkennen, dass sich John Sinclair in einer so schlimmen Lage befindet.«

»Und was nutzt uns das?«

»Du musst deine Väter bitten, sich um den Würfel zu kümmern. Wenn etwas von ihnen in ihm steckt, muss es einfach möglich sein, diese Kraft hervorzuholen und zu erwecken. So jedenfalls sehe ich es, und ich glaube, da richtig zu liegen.«

»Ich weiß nicht genau, was du meinst«, sagte der Eiserne. »Aber es stimmt. Meine Väter haben tatsächlich mitgewirkt und den Würfel beeinflusst. Nur besitzt ihn jetzt der Spuk, und er wird ihn mit seiner Magie voll ausgefüllt haben.«

Suko hob die Schultern. »Ist es denn so einfach, seine Kraft und Macht zu verändern?«

»Vergesst nicht, dass er demjenigen gehorcht, der ihn in seinen Händen hat. Und das ist nun mal der Spuk!«

»Dennoch solltest du es versuchen«, sagte auch Bill Conolly. »Du musst es einfach tun. Wir können und dürfen nicht so ohne weiteres aufgeben. Oder was sagst du dazu?«

»Einfach wird es nicht sein.« Der Eiserne nickte. »Aber ihr habt Recht. Vielleicht gelingt es mir, meine Erschaffer davon zu überzeugen, dass sie wenigstens versuchen, Kontakt aufzunehmen. Weit über Raum und Zeit hinaus. Es ist möglich, ich garantiere für nichts.«

»Das haben wir auch nicht verlangt«, sagte Sheila und wandte sich ihrem Mann zu. »Wie groß ist deine Hoffnung, Bill?«

»Frag lieber, wie klein.«

»Und?«

»Sehr klein.«

Shao und Suko mischten sich nicht ein. Wie zwei Denkmäler standen sie inmitten der Welt des Schweigens. Auch die, die die Hoffnung nicht so leicht aufgaben, standen da und sagten nichts. Sie wussten, dass es diesmal sehr schwer werden konnte.

Vielleicht sogar zu schwer …

✦

Er hatte ihn nicht vernichten können, obwohl sein Plan so ausgezeichnet gewesen war. Trotz gewissenhafter Vorbereitungen war es dem anderen gelungen, dieser beinahe perfekten Falle zu entkommen und ihm das Nachsehen zu geben.

Einmal ist keinmal.

Davon ging er aus, als er sich zurückzog. Sollte der Geisterjäger sich mit anderen Dingen herumschlagen, ihn würde er nicht bekommen, und das Haus konnte er auch leicht aufgeben.

Das Wetter, über das er einmal so schrecklich geflucht hatte, kam ihm nun zugute. Im Schnee gelangte er ungesehen in die City von London.

Wo sich Sinclair herumtrieb, war ihm egal. Er hatte bereits einen anderen Plan ausgebrütet.

In einem Drugstore hockte er sich nieder und dachte über seinen Plan nach. Neben ihm stand ein wärmender Kanonenofen, vor ihm ein Becher Kaffee, um den er die Hände gelegt hatte.

Der Trubel, der Zigarettenrauch und die Stimmen kümmerten ihn nicht. Er hockte da wie auf einer Insel, und er wurde auch akzeptiert, denn die zumeist jungen Leute hatten die Toleranz, die vielen älteren Menschen oftmals fehlt.

Hätten sie allerdings geahnt, mit welchen Problemen sich der Mann herumschlug, sie wären wohl grau vor Angst geworden.

Schluckweise schlürfte er seinen Kaffee. Immer wenn er die Tasse absetzte, schaute er auch auf seine Hände, und dann begann er jedes Mal zu lächeln.

Ja, seine Hände waren wichtig. Auf sie konnte und musste er sich verlassen. Sie hatten bisher das in die Tat umgesetzt, was sich sein Hirn ausgedacht hatte.

Es waren lange Finger, dennoch kräftig und mit kleinen Härchen bedeckt. An einigen Stellen wuchsen sie so dicht, dass man sie schon fast als Fell bezeichnen konnte.

Er leerte die Tasse.

Seine Stirn hatte sich in Falten gelegt. Manchmal schaute er auf, und einmal traf ihn dabei der Blick der Kellnerin, die hier die Gäste bediente. Das junge Mädchen war in eine Uniform gesteckt worden und trug ein Käppi auf dem Kopf.

»Sir, möchten Sie noch etwas?«

»Ja, bringen Sie mir einen Whisky.«

»Einfach oder doppelt?«

»Doppelt.«

»Sehr gern, Sir. Sonst noch etwas? Vielleicht einen zweiten Kaffee oder etwas zu essen. Wir haben frische Baguettes, auch knackigen Wintersalat und gedünstetes …«

»Nur den Whisky, danach zahle ich.«

»In Ordnung.«

Der Mann sah ein, dass er nicht mehr lange bleiben konnte. Die Atmosphäre gefiel ihm plötzlich nicht mehr. Er liebte die persönliche Ansprache des Personals nicht, er wollte überhaupt nicht in Erinnerung bleiben. Wäre das Wetter nicht so mies gewesen, hätte er sich längst einen anderen Unterschlupf gesucht.

So wartete er auf den Whisky. Als die Bedienung ihn brachte, lag schon der Geldschein bereit. »Stimmt so«, sagte der Mann.

»Oh, danke.«

»Schon gut.«

Er trank den Whisky. Wieder umklammerte er das Glas mit beiden Händen, und er dachte darüber nach, dass es jemanden gab, der ihn nicht im Stich gelassen hatte.

Das war der Teufel gewesen!

Der Mann konnte sich gut vorstellen, dass der letzte Fall auch hätte anders ausgehen können. Nun, das Glück war ihm hold gewesen, und wahrscheinlich hatte der Teufel daran gedreht. Er musste ihm also dankbar dafür sein, dass der Höllenherrscher sich so mit ihm abgegeben hatte und ihn auch nicht fallen ließ.

Sein Hass konzentrierte sich dabei auf andere. Die zwei Männer, die er hatte vernichten wollen, waren ihm entwischt.

Aber nicht für immer.

Er trank, schluckte, lächelte und sah plötzlich die Welt aus einer anderen Perspektive. Nein, es gab überhaupt keinen Grund, deprimiert zu sein. Überhaupt nicht. Er würde es schon früh genug packen, die anderen konnten gar nicht so schnell sein wie er. Und war er nicht ein Genie? Hatte ihm nicht irgendeine Kraft etwas mitgegeben, das andere nicht besaßen?

Handwerkliches Geschick, Fantasie, einen kräftigen Schuss Menschenverachtung und einen heißen Draht zur Hölle.

Den musste er noch glühender machen. Mit einem letzten Schluck leerte er sein Glas und stand ruckartig auf. Der Tisch war klein und rund. Auch ein wenig zu niedrig, sodass er mit den Knien gegen die Kante stieß, die Platte eine schräge Lage bekam und das Glas ins Rutschen geriet. Da die Kellnerin die Tasse bereits abgeräumt hatte, konnte nur das Glas zu Boden fallen.

Dort zersprang es.

Die Bedienung bekam einen roten Kopf. Jetzt musste sie bei ihrer vielen Arbeit noch die Scherben aufsuchen.

»Konnten Sie sich nicht vorsehen?«, zischte sie, als sie sich bückte und den Mann von unten her anschaute.

Der erwiderte ihren Blick. Die Bedienung hatte noch etwas sagen wollen, doch als sie in die Augen des Gastes schaute, rann ein Frösteln über ihren Rücken, und ihr wurde plötzlich ganz anders. Sie lächelte sogar und meinte: »Das kann ja jedem mal passieren.«

Der andere nickte nur, stellte seinen Kragen hoch und schritt zum Ausgang, wo er die Tür so heftig aufriss, dass Schneegestöber in den Raum wirbeln konnte. Eine Sekunde später war der seltsame Gast verschwunden, wie ein Spuk in der Nacht.

Die Kellnerin befand sich noch immer in der Hocke. Sie war blass geworden. Das stellte auch einer der Gäste fest. Er hielt das Mädchen fest.

»Was hast du denn, Süße? Ist dir etwas auf den Magen geschlagen?«

»Ja.«

»Und was?«

Das Mädchen schüttelte sich. »Der letzte Gast. Der hat mich so komisch angesehen.«

»Bei deiner Figur ...«

»Nein, du Idiot, so war es nicht. Ich hatte das Gefühl, als

würde mich kein Mensch anschauen, sondern der Teufel. Verstehst du, der Teufel!«

Der Gast verstand. Dennoch blieb auch bei ihm ein ungutes Gefühl zurück, und er bestellte sich hastig einen Schnaps.

Inzwischen hatte sich der andere auf die Suche nach einem Taxi gemacht. In London fahren rund 80.000 Taxen. Es ist normalerweise kein Problem, einen Wagen zu finden, bei dem Schneetreiben musste er allerdings suchen.

Als er schließlich im Fond des Fahrzeugs hockte, atmete er zum ersten Mal auf. Sein Ziel war der größte Londoner Bahnhof, Victoria Station. Dort stieg er auch aus.

Eine halbe Stunde später hatte ihn das Bahnhofsgebäude verschluckt. Viele Menschen warteten auf ihre Züge, manche wollten sich auch nur aufwärmen, das war dem Mann egal. Er kämpfte sich durch zu einem der zahlreichen Schalter und löste eine Karte. Im Auge hatte er ein bestimmtes Ziel.

Da würden sich einige wundern.

Über eine Stunde musste er noch warten, bevor er in den Zug steigen konnte. Die bullige Wärme eines Abteils nahm ihn auf. Es roch noch nach Rauch und feuchter Kleidung.

Er stellte sich ans Fenster und schaute zu, wie sein Atem gegen die Scheibe schlug. Unbewegt blieb sein Gesicht dabei. Erst als der Zug abfuhr, umspielte ein hartes Grinsen seine Lippen.

Jetzt konnte ihn niemand mehr stoppen. Er würde durchfahren und seinen neuen Plan in die Tat umsetzen.

Seine Feinde sollten zittern, wenn sie davon erfuhren. Sie würden auch zittern, denn sein Name war für sie so etwas wie der Trompetenklang für Jericho.

Der Mann, der sich mit schrecklichen Gedanken beschäftigte und einige Wochen Zeit brauchte, um diese in die Tat umzusetzen, hatte einen Namen, der etwas fremdländisch klang und bei gewissen Personen einen Schauer der Angst auslöste.

Er hieß Akim Samaran!

An den Hängen lag noch der Schnee. Dick, manchmal grau gefärbt, an einigen Stellen noch mit dem frischen Weiß des ersten Tages versehen. Auch auf den Dächern hatte sich die weiße Pracht ausgebreitet. Von Frühling keine Spur.

Nur die Hauptstraßen der kleinen schottischen Ortschaft Lauder waren von der weißen Pracht befreit worden, damit auf den manchmal ziemlich steilen Wegen wenigstens die Fahrzeuge frei durchkamen.

Viele Bewohner von Lauder wohnten nun mal an den Hängen. Dort hatten sie ihre Häuser gebaut, und von der normalen Straße führten jeweils Stichwege zu den Bauten.

Auch zu dem alten Haus auf einem großen Grundstück führte eine solche vom Schnee befreite Straße. Einige Lampen leuchteten an den Außenwänden und verbreiteten einen rötlich gelben Schein. Im Haus selbst waren nicht alle Fenster erleuchtet, nur die im Erdgeschoss, wo mehrere Zimmer von der großen, mit Holz ausgelegten Diele abzweigten.

In einem Raum saß die ältere Frau. Sie war allein, denn ihr Mann war unten im Dorf. Er hatte an diesem Tag seinen Stammtisch. Die Honoratioren von Lauder trafen sich einmal in der Woche, um über die Probleme des Ortes und die große Politik zu sprechen. Manchmal erhitzten sich die Gemüter, denn es ging auch um Sport oder um die Kirche, wenn der Pfarrer dabei war.

An einem Freitag trafen sie stets zusammen, und die meist älteren Männer betrachteten dies als den großen Wochenabschluss.

Mary Sinclair seufzte, als sie daran dachte. Wieder einmal war sie allein, und wieder einmal dachte sie darüber nach, dass dieses Haus für zwei Personen einfach zu groß war. Die Hälfte hätte ausgereicht, eigentlich noch weniger, und dann hätte sie auch die Bücher ihres Mannes noch immer unterbringen können.

Aber Horace F. Sinclair, der pensionierte Anwalt, wollte es so, und dabei blieb es. Zudem brauchte Mary nicht zu putzen. Aus Lauder kamen zweimal in der Woche Mädchen, die das Haus in Ordnung hielten.

Normalerweise traf auch sie sich mit einigen Frauen, wenn die Männer ihren Stammtisch hatten, aber zwei ihrer Freundinnen lagen mit einer Grippe im Bett, so war das Treffen an diesem Freitag ausgefallen.

Mary Sinclair spürte die Einsamkeit inmitten des Hauses. Dann kamen ihr stets trübe Gedanken, und sie dachte darüber nach, wie es wohl sein würde, wenn einer von ihnen nicht mehr war.

Eine Gänsehaut überlief sie. Dann würde die große Leere über Horace oder sie kommen, wie ein Tuch, das nicht mehr wegzuziehen war. Mary hoffte jedes Mal, dass beide von ihnen noch lange leben würden, um diesen stummen Schrecken so weit wie möglich hinauszuschieben.

Da Mary Sinclair nicht TV-süchtig war, ließ sie die Glotzkiste ausgeschaltet. Stattdessen hörte sie leise Musik, denn im Arbeitszimmer ihres Mannes, in dem sie saß, befand sich auch die Stereoanlage. Die grauhaarige Frau mit dem noch fast faltenlosen Gesicht und den gütigen Augen liebte Mozart, Vivaldi und Beethoven. Diese Melodien verschönerten ihr und ihrem Mann so manch langen Winterabend. Beide hatten die Kälte satt. In Schottland, das wussten sie, würde der Frühling erst später beginnen. Das sah in London ganz anders aus. Da blühten die Bäume früher.

Wenn sie an London dachte, erinnerte sie sich automatisch an ihren Sohn John.

Er war das einzige Kind der beiden, und er bereitete seiner Mutter auch als Erwachsener noch viele Sorgen. Jetzt mehr als früher, als sie sich um die Erziehung kümmern mussten.

John war nicht Anwalt geworden, wie es der Vater gern gesehen hätte, sondern hatte einen Job angenommen, den man mit ruhigem Gewissen als lebensgefährlich bezeichnen konnte, und dabei war nichts übertrieben worden. Ihr Sohn schlug sich mit Geistern, Gespenstern und Dämonen herum. So manches Mal war er nur knapp mit dem Leben davongekommen, und auch seine Eltern waren schon öfter in Fälle mit hineingezogen worden.

Irgendwann musste es einmal schief gehen! Vor diesem Tag

hatte sie Angst. John konnte nicht immer Glück haben, aber jedes Gespräch darüber wehrte John Sinclair lachend ab. Davon wollte er nichts hören, und sein Vater unterstützte ihn auch noch bei seinen Argumenten.

Dabei hätte sich Mary Sinclair so sehr eine große Familie gewünscht. Vier Enkelkinder hatte sie immer haben wollen, aber wenn sie in die Zukunft schaute, würde dies wohl immer ein Wunschtraum bleiben, obwohl es hier in Lauder ein Mädchen gab, das John Sinclair gern geheiratet hätte.

Die Kleine hieß Helen Cloud, und sie hätte so gut zu ihrem Sohn gepasst. Aber es war nicht mehr so wie früher, wo die Eltern den Kindern die Ehepartner aussuchten.

Bei einer Heirat hätte John natürlich seinen Job aufgeben müssen, nur konnte er das nicht mehr, wie er seiner Mutter glaubhaft versichert hatte. Er steckte einfach zu tief drin.

Die letzten Töne einer Beethoven-Sinfonie verklangen.

Noch ein leises Knacken, dann kehrte Stille ein. Es war eine Ruhe, die sie mochte. Mary kannte sich. Bevor sie eine neue Platte auflegte, würde sie minutenlang die Ruhe genießen.

Aus den Minuten wurde diesmal über eine Stunde, denn die ältere Frau konnte sich nicht mehr wachhalten. Wie von selbst fielen ihr die Augen zu. Als sie erwachte und aufschreckte, wurde sie direkt blass, denn es war schon bald Mitternacht.

»So was«, murmelte sie. »Bin ich doch tatsächlich eingeschlafen. Das kommt davon, wenn man alt wird.« Sie stemmte sich aus dem Sessel und blieb für einen Moment neben ihm stehen, um die Glieder zu recken. Bevor sie zu Bett ging, wollte sie noch ein wenig Mozart hören. Dann musste ihr Mann auch bald erscheinen, denn um Mitternacht löste sich der Stammtisch zumeist auf.

Der Holzboden des Arbeitszimmers war mit dicken Teppichen belegt. Die Schritte der Frau waren kaum zu hören. Da im Kamin kein Feuer brannte, hielt sie eine nahezu gespenstische Stille umfangen.

Und die wurde gestört.

Mary Sinclair vernahm die Laute, als sie die Hälfte des

Weges hinter sich gebracht hatte. Sie kannte ihr Haus, sie kannte jeden Winkel, sie wusste, wann und wo das Holz knarrte, sich Dielen bewegten und Bretter verzogen.

Diese Geräusche wiegten sie zumeist in den Schlaf. Was sie nun vernahm, passte einfach nicht in die normale Kulisse.

Deshalb blieb sie auch stehen und drehte den Kopf nach links, wobei sie auf die Zimmertür schaute.

Ihr Mann war es nicht, der zurückkam. Horace war für sie stets an seiner Schrittfolge zu erkennen, aber diesmal waren es keine Schritte, die sie vernommen hatte. Ihr schien es, als würde sich jemand an der Haustür befinden und dagegenschlagen.

Das konnte einfach nicht sein. Wer verlief sich schon um diese Zeit zum Haus der Sinclairs? Zudem war man in Lauder stolz darauf, weder Fahrzeuge noch Häuser abschließen zu müssen, denn in den letzten Jahren war niemals etwas gestohlen worden.

Deshalb wollte sie nicht an einen Dieb glauben und verspürte auch keine Angst.

Mit sicheren Schritten durchquerte sie das Zimmer, öffnete die Tür und betrat die große Diele. Dort stand ein großer, runder Tisch, eine Garderobe aus prächtigem Eichenholz war ebenfalls vorhanden, und Mary schaltete das Licht ein.

Der Kronleuchter unter der Decke war für den großen Raum genau passend. Sein Licht breitete sich aus und strahlte in jeden Winkel hinein, sodass die Diele erhellt wurde.

Auch die Tür bestand aus einem festen Material. Die bekam so leicht kein Einbrecher auf, es sei denn, er wendete Gewalt an.

Mary Sinclair ging auf die Tür zu. Ihre rechte Hand lag bereits auf der Innenklinke, als sie zögerte. Plötzlich bekam sie Herzklopfen, und gleichzeitig rann ein Schauer über ihren Rücken. Sollte sie öffnen, sollte sie warten?

Wer stand hinter der Tür?

Mary wollte es wissen. Nicht weit entfernt befand sich eines der drei Fenster. Sie ging die paar Schritte hin und drehte den mit Kunststoff bedeckten Metallgriff nach unten. Erst vor kurzem waren die neuen Isolierfenster eingebaut worden, und sie ließen sich leicht öffnen.

Die Scheibe schwang nach innen, und die kalte Nachtluft fuhr, wie mit langen Armen ausgerüstet, in den Raum.

Mary beugte sich trotzdem aus dem Fenster, spürte den Wind, der gegen ihr Gesicht schlug und von den Bergen kam. Sie drehte den Kopf nach links. Auch in der Dunkelheit konnte sie bis zur Tür blicken. Zudem brannte über dem Eingang eine Lampe.

Kein Mensch stand dort.

Mary schaute noch einmal hin, zog die Augenbrauen zusammen und rief auch einige Worte: »Hallo, wer ist dort? Melden Sie sich doch …«

Nichts hörte sie.

Auch keine Schritte, die anzeigten, dass sich jemand schnell entfernte. Mary Sinclair zog sich wieder zurück und schloss das Fenster. Sie glaubte, sich getäuscht zu haben. Aber als Sicherheitsfanatikerin wollte sie so ohne weiteres die Geräusche nicht hinnehmen, da musste man sich einfach überzeugen, ob alles seine Richtigkeit hatte. Aus diesem Grunde näherte sie sich auch der Tür, und diesmal zögerte sie nicht.

Sie drückte die Klinke nach unten und zog die Tür auf. Dabei nahm sie eine abwehrende Haltung ein, die jedoch nicht nötig gewesen wäre, da niemand auf sie wartete.

Mary Sinclair schaute auf das leere Grundstück. Sie sah die Schatten der großen Eichenbäume und den Schnee auf manchen Ästen wie eine weiße Zuckerschicht glitzern.

Keiner war da.

Deshalb wollte sie sich schon zurückziehen, als ihr Blick vor ihre Schuhspitzen fiel.

Dort lag etwas.

Mary Sinclair runzelte die Stirn. Es war ein Päckchen, das jemand hier platziert haben musste, denn am Nachmittag hatte es an dieser Stelle noch nicht gelegen, da war sie sicher.

Also hatte sie sich nicht getäuscht. Es war jemand an der Tür gewesen, um das Paket abzulegen.

Sie bückte sich. Zwar konnte sich die Frau nicht vorstellen, wer ihr mitten in der Nacht etwas schickte, aber die Neugierde siegte bei ihr. Sie hob das Päckchen hoch, trat zurück, schloss die Tür und schaute erst dann auf das Päckchen.

Die Adresse war in Blockbuchstaben geschrieben worden. Ihr Name und der ihres Mannes standen dort zu lesen, sodass Mary Sinclair kein schlechtes Gewissen hatte, die Verschnürung des Päckchens zu lösen. Das tat sie nicht in der Diele. Sie ging wieder zurück in das Arbeitszimmer, legte das Päckchen auf den kleinen Tisch neben dem Telefon und holte aus der Schublade eine Schere.

Zweimal musste sie schneiden, um das Band zu zerteilen. Dabei merkte sie, dass sie allmählich nervös wurde. Sie war gespannt darauf, was sich in dem Päckchen befand, und gleichzeitig bekam sie auch so etwas wie Furcht, da sie sich auch nach weiteren Überlegungen nicht vorstellen konnte, wer ihr so etwas schicken konnte.

Das braune Papier knisterte, als Mary Sinclair es zerknüllte. Danach schaute sie auf einen kleinen Pappkarton, der ungefähr so hoch war wie eine Männerhand breit.

Der Deckel saß so lose auf dem Unterteil, dass sie ihn mit zwei Fingern abheben konnte.

Das tat sie auch.

Sie hielt ihn noch in der Hand, als ihre Augen groß wurden und sich auch ihr Mund öffnete. Was der Deckel bisher verborgen gehalten hatte, durfte einfach nicht wahr sein. Das war grauenvoll.

Im unteren Teil des Päckchens lagen zwei Köpfe. Mit den Gesichtern nach oben.

Und sie sahen so aus wie die von Mary Sinclair und ihrem Mann Horace!

Mary Sinclair rührte sich nicht. Sie war einfach unfähig, dies zu fassen, aber es war eine Tatsache, und davor konnte sie die Augen einfach nicht verschließen.

Jemand hatte sich den Scherz erlaubt und ihr zwei Köpfe

geschickt, die ihrem und dem ihres Mannes aufs Haar glichen! Sogar die Haarfarbe stimmte!

Mary schüttelte sich. Durch ihren Körper lief ein Frösteln. Es breitete sich vom Nacken her bis zu den Beinen aus, die plötzlich schwach wurden.

Sie musste sich einfach setzen. Zum Glück stand ein Sessel in der Nähe, in den sie schwer hineinfiel. Erst jetzt drang ein Stöhnen über ihre Lippen, und sie spürte auch die kalte Schweißschicht, die sich zwischen Nase und Mund gebildet hatte.

Die Arme lagen auf den Lehnen. Ihre Hände umkrallten die Holzknaufe an der Vorderseite, und sie sah gar nicht hin. Dennoch merkte sie, wie die Finger anfingen zu zittern und die Kuppen gegen das Holz schlugen.

Erst jetzt drang ein seufzender Laut über ihre Lippen. Die erste akustische Reaktion, die sie nach der Entdeckung von sich gab. Es war ein Scherz gewesen, wollte sie sich einreden, aber das gelang ihr nicht. Wenn, dann war es ein makaberer gewesen. Wer verschickte denn grundlos modellierte Köpfe?

Grundlos?

Über dieses Wort war sie gestolpert. Mary wollte daran nicht glauben. Sie war lange Jahre mit einem Rechtsanwalt verheiratet und hatte auch mitgelernt.

Nichts im Leben geschah ohne Grund. Selbst an den Zufall hatte Horace F. Sinclair nie glauben wollen, obwohl er in seiner langen Praxis schon öfter Zufälle erlebt hatte, wenn es um die Aufklärung von Verbrechen ging.

Weshalb hatte man ihr die Köpfe geschickt? Sollte es eine Warnung gewesen sein? Wenn ja, wovor? Und sie dachte plötzlich weiter. Dieser Mensch, der das kleine Paket überbracht hatte, musste in Lauder leben, in ihrem kleinen Ort, in dem es so gemütlich zuging und es außer einem Dorfklatsch normalerweise nichts gab.

Jetzt dieses hier.

Mary wäre am liebsten weggelaufen, aber das löste keine Probleme. Im Gegenteil, man musste sich den Tatsachen stellen.

Deshalb blieb sie nicht länger sitzen. Obwohl es sie Überwindung kostete, schritt sie auf das kleine Päckchen zu, da sie sich die Köpfe noch genauer anschauen wollte.

Dass sie dieses »Geschenk« in die Hand nahm, darüber wunderte sie sich selbst, und sie schüttelte auch den Kopf, als sie genauer hinschaute und dabei feststellte, dass die Köpfe aus Holz bestanden. Die Hand eines Künstlers musste sie geschnitzt haben. Sie sahen aus, als würden sie leben. Mary hätte sich nicht gewundert, wenn die Augen plötzlich angefangen hätten zu zwinkern. Aber ein gewisses Leben war den beiden nicht eingehaucht worden.

Vorsichtig und mit spitzen Fingern legte sie die zwei Schädel wieder zurück. Sie fielen so, dass ihre Gesichter nach oben schauten und Mary auf sie blicken konnte.

Was sollte sie jetzt tun? Zunächst einmal ihre Furcht bekämpfen. Sie wollte sich mit jemandem unterhalten.

Der Polizei vielleicht?

Nein, das konnte man vergessen.

Sie lächelte sogar, als sie an Sergeant McDuff dachte, der in Lauder als Chef die Polizeigewalt vertrat. Der Sergeant war ein guter Freund des Hauses, er gehörte auch zu der erweiterten Stammtisch-Crew, ob er aber an diesem Abend dabei war, wusste sie nicht.

Wenn jemand Bescheid wissen musste, dann ihr Mann. Mary Sinclair hatte sich fest entschlossen, im Wirtshaus anzurufen. Sie drehte sich um, weil sie zum Hörer greifen wollte, da sah sie zufällig auf eines der Fenster.

Und entdeckte das Gesicht!

Es war ein blasser, mondförmiger Kreis, verschwommen und in der unteren Hälfte in die Breite gezogen. Dieses Gesicht hatte Mary Sinclair noch nie zuvor in ihrem Leben gesehen.

Ein Fremder war es!

Hatte er vielleicht das Päckchen in den Eingang gelegt? Ja, es musste so sein, eine andere Lösung konnte sie sich nicht vorstellen, und sie atmete tief durch. Das allerdings reichte auch nicht aus, um den rasenden Puls zu beruhigen.

Schwindel erfasste die schon ältere Frau. Sie fiel wieder in den Sessel und war froh, nicht mehr auf das Fenster schauen zu brauchen.

Aber sie hatte nicht vergessen, was sie wollte. Und als sie wieder aufstand, war das Gesicht verschwunden.

Mary überlegte. War sie trotz allem einer Täuschung zum Opfer gefallen? Hatte sie sich dieses Gesicht nur eingebildet? Entsprang es ihrer plötzlichen Furcht?

Daran wollte sie nicht glauben, und sie dachte auch nicht weiter darüber nach, als sie sich umdrehte und zum Hörer griff. Dem Fenster wandte sie den Rücken zu. Ein komisches Gefühl war es schon, weil sie damit rechnete, dass jeden Augenblick die Scheibe zersplittern und der Fremde in den Raum klettern würde.

Da tat sich nichts. Nur das Zeichen der Freileitung drang an ihre Ohren.

Marys Nervosität steigerte sich von Sekunde zu Sekunde. Sie wartete sehr darauf, mit ihrem Mann sprechen zu können, denn seine Stimme würde ihr Mut geben und die Angst verdrängen.

Der Wirt meldete sich nach dem sechsten Durchklingeln. Seine Stimme klang müde.

»Mary Sinclair hier. Entschuldigen Sie, Toby, dass ich Sie störe. Aber ist mein Mann noch da?«

»Nein, wieso?«

Mary lachte unecht. »Er war doch bei Ihnen am Stammtisch …«

»Richtig, Mrs. Sinclair. Aber die letzten Gäste sind vor einer halben Stunde gegangen. Ihr Mann hätte eigentlich schon zu Hause sein müssen. Er hat auch wenig getrunken, weil er mit dem Wagen gekommen ist, glaube ich …«

»Ja, ja, schon gut, Toby.«

»Vielleicht ist er auch mit dem Bürgermeister gegangen. Die beiden haben sich den Abend über sehr angeregt unterhalten. Vielleicht wollten sie das Gespräch noch fortführen.«

»Ja, das ist möglich. Danke sehr, Toby.«

»Nichts zu danken, Mrs. Sinclair. Und grüßen Sie Horace.«

»Mach ich. – Gute Nacht.« Sie legte auf, starrte den Apparat an und begann plötzlich zu weinen.

Auf einmal hatte sie fürchterliche Angst …

Jemand hatte einmal von einem gewaltigen Meer der Einsamkeit geschrieben, ohne es je gesehen zu haben. Möglicherweise hatte er auch seine eigene innere Leere damit ausdrücken wollen. Ich dagegen fühlte mich innerlich nicht leer, dennoch kam es mir vor, als ob ich durch das Meer der Einsamkeit triebe.

Irgendwohin ging die Reise, und mir war es nicht möglich, ein Ziel zu bestimmen.

Das tat ein anderer.

Der Spuk!

Er leitete, er führte den Würfel, er hatte ihn auf seine Gedanken programmiert, und mit ihm zusammen ging die Reise in die Dimensionen, wo es keine Zeitgrenzen gab und der Rand der Ewigkeit erreicht wurde.

Der Würfel war zu einem Gefängnis geworden, und man hatte mich auf die entsprechenden Maße verkleinert, damit ich hineinpasste. Auch ein Produkt schwarzer Magie, wo es mir sogar gelang, innerhalb des Würfels zu atmen.

Ich sah jetzt ein, dass ich mich und meine Möglichkeiten stark überschätzt hatte. Ich war nicht stärker gewesen als der Spuk und der Würfel zusammen, und daran hatte auch mein Kreuz nichts ändern können, das ich weiterhin bei mir trug, entsprechend verkleinert natürlich.

Und der Spuk befand sich mit mir zusammen innerhalb des Würfels. Pechschwarz und verkleinert. Seine wolkenähnliche Form wollte er einfach nicht aufgeben. Er hatte sich daran gewöhnt, er war schließlich der Herrscher im Reich der Schatten.

Von einer Geschwindigkeit bemerkte ich nichts. Das war wie im Flugzeug, wo man die Schnelligkeit auch nicht spürt. Wenn meine Lage nicht so schlimm gewesen wäre, hätte ich die Reise sogar als angenehm bezeichnen können. So aber blieb das Gefühl der Angst, der drückenden Furcht und des Nichtwissens.

Vielleicht endete alles im Reich des Spuks?

Ausschließen wollte ich das nicht. Wenn ich erst mal im Reich der Schatten steckte, war es für mich nahezu unmöglich, dort wieder herauszukommen, obwohl es mir schon einmal gelungen war, aber da hatten andere Voraussetzungen bestanden.

So blieb mir nichts anderes übrig, als mich in mein Schicksal zu fügen. Ich, der Winzling, der Kleine, der so jämmerlich niedergemacht worden war und der sich einfach überschätzt hatte.

Ja, ich war blind gewesen. Ich hatte nur den Würfel gesehen und nicht auf die Gefahr geachtet. Selbst in der Schlucht der stummen Götter hatte ich diese Macht zu spüren bekommen, wieder ein Beweis, wie mächtig der Spuk letztendlich war.

Fragte sich nur, wie alles weiterlief. Würden meine Freunde eine Möglichkeit finden, mich zu retten? Diese Frage quälte mich sehr, ich wollte nicht so recht daran glauben, denn wie sollten sie erfahren, wo man mich hingeschleppt hatte?

Falls sie es wider Erwarten herausbekamen, stand ihnen mit dem Spuk und dem Würfel noch ein gewaltiges Hindernis im Weg, das auch der Eiserne kaum wegräumen konnte.

Es sah trübe für mich aus …

Das wusste auch der Spuk. Es konnte auch sein, dass er meine Gedanken gespürt hatte, in diesem Würfel war alles möglich. Ich jedenfalls traute ihm alles zu.

»Nun, Sinclair?«

Seine Stimme war da. Als volltönend hätte ich sie bezeichnen können, denn sie drang von allen Seiten auf mich ein, und ich konnte jedes Wort verstehen.

»Was willst du?«

»Mit dir sprechen.«

»Aber ich nicht mit dir.«

Er lachte, und abermals dröhnte es in meinen Trommelfellen. »Das kann ich mir gut vorstellen, nur bist du nicht in der Lage, Bedingungen zu stellen. Ich habe die Regie übernommen.«

»Und jetzt?«

»Rate mal.«

Er machte es spannend, aber ich ging nicht auf sein blödes Wortspiel ein. »Nein, ich werde nicht raten. Dem Alter bin ich entwachsen. Sag, was du von mir willst, ansonsten lass mich in Ruhe!«

Er amüsierte sich. »Entwachsen hast du gesagt? Weißt du eigentlich, wie klein du bist, Sinclair?«

»Mein Geist ist nicht geschrumpft.«

»Das spielt keine Rolle.« Die schwarze Wolke vor mir bewegte sich, breitete sich aus und sorgte dafür, dass ich auch von den Seiten von ihr erfasst wurde. Nur genau die Stelle, wo ich mit beiden Beinen auf der unteren Würfelfläche stand, blieb frei.

»Ich könnte mit dir alles anstellen«, erklärte der Spuk. »Wirklich alles. Qualen, die du dir in deiner Fantasie kaum vorstellen kannst, würdest du erleiden. Dagegen ist das, was sich der Teufel damals für dich ausgesucht hatte, als er dir das Blut abzapfen ließ, ein Kinderspiel. Doch davon einmal abgesehen, verfolge ich andere Pläne.«

»Das ist deine Sache.« Drohungen irgendwelcher Dämonen nahm ich nicht so ernst, weil man sie mir schon zu oft entgegengeschleudert hatte und bisher noch nichts davon eingetroffen war.

Es ärgerte ihn wohl, dass ich nichts erwiderte.

»Ich kann dich beruhigen, John Sinclair. Du wirst dich in deiner Welt wiederfinden.«

»Wie nett.«

Aus der Wolke schallte das Lachen. »Da wage ich zu widersprechen, denn ich habe mir für dich etwas Besonderes einfallen lassen. Eigentlich hättest du ja in London sterben sollen oder müssen, das gefiel mir aber nicht, außerdem gibt es eine Person, die sich vom Teufel so enttäuscht zeigte, dass sie sich mir zugewandt hat.«

»Wer ist das?«

»Später. Dieser Mr. Unbekannt wurde vom Teufel enttäuscht. Er suchte nach anderen Wegen, um das erfüllt zu bekommen, was er persönlich Seelenheil nennt. Ich habe in der Zeit immer gelauert, gewartet und beobachtet. Ich habe dich verfolgt, du hast es nur nicht bemerkt, da dem menschlichen Auge vieles verborgen bleibt. Eingegriffen habe ich damals nicht, ich merkte mir nur den Mann, der nach besonderen Wegen suchte und zu allem bereit war, wobei er die Hölle verflucht hatte. So einen Menschen gibt es. Weißt du, wer es sein könnte?«

»Nein.«

»Denke nach.«

»Du wirst es mir doch sagen.«

»Sicher, dieser Mann freut sich ganz besonders. Aber ich halte mich noch zurück. Also, kommen wir auf den Unbekannten zu sprechen. Er hasst dich, er hasst alles, was Sinclair heißt. Dein Tod würde ihm ein satanisches Vergnügen bereiten. Du warst einmal sehr nahe dran, aber du konntest entwischen. Das soll sich nicht mehr wiederholen, deshalb haben wir Sicherungen eingebaut, denn ich habe mich bei diesem Mann gemeldet. Ich wusste von ihm, und ich täuschte mich nicht. Er war bereit, auf meine Pläne einzugehen, und er war auch bereit, seine Fähigkeiten in meine Dienste zu stellen, da ihm als Lohn ein gewisser John Sinclair winkte. Dafür tat er alles.«

»Dann werde ich ihn bald sehen.«

»Ja, er wartet schon auf dich, um deine Qualen grausam werden zu lassen.«

Da der Spuk nicht weitersprach, hatte ich Zeit zu überlegen. Dabei gab ich zu, dass mich seine Rede neugierig gemacht hatte, aber das hatte ich ihm nicht unter die Nase binden wollen.

Wer konnte es sein? Wer hasste mich so stark, dass er mich umbringen wollte?

Um das aufzuzählen, hätte ich schon einen Computer gebraucht, aber die Hölle, damit Asmodis und seine Verbündeten, konnte ich streichen. Auch Logan Costello, den Londoner Mafiafürst, denn der gehorchte oder lief noch an der langen Leine des Teufels.

Natürlich war jeder Schwarzblüter ein potentieller Feind, aber die wenigsten waren so mächtig, als dass sich der Spuk mit ihnen einlassen würde. Dazu konnte man ihn als viel zu arrogant bezeichnen.

Weshalb eigentlich Dämon?

Ich begann genauer über die letzten Worte des Spuks nachzudenken. Er hatte von einem von der Hölle Enttäuschten gesprochen. Das brauchte nicht unbedingt ein Dämon zu sein. Es konnte sich ebenso um einen Menschen handeln.

Sah ich mal von Logan Costello ab, so gab es noch genügend Leute, die mir die Pest und noch mehr an den Hals wünschten.

»Jetzt denkst du nach, Sinclair!«, hörte ich das scharfe Flüstern aus der Wolke. »Ich kann sogar deine Unsicherheit verstehen. Sie wird nicht mehr lange bleiben, da ihr eine Veränderung widerfährt. Aus der Unsicherheit wird Angst werden. Wenn du sie spürst, wenn du merkst, dass du hilflos bist in den Klauen deines Feindes und ich zuschauen kann, wie man dich vernichtet, habe ich gewonnen. Ein wahrlich teuflisches Spiel habe ich angereizt, ohne die Hilfe des Höllenfürsten. Ich freue mich auf den Verlauf …«

Das waren die letzten Worte, die er mir sagte. Für den Spuk war das Thema vorerst abgeschlossen, und er blieb als stumme schwarze Wolke innerhalb des Würfels und somit in meiner unmittelbaren Nähe.

Die Reise ging weiter. Ob wir flogen, ob andere Kräfte uns leiteten, das konnte ich nicht feststellen. Unter Umständen durcheilten wir Dimensionen, befanden uns mal in der Vergangenheit, mal in der Gegenwart oder auch in der Zukunft.

Möglich war vieles, denn für die Mächtigen der schwarzen Magie gab es keine Grenzen.

Nach wie vor schloss mich nicht allein die Würfelfläche ein, auch die Schlieren konnte ich sehen. Als ich noch die normale Größe besessen hatte, waren sie mir so klein und unbedeutend vorgekommen. Dies hatte sich nun geändert.

Ich sah sie ziemlich groß, und ich erkannte auch, dass sie nicht so glatt waren, wie ich immer angenommen hatte. In ihnen befand sich ein Muster, eine Struktur, sodass mir der Gedanke kam, es mit winzigen Zellen zu tun zu haben.

Ja, das mussten Zellen sein. Organische Mikrochips vielleicht, die ein großes Wissen speicherten.

Vielleicht steckte in ihnen das Wissen einer gesamten Magie. Was immer es auch sein mochte, ich würde wohl niemals dazu kommen, es herauszufinden.

Und so blieb mir nichts anderes übrig, als mich auch weiterhin mit meinem Schicksal abzufinden und zu hoffen, dass es irgendwann eine Lösung gab, die mir die normale Größe wieder zurückerstattete.

»Nun ist es so weit. Wir haben das Ziel erreicht, Sinclair. Es ist deine Welt, die Erde, und es ist ein Ort, den du gut kennst …« Der Spuk sagte nicht, welchen er damit meinte. Bestimmt würde es eine Überraschung werden. Jedenfalls deutete sein Lachen darauf hin.

Ich war tatsächlich noch gespannter.

Den Übergang von einer Dimension zur anderen hatte ich nicht mitbekommen. Aber die Umgebung hatte sich verändert. Ich stellte mich dicht an die Wand des Würfels und schaute hinaus.

Gleichzeitig nahm ich hinter mir einen Schatten wahr. Sehen konnte ich ihn kaum, eher fühlen. Deshalb drehte ich mich um und stellte fest, dass der Würfel leer war.

Der Spuk hatte ihn verlassen.

Ich befand mich allein in meinem Gefängnis. Sofort dachte ich darüber nach, ob ich nicht jetzt versuchen sollte, den Würfel zu manipulieren. Die Möglichkeit war vorhanden, aber die außen ablaufenden Ereignisse ließen mich zunächst zögern und nahmen auch meine volle Aufmerksamkeit in Anspruch.

Ein Schatten erschien.

Ich hatte die Augen weit aufgerissen, weil ich mehr sehen wollte. Trotz dieser rotvioletten, milchigen Scheibe erkannte ich, dass dieser Schatten eine menschliche Form aufwies.

Kein dämonischer Mutant. Der Spuk hatte nicht gelogen. Ein Mensch wollte mich killen.

Der Schatten wuchs zusammen. Dies geschah dicht vor dem Würfel. Ich konnte sehen, dass der Mensch allmählich in die Knie ging. Wahrscheinlich war der Würfel für ihn einfach zu niedrig, um von der Seite her hineinschauen zu können.

Auch rückte der andere noch näher heran.

Die Umrisse eines Gesicht erschienen. Ich hätte schon Sensoraugen haben müssen, um es genau zu erkennen. In der Schlucht der stummen Götter hatte ich besser sehen können. Vielleicht hatte es auch dort an der anderen Luft gelegen.

Wer konnte es sein?

Im nächsten Moment erfuhr ich es, denn der andere begrüßte mich mit einer triumphierend klingenden Stimme, in der auch noch wilder Hass mitschwang.

»Willkommen bei mir, John Sinclair!«

Jetzt wusste ich Bescheid. Es war tatsächlich ein Todfeind von mir, zu dem mich der Spuk geschafft hatte.

Der Kerl hieß Akim Samaran!

*

»Das war mal wieder ein gelungener Abend«, sagte der Bürgermeister zu Horace F. Sinclair, als sie an der Theke stehend noch einen letzten Schluck genommen hatten.

»Ich bin der gleichen Meinung.«

Der Bürgermeister tippte Sinclair gegen die Brust. »Über die eine Sache werden wir noch sprechen. Es ist gar nicht schlecht, was Sie da in die Diskussion geworfen haben. Wir sollten tatsächlich für Lauder einen Umweltplan aufstellen.«

»Was ich rechtlich dazu beitragen kann, werde ich machen.«

Der Bürgermeister schaute auf seine Uhr. »Aber nicht mehr heute. In den nächsten Tagen rufe ich Sie an. Einverstanden?«

»Sicher.«

»Wie kommen Sie nach Hause, Horace?«

»Ich habe meinen Wagen mitgebracht.«

Der andere lachte. »Deshalb nur die drei Bier in den letzten fünf Stunden.«

»Genau.«

»Dann wünsche ich Ihnen eine gute Heimkehr. Grüßen Sie auch Mary von mir.«

»Mach ich. Und Sie Ihre Frau auch.«

»Klar.« Der Bürgermeister verschwand winkend aus dem Lokal. Toby, der Wirt, hielt ihm noch die Tür auf. Die kalte Nachtluft strömte in den Schankraum und wirbelte die Rauchschwaden durcheinander.

Bis auf Horace F. Sinclair hatten alle Stammtischfreunde und auch die übrigen Gäste das Lokal verlassen. »Dann möchte ich auch zahlen, Toby«, sagte der ehemalige Anwalt.

»Nicht noch einen letzten Drink, Sir?«

»Nein.«

»Auf Kosten des Hauses.«

»Auch darauf nicht, Toby. Wenn mich die Polizei erwischt, bin ich dran.«

Der Wirt grinste. »Aber Sie doch nicht, Sir.«

Sinclair wedelte mit der rechten Hand. »Da denken Sie falsch. Ich mag es nicht, wenn Menschen vom Gesetz her unterschiedlich behandelt werden. Ob ein armer Schlucker oder ein reicher Bonze, vor dem Gesetz sind alle gleich, Toby.«

Der Wirt differenzierte lieber. »Sollten Sie alle gleich sein.«

»Ja, wahrscheinlich haben Sie Recht. Aber das ist leider ein Thema für sich. Was habe ich zu zahlen?«

Toby rechnete zusammen. Aus der Küche kam seine Frau und begann damit, die Gläser von den Tischen abzuräumen. Sie sah geschafft aus und freute sich darauf, dass am nächsten Tag die Gaststätte geschlossen war. Da Horace F. Sinclair noch eine Runde gegeben hatte, war die Rechnung höher ausgefallen. Er zahlte und verabschiedete sich von den Wirtsleuten per Handschlag.

»Warten Sie, Sir, ich bringe Sie noch zur Tür.« Toby eilte voraus und öffnete. Er streckte seinen Kopf in die Kälte. »Wir haben wieder eine herrliche Luft. Freuen Sie sich, Sir, dass Sie wieder nach Lauder gezogen sind und nicht mehr in London wohnen. Da würden Sie sicherlich im Mief ersticken.«

»An manchen Tagen schon. Gute Nacht, Toby.«

»Gute Nacht, Sir. Und angenehme Heimfahrt.«

»Die werde ich haben.« Hinter dem pensionierten Anwalt wurde die Tür geschlossen. Horace F. Sinclair ließ seinen Mantel offen. Die paar Schritte bis zu seinem Wagen konnte er auch so zurücklegen. Er war in Gedanken versunken, denn das Gespräch mit dem Bürgermeister war interessant gewesen. Dieser Mann machte sich Gedanken, was die Zukunft von Lauder anging. Besonders viel lag ihm an der Umwelt. Sie sollte nach Möglichkeit erhalten bleiben.

Es war in der Tat eine herrliche Nacht. Klar und kalt. Sinclair hoffte, dass bald der Frühling kam. Der Winter dauerte schon lange genug. In einer Woche schrieb man bereits März. Dann begann laut Kalender die wärmere Jahreszeit.

Für Gäste stand auch ein Parkplatz bereit. Eine schmale Zufahrt mündete an dem mit schwarzer Asche bestreuten Platz. Daneben schloss sich die Schafswiese des Nachbarn an. Sie schimmerte hell, denn das Gras wurde von der gefrorenen und verharschten Schneeschicht vollständig bedeckt.

Sinclairs Wagen stand so, dass er mit der Schnauze zur Ausfahrt hinzeigte. Die Schlüssel steckten in der rechten Jackentasche, und Sinclair zog sie hervor.

An eine Gefahr dachte er nicht im Traum. Was konnte in Lauder schon großartig passieren?

Nichts …

Obwohl es ja schon Dinge gegeben hatte, die sehr mysteriös gewesen waren. Sinclair dachte an den Friedhof der Verfluchten, einen Fall, der für ihn und seinen Sohn fast tödlich geendet hätte. Eine alte Legende war zur grauenvollen Wahrheit geworden.

Auch an den Fall der Melissa musste er wieder denken oder an die schrecklichen Schreie von Walham.

Das lag zum Glück zurück und würde sich nicht wiederholen. Sinclair hatte seinen Wagen erreicht. Bevor er ihn aufschloss, warf er noch einen Blick zum Himmel hoch.

Ein herrliches, weites blaues Tuch lag über dem Land. Die Gestirne waren so prächtig und zum Greifen nahe.

Ihm fiel nur der Ausdruck wunderbar ein …

Im Sommer liebte er diese klaren Nächte besonders. Dann gingen er und seine Frau oft noch nach Mitternacht eine Runde spazieren, und es tat ihnen beiden sehr gut.

Horace hörte plötzlich Schritte hinter sich!

Sie waren leise, dennoch sehr schnell, und irgendwie bekam er das Gefühl, von einer Gefahr umzingelt zu sein.

Sinclair drehte sich um.

Da war der andere schon heran. Der ehemalige Anwalt sah eine Faust auf sich zurasen, aber die traf nicht sein Gesicht, sondern die rechte Schulter. Der Hieb drückte ihn zurück, sodass er gegen den Wagen fiel und sich nicht rührte, denn genau vor sich sah er etwas Langes, Blitzendes.

Eine Messerklinge.

Schräg stach sie aus einer Faust hervor, und die Spitze der Klinge berührte genau sein Kinn.

Horace F. Sinclair spürte den kurz aufblitzenden Schmerz und merkte, dass auch Blut aus der Wunde rann und der Tropfen an seinem Kinn kleben blieb.

»Wenn du dich bewegst, steche ich durch!«, vernahm er eine leise, dennoch sehr raue Stimme, die keinen Widerspruch duldete. Da kannte sich der Anwalt aus.

Er bewegte sich auch nicht. Nur den anderen nicht provozieren, das war seine Devise. Steif wie ein Brett blieb er stehen und spürte in seinem Rücken die Wagentür.

Nachdem er erste Schock vorbei war, traute er sich, eine Frage zu stellen. Er bewegte den Mund kaum, denn er wollte einen tieferen Stich der Klinge nicht riskieren.

»Wollen Sie Geld?«

»Nein …«, klang es gedehnt.

»Was dann?«

»Dich wollen wir.«

Hätte Horace F. Sinclair lachen können, er hätte es getan. So aber blieb er stumm und presste die Lippen zusammen. Nur unter der dünnen Wangenhaut zuckten zwei Adern.

Seinen Gegner sah er nur schwach. Der andere blies ihm den warmen Atem entgegen. Er war angereichert mit Whisky und Kümmel. Eine widerliche Mischung.

War der Typ allein?

Vergeblich verdrehte Horace F. Sinclair seine Augen. Erkennen konnte er nichts, aber er vernahm deutlich die Schritte einer zweiten Person. Sie hatte sich aus dem Schatten der Gasthausrückseite gelöst und schlenderte langsam näher.

»Alles klar?«, wisperte er.

»Ja«, erwiderte sein Kumpan. »Der Alte macht schon keine Schwierigkeiten. Schade, eigentlich. Ich hätte ihn gern gekitzelt.«

»Das kannst du später noch. Erst mal in den Wagen.«

»Nehmen wir seinen?«

»Quatsch. So gut können wir den gar nicht verstecken, als dass er von den Idioten hier nicht gefunden würde.«

»Dann okay.«

Horace F. Sinclair war hellwach. Den Worten der beiden hatte er entnommen, dass dem Überfall eine Entführung folgen würde. Nur sah er darin keinen Sinn, denn Reichtümer waren bei den Sinclairs nicht zu holen. Es sei denn, die Unbekannten wollten durch ihre Tat nicht ihn direkt treffen, sondern einen anderen.

John Sinclair!

Der Anwalt blieb ruhig, aber die Folgerung festigte sich immer mehr bei ihm. Er war plötzlich davon überzeugt, dass es nicht um ihn ging, sondern um John.

Und welchen Sohn konnte man nicht mit dem Vater erpressen? Eigentlich jeden.

»Dreh dich um!« Die Stimme des Messerhelden unterbrach die Gedanken des Mannes. Gleichzeitig verschwand die Klinge von seinem Kinn, aber der Stahl schaute weiterhin aus der Faust des Kerls.

Die Chance bestand nicht lange. Vielleicht zwei Sekunden. In dieser Zeitspanne gelang es dem anderen, das Gesicht des Kidnappers zu sehen.

Es wirkte rund und bleich wie ein Vampirmond. Dabei sehr flach, denn weder die Nase noch das Kinn stachen so weit hervor, als dass es von einer Bedeutung gewesen wäre. Und doch besaß der Typ ein Merkmal. Welche Farbe die Narbe hatte, konnte Sinclair in der Dunkelheit nicht erkennen. Jedenfalls begann sie hoch oben an der Stirn und führte in einer gebogenen Linie bis zum Nasenrücken.

Dieses so auffällige Merkmal würde Horace F. Sinclair nie in seinem Leben mehr vergessen, falls ihm die beiden die Chance des Überlebens ließen. Ansonsten trug der Typ eine kälteunempfindliche Lederkleidung ohne irgendwelche Abzeichen oder Schnickschnack auf der Jacke.

»Die Hände auf das Dach, Alter!«

Sinclair zuckte zusammen. Okay, er war nicht mehr der Jüngste, aber *Alter* wollte er auch nicht immer genannt werden. Die Flächen berührten das Wagendach, und Sinclair spürte die Kälte der Eisschicht auf seiner Haut.

Und auch das Messer.

Die Richtung der Klinge war kaum verändert worden. Nur stach die Spitze jetzt nicht mehr gegen sein Kinn, sondern in das Nackenfleisch, wo sie ebenfalls eine punktgroße Wunde hinterlassen hatte.

»Bleib weiterhin so brav!«, flüsterte der Messerheld und gab seinem Kumpan einen knappen Befehl.

Der Kerl griff zu. Sinclair stöhnte auf, als er die Finger in seinem Haar spürte, die den Kopf nach hinten rissen. Im nächsten Augenblick war etwas Schwarzes da, das sich vor seine Augen legte.

Ein Tuch!

»Stillhalten, nur stillhalten!«, flüsterte der Kerl mit dem Messer, und der andere zog den doppelten Knoten im Nacken des Anwalts fest, sodass das Tuch nicht mehr rutschen konnte, auch wenn Sinclair seinen Kopf heftiger bewegte.

»Alles klar.«

»Gut, dann führ ihn ab.«

Horace F. Sinclair spürte die griffharten Finger an seinen

Oberarmen und wurde herumgerissen. Jetzt drehte er seinem Fahrzeug wieder den Rücken zu.

»Und nun, Alter, werden wir dich wegführen!«, wurde ihm gesagt. »Du hast keine Chance.«

Sinclair ging aufrecht. Den Kopf hielt er stolz erhoben. »Ihre Chancen stehen auch nicht besser.«

Der Messerheld lachte. »Wenn du wüsstest, Alter.«

Der zweite Gangster fasste ihn in Höhe des rechten Ellenbogens an, damit er ihn dirigieren konnte. Sinclair gab sehr genau Acht. Sie gingen die gleiche Strecke, die er auch mit seinem Wagen gefahren wäre, auf die Ausfahrt des Parkplatzes zu.

Der Anwalt gab zu, dass sich die zwei Typen einen verdammt günstigen Zeitpunkt ausgesucht hatten. Um diese Zeit trieb sich in Lauder niemand mehr auf den Straßen herum. Im Winter erst recht nicht. Selbst den Hunden und Katzen war es zu kalt.

Der Bodenbelag änderte sich. Nicht mehr über Asche schritten sie, sondern auf Pflaster. Sie mussten jetzt den Weg erreicht haben, der als Bürgersteig parallel zur Straße führte.

»Stopp!«

Sofort hielt Horace an. Eine Wagentür wurde geöffnet, und die Hand des ihn Führenden legte sich auf seinen Kopf und drückte ihn in die Knie, sodass Sinclair in den Wagen gedrückt werden konnte. Als »Hilfe« bekam er noch einen Stoß in die Seite. »Bleib ruhig sitzen, Opa, sonst wird mein Freund zum Tier!«

»Das ist er doch schon.«

Der Typ, der sich neben Sinclair gesetzt hatte, begann zu lachen. »Sogar Humor hast du noch. Finde ich toll. Nur schade, dass er dir gleich vergehen wird.«

»Und wo bringt ihr mich hin?«

»Gar nicht mal weit von hier. Du kennst dich aus, da bin ich sicher, und du wirst sehr überrascht sein.«

»Halt dein Maul, verdammt!« Der Messerheld hatte gesprochen, bevor er den Wagen startete. Beim Anfahren wurden die im Fond sitzenden Männer gegen das Polster gepreßt.

Horace F. Sinclair aber dachte nicht so sehr an sich, sondern mehr an seine Frau. Er wusste, wie ängstlich Mary immer war und welche Sorgen sie sich machte.

Hoffentlich behielt sie die Nerven …

Die Nerven hatte sie nicht behalten. Die letzten Vorgänge waren einfach über ihre Kraft gegangen. Sie wusste auch nicht, wie lange sie regungslos gesessen und über das Geschehene nachgedacht hatte. Irgendwann, so gegen ein Uhr, war ihr zu Bewusstsein gekommen, dass sie etwas unternehmen musste. Aber allein konnte sie nicht viel tun.

Während sie sich mit müden Schritten dem Telefon näherte, erinnerte sie sich wieder an das helle Gesicht, das sie hinter der Scheibe gesehen hatte.

Mary Sinclair konnte sich gut vorstellen, dass dieser ihr unbekannte Typ etwas mit dem Verschwinden ihres Mannes zu tun gehabt hatte. Plötzlich wurde ihr bewusst, wie hilflos sie eigentlich ohne ihren Mann war. Er nahm immer alles in die Hand, sie hatte andere Aufgaben, und es fiel ihr schwer, eine Entscheidung zu treffen, obwohl kein Weg daran vorbeiging.

Sergeant McDuff, der Polizeigewaltige von Lauder, lag natürlich längst im Bett. Er wurde hellwach, als er hörte, was geschehen war. Zehn Minuten später schon war er bei Mary Sinclair, ließ sich Details berichten und handelte auch.

Er trommelte einige Polizisten aus dem Schlaf und fuhr mit ihnen wieder ab.

»Ich komme zurück«, hatte er zum Abschied gesagt.

Nun wartete Mary auf ihn. Im Arbeitszimmer ihres Mannes hielt sie es nicht aus. Sie ging durch die untere Etage des großen Hauses und erinnerte an ein aufgezogenes Uhrwerk. Permanent drehten sich ihre Gedanken um den Fall. Schon verzweifelt suchte sie nach einem Motiv, das die Entführung oder das Verschwinden ihres Mannes gerechtfertigt hätte. Sosehr sie auch alle ihr bekannten Möglichkeiten ausschöpfte, zu einem Ergebnis kam sie nicht.

McDuff, ein Freund des Hauses, würde bestimmt sein Bestes geben, aber reichte das auch aus? Sie wollte nichts gegen ihn sagen, er war ein energischer Polizist, aber gegen eiskalte Profis würde er nichts tun können. Da mussten schon andere kommen.

Wie John, ihr Sohn!

Bisher hatte sie sich nicht getraut, ihm Bescheid zu sagen. Sie wusste, dass John so ungemein viel zu tun hatte, da wollte sie ihn nicht noch mit privaten Problemen belästigen. Trotzdem war dies etwas anderes. Er musste einfach informiert werden.

Und so wählte sie eine Nummer in London. Mary Sinclair hatte sie im Kopf, jetzt kam es darauf an, ob John zu Hause war.

Er hob nicht ab. Als sich nach dem achten Klingeln noch immer nichts getan hatte, legte Mary Sinclair enttäuscht und noch bleicher im Gesicht wieder auf. Wahrscheinlich trieb sich ihr Sohn irgendwo in der Welt herum. Seine Einsätze waren nie auf das Mutterland beschränkt.

Enttäuscht wandte sie sich ab. In diesem Augenblick vernahm sie das Geräusch eines anfahrenden Wagens. Sie eilte zum Fenster, entdeckte das Scheinwerferpaar, das in diesem Augenblick verlöschte. Sie hörte auch, wie eine Tür zugeschlagen wurde.

Sergeant McDuff kam. Mary Sinclair erwartete ihn schon im offenen Eingang. Als der Polizist das Licht der Türlampe durchschritt, erkannte sie an seinem Gesicht, dass er keinen Erfolg gehabt hatte. Wortlos gab sie den Weg frei.

In der großen Diele blieb McDuff stehen. Er sah blass aus. Sein roter Bart verdeckte den unteren Teil seines Gesichts. Von der Statur her glich er schon einem Ringkämpfer oder einem Bilderbuch-Schotten. McDuff gehörte zu den Leuten, auf die man sich hundertprozentig verlassen konnte. Jetzt schüttelte er den Kopf. »Tut mir Leid, Mary, aber ich habe nichts entdecken können.«

»Und Ihre Männer?«

»Auch nicht.«

Mary versuchte, ihre Enttäuschung nicht zu zeigen. Sie nickte einige Male. »Aber Ihre Leute machen doch weiter, oder?«

»Natürlich machen sie weiter. Beide Streifenwagen sind auf der Suche nach Horace. Nur ist er nicht mit seinem Wagen weggefahren. Ihn fanden wir auf dem Parkplatz.«

»Kommen Sie doch ins Wohnzimmer«, bat Mary. Sie ging vor und hörte hinter sich die schweren Schritte des Polizisten. Beide ließen sich in Sesseln nieder.

»Zeugen gibt es auch keine?«, fragte sie.

»Ich habe mit dem Wirt gesprochen. Toby hat Ihren Mann zur Tür gebracht. Die paar Schritte bis zum Parkplatz ist Horace allein gegangen. Er hatte auch kaum etwas getrunken.«

»Falls er überhaupt auf dem Parkplatz angekommen ist«, bemerkte Mary Sinclair.

»Das ist auch die Frage. Obwohl ich es nicht genau weiß, bin ich davon überzeugt, dass man Horace auf dem Parkplatz erwischt hat. Wir haben Scheinwerfer geholt und nach Spuren gesucht …«

»Gab es denn welche?«

»Einige.«

»Auch Blut?«, fragte Mary flüstern.

»Nein, da kann ich Sie beruhigen. Derartiges haben wir nicht entdeckt. Nur Fußspuren von mehreren Personen. Die genaue Anzahl konnten wir nicht feststellen. Ich schätze, dass es drei Personen waren.«

»Dann ist mein Mann von zwei Männern entführt worden.«

»Möglich.«

Mary Sinclair schüttelte den Kopf. »Ich verstehe nur nicht, welch einen Grund diese Unbekannten gehabt haben sollen. Mein Mann hat keinem etwas getan. Er lebt hier, er kümmert sich um die Belange des Ortes, ansonsten möchten er und ich ein ruhiges Leben genießen.«

McDuff winkte ab. »Das mit dem Motiv würde ich nicht so laut sagen. Denken Sie mal an die Sache mit Brigadoon. Hat es da eigentlich ein Motiv gegeben?«

»Das war doch etwas anderes. Da ging es um ein Projekt, das gebaut werden sollte.«

McDuff hob die Schultern. »Und woran hat Ihr Mann jetzt gearbeitet?« Der Sergeant gestattete sich ein Lächeln. »Ich weiß ja selbst, dass er nicht untätig sein kann.«

»Da war nichts Besonderes. Er und der Bürgermeister wollten etwas für den Umweltschutz tun.«

»Also hätten wir schon das Motiv.«

»Nein, das glaube ich überhaupt nicht. Sie sehen das falsch, Sergeant. Die Sache muss einen anderen Grund haben. Wenn ich nur wüsste, welchen. Ich zermartere mir den Kopf, aber ich komme einfach nicht darauf.«

»Weiß Ihr Sohn schon Bescheid?«

Mary schüttelte den Kopf. »Ich habe versucht, ihn anzurufen. Er ist aber nicht da.«

»Dann können wir nur hoffen, dass wir ihn finden oder dass sich Horace meldet, wenn er die Bedingungen der Entführer mitteilen soll.«

»Es gibt noch eine dritte Möglichkeit«, erklärte Mary mit leiser Stimme.

McDuff hatte verstanden. »Daran sollten Sie nicht denken. So leicht bringen auch Gangster einen Menschen nicht um. Sie müssen irgendetwas fordern, das ist nun mal bei Entführungen so.«

»Es müssen ja keine Gangster gewesen sein, Sergeant.«

McDuff setzte sich aufrecht hin. »Jetzt verstehe ich überhaupt nichts mehr.«

»Entschuldigen Sie, aber meine Gedankengänge sind ein wenig kompliziert. Ich dachte an unseren Sohn. Sie wissen, welche Arbeit er ausführt. Er jagt Dämonen und Geister, und wir sind ja praktisch ein gewisser Schwachpunkt in seinem Leben.«

»Jetzt begreife ich.« McDuff hob die Hände und ließ sie wieder auf seine Schenkel fallen. »Sie meinen, dass irgendwelche Mächte sich Ihres Mannes angenommen haben …«

»Sagen Sie es im Klartext. Dämonen haben meinen Mann entführt, um meinen Sohn zu erpressen.«

»Sah der am Fenster denn wie ein Dämon aus?«

»Eigentlich nicht. Aber ich habe ihn auch nicht so genau gesehen, wenn Sie verstehen.«

»Sicher.« McDuff hob die Schultern. »Sollten Sie tatsächlich Recht behalten, Mary, sind wir natürlich machtlos.«

Das Telefon meldete sich. Beide erschraken. Mary stärker als der Sergeant. »Soll ich abheben?«, fragte McDuff.

»Nein, lassen Sie mal. Ich erledige das schon.« Mary Sinclair stemmte sich aus dem Sessel. Sie riss sich stark zusammen, um ihre Angst nicht allzu deutlich zu zeigen. Als sie sich gemeldet und wenige Sekunden zugehört hatte, reichte sie den Hörer weiter an McDuff. »Es ist für Sie.«

Der Sergeant stand schon neben ihr. Auch er sprach nicht sehr lange. Achselzuckend legte er wieder auf.

»Was war denn?«

»Nichts«, erklärte er. »Überhaupt nichts. Man hat keine Spur von Ihrem Gatten gefunden.«

»Und wo haben die Beamten gesucht?«

»In Lauder. Jede Gasse, jede Straße ist durchforstet worden. Sie entdeckten nichts.«

»Hat man auch an die leer stehenden Häuser gedacht?«, wollte Mary Sinclair wissen.

»Die werden sie sich jetzt vornehmen.« Der Sergeant nahm seine Mütze auf. »Ich werde dabei sein. Außerdem durchsuchen wir auch die Umgebung von Lauder, das heißt, wir ziehen den Kreis größer. Sollte sich bei Anbruch des Tages noch kein Erfolg herauskristallisiert haben, müssten wir unter Umständen zu weiter reichenden Maßnahmen greifen und Spezialisten einschalten. Dann fühlte ich mich überfordert. Würden Sie denn Ihr Einverständnis geben, Mary?«

»Bisher ja.«

»Danke.« Der Sergeant wollte gehen.

»Ich bringe Sie noch bis zur Tür«, sagte Mary. Dort verabschiedete sie den Mann, der versprach, sein Bestes zu geben. Die Hand der Frau verschwand zwischen seinen beiden Pranken. »Mary, ich verspreche Ihnen, dass wir alles tun werden, um Ihren Mann zu finden.«

»Das glaube ich Ihnen.«

McDuff ging, und Mary Sinclair schaute ihm nachdenklich hinterher. Sie konnte nicht vermeiden, dass Tränen aus ihren Augen rannen und an den Wangen herabliefen …

Akim Samaran!

Ausgerechnet er. Kein Dämon, aber auch als Mensch ein Teufel. Einen besseren Verbündeten hätte sich der Spuk nicht aussuchen können. Samaran schaffte Dinge, die andere nicht fertig brachten. Er experimentierte, er war ein Genie, ein Künstler und gleichzeitig ein Menschenverächter. Ich hatte ihn gejagt, und er war mir entkommen.

Meine Gedanken glitten automatisch zurück. Ich sah mich gefesselt auf einem Sarg sitzen und meine Henkersmahlzeit einnehmen. Dafür hatte Akim Samaran gesorgt. Bedient worden war ich dabei von lebenden Puppen, von Kindern, wobei eines der Kinder mir aufs Haar glich, als ich neun Jahre alt gewesen war.

Das musste sich mal einer vorstellen. Ich bekam von meinem neunjährigen Ebenbild die Henkersmahlzeit serviert. Da konnte man nur mit dem Kopf schütteln und auch Angst bekommen.

Damals hatte er sich mit dem Teufel zusammengetan, um seinen Plan ausführen zu können. Aus welchem Grunde er jetzt dem Spuk diente, war mir unbekannt. Sicherlich würde ich es erfahren.

Ich sah ihn nicht, höchstens als Schatten. Aber seine Stimme war mir bekannt, und ich dachte daran, wie er aussah.

Aus Persien kam er und hatte einen verschlungenen Lebensweg hinter sich. Der Jüngste war er auch nicht mehr. Sein Haar zeigte eine grauschwarze Farbe. In die fleischigen Wangen hatte sich ein Muster aus Falten eingegraben. Seine Lippen erinnerten mich an wellige Striche, und an die Hände konnte ich mich auch erinnern. Lange, dennoch dicke Finger, auf denen, dicht an dicht, kleine dunkle Härchen wuchsen.

Das also war Akim Samaran.

Und er hatte mich.

Wie musste es in seinem Innern aussehen? Jetzt triumphierte er, denn damals hatte ich seinen großen Plan zerstört. Und dabei war mir noch jemand zu Hilfe gekommen.

Mein Vater, Horace F. Sinclair, denn Samaran hatte es nicht allein auf mich abgesehen gehabt, sondern auf unsere gesamte Familie. Er wollte sich für eine Sache rächen, die lange zurücklag und aus der Zeit resultierte, als ich noch ein Kind war.

Mit meinem Tod hatte er eigentlich meinen Vater treffen wollen.

Als sich der Schatten seiner Gestalt veränderte, wusste ich, dass er sich bewegte. In der Tat erhob er sich, und wieder hörte ich seine Stimme. »Na, hast du die Überraschung verdaut, Sinclair?«

»Ja.«

»Damit hättest du nicht gerechnet, wie?«

Das gab ich zu und fragte: »Wie kommt es, dass du die schwarzmagischen Seiten gewechselt hast? War es nicht der Teufel, dem du so sehr gedient hast, Samaran?«

»Du hast Recht, es war der Teufel. Aber ich verlor damals. Es ist dir ja damals die Flucht gelungen, obwohl ich den Satan um Hilfe gebeten hatte. Das nahm ich ihm übel. Einen Menschen mit meinen Fähigkeiten lässt man nicht im Stich. Mir blieb nichts anderes übrig, als mich auf die Suche nach einem neuen Partner zu machen. Und den fand ich. Sehr schwer fiel es mir nicht, du weißt ja, ich kenne mich aus. Ich bin firm im Land der Magie, ich weiß genau, worauf es ankommt, ich forschte, und ich hatte tatsächlich Erfolg. Es meldete sich ein sehr mächtiger Dämon, der meiner Ansicht nach stärker ist als der Teufel.«

»Der Spuk also.«

»Richtig, Sinclair, richtig. Es war der Spuk. Als ich ihm mein Leid klagte, beschloss er, sich meiner anzunehmen. Er wollte die schwarzmagische Ehre wiederherstellen. Gemeinsam klügelten wir einen fantastischen Plan aus, schließlich haben wir beide den gleichen Gegner, nämlich dich. Ich wollte dich, der Spuk den Würfel. Was lag also näher, als unsere beiden Wünsche zu einem einzigen zu machen? Jetzt haben wir beides erreicht.«

Das hatten sie tatsächlich.

»Und wie geht es weiter?«, fragte ich.

Akim Samaran stieß Geräusche aus, die mich an ein glucksendes Lachen erinnerten. »Das wirst du noch früh genug erfahren. Zunächst einmal bleibst du im Würfel, damit ich deinen Anblick genießen kann. Außerdem erwarte ich noch jemand, den du auch kennst.«

»Wen?«

Samaran gab keine Antwort. Er ließ mich mit meinen forschenden Gedanken allein. Ich kannte zahlreiche Menschen, die hätten kommen können. Freunde von mir waren es sicherlich nicht, denn Samaran war nicht so dumm, sich ein Kuckucksei ins Nest zu legen. Vielleicht hatte er sich noch einen Dämon als Helfer geholt, von dem ich bisher nichts ahnte.

Wie dem auch war, ich musste zunächst abwarten und mich mit meinem Dasein zufriedengeben.

Als Zwerg lebte ich im Würfel des Unheils. Man hatte mich in dieses Gefängnis gesteckt, aus dem ich aus eigener Kraft nicht mehr entfliehen konnte. Zudem bekam ich ihn auch nicht unter meine Kontrolle. Der große Traum war ausgeträumt, vorbei. Was hatte ich nicht alles getan, um in seinen Besitz zu gelangen. Jetzt war ich ein Teil von ihm, ohne ihn kontrollieren zu können. Alles, was ich mir einmal vorgenommen und ausgemalt hatte, lief nicht mehr.

Ruhig war es nicht. Die Schritte Akim Samarans drangen durch die Flächen und erreichten dumpf meine Ohren. Er wanderte im Raum hin und her. Manchmal war er besser zu hören, dann entfernten sich die Schritte. Hin und wieder hörte ich ihn auch sprechen. Dann führte er Selbstgespräche. Davon drangen aber nur Wortfetzen an meine Ohren. Ich hörte ihn fluchen, er sprach über mich, dann lachte er wieder oder lobte seinen Herrn und Meister, den Spuk.

Außerdem war ich gespannt, wie er mich jemals aus dem

Würfel herausholen wollte. Mit der Hand würde er kaum in den Quader hineingreifen können, es musste schon auf andere Art und Weise geschehen.

Schließlich dachte ich darüber nach, wo ich mich befand. Jedenfalls nicht in einer fremden Dimension, auf der Erde, wahrscheinlich in Akim Samarans Hauptquartier, möglicherweise auch nicht weit von London entfernt, denn dort hatte er gelebt, als ich ihn kennen lernte. In dieser alten Bude hatte er auch seine Experimente durchgeführt, und die waren grausam genug gewesen.

Lebende Wachspuppen, die ihm gehorchten und alles taten, was er verlangte.

Ich horchte auf, als seine Schritte verstummten. Das musste einen Grund haben, umsonst blieb er nicht einfach stehen. Ich stellte mich dicht vor die Innenseite und presste meine Stirn gegen die Wand, um sie so nah wie möglich vor Augen zu haben.

Leider sah ich nur mehr einen relativ weit entfernt stehenden Schatten, der sich auch nach einer Seite hin bewegte, und abermals drangen die Schritte an meine Ohren.

Diesmal von mehreren Personen. Dazwischen vernahm ich Samarans Lachen und seine Frage: »Habt ihr ihn?«

»Ja.«

»Gab es Schwierigkeiten?«

»Keine. Außerdem verstehen wir unser Handwerk.«

»Das habe ich vorausgesetzt, als ich euch engagierte. Man sagte mir, ihr wäret gut.«

»Haben wir das nicht bewiesen?«

»Okay, schafft ihn her!«

Ich wusste noch immer nicht, von wem sie sprachen. Weiterhin presste ich mein Gesicht gegen die Innenwand. Die Schatten hatten sich vermehrt. Ich vernahm auch stolpernde und gleichzeitig schleppende Tritte einer weiteren Person.

»Setzt ihn dahin!«

»Okay, Boss. Sollen wir ihm auch die Binde abnehmen oder ihn noch schmoren lassen?«

»Er soll schmoren!«

Samaran machte es spannend. Obwohl ich ihn nicht sah, hörte ich, dass er nervös geworden war. Er ging hin und her. Erst nach einer Weile war er wieder zu hören, als er sich an seine Helfer wandte. »Ihr könnt jetzt gehen«, erklärte er ihnen.

»Wohin?«

»Bleibt in der Nähe, wie abgesprochen. Es kann sein, dass sie nach ihm suchen.«

»Das werden sie ganz sicherlich.«

»Haltet euch noch zurück. Erst wenn es keine andere Chance mehr gibt, sagt mir Bescheid.«

»Sollen wir nicht selbst …?«

»Nein, ihr macht, was ich sage. Außerdem werdet ihr von mir bezahlt. Das dürft ihr nicht vergessen.«

»Ist gut, Boss.«

Ich hörte ihre Schritte verklingen und glaubte auch, das Schlagen einer Tür zu vernehmen, aber da konnte ich mich auch getäuscht haben.

Zurück blieben Samaran und ich.

Als kleiner Gefangener steckte ich im Würfel, ein Zwerg unter Riesen, denn als solche sah ich die Menschen mittlerweile an. Wenn Akim Samaran etwas unternehmen wollte, musste er sich jetzt entscheiden, aber er tat noch nichts.

Zwar vernahm ich in meiner Nähe seine Schritte, auch der Schatten wurde deutlicher, bevor er den Würfel allerdings erreichte, drehte er nach links ab und wandte sich an die Person, die von den beiden Helfern gebracht worden war.

Samaran sprach flüsternd mit dem anderen. Ich konnte ihn nicht verstehen, ebenso wenig die Antwort der zweiten Person. Es wurde nur flüsternd gesprochen.

Nur so viel stand fest.

Die zweite Person war ein Mann.

Für einen Menschen wie mich ist es schlimm, so inaktiv zu sein und darauf warten zu müssen, dass andere etwas unternehmen.

Akim Samaran kam in meine Nähe. Diesmal würde er

mich aus dem Würfel hervorholen, dessen war ich mir plötzlich sicher. Ich hatte es einfach im Gefühl, ohne allerdings den richtigen Beweis dafür zu besitzen.

Vor dem Würfel blieb er stehen. Dann ging er in die Knie. Ich sah, wie sich sein Schatten veränderte. Sein Gesicht glich bald einer weißlichen, schwammigen Fläche.

Wieder sprach er zu mir. »So, Sinclair, so«, sagte er. »Ich habe mir für dich einiges ausgedacht. Es wird richtig spannend werden, das steht für mich fest. Auf diese Sekunde habe ich verdammt lange warten müssen!«

Ich wusste nicht, wie er es anstellen wollte, mich aus dem Würfel zu holen.

Unwillkürlich war ich einen Schritt zur Seite getreten und hatte kaum gestoppt, als ich abermals etwas von der magischen Kraft des Würfels zu spüren bekam.

Er spielte mit mir.

Auf den Beinen halten konnte ich mich nicht. Da war eine Kraft, die mich in die Höhe drückte, wobei ich das Gefühl bekam, dass sie mich durch die obere Würfelkante katapultieren wollte.

Und das geschah auch.

Nichts hielt mich mehr auf. Kein Hindernis, keine Wand, ich schoss hindurch.

Plötzlich schwebte ich über dem Quader!

Endlich frei!

Dieses Gefühl überkam mich. Ich schlug mit meinen kleinen Armen, als ich merkte, dass ich wieder fallen würde, aber jemand erschien als kompakter Schatten, der sich um meinen Körper schloss.

Es war eine Hand.

Fünf Finger umschlossen meine Gestalt. Eisern hielten sie fest. Ich war nicht in der Lage, mich zu rühren, denn die Hand war für mich zu einem Gefängnis geworden, aus dem ich aus eigener Kraft nicht mehr freikommen würde.

Gleichzeitig vernahm ich das dreckige Lachen. Aus Akim Samarans Mund drang es und schallte mir entgegen wie ein böser Wind. Aus Verzweiflung hielt ich die Augen geschlossen. Das war auch kein Zustand, und so öffnete ich sie wieder.

Ich schaute genau in sein Gesicht!

Da die Distanz zwischen uns sehr gering war, konnte ich es deutlich erkennen.

Es war widerlich, und es hatte sich auch im Laufe der letzten Wochen nicht verändert. Dieses grauschwarze Haar, die dunklen Knopfaugen, das fleischige Gesicht und die widerlich verzogenen Lippen, die auf mich wie zwei Gummiwürste wirkten.

»Hab ich dich!«, sagte er mit rauer Stimme. »Hab ich dich endlich, du Winzling, du verdammter Zwerg, der mir so große Schwierigkeiten machen wollte. Das ist meine Rache.«

Er funkelte mich an. Ich steckte tatsächlich in seiner Hand, schaute mit dem Kopf aus der Faust und hatte Mühe, überhaupt Luft zu bekommen, da sein Griff doch ziemlich schmerzhaft war.

»Zerquetschen!«, flüsterte er. »Zerquetschen könnte ich dich und zuhören, wie deine Knochen knacken. Es würde mir Vergnügen bereiten. Vielleicht mache ich es auch noch, doch zuvor habe ich andere Dinge mit dir vor. Nicht umsonst habe ich dich in mein neues Hauptquartier geschleppt.«

Wo es genau lag, wusste ich nicht. Ich konnte auch nicht viel von der Inneneinrichtung sehen, da es mir unter dem harten Griff nicht gelang, den Kopf zu drehen. Der Blick war und blieb geradeaus gerichtet.

So schaute ich immer nur in die hässliche Fratze des Mannes, der aus Persien kam und sich Akim Samaran nannte.

Durch meinen winzigen Körperbau war ich völlig hilflos in seiner Pranke. Es gelang mir auch nicht, einen Blick an diesem Gesicht vorbeizuwerfen, da die Züge mein gesamtes Sichtfeld einnahmen. Von seinem breiten Mund sprühten winzige Speichelbläschen, und wenn er atmete, hatte ich das Gefühl, von einem Windhauch gestreift zu werden.

»Ich werde es euch heimzahlen!«, versprach er mir. »Ich zahle es euch heim.« Sein Gesicht bewegte sich beim Sprechen so, als wäre es eine Landschaft. Um Mund und

Wangen entstanden Falten, die wie tief eingefasste Gräben wirkten.

Als ich meinen Kopf ein wenig hob, konnte ich auch in seine Augen schauen.

Schwarze Knöpfe starrten mich an. Ich will nicht sagen, dass sich darin kein Leben befand, sie waren nur in ihrer Unmenschlichkeit und Gnadenlosigkeit erschreckend.

Ein wenig lockerte er den Griff, sodass es mir gelang, wieder tiefer zu atmen. »Na?«, fragte er höhnisch. »Überrascht von meiner plötzlichen Machtfülle.«

»Das kann man sagen.«

Das Funkeln in seinen Augen verstärkte sich. So etwas wie Vorfreude las ich aus dem Blick. »Dann wirst du gleich noch überraschter sein, wenn ich dir erkläre, was ich mir für dich als zweite Überraschung ausgedacht habe. Wenn ich meine Hand drehe, wirst du es sehen!«

Diesmal gab ich keine Antwort. Ich befand mich in der Gewalt dieses Teufels. Was hätte ich da noch sagen sollen? Nichts im Prinzip. Er konnte ja mit mir machen, was er wollte, und so blieb mir nichts anderes übrig, als mich in mein Schicksal zu fügen, das leider kein Märchen war.

Meine Gedanken wurden unterbrochen, als Akim Samaran seine Hand langsam drehte.

Bewusst langsam, da er die Spannung noch weiter erhöhen wollte, um mich zu quälen.

Mir wurde auch gestattet, einen Blick in die Umgebung zu werfen. Der Raum, in dem ich mich befand, war nicht groß. Er besaß in der Länge andere Maße als in der Breite, sodass ich ihn sogar als ziemlich schmal einstufen konnte.

Die Lampe unter der Decke kam mir wie ein heller Stern vor. An den beiden Seiten sah ich Einbauschränke, auch zwei Liegen im hinteren Teil, und allmählich kam mir zu Bewusstsein, dass ich mich nicht in einer Wohnung befand.

So wie hier sah ein Wohnmobil von innen aus!

Und ich sah noch mehr. Ein Tisch, der nicht angeschraubt war und normalerweise nicht zur Einrichtung gehörte, nahm an einer Stelle die gesamte Gangbreite ein.

Das war nicht alles. Auf dem Tisch standen Gläser. Breite Reagenzgläser, in denen eine weißblaue Flüssigkeit schimmerte. Damit waren sie bis zur Hälfte gefüllt. Was sie zu bedeuten hatten, konnte ich nicht sagen, aber Teufeleien heckte ein Typ wie Akim Samaran immer aus. Darin war er ein wahrer Meister.

Er streckte den Arm ein wenig aus und befand sich noch immer in der Drehung, als mich der richtige Schock traf.

Ich sah plötzlich den Mann, der mit verbundenen Augen starr auf einem Klappstuhl hockte.

Es war mein Vater!

Noch immer befanden sich die Freunde in der Schlucht, und auch weiterhin war den Menschen keine Möglichkeit eingefallen, wie sie John Sinclair zurückholen sollten.

Der Eiserne Engel hatte sie allein gelassen. Er war wieder durch den Felsen in das Innere und die Tiefe des Berges geschritten, um dort nach einer Möglichkeit zu suchen.

Sheila, Shao, Bill und Suko wurden nach wie vor von einem Schweigen umgeben, das es auf der Erde kaum gab.

Diese andächtige Stille einer anderen Dimension wagte keiner von ihnen mit Worten zu unterbrechen, obwohl jeder von ihnen sicherlich gern gesprochen hätte, um sich Mut zu machen.

So aber blieben sie stumm.

Keine Veränderung zeigte sich. Der Himmel blieb so, wie er war. Und auch die Berge lagen in einem tiefen Schweigen.

In ihnen lebten die stummen Götter. Verbannt worden waren sie. Verbannt durch einen in grauer Vorzeit ausgesprochenen Fluch, den sie nicht durchbrechen oder abschütteln konnten, solange noch der Letzte der Großen Alten lebte.

Und das war nun mal der Spuk.

Er hatte auch den Würfel des Unheils manipuliert und John Sinclair gefangen genommen. Dies war ihm sogar in der Welt seiner Feinde gelungen, ein Beweis dafür, wie mächtig dieser Dämon sein konnte.

Irgendwann schüttelte Bill den Kopf und sagte: »Ich halte dieses verfluchte Schweigen nicht mehr aus.« Er ballte die Hand und hob den Arm zur Hälfte an. »Es ist einfach zu schlimm, ich drehe hier noch durch …«

»Du musst dich zusammenreißen!«, sagte Sheila.

»Wie lange noch?«

Sie hob die Schultern.

»Ich vertraue dem Eisernen«, erklärte Shao. »Wir befinden uns hier in einem Refugium der weißen Magie. Es kann einfach nicht alles schlecht sein. Es muss auch die gute Seite etwas tun oder reagieren.« Sie deutete auf den Berg. »Das Gesicht ist dort wie eingeschnitzt. Der Engel befindet sich im Felsen. Ich setze auf ihn meine Hoffnungen und vertraue, das könnt ihr auch.«

»Er gab sich ziemlich pessimistisch, bevor er den Felsen betrat«, hielt Bill dagegen.

»Vielleicht war es nur Tünche, um in uns nicht zu große Hoffnungen zu wecken.«

»Du bist eben eine unverbesserliche Optimistin, Shao«, sagte der Reporter.

»Besser Optimist als Pessimist.«

»Stimmt auch wieder.«

Das Gespräch zwischen den Freunden versickerte. Jeder hing seinen eigenen trüben Gedanken nach. Zugeben wollte es keiner so recht, aber sie wussten, dass die Chancen auf ein Minimum gesunken waren, falls dem Eisernen nicht ein entscheidender Durchbruch gelang.

Der Felsen hatte sich nach seinem Eintritt wieder geschlossen. Nichts deutete darauf hin, dass sich jemand im Innern des Berges befand und dort versuchte, eine Lösung zu finden. Von den Wartenden wusste keiner, wie viel Zeit vergangen war. Sie standen da und starrten nur mehr die Felswand an.

Dann tat sich plötzlich etwas. Zuerst glaubten sie, dass sich einer der stummen Götter melden würde, weil sich sein Gesicht veränderte. Es nahm gequält wirkende Züge an, auch der Mund zog sich in die Breite. Gleichzeitig glühte es innerhalb des Berges auf.

»Er kommt zurück!«, wisperte Sheila.

Sie behielt Recht. Das rote Glühen nahm an Intensität zu. Den Freunden wurde ein Blick in das Berginnere gestattet, und sie bekamen den Eindruck, in einen Tunnel zu schauen, in dem sich etwas regte.

Der Engel kam.

Ob er langsam oder schnell ging, war nicht festzustellen. Das wabernde Licht verzerrte die Perspektive, und noch immer entstand kein Laut. Selbst die Wartenden hielten den Atem an.

Göttergleich trat der Engel hervor und verließ sein Felsengefängnis. Er blieb für einen Moment stehen, richtete seinen Blick nach vorn, und nichts regte sich in seinem Gesicht.

Es blieb grau und ausdruckslos.

»Jetzt bin ich gespannt!«, hauchte Sheila. »Er hat eine Nachricht, er muss sie einfach haben.«

Hinter dem Eisernen schloss sich die Wand. Auch jetzt entstand kein Laut. Kein Knirschen, kein Kratzen, kein Schaben. Die Magie der stummen Götter machte es möglich.

Nur mehr wenige Schritte ging der Eiserne, bis er die wartenden Freunde erreicht hatte. Er blieb stehen und schaute sie der Reihe nach an. Auch jetzt deutete nichts in seinem Gesicht darauf hin, ob er überhaupt etwas erreicht hatte.

Die Spannung wurde noch mehr in die Höhe getrieben. Die Wartenden bekamen feuchte Hände. Bill spürte den kalten Schweiß in seinem Nacken, der sich dort gesammelt hatte und in Tropfenbahnen an seinem Rücken nach unten lief.

Der Druck hinter seinen Schläfen nahm ebenfalls zu. Er konnte ihn kaum noch ertragen. Es musste einfach heraus. »Bitte, sag uns, was du erreicht hast!«

Die Antwort ließ nicht lange auf sich warten. »Nichts«, erklärte der Eiserne.

»Was?«

Nicht allein Bill Conolly war überrascht, auch die anderen wollten es kaum glauben.

»Du hast nichts erreicht?«, fragte Suko nach.

»Fast nichts«, erwiderte der Engel. »Zunächst einmal muss

ich euch sagen, dass sich der Würfel des Unheils voll und ganz unter der Kontrolle des Spuks befindet. Er hat ihn praktisch zu seinem Eigentum gemacht und damit auch John Sinclair.«

»Dann gibt es keine Rettung?«

»Nur ruhig, Sheila. Das waren die negativen Nachrichten. Wie ihr wisst, haben meine Väter bei der Entstehung des Würfels gewissermaßen mitgewirkt und ihm auch ihren Stempel aufgedrückt. Das heißt, sie können ihn aus der Ferne kontrollieren.«

»Dann wissen sie, wo er sich befindet?«, fragte Suko.

»Ja, das ist ihnen bekannt. Der Spuk kontrolliert den Würfel. Er hat ihn geleitet und dafür gesorgt, dass er den magischen Dimensionen entwich.«

»Das heißt, er befindet sich auf oder in unserer Welt«, folgerte der Reporter.

»So ist es.«

»Kennst du den Ort?«, wollte Shao wissen.

Zum ersten Mal regte sich etwas im Gesicht des Eisernen. Ein Lächeln zuckte um seine Lippen. »Den kenne ich sehr wohl, Shao.«

»Wo ist es denn?«

»In Schottland, hat man mir berichtet. Er muss sich dort oben befinden. Da gibt es einen Ort, der in unmittelbarer Beziehung zu John Sinclair steht, wie ich hörte.«

Der Eiserne sprach nicht mehr weiter, denn so gut kannte er sich im Leben und in der Vergangenheit des Geisterjägers nicht aus.

Dafür die anderen.

»Moment mal«, sagte Bill Conolly. »Schottland. John ist doch praktisch Schotte.«

»Ja, und seine Eltern leben noch dort«, fügte Sheila hinzu.

Bill hob die Hand und schnippte mit den Fingern. »Das ist es, Freunde, das genau ist es. Schottland, seine Eltern, was bleibt da nur noch übrig?«

»Lauder«, ergänzte Suko.

Mit dieser Antwort hatte er auch den Eisernen Engel überrascht. »Ihr wisst also, wie es läuft?«

»Sicher. John Sinclairs Eltern leben in Lauder. Der Spuk ist ein persönlicher Feind des Geisterjägers. Er versuchte, ihn zu treffen, wo immer es möglich ist. Und wie kann er John Sinclair eins auswischen? Indem er sich an seine Eltern wendet und ihnen meinetwegen den Würfel des Unheils präsentiert, in dem sich ihr Sohn befindet. Das ist für die Leute doch der absolute Horror, sie drehen durch, sie würden alles tun, um …« Bill stoppte seinen Redefluss und hob die Schultern. Die Geste war irgendwie resignierend.

Suko wusste, womit sich die Gedanken des Reporters beschäftigten. Er sprach sie aus und richtete sie an den Engel. »Wie kommen wir von hier aus auf dem schnellsten Weg nach Schottland?«

»Man kann nur eines tun«, sagte der Eiserne nach einer gewissen Weile des Nachdenkens. »Wir müssen uns die Magie der Schlucht zunutze machen. Sie wird uns helfen.«

Suko war skeptisch. »Ja, dir bestimmt, aber auch uns?«

»Ich werde meine Väter bitten, all ihre Kraft einzusetzen. Dies hier ist ein Refugium weißer Magie. Auch wenn es dem Spuk gelungen war, hier einzudringen, regieren doch die Kräfte, die auf unserer Seite stehen. Das kann ich euch versprechen.«

»Dann nutze sie für uns aus.«

Der Eiserne nickte, als er Bills Forderung hörte. »Wir sind reingekommen, wir werden auch wieder rauskommen. Noch etwas möchte ich euch sagen. Ich hatte mich hingelegt, um mit meinem Leben abzuschließen. Das ist nun vorbei. Ich werde kämpfen, dazu habe ich mich entschlossen. Nichts kann mich von meinem Weg abhalten.«

Die Freunde hatten zwar noch nicht gewonnen, ihnen war jedoch ein Stein vom Herzen gefallen. Und sie würden alles daransetzen, um den Geisterjäger zu befreien.

Einen sehr starken Helfer hatten sie an ihrer Seite!

»Dad!«
Ich hatte mich einfach nicht beherrschen können und

musste das Wort rufen. Wie laut oder leise meine Stimme geklungen hatte, wusste ich selbst nicht, jedenfalls laut genug, um von meinem Vater verstanden zu werden, denn seine Haltung wurde für einen Moment noch steifer, bevor er den Kopf in meine Richtung drehte.

»John?«, fragte er.

»Ja, ich bin es.«

Das dunkle Tuch verdeckte seine Augen wie ein Streifenband. Sein Mund verzog sich zu einem Lächeln. Es wirkte erlösend, denn er rechnete mit meiner Hilfe.

Mein Gott, wie groß würde seine Enttäuschung sein, wenn ihm Akim Samaran das Tuch löste. Und eine gewisse Vorfreude zeigte dieser Mensch-Teufel bereits, als er seinen Mund zu einem breiten Lächeln verzog.

»Ach, wie ist das schön!«, flüsterte er. »Wie ist das herrlich! So etwas habe ich mir in meinen kühnsten Träumen immer vorgestellt. Jetzt endlich tritt es ein.«

Auch mein Vater hatte die Worte gehört, ihren Sinn aber nicht so recht begriffen.

»John, was ist denn los?«, fragte er. »Weshalb gibst du keine Antwort? Und was soll das Gerede bedeuten?« Seine Stimme zitterte. Er hob die Arme und brachte seine Hände in die Nähe des schwarzen Bandes.

»Lass es sein!« Samarans Befehl peitschte ihm so hart entgegen, dass mein Vater die Arme sinken ließ.

Horace F. Sinclair dachte nach. Das merkte ich ihm an. Sein Mund zuckte, die Stirn legte sich in Falten, und ich sah auch die feinen Schweißtropfen im Licht der eingeschraubten Deckenlampe schimmern. »Kannst du etwa nicht eingreifen, John?«, fragte er flüsternd.

»So ist es.«

»Und weshalb nicht?«

»Ich kann es dir nicht erklären, Dad.« Meine Stimme klang leise und auch verzweifelt. Das merkte mein Vater natürlich.

»Junge, was ist mit dir los?«

»Er hat uns beide!«

»Wer?«

Akim Samaran lauschte unserem Zwiegespräch und amüsierte sich köstlich dabei, denn bisher hatte mein Vater noch nicht bemerkt, in wessen Gewalt er sich befand.

»Gib doch Antwort!«

»Du kennst ihn, Dad. Schon einmal hat er uns überlisten können, und er ist mir entkommen …«

Mein Vater stöhnte auf. »Nein!«, ächzte er. »Nein, das kann nicht sein. Das ist einfach …«

»Doch, Dad, er ist es. Wir befinden uns beide in der Gewalt von Akim Samaran.«

Mein Vater sagte zunächst nichts. Diese schlimme Nachricht musste er erst verdauen. Er hockte auf dem Stuhl, seine Hände öffneten und schlossen sich, bevor er den Kopf schüttelte, weil er dies einfach nicht wahrhaben wollte.

»Es ist wahr!«, meldete sich der Perser. »Alles ist wahr, was Sie von Ihrem Sohn gehört haben, Sinclair. Ich habe die Regie übernommen. Ihr Sohn ist sogar frei, aber er wird sich nicht wehren können. Ich habe endlich das erreicht, was mir beim ersten Mal nicht gelungen ist.«

Mein Vater konnte es noch immer nicht recht fassen und wandte sich deshalb mit seiner Frage an mich. »Stimmt das, John? Hat dieser Teufel die Wahrheit gesprochen?«

»Es stimmt, Dad!«

»Und Sie werden Ihren Sohn gleich sehen können«, versprach Samaran lachend. »Nur noch einen Moment. Ich möchte es nicht versäumen, Ihnen die Binde abzunehmen.« Er lachte hämisch und schrill, als er sich auf den Weg machte und zu meinem Vater ging. Jeder Schritt wirkte wie eine finstere Drohung. Und die Echos der Tritte zitterten durch den Raum.

Mich nahm er mit. In seiner linken Faust steckte ich. Nur noch mein Kopf schaute hervor. An mich direkt dachte ich in diesen Augenblicken nicht, sondern an meinen Vater. Welch eine höllische Überraschung würde er erleben, wenn Samaran ihm plötzlich die Augenbinde wegriss!

Er ging noch eine halbe Armlänge vor, dann hatte er die richtige Position erreicht. Der Griff um meinen Körper hatte sich wieder verstärkt. Ich spürte jeden einzelnen Finger wie eine Klammer und hatte das Gefühl, zerdrückt zu werden.

Er bückte sich. Die rechte Hand streckte Akim Samaran aus. Mein Vater sah nicht, wie sie um seinen Kopf herumglitt. Er merkte nur, wie sich die Finger an dem Knoten in seinem Nacken zu schaffen machten und ihn lösten.

Frei.

Die Binde fiel.

Mein Kopf guckte aus der Faust heraus. Mein Vater zwinkerte mit den Augen. Er hatte für einige Zeit nichts gesehen und musste sich erst an die Lichtverhältnisse gewöhnen. Auch blickte er in die falsche Richtung, und zwar an Samaran vorbei.

Mich sah er noch nicht.

Auch in dieser kleinen Größe reagierte ich wie ein normaler Mensch. Das Blut war aus meinem Gesicht gewichen. Wahrscheinlich hatte die Angst auch Spuren in meinen Zügen hinterlassen.

»Hier ist er!«, sagte Samaran und bewegte seine linke Faust so auf meinen Vater zu, dass er mich sehen musste.

Er sah mich auch.

Sein Gesicht veränderte sich. Im ersten Moment hatte ich schreckliche Angst um ihn, denn er wirkte wie jemand, der kurz vor einem Herzinfarkt steht. Seine Augen weiteten sich. Die Gesichtsfarbe war eine andere. Blass, gleichzeitig bläulich schimmernd.

Das war der Schrecken.

Dann öffnete er den Mund. Zuerst langsam, später schneller, sodass er wie eine Höhle offen stand.

Ich erlebte jeden Gefühlsausbruch meines alten Herrn mit. Schreckliches machte er in diesen wenigen Sekunden durch.

Sein Schrei war fürchterlich.

All seine Empfindungen lagen darin, und es war ein Schrei der grenzenlosen Pein …

Sergeant McDuff hatte die Tränen der Mary Sinclair genau gesehen, als er das Haus verließ. Auch ihm war zum Heulen zumute, und er ballte seine mächtigen Hände zu Fäusten.

Im Wagen hatte ein junger Kollege gewartet. Der Mann erschrak, als sein Vorgesetzter so heftig die Autotür aufzog, als wollte er sie abreißen. McDuff warf sich auf den Beifahrersitz. Sein Gesicht war kantig und starr. Die Barthärchen zitterten.

Obwohl sich der junge Polizist erst zwei Monate in Lauder aufhielt, wusste er genau, dass er McDuff in diesem Zustand nicht ansprechen durfte. Deshalb blieb er so lange still, bis sich der Sergeant einigermaßen erholt hatte und dies durch einen schweren seufzenden Atemzug ankündigte. »Wir werden fahren«, sagte er mit leiser Stimme.

»Und wohin, Sir? Wir haben alles abgesucht.«

»Das haben wir nicht. Denken Sie daran, dass es nicht nur Lauder gibt. Wir suchen außerhalb und vergrößern dabei auch den Bogen unserer Aktion. Verstanden?«

»Alles klar, Sir.«

Während der junge Polizist den Wagen startete, griff McDuff zum Funkgerät. Er rief zuerst die Station an, aber da hatte sich nichts Neues ergeben. Die Zurückgebliebenen warteten ebenso auf erfolgreiche Meldungen wie er.

Die nächste Verbindung stellte er mit dem zweiten Wagen her, der ebenfalls unterwegs war.

»Hier McDuff, geben Sie Ihren Standort durch.«

»Wir befinden uns östlich von Lauder, am Gehöft des alten McMurray. Wir haben es durchsucht, aber nichts gefunden. Jetzt wollen wir bis an die Berge heran. Da stehen ja noch einige Hütten für das Vieh …«

»Okay, fahrt den Weg. Wir nehmen uns die westliche Grenze von Lauder vor. Sobald ihr etwas entdeckt habt, setzt euch mit mir in Verbindung. Andernfalls melden wir uns.«

»Verstanden, Sergeant.«

Auch McDuff hängte ein. Er wusste, dass er sich auf seine beiden alten Hasen verlassen konnte. Sie standen fast ebenso lange im Polizeidienst wie er.

Der junge Tom Crispin nicht. Für ihn war es überhaupt der erste große Fall. Bisher hatte er in Lauder einen ruhigen Lenz geschoben, und er war dementsprechend aufgeregt. Das übertrug sich auch auf seine Fahrerei.

»Behalten Sie die Nerven, Tom«, sagte der Sergeant. »Wir werden die Sache schon schaukeln.«

»Meinen Sie, Sir?«

»Natürlich.«

»Und wenn wir keine Spur finden?«

McDuff strich mit den fünf Fingern seiner rechten Hand durch den roten Bart. »Sollten wir tatsächlich ins Leere stoßen, müssen wir zu einer Großfahndung greifen. Vorausgesetzt, Mrs. Sinclair gibt ihre Einwilligung. Aber das wird sie. Diese Frau hat Vertrauen in die Polizei. Schließlich ist ihr Sohn auch Polizist.«

Tom Crispin nickte. Ihm lag noch eine Frage auf der Zunge, und er stellte sie zögernd. »Sir, ist dieser Sohn nicht etwas sonderbar?«

»Wie meinen Sie das?«

»Ich habe hin und wieder die Leute über ihn reden hören.«

»Er arbeitet beim Yard.«

»Und jagt dort Geister.«

McDuff lachte. »So ungefähr. Auf jeden Fall hat er einen verantwortungsvollen Job. Auch uns hat er geholfen, als wir in der Klemme steckten, und sich der Fluch einer alten schottischen Legende ausgebreitet hatte.«

»Brigadoon?«

»Genau.«

Nach dieser Antwort schwiegen die beiden vom Alter her so unterschiedlichen Männer, denn Crispin musste sich auf die Fahrerei konzentrieren. In der Kälte hatte sich Glätte auf den Straßen gebildet. Manchmal schimmerte das Eis wie eine dunkelblaue Schicht.

Sie rollten durch Lauder. Ein herrlich gelegener, verschlafener Ort. Vorbei fuhren sie an den dunklen Fassaden alter und gepflegter Häuser. Hier und da leuchtete ein schwaches Licht, aber fremde Geräusche waren nicht zu hören.

Die an den Straßenrändern abgestellten Wagen gehörten den Einheimischen. McDuff wusste, welcher Einwohner welche Automarke fuhr. Ein fremdes Modell sah er nicht.

Das Scheinwerferlicht huschte über die Fahrbahn und berührte hin und wieder auch vorspringende Hausecken, sodass diese einen bleichen Glanz bekamen.

Tom Crispin hatte die gewünschte Richtung eingeschlagen. Damit war sein Vorgesetzter jetzt nicht mehr einverstanden. »Nehmen Sie die nächste Straße rechts. Fahren Sie mal einen kleinen Umweg. Ich will sehen, ob sich an den Hügeln etwas tut.«

»Geht in Ordnung, Sir.«

Die nächste Einmündung war sehr schmal. Auch die folgende Straße zeigte nur mehr die Breite einer Gasse, und sie führte relativ steil bergauf, war kurvig, und die rechts und links stehenden Häuser glichen Bauwerken aus längst vergangenen Zeiten.

Der Weg mündete in eine am Hang entlangführende Ringstraße. Dort waren neue Siedlungen entstanden. Moderne Laternen warfen ihren kalten Schein auf die Erde und bestrichen mit dem bleichen Licht die glitzernden Eisinseln.

Hier kannte sich der Sergeant zwar aus, aber er wusste nicht die Namen der hier lebenden Menschen. Sein Blick glitt nach rechts und links, als der Wagen durch die schmalen Straßen fuhr. Hin und wieder schaltete McDuff den auf das Dach montierten Suchscheinwerfer ein und ließ ihn kreisen. Doch er sah nichts, was ihm verdächtig vorgekommen wäre.

Mittlerweile hatten sie den Westrand des Ortes erreicht. Erst vor einem halben Jahr war die Straße fertig gestellt worden, die von der Höhe aus serpentinenartig den Berghang hinab zu der Straße führte, die Lauder mit Edinburgh verband.

Die beiden Polizisten kämpften gegen das Glatteis. Zweimal rutschte der Streifenwagen mit dem Heck weg, aber Tom schaffte es durch Gegenlenken, in der Spur zu bleiben. Auch die Handbremse war ihm bei den Manövern eine große Hilfe.

Begleitet wurden sie von den mit Schnee bedeckten Berghängen, die sich zu einem weiten Tal formierten, durch das die Straße führte.

»Soll ich weiterfahren?«, fragte Tom, als er an der Einmündung stoppte. Er schaute McDuff dabei an.

Der Sergeant überlegte. Hatte es Sinn, den Ort noch weiter zu verlassen. Er wusste, dass praktisch nichts kommen würde, wo sich Entführer hätten verstecken können. Kein Haus, keine alte Scheune, kein Unterstand für die Rinder oder Schafe.

Vielleicht war es gerade die Leere, die die Kidnapper angezogen hatte. Zudem wurde das Gelände zu beiden Seiten der Straße unwegsamer und bot zahlreiche Verstecke.

Die Stopplichter des Polizeifahrzeugs warfen rote Inseln auf die Fahrbahn. Der Widerschein leuchtete sogar noch in den Wagen hinein. Die Gesichter der beiden Beamten erreichte es nicht.

»Fahren Sie nach links.«

»Doch weg von Lauder?«

»Ja. Es kann sein, dass ich aussteige und das Gelände mal genauer unter die Lupe nehme.«

»Sehr wohl, Sir.«

Wenig später rollte der Polizeiwagen auf gerader Strecke weiter. Auch war die Fahrbahn breiter. Zwar gab es glatte Stellen, die Trockenheit überwog zum Glück.

Sanft begann die Steigung. Eine sehr lange Gerade, die in die zerklüftete Gebirgslandschaft hineinstach und an ihrem höchsten Punkt sogar einen kleinen Pass bildete.

Die Aufmerksamkeit des Sergeants hatte um keinen Deut nachgelassen. Er schaute nach links, auch mal an seinem Fahrer vorbei, sah Lücken in der Wand, nicht mehr als handtuchbreite Wege, die schon einem Trampelpfad ähnelten.

»Gleich kommt der Hohlweg«, sagte Tom Crispin.

»Woher wissen Sie das denn?«

McDuff konnte im Dunkeln des Wageninnern nicht sehen, wie sein junger Kollege errötete. Bei seiner Antwort versuchte er, der Stimme einen gleichgültigen Klang zu geben. »Ich habe mal einer Bekannten die Umgebung gezeigt.«

McDuff lachte. »Kenne ich das Mädchen?«

»Ja.«

»Sie brauchen mir den Namen nicht zu nennen. Auch ich war mal jung, und habe so manchem Girl die Schönheiten der Lauder'schen Umgebung gezeigt. Aber dieser Hohlweg ist ziemlich breit, nicht?«

»Und auch kurvig, Sir.«

»Na ja, mal schauen.«

Ohne dass McDuff etwas gesagt hätte, tat der junge Polizist genau das Richtige. Er senkte die Geschwindigkeit, sodass sie auf keinen Fall die Zufahrt verpassten. Zudem hatte McDuff noch den Suchscheinwerfer eingeschaltet.

Noch glitt der blasse Kegel über die Felsen und fuhr geisterhaft in handtiefe Spalten und Risse hinein. An einigen Stellen traf er vom Regen ausgewaschenes Gestein und verlor sich im nächsten Augenblick im Eingang des Hohlwegs.

»Stoppen Sie.«

Tom bremste stotternd. So bekam er das Fahrzeug auch gut auf glattem Untergrund zum Stehen.

»Soll ich mit aussteigen, Sir?«, fragte Tom.

»Ja, vier Augen sehen mehr als zwei. Ich melde mich nur eben ab.« Die Sache war innerhalb der nächsten Sekunden gelaufen, dann standen beide Männer neben dem Wagen. Eine Taschenlampe hatte McDuff noch mitgenommen. Sie war ziemlich lichtstark, leuchtete zwar nicht die gesamte Breite des Hohlwegs aus, aber sie konnten viel mehr sehen als zuvor.

Nur ihre Schritte waren zu hören. Der junge Crispin schaute zu Boden und schüttelte den Kopf.

»Bei diesem Felsgestein werden Sie wohl keine Spuren finden«, sagte McDuff.

»Das stimmt, Sir.«

Der Hohlweg führte tatsächlich in einem Zickzack-Muster weiter. Ihre Sicht reichte immer nur bis zur nächsten Kurve.

»Wenn Sie den Weg kennen, Tom, wissen Sie auch, wo er aufhört?«

»Natürlich. Das ist eine kleine Insel oder Lichtung. Besser kann ich das nicht …«

»Ruhig!«

Der Sergeant hatte die Worte scharf ausgestoßen, und sofort hielt sein jüngerer Begleiter den Mund. Auch er lauschte angestrengt, aber nur das leise Raunen des Windes war zu vernehmen.

»Ich habe nichts gehört, Sir.«

»Aber ich.«

»Und was?«

»Das war ein Schrei.«

»Sind Sie sicher, Sir?«

»Fast.« McDuff löste die Klappe der Pistolentasche. »Wir werden jetzt sehr vorsichtig sein müssen. Ich gehe voran, bleiben Sie immer dicht hinter mir.«

»Okay, Sir.« Tom versuchte, seiner Stimme einen normalen Klang zu geben. Es fiel ihm schwer, denn dies hier war in der Tat sein erster gefährlicher Einsatz.

Er wusste auch, dass der Sergeant ein sehr gutes Gehör hatte. Er hatte sich bestimmt nicht geirrt. Tom Crispin richtete sich nach den Angaben seines Vorgesetzten und blieb stets in dessen Schatten.

McDuff wollte nicht sofort auffallen. Aus diesem Grunde hatte er auch den Kegel der Lampe mit der linken Handfläche abgedeckt. Nur hin und wieder ließ er dem Licht ein wenig Spiel.

Die beiden achteten auch sehr darauf, so wenig Geräusche wie möglich zu verursachen. Auf Zehenspitzen schritten sie voran, erfüllt waren sie von einer inneren Spannung und nahmen die nächsten Kehren, ohne dass etwas passierte oder sie irgendetwas entdeckt hätten.

Dann war es so weit. Und selbst der eisenharte Sergeant, den nichts so leicht erschüttern konnte, blieb vor Überraschung steif stehen. Sie hatten das Ende des Hohlwegs fast erreicht, und der nur mehr kaum abgedeckte Lampenschein traf ein Ziel.

Es war ein Wohnmobil!

Automatisch drückten sich die beiden Polizisten in den Schatten der Felswand, und McDuff löschte auch sofort die Lampe. Dann drehte er den Kopf und brachte seine Lippen nahe an Crispins Ohr. »Ich glaube, wir haben genug gesehen.«

»Meine ich auch, Sir.«

»Kennen Sie den Wagen?«

»Nein, Sergeant, den habe ich in Lauder noch nicht gesehen.«

McDuff nickte. »Und ich auch nicht!«, wisperte er.

»Dann hätten wir sie also?«

McDuff holte tief Luft. Für einen Moment zogen sich seine Augenbrauen zusammen. »Es deutet zumindest alles darauf hin. Die haben wir und werden sie auch nicht mehr loslassen.«

»Wollen Sie den Wagen stürmen, Sir?«

»Vergessen Sie mal die Agentenfilme, die Sie gesehen haben. Hier wird auf Nummer sicher gegangen. Ich nähere mich dem Wagen, während Sie mir nur langsam folgen und mir dabei Rückendeckung geben. Klar?«

Crispin nickte.

»Nicht so verbissen, junger Freund. Wir schaukeln die Sache schon. Sie müssen nur die Nerven behalten.«

»Ich versuche es, Sir.«

McDuff nickte dem anderen noch einmal zu und setzte sich in Bewegung. So leise wie möglich versuchte er zu gehen. An den Hohlweg schloss sich tatsächlich eine kleine Insel inmitten des Felsens an. Sie war umgeben von zerrissenen Wänden, die erst hangartig, später steil in die Höhe führten. Weit darüber spannte sich der dunkle Nachthimmel, an dem die Sterne leuchteten.

Aus den Fenstern des Wohnmobils drang nur mehr ein schwacher Lichtschein nach draußen. Von innen waren die Scheiben durch Vorhänge verdeckt worden. Der Lichtschein stand matt und auch zerfasernd vor den Außenscheiben.

McDuff konzentrierte sich voll und ganz auf das Wohnmobil. An seinen jungen Kollegen dachte er nicht mehr.

Das änderte sich, als er seine Stimme vernahm. Sie klang ächzend, bitter und ängstlich.

»Ser… geant …«

McDuff rieselte es kalt über den Rücken. Er hatte Angst, sich umzuwenden, tat es dann doch und befand sich noch nicht in der anderen Stellung, als aus einer Nische in der Felswand ein Lichtstrahl stach.

Gerade, genau und treffsicher »klebte« er förmlich auf dem angstverzerrten Gesicht des jungen Crispin. Der hinter ihm stehende Typ war nur mehr zu ahnen, als zu sehen. Er hatte den Kopf des Polizisten nach hinten gerissen und ihm mit einer Messerklinge eine klaffende Wunde quer durch das Gesicht gezogen.

Erst dicht unter dem Kinn war die Klinge zur Ruhe gekommen und zeigte mit ihrer Spitze auf die Kehle.

Aus der Felsnische drang die zischende Stimme des zweiten Kerls. »Wenn du Dummheiten machst, Bulle, schlitzt mein Freund deinem Partner die Kehle. Und meine Kugel bläst dir das Licht aus …

Mein Vater hatte so geschrien, und sein Schrei war erst erstickt, als er beide Hände gegen sein Gesicht schlug, in dieser Haltung sitzen blieb und den Kopf schüttelte.

Er wusste einfach nicht mehr weiter. Er konnte einfach nicht fassen, was mit seinem Sohn geschehen war, der als zwergenähnliches Wesen aus der Faust eines Menschen schaute, den man als Bestie ansehen konnte.

Akim Samaran hatte seinen Spaß. Er war wieder einen Schritt zurückgetreten und beobachtete uns beide. »Voll«, sagte er dabei. »Meine Rache ist voll gelungen. Das hätte ich mir in meinen kühnsten Träumen nicht zu erhoffen gewagt. Du bist im wahrsten Sinne des Wortes in meiner Hand, Geisterjäger. Ich muss meinem großen Freund und Mentor wirklich mehr als dankbar sein, dass er mir das erlaubt hat.«

Auch ich hatte Mühe, die Sprache wiederzufinden. Nicht

allein der äußere Druck war es, der mich fertig machte, auch der innere, der seelische. Erzeugt wurde er durch die heiße Angst, die in mir aufflammte. Auf meinem Rücken lösten sich die heißen und kalten Schauer ab, das konnte auch nicht durch den Druck der Finger verhindert werden.

Ich hörte meinen Vater schluchzen. Sein Oberkörper war nach vorn gesunken, die Schultern bebten, und wieder einmal erlebte ich schlimme Sekunds in meinem Leben.

Hätte er mich jetzt etwas gefragt, ich hätte ihm keine Antwort geben können. Alles war einfach zu grausam und auch zu unbegreiflich für mich. Auch in meiner Kehle saß ein Kloß, der immer höher steigen wollte.

»Ist das nicht ein hübsches Zusammentreffen?«, fragte Akim Samaran. »So führe ich eben auf meine Weise Familien zusammen. Im Prinzip könnt ihr mir dankbar sein. Vater und Sohn sind wieder zusammen.« Nach diesen Worten lachte er meckernd.

Auch mein Vater hatte die Worte vernommen. Die Bewegung, mit der er beide Arme nach unten fallen ließ, wirkte müde, abgespannt und auch abgeschlafft. Auf den Schenkeln ließ er seine Arme liegen und hob den Kopf mit einer schwerfällig wirkenden Geste. Ich sah ihm an, dass er etwas sagen wollte. Er hatte Mühe, die Worte zu formulieren.

»Was sind Sie nur für ein Mensch, Samaran?«, fragte er. »Oder sind Sie gar keiner?«

»Doch, ich bin ein Mensch. Nur habe ich mich anders entschieden als ihr. Und zwar für die richtige Seite. Ich will mein Leben so auskosten, wie ich es mir vorgenommen habe, versteht ihr? Der Spuk hat mich geleitet. Er ist die Person, die mir zur Seite steht. Er hilft mir in allen Lebenslagen, und er gibt mir einen genügenden Freiraum für Dinge, die für mich wichtig sind.«

»Was ist das? Das Quälen und Töten von Menschen?«

»Unter anderem«, gab Samaran zu. »Natürlich neben der Macht. Schauen Sie hin, was dort auf dem Tisch steht, das ist ein Würfel. Der berühmte Würfel des Unheils. Ein Faktor der Macht. Durch ihn bin ich in der Lage, die Welt zu verändern.

Im Kleinen beginne ich, und im Großen höre ich damit auf, darauf könnt ihr euch verlassen.«

»Was haben Sie mit meinem Sohn vor?«

Samaran antwortete nicht sofort auf die Frage meines Vaters. Er drehte sich um, und ich machte in seiner Faust die Bewegung mit, sodass wir drei schließlich in eine Richtung schauten.

Der Blick glitt über den Würfel hinweg und dorthin, wo die breiten Reagenzgläser standen und zur Hälfte mit einer weißlich blauen Flüssigkeit gefüllt waren.

»Dort«, erklärte Samaran. »Genau dort passt Ihr Sohn rein. Und Sie auch, Sinclair. Aber Sie können zuschauen, wie ich ihn in die Flüssigkeit stecke, und Sie werden sehen, wie stark meine Magie ist, denn die Flüssigkeit ist etwas Besonderes. Sie wirkt wie Säure, sie löst einen Menschen auf, sodass nur der Kopf übrig bleibt. Er tanzt dann wie ein Korken auf der Oberfläche. Das ist übrigens ein Zeichen, Mr. Sinclair. Ein Markenzeichen von mir, das ich sogar verschickt habe. Und zwar an Ihre liebe Gattin. Sie hat zwei kleine Schädel aus Holz von mir bekommen. Der eine zeigt Ihren Kopf und Ihr Gesicht, der zweite das Ihrer Frau. Können Sie sich vorstellen, wie Sie reagiert hat, als sie die Köpfe aus dem kleinen Päckchen packte ...«

Mein Vater hielt es nicht mehr auf seinem Stuhl. Er sprang in die Höhe, funkelte Samaran an. »Sie Hund!«, schrie er. »Sie verdammter Hund.« Dann setzte er zu einem Schlag an und holte mit der rechten Hand weit aus. Ich wollte dagegensprechen, doch alles ging zu schnell.

Samaran lachte nur, drehte sich und drückte den Arm vor, in dessen Faust er mich hatte.

»Schlag zu!«, brüllte er.

Im letzten Augenblick stoppte mein alter Herr. Dieser Hieb hätte meinen Schädel vom Körper gerissen. Mein Herzschlag hatte sich schon beschleunigt, und ich atmete auf, als ich die Faust dicht vor meinen Augen zur Ruhe kommen sah.

Samaran lachte wieder. »Es wäre zwar nicht in meinem Sinne gewesen, aber dass der eigene Vater den Sohn erschlägt, kommt auch nicht alle Tage vor. Kennen Sie nicht das Märchen vom Däumling? So ähnlich ist es hier. Da hatte auch ein normal gewachsenes Ehepaar einen Sohn, der nicht größer als der Daumen eines Erwachsenen war. Toll, nicht? Tja, manchmal werden eben auch Märchen wahr.«

Horace F. Sinclair wusste nicht, was er darauf erwidern sollte. Er war ein Mensch, der normal handelte. Vor so viel Menschenverachtung musste er einfach kapitulieren.

Akim Samaran fuhr fort. »Manchmal gibt es Momente im Leben eines Menschen, wo es nicht gut aussieht. Auch mir erging es so. Und daran habt ihr die Schuld getragen, als ihr mich jagen wolltet. Ich musste fliehen und mir einen anderen Mentor suchen, da ich von der Hölle so schmählich im Stich gelassen wurde. Das ist nun vorbei. Meine Trümpfe stechen besser als alles andere.« Seine Faust schoss vor. Sie traf meinen Vater an der Brust, der zurücktaumelte und wieder auf den ausgeklappten Sitz fiel. »Da bleibst du hocken, Bastard! Und rühr dich nicht, wenn ich meine Versuche mit deinem Sohn mache.« Samaran drehte sich um. Er wandte meinem alten Herrn den Rücken zu. Überhaupt nichts machte es ihm aus.

»Wenn du versuchen solltest, mich zu überlisten, werde ich deinen Sohn zerquetschen.«

»Das kann ich mir vorstellen.«

»Dann halte auch still.«

Der Würfel und die beiden Reagenzgläser standen gemeinsam auf einem Tisch. Sie waren gewissermaßen das Handwerkszeug dieses menschlichen Teufels. Während er mich trug, gelang es mir, einen Blick von oben her in die Gläser zu werfen.

Ja, die Öffnung war groß genug, um mich hineinstecken zu können. Als ich das so sicher feststellte, bekam ich Herzklopfen, und meine Kehle schnürte sich immer stärker zu.

Horace F. Sinclair hatte nicht aufgegeben, auch wenn er ruhig auf seinem Klappsitz hockte. Ich kannte meinen Vater, in ihm würde eine Hölle toben, und er suchte nach einem Ausweg.

Nur seine Augen bewegten sich. Genau wusste ich es nicht, konnte mir jedoch vorstellen, dass er nach einem Wurfgeschoss suchte. Wenn es überhaupt eine Chance zur Rettung gab, dann mussten die verdammten Reagenzgläser zerstört werden. Auch wenn mich Samaran, aus welchem Grunde auch immer, freiließ, ich würde es wohl kaum schaffen, die Gläser zu zerstören. Zudem sah mir die Umrandung verdammt dick aus.

Und der Würfel tat nichts.

Er stand nahezu unbeteiligt auf dem Holztisch, ohne sich zu regen. Auch in seinem Innern veränderte sich nichts. Die Schlieren blieben in einer ruhigen Lage und wirkten wie eingefroren. Selbst der Schatten des Spuks hatte sich zurückgezogen, aber ich ließ mich nicht täuschen. Der Würfel des Unheils hatte es in sich. Er wurde zudem vom Spuk gelenkt. Wenn dieser Dämon es für richtig hielt, würde der Quader von einer Sekunde zur anderen zu einer tödlichen Waffe.

Noch tat sich nichts.

Auch mein Vater hatte keine Waffe in erreichbarer Nähe gefunden. Wenn er so etwas vorhatte, musste er schnell sein. Und ob mich Samaran nach einer möglichen Zerstörung der Gläser noch am Leben ließ, stand auch in den Sternen.

Und so verging die Zeit. Akim Samaran hatte längst sein Ziel erreicht. Ich steckte in seiner Faust, und die schwebte bereits über der Öffnung des ersten Glases.

Sein leises Lachen hörten mein Vater und ich. »So, Sinclair, jetzt werden Sie sehen können, wie Ihr verdammter Sohn vergeht und nur mehr sein Schädel zurückbleibt. Sie …«

Er sprach nicht mehr weiter, denn mit einem heftigen Stoß wurde die Tür aufgedonnert.

Sie schwang so weit zurück, dass sie mit der Klinke gegen die Wand donnerte.

Samaran fuhr herum.

Er, mein Vater und ich hörten die Stimme des Messerhelden. »Wir haben zwei Bullen geschnappt …«

Der Mann mit dem Messer drängte einen jungen Polizisten in den Raum. Der Beamte hatte einiges abbekommen. Die Messerwunde zog sich quer durch sein Gesicht und würde als Narbe ein Andenken für immer bleiben.

Er war so in den Griff genommen worden, dass er ihn nicht sprengen konnte, ohne mit dem Tod rechnen zu müssen. Da war dieser verdammte Messerheld radikal.

Er stieß seinen Gefangenen vor, indem er ihm ein Knie in den Rücken rammte. Auf unsicheren Beinen taumelte der junge Polizist tiefer in den Wohnwagen hinein, und ich konnte den erkennen, der ihm folgte.

Es war ein Bekannter. Sergeant McDuff. Er wurde von einem zweiten Lederjackenkerl bedroht, der einen Revolver in der rechten Hand hielt. Durch den aufgesetzten Schalldämpfer wirkte die Waffe sehr lang.

»McDuff!« Mein Vater rief den Namen. Er wollte aufspringen, doch hart fuhr ihm Samaran in die Parade.

»Bleib sitzen!«

Sinclair sank zurück. Die Blicke der beiden Bekannten trafen sich. McDuff hob die Schultern. Er sah so bleich und unglücklich aus. Sehr schwer hatte er an dieser Niederlage zu knacken.

Ich konnte mir vorstellen, wie es in ihm aussah. McDuff war ein agiler Mensch und eine Autorität in Lauder. Dass man ihn so degradierte, musste ihn schmerzen.

Die beiden hatten mich noch nicht gesehen. Ich war einfach zu klein, und ihre Blicke blieben auf meinen Vater konzentriert, da sich wahrscheinlich um seine Person alles gedreht hatte.

Der Kerl mit dem Revolver warf die Tür zu. Die beiden Typen waren Gangster oder Killer. Schon in ihren Augen erkannte man, dass sie über Leichen gingen. Ich war fest davon überzeugt, dass sie nicht zögern würden, uns zu vernichten.

In ihrer Lederkleidung wirkten sie uniformiert. Auch hatten sie flache, nichtssagende Gesichter. Sie hätten Brüder sein können. Der Messerheld unterschied sich von dem anderen eigentlich nur durch die Narbe in seinem Gesicht.

Sprecher war der mit dem Revolver. »Die beiden Bullen haben doch tatsächlich den Wagen gefunden.«

»Ach«, sagte Samaran. Seine linke Hand hatte er so weit sinken lassen, dass ich von den anderen nicht gesehen werden konnte, weil mich die Tischkante deckte. »Und jetzt haben sie Pech gehabt, denn hier kommen sie nicht lebend raus.«

McDuff übernahm das Wort. Seine Stimme klang ruhig wie immer. »Ich glaube nicht, dass Sie sich unglücklich machen wollen. Oder glauben Sie im Ernst, dass wir ohne Rückendeckung hergefahren sind. In der Zentrale weiß man Bescheid, dass wir uns hier befinden. Ich würde Ihnen raten, ganz schnell aufzugeben.«

Samaran wollte Genaueres wissen. »Stimmt das, Hackett?«

Hackett war der Mann mit dem Revolver. »Er blufft, Akim. Ich konnte sie beobachten. Sie haben ihr Fahrzeug an der Straße stehen lassen und sind in den Hohlweg gegangen. Als sie das Ziel entdeckten, ging keiner von ihnen zurück, um Meldung zu machen.«

Akim war zufrieden. »Sehen Sie, Bulle, so leicht sind wir nicht aus dem Spiel zu bluffen. Und schon gar nicht von einem dickköpfigen Dorfpolizisten, der sich auf die letzten Minuten seines Lebens vorbereiten kann. Ihr kommt mir übrigens wie gerufen, da ich ein kleines Experiment vorhabe.« Samaran hob den linken Arm so schnell, dass mir auf dem kurzen Stück schwindlig wurde.

Dann präsentierte er mich.

McDuff stand günstiger. Er kannte mich auch. In seinem Gesicht spiegelten sich ähnliche Gefühle wie in dem meines Vaters. Er wollte nicht glauben, was er da zu sehen bekam, schüttelte den Kopf, öffnete den Mund, stöhnte und schluchzte.

»John, sind Sie das?«

Ich quetschte ein mühsames »Ja« hervor, und mein Vater

nickte dazu, während er gleichzeitig vor Wut die Hände ballte, weil er sich so hilflos fühlte.

Sekundenlang breitete sich das tiefe Schweigen aus. Samaran genoss seinen Auftritt, und als er wieder sprach, begann er den Satz mit einem breiten Lachen.

»Noch ist er ein Mensch, euer großer Geisterjäger. Er funktioniert, er reagiert, und er würde mir sicherlich gern die Kehle durchschneiden, wenn er könnte. Aber das ist nicht drin. Wenn ich will, kann ich ihn zerquetschen. Bisher habe ich es nicht getan, weil ich andere Dinge mit ihm vorhabe, genau wie mit euch beiden Bullen. Ihr werdet die Hölle erleben. Mit wem fange ich an?« Er schaute von einem zum anderen. Beide Polizisten wagten kaum zu atmen. Der Schock hatte ihnen einfach die Luft geraubt.

Samaran sonnte sich wie ein Operettentenor bei der ersten Arie. Schließlich blieb sein Blick auf dem jungen Polizisten hängen. »Wie heißt du denn, Kleiner?«

»Tom Crispin!«

»Okay, dich habe ich ausgewählt.«

»Nein!« McDuff hatte gesprochen. »Wenn Sie schon anfangen wollen, dann mit mir. Aber lassen Sie ihn leben, er ist noch so verdammt jung!«

»Hackett!« Mehr sagte Samaran nicht, und Hackett schlug blitzschnell zu. Der Lauf klatschte in den Nacken des Sergeant, sodass McDuff schmerzerfüllt aufstöhnte. Für einen Moment hatte ich das Gefühl, als wollte er in die Knie sinken, dann ging ein Ruck durch seine Gestalt, und er hielt sich auf den Beinen.

»Ich lasse mir von keinem und erst recht nicht von einem Dorfbullen Vorschriften machen«, erklärte Samaran. »Ich habe mich nun mal für den anderen entschieden, und dabei bleibt es.«

»Bitte, Sir …«

»Halt's Maul.« Samaran interessierte das Flehen nicht. Er war voll und ganz darauf programmiert, sein widerliches Experiment durchzuführen.

Ich konnte schräg in die Höhe schauen und sah auf seinen

Lippen das sadistische Grinsen. Auch das Funkeln in seinen Augen blieb mir nicht verborgen, und als er den Mund bewegte, vernahm ich ein schmatzendes Geräusch, das mir widerlich vorkam.

»Alles klar?«, fragte er seine beiden Helfer.

»Ja!«, lautete die gemeinsam gesprochene Antwort.

Samaran drehte den Kopf. Auch ich drehte ihn und stellte fest, dass dieser Mensch den Würfel fixierte.

Das genau war es. Nur durch den Würfel würde es ihm gelingen, den anderen zu dem zu machen, was ich auch war. Und der Quader würde ihm gehorchen, auch wenn er keinen direkten Kontakt mit ihm hatte, denn sein Inneres blieb nicht mehr ruhig. Auf den gedanklichen Befehl hin reagierte dieser magische geometrische Gegenstand.

Das war auch für mich neu. Bisher hatte der Würfel nur immer etwas geleistet, wenn ich oder ein anderer Träger einen direkten Kontakt mit ihm hatten.

Nun war alles anders.

Ich spürte die Trockenheit in meiner Kehle. Schweiß rann dafür meinen Rücken entlang. Noch immer bereitete es mir Mühe, überhaupt Luft zu holen. Innerer und äußerer Druck hatten um keinen Deut nachgelassen. Nahezu spürbar streifte mich der kalte Hauch des Todes.

Samaran stand da wie der Satan persönlich. Er trug seine graue Kleidung, die Arme hatte er ausgebreitet, sein Kopf wuchs dabei zwischen den Schultern hoch wie ein bleicher Gegenstand, und seine Augen glänzten wie dunkle Eierkohlen.

Der Würfel hob ab und gehorchte damit den Gesetzen der Teleportation. Kurs nahm er auf den jungen Polizisten.

Tom Crispin hieß er. Das hatte ich noch behalten. Samaran, der Teufel, drehte seine Hand, sodass ich auch zuschauen konnte. »Sieh genau hin!«, flüsterte er scharf. »Schau es dir an. Jetzt kannst du die Kraft des Würfels erleben.«

Auch Tom Crispin musste bemerkt haben, welch eine Gefahr da auf ihn zukam. Er spürte sie, zuckte zusammen und wand sich unter dem harten Griff des Messerhelden.

»Willst du wohl ruhig sein!?«, keuchte dieser. »Sei schön brav, mein Junge, dann passiert dir nichts …« Er lachte hechelnd. Sein Messer zitterte, es berührte auch die Haut, und dann hatte der Würfel den jungen Mann erreicht.

Er explodierte nicht, aber er gab ein ähnliches Geräusch von sich, das in einem Fauchen mündete. Wie ein Sturmwind kam es über den Polizisten, packte ihn, schleuderte ihn herum, und der Messerheld schaffte es nicht, den anderen rechtzeitig genug loszulassen.

Plötzlich begann der Kerl zu schreien. Es waren schrille, jaulende Laute, die aus seiner Kehle drangen, und er überschlug sich fast in seiner Angst.

Der Würfel aber packte zu.

Obwohl er keine Hände hatte, wirkte es fast so, als hätte er sie ausgestreckt. Die beiden Männer konnten sich nicht auf den Beinen halten. Sie erlebten das Gleiche wie ich.

Sie wurden mitgerissen.

Und genau in den Würfel hinein, der über ihnen schwebte. Ein gewaltiger Sog entstand, der mich an den Schweif eines Kometen erinnerte, die beiden packte und hinein in den Quader zog, der die Menschen verschluckte wie ein Maul.

Von der Erde her zum kopfhoch schwebenden Würfel hin veränderten sich die beiden. Blitzschnell wurden sie kleiner und waren nur mehr Figuren, die eben meine Zwergengröße erreicht hatten.

Der Würfel des Unheils machte seinem Namen wieder alle Ehre, denn er schluckte sie.

Polizist und Killer drangen in ihn ein, als gäbe es überhaupt kein Hindernis mehr. Wir alle sahen ihre kleinen Körper, die ein regelrechter Sturmwind durcheinander zu wirbeln schien. Zwischen den Schlieren trieben sie, die sich nur träge bewegten und die beiden nicht behinderten, sodass sie langsam zu Boden sanken.

Für mich waren sie gleich groß, auf die anderen wirkten sie wie Zwerge. Man konnte die Sache durchaus von zwei Blickwinkeln betrachten. Lustig fand ich es überhaupt nicht, wie beide Männer im Sog der Magie versuchten, das Gleichgewicht zu halten und normal auf dem Boden des Würfels zu landen.

Samaran hatte seinen Spaß. Dass er einen seiner Diener geopfert hatte, störte ihn nicht, die Trümpfe hielt er in der Hand.

Ein normaler Mensch konnte auf solche Dinge nur mit Abscheu und Schrecken reagieren. Das tat mein Vater. »Sie sind wirklich kein Mensch mehr, Samaran, nur noch eine verfluchte Bestie!« Er kümmerte sich auch nicht um die drohende, auf ihn gerichtete Schalldämpfermündung, und Hackett fragte leise: »Soll ich ihn umlegen?«

»Erst wenn ich es sage!«

»Bitte!« Mein Vater reckte sich und stand plötzlich auf. »Tun Sie Ihren Gefüh… ahhh…«

Hackett hatte zugeschlagen. Blitzschnell und treffsicher. Horace F. Sinclair bekam den Waffenlauf gegen die Wange. Als seine Hand die getroffene Stelle berührte, zeigte die Mündung schon wieder auf ihn, und er bekam den Befehl, sich zu setzen.

Er fiel auf den Sitz.

Akim Samaran betrachtete ihn kalt. »Beim nächsten Mal geht mein Freund nicht so sanft mit Ihnen um, Sinclair!«

Der ehemalige Anwalt schwieg. Er hielt sich nur die geschwollene Stelle. Und ich musste ebenfalls tatenlos zuschauen. Dieser verfluchte Samaran hielt mich nach wie vor fest. Ich war sein größter Trumpf, und das wusste er ganz genau.

Keiner von uns hatte mehr auf die beiden im Würfel eingeschlossenen Personen achten können. Sie hatten den Grund mittlerweile erreicht und blieben auch dort stehen. Als Feinde waren sie verwandelt worden, jetzt konnte man sie mit ruhigem Gewissen als Schicksalsgefährten bezeichnen. Sie standen sich gegenüber, schauten sich gegenseitig an und hoben in stillem Einverständnis die Schultern.

Akim Samaran wusste meinen Vater in guten Händen. Um ihn kümmerte er sich nicht mehr, deshalb drehte er sich auch um und schaute sehr genau nach. Das widerliche Lächeln auf seinen Lippen gefiel mir überhaupt nicht. Ich konnte mir vorstellen, dass in seinem Hirn ein Plan reifte, und ich hatte mich nicht getäuscht.

»Ja!«, flüsterte er, »so genau werde ich es machen. Ich sorge noch für einen kräftigen Spaß.« Er drehte den Kopf. Unsere Blicke begegneten sich. »Du kannst noch eine Galgenfrist bekommen, Sinclair. Ich lasse euch gegeneinander kämpfen. Wer gewinnt, kann zuschauen, wie ich den Verlierer in mein Reagenzglas stecke. Na, was haltet ihr davon?«

Ich erschrak, auch der junge Polizist mit Namen Tom Crispin. In seinem Gefängnis ging er zurück und schüttelte den Kopf, während Samarans Helfer ganz anders reagierte und mit beiden Fäusten gegen die Innenwand des Würfels trommelte.

»Siehst du, Sinclair, Guy hat mich bereits verstanden. Er ist wild darauf, dich zu vernichten. Ah, das wird ein Spaß!« Samaran beugte sich tiefer, sodass er den Würfel direkt anschauen und auch in ihn hineinblicken konnte. »Ja!«, flüsterte er. »Ja, komm ruhig heraus. Du hast jetzt die Chance. Auch du, Crispin.«

Der Polizist zögerte noch, während sich Guy die Chance nicht entgehen ließ und durch die Wand des Würfels ging, als wäre sie überhaupt nicht vorhanden.

Er war frei.

Und ich im nächsten Augenblick auch, denn die Faust des anderen öffnete sich plötzlich. So schnell, dass ich davon überrascht wurde und mich nach dieser relativ langen Zeit der Gefangenschaft nicht mehr auf den Beinen halten konnte, zurücktaumelte und hinfiel.

In den folgenden Sekunden musste ich die Lage ordnen. Sehr genau nahm ich das Bild auf, das sich mir bot. Rechts von mir stand der Würfel. Geradeaus sah ich Guy. Links, vor dem Tisch, zeigte sich Akim Samaran, sodass wir alle zusammen ein Viereck bildeten, in dem wir uns aufhalten und agieren konnten.

Der Killer schüttelte sich, als hätte man ihn mit Wasser

begossen. Seine Waffe hielt er in der Rechten. Wie ein dünner Dorn ragte die Klinge aus der Faust.

Auch Tom Crispin hatte den Würfel inzwischen verlassen. Er traute sich nicht vorzugehen. An den Quader gelehnt, blieb er stehen. Seine kleinen Hände waren geballt.

Auch ich hatte meinen Schwindel mittlerweile überwunden. Über uns klatschte Samaran in die Hände. Das dabei entstehende Geräusch dröhnte in unseren Ohren, und sogar der Luftzug streifte uns. »So, Freunde, ihr könnt anfangen. Kämpft um eure Chance …«

Es war kaum zu glauben! Auf Zwergengröße geschrumpft, stand ich meinem ebenfalls kleinen Gegner gegenüber. Was wir bei uns trugen, war ebenfalls verkleinert, aber ebenso gefährlich, als hätte es die normale Größe.

Es blieb demnach alles gleich. Nur die Größenverhältnisse hatten sich verändert.

Guy kam. Er ging einige Schritte vor, bewegte sich dabei tänzelnd, und seine Hand zuckte vor und zurück. Das Messer war für mich noch nicht gefährlich, es sei denn, er würde es schleudern. Daran konnte ich nicht glauben, weil er seine Waffe bestimmt nicht freiwillig aus der Hand geben würde.

Ich dachte daran, die Beretta zu ziehen und mit einem Schuss alles zu klären. Irgendwie gefiel mir dies trotzdem nicht. Nur im Notfall wollte ich zu diesem Mittel greifen.

Guy war schnell. Mit tänzerisch anmutenden Bewegungen geriet er in meine Nähe, wobei sein Arm jetzt Wellenlinien beschrieb und ich nicht wusste, ob er den letzten Stoß von oben oder unten ansetzen wollte. Deshalb war ich so auf der Hut.

»Vorsicht, Sinclair!« Der Polizist hatte es mir zugerufen, denn er fieberte mit. An seine eigene Wunde im Gesicht dachte er nicht mehr. Es hätte seiner Warnung nicht bedurft, auch so war ich voll und ganz auf den Gegner konzentriert.

Ich sprang ihn an.

Es war ein gewaltiger Sprung, der mich mitten in seinen

Angriff hineinkatapultierte. Nur kam ich mit den Füßen zuerst, das erschien mir sicherer, und es musste auch ihn ein wenig aus dem Konzept bringen, wie ich sehr hoffte.

Tatsächlich geschah dies. Mit meiner Attacke hatte er nicht gerechnet. Im ersten Augenblick zuckte er zur Seite, das Messer verfehlte mich, ich spürte es wohl am Hosenbein, dann hatte ich es geschafft und war bei ihm durch.

Der Tritt schleuderte ihn zurück. Neben dem Würfel fiel er zu Boden und überschlug sich.

Ich jagte ihm schon nach.

Crispin fummelte an seiner Pistolentasche herum, aber die Waffe hatte er nicht mehr. Sie war ihm schon draußen abgenommen worden.

»Weg!«, brüllte ich ihn an, denn er machte mir den Eindruck, als wollte er eingreifen.

Tom zuckte auch zurück.

Ich war bei Guy, als dieser versuchte, wieder auf die Füße zu kommen. Mit einem Hechtsprung landete ich den großen Treffer und drückte ihn wieder zurück.

Er brach unter mir zusammen, machte sofort einen Buckel, sodass ich diese Lage nicht mehr halten konnte und zur Seite rutschte. Diesmal hatte ich das Nachsehen.

Zur gleichen Zeit standen wir wieder.

Ich schaute in ein hassentstelltes Gesicht und sah den blitzenden Stahl, der in einem halbkreisförmigen Bogen in meine Richtung raste und mich in Höhe des Halses erwischt hätte.

Ich tauchte im rechten Moment weg und drückte mich zur Seite, sodass die Klinge vorbeihuschte. Der Wutschrei des Messerhelden wurde von Samarans Lachen übertönt. Ihm bereitete dieser Kampf ein diebisches Vergnügen. Mir allerdings weniger.

Guy wollte nicht noch einmal in meine Konter laufen, aus diesem Grunde bewegte er sich auch zurück. Mit zwei, drei Sprüngen schaffte er die Entfernung und geriet dabei nahe an die beiden Gläser heran, die für mich zu einer tödlichen Falle werden sollten.

Die Röhren standen in Holzgestellen. Sie zitterten ein wenig, als sie berührt wurden, und Guy hatte auch Mühe, sich wieder zu fangen.

Ich war ebenfalls schnell. Als sein Messerarm vorschoss, hatte ich mich darauf vorbereiten können. Geschickt drehte ich ab und ließ die Handkante nach unten sausen. Ich erwischte zwar nicht die Stelle, die ich mir ausgesucht hatte, aber irgendwo auf der Hälfte des Armes wurde er doch getroffen und paralysiert.

Plötzlich wurde er blass, fing an zu fluchen und versuchte mit Gewalt seine Messerhand so zu drehen, dass die Spitze auf mich zeigte. »In den Magen stoße ich sie dir!«, flüsterte er. »Verdammt noch mal, in den Magen!«

Ich schlug zu.

Da er seine Faust freiwillig nicht hatte öffnen wollen, musste ich eben nachhelfen. Die Waffe rutschte ihm aus den Fingern und blieb am Boden liegen, wo ich sie an mich nahm.

»Ja, los!«, schrie mir Guy entgegen. »Mach schon! Stich mich ab! Du hast die Chance!«

Ich schüttelte den Kopf. »Weshalb denn? Weshalb soll ich dich töten? Mir steht der Sinn nicht danach!«

Er atmete schwer. Seine Augen waren blutunterlaufen. Die rechte Hand würde er vorerst nicht gebrauchen können, dafür versuchte er es mit der linken. Er öffnete und schloss sie. Als er merkte, dass alles klar war, leuchtete es in seinen Augen.

Für mich stand fest, dass er einen zweiten Angriff versuchen würde. Dagegen hatte Akim Samaran etwas.

Seine Stimme erklang wie ein dumpfes Gewittergrollen über unseren Köpfen.

»Du hast verloren, Guy! Einfach verloren …«

Der Messerheld wollte es nicht glauben. Er kannte sein Schicksal ja, es war ihm vorgegeben worden. »Nein, verdammt, nein und nochmals nein! Ich bin noch nicht raus. Ich habe noch …«

»Doch, du bist raus!«

Völlig kalt und ohne Gefühl klang die Stimme meines

Feindes. Es blieb nicht nur bei den Worten, denn Akim Samaran wollte ein Exempel statuieren und griff zu.

Seine Hand senkte sich. Sie war ausgebreitet und kam mir vor wie eine gewaltige Wand, die immer tiefer glitt. Auch Guy erkannte, dass sie ihn zu zerquetschen drohte.

Er hatte den Kopf in den Nacken gelegt, schaute in die Höhe und schüttelte sich. »Nein, verdammt!«, keuchte er. »Das kannst du doch nicht machen, Akim …«

»Und ob ich das machen kann!« Flüsternd gab Samaran die Antwort.

Guy wollte es noch immer nicht glauben. Er musste etwas tun, warf mir einen Hilfe suchenden Blick zu und wollte sich dann hinter dem Holzgestell verkriechen.

Ich konnte den Blick nicht vergessen. Guy hatte mich angegriffen, mich auch umbringen wollen, doch in diesem Moment war er nur noch ein Mensch, der Angst hatte und Hilfe brauchte.

Wenn ich ihm zur Seite stand, war das für mich keinesfalls vorteilhaft, aber ich konnte einfach nicht anders und warf meine Bedenken kurzerhand über Bord.

Bei normaler Größe wäre es für mich kein Problem gewesen, mit Akim Samaran fertig zu werden. Als Zwerg war ich so gut wie chancenlos. Aber ich besaß ein Messer und noch eine andere Waffe.

Zuerst schleuderte ich die Klinge.

Samaran stand günstig. Er hatte sich etwas vorgebeugt und seinen rechten Arm ausgestreckt. Die Finger wollten in den Raum zwischen den beiden Gläsern greifen, um Guy zu packen, da traf ihn das Messer.

Die rechte Wange hatte frei vor mir gelegen und sich als Ziel angeboten. In das Fleisch hinein jagte die Klinge.

Ich schaute genau zu, wie sie einschlug, auch stecken blieb und noch nachzitterte. Wie weit sie im Fleisch verschwunden war, konnte ich nicht sehen, da ich mit einer wilden Reaktion Samarans rechnete und auch rasch zurücksprang, um irgendwo Deckung zu finden.

Samaran wurde wütend.

Sein Schrei ließ mich zittern. Die rechte Hand, die Guy hatte greifen wollen, fuhr hoch zur Wange und zog die Klinge wieder hervor. Ihr folgten einige Tropfen Blut, die in langen Streifen nach unten rannen.

Dann fuhr er herum.

Und mit ihm der Arm.

Es war ein Schlag, und der drehte seine Hand, sodass die Fläche nach unten wies. Wenn ich jetzt nicht superschnell war, würde er mich mit einem Schlag seiner flachen Hand auf dem Tisch zerquetschen.

Es gab nur noch eine Chance.

Springen!

Plötzlich stand ich dicht an der Kante und stieß mich ab. Ein Tisch kann verflucht hoch sein, wenn man so klein ist wie ich. Im ersten Moment hatte ich das Gefühl, ins Bodenlose zu fallen. Doch dann kam der Boden so schnell auf mich zu, ich hatte noch die Arme ausgebreitet und prallte im nächsten Moment auf.

Über mir hörte ich ein Klatschen, als die Handfläche die leere Tischplatte traf.

Der Raum war groß. Er bot Verstecke, aber die musste ich erst erreichen. Wenn ich vielleicht zwanzig Schritte zurücklegte, konnte Samaran die Entfernung mit einem überbrücken.

Das war mein Nachteil, den ich auch durch Schnelligkeit nicht mehr egalisieren konnte.

Samaran war einfach zu flink, und er ließ mich in die Falle laufen. Ich hatte mir eine Ecke des Wohnmobils ausgesucht, um mich dort zu verstecken, als plötzlich der hohe Schatten oder die Mauer direkt vor mir erschien.

Es war keines von beiden, sondern ein hochkant gestellter Fuß. Und der brauchte nur nach vorn gedrückt zu werden, um mich zu zertreten …

»Nein, nicht!«

Es war mein Vater, der geschrien hatte und im nächsten Augenblick von Hackett hart attackiert wurde, sodass sein Schrei erstickte.

Ich blieb stehen.

Dabei ging ich einfach meinem Gefühl nach, denn der nächste Schritt hätte mir sicherlich den Tod gebracht.

»So ist es auch besser!«, vernahm ich die böse klingende Stimme meines Feindes.

Er drehte auch seinen Fuß nicht zur Seite, als er sich bückte und seine Hand in meine Nähe brachte. Zwischen zwei Finger nahm er mich und hob mich dicht vor sein Gesicht. »Nein, Sinclair, nein! So haben wir nicht gewettet, wir nicht. Du wolltest mich reinlegen, aber mich kann man nicht schaffen, das solltest du doch wissen!«

Ich starrte ihn nur an.

Er grinste breit, bevor er seine linke Hand langsam in die Höhe hob und mir zeigte, dass er auf der ganzen Linie gewonnen hatte, denn zwischen den anderen Fingern steckte Guy, der Messerheld. Er zappelte mit den Beinen. »Wenn ich einmal einen Plan gefasst habe, führe ich ihn auch durch. Habt ihr verstanden?«

Ohne unsere Antworten abzuwarten, drehte er sich herum. Er brauchte nur einen halben Schritt zu gehen, um den Tisch wieder zu erreichen. Mich setzte er ab, Guy hielt er fest.

Und der schrie. »Nein, bitte, das kannst du doch nicht machen, Samaran! Wir haben dir doch immer treu und brav zur Seite gestanden. Nimm ihn, nicht mich!«

»Du hast aber verloren!« Samaran sprach die Worte langsam und genussvoll aus.

»Ich kann es noch einmal …«

»Nichts da.«

Ich blickte in die Höhe und bekam mit, wie brutal dieser Akim Samaran handelte. Er löste sein Versprechen gnadenlos ein, brachte seine linke Hand dicht über die Öffnung des ersten Reagenzglases, wartete noch einen Moment und ließ ihn los.

Er schrie noch.

Der Schrei hallte nur mehr für eine kurze Zeitspanne durch die Luft und riss ab, als Guy in die blauweiße Flüssigkeit tauchte …

Auf Sukos Handflächen lagen die beiden Köpfe, und der Eiserne Engel schaute ihm über die Schulter zu.

Bill und die beiden Frauen saßen ihm gegenüber, ebenso wie Mary Sinclair, die von den jüngeren in die Mitte genommen worden war und einen völlig verschüchterten Eindruck machte.

Durch die Magie des Eisernen war es ihnen gelungen, eine Zeitbrücke zu schlagen und bis nach Lauder zu gelangen, wo sie natürlich sofort die Sinclairs aufgesucht hatten und erfuhren, was sich hier abgespielt hatte.

Mary Sinclair konnte es kaum fassen, dass John sich in der Nähe befinden sollte, aber die anderen hatten dies mit einem so großen Ernst behauptet, dass sie sich schließlich überzeugen ließ.

Jetzt mussten sie beide finden. John Sinclair und seinen Vater. Und alle glaubten, dass ihr Verschwinden in einem unmittelbaren Zusammenhang stand.

Nur, was sollten die Köpfe bedeuten?

»Und die hat man Ihnen geschickt, Mrs. Sinclair?«, erkundigte sich der Chinese.

»Ja, an diesem Abend.«

»Können Sie sich einen Grund vorstellen, dass die Köpfe ausgerechnet Ihr und das Gesicht Ihres Mannes zeigen?«

»Nein, Suko, das kann ich beim besten Willen nicht.«

»Die Polizisten auch nicht?« Bill hatte gefragt.

»Mit Sergeant McDuff habe ich darüber nicht gesprochen. War vielleicht ein Fehler.«

»Ja, möglich. Was meinst du, Suko?«

Der Inspektor hob nur die Schultern. Er konnte sich ebenso wenig einen Reim auf dieses makabre Präsent machen.

»Wie lange suchen die Leute schon?«, fragte er.

»Über zwei Stunden.«

»Und sie haben weder John noch den Würfel gefunden?«

»So ist es!«

Suko wandte sich an Bill Conolly. »Die Polizei kennt sich hier besser aus als wir. Uns bleiben wohl nicht mehr viele Chancen.«

»Es sei denn, die magischen. Was meinst du, Eiserner?«
Der Reporter hatte sich an den Engel gewandt.

Die zum Leben erweckte Mythengestalt aus dem alten
Atlantis hob die breiten Schultern. »Ich weiß, worauf ihr hin-
auswollt, aber auch ich finde keine Spur.«

»Versuch es mit telepathischer Suche!«

»Das habe ich schon.«

Bill winkte ab. »Okay, dann brauchst du uns nichts weiter
zu sagen.«

Das Telefon meldete sich und unterbrach ihre Diskussion.
Automatisch schauten sie sich gegenseitig an. »Ob er das
ist?«, fragte Mary Sinclair flüsternd und wischte mit dem
Handrücken Schweiß von der Stirn.

»Kann schon sein.« Suko nickte ihr zu. »Bitte, nehmen Sie
ab!«

»Ja, ja, natürlich.« Sie stand schon auf und drängte sich an
den anderen vorbei. Ihre Stimme klang zittrig, als sie sich meldete, zuhörte und sagte: »Ach, Sie sind es Konstabler. Nein,
der Sergeant hat sich bei mir nicht gemeldet. Wieso?
Ist denn etwas passiert?« Sie hörte weiter zu und meinte nach
einer Weile: »Das ist ja seltsam.« Wieder wartete sie ab. »Nein,
Konstabler, Sie nicht. Ich gebe Ihnen jemanden, der kompe-
tenter ist. Inspektor Suko von Scotland Yard. Moment.«

Suko war schon aufgestanden. In Mary Sinclairs Gesicht
konnte er nichts ablesen, aber er hörte sehr genau zu, was
ihm der Konstabler sagte, und er ließ sich eine Ortsbeschrei-
bung geben.

Als er auflegte, spürte er die Nässe auf seiner Handfläche.
Im Umdrehen sagte er: »Ich glaube, wir haben eine Spur.«

»Wieso?« Bill sprang schon auf.

»Dieser Sergeant McDuff hat sich vor einer gewissen Weile
abgemeldet, nachdem er und sein Kollege einen Hohlweg
durchsuchen wollten. Er hat sich aber nicht wieder gemeldet
und befindet sich auch nicht in seinem Wagen. Wir könnten
also davon ausgehen, dass er etwas gefunden hat.«

»Und wo ist das?«

»Das kann ich Ihnen erklären!«, mischte sich Mary Sinclair

ein. Plötzlich waren ihre Sorgen vergessen. Sie fieberte, holte einen Zettel, auch einen Schreiber und begann damit, die Strecke aufzuzeichnen.

»Ist es sehr weit?«

»Nein, wenn Sie über den Hang gehen, nicht.«

»Dann los!«, sagte Bill.

Die Frauen wollten mit, aber dagegen hatten die Männer etwas. »Ihr gebt auf Mrs. Sinclair Acht«, sagte Bill. »Alles andere erledigen wir.«

Damit fanden sich Sheila und Shao ab.

Mary Sinclair ging noch mit bis zur Haustür. »Tut euer Bestes!«, flüsterte sie. »Bitte, holt sie da raus! Und zwar alle!«

»Das versprechen wir«, sagte der Eiserne Engel und verließ als Erster das Haus …

*

Ich stand auf dem Tisch vor den beiden Gläsern und schaute, mit einem verzweifelten Ausdruck in den Augen, in die Höhe. So hilflos war ich, denn ich konnte nicht eingreifen und den verdammten Vorgang stoppen.

Für einen Moment hatte sich der Messerheld noch an der Oberfläche halten können, dann zog ihn die schwere Flüssigkeit nach unten in die Tiefe.

Ich warf einen kurzen Blick nach links. Zum Glück stand ich so günstig, dass ich an Samaran vorbeiblicken und auf die anderen Personen schauen konnte.

Mein Vater und Sergeant McDuff standen zusammen. Beide wurden sie von der Waffe bedroht, und beide waren sie grau im Gesicht geworden. Der Schrecken stand wie eingemeißelt in ihren Zügen zu lesen. McDuff stand auf dem Fleck und zitterte vor Wut. Diese verdammte Hilflosigkeit machte ihn ebenso fertig wie mich.

»Schau hin, Geisterjäger, schau hin!«, vernahm ich Samarans höhnische Stimme, »damit du genau siehst, was alles passiert, denn das Gleiche wird auch dir widerfahren.«

Ich verzichtete auf eine Antwort, tat jedoch, was er mir sagte. Sonst hätte er mich sicherlich dazu gezwungen.

Guy kämpfte und sank.

Normalerweise hätte er ertrinken müssen, denn sein Mund stand offen, aber Samaran hatte uns etwas über die teuflische Wirkung dieser Flüssigkeit berichtet und dabei nicht gelogen.

Guy wurde vernichtet.

Bei den Beinen fing es an. Wir sahen zu, wie immer mehr seiner Kleidung weggeschwemmt wurde und sich auflöste. Auch die Haut verschonte die Flüssigkeit nicht, ebenso die Knochen, und ich sah mit Schrecken, wie ein beinloser Körper durch die Röhre trieb.

Ich wollte die Augen schließen, schaffte es leider nicht. Dafür blickte ich schräg in die Höhe auf diesen Menschen, der sich Akim Samaran nannte und von den Vorgängen fasziniert war. Seine Augen leuchteten, die Lippen zuckten, er befand sich in seinem Element und rieb sogar die Handflächen gegeneinander, sodass schabende Geräusche entstanden, die mir eine Gänsehaut über den Rücken trieben.

Wie konnte dieser Vorgang einem Menschen nur einen so großen Spaß bereiten? Das begriff ich nicht. Wahrscheinlich musste man schon pervers sein, um so etwas begreifen zu können. Ich jedenfalls konnte es nicht.

Neben mir spürte ich eine Bewegung. Mein Leidensgenosse kam. Der junge Polizist zitterte wie das berühmte Espenlaub.

»Ist es denn wahr?«, hauchte er. »Darf es denn wahr sein …?« In seinen Augen standen Tränen, auch die Wangen zeigten feuchte Spuren.

»Leider«, erwiderte ich.

»Haben wir noch eine Chance?«

Ich hob die Schultern. »Denken Sie immer daran, mein Lieber, dass wir noch leben.«

»Als Zwerge?«

Da hatte er Recht. Aber ich gehörte zu den Menschen, die bis zum letzten Augenblick die Hoffnung behielten. Man hatte mich in einen Zwerg verwandelt. Meiner Ansicht nach musste es dann auch eine Rückkehr geben, und danach wollte ich suchen.

So seltsam es sich anhörte, ich traute in diesem Fall dem Würfel einiges zu. Wenn es eine Chance gab, dann durch ihn. Er musste es einfach schaffen, falls er nicht mehr von den Kräften des Spuks beherrscht wurde. Und das war eben das große Problem.

»Schau weiter hin, Sinclair!«, hörte ich Samaran. »Gleich bist du an der Reihe!«

Ich hob den Kopf. Von Guy, dem Messerhelden, war nicht mehr viel übrig geblieben. Diese teuflische Flüssigkeit, deren Zusammensetzung ich nicht kannte, die mich aber an den Todesnebel erinnerte, hatte bereits einen Teil seiner Arme ebenso verschwinden lassen wie Partien seines Unter-körpers. Nur noch den Kopf und die Brust sah ich von ihm.

Und der Kopf sollte bleiben!

Blieb er wirklich?

Jedenfalls lebte er. Die Augen des Mannes bewegten sich. Durch die Flüssigkeit wirkte alles verzerrt, als würde ich durch eine Linse oder ein dickes Glas schauen, aber es waren noch die gleichen Gesichtszüge, wie ich sie kannte.

Sagenhaft …

»Es geht weiter!«, flüsterte Samaran. »Es geht immer wei-ter. Du wirst es sehen, Sinclair. Nur mehr der Kopf bleibt zurück, nur mehr der Kopf.«

Er hatte Recht.

Die Arme verschwanden völlig, der Brustkasten löste sich auf, bis zum Hals wütete sich die verdammte Flüssigkeit durch, und sie schaffte auch den Rest.

Blieb der Kopf?

Ja, er blieb.

Ich erinnerte mich daran, was mir Akim Samaran gesagt hatte. Er würde hochsteigen wie ein Korken und dann an der Oberfläche schwimmen. Das geschah auch.

Langsam stieg er in die Höhe. Dabei drehte er sich noch einige Male um sich selbst, sodass ich hin und wieder auch auf seinen hinteren Teil schauen konnte.

Wie lange würde er so noch existieren oder leben können?

In einer etwas schrägen Lage trieb sein Kopf der Oberfläche entgegen, durchbrach sie, und der Schädel blieb in dieser schrägen Haltung schwimmend liegen, wobei der Mund offen stand.

Samaran musste meine Gedanken vorhin erraten haben, denn er meinte: »Er wird leben, Sinclair. Er wird so lange leben, wie er mit dieser Flüssigkeit Kontakt hat, verstehst du? So lange wird er leben. Er braucht sie, diese Flüssigkeit nährt ihn. Wenn ich sie ihm entziehe, wird er eingehen.«

Kalt gesprochene Worte, die mich nicht mehr schocken konnten, weil ich einfach schon zu viel Grausames erlebt hatte.

Der Mann neben mir reagierte anders. Er war ein noch junger Polizist. Bei dem Grauen, das über ihn wie ein Sturmwind hereingebrochen war, drehte er fast durch. Seine Stimme überschlug sich, als er Samaran beschimpfte. Der hörte so lange zu, bis er es leid war und Tom Crispin mit dem Schlag seines rechten Handrückens kurzerhand zur Seite fegte.

Crispin fiel auf den Tisch, rollte zur Seite und blieb in einer Ecke liegen.

Akim Samaran drehte den Kopf, sodass er mich direkt anschauen konnte. »Und nun zu dir, Sinclair. Du hast gesehen, was geschieht, und ich freue mich darauf, wenn ich erkennen kann, wie dein Kopf in der zweiten Röhre liegen bleibt.«

Er hatte den Satz kaum ausgesprochen, als er schon zugriff. Ich schaffte es auch nicht, seinen zuschnappenden Fingern zu entgehen, so schnell war er.

Plötzlich klemmte ich zwischen seinem rechten Zeigefinger und dem Daumen. Er starrte mich dabei an, denn er hatte mich so gedreht, dass er in mein Gesicht schauen konnte.

»Ha, ha …« Sein Lachen schallte in mein Gesicht. »Das wird ein Spaß!«, keuchte er. »Das wird ein …«

Im gleichen Augenblick fiel ein Schuss. Das ploppende Geräusch riss dem anderen das Wort von den Lippen und erschreckte auch mich.

Samaran fuhr herum. Da er mich nicht losgelassen hatte,

machte ich diese Bewegung zwangsläufig mit und sah, was geschehen war.

McDuff hatte das Grauen nicht länger ansehen können und auf eine angeblich günstige Gelegenheit gewartet.

Aber er hatte Hackett unterschätzt. Dieser Killertyp war brutal bis in den letzten Zehennagel.

Er hatte geschossen.

McDuff hing an ihm. An Hacketts Schulter klammerte er sich fest, während sein Gesicht durch den Schmerz grausam verzerrt war und nur noch eine Maske bildete.

Er ächzte.

»Lass mich los, du verfluchter Bulle!«, keuchte er und begann plötzlich zu lachen.

Mein Vater stand da und zitterte vor Wut. Auch er schaute zu, wie der Sergeant immer weiter in die Knie brach und sich nicht mehr länger halten konnte, trotz Stütze.

Erst jetzt sah ich das Blut.

Aus einer Wunde im Oberschenkel drang es, schon fast an der Hüfte. Dort also hatte ihn die Kugel erwischt. Ich hoffte, dass es nicht lebensgefährlich war. Wenn die andere Seite gewann, würde sie keine Zeugen hinterlassen.

McDuff fiel schwer zu Boden. Auf der Stelle blieb er liegen. Das verletzte rechte Bein hatte er angezogen und beide Hände auf die Schusswunde gepresst.

Er wollte zwar seinen Schmerzen keinen freien Lauf lassen, dennoch konnte er das Stöhnen nicht verhindern, das abgehackt über seine blassen Lippen drang.

Hackett fing an, hoch und schrill zu lachen, bevor er sagte: »Stellt euch vor, er wollte mich killen, dieser Hund. Angreifen oder …«

»Nein, Sie Bestie!«, mischte sich mein Vater ein. »Er wollte Sie nicht töten. Er hat sich nur bewegt.«

»Genau, alter Mann, genau. Aber er hat sich falsch bewegt. Und was mischst du dich überhaupt ein!« Der Mann hob seinen Revolver. Er zielte auf meinen Vater. »Willst du auch eine Kugel?«

»Reiß dich zusammen, Hackett!«, fuhr Samaran seinen

Helfer an. »Dieser Sinclair soll erleben, wie sich sein Sohn auflöst. Danach kannst du machen, was du willst.«

»Ha, das werde ich.«

Samaran hob den Arm. Er wollte mich bereits in die genaue Richtung bringen.

Ich lag dabei auf dem Rücken, hatte den Kopf gedreht und konnte einen Blick meines Vaters auffangen.

Horace F. Sinclair starrte mich aus brennenden Augen an. Um seinen Mundwinkel zuckte es. Er wäre mir so gern zu Hilfe geeilt, doch eine Revolvermündung, die ihn wie ein dunkles, drohendes Auge anstarrte, hinderte ihn daran.

»Dad, bleib da!«, rief ich. »Mach keinen Unsinn. Du wirst es schaffen. Davon bin ich überzeugt …«

Mein Vater schüttelte den Kopf. Diesen Gesichtsausdruck kannte ich. So hatte er mich auch angeschaut, als mir Samaran die Henkersmahlzeit serviert hatte. Er wollte mir noch etwas sagen und öffnete auch den Mund. Die Kehle aber war zu. Kein vernünftiges Wort kam mehr über seine Lippen.

»Es gibt keine Chance mehr, Sinclair! Schau ihn dir genau an. Nur der Kopf ist von ihm geblieben. Wie ich es dir schon sagte. Und ich halte meine Versprechen …«

In der Tat schwamm der Schädel auch weiterhin auf der Oberfläche. Der Mund stand noch immer offen. Er kam mir vor wie das Maul eines Fisches, der nach Luft ringt.

So würde es auch mir ergehen.

Und Samaran bewegte seinen rechten Arm. Er hatte noch die Nerven, dies langsam zu tun, denn er wollte meine Qualen noch vergrößern. Auch behielt er mich zwischen beiden Fingern, und schon sehr bald schwebte ich über dem ersten Gefäß, sodass ich direkt in das Gesicht des Mannes namens Guy schauen konnte.

Er hatte die Augen weit geöffnet. Sein Blick musste mich ebenfalls treffen. Ob er mich allerdings erkannte, wusste ich nicht, und die Hand führte mich auch weiter.

»Verdammt!«

Es war Hacketts Stimme, die die Stille unterbrach. Und sie hatte sich gehetzt angehört.

»Was ist los?« Sofort reagierte Samaran. Seine rechte Hand kam zwischen den beiden Gefäßen zur Ruhe.

»Ich glaube, da war etwas.«

»Wo?«

»Draußen …«

Die beiden unterhielten sich weiter. Ich achtete nicht auf sie, sondern überlegte, wie ich freikam. Ich klemmte zwar zwischen den Fingern, aber ich hatte trotzdem eine gewisse Bewegungsfreiheit, da ich den rechten Arm anwinkeln und unter meine Jacke schieben konnte, wo auch die Beretta steckte.

Sie zog ich hervor.

Samaran merkte nichts.

Okay, das Messer hatte ihn nur leicht anritzen können. Mit der Kugel würde das Gleiche geschehen. Da er zudem kein reinblütiger Dämon war, konnte ihn das Silber auch nicht vernichten. Möglicherweise gelang es mir, ihn zu irritieren.

Ich schoss.

Und ich traf. Dabei hatte ich die Waffe so gedreht, dass die Kugel in seinen Handballen dringen musste.

Ein feiner, stechender Schmerz musste ihn durchzucken, denn er schrie wütend, und in einem Reflex öffnete er den Griff.

Ich fiel!

Und plötzlich hatte ich schreckliche Angst, genau in das Reagenzglas zu fallen …

Die drei Freunde hatten die Straße erreicht und damit auch den abgestellten Polizeiwagen. Sie schauten ihn sich an, blickten hinein, sahen ihn verlassen und wussten Bescheid.

Suko deutete auf den Beginn des Hohlwegs. »Da müssen sie verschwunden sein!«

Obwohl sie es eilig hatten, bewegten sie sich sehr vorsichtig. Nichts sollte sie zu früh verraten. Der Eiserne hatte sein mächtiges Schwert gezogen. Wenn er damit aufzuräumen begann, blieb kein Auge trocken, wie Bill zuvor gesagt hatte.

Suko verließ sich auf die Dämonenpeitsche und die mit geweihten Silberkugeln geladene Beretta. Bill nur auf seine Waffe.

Der Eiserne ging vor. Seine Blicke durchforschten den ziemlich engen Hohlweg. Er sah an den beiden Seiten die Spalten und Risse, die Einkerbungen und Vorsprünge, sodass sich schon kleine Nischen bilden konnten, die aber leer oder höchstens durch Schatten gefüllt waren.

Es dauerte nicht lange, da entdeckten sie den Wagen. Ein Wohnmobil, es stand auf einer kleinen freien Insel am Ende des Hohlwegs.

»Ein Wohnmobil!«, flüsterte Bill.

»Und sogar bewohnt«, gab Suko seinen Senf leise hinzu, als er nach vorn deutete. »Hinter den Fenstern schimmert Licht.«

Die drei blieben noch in Deckung. Sie wollten keinesfalls zu früh gesehen werden und durchforschten das freie Stück vor dem Wohnwagen. Da hielt sich niemand versteckt. Er hätte es auch kaum geschafft, da es keine Deckungen gab.

»Ich gehe vor«, sagte Suko leise, »und versuche, durch das Fenster zu schauen.«

»Okay.«

Suko bewegte sich lautlos wie ein Apache, und seine Gestalt verschmolz schließlich mit einer dunklen Seite des Wohnmobils.

Er winkte noch. Wenn man scharf hinschaute, waren seine Bewegungen zu erkennen.

»Scheint alles in Ordnung zu sein«, sagte Bill. »Sollen wir auch hingehen?«

Der Eiserne war einverstanden. Als die beiden neben Suko standen, schüttelte dieser den Kopf. »Es ist verdammt schwierig, etwas zu sehen. Die Vorhänge sind dicht.«

»Kannst du was hören?«, fragte Bill.

»Ja, Stimmen, aber nichts verstehen!«

»Wir müssen rein. So oder so!« Der Reporter löste sich von

den anderen und schritt dorthin, wo sich der Einstieg befand. Das war am Heck des Wagens.

»Da ist abgeschlossen«, flüsterte Suko, den ebenfalls nichts mehr gehalten hatte.

Bill wollte es trotzdem versuchen. Er stand da wie unter Strom, war ein wenig hektisch und machte einen Fehler. Die schmale, sich an die Tür anschließende Treppe hatte er zwar nicht übersehen, er verschätzte sich aber in der Dunkelheit mit der Stufenhöhe, stolperte und schlug mit dem Knie gegen die Tür.

Ein dumpfer Laut entstand.

Sofort zuckte Bill zurück, schaute die anderen an und sah das Nicken des Engels.

Es redete jedoch Suko. »Ich glaube, jetzt ist es Zeit für uns!«, erklärte er.

Die Kugel hatte Samaran erwischt, und in einem Reflex hatte er die Finger geöffnet.

Um Sinclair kümmerte er sich in diesem Augenblick nicht, denn die Warnungen Hacketts mussten ernst genommen werden.

»Dann sieh nach!«

Hackett hob die Schultern. »Okay, das muss ich auch. Aber diesmal werde ich sofort schießen.«

»Deine Sache.« Auch Samaran wollte wissen, was draußen vor dem Wagen geschehen war, und er verfolgte den Weg seines Helfers mit starren Blicken.

Hackett schob sich durch den Wagen. Der Ausgang lag am Heck. Der Mann bewegte sich vorsichtig, nur die Lederkleidung knarrte, wenn er Arme und Beine bewegte.

Hackett erreichte die Tür.

Akim Samaran stand steif wie eine Statue. Er schien einer mächtigen Musik zu lauschen, die aus irgendwelchen Fernen, nur für seine Ohren hörbar, erklang.

»Mach schon!«, zischte er, weil die Spannung immer drückender wurde.

Hackett riss die Tür auf und starrte auf den Eisernen Engel!

Ich fiel!

Jetzt, genau jetzt musste ich in die Flüssigkeit hineintauchen wie ein poröser Stein, der mich dem Grund des Reagenzglases entgegentrieb.

Und ich spürte den Widerstand. Er schlug gegen meinen Rücken, aber ich wusste sofort, dass es sich nicht um diese träge, in der Röhre schwimmende Flüssigkeit handelte.

Es war ein harter Widerstand – eine Kante!

Die Glaskante!

Und jetzt musste ich unwahrscheinliches Glück haben. Sowohl nach vorn, in das Glas, als auch nach hinten konnte ich fallen.

Ich verlagerte mein Gewicht, alles geschah innerhalb weniger Sekunden, und ich rutschte nach unten. Zweimal schlug ich gegen den äußeren Glasrand, dann wurde ich gewissermaßen abgetrieben und landete im nächsten Moment rücklings hart auf dem hölzernen Gestell.

Im Rücken und im Kopf spürte ich Schmerzen, bekam kaum Luft, aber ich lebte. Plötzlich griffen zwei Hände zu.

Diesmal waren es kleine Hände, die sich unter meine Achselhöhlen schoben. Tom Crispin war mir zu Hilfe geeilt und zog mich hastig zur Seite.

»Okay, okay«, sagte er und verstummte. Auch ich redete nicht mehr, denn das Innere des Wohnwagens verwandelte sich von einem Augenblick zum anderen in eine wahre Hölle.

Ich vernahm einen dumpfen Schuss, dann einen Schrei, Fluchen, etwas kippte um, Holz und Metall rissen mit kreischenden Geräuschen, der Tisch wackelte, und wir beide bekamen dennoch um unser Leben Angst.

Das mussten wir auch haben, denn Akim Samaran, dieser Teufel, gab einfach nicht auf. Selbst in diesem Durcheinander behielt er noch die Nerven.

Der Schatten seines Körpers fiel über uns, nahm uns die Sicht, und seine verdammten Hände fanden uns mit einer nahezu tödlichen Sicherheit.

Obwohl er verletzt war, umklammerte er uns mit mörderischer Kraft. Wieder schauten nur unsere Köpfe aus seinen Händen, und ich sah plötzlich die Klinge eines gewaltigen Schwertes über dem Rücken des Mannes schweben.

»Jaaaa!«, schrie Samaran. »Schlag nur zu. Schlag nur zu, dann werde ich sie zerquetschen …«

Der Eiserne Engel hatte mit einer ähnlichen Situation gerechnet. Aus diesem Grunde war er auch nicht so überrascht, als ihm plötzlich ein Fremder gegenüberstand.

Dafür der andere.

Hackett sah die gebückte Gestalt und glaubte, von der Realität in irgendeinen fernen Film getreten zu sein, denn dieser Typ vor ihm war kein normaler Mensch.

Eine Sekunde benötigte er, um seine Überraschung zu überwinden. Dann hob er die Waffe und schoss.

Er hatte auf die Brust dieser Gestalt gezielt, weil er mit einem Treffer alles klar machen wollte, und er hatte auch voll ins Zentrum getroffen, aber das Geschoss tat dem anderen nichts. Es prallte ab, wobei Hackett noch Glück hatte, von dem Querschläger nicht erwischt zu werden.

Zu einem zweiten Schuss ließ ihn der Eiserne nicht kommen. Dessen plötzlicher Schlag fegte Hackett zurück in das Wohnmobil hinein, wo er durch den schmalen Gang stolperte und gegen den vorderen Bettenaufbau krachte.

Er bekam noch mit, wie sich Akim Samaran plötzlich hastig und schnell bewegte, hob wieder den Arm, denn hinter der ersten Gestalt waren noch zwei weitere erschienen.

Die sahen aus wie normale Menschen.

»Mein Gott, Suko, Bill!«, schrie Horace F. Sinclair. Er schüttelte den Kopf, weil er es einfach nicht fassen konnte, aber wusste, dass sich die Chancen jetzt vergrößert hatten.

Hackett gab nicht auf.

Er richtete seine Waffe auf den Anwalt und wollte ihn als Ersten erschießen.

Sinclair hätte keine Chance gehabt, aber der Eiserne war schneller. Und sein Schwert.

Hacketts Schrei war fürchterlich. Er sah das Blut auf seiner rechten Hand, an seinen Armen ebenfalls und entdeckte es auch auf der Schwertklinge, die der Engel wieder zurückgezogen hatte.

Er stand da wie ein Rächer aus einer anderen Welt. Suko und Bill verteilten sich. Ein jeder von ihnen schnappte sich einen Mann. Suko fasste Horace F. Sinclair unter, während sich Bill Conolly um den verwundeten Polizisten kümmerte und dabei seine liebe Mühe und Not mit dem schweren Mann hatte.

Hackett war zusammengebrochen und auf den Rücken gefallen. Die Beine hatte er angezogen, mit der linken Hand hielt er die verletzte Faust. Sein Revolver lag irgendwo.

Alles Zeichen, die dem Engel bewiesen, dass er sich um diesen Typ nicht zu kümmern brauchte.

Dafür gab es noch einen anderen.

Und das war Akim Samaran!

Dieser verfluchte Kerl hatte die Gunst der Stunde erkannt und sich wieder voll eingesetzt. Mit gewaltiger Kraft war er quer über den Tisch gehechtet und hatte es tatsächlich geschafft, die beiden kleinen Menschen zu erwischen.

Nur war das von dem Eisernen noch nicht bemerkt worden. Instinktiv ahnte er, dass dieser Mensch, der so dunkel gekleidet war, wohl zu seinen gefährlichsten Gegnern gehörte, und ihn allein musste er ausschalten.

Endgültig!

Er kreiselte herum und hob sein Schwert. Als er zuschlagen wollte und dabei noch auf den über dem Tisch liegenden Körper starrte, hörte er die Stimme des Mannes.

»Ja, schlag nur zu! Schlag nur zu. Dann werde ich sie zerquetschen!«

Der Eiserne Engel zögerte.

Plötzlich wurde es still. Die Hölle lag so schrecklich weit zurück. Das Grauen, die Angst, es war wie ein Traum gewesen, aber dennoch spürte ein jeder, dass das Ende noch nicht gekommen war.

»Nun?«, fragte Samaran.

Der Eiserne behielt sein Schwert über dem Körper des Mannes. Von der Klinge fielen letzte rote Tropfen und saugten sich in der Kleidung am Rücken des Mannes fest.

Schritte durchbrachen die Stille. Von draußen stürmten Suko und Bill in den Wagen. Sie atmeten beide schwer, Bill mehr als Suko, und sie hörten auch die warnende Stimme des Engels!

»Bleibt stehen!«

Der Eiserne hatte gesehen, was mit seinem Freund geschehen war, und auch den Kopf des Polizisten aus der Faust des Mannes wachsen sehen, doch er hatte sich sehr gut unter Kontrolle. Nichts in seinem Gesicht regte sich. Es blieb glatt, wie aus Bronze gegossen.

Dafür sahen jetzt Bill Conolly und Suko das Schreckliche.

Suko blieb ruhig. Er wurde nur blass und zitterte. Bill trat einen Schritt zurück, schüttelte den Kopf, hob eine Hand, ballte sie zur Faust und presste die hervorspringenden Knöchel gegen seine Lippen, um die Laute des Schreckens zu ersticken.

Er hätte viel zu sagen gehabt, aber er war plötzlich nicht mehr dazu in der Lage.

Dafür sprach Suko. »Es ist Akim Samaran! Ich habe von diesem Teufel gehört.«

Samaran lachte. »Ja, du hast von mir gehört, und du wirst noch oft von mir hören, denn mir gehört der Würfel, und ich habe auch euren Freund Sinclair in den Klauen.«

»Na und?«, fragte Suko.

»Wenn ihr nicht tut, was ich sage, werde ich beide mit meinen Händen zerdrücken!«

»Dann töte ich dich mit dieser Klinge!«

Der Eiserne Engel hatte gesprochen. Vielleicht war es die

Emotionslosigkeit seiner Stimme, die Akim Samaran plötzlich zögern ließ und regelrecht nervös machte. Er wusste nun, dass dieses Geschöpf auf keinen Fall spaßte, und er blieb auch in seiner steifen Haltung, ohne sie um einen Deut zu verändern.

Bill Conollys Hand sank nach unten. Plötzlich stand wieder alles auf der Kippe. Gewinnen würde der, der die besseren Nerven hatte, das war einfach so.

»Und nun?«, fragte Suko.

»Ihr wagt es nicht!«, flüsterte Samaran. »Verdammt, ihr wagt es nicht. Das Leben eures Freundes ist euch zu viel wert. Auch das mickrige des anderen hier …«

»Wagen wir es wirklich nicht?«, fragte Suko. Er ging plötzlich zur Seite und nahm, ohne dass ihn jemand daran hindern konnte, den Würfel des Unheils an sich.

Samaran erstickte fast an seiner eigenen Wut. Das wirkte sich auch auf seinen Griff aus, den er härter ansetzte und uns dabei in größte Schwierigkeiten brachte.

Ich hörte Crispin röcheln, während es mir selbst auch nicht viel besser ging.

Der Eiserne veränderte die Haltung seines Schwertes. Er schob die Klinge nur mehr nach vorn, und plötzlich berührte sie den Nacken des über dem Tisch liegenden Samaran.

»Ist was?«, fragte der Eiserne.

Samaran war kein Dummkopf. Er wusste genau, wann er nachzugeben hatte, und lockerte den Griff.

»Lass sie los!«, sagte der Eiserne. »Stell sie auf den Tisch, dann reden wir weiter.«

»Nein! Ich habe einen anderen Vorschlag.«

»Wir hören!«, meldete sich Suko.

Jedes Wort, das gesprochen wurde, bekam ich mit und zitterte innerlich, dass dieser Kelch noch einmal an mir vorbeigehen würde.

»Gebt mir den Würfel! Ich habe ihn bekommen, er gehört mir. Der Spuk hat ihn mir überlassen.«

»Und dann?«, fragte Suko.

»Bekommt ihr John Sinclair!«

»Als Zwerg, wie?«

»Nein, Samaran!«, meldete sich auch der Eiserne. »Dieses Spiel machen wir nicht mit. Wir können über deinen Vorschlag reden, aber erst, wenn du uns Sinclair als normale Person zurückgegeben hast. Der Würfel hat ihn verkleinert, also wird er ihn auch wieder vergrößern. Hast du verstanden, Bestie?«

»Ja.«

»Dann los!«

»Das wird der Spuk nicht zulassen. Niemals wird er das. Ihm und mir gehört der Würfel. Er hat die Chance, John Sinclair kleinzukriegen. Deshalb sehe ich nicht ein …«

»Du kannst es tun!«

Die Stimme war plötzlich da. Aus dem Unsichtbaren schallte sie. Bill und Suko schauten in die Höhe, während der Engel seine Haltung nicht veränderte.

»Seht ihr die Schatten im Würfel? Das bin ich, euer Feind. Aber ich gehe diesmal einen Kompromiss ein, da ich Samaran noch als Diener brauche. Er ist für meine weiteren Pläne wertvoll. Jemand, der die Menschen ebenso hasst wie den Teufel, darf man nicht aus den Augen lassen. Aus diesem Grunde bin ich mit dem Tausch einverstanden. Du, Suko, stell den Würfel wieder hin, sonst wirst du meine Rache erleben. Und du, Samaran, lässt die beiden in den Würfel hineingehen.«

»Aber was ist dann?«, fragte Samaran beinahe heulend.

»Das wirst du noch erleben. Tu, was ich dir gesagt habe, stell den Würfel weg, Chinese!«

Suko schaute auf Bill, sah dessen Nicken und blickte auch auf den Eisernen Engel, der ebenfalls den Kopf bewegte und einverstanden war.

Es gab ein Risiko. Sogar ein sehr hohes, das war klar. Einem Dämon konnte man nicht trauen. Aber sie hatten auch keine andere Wahl, wenn sie etwas herausschlagen wollten.

»Dann nimm auch das verdammte Schwert weg!«, sagte Samaran, der sich entschieden hatte.

»Das musst du schon mir überlassen«, erklärte der Eiserne

Engel. »Ich werde dich nicht töten.« Er trat zur Seite, damit Samaran hochkommen konnte.

Der andere drückte seinen Körper herum und stellte Tom Crispin sowie mich auf die Tischplatte.

Gleichzeitig setzte sich auch Suko in Bewegung und brachte den Würfel ebenfalls zum Tisch.

Ich schaute in die so groß wirkenden Gesichter meiner Freunde. Klappte die Rückverwandlung, oder hatte sich der Spuk eine weitere Teufelei ausgedacht?

Nein, er wollte Samaran, und er wusste auch, dass der Eiserne kein Pardon kennen würde.

»Komm!«, flüsterte ich dem jungen Polizisten zu. »Wir werden es wagen.«

Nebeneinander schritten wir auf den Würfel zu, der uns einladend anzugrinsen schien.

Und wir gingen hinein. Die Wand öffnete sich für uns, eine andere Welt umfing uns plötzlich, die dann in Bewegung geriet und Kräfte entfaltete, denen wir nichts entgegenzusetzen hatten.

Ob ich geschrien hatte, wusste ich nicht. Jedenfalls explodierte die Umgebung zu einem sprühenden Farbenwirrwarr …

Das hatten Suko, Bill und der Eiserne Engel ebenfalls mitbekommen. Und sie wollten etwas dagegen tun. Der Eiserne hielt Samaran fest, er spürte den plötzlichen Ansturm der Magie, wurde geblendet, zurückgestoßen und merkte, dass dieser Akim Samaran unter seinem Griff verschwand.

Im nächsten Augenblick wurden alle von der magischen Explosion eingehüllt, und das Licht raubte ihnen die Sicht.

Nun konnten sie nichts mehr unternehmen. Reinste Magie hatte die Kontrolle übernommen.

Der Wohnwagen war von einer blendenden Lichtfülle eingehüllt. Auch zerrten die Kräfte an seinen Aufbauten, sodass das gesamte Gefährt zu zittern anfing.

Selbst der Engel schaffte es nicht mehr, dieser Fülle zu entgehen. Es war ihm auch nicht gelungen, Akim Samaran zu halten. Erst als das Licht wieder zusammenbrach, kamen alle zu sich.

Vieles hatte sich verändert!

Sie standen da und starrten sich gegenseitig an.

Suko, Bill, der Eiserne Engel, ein völlig normaler Polizist und auch John Sinclair!

Ich konnte es kaum fassen!

Da stand ich nun, schaute in die Gesichter meiner Freunde, sah ihr Grinsen, die Freude, und auch ich wollte lachen. Das aber verging mir, denn ich sah den Würfel.

Er schwebte dicht an der offenen Tür, und in seinem Innern bewegte sich eine kleine Gestalt.

Akim Samaran!

Er hatte es geschafft, der Austausch war gelungen, und keiner von uns konnte den Würfel noch aufhalten, der pfeilschnell und wie ein Komet vor unseren Augen entschwand.

Er stieg in den Himmel. Wir sahen sein rotes Leuchten, als wir nach draußen traten und uns gegenseitig anschauten. Keiner sprach ein Wort.

Bis Suko schließlich die Schultern hob und mit deprimierend klingender Stimme meinte: »Ich glaube, Freunde, es war alles umsonst gewesen. Die Abenteuer, die Hektik, alles …«

Niemand widersprach, bis auf den Eisernen. »Ich glaube es nicht«, erklärte er.

»Wieso?«, fragte ich.

Der Engel schüttelte den Kopf. »Ich möchte noch nichts sagen, aber wartet ab. Wahrscheinlich könnt ihr euch auf eine große Überraschung gefasst machen.«

Bill fasste den Engel an. »Wann wird das sein?«

Der Eiserne lächelte. »Irgendwann. Vielleicht heute, vielleicht morgen, vielleicht in einem Jahr, aber es gibt noch Kräfte, die nicht ruhen werden. Und die muss ich suchen. Auf Wiedersehen, Freunde …«

Es waren seine letzten Worte, bevor er die Flügel ausbreitete und in die Luft stieg.

Wir schauten ihm nach.

»Eine seltsame Gestalt«, flüsterte Bill. »Was meint ihr?«

Ich hob die Schultern. Suko schwieg ebenfalls. Für mich war das im Augenblick nicht wichtig, denn ich hatte die rufende Stimme meines Vaters am Ende des Hohlwegs gehört.

In diesen Augenblicken zählte nur er für mich ...

ENDE

Sehr geehrte Leserin, sehr geehrter Leser,

Falls Ihr Buchhändler die **John Sinclair-Taschenbücher** nicht regelmäßig führt, bietet Ihnen die ROMANTRUHE in Kerpen-Türnich mit diesem Bestellschein die Möglichkeit, diese Taschenbuch-Reihe zu abonnieren.

Hiermit bestelle ich bis auf Widerruf bei ROMANTRUHE, Röntgenstr. 79, 50169 Kerpen-Türnich, Tel-Nr. 02237/92496, Fax-Nr. 02237/924970 oder Internet: www.Romantruhe.de die **John Sinclair-Tachenbücher** zum Preis von 45,00 Euro für 12 Ausgaben.

Die Zusendung erfolgt jeweils zum Erscheinungstag. Kündigung jederzeit möglich. Auslandsabonnement (Europa/Übersee) plus Euro 0,51 Porto pro Ausgabe.

Zahlungsart: ☐ - jährlich ☐ - 1/2-jährlich ☐ - 1/4-jährlich
☐ - monatlich (nur bei Bankeinzug)
Bezahlung per Bankeinzug bei allen Zahlungsarten möglich.
Bitte Geburtsdatum angeben: ___ / ___ /19___
Name und Ort der Bank: _____

Konto-Nr.: _____ Bankleitzahl:_____

Name: _____ Vorname: _____

Straße: _____ Nr.:_____

PLZ/Wohnort: _____

Unterschrift: _____ Datum:_____
(bei Minderjährigen des Erziehungsberechtigten)

Die Bestellung wird erst wirksam, wenn sie nicht innerhalb von zwei Wochen ab dem auf die Aushändigung dieser Belehrung folgenden Tag schriftlich (zweckmäßigerweise per Einschreiben bei: Romantruhe, Röntgenstr. 79, 50169 Kerpen-Türnich) widerrufen wird. Zur Wahrung der Frist genügt die rechtzeitige Absendung des Widerrufs. Dies bestätige ich mit meiner

2. Unterschrift:_____Datum:_____

Wenn Sie das Buch nicht zerschneiden möchten, können Sie die Bestellung natürlich auch gerne auf eine Postkarte schreiben.

Allianz der Werwölfe

Mit einer Gesamtauflage von 250 Millionen ist ›Geisterjäger John Sinclair‹ die erfolgreichste Horror-Serie der
Welt, und Jason Dark zählt zu den meistgelesenen
Autoren deutscher Sprache. In dieser Taschenbuchaus-
gabe erscheinen acht seiner atemberaubenden Romane:

Das Grauen aus dem Bleisarg
Albtraum-Comic
Karawane der Dschinns
Werwolf-Omen
Das Schiff der Bestien
Der Inka-Henker
Bluthand aus dem Jenseits
Der Spiegel des Spuks

ISBN 3–404–73947–7

BASTEI
LÜBBE

GEISTERJÄGER
JOHN SINCLAIR

SELBST-
MORD
DER
ENGEL

BASTEI
LÜBBE
**Die große Horror-Serie
von Jason Dark**

Selbstmord der Engel

Glenda Perkins hatte mich in dieser heißen Sommer-
nacht zu der Bootsparty auf der Themse mitgenommen.
Mal ausspannen, mal an keine Dämonen denken und
einfach nur feiern.
Dazu kam es nicht. Das Schicksal hatte etwas anderes
vor. Aus dem Himmel fiel zwar kein Dämon, dafür ein
Engel, der Selbstmord begangen hatte und praktisch
vor unseren Füßen auf dem Deck landete.
Der zweite Selbstmord geschah in Schottland. Auch dort
gab es eine Zeugin, das Vogelmädchen Carlotta. Es
lag auf der Hand, dass aus zwei Fällen einer wurde, und
wir merkten sehr schnell, wer im Hintergrund die Fäden
zog. Es war Belial, der Engel der Lügen …

ISBN 3–404–73273–1

BASTEI
LÜBBE

GEISTERJÄGER
JOHN SINCLAIR

DER ROTE TOD

Die große Horror-Serie
von Jason Dark

Der Rote Tod

Er tauchte aus dem Dunkel der Vergangenheit auf und
versetzte die Stadt Göttingen in Angst und Schrecken.
Schlimme Morde passierten. Menschen, die Bescheid
wussten, kannten auch den Killer. Es war der Rote Tod.
Die deutschen Kollegen standen vor einem Problem. Und
so machten sich Harry Stahl und ich daran, den Unhold
zu jagen. Es wurde ein schlimmer und auch böser Fall,
denn wir gerieten in eine Familientragödie, wie sie schlimmer nicht sein konnte …

ISBN 3–404–73272–3

BASTEI
LÜBBE